KB064981

연민 이가원 선생의 생애와 학문

2

연민학회 편

보고사

연민선생이 70세 되던 1986년에 일랑 이종상 화백이 그린 초상화.
연민선생이 진영자찬(眞影自贊)을 짓고 쓰셨다.

여러 명사들이 써드린 연민 선생의 당호

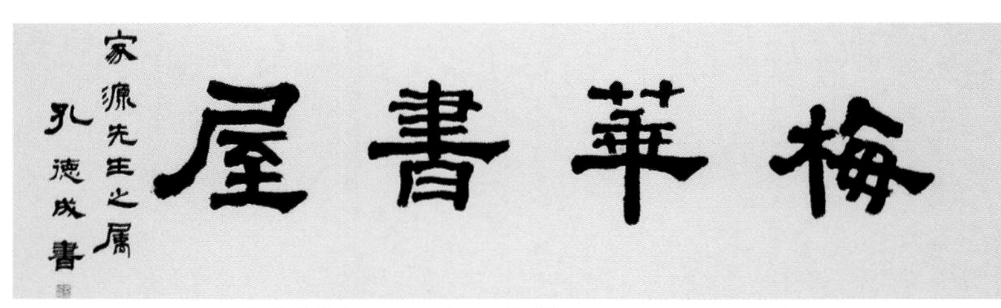

매화서옥(梅華書屋) 공덕성(孔德成, 1920~2008)

자벽관(紫甓館) 원충희(元忠喜, 1912~1976)

저서충음루(著書蟲吟樓) 유희강(柳熙綱, 1911~1976)

연연야사재(淵淵夜思齋) 김충현(金忠顯, 1921~2006)

차례

1부 연민선생의 생애 : 한학자로서의 연민선생

2부 연민선생의 창작 활동 : 문인으로서의 연민선생

3부 연민선생의 저술 활동 : 문장가로서의 연민선생

1부

연민선생의 생애

한학자로서의 연민선생

연민 이가원 선생의 생애와 학문세계

허경진 / 연세대

1. 머리말

갑오경장 때에 과거가 폐지되고 국한문혼용이 시작되자, 한문에 대한 효용성이 떨어졌다. 유림에서는 여전히 한문을 숭상했지만, 선각자들은 한문공부를 포기하고 한글로 신학문을 배우거나, 영어나 일본어 등의 외국어를 공부하기 시작했다. 1910년에 일본이 국권을 강탈하자, 한문의 효용성은 더욱 떨어져 쓸모없는 학문이 되었다. 경상북도 안동에서 독립운동가의 아들로 태어난 연민(淵民) 이가원(李家源, 1917~2000) 선생은 20대 청년이 될 때까지 신식교육을 받지 않고, 서당과 향리의 스승에게서 전통적인 교육을 받았다. 그래서 한문을 우리 글같이 사용하였다. 당시로서는 전혀 쓸모없이 보였던 한문에 일생을 걸었던 것이다.

연민은 한문으로 자신의 사상과 학문을 저술한 이 시대 마지막 국학자이다. 현대의 국문학자들이 학문으로 국문학에 접근했지만, 연민은 문학으로 국문학에 접근했다. 흔히 '문학한다'고 하면 문학을 창작하는 것으로 이해하고, '국문학한다'고 하면 국문학을 연구하는 것으로 이해한다. 그런 면에서 본다면, 연민은 '문학하는' 의미에서 '국문학을 했던' 마지막 학자이다. 현대 학자들이 받아온 교육으로는 일상생활과 문학생활을 한문으로 할 수가 없기 때문이다.

2. 전통적인 수학과정과 실학 입문

2.1. 수학과정

연민은 1917년 4월 6일(음력 정사년 윤2월 15일) 경상북도 안동군 도산면 온혜동 353번지에서 통덕랑 이영호(李齡鎬, 1893~1964)와 공인(恭人) 정중순(丁仲順, 1893~1968) 사이에서 3남3녀 가운데 장남으로 태어났다. 퇴계 이황의 14대손인데, 증조부까지는 직계였으며, 첫째와 둘째 아들이 일찍 세상을 떠나자 셋째였던 그의 할아버지 노산(老山) 이중인(李中寅)이 살림을 맡았다. 그가 태어나기 10년 전에 일본인들이 상계에 있는 종가를 불질러 서적을 다 태워버리자, 노산은 전라도로 피난갔다가 만년에 부친이 세운 고계정(古溪亭)으로 돌아와 글을 읽었다. 고계정 편액은 흥선대원군이 직접 써서 준 것이다.

노산은 손자 가원에게 가학을 전수하려고 5세부터 한 방에 데리고 살았다. 가원(家源)이라는 이름도 퇴계로부터 내려오는 가학의 연원을 이으라는 뜻으로 지어주었다. 항일의식이 강했던 노산은 손자를 왜놈의 학교에 보내지 않겠다고, 집안에서 직접 한문을 가르쳤다. 연민은 1921년부터 고계산방(古溪山房) 서당에서 『천자문』을 읽으며 글을 배우기 시작했다. 첫날에는 첫 구 "하늘 천(天), 따 지(地), 검을 현(玄), 누를 황(黃)" 넉 자를 배우고, 며칠 뒤부터는 두 구 여덟 자씩 배웠으며, 그 다음부터 진도가 더 나아가, 1년도 채 못되어 『천자문』을 다 떼었다. 그날 어머니가 떡을 차려와 책씻이를 하였다.

그런 뒤에는 『논어』『맹자』『대학』『중용』 순서로 사서를 읽었고, 『시경』『서경』『역경』 순서로 삼경을 읽었다. 서당에서는 글을 읽은 뒤에 반드시 외우게 하였다. 만약 외우지 못하면 하루 일과를 거듭하여 반드시 외운 뒤에야 다음 과제로 넘어갔다. 그러나 연민은 한번도 거듭한 적이 없이, 그날 그날 모두 외었다. 『사략』을 뗀 뒤에도 책씻이를 하였다.

노산은 외는 것만으로 끝내지 않고, 월강(月講) 제도를 시행했다. 수강생들을 한 방에 모아 놓고 보름 동안에 읽은 내용을 고관(考官) 앞에서 외운 뒤에, 고관이 묻는 경의(經義)를 하나하나 대답하게 하였다. 성적은 순(純)·통(通)·불(不)의 3등으로 매겼는데, 다른 부모들은 아들이나 손자에게 순(純)을 매겨 달라고 부탁할 정도였지만, 노산은 가장 뛰어난 손자가 아무리 잘해도 통(通)을 매겨 자만하지 않도록 하였다.

한 글자도 막히지 않고 잘 외우며 잘 풀이하면, 음력 4월부터 7월까지는 한문으로 글짓기를 시켰다. 글짓기 공부는 다독(多讀)·다송(多誦)·다작(多作)의 삼다(三多)의 원칙을 세워 가르쳤다. 많이 읽고 많이 외우는 글공부는 박학(博學)과 강기(强記)를 위해서만이 아니라, 결국은 글짓기를 잘하는 것이 목표였다. 10년 넘도록 이렇게 글짓기 공부를 하면서 연민의 국학연구는 바탕이 다져졌다. 한문학 작품을 직접 지을 수 있었기에 우리 선조들의 작품도 깊이 이해할 수 있었으며, 자신이 지은 문장을 직접 썼기에 직업적인 서예가들의 글씨와도 다른 특징을 지니게 되었다.

이러한 과정을 거치면서 13세 이전에 『서경』까지 떼었는데, 서산(書算)을 꼽아가면서 100번을 넘기지 않고 다 외웠다. 처음에는 목청을 높여서 낭독했는데, 성조(聲調)를 청장(淸壯)하기에 힘쓰고, 글뜻을 탐색하기에 힘썼으며, 책을 덮고 외우기에 힘썼다. 이러한 단계를 지나면서, 글의 참된 뜻을 생각하기에 힘썼다.

이때부터는 지난날 외우기에 힘썼던 독서법을 지양하고, 글뜻을 탐색하며 사서 삼경을 다시 읽기 시작했다. 이때부터 『대학』은 1,000번, 『시경』은 300번을 읽었고, 그 나머지도 대개 100번씩은 읽었다. 제자백가 가운데 『초사(楚辭)』의 「이소경(離騷經)」은 1,000번, 『사기(史記)』와 당송팔가문(唐宋八家文) 등은 골라서 100번을 읽었다.

이러한 글을 읽는 과정에서 연민은 목청이 트이고 졸음을 정복했다. 날마다 저녁식사 뒤에 할아버지 방에 들어가 소리내어 글을 읽어야 했는데, 할아버지는 주무시는 듯 가만히 계시다가도 졸음 때문에 글 읽는 소리가 끊어지면 불호령을 내렸다. 자정까지 글을 읽고 잠을 잔 뒤에 새벽 4시면 어김없이 일어나 글을 읽어야 했다. 노인들은 잠이 없는데다 평생 새벽부터 글을 읽어왔던 선비라서, 손자도 13세부터는 저절로 4시간 잠자는 게 습관이 되었다. 할아버지는 뒷날 손자에게 연민(淵民)이라는 호를 지어 주었다. 겸허하고 깊이있는 사람이 되라는 뜻인데, 백성을 사랑하라[憐民]는 뜻도 있었다.

2.2. 향리의 스승

11세부터는 도산서원 강 건너 동전(東田) 이중균(李中筠)에게 나아가 한시를 배웠다. 그는 성균관 진사였는데, 성균관 학생들이 명성황후와 어울려 작란하자 시골로 내려와 글을 읽고 있었다. 연민은 13세부터 시를 즐겨 지었다. 경전은 외가쪽 어른인 외재(畏齋) 정태진(丁泰鎭, 1876~1959)에게 배웠다. 그는 경상북도 영천 줄포에 세거하던 학자였는데, 가학으로 우담(愚潭) 정시한(丁時翰)·해좌(海左) 정범조(丁範祖)·다산 정약용의 학문을 이어받고, 동정(東亭) 이병호(李炳鎬)·면우(俛宇) 곽종석(郭鍾錫)의 교훈을 받아 성리학의 대가가 되었다. 연민은 친가와 외가 쪽으로 전해오던 남인 학풍을 전수받으면서. 자연스럽게 실학에 눈을 떴다.

2.3. 실학 입문

노산은 연민에게 진부한 선비가 되지 말라고 거듭 강조하였다. "쓸데없이 설월(雪月)이나 풍월(風月)만 읊는 문인보다는 오히려 효행이 돈독한 농사꾼이 더 나으며, 기화(琪花) 요초(瑤草)를 가꾸는 것보다 고추나 배추를 심어서 눈앞의 생리(生利)를 얻는 것이 오히려 낫다"고 가르쳤다. 이때부터 망국의 원인을 생각하며, 가학의 연원에 따라 남인(南人) 학자들의 책을 많이 읽었다.

성호 이익의 『성호문집』과 『사설(僿說)』, 다산 정약용의 『여유당전서』, 담헌 홍대용의 『담헌서』, 연암 박지원의 『연암집』 『열하일기』 등을 읽었다. 당시 유림들은 아직도 중국의 사서 삼경만을 읽던 시대였는데, 연민은 우리나라 실학자의 저서를 읽었던 것이다.

영주에 서주(西洲) 김사진(金思鎭)이라는 성리학자가 상투를 틀고도 세계정세를 파악하고 있었는데, 연민에게 연암을 읽으라고 권했다. 그때부터 "실학자 가운데 화(華)와 실(實)을 겸한 학자는 연암과 다산"이라고 꼽게 되었다.

2.4. 고소설 독서

노산은 늘 사서 삼경을 근본으로 삼고 그 다음으로 주자와 퇴계를 읽었지만, 『구운몽』 『옥루몽』 『삼국지연의』 등의 소설도 즐겨 읽었다. 노산이 외출하면 호기심이 많았던 연민은 고소설을 몰래 꺼내와, 뒷산에 숨어 『삼국지』 『수호지』 『열국지』 등의 소설을 탐독했다. 성리학을 넘어선 독서가 뒷날 고전소설을 연구하게 된 계기가 되었다.

연민은 소설을 탐독하면서도 이 소설문학이 인류에게 가장 위대하고도 정통적인 책이라고 생각하지는 않았다. 소설문학이 아무리 재미있어도 13경과 같이 높고, 깊고, 웅혼하고, 오묘할 수는 없었다. 그래서 소설문학을 전공하면서도 13경에 근본을 두고 연구했다. 그것이 바로 실학적인 문학의 본령이라고 생각했으며, 할아버지의 가르침을 벗어나지 않으려고 했다.

일제 식민지 치하에서 암담한 생활을 하던 불우한 학도였던 연민은 글을 읽어서 곧바로 직업이나 직위를 얻을 가망이 전혀 없음을 알았다. 그러므로 당시에는 오로지 자신의 수양과 저서의 자료를 찾기 위해서 글을 읽었을 뿐이다.

3. 학교교육

안동 산골에서 시대에 맞지 않는 한문 공부를 하고 있던 연민은 20세가 넘으면서 답답한 생각이 들었다. 처음에는 친구 송지영과 함께 북경으로 가려 했지만, 외조모께 얻은 5원은 서울 여비로 다 떨어져 결국 못갔다. 그 당시 명륜전문학원(성균관대학교 전신)이 세워졌는데, 본과는 신학문을 배운 중학교 졸업자들이 입학하고, 연구과는 한문 실력만으로 입학할 수 있었다. 출신 도별로 급비생(장학생)을 뽑았는데, 연민은 1939년에 홍두원(洪斗源)과 함께 경상북도 급비생으로 뽑혔다.

비천당 자리에 도서관이 있었는데, 그곳에 소장된 중국 책을 많이 읽었다. 학생 가운데 정준섭(丁駿燮)과 가깝게 지냈는데, 김태준 선생이 가장 아끼던 제자였다. 그는 김태준 선생의 영향으로 사회주의 사상을 지녀, 연희전문으로 가서 백남운 교수 제자가 되었다. 연민은 이 시절 울적할 때마다 부정풀이를 즐겼다. 왜놈 세상이라 침울하고 답답해서 견딜 수 없으므로, 박종세(朴鍾世), 정준섭 등과 함께 한시를 지어서 울적한 마음을 풀어냈던 것이다.

연구과 3년을 졸업한(졸업증서 제 5호) 뒤에는 명륜전문학원 부설 경학연구원에 들어가 2년을 더 다녔다. 이 시절에 가장 영향을 끼쳤던 스승은 천태산인(天台山人) 김태준(金台俊, 1905~1950)인데, 중국문학을 전공하려던 연민에게 우리 문학을 공부하라고 권유했다. 김태준 선생은 당시 학교에서 광복을 이야기했던 유일한 사람이었다.

김태준 선생은 유물론적인 사상이 있었기에, 문학강의 뿐만 아니라 『순자(荀子)』 원전을 강독했다. 8.15 광복 뒤 연안에서 돌아오자, 당시 좌익의 아지트였던 정판사로 연민을 불렀다. "자네 뒤에는 오백만 유림이라는 대단한 세력이 있네. 곧 사회주의 국가가 수립될 테니, 자네가 오백만 유림을 이끌고 우리에게 협력을 해주게." 연민은 이틀 말미를 청해서 곰곰이 생각하다가 "아무리 생각해봐도 저는 그럴 능력이 없습니다. 저는 천생 학문이나 해서 앞으로 후배들을 양성해야겠습니다." 하고 사양했다. 김태준 선생은 한참 생각하더니, "그것도 큰 역할이지." 하고 수긍하였다. 그 역할을 대신 받은 친구는 얼마 안 가서 김태준 선생과 함께 죽었다. 연민은 우리 역사상 가장 아까운 인물로 허균과 김태준을 들곤 했다. 뛰어난 업적을 남겼을 천재들이 정쟁에 휘말렸다가 아깝게 죽었기 때문이다.

명륜전문학원 시절에는 산강(山康) 변영만(卞榮晩), 천태산인 김태준에게 배웠고, 대학원 시절에는 심산(心山) 김창숙(金昌淑), 도남(陶南) 조윤제(趙潤濟), 무애(无涯) 양주동(梁柱東) 선생들과 학연을 맺었다. 그는 스승 조윤제의 『국문학사』를 비판하기도 했다. "『국문학사』는 식물의 성장과정으로 시대 구분을 했는데, 외국에도 그러한 경우가 없진 않지만 그 이론이 별로 맞지 않고, 또 한문학 가운데 『호질』 등 몇 편만 간단히 거론했을 뿐이라 실상에 맞지 않다"고 면전에서 비판하자, 조윤제도 수긍하였다.

명륜전문학원에 입학한 1939년부터는 저서를 하기 위하여 독서를 하기로 목표를 정하고, 목청을 크게 높여 독서하기보다 초서(鈔書)와 분류와 카드 작성을 위해 독서하였다. 문(文)·사(史)·철(哲)의 수많은 서적을 열람하여 저술의 자료를 찾아내고 분류하였다. 전통적인 한학자들의 저술방식을 그대로 본받은 것인데, 이러한 작업은 뒷날의 『실학연구지자(實學硏究之資)』로 이어져 평생 국학연구의 바탕이 되었으며, 독서위선(讀書爲善)은 그의 평생 좌우명이 되었다.

4. 사회활동과 학자적 인품

연민은 동래여중 교사로 있다가, 대학 시대가 되는 것을 보고 1948년에 성균관대학에 편입했다. 친구 박지홍에게도 성대 입학을 권유했지만, 그는 "이제 와서 뭐 그럴 게 있느냐?"면서 시험을 치르지 않았다. 당시 비웃음을 사긴 했지만, 그때 선택이 결국은 옳았다. 수많은 한학자들이 있었지만, 뒷날 대학 교수가 되어 많은 제자를 길러낸 사람은 연민을 비롯해 몇 되지 않았다. 성균관대학교 제1호로 석사학위를 받고, 교수생활을 시작했다.

영주농업고등학교에서 30세에 처음 교사생활을 했는데, 손자뻘의 이상헌 교장이 초빙했다. 십일사건 이후 좌우익 학생들간에 대립이 심하던 시절이었는데, 싸움이 터지면 대부분 좌익 학생들이 붙들려 갔다. 연민은 경찰서장하고 아는 처지라서 학생들을 빼내왔는데, 우익학생들로부터 좌익선생으로 몰렸다. 결국 김천여중으로 좌천되었다가, 그곳에서도 좌익선생, 김태준 제자라는 명목으로 파면되었다. 동래중학교에서도 학생들에게 좌익으로 몰렸으며, 부산고등학교에 온 뒤까지도 꼬리가 달렸다. 6.25 동란이 터지자 부산시민문화계 전체를 대표하는 환영위원장이라는 죄목으로 잡혀 들어가 몇 달 동안 구류를 살았다.

성균관대학교 교수 시절에도 총장이었던 김창숙 선생이 이승만 박사 하야권고문을 발표하자, 학교에서는 파면하고, 경찰서에서는 출두하라는 명령을 내렸다. 권고문을 연민이 썼다고 생각해서 좌익으로 몰고, 파면했던 것이다. 김창숙 선생과 조윤제 선생에게 출두명령이 내리자, 연민이 자진해서 대표로 출두하였다. 주준용 형사가 "당신은 도강도 하지 않았고, 부산에서는 이북군이 들어오자 환영을 주재했다는데…" 라고 좌익으로 몰자, "동란 이전에 부산에 취직되어 동래중학, 부산중학, 부산고교에서 가르쳤는데 도강도 하지 않았다니… 도강도 이박사가 '수도를 사수하겠다'고 허위선전해서 일어난 문제 아니냐?" 라고 따졌다.

결국 1956년에 성균관대학교에서 파면되자, 건국대학교 전신인 정치대학 야간부에 있으면서 국립도서관 고서실에서 자료를 수집했다. 수많은 문집 잡록을 읽으면서 실학연구의 자료를 공책에 베꼈는데, 이 자료들은 뒷날 『실학연구지자(實學硏究之資)』 10권으로 정리되어 평생 학문의 바탕이 되었다. 그가 가장 아끼던 물건이어서 가까운 제자들에게도 보여주지 않았다. 국보 제 1호라고 자부하던 양주동 선생까지 "이가원이 겁나는 게 아니라, 『실학연구지자』가 겁난다." 라고 고백할 정도였다.

연민은 매사에 순리를 생활철학으로 삼고 지켰다. 언제나 최선을 다했지만, 무리하지는 않았다. 그러나 올바르지 않은 일에는 분연히 일어났으며, 자신에게 손해가 끼쳐지는 것도 사양하지 않았다. 제7회 삼일문화상 수상을 거부한 것이 그 예이다. 『연암소설연구』가 간행되던 1966년에 삼일문화상 심사위원회로부터 수상 결정을 통고받자, '심사가 공정하지 않다'는 이유로 장려상 수상을 거부하였다. 심사위원 5명 가운데 4명이 서울대 문리대 교수라는 것만 보아도 알 수 있듯이 파벌과 정실에 얽힌 심사였으므로, 당시 15만원의 거금을 과감하게 거부한 것이다.

책을 소중하게 여겼던 그는 6.25 동란 중에도 1,000권이 넘는 책들을 난리통에 끌고 다녔다. 책이 2만권이 넘어서고 골동 서화가 집에 늘어나자, 도둑맞을까봐 집을 비우지 못했다. 지방 출장중에도 곧 돌아왔다. 그러나 연세대학교 교수직에서 정년으로 퇴임하자, "문화재는 사유물이 아니라 공물이며, 민족의 유산"이라면서 살던 집과 함께 단국대학교에 무상으로 기증하였다.

지병으로 세상을 떠나기 사흘 전인 2000년 11월 6일, 제자들을 불러 현금이 들어 있는 통장을 보이면서, 그 기금으로 연민학술상 제정을 부탁했다. 제1회는 한국한문학회, 제2회는 국어국문학회, 제3회는 중국 북경대학 위욱승 교수에게 주라고 유언까지 남겼다. 생전에도 서예전을 할 때마다 수천만원 수입금을 안동대학교 한문학 장학금, 퇴계학 연구원 기금, 『이가원전집』 출판비 등으로 쾌척했던 것같이, 세상을 떠나는 순간에도 모든 것을 사회에 환원한 학자였다.

5. 교육 및 학술 활동

5.1. 성균관대학교 중문과 시절

성균관대학교에 중국문학과가 설립되자, 연민은 1955년에 조교수로 발령받아 학과장 직을 맡았다. 한국 발음으로 중국 문장을 읽으면서 강의하였는데, 이 시절의 강의 노트가 뒷날 『중국문학사조사』로 간행되었다. 중국문학과가 인기없던 그 시절에 제자들을 가르쳐 중국어문학계의 중진들로 키워냈다. 그가 이승만박사 대통령 하야권고문과 재단 문제에 얽혀 성대를 떠나자, 한때 중문과가 폐과되어 동양철학과의 한 전공으로 편입되기까지 했다.

5.2. 연세대학교 재직 기간과 국학연구

한국의 가장 전형적이며 대표적인 유가의 가문에서 태어나서 그 가학을 이어오던 연민이 서양의 선교사가 세운 기독교대학에서 일생을 봉직한 것은 기이한 인연이었다. 1956년 성균관대학교에서 자유당의 부정 독재에 의연히 항거하다가 파면되자, 2년 남짓 국립중앙도서관 고서실에 날마다 나가서 문집을 독파하며 연구자료를 골라 베껴 모았다. 그러던 중 1957년 정음사에서 간행한 『춘향전 주석』을 본 외솔 최현배 선생(당시 부총장)이 생면부지의 연민을 백낙준 당시 총장에게 추천하였다. 최현배 선생의 자부가 쪽지를 가지고 와서 '이튿날 연대 총장실로 오라'고 해, 백총장과 인사하고 임용되었다. (백낙준 총장은 연희전문 문과 시절의 동료교수였던 정인보 선생의 부인을 통해서 이미 연민의 존재를 알고 있었다.) 연세대학교에서 25년 동안 교육하며 한문학과 고전문학 전공의 많은 제자를 길렀는데, 서당에서 배우던 식으로 고저청탁(高低淸濁)에 맞게 목청을 높여 읽고 학생들더러 따라 읽게 하였다. 교육 이외에는 아래 네 가지 활동이 기억할 만하다.

(가) 1961년에 『한국한문학사』를 저술할 무렵에는 국내 대학에 한문학과가 없고, 국문과에서도 한문학을 중요치 않게 생각했다. 작품으로만 강독되고 연구되던 한문학을 이 책에서 사(史)로 정립하자, 비로소 국문학에서 한문학의 위상이 중요시되었다. 그가 선택한 작품들이 주요 연구의 대상이 되었으니, 연민이 학계의 한문학 연구를 앞당긴 셈이었다.

연민은 우리나라 한문학의 토착화를 강조하였다. 두 민족 사이에 산출된 작품들이 거의 비슷한 형태로 발전해 왔지만, 우리나라의 한문학에는 고유한 특성이 있다. 『훈민정음』을 창제하기 이전인 신라시대의 이두와 향가에서 한자를 이용한 방법이 허신(許愼)의 육서(六書)와는 달랐으며, 고려시대부터 조선시대까지 국가에서 사용한 과시문(科詩文)이나 『한림별곡』 같은 체제의 시가와 공용서식 등이 모두 중국에서는 볼 수 없는 독특한 체계였다. 중국문학에 부속된 존재가 아니라, 민족자주적인 사용법이 있었음을 밝혔다.

중국과의 전쟁에서도 한문학을 오히려 이용하였다. 을지문덕이 수

나라 장군 우중문에게 한시를 지어주면서 전투를 승리로 이끈 것이나, 백제·신라가 중국에 보낸 표문(表文), 신라 진덕여왕이 보낸 태평시(太平詩)나 강수가 보낸 표문 등이 모두 외교정책을 승리로 이끌었던 용례들이다. 우리 한문학은 이천년 동안 수많은 저술이 쌓였으니, 동방학의 원천을 깊이 탐구하려면 한문학을 연구하지 않을 수 없다고 했다.

(나) 『실학총서』 5권(탐구당, 1972)을 편찬하여 실학연구의 자료를 널리 퍼뜨렸다. 제1집에는 『징비록』(유성룡 저, 김철수 역)과 『지봉유설』(이수광 저, 지영재 역)을, 제2집에는 『반계수록』(유형원 저, 남만성·이민수 역)을, 제3집에는 『성호사설유선』(이익 저, 안정복 편, 신석초·이민수 역)을, 제4집에는 『담헌집』(홍대용 저, 김영수 역)을, 제5집에는 『열하일기』(박지원 저, 이가원 역)를 실었다.

(다) 연암에 대한 논문들은 『인문과학』과 학교 논문집에 주로 실었다. 『동방학지』에는 「石北文學 硏究」(4집), 「萬憤歌 硏究」(6집), 「弘齋王의 文學思想」(20집), 「許筠的思想及其文學」(25집), 「朝鮮漢文學의 變遷과 展望」(46~8집) 등 5편의 논문을 실었다.

(라) 한문문집과 시화집이 나오면서 뛰어난 고문 솜씨가 중국 학계에서 인정을 받아, 국학의 연구자를 국외에까지 넓혔다. 국립대만대학과 중앙연구원의 전사량, 굴만리, 대정농, 정건, 장경 교수 같은 북파의 문인 학자들, 정치대학과 사범대학의 정발인, 고명, 임윤, 반종규 같은 남파의 학자들과 두루 교유하였다.

5.3. 열상고전연구회

연민은 연세대학교에 재직하는 중에도 매화서옥에서 다른 학교 출신의 학자들에게 한문을 가르쳐 교수로 배출했으며, 지방에 있는 유림이나 국학 전공자와는 서신으로 학문을 논하며 사제 관계를 이루었다. 전통적인 방법의 사제가 된 것이다. 연세대학교에서 정년하자 여러 학자들이 1986년 1월 18일부터 매주 토요일 오후에 매화서옥에서 모여서 역시 한문을 강독했다. 열상(洌上)이라는 이름부터가 실학자들이 서울을 가리키는 용어였다.

연민의 독회 방법은 첫째, 목청을 높여 원전을 낭독하고 따라 읽게 한 다음, 둘째, 한 구절씩 뜻을 풀이하며, 셋째, 테이프에 녹음한 다음, 넷째 각기 나누어 원고지에 옮겼다. 이렇게 해서 나온 책이 『한국의 서』, 『시경 역주』 등이다. 회원들은 연민의 지도를 받으며 낙선재 소장본 『홍루몽』을 번역하여 『홍루몽 신역』으로 간행하였다. 『한국서발전집』 8권도 간행하였다. 연민의 『조선문학사』 상·중·하 3권의 원고 정리도 이 모임에서 이루어졌다.

1988년부터 회원들의 논문과 자료소개가 실린 학회지가 나오기 시작했으며, 이후 해를 거르지 않고 꾸준히 나와 2013년 6월에 37집이 나왔다. 『연민학지』를 21집까지 간행한 연민학회와 함께 연민의 학풍을 이어받고 있다. 한문학이 국학의 언저리에 있던 1970년대에 벽사 이우성과 함께 결성한 한국한문학회도 연민이 초대 회장을 지낸 이후 『한국한문학연구』를 51집까지 내면서 국학의 중심 학회로 성장하였다.

6. 대표적인 저술

6.1. 『연암소설연구』

이 책은 박지원(朴趾源, 1737~1805)이 지은 한문소설 12편에 대한 논문을 모은 것이다. 성균관대학교 대학원에 문학박사학위 청구논문으로 제출되었는데, 박종화(심사위원장)·백낙준·양주동·성낙훈·민태식 5명이 심사를 맡았다. 연암의 문장이론을 법고창신(法古創新), 사의위주(寫意爲主), 성색정경(聲色情境), 조직방법(組織方法), 설증취승(設證取勝)의 다섯 가지 방법으로 설명한 이 책은 1965년 을유문화사에서 한국문화총서 제18집으로 간행되었다.

이 책은 연암의 소설에 대한 연구지만 연암 연구라고 불러도 좋을 만큼 폭넓은 내용으로 구성되어 있어서, 최근까지 수행된 연암 연구의 기본적인 방향을 제시했던 선구적인 업적이다. 이 책이 간행되자 이에 대한 논문이 많이 발표되었는데, 가장 대표적인 논문은 이현식이 쓴 「연암소설연구의 성과와 한계」이다. 그는 이 논문에서 이 책에 나타난 연민의 연구 원칙을 두 가지로 들었다. 하나는 작품 외적 사항들을 통해서 작품을 이해하려는 것이며, 또 하나는 연구자가 자신의 직접적인 설명은 자제하고 관련 자료를 제시하여 자료가 스스로 말하도록 하는 방식을 취한다는 것이다. 주변 자료의 집적을 통해서 작품을 이해하려는 방식을 취하고 있는 셈이다. 이러한 주석 고증적인 접근방법에는 몇 가지 문제점이 있다. 전자는 작품 자체의 구조적 미학적 해석에 대해 소홀해지는 것이며, 후자는 자료가 방대하다 보니 작품이 주변 자료에 파묻혀 본래의 방향을 상실해 버리는 것이다. 이는 후대 연구자들이 생각하는 소설연구를 넘어선 국학 전반에 걸친 연구이기 때문에 그러했다.

앞선 연구자들의 관심은 주로 「허생」 「호질」 「양반전」 등에 국한되었었는데, 연민은 그 범위를 12편으로 대폭 확대했다. 이에 대해서 '그 12편이 과연 다 소설인가?' 라는 논란도 있었다. 전(傳)으로 분류하기도 했지만, 아직도 타당한 대안이 없다. 이현식은 위의 논문에서 "10편의 장르적인 성격을 소설, 전, 야담을 함께 아우르는 시각에서 이해하려는 노력이 필요하다."고 주장하였다. 연암의 글은 외형적으로는 인물과 관계된 사실을 기록하는 데 초점을 두는 전(傳)으로 되어 있으나, 소재적인 측면에서는 인물보다 사건을 중시하는 야담적인 요소 또한 적지 않으며, 또한 사건과 인물 자체의 전달이나 기록보다는 연암 자신의 세계관이라는 서술 의식이 크게 작용한 결과로 소설적 허구성이 강한 것 또한 분명하기 때문이다.

『연암집』과 『열하일기』 자체가 필사로만 전해지다가 1932년 박영철에 의해 처음 활자로 간행되었는데, 여러 이본을 광범위하게 수집한 것은 이 연구가 처음이었다. 체제도 일정치 않은 『열하일기』 가운데서 소설로 표시되어 있지 않은 문장 가운데 한 부분을 찾아내어 소설의 가치를 부여하고 연구한 것이 바로 「허생」과 「호질」이다.

박지원에 대한 연민의 관심은 실학사상, 민족주의적 요소, 반봉건적인 내용, 풍자성으로 집약할 수 있다. 연민은 북벌론(北伐論)이 사회모순을 심화시키려는 기능을 했다면 북학론(北學論)은 사회 모순을 해결할 수 있는 기능을 하고 있는 것으로 파악했다. 그래서 시대적인 문제 해결의 대안으로 북학론을 높이 평가한 것이다. 이용후생학은 폭넓은 의미에서 학문의 실용성이란 가치를 가지고 있다. 북학은 부국강병과 우국택민(憂國澤民)이라는 당대 문제의 구체적인 대안이다. 또한 서학과의 관련성이 연암 학문의 과학성과 진보성을 함축한다면, 주자학과의 관련성은 연암 학문의 정통성을 함축하는 것이다. 이렇게 정리하고 보면 연암의 실학은 실용성과 당대 문제의 대안이 되는 학문이요, 전통성과 진보성을 아우른 학문이다. 연암소설에서 반봉건적 계급타파 의식을 찾아낸 것은 스승 김태준의 영향도 있지만, 지나치게 도식적인 면도 있다. 연민은 일제 식민정치를 겪고, 해방 후의 좌우 이데올로기 갈등을 경험했다. 해방 후의 우리 민족에게는 반외세 민족주의와 반봉건사상, 남북통일의 문제가 한국 현대사의 중요한 사회적 대의로 정리되었다. 연민의 연구태도는 이러한 사회 경험에서 자연스럽게 형성되었을 것이다.

이 책은 후학들에게 큰 영향을 미쳐 한 동안은 연암연구의 대부분이 연암 소설에 집중되었으며, 그 연구 내용에 있어서도 봉건사회의 모순에 대한 비판과 선각자적인 사상의 천착에 몰렸다. 연암의 다른 글이나 소설이 가지고 있는 미학적인 탐구를 소홀하게 하는 결과를 가져왔던 것이다. 이는 연민의 문제라기보다는 후학들의 문제이다.

6.2. 『조선문학사』

국학에 대한 연민의 의식이 가장 잘 드러난 저술은 만년에 쓴 『조선문학사』(태학사, 1995~7)이다. 상·중·하 3책으로 간행된 이 책은 한문학 작품을 너무 많이 실었다는 비판도 받았지만, 대부분의 문인들이 한문학 작품만 남기고, 한글로 저술한 작가는 별로 많지 않았기 때문에 그렇게 된 것이다. 조동일 선생은 "한문학사가 아닌 총체적인 문학사에서 한문학의 일방적인 우위를 재확인한 것은 진전이라고 평가하기 어렵다"고 비판했지만, 실제로 우위였던 한문학을 과소평가하는 것이 국학연구의 진전은 아니다. 이 책에 대한 서평이나 논문이 20여 편이나 발표되었는데, 그 의의와 한계를 가장 자세하게 분석한 논문은 심경호 선생이 쓴 「조선문학사의 한문학 부분 서술에 관하여」이다. 심경호 선생은 『조선문학사』 한문학 부문의 서술 원칙과 방법을 몇 가지로 정리하였다.

1) 한문학을 민족문학의 중심에 정립시켰다.
2) 이른바 춘추필법과 유가적 민족주의 사관을 고수하였다.
3) 전통 한학의 인문학적 성격에 주목하고, 한학의 방법을 근대 학문에 접목시켰다.
4) 한문학사 서술의 범위를 확대시키고, 문학실천의 시대적 인지를 중

시하였다.

5) 각 시기의 문학을 일차 자료를 통해서 제시하고 작품에 대한 평가는 변증과 대가비평의 방식을 겸하였다.
6) 고전적 문체 분류법에 따라 전근대적 시기의 문학갈래를 망라하였다.

연민은 이러한 방법으로 『조선문학사』를 서술하면서 한문학 연구에 새로운 영역을 제시하였다. 이 부분에 대하여 심경호 선생은 후학들이 계승할 숙제를 이렇게 정리하였다.

1) 한국한문학의 문체 실험 사실을 곳곳에서 암시하였다. 다만 그 다양한 변화 양상에 대한 고찰은 후학의 몫으로 남았다.
2) 정통 한문(고문)의 틀을 벗어난 조선식 한문 문체가 발전한 사실에 주목하였다. 하지만 그 발달의 구체적 양상을 서술하고 그 의의를 평가하는 문제는 후학의 몫으로 남았다.
3) 중국문학의 수용이나 시문의 발달이 시대적 상황 및 사조와 관련이 깊다고 논하였다. 하지만 국문학과 역사 현실의 관련 양상에 대한 깊이 있는 고찰은 후학의 몫으로 남았다.
4) 현대의 관점에서 부각될 만한 여러 가지 주제들을 곳곳에서 언급하였다. 그 관점을 발전된 형태로 제시하고 또 새로운 주제를 발굴하는 일은 후학의 몫이다.
5) 민족지성사와 관련된 자료를 단대사(斷代史) 별로 풍부하게 소개하였다. 그것을 체계적으로 서술하는 일은 후학의 몫으로 남았다.
6) 전통 한학을 근대적 학문방법에 접목시켰다. 다만 전통 한학이 타당성을 인정받기 위해서는 방법에 대한 성찰이 새삼 필요하다.

전통 한학은 고증학의 성과를 채용하면서도 독자적인 실증주의 학문을 구축하지 못하여, 기존 문헌을 분석적으로 검토하는 근대적 방법을 수립하지 못하였다. 이러한 방법적 한계가 전통 한학의 방법론을 계승한 연민의 『조선문학사』에서 드러난다. 그러나 방대한 문헌자료를 소개한 것 자체가 한국문학사 정립에 큰 도움이 되었으며, 그가 대담에서 "『조선문학사』에서 애국문학가와 친일파 문제는 분명히 해 두었다"고 밝힌 것같이 춘추필법이라는 전통적 사관을 가지고 문학사를 쓴 것 자체도 의미있는 일이다. "나는 스스로 지로지마(指路之馬)에 불과하다"고 평생 생각한 것같이, 이 책은 후학들에게 길을 가르쳐 주면서 많은 숙제도 남겨 주었다.

6.3. 한문 문집

5세부터 『천자문』을 배우고 11세부터 이중균 선생에게서 한시를 배웠던 연민은 그 무렵부터 한시를 짓기 시작했다. 13세에 한 차례 원고를 불태우고, 23세에 다시 한 차례 원고를 불태웠다. 그러나 그가 몇 년 동안 서울에서 공부하다가 고향으로 돌아와 보니, 할아버지가 그 원고를 모아 놓았다가 전해 주었다. 연민은 그 뒤에도 해마다 지은 글을 모아서 하나의 고(藁)로 편집하였다. 그래서 38년간의 한시 및 한문 작품 38고(藁)가 모이자 1967년에 『연연야사재문고(淵淵夜思齋文藁)』라는 이름으로 문집을 간행했다. 그 뒤에는 한시를 지을 기회가 더 많아졌으므로, 『연민지문(淵民之文)』(1973)에서 『통고당집(通古堂集)』(1979), 『정암문존(貞盦文存)』(1985), 『유연당집(遊燕堂集)』(1990), 『만화제소집(萬花齊笑集)』(1996)에 이르기까지 5~6년에 한 권씩 문집을 간행하였다. 그는 한문에서도 특히 한시를 잘 지었다.

80세까지 지어 6권의 문집에 실렸던 한시는 모두 68고(藁) 1,306편 2,157수이다. 조선시대에도 이같이 문집에 많이 실렸던 시인은 별로 없었으니, 그의 한시는 양적으로도 일단 국문학사에서 인정받을 만하다. 그가 지은 한시는 이밖에도 몇 가지 특징이 있는데, 인생역정과 사회상을 그대로 보여주었다는 점, 과시(科詩)에서 팔족시(八足詩)에 이르기까지 여러 가지 체(體)를 다 지었다는 점, 자유당에서 공화당과 민정당에 이르기까지 사회의 부정과 독재에 항거하는 시를 지었다는 점 등이다. 외국 기행시가 많다는 점은 국경 밖을 나가볼 기회가 없었던 예전 시인들과 가장 큰 차이점이라고 볼 수 있다.

『춘향전』은 조선시대에 판소리뿐만 아니라 소설이나 한시 형태로 기록되기도 했었는데, 연민도 한시 형태로 『춘향가』를 지어 간행했다. 총 7언 4,860구, 34,020자를 3년 남짓에 지었으니, 유진한(1754)의 『춘향가』 7언 400구나 윤달선(1852)의 『광한루악부』 7언 432구에 비해서 열 배나 되는 장편 대서사시였다. 이 역시 새로운 형태의 한시를 시험해본 예라고 볼 수 있다.

그는 한시를 지으면서 화려하게 쓰기보다는 평이하게 쓰려고 노력하였다. 현대문물을 한자로 표현하기에도 힘썼다. 적당한 글자가 떠오르지 않으면 일단 시 짓기를 멈추고 생각했으며, 평소에도 적당한 표현을 찾아내려고 애썼다. 우리가 이 시대에 살아가는 일상적인 이야기를 그대로 쓴 것이다. 그의 시는 애국연민(愛國憐民)과 정덕(正德)·이용(利用)·후생(厚生)이 바탕을 이루고 있으며, 그 시를 통해서 온유돈후한 그의 모습이 잘 나타나 있다. 그가 매화나 난초를 좋아하여 시에서 자주 읊은 것은 온유돈후한 문학적 관심 때문이다.

우리나라 한시에 대한 기록들을 모으고 자신의 평어를 한문으로 덧붙인 『옥류산장시화(玉溜山莊詩話)』는 우리나라 마지막 시화인데, 시인 160여명의 시를 평하고 그 배경 기록들을 소개한 저서이다. 허경진의 번역으로 연세대학교 출판부에서 1980년에 출판되었다. 마지막 한문학 대가라는 평가와 함께, 그의 작품들은 국학연구의 대상으로 후대에 다시 평가되어야 할 것이다.

6.4. 국역

연민은 우리 고전 가운데 대표적인 작품들을 우리말로 번역하여 출판하였는데, "국역은 신(信)·아(雅)·달(達)이 중요해, 원전에 충실하면서도, 아름답고, 뜻을 제대로 전달할 수 있어야 한다"는 지론을 가지고 있었다. 『춘향전』 주석(정음사, 1957)이 간행되자 김동욱 선생이 「조선일보」에 서평을 썼는데, "春香傳 註釋에 한 에포크를 그은 것은 고마웁게 생각하는 바이다. 이제까지 이 完山版 「烈女春香守節歌」는 數三本 著名한 國文學者에 의하여 出刊되었으나 底本이 元來 廣大한 소리의 臺本이었기 때문에 訛誤가 많아 그 完全한 解明을 보지 못하고 있던 것을 漢學者이며 國文學者인 李家源氏에 의하여 決定版을 얻게 된 것은 多幸한 일이다." 라고 고마워했다. 그의 주석이 나와 학자들의 연구가 수월해졌으므로, 평생 라이벌 의식을 느꼈던 그까지도 진심으로 고마워했던 것이다.

그의 번역의 특성은 화려하기보다 진솔한 것인데, 『퇴계시 역주』(정음사, 1987)같이 4,4조 운율로 번역하여 가사체의 분위기를 맛볼 수 있게 하였다.

7. 연민 학문의 의의

연민은 전통 한학의 방법을 근대적 연구에 접목하였다. 자신이 질적으로나 양적으로 뛰어난 한문학을 창작하여 국학연구의 대상이 되기도 했다. 『금오신화』 『구운몽』 『춘향전』 『열하일기』 『이조한문소설선』 『연암·문무자한문소설정선』 『삼국유사』 등을 번역하고 주석하여 국문학연구의 바탕을 마련하였다.

지식인으로서 당대의 문제를 해결할 수 있는 학문이란 무엇이며, 어떻게 학문해야 할 것인가에 대해 깊이 고민했으며, 전통 한학을 배운 그는 이 과정에서 전통사상 가운데 실학사상에 가장 큰 의미를 부여했다. 혼란한 시대의 학문적 대안으로 실학을 재평가한 것이다. 마지막 남인 학자의 안목으로 실학자료를 집대성한 『실학연구지자(實學硏究之資)』 10책을 번역하여 실학 연구의 폭을 넓히는 것은 후학에게 남겨진 과제이다.

앞으로도 연민의 이러한 학문적 유산은 더욱 발전시킬 필요가 있다. 자료 해석의 깊이를 더욱 심화시키고, 논의의 지평도 더욱 넓혀가며, 새로운 자료도 보완하고, 자료 사이의 의미를 더욱 논리적으로 연결해야 할 것이다. 연민이 그랬듯이, 우리도 우리 시대의 문제의식을 가지고 국학을 해석하고 정리할 필요가 있다.

연민의 만년의 담소의 의미와 저작활동

권오영 / 한국학중앙연구원

1. 머리말

연민 이가원(1917~2000)은 1917년 4월 6일(음력 윤2월 15일)에 안동의 도산 온혜에서 태어났다.[1] 1910년 조선이 일제에게 나라를 빼앗긴지 7년이 지난 해이다. 연민은 점점 자라면서 조국이 망하고 동포가 유리(流離)하는 것을 목격하면서 밤이 되면 깊이 그 이유를 생각했다. 그는 망국의 원인이 조선 말기의 선비들이 대부분 성리(性理)를 공담(空談)하고 이용후생(利用厚生)과 경세치용(經世致用)을 알지 못했기 때문이라고 생각을 했다. 이에 연민은 실학자 박지원(朴趾源)과 정약용(丁若鏞)의 책을 구하여 읽고, 더욱 박지원의 문사(文辭)에 심취하여 10여년을 연구하여 『연암소설연구(燕巖小說硏究)』라는 대저를 남겼다.[2]

연민은 평생 90여개의 호를 사용했고[3] 연민이란 호는 "깊숙하게 사는 사람"이란 뜻이다. 이 연민이란 호에는 그의 생활신조가 담겨 있다.

---

1) 淵民의 생애와 학문세계, 일대기에 대해서는 姜東燁 編, 『淵民先生의 學問과 生涯』(亞細亞文化社, 1987); 許敬震, 「연민 이가원 선생의 생애와 학문」(『淵民 李家源 先生의 生涯와 學問』, 열상고전연구회 편, 2005); 許捲洙, 『연민 이가원 평전』(술이, 2016) 참조.

2) 李家源, 『遊燕堂集』(檀國大學校出版部, 1990) 古稀藁, 碑誌, 恭酬學恩之碑銘 幷序.

3) 李家源, 「淵翁號譜」(『阮堂號譜』, 美術文化院, 1998)

"나는 어렸을 때부터 작란과 해학을 몹시 좋아하였다. 할아버지 老山翁(李中寅)께서 사내는 말이 적고 생각이 깊고 행동이 정중해야 한다고 타일러 주셨다. 나는 그 뒤부터 '깊고도 함축성있게'로 하나의 신조를 삼아 왔다. 나의 아호 '깊숙하게 사는 사람'이란 의미인 연민도 실은 이에서 흘러나온 것이다. 앞으로도 변함없이 할아버지의 끼쳐 주신 교훈을 지키려 한다."[4]

연민은 평생 지은 저술이 아주 방대했다.[5] 그는 1929년 13세부터 1984년까지 56년 동안 지은 저술과 역주를 통틀어 80여 책 중에서 공저는 빼고 분류 편정하여 1986년에 『이가원전집(李家源全集)』 22책으로 집대성하여 국내외에 반질하였다.[6] 연민은 그때의 소감을 시로 읊었다.

(상략)

屈原과 揚雄이 모두 경전을 지었으니	屈揚皆譔經
공손하지 못한 것 나무랄 것 없다네	不恭無足責
나는 어질다고 자처하지 않지만	吾不聖自居
집성한 책의 머리에 제목을 썼다네	集以題其額
벗과 더불어 내 책을 읽으면서	可與吾友讀
등불아래에서 이 밤을 지새고 싶도다	蒼鐙竟此夕
가치를 논할 수는 없지만	蔑以價值論
장딴지를 덮더라도 애석함이 없다네	覆瓿無戀惜
아득히 백년 뒤에	悠悠百載後
어찌 내 마음과 합할 이가 없다고 알리오	安知今不獲[7]

4) 李家源, 『東海散藁』(友一出版社, 1983) 隨筆, 나의 生活信條, 『샘터』 1982년 8월호 통권 150 卷首)

5) 洌上古典研究會, 「淵民先生 年譜 및 論著目錄」(『洌上古典研究』 제14집, 2001) 21~32면 참조.

6) 李家源, 『襍同散異集』(檀大出版部, 1987) 序跋, 序, 《李家源全集》自序.

연민은 자신의 저서가 가치가 없어 장독대의 덮개로 쓰이더라도 연연해하거나 아까운 마음이 없으나 백년 뒤에 자기의 저술을 알아보고 자신의 마음과 합치하는 인물이 있을 것으로 기대를 했다.

연민은 『이가원전집』을 간행한 뒤에도 저술을 멈추지 않고 80여세의 연세에도 『조선문학사(朝鮮文學史)』 세 책의 자료수집과 집필에 혼신의 정열을 쏟아 완성하였다. 또한 연민은 1990년부터 1996년까지 7년간 지은 한시문을 모아 『만화제소집(萬花齊笑集)』을 내었다.

이 글에서는 연민의 만년의 담소에 담긴 의미와 대표적인 저작에 나타난 그의 현실인식과 역사의식을 알아보고자 한다.

2. 생평(生平)의 간개(簡介)

연민은 1921년 5세 때에 할아버지 이중인(李中寅, 老山 1857~1944)으로부터 『천자문(千字文)』을 배웠고 어머니 정중순(丁仲順, 1893~1969)으로부터는 군도목(羣都目, 국어어휘집)을 배웠다. 연민은 7세부터 한시문을 짓기 시작했고 13세 이전에 사서삼경을 거의 외웠다. 그 뒤 연민은 지난날 기송(記誦)에 치우쳤던 독서법을 지양하고 오직 문의(文義)의 탐색에 전력하여 다시금 사서삼경을 읽었다. 연민은 『대학(大學)』은 일천 번, 『시경(詩經)』은 삼백 번을 읽었고 그 나머지는 일백 번씩은 읽었고 그 밖의 책 중에서는 『초사(楚辭)』의 「이소경(離騷經)」은 일천 번, 『사기(史記)』, 당송팔가문(唐宋八家文) 등은 골라서 일백 번을 읽었다.[8] 연민은 만년에 『초사』를 특히 많이 읽었는데, 열상고

7) 李家源, 『遊燕堂集』 和陶吟館藁, 詩歌, 李家源全集刊成自志所感.

8) 李家源, 『東海散藁』 隨筆, 나의 讀書遍歷; 『萬花齊笑集』 七研齋藁, 紀蹟, 淵翁幼時讀書年月及遍數記.

전연구회 제자들과 함께 『초사』를 강독하고 문득 큰 소리로 낭독을 하기도 했다.[9]

연민은 20여세 때에 관상가 심상복(沈相福) 노인을 만났는데, 심상복은 연민에게 "그대의 얼굴에 도화살(桃花煞)이 있으니 녀색을 각별히 삼가야만 대성(大成)할 수 있을 것이야."라고 간곡히 부탁하면서 국사(國士)가 되기를 기대하였다. 연민은 그의 말을 끝내 명심하여 절제하였고[10] 『상서(尙書)』 오자지가(五子之歌)에 나오는 노래의 일절을 좌우명으로 삼았다.

안으로 여색에 음탕하거나	內作色荒
밖으로 사냥에 미치거나	外作食荒
아름다운 술을 즐겨 마시거나 고운 음악에 심취하거나	甘酒嗜音
과분한 건물에 화려한 단장을 꾸미거나	峻宇雕牆
그 중에서 한 가지만 지니더라도	有一于此
망하지 않는 자 없으리	未或不亡[11]

연민은 위의 내용을 평생 자신의 좌우명으로 삼았을 뿐만 아니라, 고족(高足) 제자인 허경진 교수에게 써 주어 좌우명으로 삼게 했다.

한편 연민은 할아버지의 교훈을 늘 생각하면서 또 자신이 조선조 실학파의 문학을 연구하게 된 것도 할아버지의 지극한 가르침의 결과라고 술회를 했다.

"나에게 글을 읽을 수 있는 慧竇를 열어주신 것은 물론 할아버님의 敎訓이겠지마는, 오늘날의 李朝 實學派의 문학을 연구하게 된 동기도

9) 李家源, 『萬花齊笑集』(檀國大學校出版部, 1998) 七硏齋藁, 詩歌, 悲秋三絶.
10) 李家源, 『甁花集』(太學社, 1994) 隨筆, 나의 健康學.
11) 李家源, 『碧梅漫藁』(태학사, 1991) 「나의 좌우명」(《영남일보》 제7946호 〈영남광장〉)

> 역시 할아버님께서 끼쳐주신 至訓의 그 테두리 밖을 벗어나진 못하였었다. 할아버님께서는 워낙 孔孟과 朱退의 學이 이 우주 사이에 가장 위대하고도 正統的인 학임을 주장하였다. 그렇다 해서 이조 말기와 같이 空理·虛談에 흘러버린 村學究의 모습에 대해서는 可憎스럽게 생각하시어 늘 저 쓸데없고 迂怪하고도 진부한 선비가 되어서는 아니될 것을 거듭 강조해 주셨다. 또 때로는 쓸데없이 雪月과 風花를 읊는 저속된 문학가가 되는 것 보다는 오히려 효행이 돈독한 밭지아비가 되는 것이 좋을 것이요, 奇花·瑤草를 가꾸는 것 보다는 고추나 배추를 심어서 目前의 生利를 얻는 것이 오히려 낫다는 말씀을 들려주시었다. 이것이 곧 나에게는 실학파의 서적을 읽게된 하나의 동기였기도 하다.[12]

연민은 곧 기화·이초를 버리고 손길을 다른 방면으로 옮겨 채소밭에 김도 매고, 무논에 모내기도 해 보았다.[13] 이러한 할아버지의 가르침을 계기로 연민은 실학을 주장하고, 실학적인 문학을 연구한 하나의 동기가 되었다. 연민은 자신이 학계에 등장한 뒤에 수많은 명유(名儒)와 석학(碩學)의 계시를 받고 영향을 입었음은 자인하지 않을 수 없지마는, '嚴'과 '慈'를 겸한 할아버지는 자신의 할아버지인 동시에 스승이라고 했다.[14]

연민은 10세 때부터 서울에 변영만(卞榮晩)·정인보(鄭寅普)·홍명희(洪命憙)라는 세 문학가가 있다는 얘기를 들었다. 그 뒤 연민은 23세 때인 1939년 봄에 처음으로 서울에 올라와 세 사람을 차례로 찾아뵈었다. 연민은 이 세 사람과 비록 사제관계를 맺지는 않았지만 많은 것을 배웠기 때문에 늘 고맙게 생각한다고 하였다. 연민이 처음 정인보를

12) 李家源, 『東海散藁』 隨筆, 나의 讀書遍歷.
13) 李家源, 『碧梅漫藁』 「아! 당당한 인생」(《녹지》 제8집 엽140-145 〈이 당당한 인생〉 (1)중앙대학교여학생회 1974.10.25.)
14) 李家源, 『碧梅漫藁』 「아! 당당한 인생」(《녹지》 제8집 엽140-145 〈이 당당한 인생〉 (1)중앙대학교여학생회 1974.10.25.)

만났을 때 정인보는 연민에게 "글은 얼마나 읽었으며, 또 글을 써 본 일이 있느냐?"라고 물었다. 연민은 서슴지 않고 자신이 지은 글 몇 편을 보였다. 이에 정인보는 자세히 검토하고는 하나하나 평을 쓰고 또 즉석에서 칠언시 일절을 만년필로 써주었다.

글 뜻을 보아하니 독창하여 노성한 듯	筆意已看獨老成
때로는 연연하여 금석소리 나는고여	有時金石淵淵聲
모름지기 타고난 재주에다 부지런히 공부해라	須將天畀勤功力
다른 날 그대에게 봉새울음 기대하이	他日期君作鳳鳴

정인보는 연민에게 글을 씀에 있어서 전편 중에 '奇'한 것도 있고, '不奇'한 것도 있는 것보다는 한결같이 혼성된 것이 아름다움이라는 것을 알려 주었다. 이는 '奇'와 '生'을 좋아하는 연민에게 대한 일침을 놓은 것이었다.[15)]

연민의 어린 시절부터의 실학에 대한 관심은 지속되어 1958년 42세 때에 "우리들의 당면 과업은 먼저 이 실학사상(實學思想)을 다시금 앙양(昂揚)하여야 한다."라고 했다. 그러자면 연민은 한편으로는 실학에 대한 문헌적인 발굴 정리가 있어야 하겠고, 또 한편으로는 이에 대한 정당한 비평과 체계적인 이론이 전개되어야 할 것이라고 했다. 그리하여 평이한 원전의 번역물과 진지한 논문, 또는 연구업적을 국민 앞에 제시하여야 하고, 이러한 과업은 국가적인 산업으로서 진행되어야 한다고 주장했다. 그는 이 사업이 만일 국가적인 사업으로 진행되지 못할 경우라면 어느 개인의 노력에 의해서라도 책임지고 이행하여야 한다고 주장했다.[16)]

---

15) 李家源, 『碧梅漫藁』 「爲堂과 문학」(《연세춘추》 제738호 〈延世血脈〉 其三 〈위당 정인보〉 1975.12.1.)

연민은 만년에 자신의 모습과 깊은 마음을 「진영자찬(眞影自贊)」을 지어 표현하였다. 그는 자신의 모습을 당대 제일의 화백(畫伯)에게 그리게 하고 자찬을 붙였다. 1986년 이종상(李鍾祥) 화백은 연민의 70세 진영을 그렸는데, 연민은 자신의 진영에 「연옹칠십세진영자찬(淵翁七十歲眞影自贊)」을 붙였다. 연민은 진영 자찬에서 "몸은 언덕과 골짜기에 맡겼으나 마음은 국민과 나라에 두었다."고 했다.[17] 그리고 "시문의 풍류는 깊고도 넓어, 찬란하게 갖추지 않음이 없도다"라고 자부를 했다.

대우주를 응시하고	凝視大宇
광야에 정신을 노닐도다.	游神曠野
몸은 언덕과 골짜기에 맡겼으나	身委丘壑
마음은 백성과 나라에 두었다네	心存民社
천년 전과 억년의 뒤에	千前億後
두 사람의 나가 없다고 말하겠네	謂無二我
홀연히 진영을 쳐다보니	忽焉瞻之
완전한 모습은 어떨까	十分則那
얼굴을 모사함은 혹 같지만	摹形或似
정신을 전함은 아니라네	傳神則未
일랑공의 독보적인 조예로	浪公孤詣
색과 소리 향기 맛을 표현했네	色音香味
시문의 풍류는 깊고도 넓어	文雅淵矱
찬란하게 갖추지 않음이 없도다	莫不瓓備
아직 이르지 못한 것이 있다면	有未到者
생각하는 바가 무슨 일일까	所思何事[18]

16) 李家源, 『碧梅漫藁』 「실학사상의 앙양」(《한국일보》 제 2763호 〈문화십년의 제언〉 1958.8.16.)

17) "心存民社"라는 표현은 明의 何良俊의 『何翰林集』에 "心存民社 志在禮樂"이란 말에 보인다.(『何翰林集』 권13, 序論, 何氏語林序論 上, 言志 제5)

18) 李家源, 『遊燕堂集』 和陶吟館藁, 頌贊, 淵翁七十歲眞影自贊(一浪 李鍾祥畫)

1990년 9월에 송영방(宋榮邦) 화백은 연민의 매화노옥을 방문했다. 연민과 송영방은 차를 마시며 서로의 회포를 털어 놓았다. 연민은 남색의 옛날 종이를 송영방 화백에게 내어주고 자기의 소상(小像)을 그리게 하고 이어 「연옹소상자찬(淵翁小像自贊)」을 지었다.

깊이 담배 향내를 맡으니	深嗅香煙
정은 초초하고 생각은 현묘하네	情悄思玄
희고 흰 그 머리카락이여	星星其髮
세월은 절로 애처로워라	歲華自憐
비록 옛날의 내가 아니나	雖非古我
십분의 구는 오늘의 연옹이네	九分今淵
누가 진짜이며 누가 본뜬 것인가	孰眞孰仿
그 정에는 사이가 없다네	情無閒然[19]

연민은 1985년에 자신의 수장(壽藏)을 마련하였다. 그는 2003년 계미년 9월에 자신이 이승을 떠난다고 생각을 했고, 생전에 「소대자명(蘇臺自銘)」을 지어놓았다. 그는 자신의 생평을 아주 간략하고 평이하게 표현하였다. 그리고 묘비명의 전면 글씨는 "李家源淵翁之藏"이라고 써놓았다.

연민은 젊은 시절부터 서세하기 전까지 세 번이나 타계했다는 소문이 돌았다. 어느 날 원달기라는 사람이 연민에게 전화를 걸어와 이르기를 "어떤 이가 말하기를 연옹이 하늘나라로 돌아갔다. 큰 별이 바람처럼 떨어졌다. 우리 유림이 쓸쓸하게 되었도다!"라고 하면서 놀라고 슬퍼함을 마지않았다고 했다. 이 말을 듣고 연민은 웃으면서 말하기를 "나는 세상을 보기를 자못 유유하게 본다. 중간에 무릇 세 번이다 죽었

19) 李家源, 『萬花齊笑集』 訪蘇堂藁, 頌贊, 淵翁小像自贊 小敍.

다고 소문이 났어."라고 했다.

연민은 26세 때에 서울에서 고향 안동에 내려갔는데 안동정류소에서 하회의 유영하를 만났는데 유영하가 자세히 보다가 한참이 지나 말하기를 "소문에 우리 아재가 타계를 한 것이 몇일이 되었다고 들었는데 잘못 전해진 것이로군요."라고 했다. 연민이 70세 때 또 타계했다는 소문이 영남에 퍼졌다. 그래서 사람들이 "연옹은 아마 천년을 장수할 것이다."라고 했다.[20]

연민은 1982년 8월 17일에 충청북도 중원군 소대면 동막동 산 12-1번지의 땅 330평을 2백만 원을 주고 샀다. 연민은 자신이 장차 묻힐 깨끗한 곳을 찾기 위해 재종형 이원영(李源榮)과 벗 이구영(李九榮)과 여주·충주 지역의 명승을 두루 찾았다. 그런데 이구영이 이호창(李鎬昌) 소유의 산지를 소개하여 연민은 구입을 하였다. 그 뒤 1985년 4월 5일(청명)에 현실(玄室)을 만들고 작은 묘갈(墓碣)을 세웠다. 당시 이원영이 현실을 만드는 일을 감독했다.[21] 그리고 나서 연민은 단국대학교에 산림 구입 및 묘지 허가의 모든 문서를 기증하여 영원히 관리 보호해 달라고 했다.[22]

연민의 이 「소대자명(蘇臺自銘)」은 연민이 지은 사언명(四言銘) 가운데서 압권으로 평생을 명리(名利)를 초월하여 담박하게 살아오면서 학문에 전념하여 등신(等身)의 저서를 남긴 자화상이다.[23] 연민의 「소대자명」은 그의 선조 퇴계의 「자명(自銘)」의 4언 체제와 정신을 이은 것

---

20) 李家源, 『萬花齊笑集』七硏齋藁, 詩歌, 三入冥府 小敍.

21) 현재 연민의 산소의 주소는 충북 충주시 소태면 동막리 산124임(야)이다. 필자는 8월 9일(화) 오후에 국사편찬위원회에 근무하는 金炫榮 박사와 연민 선생의 산소를 省墓했다.

22) 李家源, 『遊燕堂集』和陶吟館藁, 雜記, 蘇臺壽藏設置記.

23) 許捲洙, 「淵民先生 所撰 碑誌類文字의 特性과 價値」, 『연민 이가원 평전』, 술이, 2016, 459~460면.

이다.

해는 바로 계미요, 때는 마침 9월이었다. 누른 나뭇잎은 서편에서 흘러내리고, 우는 기러기는 남녘을 향해 엘 제, 연민 리선생은 곧 서울에 살고 있던 매화의 옛집을 길이 하직하고 저 중원 소대산 언덕으로 돌아가도다. 가까운 겨레와, 친한 이웃 사람과, 막역의 친구와, 여러 제자들이 술잔을 들어 나를 멀리 보내도다. 아아, 이 우주는 넓디넓고, 고금의 역사는 길고, 인류는 이다지 번영하고, 세상은 또 크게 어지러웠도다. 이제 나와 같은 미묘한 한 육신이 이 대자연 속에 마침 왔다가 또 마침 가게 되었으니, 아무런 슬플 것이 없도다. 나를 잘 아는 벗님네는 울부짖을 것이 없네그려. 명하되,

하늘이 어리석은 이 연민을 낳으실 제 天生癡淵
묻노니 무슨 뜻이 있었던가 없었던가 有意非歟
왜적의 쇠사슬에 슬픔에 묶였다가 悲呻敵絆
해 묵은 옛 나무에 봄 바람이 불었으나 喬木春噓
성스러운 조국 강산 두 조각에 부서지니 河山半壁
깊숙한 이내 시름 다시금 부풀었네 幽憂未除
옛 글을 읽었으나 讀古無偶
현실과는 성기도다 與今爲疎
글 지어 박은 책이 키에 비겨 넉넉컨만 有等身箸
긴 세월 허비함이 아까울 뿐이었고 惜費居諸
재야의 선비로서 글자루를 잡았단들 在野文柄
헛된 이름 얻음이라 부끄럽기 그지 없네 深慙虛譽
다만당 이 마음이 唯厥心事
한결같이 덤덤토다 一味淡如
때로는 멀리 떠나 지구촌을 찾아 돌제 時游四國
큰바다에 노를 젓고 푸른 허공 날랐도다 盪洋憑虛
진기한 구경들을 얻음이 많건마는 縱得瑰觀

아연히 꿈인 듯이 무한히 퍼덕일 뿐	一夢旋蘧
아마도 나에게는 이것이 진실이니	如是已矣
그 나머지 일일랑 굳이 묻지 말아다오	曷究其餘[24]

연민은 「자명」에서 “성스러운 조국 강산 두 조각에 부서지니, 깊숙한 이내 시름 다시금 부풀었네”라고 하여 우리 민족이 분단의 아픔을 겪고 있는 현실이 자신의 깊은 시름을 더욱 부풀게 한다고 했다. 또한 그는 “재야의 선비로서 글자루를 잡았단들, 헛된 이름 얻음이라 부끄럽기 그지 없네”라고 했다. 그는 마음 속에 깊은 시름이 서려 있으되 친일과 독재의 시대를 살면서 그것을 시원하게 풀어버릴 방법이 따로 없어서 시문을 지어 과거의 성현과 대화하고 미래의 자기의 마음을 알아즐 이에게 희망을 걸었다. 그래서 그는 평생 자신이 지니고 있던 깊은 뜻을 시문으로 표현했고, 그것이 학자로서 애국하는 길이라고 생각했다.

3. 만년의 담소의 함의

율곡 이이는 23세에 도산으로 가서 퇴계 이황을 찾아뵙고 시를 지어 퇴계의 학문과 생활을 기렸다. 율곡은 퇴계에 대해 “가슴속은 개인 달같이 열려 있고(襟懷開霽月), 담소하는 가운데 미친 물결을 막는도다(談笑止狂瀾)”라고 읊었다. 16세기에 활동한 퇴계의 담소가 당시 정주학을 정통으로 높이면서 이른바 양명학과 이기일물론(理氣一物論) 등

24) 李家源, 『襍同散異集』 碑碣, 蘇臺自銘. “歲在癸未, 時維九月, 黃葉西流, 鳴雁南征. 淵民李子, 乃永辭洌上之梅華老屋, 大歸于中原蘇臺之阡, 宗族親隣, 摯友門生, 酌酒而送之. 嗚呼! 宇宙曠矣, 古今悠矣, 人類繁矣, 世又大亂矣. 維玆眇然一身, 適來適去於大自然之中, 是無足悲矣. 知我諸君, 其勿哭也夫. 銘曰……”

의 광란을 그치게 했다면, 20세기에 활동한 연민의 담소에는 어떤 의미가 담겨있을까. 이 장에서는 필자가 1995년 4월부터 연민의 문하를 출입하면서 직접 연민을 곁에서 뵙고 가르침을 받은 사항들을 중심으로 언급해 보고자 한다.

연민의 할아버지 이중인은 기개가 있는 분이었다고 한다. 1907년에 왜놈이 집을 불질러 버리자 이중인은 집을 떠나 산속에 피해 살게 되었는데 그를 잡으려는 왜놈을 산에서 만나 풍수로 신분을 속이고 작은 암자에서 머물게 된다. 거기에서 어떤 이인을 만나니 그대는 관상을 보니 독립운동보다는 집으로 돌아가 조상의 유물을 지키고 자손을 잘 가르치는 것이 길이라 하여 그 길을 택했다는 것이다. 이중인은 1891년에 서울에 과거를 보러 올라왔는데 조정의 기강이 날로 무너지는 것을 보고 고향으로 돌아갈 뜻을 굳히고 경기도 양주에 이르러 시를 읊었다.[25)]

연민 집안은 할아버지대에 개화하기를 종용받았는데 만약 개화를 하면 군수 자리를 준다고 했다는 것이다. 그때 연민의 할아버지와 유필영(柳必永, 西坡) 두 사람에게 그런 제의가 있었는데 단호히 거부하였다고 한다. 연민은 만약 그때 할아버지가 군수나 했으면 오늘 자신이 어떻게 머리를 들고 다니겠느냐고 하였다.

연민은 "학자에게는 학문이 가장 고귀한 것이요, 학문에 있어서는 또한 학통이 가장 고귀한 것이다."라고 했다.[26)] 연민은 자신의 학통이 어디에 연원하고 있는지를 말하였다. 연민은 우선 가학으로 이황(퇴계)

25) 李中寅, 『老山遺藁』, 太學社, 1993, 觀光後同李愚軒鉉燮姪子忠鎬歸至楊根有賦. "十年浮計一西遊, 旅夢鄕懷返被愁. 從此休言多少事, 相隨鷗鷺下楊州. 東出興仁上馬遲, 終南豈愛此人歸. 光影堂邊寒水畔, 最憐杞菊滿山肥."

26) 李家源, 「總結-退溪學의 系譜的 研究」, 『退溪學及其系譜學的研究』, 退溪學研究院, 1989.

이후 이안도(李安道, 蒙齋)에서 이수연(李守淵, 靑壁)을 거쳐 이이순(李頤淳, 後溪) · 이휘녕(李彙寧, 古溪) · 이만수(李晩綏) 등을 통하여 내려오는 학통을 말하였다. 두 번째로 김사진(金思鎭, 西洲)의 문하에 출입하였으니 곽종석(郭鍾錫)의 삼전제자가 된다고 하였다. 또한 외조부(丁大植)의 학통을 이었다고도 할 수 있는데, 바로 외조부가 유주목(柳疇睦, 溪堂)의 제자라는 것이다. 그리고 처가는 안동 무실의 전주 유씨(全州柳氏) 집안이니 유건우(柳建宇)가 바로 장인이고 장모는 금용하(琴鏞夏, 鶴山)의 딸이니 금용하-유건우를 통해 수남(水南)의 학통도 이었다고 하였다. 그리고 북으로는 김태준(金台俊, 聖岩)의 학통도 이어받았다고 했다. 연민이 퇴계학맥에서 제시한 자신의 학통은 다음과 같다.

(1) 李滉–李安道–李誠哲–李守淵–李龜應–李志淳–李彙寧–李晩綏–李祥鎬–李家源
(2) 李滉–李詠道–李守綱–李龜星–李老淳–李晩寅–李中均 李和聖–李家源
(3) 李滉–柳成龍–柳袗–柳元之–柳世鳴–朴孫慶–鄭宗魯–柳尋春–柳疇睦–丁大植–李家源
(4) 李滉–金誠一–張興孝–李玄逸–李栽–李象靖–南漢朝–柳致明–金興洛–柳晦植–柳建宇–李家源
(5) 李滉–金誠一–張興孝–李玄逸–李栽–李象靖–南漢朝–柳致明–李震相–郭鍾錫–金思鎭 丁泰鎭–李家源[27]

연민 집안의 학풍은 할아버지 이중인대에 다소 바뀐 것 같다. 이중인은 두 아들(李家源과 李國源)을 가르치기 위하여 스승을 두루 생각해

27) 李家源, 「總結–退溪學의 系譜的 硏究」, 『退溪學及其系譜學的硏究』, 退溪學硏究院, 1989. "李滉–柳成龍–柳袗–柳元之–柳世鳴–朴孫慶–鄭宗魯–柳尋春–柳疇睦–丁大植–李家源" 부분은 필자가 연민으로부터 들은 학통울 제시해 본 것이다.

보았는데 꿇어앉아 글을 읽는 선비에게는 보내려고 하지 않았다고 한다. 그래서 영주에 사는 김사진에게 연민을 보냈는데, 김사진은 연민에게 박지원과 정약용에 대해서 가끔 얘기를 했다고 한다. 연민은 도포입고 아관박대(峨冠博帶)하고 글을 읽는 것도 필요하지만 그러한 인물은 한 고을도 다스리기 어렵다고 하면서 박지원 같은 실학자를 높이 평가하였다.

연민은 평생 평등안(平等眼)을 지니고 있었으나 세상에서는 연민이 삼교(三驕)가 있다는 소문이 났다. 삼교는 반교(班驕)·문교(文驕)·위교(位驕)로, 연민이 양반 후손이이서 교만하고 글을 잘 한다고 교만하고 박사학위가 있다고 교만하다는 것이다. 연민은 경남 마산의 세류장에서 성순영(成純永)을 만나서 여러 날 밤을 같이 묵으면서 이에 대해 해명을 했는데, 첫째 반교에 대해서 퇴계가 비록 높은 벼슬을 많이 했으나 그 뒤 퇴계의 후손은 벼슬이라는 것이 군수 현령이고 고계 선조(이휘령)에 이르러 동래부사와 동부승지를 지냈으니 그리 높은 벼슬을 하지 않았으니 대단한 양반이라 할 수 없고, 문교도 글을 잘한다고 자부한 적이 없으며, 위교는 박사학위가 있다고 하는 말인데 많고 많은 것이 박사라고 하였다고 한다. 이 말을 들은 성순영은 다른 사람에게 말하기를 “세상에서 연민에게 삼교가 있다고 하더니 모두 헛된 말이다.”라고 했다. 연민은 삼교에 대해 스스로 해명하는 시를 지었다.

평생 平等眼을 지닌 것 스스로 우스운데	自笑平生平等眼
도공이든 어부든 뜻대로 일하는 법이지	陶工漁丈任情爲
삼교있다고 시배들이 맹랑하게 전하지만	浪傳時輩三驕謗
교만 아니라 졸함에 어리석음 겸하였네	此非驕也拙兼癡[28]

28) 李家源, 『萬花齊笑集』 七研齋藁, 詩歌, 悲秋三絶.

연민은 1994년에 저작한 작품을 칠성검재지고(七星劒齋之藁)라고 했다. 그러면서 그 소서(小敍)에서 "나에게는 삼척칠성검(三尺七星劒)이 있다. 명나라 때의 유물인데 자리 오른쪽에 두어 '倭'를 죽일 수 있고 '邪'를 물리칠 수 있다"라고 했다.[29]

이종상(李鍾祥) 화백이 그린 「매화노옥도」에는 연민의 왼손에는 삼척칠성검(三尺七星劒)을 들고 있고 오른손에는 일지감만필(一枝戡蠻筆)을 들고 있는 모습이다. 여기서 '감만(戡蠻)'은 바로 일본 오랑캐를 벤다는 의미를 내포하고 있다. 연민은 '칠성검'과 '감만필'로 일본에 대한 적개심을 드러내고, 사(邪)를 물리치고 소인배에 대한 증오심을 표현하였다.

늙은 철연은 지금 병으로 힘이 없으니	老惄如今病無力
남산의 작은 토끼조차 잡을 수 없구나	南山小兎搏不得
그렇지만 三尺의 七星劒을 가지고 있고	猶有三尺七星劒
또한 한 개의 戡蠻筆도 가지고 있다네	復有一枝戡蠻筆
작은 귀신은 놀라 도망치고	小鬼驚亡
큰 姦人은 담이 찢어졌도다	大姦膽裂
달 밝은 오경에 매화노옥에서	五更明月梅華屋
슬픈 노래 한 곡조 부르니 대사가 끝이났네	悲歌一曲大事畢

연민과 이종상 화백의 인연은 '동산방(東山房)'에서 이화백이 작품전을 하였는데 연민이 그 작품전을 관람하러 갔다가 전시된 여러 그림 중에서 '원숭이 그림'이 있어 연민이 마음에 들어 그 그림을 사려고 하자, 이화백이 하는 말이 '선생님께서는 그림에도 조예가 깊으시군요. 그 그림은 팔지 않습니다. 저의 자화상입니다.'라고 하여 그 뒤 서로 가깝게 되었다는 것이다. 이 '매화노옥도'는 두 부를 그려 한 부는 이

29) 李家源, 『萬花齊笑集』 七星劍齋之藁 甲戌 小敍.

종상 화백이 갖고 나머지 한부는 연민이 소장하고 있다고 했다.

연민은 평생 붓을 잡고 저술에 한길로 정진한 학자였다. 그는 자신의 학문과 사상을 저서를 통해 표현하여 현실의 모든 부정과 부패를 타매(唾罵)하여 새로운 역사의 바퀴를 돌리기에 노력하였던 이 나라의 참된 멋쟁이였다고 할 수 있다. 연민의 담소에는 항상 정의의 기준에 의거하여 '正과 邪', '眞과 贋'을 분명하게 구별하고 '好와 惡'를 드러내는 모습이 있었다. 연민은 만년에 오른손에는 일지감만필(一枝戡蠻筆)을 들고 왼손에는 삼척칠성검(三尺七星劍)을 들었다. 이는 공자의 『춘추(春秋)』 필법에 따라 친일파를 붓으로 필주(筆誅)하고 독재와 부정에 대해 칼로 베어버리겠다는 정신을 표현한 것이다.

4. 만년의 저작활동

연민은 퇴계의 후손으로 도산(陶山)에서 생장하여 가학을 이었고, 독립운동가 이영호(李齡鎬, 石田 1893~1964)의 아들로 태어나 투철한 민족정신을 이어 받았다. 청년시절에는 변영만·정인보 등 당대의 석학들과 교유를 넓혔고, 장년기 이후에는 공덕성(孔德成)·고명(高明)·굴만리(屈萬里) 등 해외의 석학들과 학문적 교류를 넓히면서 학술토론을 하였다.

연민은 다음과 같이 말하였다.

"나는 젊었을 때부터 '인간의 第一流 사업은 오로지 인류 사회를 위하여 가치를 지닌 일을 저술함이다.'라고 생각하였다. 단적으로 말하면 孔丘의 『春秋』義法과 司馬遷의 『史記』 체재를 參用하여 우리나라 역사를 정리하는 것이 커다란 소망이었다. 그러나 일찍부터 사학을 전공하지 못한 나로서는 그 이른바 '커다란 소망'을 잘 이루지 못할 것을 깨달았다. 이제 만념이 배회하던 나머지 이 『朝鮮文學史』 저술에 뜻을 기울이게 되었다."(『朝鮮文學史』 序)

연민은 일찍이 동방학에 깊이 스며들려면 결코 십삼경(十三經)을 토대로 하지 않고는 마치 저 기초를 다지지 못한 모래벌 위에 집을 세우는 것과 다름이 없을 것이라고 말하였다.[30] 그는 국학을 전공하는 제자들에게 늘 경전공부에 대해 강조를 했다. 그는 제자 허경진에게 지어준 「허문천경진병명(許文泉敬震屛銘)」에서 "학문은 경전을 으뜸으로 삼는 것이 귀하다(學貴宗經)"라고 했고[31] 또 유재일(柳在日)에게 보낸 편지에서도 "동방학의 어떤 분야를 연구하더라도 십삼경을 바탕으로 하지 않고서는 결코 성공하기 어려울 거야."라고 했다.[32]

연민은 성리학은 자신에게는 거의 5세기 동안을 이어받아 내려오는 가전의 학문인만큼 의당히 이에 전력을 기울려 유산의 올바른 계승을 도모하여야하겠지마는, 그렇지 못하고 실학파의 문학을 전공하지 않을 수 없었던 것은 자신이 태어난 시대가 그들과 비교적 가까웠을 뿐 아니라, 성리학의 말폐가 극도에 달한 것이 현실이었기 때문이기도 하다고 했다. 또 실학파의 문학을 전공하면서도 그 중에서 소설을 취한 것은 물론 소설이 여러 가지 문학 중에서 가장 그 사회에 대한 꾸밈이 없는 반영물이기 때문이겠지마는, 특히 그 사상적인 면을 고찰해 보면 역시 유학 경전의 전통적인 본령에서 벗어나지 않았던 까닭이라고 했다. 그는 하나의 예로 연암소설의 내용에 스며든 그 사상은 곧 『서경

30) 李家源, 『碧梅漫藁』 「오늘의 나를 만든 冊」(《연세춘추》 제 571호 〈나의 東方學 기초는 十三經에〉 1970.5. 25.)

31) 李家源, 『萬花齊笑集』 煮茶著史之室藁, 箴銘, 許文泉敬震屛銘.

32) 李家源, 『襆同散異集』 書翰, 答柳暲樹.

(書經)』 중에 실려 있는 정덕(正德)·이용(利用)·후생(厚生)의 이른바 "삼사(三事)"에 지나지 않았던 것이라고 했다. 그는 유학의 경전인 『서경』과 연암소설과의 거리는 엄청나게도 멀듯하나 그렇지 않다고 보았던 것이다.[33)]

4.1. 『조선문학사』의 저술

연민의 필생의 업적은 『조선문학사』의 저술이었다. 그는 김태준을 만나 고전문학의 연구에 뜻을 두었다. 그는 문학 연구로 출발했지만 사학자의 정신으로 문학사를 저술하고자 했고, 민족정사(民族正史)의 편찬을 희망하였다.

> "우리 史學者의 당면 과제로는 史觀의 정립과 正史類의 편찬이 시급하다. 申采浩의 民族史觀을 골간으로 하되 그 고루한 부분은 揚棄하고 朴殷植·金澤榮 등의 著籍을 참고로 하여 하나의 역사서를 엮어 놈들의 植民地史觀을 이 땅에서 말끔히 추방하여야 한다. 올바른 역사가 이루어지지 않고는 이 文學史가 올바르게 꾸며지기 어렵기 때문이다."[34)]

그러면 연민의 『조선문학사』 집필과정에서의 심정을 알아보고자 한다. 연민은 1970년 이후 30년 동안 『조선문학사』 집필에 대한 생각을 계속해왔다. 그러다가 1993년 9월에 이르러 3년 동안의 투병이 소강상태에 이르러 원고의 집필을 시작했다. 연민은 『조선문학사』를 저술하는 정경을 말하면서 일찍이 박지원은 사마천이 『사기』를 편찬할 때의 정경이 어린 소아(小兒)가 나비를 잡을 때 한발은 뒤로 들고 손을 내어

---

33) 李家源, 『碧梅漫藁』「오늘의 나를 만든 冊」(《연세춘추》 제 571호 〈나의 東方學 기초는 十三經에〉 1970.5.25.)

34) 李家源, 『朝鮮文學史』 下冊(太學社, 1997), 後敍, 民族正史의 編纂.

잡으려다가 나비가 포르르 날아가 버리는 정경이었다고 소개하였는데, 지금 자신의 정경은 가마솥을 다 부수고 3일 양식만을 갖고 항해에 출정하는 절박한 심정이라고 하였다.

> "박지원은 일찍이 사마천이 『史記』를 쓸 때의 정경을 상상 묘사하여 小兒의 捕蝶에 비하였다. 나비가 꽃가지에 깃든 것을 발견하고 작은 아이가 왼편 다리는 들고 바른편 다리는 전진하면서 Y형의 두 손가락이 조심스럽게 나비에 접근하는 찰나에 나비는 그만 날아가 버렸다. 아이는 사면을 돌아보면서 자기의 실수를 부끄러워하는 듯이 아연한 웃음소리로 적막을 깨뜨렸다. 사마천은 그 불우한 환경을 딛고 일어섰으나 오히려 유유자적할만한 여유가 있었다. 그러나 필자가 이 문학사를 쓸 때에는 그 정경이 사마천과는 크게 달랐다. 첫째 시간적 여유가 없었고, 또 방대한 자료의 정리가 만만치 않았다. 마치 백전노장이 별안간 커다란 强敵을 만나 장병을 모아놓고 군함은 바다에 던지고, 釜甑은 모두 깨뜨리고, 3일을 지탱할 軍糧밖에 없음을 보이며 중도에서 쓰러질지라도 후퇴가 없음을 다짐함과 같았다. 이는 나에게는 나비잡는 소년처럼 유유자적할 시간이 없기 때문이었다."[35]

연민은 『조선문학사』 저술을 좀 더 빨리 시작하였으면 좋았는데 너무 늦게 집필을 시작한 것을 한스럽게 여기면서 위와 같이 술회하였다. 그는 오직 『조선문학사』의 완성을 통해 학자로서 자신의 뜻을 표현하고자 했고 길이 후세에 전하고 싶어 했다.

연민은 1993년 9월 9일부터 『조선문학사』 집필을 시작하여 1996년 4월 6일에 책을 완성하였다. 그 원고 분량은 200자 원고지로 만여 장이었고 모두 24장으로 편성을 했고 세 책으로 나누어 간행했다. 1994년 어느 날 연민은 꿈을 꾸었는데 지난날의 여러 선배 중에 이중균(李中

---

35) 李家源, 『朝鮮文學史』 下冊, 後敍, 《朝鮮文學史》를 쓸 때의 情景.

均)·홍명희(洪命憙)·변영만(卞榮晩)·정인보(鄭寅普)·김태주(金台俊)을 꿈에서 만났다고 한다. 연민은 이들 다섯 사람이 학예와 언논은 서로 다르나 나라를 사랑하고 일본을 물리치고 민족의 대의를 고수하는 것은 다름이 없다고 보았다. 연민은 이들을 혹은 사사하기도 하고 혹은 종유(從遊)하기도 하여 자주 이들을 꿈에서 만났다고 했다. 그중 연민은 홍명희에 대해서 다음과 같이 읊었다.

俠義의 당당함을 그린 『임꺽정』은	俠義堂堂林巨正
『양산박』이후 가장 웅장한 소설이네	梁山泊後最雄篇
傀儡라고 폄하한 말은 정말 웃음이 나니	貶爲傀儡眞堪笑
최남선의 말은 지나치게 함부로 한 것이지	南善之言太放顚

연민은 최남선이 홍명희를 괴뢰(傀儡)라고 평한 것을 듣고 웃으면서 가령 최남선의 말과 같이 홍명희가 반쪽의 괴뢰라면 최남선은 전국의 괴뢰라고 비판하였다.[36] 연민은 23세에 서울에 올라와 변영만·정인보를 종유하여 많은 것을 배웠다. 그런데 정인보는 납북되고 변영만은 작고한 뒤 연민은 서정주와 동서인 시인 김관식의 소개로 최남선을 찾아보게 되었다고 한다. 최남선은 연민을 반갑게 맞이하며 말하기를 정인보와 변영만이 자기의 친구인데 정인보는 감찰위원장이 되어 자기를 잡으려고 하며 변영만도 마찬가지로 자기를 대한다고 푸념하면서 자신은 조선의 역사가 없어져 가는 것이 안타까워 조선사편수회에 들어갔다고 변명을 했다고 한다. 연민은 최남선이 이제 정인보가 납북되고 변영만이 죽으니 연민이 자기의 문하를 찾아온 줄 생각한 것 같았다고 했다. 이에 연민은 김관식에게 최남선이 전일의 죄과를 회개하는 것이 떳떳한 일일 텐데 전혀 그런 기색이 없이 오히려 변명한다고 말

---

36) 李家源, 『朝鮮文學史』 下冊, 附錄 寫藁途中所吟詩七種.

하고 종유할 뜻이 없음을 밝혔다고 한다.

연민은 김태준에 대해서는 다음과 같이 읊었다.

유물론 신사상을 고취하였고	鼓吹唯物新思想
문원에 처음으로 사실풍을 열었네	文苑刱開寫實風
글을 쓰면 천 글자에 괴이한 빛이 나니	落筆千言光怪出
천추에 許筠과 李贄 마침 누가 빨갔던가	千秋許李竟誰紅

연민은 자신의 『조선문학사』에서 김태준의 『조선한문학사(朝鮮漢文學史)』를 소개하면서 "조선민족의 몇천년 역사를 지닌 한문학을 사적 체계를 세워 서술한 것은 처음이다."라고 높이 평가했다. 또한 김태준의 『조선소설사(朝鮮小說史)』도 중국의 노인(魯迅)의 『중국소설사략(中國小說史略)』에 비하여 손색이 없을 정도라고 하면서 실로 광세적(曠世的)인 거저(鉅著)로 평가했다.[37] 연민은 김태준으로부터 역사와 문학 연구에 있어 사실풍을 그려야 한다는 연구방법을 배웠다. 연민에게 있어서는 정치적 이념보다는 학자로서 실증적이고 객관적인 학문 연구 방법이 더 중요했던 것이다. 여기에서 연민이 공자 문하의 문학과 주돈이의 "文以載道"의 설과 진독수(陳獨秀)의 "立誠의 寫實文學"을 지지하면서 동방문학의 주조를 입성(立誠)·재도(載道)·사실(寫實)로 보고 있다는 점을 주목할 필요가 있다.[38] 연민은 실사구시의 연구방법을 중시했고 김태준을 통해서 자료 선정과 사실풍의 연구방법을 받아들였다. 연민은 그 일례로 『김태준전집』 1권의 「沙里花와 파랑새」를 선정하면서 『고려사』 악지(樂志)의 사리화가 파랑새의 연원이라 하면

37) 李家源, 『朝鮮文學史』 下册, 제24장 民族黯黮期 抵抗文學(其三), 《朝鮮文學史》에 관한 著書 1650면.

38) 李家源, 『朝鮮文學史』 上册(太學社, 1995), 總敍.

서 당시 세금이 과중하고 호강(豪强)한 자가 백성들의 재산을 약탈하여 빼앗아 백성들이 곤궁에 빠진 것을 황조가 곡식을 쪼아 먹음(黃鳥啄粟)이 바로 가렴주구를 말한 것이라 하면서 자신의 『조선문학사』에 실었다.[39)]

그런데 연민의 『조선문학사』의 저술에는 다행히 연민을 도와주는 곱고 예쁜 다섯 제자가 있었다. 바로 허경진 · 정현기(鄭顯琦) · 유재일(柳在日) · 전수연(全秀燕) · 민긍기(閔肯基)였다. 연민이 『조선문학사』 집필을 시작하면서 이들 5子와 함께 이윤석(李胤錫) · 윤덕진(尹德鎭)이 동참하여 매주 토요일 매화노옥에서 연민을 모시고 "기본자료 수집 선정", "독회참여 의견진술", "문장윤색"을 했다.[40)]

솨솨 소리 가벼운 바람 팔 밑에서 일어나고	颯颯輕風生腕底
구슬 같은 글자는 붉은 원고지선에 떨어지네	珠璣錯落絳絲欄
문장을 도와주어 빛을 발하게 하는 이 누구인가	誰歟助發文章者
곱고 예쁜 다섯 제자 함께 한 일단이라네	五子嬋娟共一團

연민은 1994년 3월에 『조선문학사』 제14장의 원고 집필을 마치고 조판에 붙이었다. 그러나 오른쪽 눈의 백내장 수술로 인하여 다음 장의 원고 작성은 중단이 되었다.

지리한 병으로 두 봄을 지났거늘	支離一病經再春
백내장 눈동자에 끼어 또 고생을 했네	白翳紺瞳又苦呻
어떻게 하면 발운산 세 첩을 얻어서	安得撥雲三帖散
작은 글자도 나무라지 않을 수 있을까	蠅頭細字不須嗔

39) 李家源, 『朝鮮文學史』 下冊, 제24장 民族黯黮期 抵抗文學(其一), 全琫準의 甲午農民革命運動, 1499면.

40) 李家源, 『朝鮮文學史』 下冊, 附錄, 協贊委員名錄.

연민은 1996년에 드디어 『조선문학사』 세 책을 완성하고 스스로 느낀 바를 칠언 2絶로 지었다.

사천년의 인문의 일	四千餘載人文事
일렁거리는 사조를 사실대로 그렸네	漫浪之潮寫實風
삼년간 투병속에 문학사를 완성하니	鬪病三年成一史
가련하다 죽지 않고 책 만드는 벌레여	可憐不死著書蟲

병중에도 꿈속의 잠꼬대를 음미했으니	病中咀嚼夢中囈
황홀하게 사람과 신이 감통한 것이라네	恍也人神感與通
나의 저서 완성되는 즈음 봄빛이 좋으니	自書當成春色好
모든 꽃은 일제히 웃고 연옹은 앉아있네	萬花齊笑坐淵翁

연민은 『조선문학사』를 집필하면서 정사(正史)를 써야 하며, 그 정사는 신채호 박은식의 사관을 중심으로 하되 고루한 것은 버리고 식민사관을 배격하였다고 했다. 그는 기존의 제가의 저술중에서 우리 문학중의 거봉인 한문학을 지나치게 소홀히 다룬 것을 비판하고 자신의 『조선문학사』에서 한문학을 비중있게 다루면서 교정하였다.[41]

연민은 1997년 9월 20일에 『조선문학사』 간행을 기념하여 연세대 알렌관에서 「한국문학사 연구의 나아갈 길」이란 주제로 강연을 하였다. 연민은 자기가 쓴 『조선문학사』의 '利鈍, 否肯'을 평가받을 자리라고 하면서 자신이 문학사를 쓰게 된 배경을 말하였다. 연민은 이 『조선문학사』에 대해 자신은 과대평가하지 않으며 교량적 역할에 불과하다고 하였다. 옛날에 구양수(歐陽修)가 자기 글에 대해 대단히 자부하였고, 근래 정인보도 자기의 글에 대해 자부가 대단했으나 자부를 하다보면 자만에 빠지기 쉽다고 하면서 겸사를 하였다. 그러면서 교량도

---

41) 李家源, 『朝鮮文學史』 上冊, 序.

대하의 교량이 아니라 두메산골의 징검다리라고 하였다. 낙동강이 강원도 황지천에서 발원하여 도산에 이르러 낙천(洛川)이 되는데 그 사이사이에 있는 두메의 징검다리라고 거듭 얘기하였다.

연민은 『조선문학사』 말미에 협찬자 명단을 굳이 넣은 것은 연민이 어릴 때 어머니로부터 6남매 중에 오직 자신만이 한글을 배웠는데, 한글은 하루 글이라 하였지만 분명 세종대왕이 지었다고 하나 평소 그 배후에 도와준 사람이 있을 것이라 생각하였다는 것이다. 그런데 최근의 연구를 통해 세종 당시에 정희공주(貞熹公主)가 한글창제에 도움을 주었다는 새로운 사실이 밝혀졌다는 것이다. 그 당시에 그러한 인물을 밝혀 놓지 않았지만, 연민은 『조선문학사』 편찬에 도움을 준 사람의 이름을 밝혀야겠다고 생각하여 적어 둔다는 것이요, 자료를 한 두건 제공한 사람에게는 글씨를 써서 꼭 답례를 했다고 했다.

4.2. 애국 연민(憐民)의 작품

연민은 평생 많은 책을 썼고 한문 문집은 1967년부터 1996년까지 30년 동안 『연연야사재문고(淵淵夜思齋文藁)』(1967), 『연민지문(淵民之文)』(1973), 『통고당집(通故堂集)』(1979), 『정암문존(貞盦文存)』(1985), 『유연당집(遊燕堂集)』(1990), 『만화제소집(萬花齊笑集)』(1997) 등 모두 6권을 남겼다.[42] 연민은 만년에도 스스로 말하기를 경향의 글 빚이 산처럼 쌓여 잠시도 한가롭지 않다고 했다. 그는 자신의 이러한 저작활동을 스스로 지리한 사업이라고 표현했다.[43]

허경진 교수는 연민이 평생 지은 한시를 상세하게 분석하여 그 특징

---

42) 연민의 6종의 한문 문집에 대한 내용은 허경진, 「淵民선생의 漢詩에 대하여」(『淵民 李家源先生 八秩頌壽紀念論文集』, 冽上古典硏究會, 1997), 57~87면 참조.
43) 李家源, 『萬花齊笑集』 七星劍齋之藁, 詩歌, 奚爲自苦如此.

을 제시하였다. 그의 연구에 의하면 우선 연민의 한시에는 연민의 인생역정과 당시의 사회상을 그대로 드러내고 있다고 했다. 특히 연민의 시는 사회의 부정과 독재에 항거한 우리 현대사의 영사시(詠史詩)이고, 애국 연민과 정덕(正德)·이용(利用)·후생(厚生)이 시의 바탕을 이루고 있다고 했다.[44] 그런가하면 연민의 병명(屛銘) 작품에 보이는 구세정신(救世精神)에 대해서는 허권수(許捲洙) 교수가 「청와대병명(靑瓦臺屛銘)」·「민족통일병명(民族統一屛銘)」등을 통해 연민의 애국·애민의 정신을 크게 드러내었다.[45]

이 장에서는 연민의 작품에 대한 기존의 연구를 바탕으로, 연민이 장년기부터 만년에 이르기까지 지니고 있었던 애국 연민의 정신을 연민의 작품을 통해 검토해 보고자 한다.

연민은 평생 조국의 통일을 갈망하였다. 그는 1986년에 지은「화도음주이십수(和陶飮酒二十首)」의 제9구수에서 남북의 화해를 바라고 있다.

조국이 처음 광복이 되어	祖國初光復
웃음의 얼굴 잠시 볼 수 있었네	笑齒暫見開
산하는 홀연히 반으로 갈라졌었고	河山忽半壁
같은 집에서 다른 생각을 가졌네	同室操異懷
자색이니 희다느니 이 무슨 말인가	紫白是何道
동포 동족이 길이 서로 어그러졌네	胞族永相乖
하늘에 물으니 아득히 말이 없어	問天蒼无語
나로 하여금 더욱 서성거리게 하네	使我更栖栖
남으로 피난했다가 다시 북으로 돌아가고	南播復北旋

44) 허경진,「淵民선생의 漢詩에 대하여」(『淵民 李家源先生 八秩頌壽紀念論文集』, 洌上古典硏究會, 1997), 87~98면 참조.

45) 허권수,「淵民 李家源선생이 지은 箴銘類 작품에 대한 小考」,『연민 이가원 평전』, 술이, 2016.

마시지 않아도 泥蟲처럼 곤드레 취했다네	不飮醉如泥
황야에서 오랫동안 배회하고 방황하면서	荒野久回皇
벗들과 술 마시며 해학을 맘대로 했네	朋酒恣談謔
차고 찬 하나의 강 사이에서	盈盈一水間
혼과 꿈이 또한 처량하고 아득하네	魂夢亦萋迷
어느 때 견고한 얼음이 풀리어	何時堅氷釋
북으로 가고 또 남으로 돌아올까	北去復南回[46]

연민은 1945년 8월 15일 조국의 광복으로 우리 민족이 웃음의 얼굴을 잠시 볼 수 있었지만 바로 조국의 산하는 홀연히 반으로 갈라졌고 같은 집에서 다른 생각을 가지게 되었다고 했다. 그러면서 연민은 남북의 견고한 얼음이 녹아서 남북이 자유롭게 오가는 통일의 시대가 하루 빨리 오기를 바랐다.

연민은 1988년에 조국의 통일은 우리 겨레의 유일한 염원이자 국시(國是)라고 했다. 그러면서 무력의 통일보다는 평화적 통일이 최선이 될 것이요, 평화적 통일에는 먼저 사상적 결합이 급선무이며, 사상적 결합은 오로지 우리 선민의 '哲言·至訓'을 찾아 하나의 지침으로 삼아야 할 것이라고 했다.[47]

연민은 1990년 노태우정권 때 「청와대병명(靑瓦臺屛銘)」을 지었다. 그 당시에 청와대에서 영빈관을 짓고 병풍을 비치하기로 하고 당대에 글을 가장 잘 짓는 학자에게 글을 받자고 하여 연민은 「청와대병명」을 짓게 되었다.

---

46) 李家源, 『遊燕堂集』 和陶吟館藁, 和陶淵明飮酒二十首 小敍.

47) 李家源, 「〈陶山全書解題〉 후기(附)」, 『退溪學及其系譜學的硏究』, 退溪學硏究院, 1989, 324면.

하늘이 동부를 열었고	天開洞府
땅에는 정영이 엉기었네	地儲精英
백악산의 돌은 견고하고	白岳石固
한강은 거울처럼 맑네	洌江鏡淸
아름답도다 산과 강이여	美哉山河
우리 한국의 서울이네	是我韓京
푸른 기와의 건물 있어	靑瓦有臺
바라보면 우뚝솟았네	望之崢嶸
또한 새집을 지으니	亦啓新宇
그 규모 작지 않았네	其規不纖
문물이 찬란하게 갖추어졌고	文物粲備
날은 맑고 바람은 기쁘네	日晏風怡
나라의 흥성과 쇠망은	國之興替
정치를 하는데 달려 있지	係於爲政
政이란 바르게 한다는 뜻이라	政者正也
지난 성인을 정성으로 따르네	恪遵前聖
대통령은 이미 똑똑하고	元首旣明
관료들은 능히 어질다네	股肱克良
뜻이 문민정치에 있으면	志在文民
모든 서민들이 평안하리	庶億其康
邪를 내치고 능력있는 이를 쓰고	黜邪讓能
믿음을 강론하고 화목을 닦아야지	講信脩睦
서민에게 군자의 덕을 베풀면	草上之風
누가 감히 감복하지 않겠는가	疇敢不服
조국 강토를 통일하는 일에	祖疆統一
너와 내가 함께 참여하세	爾我同參
북녘을 화합하고자 하면	欲和其北
남녘부터 먼저 단결하세	先締其南
위대한 업적을 성취한다면	成就偉業
성하게 수립한 바가 있는 것	菀有所樹

사람과 귀신이 서로 유쾌하고	人神胥快
새와 짐승이 춤을 출 것이지	鳥獸翩舞
멀리 봄에 오직 눈이 밝고	視遠維明
말을 들음에 오직 귀가 밝네	聽言維聰
만약 德을 닦지 않는다면	若不修德
天祿이 길이 끊어질 것이네	天祿永終
옆에다 병풍을 펴두니	屛陳于傍
도는 떳떳함에 있다네	道存于常
정치를 함에 仁을 좋아하면	爲政好仁
하늘은 잊지 않을 것이네	天其不忘[48]

이 「청와대병명」은 연민의 학문과 사상이 가장 완숙한 시기에 혼신의 힘을 기울려 지은 작품으로 연민의 저작 중에 가장 우수한 작품의 하나이다.[49] 연민은 남북의 분단을 비통해 하면서 우선 남남 갈등을 해결해야 한다고 했다.

일찍이 16세기 후반에 퇴계 이황은 「성학십도(聖學十圖)」를 선조에게 올리면서 '敬' 한 글자를 강조했고, 남명 조식은 「무진봉사(戊辰封事)」에서 '君義' 두 글자를 선조에게 올렸다. 그런데 20세기 말에 연민은 노태우 대통령에게 '修德' 두 글자를 올렸다. 연민은 「청와대병명」의 끝에 "만약 德을 닦지 않는다면, 天祿이 길이 끊어질 것이네"라고 하였다. 연민은 1968년에 「德을 닦으라」라는 글에서 이미 통치자의 "수덕"에 대해서 말한 적이 있다.

"淵民子 일찍이 어떤 선비에게 들은 이야기 한 토막을 이에서 상기해 보았다. 중국 청나라 황제가 처음 漢族을 정치적으로 정복하고 황제의

48) 李家源, 『萬花齊笑集』 訪蘇堂藁, 箴銘, 靑瓦臺屛銘.

49) 허권수, 「淵民 李家源선생이 지은 箴銘類 작품에 대한 小考」, 『연민 이가원 평전』, 술이, 2016, 507면.

자리에 오르는 취임식을 거행하는 그 날이다. 별안간 황제의 궁전 대들보에는 '一世而亡'이라는 네 글자가 대서특필로 쓰여져 있었다. 이건, '한 대만에 나라가 망할 것이다.'라는 의미이다. 온 궁중의 警官이 발칵 뒤집히어 범인의 체포는 시간적인 문제에 지나지 않을 그 순간이다. 황제는, '그만두어, 이건 하늘이 나에게 경고하는 것이야.'하고는 곧 '一世而亡' 네 글자 위에다 '若不修德'의 네 글자를 더 쓰라 명령하였다. '만일에 덕을 닦지 않으면 한 대만에 나라가 망할 것이다.' 라는 의미가 된다. 황제는 결코 그 범인이 한족의 한 사람으로서 滿族의 황제를 반대하는 강력한 민족사상을 지닌 자임을 몰랐을 리가 없었으리라. 그러나 그는 서슴지 않고 그 천고의 逆律을 범한 자의 소위를 받아들여 이것이 곧 옥황대제께서 자기에게 경고하는 장엄한 詔勅으로 해석하였다. 이러한 넓고도 숭고한 도량과 책략이 족히 몇 천년의 유구한 역사를 지닌 그 민족을 지배하여 위대한 有淸 일대 帝王史의 터전을 마련하고 實事求是的인 문화를 건설함에 무난하였던 것이다. 물론 때의 고금이 없음은 아니었으나, 이 일이 족히 천고 위정자의 거울이 될 수 있으리라 생각된다. '만일에 덕을 닦지 않는다면 한 대만에 나라가 망할 것이다.'라는 그러한 座右銘을 굳이 지키는 위정자라면 결코 덕을 닦기에 게을리 하지 않을 것이니, 그가 다스리는 나라는 반드시 운명이 길게 될 것이다."[50)]

연민은 이 「청와대병명」을 지으면서 당시 문화재관리국 관료에게 "만약 德을 닦지 않는다면, 天祿이 길이 끊어질 것이네."라는 말을 노태우 대통령에게 분명히 전하라고 하였는데 그렇게 전했는지 모르겠다고 하였다. 연민은 덕을 닦는 것의 중요성을 강조하였고, 대통령이 덕을 닦지 않으면 하늘이 우리 대한민국을 돌보지 않는다고 경계를 하였던 것이다.[51)]

---

50) 李家源, 『碧梅漫藁』, 「덕을 닦으라」(《영남일보》 제 7714호〈영남광장〉1968. 8. 17.)
51) 허권수, 「淵民 李家源선생이 지은 箴銘類 작품에 대한 小考」, 『연민 이가원 평전』, 술이, 2016, 507면.

연민은 민족통일에 대한 생각을 늘 가슴에 품고 있었다. 그는 우리나라 역사에서 단군과 박혁거세, 온조, 동명왕의 이국안민(理國安民)을 생각했다. 이러한 빛나는 조상의 정신을 생각하면 우리 동포들이 서로 친해지지 않을 수 없다는 것이다.

널리 인간 세상 이롭게 함은	弘益人間
단군 할아버지의 정신이네	檀祖精神
박혁거세의 지혜와 밝음	居世睿悊
온조의 맑고 순박함	溫祚淸醇
동명왕의 영웅의 뜻과 열렬함이	東明雄烈
아울러 버티어 우뚝했다네	幷峙嶙峋
성인과 신인이 계속 일어나	聖神繼起
나라 다스리고 백성 편안히 했네	理國安民
모든 우리 동포들은	凡我疇胞
감히 서로 친하지 않을까	敢不相親[52]

연민은 조국의 통일에 대한 일념을 늘 지니고 있었다. 그는 「서울定都六百周年吟此四言一十韻志感」이란 사언 시에서 우선 아름다운 서울의 산수인 삼각산과 한강을 언급하고 하늘이 동부(洞府)를 열었다고 했다. 동부는 곧 도가에서 말하는 신선이 사는 동천(洞天)이다. 이어 서울이 일제강점기를 거쳐 육이오 전쟁의 역사를 겪었음을 말하였다. 그러면서 궁극적으로는 "일념으로 통일을 생각하니(一念統一), 슬프다 우리의 백성들이어(哀我民萌)"라고 읊었다.

화산은 높아 구름과 가지런하고	華山雲齊
열수는 맑아 거울처럼 깨끗하네	洌江鏡淸

52) 李家源, 『遊燕堂集』譜石齋藁, 箴銘, 民族統一屛銘.

하늘이 신선 동부를 열었고	天開洞府
이씨가 서울에 도읍을 정했네	仙李作京
산과 물은 태극의 모양이요	峙流太極
해와 달은 둥글고 밝도다	烏兎圓明
정치 경제 문인 무인이여	政經文武
마음은 섬세하고 정책은 크도다.	心細謨宏
성인 신인이 돌아가시니	聖神殂謝
새짐승의 자취들이 난무했네	蹄跡縱橫
적의 굴에서 겨우 벗어나니	敵絆財釋
같은 방에서 서로 싸웠네	同室鏖兵
강산이 두 조각으로 부서지어	河山半壁
남침과 북벌이 있었다네	南侵北征
일념으로 통일을 생각하니	一念統一
슬프다 우리의 백성들이어	哀我民萌
이 공고한 기지에 터를 잡아	奠此鞏基
육백년을 흘러왔네	六百載更
만감이 교차하여	萬感交捽
푸른 하늘 우러러 정을 부치네	仰蒼歙情[53]

연민은 1945년에 광복이 되었으나 이후 6·25전쟁으로 남침과 북벌이 있었고 조국의 강산이 두 조각으로 부서졌다고 하면서 자신은 일념으로 통일을 생각한다고 했다.

연민은 1996년 4월 6일 『조선문학사』 집필을 마치면서 「민족의 꽃 산유화」를 읊었다. 그는 "산유화는 우리 민족의 꽃이다. 산유화, 산유화야. 해마다 삼천리 이 강산에 봄철이 오면 남북의 선남·선녀·형제·자매 손에 손을 잡고 평양 대동강 모란봉, 서울 목멱산 조선의 강

53) 李家源, 『萬花齋笑集』 七星劍齋之藁, 詩歌, 서울定都六百周年吟此四言一十韻志感.

열수를 찾아 술 빚고, 시 읊고, 노래 부르며 꽃놀이를 가련다. 이 「민족의 꽃 산유화」를 우리 조국통일의 노래로 삼아 목놓아 불러보련다."[54] 라고 했다.

연민은 젊은 시절부터 백두산을 다녀오고 싶어 했다. 연민은 젊은 시절 벗 정준섭·박종세와 성균관에서 공부할 때 모이면 시를 짓고 하였는데 통일이 되면 백두산에 가서 부정풀이를 한번 하자고 했다고 한다. 일본에게 나라를 빼앗기고, 또 부정만 일삼으니 이 부정풀이를 해야 되지 않을 까하여 그렇게 하기로 했다는 것이다. 부정풀이라는 말은 불길한 집안을 깨끗이 하기 위해 무당·판수를 불러 그 악귀를 몰아내는 일을 이름이다. 당시 박종세는 부정풀이라는 것은 "그다지 어려운 것이 아니지요. 옛 시 한 수만 지어 읊으면 모든 부정이 다 사라져 버릴거요."라고 했다고 한다. 연민은 박종세의 말을 듣고 바로 깨달았다. 박종세는 일제라는 이족(異族)의 침략 밑에 당한 모든 굴욕과 수치를 일괄하여 한 마디 말로 표현하여 "부정"이라 일렀던 것이다. 연민은 저 불길한 집안을 깨끗이 하기 위하여 "풀이"의 사업을 청부하는 이가 곧 무당이요, 민족수난기의 모든 고민을 "풀이"하는 이가 시인이라고 생각했다. 그는 백두산에 가면 한시를 짓지 않고 "白頭山巫歌"를 지어야겠다고 하였다.[55]

연민은 서세 1년 전인 1999년에 청년시절부터 그토록 가고 싶어 했던 백두산에 올랐다. 그는 그해 8월 29일(일요일) 백두산을 가기 위해 「제백두산신문(祭白頭山神文)」을 지었다. 그는 8월 31일 중국 연길에 가서 자고 9월 1일에 백두산에 올라 천지를 보았다. 이때 하유즙(河有楫)·허권수 등 8명이 동행하였다. 연민은 백두산에 가서 산신에게

54) 李家源, 『朝鮮文學史』 下冊, 後敍, 〈民族의 꽃 山有花〉.
55) 李家源, 『碧梅漫藁』, 「不正풀이」 (《동아일보》 제15158호 書事餘話 1970.1.13.)

"1999년 기묘년 9월 1일 병진일에 洌陽外史 眞城 李家源은 삼가 막걸리와 마른 고기와 과일을 차려놓고 공경스럽게 백두산신께 제사를 올립니다."라고 우선 말하고 다음과 같이 아뢰었다.

아!

우뚝한 우리나라의 진산	嶷嶷我鎭
높고 높아 하늘과 가지런하네	巍與天齊
천지는 거울처럼 맑아	天池鏡淸
대지의 배꼽에 해당하네	大地之臍
이 땅의 어리석은 백성들이	下土愚萌
한번 예참하기를 바란다네	願一禮參
나의 나이는	犬馬之齒
팔십 세 살인데	八十有三
이미 늙고 또한 병이 들어	旣耄且病
기어다니는 모습 두꺼비 같네	匍匐如蟾
어찌 이승에 오래 지내리오	豈能久乎
서산에 지는 해 같도다	如日西崦
마침 맑은 가을날을 당하여	適値秋晴
나의 벗들이 나를 기다리네	我友須卬
삼천리 먼 항공길을	三千空路
바람 차와 구름 배 타고	風車雲航
신사와 숙녀들	紳士淑女
여덟 사람이 동행 했네	八十其指
말과 웃음 편안했고	言笑晏晏
글과 역사에도 익숙했네	亦嫺文史
점잖은 許實甫는	豈弟實甫
나의 뜻을 이은 문생이지	得意門生
나의 노쇠함을 어엿비여겨	憐我頹唐
손잡아 부축하여 걸었네	扶携而行

무탈하게 갔다가 돌아옴은	還往無頉
신령에 의지함이네	賴神之靈
거친 말로 충심을 아뢰오니	荒辭告臆
오직 신께서는 들으소서	維神是聽[56]

연민은 제문에서 백두산은 우리나라의 진산으로 높고도 높아 하늘과 가지런하다고 했다. 그러면서 천지는 거울처럼 맑아 대지의 배꼽에 해당한다고 했다. 우리 민족의 기상과 우리 민족이 사는 땅이 지구의 중심이라고 생각한 것이다. 연민은 "紳士淑女 八十其指"라는 표현을 쓰면서 "신사숙녀"는 요즘 말을 사용했고, "팔십기지"는 『마의상서(麻衣相書)』에 나오는 말로 8명이 함께 갔으니 손가락이 80개라는 말을 쓴 것이라고 했다. 또 나관중(羅貫中)의 『삼국연의(三國演義)』 삼국지통속연의(三國志通俗演義)에 "어찌 오래 지내리오(豈能久乎)"라는 말도 있다고 하면서 연세가 높아 이 세상에 오래 살지 못할 것을 아뢰었다. 그는 백두산에 가서 시를 지어 부정풀이를 했다. 오래전에 민족수난기의 모든 고민을 "풀이"하는 이가 시인이라고 생각했던 그의 마음을 백두산신에게 아뢰었던 것이다.

연민은 장차 조국이 통일이 되고 궁극적으로는 장차 만방이 다 평안하기를 기원하였다. 그는 「만방함녕송(萬邦咸寧頌)」에서 "모든 민족 오직 화합하여(億族維和), 만방이 다 평안하기를(萬邦咸寧)" 바랐다.

하늘은 푸르고 땅은 누르며	天蒼地黃
사람은 번성하고 만물은 자라네	人蕃物茁
산악은 가파르고 깊숙하며	山嶽嶙峋
강하는 출렁이며 흘러가네	江河盪潏

56) 허권수 지음, 『연민 이가원 평전』 속표지 사진.

해와 별은 수정처럼 맑고	星日晶明
바람과 비는 순하고 신령하네	風雨順靈
선비 농부 장인 상인이여	士農工商
문인 무인 정치인 경제인이로다	文武政經
모든 민족 오직 화합하여	億族維和
만방이 다 평안하기를	萬邦咸寧[57]

연민은 만년에 이르기까지 하루 빨리 조국의 통일을 달성하고 나아가 인류의 화합과 평화를 바랐다. 그의 만년의 저작에는 그의 애국과 연민의 투철한 역사의식이 반영되어 있다.

5. 맺음말

연민은 일제에 의해 민족문화가 말살되었던 암담한 시대에 실학연구를 시도하여 큰 학문적 업적을 남겼다. 그는 평생 실사구시의 학문 방법으로 독서와 연구를 했고 실학을 담론하기를 좋아했다.

연민은 만년에 오른손에 일지감만필(一枝戡蠻筆)과 왼손에 삼척칠성검(三尺七星劍)을 들고 친일과 독재와 부정을 논단하였다. 특히 그는『조선문학사』를 집필하면서 "조선문학은 오로지 조선겨레가 產生한 문학작품들을 이름이다"라고 했다. 이러한 인식하에서 연민은『조선문학사』에서 위항작가는 물론 홍유(鴻儒)·석학들의 작품을 두루 수록했다. 그는 위항작가의 '悲酸·鄙俗·奇險·裊娜'한 작품도 조선 문학에서 중요하지만, 홍유·석학들의 '雄渾·豪壯·溫柔·婉麗'한 작품도 중요하다고 하면서 공정한 평가를 하여 수록하였다.[58]

---

57) 李家源,『萬花齊笑集』烏石像齋藁, 頌贊, 萬邦咸寧頌.
58) 李家源,『朝鮮文學史』上冊, 總敍.

연민은 조선문학에 대해 평소 "淸雅芊眠"이라고 평했다. 연민은 육기(陸機)의 문부(文賦)에 나오는 "淸麗芊眠"이라는 말을 조선문학을 평하는 용어로 인용했고 다만 "淸麗"대신 "淸雅"라는 표현을 사용했다. "芊眠"은 "빛(光色)이 성한 모양"이다. 연민이 말하는 조선은 유구한 우리 민족이 써온 이름, 또 밝다는 의미가 있어 취한 것이었다. 연민이 조선문학을 "청아천면"하다고 평한 것은 연민이 "조선"이란 말을 "아침 햇빛이 선명하다"라고 풀이한 것과 통한다고 할 수 있다. 연민은 조윤제가 한국문학을 "은근과 끈기"라고 했다고 하면서, 연민 자신은 조선문학은 "청아천면"이라 평할 수 있으니 이 말은 운동장에 금잔디가 깔려 있는 모습이라고 나에게 설명하였다. 연민은 "청아"하고 "천면"한, 즉 맑고 우아하고 밝게 빛나는 조선겨레가 산생한 작품들을 선별하여 『조선문학사』에 실어 후학들에게 아름다운 혜택을 끼쳐주었다.

연민은 평생 학자로 지내면서도 국민과 나라를 걱정했고, 그러한 자신의 마음을 시문으로 표현했다. 그는 「청와대병명(靑瓦臺屛銘)」을 지으면서 통치자의 "修德"을 강조하고, 만약 통치자가 덕을 닦지 않으면 천록이 길이 끊어진다고 경고했다. 연민의 작품에 나타나는 "마음은 국민과 나라에 두었네(心存民社)"라는 말은 국민과 나라를 걱정하는 연민의 충심(衷心)을 표현한 것이다. 그런가 하면 연민은 늘 "성스러운 조국 강산 두 조각에 부서지니(河山半壁)"라는 표현으로 분단된 조국의 현실을 애통해하며 하루빨리 민족통일이 이루어지기를 염원하며 "일념으로 통일을 생각하네(一念統一)"라고 하였다.

연민은 2000년 11월 9일 84세로 서세할 때까지 근 80년 동안 붓을 잡고 독서와 저술로서 애국의 한길을 걸어갔던 학자였다. 그는 학자로서 우국 연민(憂國憐民)의 답답한 마음에 시름에 젖을 때도 많았고 그때마다 시문을 짓고 글씨를 써서 자신의 뜻을 표현하였다. 그는 멀리는 공자의 『춘추』의 논단과 사마천의 역사 기술 채제를 참조하여 원용하고, 가까이는 안정복의 『동사강목』과 신채호의 민족사관을 이어 『조선문학사』를 집필하여 우리나라의 문학사를 총정리하는 학문적 과업을 이루었다.

연민문고 소장 고서의 학술적 가치

정재철 / 단국대

1. 머리말

연민(淵民) 이가원(李家源: 1917~2000) 선생은 자신이 수집한 고서와 유물을 1986년 12월 8일부터 2000년 10월 31일까지 14년 동안 총 130회에 걸쳐 단국대학교에 기증하였다. 최근 석주선기념박물관에서 조사한 내용에 따르면, 연민문고에 소장되어 있는 고서는 판본(板本) 945종(목판본 941종, 석판본 4종), 활자본(活字本) 625종(금속활자본 36종, 목활자본 133종, 신연활자본 456종), 석인본(石印本) 1176종, 유인본(油印本) 3종, 검인본(鈐印本) 14종, 탁본(拓本) 42종, 필사본(筆寫本) 441종, 모사본(模寫本) 2종, 등사본(謄寫本) 20종, 영인본(影印本) 344종 등 총 3,612종에 이른다. 특히 연민문고에는 총 372종에 달하는 귀중 고서를 따로 모아 놓은 〈동장귀중본(東裝貴重本)〉이 포함되어 있어 주목된다. 이곳에는 필사가 이루어진 시기나 인쇄가 진행된 시기가 비교적 앞선 선본(善本)들로 미공개 자료들이 다수 포함되어 있다.

단국대학교 동양학연구원에서는 최근 한국학중앙연구원의 지원을 받아 총 3년에 걸쳐 연민문고 소장 고서 가운데 학술적 가치가 상대적으로 높은 자료들로 구성된 〈동장귀중본〉을 중심으로 연민문고에 소장되어 있는 고서 180종을 해제하였다. 이 고서들은 필사와 간행시기 및 수록 내용, 필사자와 간행자, 필사지와 간행지 등을 면밀한 검토를 거쳐 선정되었으며, 해제 대상 고서의 내용을 깊이 이해하고 있거나 관련 논문을 발표한 연구자에 의해 해제가 이루어졌다. 본 발표에서는 연민문고에 소장된 고서중에서 이미 해제가 완료된 180종을 중심으로 연민문고 소장 고서의 문헌적 가치에 대해 살펴보기로 한다. 연구는 먼저 180종의 고서를 내용에 따라 다섯 유형으로 구분된 고서들의 특징에 대해 살펴보고, 이어 학계의 이목이 집중되어 있는 연암저작 필사본 36종의 내용과 가치를 살펴보는 방식으로 진행하기로 한다.

2. 연민문고 고서의 유형별 특징

연민문고에 소장된 고서중에서 해제가 완료된 180종은 유형별로 ①연암저작 36종, ②시집·문집류 49종, ③시가·소설류 30종, ④일기·시화류 21종, ⑤역사·사상류 23종, ⑥도첩·탁본류 21종으로 나누어진다. 이 고서들은 연민문고 소장 〈동장귀중본〉 중에서도 자료의 희소성이나 내용의 중요도에 있어서 학술적, 문헌적 가치가 매우 높은 것으로 판단된다. 본장에서는 연암저작류 36종을 제외한 나머지 다섯 유형의 고서들을 대상으로 하여 고서들의 특징에 대해 살펴보기로 한다.[1)]

2.1. 시집·문집류

연민문고에는 조선 초기에 간행된 한수(韓脩)의 『유항선생시집(柳巷先生詩集)』에서 시작해 김석준(金奭準)이 19세기 동아시아 시인들의 시를 모아놓은 『홍약루회인시록(紅藥樓懷人詩錄)』에 이르기까지 다양한

---

1) 본 장은 '단국대 소장 연민문고 〈동장귀중본〉 해제단'에서 수행한 『단국대 소장 연민문고 〈동장귀중본〉 해제집』(2012)의 내용을 참고하였음.

형태의 시집과 문집이 소장되어 있다. 그 중 학계에서 가장 주목을 끄는 것으로 실학파 문인들의 시문집을 들 수 있다. 이들 시문집을 박제가를 중심으로 한 북학파의 시문집 5종과 정약용을 중심으로 한 다산학파의 시문집 4종으로 나누어 주요 내용 및 가치를 살펴보면 다음과 같다.

〈표 1〉 연민문고 소장 주요 시집·문집류의 주 내용 및 가치

번호	서명	저자	책 수	주요 내용 및 가치
1	貞蕤閣三集	朴齊家	1책	박제가 자신이 원고를 정리한 정고본(定藁本)으로서의 권위를 인정받을 수 있음.
2	貞蕤閣詩集	朴齊家	5책	필사자의 엄격한 필사태도와 다양한 자료를 활용하여 필요한 내용을 보충함.
3	薑山初集	李書九	4권 2책	현재 전하는 10여종에 이르는 이본들 가운데 정본에 가장 가까운 이본임.
4	二十一都懷古詩	柳得恭	1책 (42장)	중국 종이에 1814년 무렵에 이루어진 것으로 이른 시기의 필사본으로 추정됨.
5	嚴鐵橋全集	嚴誠	3권 3책	홍대용가에 전해왔던 『일하제금합집』의 원본일 개연성이 매우 높음.
6	與猶堂集	丁若鏞	1책 (缺秩)	정약용 혹은 그 제자들이 직접 필사한 정약용 가장본으로 가치가 큼.
7	覆瓿	安鼎福	1책	국립중앙도서관에 소장된 16책에 누락된 1책의 친필 원고임.
8	帶琴樓詩集	李晩用	4권 2책	연암 때에 만들어져 연암의 후손가에 소장되어 왔던 연암 수택본임.
9	經臺詩略	金尙鉉	1책	김상현과 정학연의 교유에서 창작된 시편들은 '다산학단'의 연구에 도움이 됨.

박제가(朴齊家)의 문집인 『정유각삼집(貞蕤閣三集)』은 이 책에 수록된 내용을 일일이 검토해보면 알 수 있듯이, 이 책은 박제가의 친필 시고로 박제가 자신이 원고를 정리한 정고본(定稿本)으로서 권위를 인정받기에 충분하다. 『정유각시집(貞蕤閣詩集)』은 필사자의 엄격한 필사태도와 다양한 자료를 활용하여 필요한 내용을 보충하였고, 그리고

선배의 비평과 평점을 적극 반영하면서 자신의 평점까지 가함으로써 박제가 시의 감상법까지 제시하고 있어, 학계에서 이를 적극적으로 활용할 만한 가치가 충분하다. 이서구(李書九)의 『강산초집(薑山初集)』은 발문의 내용으로 미루어 볼 때, 거의 10여종에 이르는 이본들 가운데 정본에 가장 가까운 이본이라 할 수 있다. 유득공(柳得恭)이 지은 『이십일도회고시(二十一都懷古詩)』는 중국 종이에 단정한 필체로 쓰여 있는데, 이는 1814년 무렵에 이루어진 것으로 비교적 이른 시기에 만들어진 필사본으로 추정된다. 엄성(嚴誠)의 문집인 『엄철교시집(嚴鐵橋全集)』은 홍대용가에 전해왔던 책으로, 청나라 항주의 문사들과 영조 42년 연경에 왔던 조선 사신 육인과 교유하면서 남긴 화상, 시문, 척독을 적어 놓은 『일하제금합집(日下題襟合集)』의 원본일 가능성이 매우 크다.

연민문고에 소장되어 있는 『여유당집(與猶堂集)』은 정약용이나 그 제자들이 직접 필사한 정약용 가장본(家藏本)으로 추정된다. 특히 이 책은 정약용이 『매씨상서평(梅氏尙書評)』을 작성한 초기의 형태를 보여준다는 점에서 매우 중요한 필사본으로 판단된다. 안정복(安鼎福)의 부부(覆瓿)』는 국립중앙도서관에 소장된 16책에 누락된 1책의 친필 원고로, 안정복의 수고본 『부부(覆瓿)』의 전체 모습을 온전히 살려낼 수 있다는 점에서 가치가 크다. 이만용(李晩用)의 『대금루시집(帶琴樓詩集)』은 이만용이 뒷날 정학연의 집에서 짓거나 정학연 등과 어울리며 지었던 시를 나중에 그 집에서 찾아 정리한 것으로, 연암 당대에 만들어져 연암의 후손가에 소장되어 왔던 연암 수택본이다. 김상현(金尙鉉)의 『경대시략(經臺詩略)』은 19세기 문단에서 매우 비중 있는 김상현의 초기시가 수록된 중요한 자료이다. 특히 김상현과 정학연의 교유에서 창작된 시편들은 '다산학단'의 연구에 있어서 유용하게 활용할 수 있다.

2.2. 시가·소설류

연민문고에는 유일본으로 새롭게 발굴된 『오화셔』·『봉래신설(蓬萊新說)』·『경광쥬피난록』·『성수총화(醒睡叢話)』·『홍백화전(紅白花傳)』·『곡강루기우(曲江樓奇遇)』 등을 포함해 다양한 형태의 시가·소설류의 고서가 소장되어 있다. 그 중에서 학계에서 관심을 끌고 있는 시가집 4종과 소설 3종의 주요 내용 및 가치를 살펴보면 다음과 같다.

〈표 2〉 연민문고 소장 주요 시가·소설류의 주요 내용 및 가치

번호	서명	저자	책 수	주요 내용 및 가치
1	雅樂歌詞	미상	1책 (8장)	이본 가운데 가장 많은 악장을 수록하고 있으며, 다른 판본에 수록되지 않았던 악장 「성단(星壇)」이 추가됨.
2	일동장유가	金仁謙	2권 2책	온전한 내용으로는 유일하게 필사연도가 알려져 있어 향유층을 추정할 수 있음.
3	雜歌	미상	1책 (56장)	조선 전기 가사를 대표하는 「면앙정가」는 『잡가』의 수록 작품이 유일본임.
4	龍潭遺詞	崔濟愚	1책(36장)	처음 간행된 단양 지역에서 대중포교용으로 필사되어 소용되던 가사집임.
5	西廂記 春夏秋冬	王實甫	4권 4책	김성탄본을 저본으로 한 필사본으로 17세기 후반 이후의 독자층을 보여주는 자료임.
6	西廂記 卷1~5	王實甫	1책 (缺秩)	조선시대 문인들의 『서상기』의 수용 및 번역 양상, 향유 의식 등을 확인할 수 있음.
7	艶夢抄解	미상	1권 1책	서문 「염몽만석설」은 『서상기』 이해 및 수용 태도를 읽을 수 있는 평비적 자료임.

저자미상의 『아악가사(雅樂歌詞)』는 이본 가운데 가장 많은 악장을 수록하고 있을 뿐만 아니라 다른 판본에는 수록되지 않은 「성단(星壇)」 악장이 추가되어 있다. 따라서 이 책은 조선시대 아악가사의 변모 양상을 고스란히 담고 있다는 점에서 악장, 나아가 궁중 문화사 연구에 매우 귀중한 자료이다. 김인겸(金仁謙)이 지은 『일동장유가』는 온전한

내용을 갖추면서도 필사연도가 알려진 것으로는 유일한 것으로, 성책(成冊) 연도와 책주(冊主)를 통해 향유층을 추정할 수 있다. 저자미상의 『잡가(雜歌)』는 조선 전기 가사를 대표하는 「면앙정가」는 이 책에 수록된 작품이 유일하다. 또한 이 책에 수록된 「고공가」, 「답가」의 경우도 창작 동기와 작자에 대한 여러 기록이 남아 있지만, 작품은 이 책에 수록된 것이 유일하다. 그리고 「호남곡」도 기존의 계열과 내용이 다른 작품으로 유일본으로 가사 연구에 귀중한 자료가 된다. 최제우(崔濟愚)의 『용담유사(龍潭遺詞)』는 이 책이 처음 간행된 단양 지역에서 대중포교용으로 필사되어 사용되던 가사집이라는 점에서 자료적 가치가 적지 않다.

연민문고에는 소설 연구에서 주목 받는 자료들이 다수 소장되어 있다. 그 예로 왕실보(王實甫)의 『서상기(西廂記)』와 관련된 3종의 자료를 들 수 있다. 『서상기 춘하추동(西廂記 春夏秋冬)』은 김성탄본을 저본으로 한 필사본이다. 이 책이 처음 유입되었을 때에는 왕실보의 『서상기』, 『이탁오서상기』 등이 읽혔으나, 김성탄의 비주본이 출간된 17세기 후반 이후로는 조선시대에도 김성탄본이 전역을 휩쓸며 두터운 독자층을 형성하였음을 보여준다. 『서상기(西廂記)』(권1~5)는 조선시대 문인들의 속문한 작품에 대한 인식을 고찰해 볼 수 있을 뿐만 아니라, 『서상기』의 수용 및 번역 양상, 향유 의식 등을 확인할 수 있는 의미 있는 자료이다. 특히 이 책은 다양한 형태로 존재하는 번역필사본들의 이본들을 확인하고 유통 경로를 추적할 수 있는 단서를 제공하고 있다. 저자미상인 『염몽초해(艶夢抄解)』는 이 책의 저술 경위와 제목의 도덕적 함의를 서술한 「염몽만역설(艶夢謾譯說)」이 수록되어 있는데, 이는 조선인의 『서상기』 이해 및 수용 태도를 읽을 수 있는 평비(評批)적 자료로서 일정한 의의를 지니고 있다. 또한 이 책에 제시된 원문 어구에 대한 한글풀이는 조선후기의 한글 사용 면모를 이해하는 데 도움이 된다.

2.3. 일기·시화류

연민문고에는 제주도의 풍토를 상세하게 기록한 『삼한총서(三韓叢書)』를 비롯해 곽종석 일해의 행적을 기록한 『을사서행일기(乙巳西行日記)』에 이르기까지 다양한 형태의 일기와 시화서가 소장되어 있다. 그 중에서 학계에서 주목하고 있는 일기류 4종과 시화류 3종의 주요 내용 및 가치를 살펴보면 다음과 같다.

〈표 3〉 연민문고 소장 주요 일기·시화류의 주요 내용 및 가치

번호	서명	저자	책 수	주요 내용 및 가치
1	今是堂燕行日記	任義伯	1책 (缺秩)	임의백의 시와 함께 정사와 서장관의 시를 알 수 있는 유일한 자료임.
2	東平尉公私見聞	鄭載崙	2권 2책	16~8세기 초반의 정치·사회·경제적 상황을 이해하는데 도움을 줌.
3	青泉海遊聞見錄	申維翰	1책 (32장)	원중거(元重擧)의 『화국지(和國志)』와 비교 연구하는 데에 하나의 준거가 됨.
4	美槎日錄	李範晉	1책 (11장)	19세기 말 조선 지식인의 대외인식을 파악하는데 도움이 되는 자료임.
5	詩學會海大成	焦竑	1책 (59장)	명대 방각본으로 간행된 시학서 중에서 우리나라에 남아 있는 몇 안 되는 자료임.
6	詩話彙成	洪重寅	2책	홍만종이 엮은 『시화총림(詩話叢林)』과 함께 이전 시화들을 집대성하여 체계적으로 재정리해 놓음.
7	洛下詩話	미상	1책 (36장)	이 책에 수록된 시론 2편은 이학규 시론의 특징을 보다 상세하게 살펴볼 수 있는 자료임.
8	藝林奇話	미상	1책 (49장)	조선 후기에 시론·서론·화론과 소품류의 작품을 적극적으로 완상하던 정황을 보여줌.

임의백(任義伯)이 지은 『금시당연행일기(今是堂燕行日記)』에는 본인의 시 뿐 아니라 정사와 서장관의 원시(原詩) 또는 차운시가 모두 실려 있는데, 현재 그의 문집 등 여타 저술이 현전하지 않는 상황에서 이

책은 그의 작품세계를 이해할 수 있는 유일한 자료이다. 정재륜(鄭載崙)이 지은 『동평위공사견문(東平尉公私見聞)』는 현재 『공사견문』이 필사본으로만 전해지는 상황에서 상호 대조 및 교감 자료로서의 가치를 지닌다. 또한 이 책은 매우 다양한 인물과 사건들에 관한 이야기로 구성되어 있어, 16~8세기 초반의 정치·사회·경제적 상황을 이해하는데 참고가 된다. 신유한(申維翰)이 지은 『청천해유문견록(靑泉海遊聞見錄)』은 제9차 조선통신사 사행 당시 일본의 문화 전반을 보여주고 있는데, 이 책은 특히 제11차 조선통신사 사행시기 본격적인 일본견문록인 원중거(元重擧)의 『화국지(和國志)』와 비교 연구할 수 있는 준거가 된다. 『미사일록(美槎日錄)』은 주미 공사 이범진이 1896년 6월 20일부터 1897년 1월 31일까지 그때그때 적어놓은 일기를 주미 공사관에서 근무했던 이건호가 필사한 것으로, 이를 통해 19세기 말 조선 지식인의 대외인식을 추적할 수 있는 귀중한 자료이다.

초횡(焦竑)이 편찬한 『시학회해대성(詩學會海大成)』은 명대 방각본으로 간행된 시학서 중에서 우리나라에 남아 있는 몇 안 되는 자료로, 당시 한시를 지을 때의 공구서로 유용하게 활용되었을 것으로 추정된다. 홍중인(洪重寅)이 편찬한 『시화휘성(詩話彙成)』은 『동국시화휘성(東國詩話彙成)』과 비교해 선본으로 추정되며, 홍만종이 엮은 『시화총림』과 함께 이전 시화들을 집대성하여 체계적으로 재정리해 놓았다는 점에서 가치가 있다. 저자미상인 『낙하시화(洛下詩話)』에는 7수의 시와 2편의 시론이 새롭게 수록되어 있을 뿐만 아니라, 기존의 작품에 새로운 내용이 부기되어 있기도 하다. 특히 새로 발굴된 2편의 시론은 이학규 시론의 특징을 보다 상세하게 살펴볼 수 있다는 점에서 학술적 가치가 높다. 저자미상인 『예림기화(藝林奇話)』는 조선 후기에 시·서·화론에 관한 다양한 작품을 선집해서 감상하고 유통하던 정황을 보여 주며, 이와 함께 불교의 심성론이나 잡찬(雜纂)과 같은 소품류의 작품을 적극적으로 완상하던 정황을 보여준다는 점에서 그 의미가 크다.

2.4. 역사·사상류

연민문고에는 우리나라 최초의 향약을 기록한 『퇴계선생동중족계입의(退溪先生洞中族契立議)』을 비롯해 조선후기의 대명의식을 보여주고 있는 『만동묘문적초(萬東廟文蹟抄)』에 이르기까지 다양한 역사·사상류의 고서가 소장되어 있다. 그 중 가장 주목되는 고서인 정약용의 저작물 5종과 실학 관련 저작물 5종의 주요 내용 및 가치를 살펴보면 다음과 같다.

〈표 4〉 연민문고 소장 주요 역사·사상류의 주요 내용 및 가치

번호	서명	저자	책 수	주요 내용 및 가치
1	周易四箋	丁若鏞	10책 (缺秩)	오늘날 유통되고 있는 『주역사전』은 최종본인 무진본 이외의 다른 판본은 발견되고 있지 않음.
2	論語古今注	丁若鏞	1책 (缺秩)	다산과 그의 제자에 의해 완성된 1차 원고에 다산이 다시 첨삭한 것으로 가치가 큼.
3	牧民心書	丁若鏞	1책 (缺秩)	이 책의 작성 초기에 원문을 베낀 후에 그 내용을 수정하거나 보완하는 과정이 잘 나타남.
4	民堡議	丁若鏞	1책 (52장)	『여유당집』에 포함되지 않는 책으로, 이 책이 민간에서 어떤 방식으로 유통되었는지를 보여주고 있음.
5	朝鮮水經	丁若鏞	1책 (缺秩)	정약용이 『대동수경』을 지은 초기의 상황과 뒤에 수정된 상황을 잘 보여주고 있음.
6	星湖藿憂錄	李瀷	2권 1책	19개 항목에 달하는 논설에서 성호 문집에는 7개 항목만 실려 있어, 이익의 실학사상 연구에 있어서 절대적임.
7	星湖先生言行錄	李森煥	1책 (33장)	성호의 생애, 학문, 인품 등에 대한 기존의 인식을 확인하고 이를 보완할 수 있는 유일한 자료임.

8	李父星湖先生行狀	李秉休	1책 (缺秩)	성호의 인간적, 학문적 면모를 총체적으로 조명하고, 이룩한 업적을 闡揚하려는 의도에서 집필됨.
9	東韓稽古編	安鼎福	1책 (114장)	안정복이 1756년부터 1783년까지 편찬한 『동사강목』의 저본이 되는 자료임.
10	進上北學議	朴齊家	1책	원래의 내용에 『진상북학의』를 편찬하면서 다시 첨가한 부분까지 함께 수록하여 내용상 완벽을 기함.

오늘날 유통되고 있는 『주역사전(周易四箋)』은 최종본인 무진본 필사본 24권이며, 아직 다른 판본은 발견되고 있지 않다. 1926년 신조선사(新朝鮮社)에서 『여유당전서』의 활자화 작업이 이루어졌을 때의 대본도 바로 이 무진본으로, 연민문고 소장본도 이 무진본의 한 갈래로 무진본의 원형을 파악하는데 참고가 된다. 『논어고금주(論語古今注)』는 여러 곳에 산거(刪去)를 의미하는 '산(刪)'자와 첨가하라는 의미의 삽입표시가 있는데, 이는 다산이 직접 지시한 수적(手迹)임이 확실하다. 이 책은 제자들의 자료수집과 다산의 이에 대한 안어(按語)를 가하여 완성된 제 1차 원고에다 다산이 다시 첨삭을 가한 것으로, 『논어고금주』의 완성 직전의 상황을 보여주는 자료라는 점에서 가치가 크다. 『목민심서(牧民心書)』는 원문을 베끼고 난 다음에 그 내용을 수정하거나 보완하는 과정이 잘 나타나 있는 것으로 보아, 이 책이 작성된 초기의 상황을 보여주는 중요한 자료로 판단된다. 『민보의(民堡議)』는 정약용의 저작인 필사본 『여유당집』에 포함되지 않는 책으로, 목차가 누락되어 있고 권별 분류도 보이지 않는다. 이 책은 1812년에 완성된 『민보의』가 민간에서 어떤 방식으로 유통되었는지를 보여주는 필사본으로 판단된다. 『조선수경(朝鮮水經)』은 19세기 후반 이후에 나온 후사본이지만, 그 저본은 규장각본보다 앞선 시기에 작성된 것으로 판단된다. 이 책은 정약용이 『대동수경』을 지은 초기의 상황을 보여주는 동

시에 훗날 어떤 방식으로 수정했는지를 보여준다는 점에서 중요한 의미를 지닌다.

『성호곽우록(星湖藿憂錄)』에는 성호 이익이 수립한 실학사상의 핵심인 '경세치용' 사상이 집약되어 있다. 이 책에 수록된 19개 항목의 논설 가운데 『성호선생문집』에 실려 있는 것은 7개 항목에 지나지 않는 것에서 보듯이, 이 책은 이익의 실학사상 연구에 절대적인 비중을 차지하고 있다. 이삼환(李森煥)이 쓴 『성호선생언행록(星湖先生言行錄)』은 유일한 필사본으로 성호의 생애, 학문, 인품 등에 대한 기존의 인식을 확인 내지 수정, 보완 할 수 있는 매우 의미 있는 자료이다. 이병휴(李秉休)가 지은 『계부성호선생행장(季父星湖先生行狀)』은 단순히 집안 어른의 일대기를 기록한다는 가문의식에서 기술한 것이 아니라, 한 위대한 학자의 인간적, 학문적 면모를 총체적으로 조명하고, 성호 선생이 이룩한 업적을 闡揚하려는 의도에서 집필된 것이다. 안정복은 1756년(영조 32)부터 1783년(정조 7)까지 『동사강목』을 편찬했는데, 1740년에 편집된 『동한계고편(東韓稽古編)』은 『동사강목』의 저본이 된다는 점에서 의미가 있다. 박제가의 『진상북학의(進上北學議)』는 원래의 내용을 그대로 복원하였는데, 이에 더하여 『진상북학의』를 편찬하면서 다시 첨가한 부분까지 함께 수록함으로써 내용상 완벽을 기하고 있다. 따라서 이 책은 여러 이본 가운데서 그 가치를 인정할 만한 선본이다.

2.5. 도첩·탁본류

연민문고에는 조선시대 윤리관을 보여주고 있는 『삼강행실도(三綱行實圖)』를 비롯해 조선시대의 서예 교본으로 사용된 『황아경후기(換鵝經後記)』에 이르기까지 다양한 형태의 도첩과 탁본이 소장되어 있다. 그 중 가장 주목되는 서첩 5종과 탁본 및 그림 4종의 주요 내용 및 가치를 살펴보면 다음과 같다.

〈표 5〉 연민문고 소장 주요 도첩·탁본류의 주요 내용 및 가치

번호	서명	저자	책 수	주요 내용 및 가치
1	先祖文純公遺墨	李滉	1첩	현전하는 퇴계의 40대 필적이 많지 않다는 점에서 퇴계의 필적 연구에 귀중한 자료임.
2	茶山先生眞蹟	丁若鏞	8장 13折	다산의 아들 정학연의 글씨로, 시 5수는 초의와 정학연의 교유 및 만년 행적을 살필 수 있음.
3	先賢遺墨	李彙寧	1책 (14장)	12인의 유묵 15건은 모두 해당 문집에 실려 있지 않은 습유작(拾遺作)임.
4	泮齋契帖	許傳 編	1책 (11장)	허전(許傳)을 비롯한 18명의 인명과 함께 15명의 칠언율시 15수가 실려 있음.
5	實學諸家眞蹟	미상	12첩	본서에 장첩된 시문은 모두 저자의 친필로, 시문 가운데 일부는 저자의 문집에 수록되어 있지 않음.
6	白月碑	崔仁滾 撰, 釋 端目 集字	1첩 (13장)	낭공대사의 생애와 사상을 보여주는 유일본으로, 신라 말기 불교사의 흐름을 총체적으로 알 수 있음.
8	重藏舍利記	沙門 南叙 述 僧 知常 書	5장 9折	당나라 시대에 쓴 안진경체라는 점에서 서법 연구에 중요한 참고자료가 됨.
9	換鵝經後記	陶穀 書	1첩 (3장)	조선시대에 수입된 『황정경』의 중국 탁본의 한 유형을 보여줌.
10	寶蘇堂印譜	미상	1책 (38장)	옹방강과 추사 및 자하와의 관련성을 비롯하여 당대 소동파 열풍의 실상을 살펴볼 수 있음.

퇴계의 필적은 50대 이후의 것은 흔하지만, 그 이전 40대의 것은 전하는 것이 그리 많지 않다. 그러한 측면에서 이황(李滉)의 『선조문순공유묵(先祖文純公遺墨)』은 이황의 필적, 곧 '퇴필(退筆)'의 연구에도 귀중한 자료가 된다. 『다산선생진적(茶山先生眞蹟)』은 정약용의 친필이 아닌 맏아들 정학연의 글씨로, 수록된 시 5수는 모두 1858년과 1859년 사이에 지어진 작품이다. 이 책에 수록된 작품은 문집에 누락되었는데, 이는 모두 초의선사에게 써준 것으로 초의선사와 정학연의 교유 및 만년 행적을 살피는 데 중요한 자료이다. 이휘녕(李彙寧)의 『선현유

묵(先賢遺墨)』은 제8-9장에 실려 있는 밀암(密菴) 이재(李栽)의 간찰 2건을 제외한 나머지 12인의 유묵 15건은 모두 해당 문집에 실려 있지 않은 습유작(拾遺作)으로, 이 작품들은 각각 해당 문집을 보완하는데 도움을 줄 수 있는 자료이다. 허전(許傳)이 편찬한 『반재계첩(泮齋契帖)』에서 '반재(泮齋)'는 '성균관(成均館)'의 별칭으로 당시 성균관에서 함께 공부하던 사람들의 시첩이라는 뜻으로, 서문을 쓴 허전을 비롯해 18명의 인명과 함께 15명의 칠언율시 15수가 실려 있다. 『실학제가진적(實學諸家眞蹟)』은 본서에 장첩(粧帖)된 시문은 모두 저자의 친필로, 시문 가운데 일부는 저자의 문집에 수록되지 않은 것으로 자료적 가치가 크다.

최인연(崔仁渷)이 편찬하고 석(釋) 단목(端目)이 집자(集字)한 『백월비(白月碑)』는 이 비석의 주인공인 낭공대사의 생애와 사상을 알 수 있는 거의 유일한 기록일 뿐만 아니라, 신라 말기 불교사의 흐름을 총체적으로 이해하는 데도 없어서는 안 될 중요한 자료로, 여타 백월비의 탁본들 가운데 선본으로서의 자료적 가치가 크다. 사문(沙門) 남서(南敘)가 찬술하고 승(僧) 지상(知常)이 필사한 『중장사리기(重藏舍利記)』는 사리(舍利)를 중장(重藏)하는 과정을 기록한 글로, 당나라 시대에 쓴 안진경체라는 점에서 서법 연구에 중요한 참고자료가 된다. 또한 이 글은 후대의 탁본이기는 하지만 탁본의 상태가 양호하고 국내에 달리 소장처가 확인되지 않는 귀중한 자료이다. 이제안(李濟安)이 그린 『무이도(武夷圖)』는 18세기 중반 경 조선에 전해진 무이구곡도(武夷九曲圖)의 새로운 형식을 알려주는 그림이다. 이는 표암 강세황이 그린 그림을 원본으로 하여 베껴 그린 이모본의 한 예로, 19세기 전반기에 제작된 그림이라는 점에서 의미가 있다. 저자미상인 『보소당인보(寶蘇堂印譜)』는 소동파를 매개로 한 옹방강(翁方綱)과 김정희(金正喜) 및 신위(申緯)와의 관련성을 비롯하여 당대 소동파 열풍의 실상을 살펴볼 수 있다. 또한 이 인보는 당대 궁중 인보의 제작과 전각 작품의 수준, 그리고 인문을 통해 드러나는 이들의 의식세계를 확인할 수 있다.

3. 연암저작 고서의 문헌적 가치

연암은 젊은 시절부터 여러 종의 소집(小集)들을 자편(自編)하고 이를『공작관집(孔雀館集)』으로 재편(再編)하기도 하였으며, 특히 만년인 안의현감 시절에『연상각집(烟湘閣集)』을 직접 편찬한 것으로 밝혀졌다. 이와 같은 연암의 자편 수고본(手稿本)들은 그의 사후에 차남 박종채(朴宗采), 처남 이재성(李在誠) 등에 의해 수습되어 적어도 1829년 이전에 1차 편집이 완료된 것으로 알려져 있다.[2] 1932년에 박영철이 간행한『연암집』은 서유구(徐有榘) 집안에서 사용한 사가(私家)의 원고지에 필사한 자연경실본(自然經室本, 숭실대 박물관 소장)을 대본으로 하였는데, 이 필사본은 대전에 사는 연암의 현손(玄孫) 박영범(朴泳範)이 소장하고 있던 것으로 밝혀졌다. 박영범은 위의 자연경실본과 함께 박종채 등이 수습한 수십 종의 연암 가장(家藏) 수택본(手澤本)들을 함께 소장하였는데, 이가원 선생이 그 중 상당수를 입수하여 보관하다가 단국대학교 연민문고에 기증하였다. 연민문고에 소장되어 있는 연암저작 필사본은 연암이 가장 초창기에 필사한『행계잡록(杏溪雜錄)』을 비롯해 그 존재가 처음 밝혀진『부록(附錄)』에 이르기까지 모두 36종에 달하는『열하일기』와『연암집』이본들로 구성되어 있다. 본장에서는 연암저작 필사본을『열하일기』와『연암집』으로 나누어 각 이본의 특징과 가치에 대해 살펴보기로 한다.

---

2) 김영진(2010), 44면.

3.1. 『열하일기』 이본

현재 해제가 완료된 연민문고 소장 『열하일기』 이본은 모두 14종이다. 이 이본들은 상당수 연암이 직접 필사한 것으로 주요 내용 및 가치를 살펴보면 다음과 같다.

〈표 6〉 연민문고 소장 『열하일기』 이본의 내용 및 가치[3)]

번호	서명	책 수	주요 내용 및 가치
1	杏溪雜錄 1, 2, 3, 5, 6	5책 (缺秩)	『행계잡록』 각 책의 표제에 표기된 편차, 「도강록」 등 각 편의 권수제에 표기된 권차, 목록과 권수제(卷首題)에 표기된 서명 등을 통해, 『열하일기』가 체제를 갖추어 가는 과정을 엿볼 수 있음.
2	杏溪集	1책	『행계집』 「옥갑야화」는 『잡록』(하)와 가까운 초고본 계열의 필사본이며, 『열하일기』(貞) 충남대학교 소장본의 선행본으로 판단됨.
3	雜錄 上	1책	마테오 리치(利瑪竇)가 중국에 전래한 양금(洋琴)과 관련하여 서양의 역법·기하학·알파벳·음악 등의 우수성을 소개한 내용임.
4	雜錄 下	1책	『행계집』→『잡록』(하)→『열하일기』(貞)의 순서로 필사본의 선후 관계를 판단할 수 있는 자료임.
5	熱河日記 元, 亨, 利, 貞	4책	▪元: 『잡록 상(雜錄 上)』 및 『행계집(杏溪集)』 중의 「망양록」·「심세편」과 가까운 초고본 계열의 필사본임. ▪亨: 『열하일기』(利), 『행계잡록(杏溪雜錄)』 제5책 및 제6책의 「동란섭필」과 가까운 초고본 계열의 필사본임. ▪利: 『행계잡록』 제5책 및 제6책, 『열하일기』(亨)과 같은 초고본 계열의 필사본임. ▪貞: 「옥갑야화」는 성대중과 박제가가 열람하고 평점(評點)을 가한 매우 희귀한 필사본임.
6	燕行陰晴	1책	『연행음청』(건)의 「황도기략」은 『황도기략』(1)이나 『황도기략』(2)의 선행본으로서, 가장 초기의 모습을 간직하고 있는 필사본임.
7	熱河日記: 黃圖紀略 1	1책	'천주당화'조 내용 전체를 삭제하거나 '풍금'조에서 천주교 교리를 비판한 대목에만 비점이 가해져 있음.

3) 이 표는 '단국대 소장 연민문고 〈동장귀중본〉 해제단'에서 수행한 『단국대 소장 연민문고 〈동장귀중본〉 해제집』(2012)의 내용을 참고하였음.

8	熱河日記: 黃圖紀略 2	1책	『황도기략』(1)과 가장 가까운 초고본 계열의 필사본으로, 『열하일기』 초기 필사본 중에서 서울대 고도서본과 친연성을 보여줌.
9	熱河避暑錄	1책	현재 『삼한총서』의 일부로서 겨우 7종의 책이 전하는 것으로 알려져 있는데, 그 희귀한 책 중의 하나임.
10	孔雀館集: 楊梅詩話	1책	이가원 선생에 의해 「양매시화」의 서와 단락(1) 및 단락(3)의 전반부만 발췌·소개된 바 있으나, 현재 전모가 알려지지 않은 자료임.
11	熱河日記 1, 2(一齋本)	15권 2책	초기 『열하일기』의 행문을 참조한 것을 확인할 수 있어 열하일기 이본의 전체 역사를 모두 반영하고 있는 이본임.
12	熱河日記1~8 (朱雪樓本)	26권 4책	열하일기 성립 초기의 이본 혹은 그에 해당되는 이본의 특징을 많이 가지고 있는 텍스트를 모본으로 성립된 이본임.
13	丁卯重訂燕巖集: 考定忘羊錄	1책	『잡록』(상)과 『행계집』 등과 같은 초고 계열 필사본과 충남대학교 소장 『열하일기』의 「망양록」을 대폭 改修한 것으로 추정됨.
14	燕巖集 十五: 熱河日記 九	1책 (74장)	표제와 각 편의 권수제에서 알 수 있듯이, 『연암집』(15)는 『열하일기』를 『연암집』의 일부인 '외집'으로 통합하려 했음을 보여줌.

현재 학계에 알려진 37종의 『열하일기』 이본들은 편차나 개작 여부, 자구 수정뿐만 아니라 『연암집』의 체제와 『열하일기』 각 편의 소편차(小編次) 등을 포함하는 다각도의 기준에 비추어 보면, 이러한 이본들은 네 가지 계열로 나눌 수 있다.

(가) 초고본 계열: 가장 초창기에 필사되었으며, 아직 『열하일기』의 독립적인 체제를 갖추지 못한 이본들.

(나) 『열하일기』 계열: 『열하일기』의 체계를 갖추었으나, 아직 『연암집』에는 통합되지 않은 이본들.

(다) 『연암집』 외집(外集) 계열: 『열하일기』를 『연암집』의 '외집'으로 통합하고자 한 이본들.

(라) 『연암집』 별집(別集) 계열: 『열하일기』가 『연암집』의 '별집'으로 통합되면서, 『연암집』의 권차가 부여된 이본들.

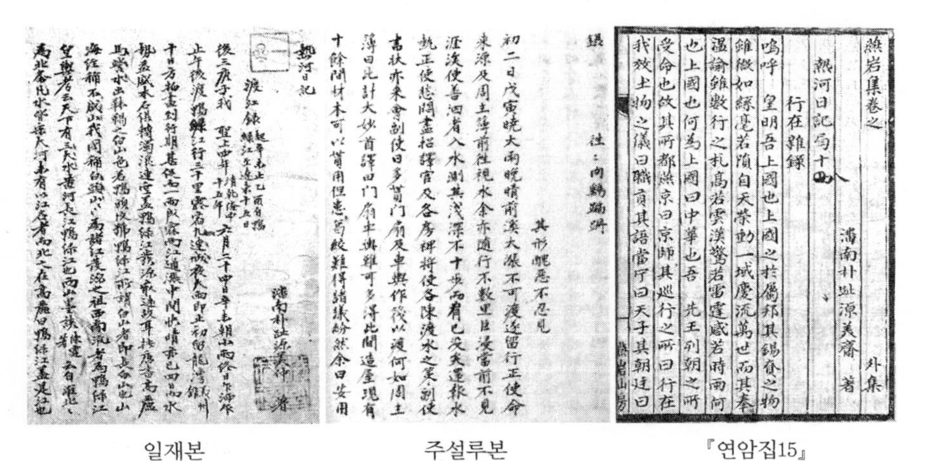

일재본 주설루본 『연암집15』

『고정망양록』 계서본

위의 구분에 따르면, 연민문고 소장 『열하일기』 필사본들은 대개 ㈎의 '초고본 계열'에 속하는 이본들이다. 이러한 이본들은 독특한 해서체(楷書體)로 필사된 경우가 많다. 그리고 『열하일기』의 권차(卷次) 조차 아직 부여되지 않은 경우가 대부분이다. 이와 아울러, 소편조차도 뒤죽박죽이라 할 수 있고, 같은 편이 한 책에 중복 수록된 경우도 종종 있다.

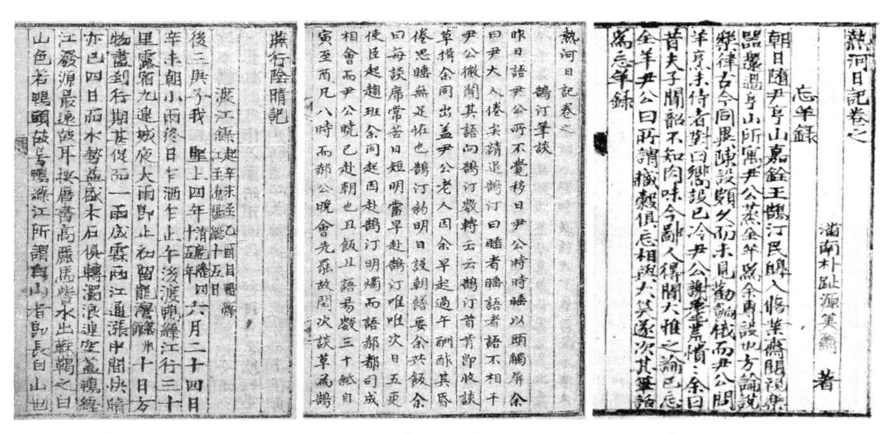

『행계잡록3』 『행계집』 『열하일기』(元)

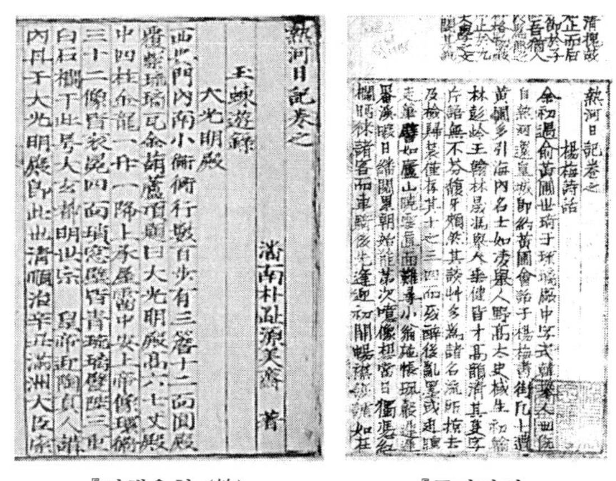

『연행음청』(乾) 『공작관집』

또 「상기」와 「희본명목」이 「산장잡기」에 통합되지 않은 채 하나의 독립된 편으로 취급되고 있으며, 나머지 「야출고북구기」 등 7편의 기(記) 역시 「산장잡기」라는 편명 아래 묶이지 않았다.[4] 연민문고에서 『행계잡록』(3), 『행계집』, 『열하일기』(元), 『연행음청』(乾), 『공작관집: 양매

4) 김명호(2010), 6면.

시화』 등이 '초고본 계열'에 속한다.

㈏ '『열하일기』 계열' 이본은 『열하일기』의 체계를 갖추었으나, 아직 『연암집』에는 통합되지 않은 이본들을 가리킨다. 연민문고에서 일재본(一齋本, 『熱河日記』1, 2), 주설루본(朱雪樓本, 『熱河日記』1~8) 등이 이에 속하는 이본이다. 이 밖에 충남대 소장본, 규장각 소장본, 성균관대 소장본, 동양문고 연휘본(燕彙本), 오사카(大阪) 나카노지마(中之島) 도서관 소장본 등이 있다.

다음 ㈐ '『연암집』 외집(外集) 계열'은 『열하일기』를 『연암집』의 '외집'으로 통합하고자 한 이본들을 가리킨다. 그러나 실제로는 통합이 이루어지지 않아 『연암집』의 권차(卷次)가 부여되지 못한 경우가 대부분이다. '초고본 계열'이나 '『열하일기』 계열' 필사본에 대해 부분적 또는 전면적 개작을 시도한 이본들이다. 연민문고에서 『연암집(15)』, 『정묘중정연암집: 고정망양록』가 이에 해당하는 이본이다. 이 밖에 이 계열에 속하는 이본으로 연세대 연휘본, 장서각본, 조선광문회 간행본, 전남대 소장본, 성호기념관 소장본, 국립중앙도서관 건곤본(乾坤本), 도쿄도립(東京都立) 히비야(日比谷) 도서관 소장본, 규슈(九州)대 소장본, 대만(臺灣) 중화총서(中華叢書)위원회본 등이 있다.

마지막으로 ㈑ '『연암집』 별집(別集) 계열'은 『열하일기』가 『연암집』의 '별집'으로 통합되면서, 『연암집』의 권차가 부여된 이본들을 가리킨다. 『열하일기』의 정본(定本)에 거의 가까운 이본들이다. 연민문고에서 계서본(溪西本, 『燕巖集』1~3, 4~21)이 이에 속한다. 이 밖에 일본 동양문고 소장본, 국회도서관 소장본, 국립도서관 승계문고본, 숭실대 자연경실본(自然經室本), 실학박물관 소장본, 박영철본 등이 있다.

『열하일기』 이본에서 행문(行文)이 심각하게 달라지는 개작 과정을 살펴보면, 각 이본들이 필사된 순서에 따른 상호 영향 관계 및 계열을 파악할 수 있다. 그 한 예로 연민문고 소장되어 있는 「도강록」의 내용을 들 수 있다. 연민문고 소장 『열하일기』 이본들 중에서 「도강록」을 수록하고 있는 이본들은 『행계잡록1』, 『행계잡록3』, 일재본, 주설루본, 계서본 등이 있다. 이들 이본 중에서 행문의 개작 과정을 가장 잘 보여주고 있는 것이 바로 위의 이본들에 수록된 「도강록」 '7월 1일'의 내용이다. 이를 박영철본과 비교하면 다음과 같다.

〈표 7〉 『행계잡록』·『행계잡록1』·주설루본·계서본·박열철본 「도강록」 7월 1일 기록 비교

서명	내용
행계잡록(3)	七月初一日丁丑 曉大雨 留行 與鄭進士周主簿卞君來源趙主簿學東上房乾粮判事 賭紙牌以遣閑 且博飮資也 諸君以余手劣 黜之座 但囑安坐飮酒 諺所謂觀光但喫餠也 尤爲忿恨 亦復柰何 坐觀成敗 酒則先酌也 非惡事 時聞間壁婦人語 聲嫩囀嬌恕 燕燕鶯鶯意謂主家婆娘 必是絶代佳人 余故托熱烟粧草入廚 一婦人五旬以上年紀 當戶據牀而坐 貌極悍醜 道了叔叔千福 余答道托主人洪福 余故久撥灰流眼旁睨那婦人 滿髻揷花 金釧寶鐺 略施朱粉 身着一領黑色長衣 遍鎖銀紐 足下穿一對靴子 繡得草花蜂蝶 盖滿女不纏脚 不着弓鞋 簾中轉出一個處女 年貌似是廿歲以上 處女髻髮中分綰上 以此爲辨 貌亦傑悍 但肌肉白淨 把鐵鏇子 傾綠色瓦盆 滿勺了薥黍飯 盛得一椀 和鏇瀝水 坐西壁下交椅 以箸吸飯 更拿數尺葱根 連葉蘸醬 一飯一佐 項附雞子大瘿瘤 噉飯啜茶 略無羞容 盖歲閱東人 尋常親熟故也 庭廣數百間 久雨泥淖 河邊水磨小石如碁子大黃雀卵者本無用之物 而揀其形色相類者 當門處錯成九苞飛鳳 以禦泥淖 其無棄物 推此可知 ⓐ鷄皆拔去尾羽兩翼間 氄毛抽鑷一空 往往肉鷄蹁跚 ⓑ所以助長也 且禁蝨也 夏月鷄生黑蝨緣尾附翼 必生鼻病 口吐黃水 喉中痰響 謂之鷄疫 故拔其毛羽 疎通凉氣云 其形醜惡不忍見
행계잡록(1)	七月初一日丁丑 曉大雨 留行 與鄭進士周主簿卞君來源趙主簿學東上房乾粮判事 賭紙牌以遣閑 且博飮資也 諸君以余手劣 黜之座 但囑安坐飮酒 諺所謂觀光但喫餠也 尤爲忿恨 亦復柰何 坐觀成敗 酒則先酌也 非惡事 時聞間壁婦人語 聲嫩囀嬌恕 燕燕鶯鶯 意謂主家婆娘 必是絶代佳人 余故托熱烟粧草入廚 一婦人五旬以上年紀 當戶據牀而坐 貌極悍醜 道了叔叔千福 余答道托主人洪福 余故久撥灰流眼旁睨那婦人 滿髻揷花 金釧寶鐺 略施朱粉 身着一領黑色長衣 遍鎖銀紐 足下穿一對靴子 繡得草花蜂蝶 盖滿女不纏脚 不着弓鞋 簾中轉出一個處女 年貌似是廿歲以上 處女髻髮中分綰上 以此爲辨 貌亦傑悍 但肌肉白淨 把鐵鏇子 傾綠色瓦盆 滿勺了薥黍飯 盛得一椀 和鏇瀝水 坐西壁下交椅 以箸吸飯 更拿數尺葱根 連葉蘸醬 一飯一佐 項附雞子大瘿瘤 噉飯啜茶 略無羞容 盖歲閱東人 尋常親熟故也 庭廣數百間 久雨泥淖 河邊水磨小石如碁子大黃雀卵者 本無用之物 而揀其形色相類者 當門處錯成九苞飛鳳 以禦泥淖 其無棄物 推此可知 ⓐ鷄皆▣▣尾羽▣脫▣落▣一▣如▣抽▣鑷▣▣▣▣▣往▣往肉鷄蹁跚 ⓑ▣▣▣ 其形醜惡不忍見

주설루본	七月初一日丁丑 曉大雨 留行 與鄭進士周主簿卞君來源趙主簿學東上房乾粮判事 賭紙牌以遣閑 且博飮資也 諸君以余手劣 黜之座 但囑安坐飮酒 諺所謂觀光但喫餠也 尤爲忿恨 亦復柰何 坐觀成敗 酒則先酌也 非惡事 時聞間壁婦人語 聲嫩囀嬌惌 燕燕鶯鶯 意謂主家婆娘 必是絶代佳人 余故托熱烟粧草入廚 一婦人五旬以上年紀 當戶據牀而坐 貌極悍醜 道了叔叔千福 余答道托主人洪福 余故久撥灰流眼旁睨郍婦人 滿髻揷花 金釧寶鐺 略施朱粉 身着一領黑色長衣 遍鎖銀紐 足下穿一對靴子 繡得草花蜂蝶 盖滿女不纏脚 不着弓鞋 簾中轉出一個處女 年貌似是廿歲以上 處女髻髮中分綰上 以此爲辨 貌亦傑悍 但肌肉白淨 把鐵鏇子 傾綠色瓦盆 滿勺了蜀黍飯 盛得一椀 和鏇瀝水 坐西壁下交椅 以箸吸飯 更拿數尺葱根 連葉蘸醬 一飯一佐 項附雞子大癭瘤 噉飯啜茶 略無羞容 盖歲閱東人 尋常親熟故也 庭廣數百間 久雨泥淖 河邊水磨小石如碁子大黃雀卵者 本無用之物 而揀其形色相類者 當門處錯成九苞飛鳳 以禦泥淖 其無棄物 推此可知 ⓐ鷄皆尾羽脫落 一如抽鑷 往往肉鷄蹁跚 ⓑ其形醜惡不忍見
계서본	七月初一日曉大雨留行
박영철본	七月初一日丁丑 曉大雨 留行 與鄭進士周主簿卞君來源趙主簿學東上房乾粮判事 賭紙牌以遣閒 且博飮資也 諸君以余手劣 黜之座 但囑安坐飮酒 諺所謂觀光但喫餠也 尤爲忿恨 亦復柰何 坐觀成敗 酒則先酌也 非惡事 時聞間壁婦人語 聲嫩囀嬌惌 燕燕鶯鶯 意謂主家婆娘 必是絶代佳人 及爲歷翫堂室 一婦人五旬以上年紀 當戶據牀而坐 貌極悍醜 道了叔叔千福 余答道托主人洪福 余故遲爲 玩其服飾制度 滿髻揷花 金釧寶璫 略施朱粉 身着一領黑色長衣 遍鎖銀紐 足下穿一對靴子 繡得草花蜂蝶 蓋滿女不纏脚 不着弓鞋 簾中轉出一個處女 年貌似是廿歲以上 處女髻髮中分綰上 以此爲辨 貌亦傑悍 而肌肉白淨 把鐵鏇子 傾綠色瓦盆 滿勺了蜀黍飯 盛得一椀 和鏇瀝水 坐西壁下交椅 以箸吸飯 更拿數尺葱根 連葉蘸醬 一飯一佐 項附鷄子大癭瘤 噉飯喫茶 略無羞容 蓋歲閱東人 尋常親熟故也 庭廣數百間 久雨泥淖 河邊水磨小石如碁子大黃雀卵者 本無用之物 而揀其形色相類者 當門處錯成九苞飛鳳 以禦泥淖 其無棄物 推此可知 ⓐ鷄皆毛羽脫落 一如抽鑷 往往肉鷄蹁跚 ⓑ醜惡不忍見

『행계잡록1』에는 『행계잡록3』에 그대로 쓰여 있는 밑줄 친 ⓐ의 14자와 ⓑ의 47자가 먹으로 지워져 있다[■으로 표기한 부분]. 주설루본에는 『행계잡록1』에서 먹으로 지운 내용이 들어가는 밑줄 친 ⓐ와 ⓑ의 공간을 그대로 남겨 놓았다. 그러나 계서본에는 밑줄 친 ⓐ와 ⓑ를 포함한 '7월 1일'의 기록을 모두 삭제하고, "칠월초일일효대우류행(七月初一日曉大雨留行)"이라고 쓰여 있다. 박영철본에는 주설루본에 나오는 밑줄 친 ⓐ와 ⓑ의 내용을 그대로 쓰고, 주설루본에서 남겨 놓은 밑줄 친 ⓐ와 ⓑ의 공간을 제거하였다. 이로 보아 『행계잡록1』에 수록된 「도강록」 등은 『열하일기』의 최초의 원고에 가장 가까운 텍스트로,

이곳에 일부 내용이 먹으로 지워져 있는 것은 박종채 등이 직접 수정 지시를 가한 곳으로 추정된다. 주설루본은 『행계잡록1』에서 수정하도록 지시한 내용을 그대로 따르고 있어, 『연암집』의 원형에 매우 근접한 이본이라 할 수 있다. 계서본은 박종채 등이 1차 편집한 『연암집』과는 전혀 다른 내용으로 개작이 이루어진 것으로 판단된다.

연민문고에 소장된 ㈎ '초고본 계열'에 속하는 이본들은 다음과 같이 『열하일기』의 초창기 모습을 보여주는 몇 가지 중요한 사실들이 밝혀졌다.[5] 첫째, 『열하일기』의 최초 서명과 체제 정비 과정을 보여준다. 둘째, 연암의 동인(同人)과 후손에 의해 『열하일기』에 평점이 가해지고 개작·수정이 이루어졌음을 보여준다. 셋째, 『열하일기』의 일부 편명 및 작품명·소제목명 등이 수정된 사실을 보여준다. 넷째, 서학과 관련된 내용이 대거 삭제되었음을 보여준다. 이와 같이 연암은 작품의 완성도를 한층 더 높이는 한편으로, 시휘(時諱)에 저촉됨을 우려하여 작고할 때까지 부단히 수정 작업을 시도했던 것으로 추측된다. 에에 더하여 연암의 사후에 『연암집』을 편찬할 때 『열하일기』를 포함하면서, 『연암집』 편찬을 주관한 그의 아들 박종채(朴宗采)나 손자 박규수(朴珪壽) 역시 『열하일기』에 약간의 손질을 가했던 것으로 판단된다.[6] 이로 인해 『열하일기』는 정본이 확정되지 못한 상태로, 수많은 이본들이 생산되어 경쟁적으로 존재하다가 그중 일부가 현재까지 전해지게 되었다. 이번에 학계에 공개된 『열하일기』 이본 14종(29책)은 모두 37종에 달하는 이본 중에서 가장 초기에 필사된 것이라는 점에서 『열하일기』의 개작 과정과 이본 연구에 필수적인 자료이다.

5) 김명호(2010), 13~15면.
6) 김명호(1990), 27~47면.

3.2. 『연암집』 이본

현재 해제가 완료된 연민문고 소장 『연암집』 이본은 모두 22종이다. 이곳에는 연암이 직접 필사한 것이 다수 포함되어 있는데, 이들 이본의 내용 및 가치를 살펴보면 다음과 같다.

〈표 8〉 연민문고 소장 『연암집』 이본의 내용 및 가치[7]

번호	서명	책 수	주요 내용 및 가치
1	謙軒漫筆 乾, 坤	2책	연암 35세 이전의 작품들이 실려 있고, 박영철본과는 상당한 차이를 보이고 있어, 연암 작품의 변모 과정을 살필 수 있음.
2	罨畵溪集 乾, 坤	2책 (缺秩)	곤책의 경우 연암 친필로 추정되는 필사본으로 통용본인 박영철본 과는 상당한 차이를 보여주는 글이 다수 실려 있어, 연암의 개작과정을 살필 수 있는 귀한 자료임.
3	映帶亭集 乾, 坤	2책	'연암산방'이 찍힌 사고지를 이용한 필사본은 숫자가 드문 귀중본이며 박지원 자신이나 주변 인물, 그의 후손들이 필사한 것이 확실함.
4	流觴曲水亭集 乾, 坤	2책	하권은 다른 사람의 작품을 대부분 수록하고 있는데, 그 중에서 연암의 저작과 관련하여 이해를 돕는 글이 다수 있어 연암 작품의 창작 배경이나 작품의 의미를 다각도로 해석할 수 있는 자료임.
5	荷風竹露堂集	1책 (缺秩)	『연암집』 내 여러 소집(小集) 가운데 박지원 본인에 의해 자편된 연상각집 계열의 이본이란 점에 내용적 가치가 있음.
6	百尺梧桐閣集 乾, 坤	2책	연암 당대에 만들어져, 연암의 후손가에 소장되어 왔던 연암 수택본이란 점에 서지적 가치가 있음.
7	叢桂雜錄	1책 (34장)	1780년대에 필사해 두었던 원고를 아마도 1790년대 중반 이후의 어느 시기에 표제를 붙여 책자로 만들었던 것으로 추정됨.
8	沔陽雜錄 2, 3, 4, 6, 7, 8	6책	제3책에 있는 『과농소초』의 인용 서목은 박영철본에는 나오지 않는 희귀 자료이고, 제6책과 제7책에 있는 『칠사고(七事考)』는 박지원이 작성한 목민서(牧民書)로 지금까지 발견되지 않은 새로운 자료임.
9	燕巖集(가제)	1책 (100장)	연암 당대에 만들어져, 연암의 후손가에 소장되어 왔던 연암 수택본이란 점에 서지적 가치가 있음.

7) 이 표는 '단국대 소장 연민문고 〈동장귀중본〉 해제단'에서 수행한 『단국대 소장 연민문고 〈동장귀중본〉 해제집』(2012)의 내용을 참고하였음.

10	燕巖草稿 三: 錦沔藏弆集	1책 (57장)	김기응(金箕應)과 주고받은 연암의 편지 2번과 7번은 세 가지 서체로 전체를 세 차례나 베껴 써, 연암의 글을 정리하는 과정을 잘 보여줌.
11	燕巖草稿 四	1책 (26장)	전체가 '연암산방' 원고용지에 필사되었음. 이 책에는 연암이 쓴 그의 조부 박필균(朴弼均)의 가장과 연암 작품 선집이 수록되어 있음.
12	燕巖草稿 六	1책 (77장)	김기응 등에게 보낸 편지 6통 등 편지를 모은 것으로, 글자와 문구 차이를 통해 연암 작품을 보다 정치하게 읽는데 도움을 줌.
13	燕巖草稿 八	1책	연암이 젊은 시절부터 이미 자신의 저작들을 한 데 모아 '공작관집' 제하(題下)로 묶었음을 보여주고 있음.
14	燕巖草稿 補遺 九	1책 (33장)	「잡록습유(雜錄拾遺)」는 연암의 주장으로 잘 알려진 것이지만, 이런 메모 성격의 글들이 다수 있었다는 『과정록』의 기록을 뒷받침함.
15	燕巖散稿 二	1책 (81장)	「대학기(大學記)」와 풍승건(馮乘騝)·단가옥(單可玉)·유세기(兪世琦)·하란태(荷蘭泰) 4인이 연암에게 보낸 편지, 토지제도와 농업에 대한 연암의 생각을 보여주는 글 등 새로운 자료가 다수 확인됨.
16	燕巖散稿 三	1책 (10장)	「유인김씨행장(孺人金氏行狀)」과 「홍담헌묘지명(洪湛軒墓誌銘)」은 두 작품을 초기 내용을 이해하는데 결정적인 도움이 됨.
17	燕巖散稿 四	1책 (26장)	연암이 두 차례 남과 다툰 산송에 관한 기록한 「정해공사초(丁亥供辭草)」와 「임성정단초(壬戌呈單草)」이 새로운 자료임.
18	燕巖散稿 五	1책 (100장)	다른 본에는 없는 평어를 새롭게 확인하게 된 점, 편지를 주고받은 구체적인 정황을 보다 분명하게 알 수 있도록 해줌.
19	熱河日記: 孔雀館集 書	1책 (58장)	『하풍죽로당집』, 『운산만첩당집』, 『연암산고』(5), 『연암초고』(5)(6) 등과 같은 계열의 초고본임으로 연암 친필본일 가능성이 내우 높음.
20	燕巖集1~3, 4~21(溪西本)	53권 20책	1829년 이전에 1차 정리 편집된 『연암집』을 필사한 것으로, 2권 1책이 빠졌음에도 불구하고 1차 편집본의 모습을 온전히 보존하고 있음.
21	燕巖集 附錄	1책 (28장)	본서에 실린 인물들의 상당수가 문집이 현전하지 않는다는 점에서 본서의 자료 가치는 높음.
22	過庭錄	4책	기존 『과정록』에 비해 보다 수정 정리되고 보완된 책으로서 가치가 있으며, 종래의 책자보다 더 풍부한 사실을 알려주는 조목이 첨가됨.

연민문고에는 『연암초고 3(燕巖草稿 三)』·『연암초고 4(燕巖草稿 四)』·『연암초고 6(燕巖草稿 六)』·『연암초고 8(燕巖草稿 八)』 등 4종

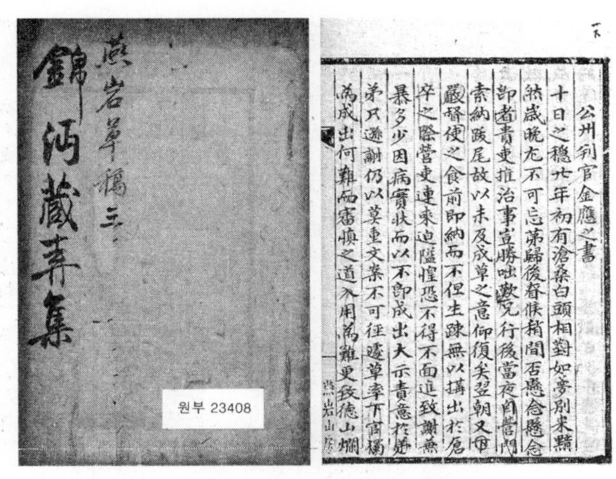
燕岩草稿 三

公州判官金應之書

十日之穩六年初有滄桑白頭相對如夢別來黯
然歲晩尤不可忘弟歸後脊候稍間否懸念懸念
卽者責吏推治事豈勝咄歎兄行後當夜自營門
索納踐尾故以未及成草之意仰復矣翌朝又自
嚴督使之食前卽納而不但生踈無以搆出於
卒之際營吏連來迫隘惶恐不得不面進致謝無
暴多少因病實狀而以不卽成出大示責意於
弟只遜謝仍以莫重文案不可徑遽草率下篤
爲成出何難而審愼之道又用爲難更致德山

燕岩山房

『연암초고 3』 표지 및 장1a

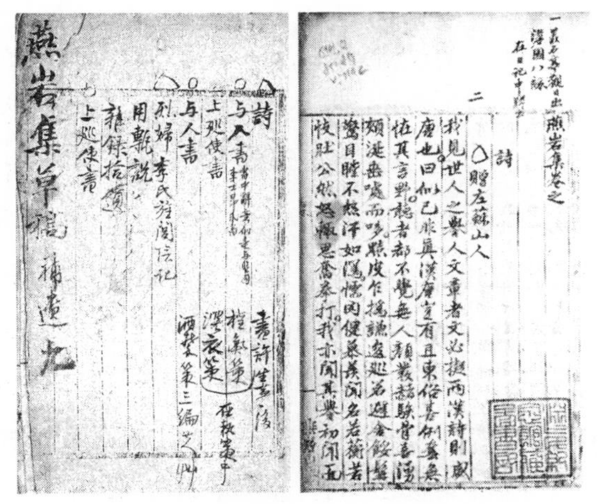
燕岩集草稿補遺九

『연암집초고보유 9』 표지 및 장1a

의 『연암초고』가 소장되어 있다. 이 책들은 모두 연암이 직접 필사한 수고본(手稿本)을 시리즈 형식으로 묶고 나서 『연암초고○』라고 표제를 달아놓은 것이다. 한 예로 아래 『연암초고 3』을 들 수 있는

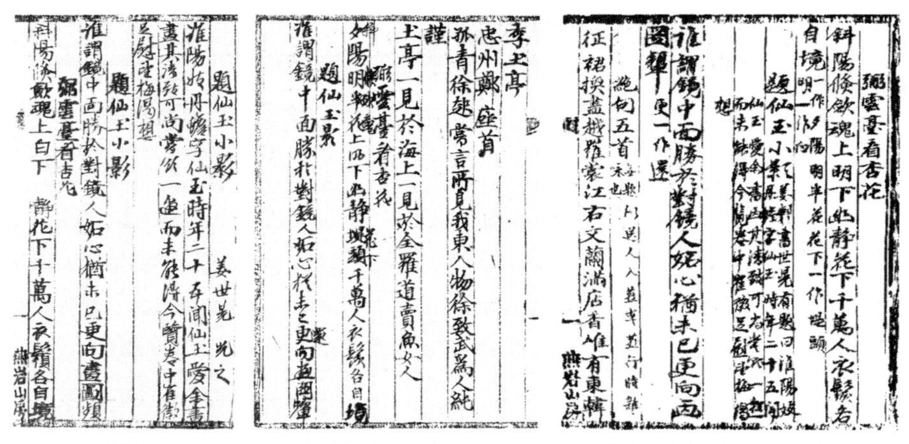

『유상곡수정집 곤』 장33b 및 장43a　　『연암집초고보유 9』 장17a

데, 이 책의 표제는 『금면장거집(錦沔藏弆集)』으로 우측에 '연암초고 삼(燕岩草稿 三)'이라고 쓰여 있다. 이 책은 연암이 면천군수로 재직하면서 공주판관 김기응과 주고받은 편지 모음집으로, 연암이 동일한 내용의 글을 각각 세 가지 서체로 써놓은 3부를 한 책으로 묶은 것이다.[8] 그런데 『연암집초고보유 9』는 책의 형태나 내용에 있어서 『연암초고 3』과는 차이가 있다. 아래에서 보듯이 『연암집초고보유 9』는 책의 표제를 『○○集○○補遺 九』라고 하여 '집(集)'과 '보유(補遺)'가 추가되어 있고, 이 책의 1장a의 1행에는 『연암초고○』에는 존재하지 않는 '연암집권지(燕巖集卷之)'라는 글자가 쓰여 있다.

『연암집초고보유 9』는 박종채가 한 곳에 모여 있지도 않고 완정한 형태로 전하지도 않는 연암시를 어떻게 채록하였는가를 잘 보여주고 있다. 『연암집초고보유 9』의 장1a 상단에서 보듯이 박종채는 「총석정관일출(叢石亭觀日出)」과 「담원팔영(澹園八詠)」의 원문을 수록하지 않

8) 김윤조(2012), 179면.

고『열하일기』의 원본에서 베껴 옮기도록 하였다.『연암집초고보유 9』에는 연암시 50수가 제목과 함께 제시되어 있다. 그러나 박영철본에는 모두 42수의 연암시가 수록되어 있다. 이 연암시 42수는 연민문고에 소장되어 있는 계서본 등의『연암집』필사본에 수록된 것과 동일하다. 연민문고에 소장되어 있는『유상곡수정집 건·곤(流觴曲水亭集 乾·坤)』에는 산문, 시, 잡록 등 다양한 장르의 글이 수록되었으며, 연암의 작품도 있지만 대부분 다른 사람의 작품을 베껴 놓은 것이다.[9] 다음『유상곡수정집 곤』에 수록되어 잇는 두 형태의 내용을 통해 박종채가 박영철본『연암집』에는 수록되어 있지 않은「제선옥소영(題仙玉小影)」1수를『연암집초고보유 9』에 채록한 양상을 살필 수 있다.

위의『유상곡수정집·곤』의 장33b와 장43a에는 연암시「필암대간행화(弼雲臺看杏花)」와「제선옥소영」이 수록되어 있다. 이 책 장33b에는 강세황(姜世晃)이 지은「제선옥소영」을 저자명과 함께 수록하고 나서 연암 자신이 지은「제선옥소영」을 써놓았다. 그러나 같은 책 장43a에는 연암이 강세황의 작품은 제외하고 자신이 지은「제선옥소영」의 원문만 수록한 다음에 '경(更)'자의 오른쪽 행간에 '환(還)'자를 써놓았다. 이로 보아 연암은 강세황이 소품문의 형태로 지은「제선옥소영」을 읽고 떠오른 시상을 강세황의 글과 같은 제목으로 시로 지었고, 뒤에 자신이 지은 시를 다시 적으면서 원문의 일부를 수정한 것(更→還)으로 판단된다. 그러나『연암집초고보유 9』에는 이 시를 수록하면서「제선옥소영」의 제목 아래에 "강판서세황유제왈(姜判書世晃有題曰)"이라고 적은 후에『유상곡수정집 곤』장43a에 있는 강세황의「제선옥소영」원문을 쌍주 형식으로 붙여놓았고, 이어『유상곡수정집 곤』의 장33b에 있는 연암의 시「제선옥소영」원문을 쓴 후에 '경일작환(更一作還)'

9) 단국대 소장 연민문고 〈동장귀중본〉 해제단(2012), 144면.

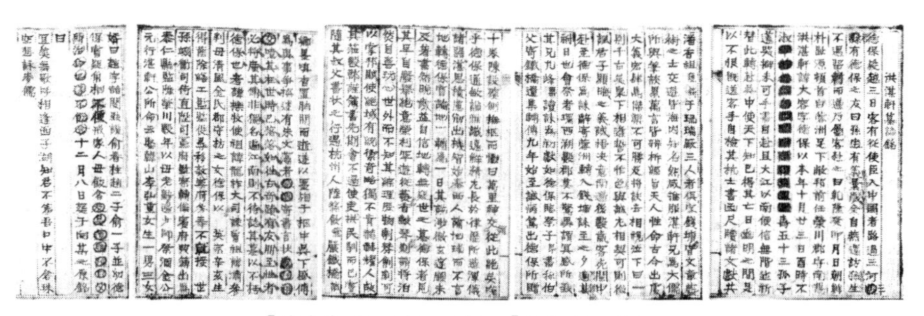

『연암산고3』 장4a~장6a 「홍담헌묘지명」

이라고 주석을 붙여놓았다.[10] 연암 사후에 연암의 친필 원고를 저본으로 하여 『연암집』이 어떻게 편찬되었는가를 잘 보여준다.

한편 박영철이 1936년에 간행한 『연암집』은 소집 중심의 독특한 편차로 구성되어 있는데, 그는 연암이 안의현감 시절(1791~1795)에 1차 정리된 소집 『연상각집』을 맨 앞에 배치하고, 나머지 소집들을 차례로 이어 붙였다. 현재 실학박물관과 성균관대에 각각 영본 1책으로 소장되어 있는 『연상각집』은 박영철본 권1~2의 『연상각선본』과 정확히 일치한다. 『연상각집』 원본은 연암이 안의현감 시절 정조(正祖)에 의해 문체에 대한 지적을 받고 만든 선집이다. 따라서 이곳에 수록된 작품들은 연행(燕行) 이후의 중만년기 작품이 큰 비중을 차지하고 있다.[11] 연암이 안의현감 시절에 만든 소집들은 『연상각집』을 비롯해 『영대정집(映帶亭集)』, 『운산만첩당집(雲山萬疊堂集) 1, 2』, 『백척오동각집(百尺梧桐閣集)』, 『하풍죽로당집(荷風竹露堂集)』, 『삼동집(三洞集)』, 『유상곡수정집(流觴曲水亭集)』, 『면양집(沔陽集)』 등이 있다. 이러한 이본들은 『연상각집』 계열에 속하는 소집들로 수록작품과 성격이 『연상각집』

10) 정재철(2012), 137~138면.

11) 김영진(2010), 54~64면.

과 비슷하다. 그 한 예로 『연암산고 3』(위의 그림)과 『연암초고 4』에 수록된 「홍담헌묘지명」이 『삼동집』을 제외한 8종의 『연상각집』 계열 소집류에 수록된 것을 들 수 있다. 박영철본을 대본으로 하여 10종의 이본에 수록된 「홍덕보묘지명」의 원문을 비교하면 다음과 같다.

〈표 9〉 박영철본과 10종 이본의 「홍덕보묘지명」 원문 비교

박영철본	10종 이본
德保歿越三日，客有從年使入中國者，路當過三河．三河有德保之友曰：孫有義號蓉洲．曩歲，余自燕還，爲訪蓉洲不遇，留書ⓐ俱道德保作官南土，且留土物數事，寄意而歸．蓉洲發書，當知吾德保友也．乃屬客赴之曰：乾隆癸卯月日，朝鮮朴趾源頓首白蓉洲足下．敝邦前任榮川郡守南陽洪湛軒、諱大容、字德保，以本年十月廿三日酉時不起．平昔無ⓑ恙，忽風ⓒ喎噤瘖，須臾至此．得年五十三．孤子薳，哭擗未可手書自赴，且大江以南，便信無階．並祈替此轉赴吳中，使天下知己，得其亡日，幽明之間，足以不恨．旣送客，手自檢其杭人書畵、尺牘諸ⓓ詩文共十卷，陳設殯側，撫柩而慟曰：嗟乎！德保，通敏謙雅，識遠解精．尤長於律曆，所造渾儀諸器，湛思積慮，刱出機智．始ⓔ泰西人ⓕ諭地球，而不言地轉，德保嘗論地一轉爲一日．其說渺微玄奧，顧未及著書，然其晩歲益自信地轉無疑．世之慕德保者，見其早自廢擧，絶意名利，閒居爇名香、皷琴瑟，謂將泊然自喜，玩心世外．而殊不識德保綜理庶物，剸棼劊ⓖ錯，可使掌邦賦使絶域，有統禦奇略．獨不喜赫赫耀人．故其莅數郡，謹簿書，先期會，不過使吏拱民馴而已．嘗隨其叔父書狀之行，遇陸飛·嚴誠·潘庭筠ⓗ於琉璃廠．三人者俱家錢塘，皆文章藝術之士，交遊皆海內知名．然咸推服德保爲大儒．所與筆談累萬言，皆辨析經旨、天人性命、古今出處大義，宏肆儁傑，樂不可勝．及將訣去，相視泣下曰："一別千古矣！泉下相逢，誓無愧色．"與誠尤相契可，則微諷君子顯晦隨時，誠大悟，決意南歸．後數歲，客死閩中，潘庭筠爲	德保歿越三日，客有從年使入中國者，路當過三河．三河有德保之友曰：孫有義號蓉洲．曩歲，余自燕還，爲訪蓉洲不遇，留書ⓐ[具]道德保作官南土，且留土物數事，寄意而歸．蓉洲發書，當知吾德保友也．乃屬客赴之曰：乾隆癸卯月日，朝鮮朴趾源頓首白蓉洲足下．敝邦前任榮川郡守南陽洪湛軒、諱大容、字德保，以本年十月廿三日酉時不起．平昔無ⓑ恙，忽風ⓒ喎噤瘖，須臾至此．得年五十三．旣送客，手自檢其杭人書畵、尺牘諸ⓓ[文獻]共十卷，陳設殯側，撫柩而慟曰：嗟乎！德保，通敏謙雅，識遠解精．尤長於律曆，所造渾儀諸器，湛思積慮，刱出機智．ⓔ始泰西人ⓔ[論]地球，而不言地轉，德保嘗論地一轉爲一日．其說渺微玄奧，顧未及著書．然其晩歲益自信地轉無疑．世之慕德保者，見其早自廢擧，絶意名利，閒居爇名香、皷琴瑟，謂將泊然自喜，玩心世外．而殊不識德保綜理庶物，剸棼劊ⓖ錯，可使掌邦賦使絶域，有統禦奇略．獨不喜赫赫耀人．故其莅數郡，謹簿書，先期會，不過使吏拱民馴而已．嘗隨其叔父書狀之行，遇陸飛·嚴誠·潘庭筠ⓗ[于]琉璃廠．三人者俱家錢塘，皆文章藝術之士，交遊皆海內知名．然咸推服德保爲大儒．所與筆談累萬言，皆辨析經旨、天人性命、古今出處大義，宏肆儁傑，樂不可勝．及將訣去，相視泣下曰："一別千古矣！泉下相逢，誓無愧色．"與誠尤相契可，則微諷君子顯晦隨時，誠大悟，決意南歸．後數歲，客死閩中，潘庭筠爲書赴德保．德保作哀辭、具香幣、寄蓉洲，轉入錢塘，乃其夕將大祥也．會祭者環西湖數郡，莫不驚歎，謂冥感所致．誠

<table>
<tr>
<td>書赴德保. 德保作哀辭、具香幣、寄蓉洲, 轉入錢塘, 乃其夕將大祥也. 會祭者環西湖數郡, 莫不驚歎, 謂冥感所致. 誠兄果名, 焚香幣, 讀其辭, 爲初獻. 子昂名, 書稱伯父, 寄其父鐵橋遺集, 轉傳九年始至. 集中有誠手畵德保小影. 誠之在閩, 病篤, 猶出德保所贈鄕墨, 嗅香、置胸間而逝. 遂以墨殉于柩中. 吳下盛傳爲異事, 爭撰述詩文. 有朱文藻者, 寄書言狀. 噫! 其在世時, 已落落如往古奇蹟. 有友朋至性者, 必將廣其傳, 非獨名遍江南, 則不待誌其墓, 以不朽德保也. 考諱櫟牧使, 祖諱龍祚大司諫, 曾祖諱潚參判, 母淸風金氏, 郡守枋之女. 德保以英宗辛亥生. 得蔭除繕工監監役, 尋移敦寧府參奉, 改授世孫翊衛司侍直. 叙陞司憲府監察, 轉宗親府典簿, 出爲泰仁縣監, 陞榮川郡守, 數年以母老辭歸. 配韓山李弘重女, 生一男三女. 壻曰趙宇喆、閔致謙、兪春柱. 以其年十二月八日, 葬于淸州某坐之原. 銘曰: ⓘ銘佚原稿</td>
<td>兄果名, 焚香幣, 讀其辭, 爲初獻. 子昂名, 書稱伯父, 寄其父鐵橋遺集, 轉傳九年始至. 集中有誠手畵德保小影. 誠之在閩, 病篤, 猶出德保所贈鄕墨, 嗅香、置胸間而逝. 遂以墨殉于柩中. 吳下盛傳爲異事, 爭撰述詩文. 有朱文藻者, 寄書言狀. 噫! 其在世時, 已落落如往古奇蹟. 有友朋至性者, 必將廣其傳, 非獨名遍江南, 則不待誌其墓, 以不朽德保也. 考諱櫟牧使, 祖諱龍祚大司諫, 曾祖諱潚參判, 母淸風金氏, 郡守枋之女. 德保以英宗辛亥生. 得蔭除繕工監監役, 尋移敦寧府參奉, 改授世孫翊衛司侍直. 叙陞司憲府監察, 轉宗親府典簿, 出爲泰仁縣監, 陞榮川郡守, 數年以母老辭歸. 配韓山李弘重女, 生一男三女. 壻曰趙宇喆、閔致謙、兪春柱. 以其年十二月八日, 葬于淸州某坐之原. 銘曰: ⓘ宜笑舞歌呼. 相逢西子湖, 知君不羞吾. 口中不含珠, 空悲詠麥儒.</td>
</tr>
<tr>
<td colspan="2">ⓐ俱: '草', '映', '雲1', '雲2', '荷'에는 '具'로 쓰여 있음.
ⓑ恙: '草', '映', '沔'에는 '虫恙'으로 쓰여 있음. '虫恙'은 전설상의 짐승이름으로 '恙'과 같은 뜻임.
ⓒ喎: '雲1', '雲2', '百', '荷', '流'는 '蝸'로 쓰여 있음.
ⓓ詩文: '沔'을 제외한 '散', '草', '映', '雲1', '雲2', '百', '荷', '流'에는 모두 '文獻'으로 쓰여 있음.
ⓔ泰西人論地球: '流'에는 '子張子論地游'로 쓰여 있음.
ⓕ論: '散'을 제외한 '草', '雲1', '雲2', '映', '百', '荷', '沔', '流'에는 모두 '論'으로 쓰여 있음.
ⓖ錯: '散'과 '草'에는 '劇'으로 쓰여 있음.
ⓗ於: '散', '草', '映', '雲1', '雲2', '百', '荷', '流', '沔'에 모두 '于'로 쓰여 있음.
ⓘ銘佚原稿: '散'에 "宜笑舞歌呼. 相逢西子湖, 知君不羞吾. 口中不含珠, 空悲詠麥儒."라고 쓰여 있음.</td>
</tr>
<tr>
<td colspan="2">* 이본 약칭 : 『燕巖散稿 三』→散, 『燕巖草稿 四』→草, 『映帶亭集』→映, 『雲山萬疊堂集』1→雲1, 『雲山萬疊堂集』2→雲2, 『百尺梧桐閣集』→百, 『荷風竹露堂集』→荷, 『三洞集』→三, 『流觴曲水亭集』→流, 『沔陽集』→沔</td>
</tr>
</table>

박영철본 「홍덕보묘지명」을 대본으로 10종에 수록된 내용을 대비한 결과 다음과 같은 특징을 확인할 수 있다. 첫째, 「홍덕보묘지명」의 최초 원고는 『연암산고3』에 수록된 「홍담헌묘지명」일 가능성이 매우 높다. 이는 위의 그림 『연암산고3』에서 「홍담헌묘지명」의 명사(銘辭)로

수록된 “의소무가호 상봉서자호 지군불수오 구중불함주 공비영맥유(宜笑舞歌呼 相逢西子湖 知君不羞吾 口中不含珠 空悲詠麥儒).” 21자가 박영철본을 포함해 다른 이본에는 수록되어 있지 않은 것에서 확인된다. 둘째, 「홍덕보묘지명」은 연암에 의해 두 차례의 개작 과정을 거쳤음을 확인할 수 있다. 연암은 최초 원고인 「홍담헌묘지명」을 『연암산고3』에 옮겨 쓰고, 후에 그곳에 먹으로 글자위에 권(○)을 치거나 글자를 지우는 방법으로 1차 개작을 완성하였다. 그러나 연암이 1차 개작한 내용은 현재 남아있는 소집류에 수록되어 있지 않고, 『영대정집』을 포함한 8종의 소집들은 「홍덕보묘지명」이라는 제목과 함께 상당히 다른 내용이 실려 있다. 박영철본을 비롯한 이본들은 소집들의 내용이 그대로 실고 있어, 소집들에 실린 「홍덕보묘지명」은 연암에 의해 2차 개작된 최종본일 것으로 판단된다.

학계의 연구에 따르면 후인들에 의해 연암 저작의 내용이 손질된 경우는 크게 세 가지이다. 하나는 양반으로서의 체모에 크게 구애되지 않는 연암 자신의 소탈한 언동을 솔직히 드러낸 부분이고, 다음은 서양 문물이나 오랑캐인 청에 대해 편견 없이 기술함으로서 당시 조선의 반서학·반청 풍조에 저촉될 우려가 있는 내용이며, 마지막으로 문체면에서 과도하게 해학적이거나 자잘한 표현들, 백화체, 조선식 속어투, 패관소설적인 표현들이 바로 그것이다.[12] 우리는 앞의 논의에서 『연암집초고보유 9』에 수록된 「제선옥소영」과 『연암산고3』에 수록된 「홍담헌묘지명」의 명사(銘辭)가 박영철본에는 제외되어 있음을 확인하였다. 연암은 「제선옥소영」에서 사랑을 질투하는 여심을 생동적으로 묘사하거나, 「홍담헌묘지명」의 명사는 ‘도굴꾼 같은 타락한 선비를 공연히 딱하게 여긴다(空悲詠麥儒)’고 하였다. 『연암집』의 편집자는 이

12) 김명호(1990), 44~47면.

와 같은 내용이 사대부로서의 체모에 어울리지 않는 표현으로 판단하고, 『연암집』을 편집하면서 이 두 내용을 의도적으로 제외시킨 것으로 추정된다. 이번에 새로 공개된 연민문고 소장 22종(50)책의 『연암집』 이본들은 이와 같이 연암 사후에 의도적으로 삭제된 연암저작의 원형을 복원하는데 매우 중요한 자료이다.

4. 맺음말

연민문고에 소장된 고서중에는 현재 학계에 공개되지 않은 36종의 연암 관련 필사본뿐만 아니라 다산 박지원 관련 필사본 7종, 초정 박제가 관련 필사본 4종, 그리고 퇴계 이황 관련 목판본 7종 등이 포함되어 있다. 또한 이 고서들에는 학문 분야별로 국문학, 한문학, 경학, 철학, 사학 등에서부터 음운학, 문자학, 지리학, 한의학에 이르기까지 한국학의 거의 모든 분야와 관련된 문헌 자료들이 다수 포함되어 있다. 특히 최근 동양학연구원에서 〈동장귀중본〉 해제 사업을 통해 해제가 완료된 180종의 고서들은 희소성이나 내용의 중요도로 보아 학술적, 문헌적 가치가 매우 높은 것임이 밝혀졌다. 따라서 본 해제 사업을 통하여 새로 발굴, 소개된 자료들은 문학, 역사, 철학을 망라한 한국학 분야를 전공하는 학자들이 기존의 연구 성과를 검증·보완하거나 학설을 새롭게 모색하는데 크게 도움을 줄 수 있을 것으로 판단된다.

한편 조선시대의 문집류나 연행록 중에서 유례가 없을 정도로 『열하일기』와 『연암집』의 이본이 풍부하게 남아있는데, 이는 저술 당시부터 20세기 초에 이르기까지 연암저작의 인기가 드높아 수많은 필사본들이 제작·전파되었기 때문이다. 이로 인해 현전하는 『열하일기』와 『연암집』은 이본들 간에 문예적·사상적으로 의미 있는 차이를 적

잖이 드러내고 있는 것이 사실이다. 최근에 공개된 연민문고 소장 연암저작 필사본 36종은 연암이 가장 초창기에 필사한 『행계잡록』을 비롯해 그 존재가 처음 밝혀진 『부록』에 이르기까지 총 79책에 달하는 『열하일기』와 『연암집』 이본에는 연암이 자편한 수고본이 상당수 포함되어 있다. 따라서 연민문고 소장 연암저작 필사본들은 『열하일기』와 『연암집』의 정본 연구를 통해 연암 저작의 개작 과정과 이본의 선후 문제를 규명하고, 연암 저작물의 문예성과 사상성에 대한 연구의 폭을 확대하는데 크게 기여할 수 있을 것으로 판단된다.

단국대학교 소장 연민 이가원 선생 기증 서화와 인장의 현황

오호석 / 단국대 석주선기념박물관

1. 머리말

연민(淵民) 이가원(李家源, 1917~2000) 선생은 퇴계 이황의 후손으로서 국문학과 한문학의 발전에 커다란 족적을 남겼으며, 한문뿐만 아니라 서예와 문장에도 매우 뛰어난 선비로 평가할 수 있다. 연민 선생은 1978년 한한대사전 편찬자문위원에 위촉되면서 단국대학교와 인연을 맺고 1983년 단국대학교 대우교수로 재직하였으며, 이후 퇴계학연구소 운영위원, 초빙교수, 석좌교수로서 학교의 발전과 후진양성을 위해 많은 노력을 하였다. 그러던 중 1986년 12월 8일부터 평생을 수집한 일체를 단국대학교에 기증하였다. 연민 선생의 기증은 서울 명륜동 소재 자택(梅華書屋)의 모든 것을 기증하는 것으로 2000년 10월 31일까지 총 130여 차례에 걸쳐 이루어졌다. 연민 이가원 선생의 유물기증 업무를 맡았던 단국대학교 퇴계기념중앙도서관이 작성한 기증 유물 목록(2008년 12월 8일 작성)에 따르면, 일반도서와 개인 소품을 망라하는 13,635종 26,679점으로 집계되었다. 이러한 연민 선생의 기증 유물은 2013년 단국대학교 석주선기념박물관의 특별전 "연민 이가원 선생이 만난 선비들"을 통해 일부 공개되었다.

연민 선생의 기증 유물 가운데 가장 주목된 것은 고서류이다. 그 중에서 학문적으로나 사료적으로 가장 큰 비중을 차지하는 희귀본인 〈동장귀중본〉에 대해서는 해제가 이루어지기도 하였다.[1] 고서적류를 제외하고 주목되는 것은 서화류라고 할 수 있다. 서화류는 총459점으로 이들 가운데 상당수는 아직까지 공개가 되지 않았던 유묵과 연민 선생의 친필이다. 이와 함께 41과의 추사 김정희 인장을 비롯한 373점의 인장이 기증되었는데, 고인(古印)을 비롯하여 근현대의 서예·전각가들의 다양한 작품이 포함되어 있다.

이글을 통해 연민 이가원 선생의 기증유물 가운데 서화류와 인장류에 대한 현황을 개괄적으로 살펴봄으로써 앞으로 학계의 여러 연구자들을 통해 학술적 가치가 조명될 수 있도록 자료를 제공하고자 한다.

2. 서화(書畵)의 현황

연민 이가원 선생 기증 서화류는 글씨와 그림, 탑영과 판각 등으로 구분된다. 글씨는 모두 265점이며, 그림 99점, 탑영 81점, 판각 14점으로 전체 서화류의 점수는 459점이다. 이들은 보관 형태에 따라 액자, 족자, 병풍, 첩, 그리고 기타 낱장 등으로 나누어진다.

---

1) 단국대 소장 연민문고 〈동장귀중본〉 해제사업단, 『단국대 소장 연민문고 〈동장귀중본〉 해제집』, 문예원, 2012.
단국대학교 동양학연구원, 『연민문고 소장 연암박지원작품필사본총서』 1~20, 문예원, 2012.

2.1. 글씨

글은 쓴 사람의 사상을 언어와 문자를 이용하여 나타내는 복합적인 내용의 의미전달이며, 글씨는 그 의미를 붓과 먹을 이용하여 형태로 표현함으로써 미적인 것을 누리게 하는 조형미의 전달이라 할 수 있다.[2] 그렇기 때문에 '글씨는 마음의 획이어서 마음의 획이 형상하는 바에서 진실로 그 사람을 상상해볼 수 있다'는 이황의 말처럼 예로부터[3] 글씨는 글을 쓴 사람의 학문과 인격을 드러내는 중요한 덕목 가운데 하나가 되었다. 이에 연민 선생도 선현의 글씨에 대해 많은 관심을 갖고 수집하였던 것으로 판단된다.

연민 선생이 기증한 글씨는 내용에 따라 시(詩)와 기(記), 설(說) 등을 포함한 서(書)와 간찰(簡札) 등으로 구분할 수 있다. 이러한 글씨 가운데 필체의 주인공을 추정할 수 있는 인물로는 김종직(金宗直, 1431~1492), 이량(李良, 1446~1511), 성수침(成守琛, 1493~1564), 이황(李滉, 1501~1570), 정철(鄭澈, 1536~1593), 이우(李瑀, 1542~1609), 임제(林悌, 1549~1587), 윤선도(尹善道, 1587~1671), 장유(張維, 1587~1638), 허목(許穆, 1595~1682), 김만중(金萬重, 1637~1692), 강선(姜銑, 1645~1710), 강현(姜鋧, 1650~1733), 이건명(李健命, 1663~1722), 이재(李縡, 1678~1742), 이광사(李匡師, 1705~1777), 이인상(李麟祥, 1710~1760), 신광수(申光洙, 1712~1775), 박지원(朴趾源, 1737~1805), 박제가(朴齊家, 1750~1805), 정약용(丁若鏞, 1762~1836), 김정희(金正喜, 1786~1856), 김옥균(金玉均, 1851~1964), 황현(黃玹, 1855~1910) 등 널리 알려진 조선시대 인물들이 있다. 또한 임인식(柳寅植, 1865~1928), 윤백영(尹伯榮, 1888~1986), 변영만(卞

---

2) 정충락, 「淵民 李家源 博士의 書藝術에 관한 小考」, 『연민 이가원 선생의 생애와 학문』, 열상고전연구회, 2005, 112면.

3) 오세창 편, 동양고전학회 역, 『국역 근역서화징』 상, 1998, 325면.

榮晩, 1889~1954), 이원태(李源台, 1899~1946), 정기호(鄭基浩, 1899~1989), 김종호(金宗鎬, 1901~1985), 이방자(李方子, 1901~1989), 신석초(申石艸, 1909~1975), 오제봉(吳濟峯, 1908~1991), 유희강(柳熙綱, 1911~1976), 신하균(申河均, 1915~1975), 원충희(元忠喜, 1912~1976), 이상순(李商純, 1912~2003), 송성용(宋成鏞, 1913~1993), 배길기(裵吉基, 1917~1999), 강창원(姜昌元, 1918~), 김충현(金忠顯, 1921~2006), 이기우(李基雨, 1921~1993), 서희완(1934~1995), 이병기(李炳基, 1934~) 등 근현대의 인물들이 확인된다.

이상의 인물들의 글씨 가운데 주요 유물을 유형별로 정리하면 다음과 같다.

〈표 1〉 연민 선생 기증 글씨 현황

유형	유물명(作者)
詩	山居(金宗直), 退陶眞墨詩(李滉), 退溪詩草(李滉), 杜牧之詩(李滉), 歐陽詩二篇(李滉), 古詩 五首(李滉, 柳希春, 尹有吉), 錦溪詩(黃俊良), 亂後逢沈相公(鄭澈), 贈古溪詩(尹渼), 白湖詩四首(林悌), 贈李五峯詩(朱之蕃), 孤山和人詩(尹善道), 北軒詩 四首(金春澤), 關西樂府草藁(申光洙), 次薑山人日韻(朴齊家), 蘭士讀書之處(金正喜), 七言律詩句(金正喜), 寄李學逵詩(翁樹崐), 博明詩(博明)
說·記	敬齋箴(李滉), 合氣盈朔(李滉), 鶺鴒詞(李滉), 玉山李瑀書(李瑀), 陟州東海碑草(許穆), 淩壺觀與得山書(李麟祥), 琉璃廠(朴趾源), 蟬橘堂記(朴趾源), 實事求是箴(金正喜), 林泉有福(金正喜), 恨情一疊(金正喜), 松風磵水聲(金正喜), 畵梅題書(金正喜), 如夢令(金正喜), 梅泉海史書(黃玹), 蘭雪軒玉京十二樓記(許蘭雪軒)
簡札	聽松答人書(成守琛), 寯寄平書(李滉), 與白士偉書(李滉), 谿谷張維小簡(張維), 三母子合簡(姜栢年夫人 黃氏, 姜銑, 姜鋧), 書簡(金萬重), 與子古書(金萬重), 陶菴與人書(李縡), 尙書平小識(丁若鏞)
筆體	賦敵揚雄 詩親子建(李匡師), 含英之出 咀實其測(朴趾源), 芝蘭(金正喜), 四十鱸亭(金正喜), 秋史書(金正喜), 古筠對聯(金玉均), 雪溜室(李源台),
其他	婚事書束(李健命)

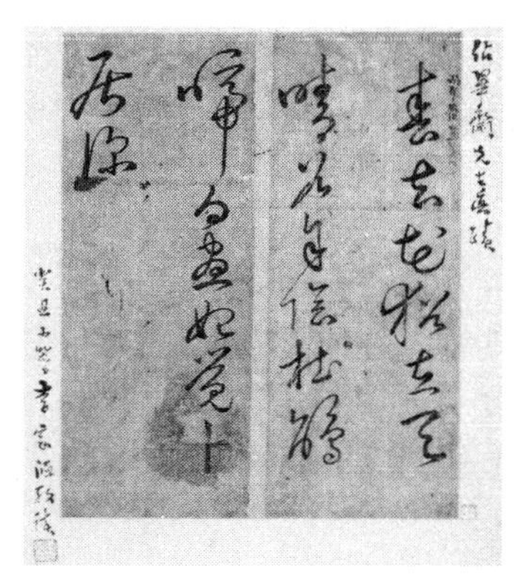

산거(山居)
金宗直, 한지묵서, 24×31cm

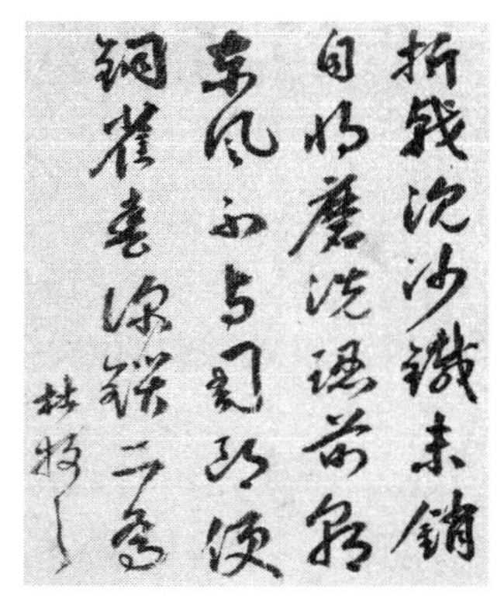

두목지시(杜牧之詩)
李滉, 한지묵서, 19×30cm

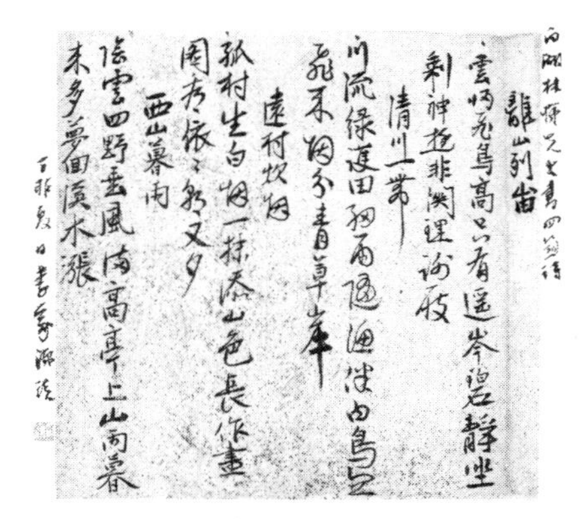

백호시(白湖詩)
林悌, 한지묵서, 27×27cm

한편, 기증된 글씨 중에 많은 양을 차지하고 있는 것은 연민 선생의 글씨로 모두 87점이다. 연민 선생은 행초에 매우 능한 서체로 평가받고 있는데, 행초뿐만 아니라 예서나 전서, 갑골문 등에도 조예가 깊었으며, 여러 차례 개인전을 열기도 하였다. 1977년 동산방(東山房)에서 개최한 「연민이가원서전(淵民李家源書展)」에 서(序)를 붙인 유희강(柳

옥류산장시화서(玉溜山莊詩話序)부분, 李家源, 1987년

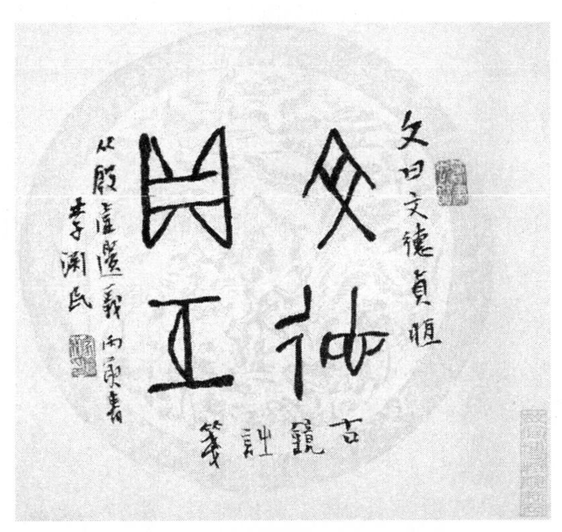

문덕정항(文德貞恒), 李家源, 1986년

필묵괴려(筆墨怪麗), 李家源, 1992년

熙綱)은 서가(書家)로서의 연민에 대해 "중국 고대가들의 법첩(法帖)을 다 섭렵한 연민의 서도(書道)는 사대부의 여기(餘技)와는 달리 왕희지·구양순·조맹부의 정통을 바탕으로 하고, 저수량(褚遂良)의 전아(典雅)한 향기와, 안진향(顔眞鄕)의 혼박(渾樸)한 품격을 더하여 놀라운 예술적 경지를 이루었다. 연민의 서(書)는 정아(精雅)·웅려(雄麗)하여 속진(俗塵)을 벗어났으니 스스로 일세(一世)의 서가라 하는 이들을 부끄럽게 할만도 하건만 오히려 그는 일인의 선비로써 자신의 학문에만 몰두하여 일대(一代)의 서가로 불리기를 삼가 왔으니 참으로 이 보기 드문 고매한 정신의 소유자임을 알겠다."고 높이 평가하였다.[4] 일중 김충현은 1992년 여름 개최한 연민서예전의 서(序)에서 "그의 박학광람(博學廣覽)한 공부는 문(文)과 필(筆)에 남번(藍番)되니 그 향기를 뿜어 서(書)는 문인지필(文人之筆)로서 세인의 추앙을 받고 있다. 대체 문인은 문장에 전력하매 서에는 그 비중이 서가와는 다르다. …(중략)… 현세에 이 같은 서가 드물다."고 하였다. 정충락은 다음과 같은 시로 평가하기도 하였다.

李家源博士 藝學與天通 內外仁風繡 門中大福充
文頉如日月 筆跡似霞虹 傘壽名聲聳 永年不倒翁

이밖에 심주(沈周, 1427~1509), 주지번(朱之番, ?~1624), 사가법(史可法, ?~1645), 팽조손(彭兆蓀, 1769~1821) 등의 명~청대 인물의 글씨를 비롯하여, 왕수팽(王壽彭, 1874~1929), 동작빈(董作賓, 1895~1963), 왕운오(王雲五, 1887~1979), 대정농(臺靜農, 1902~1990), 굴만리(屈萬里, 1907~1979), 사차운(史次耘, 1907~1997), 고명(高明, 1909~1992), 왕장위(王壯

4) 柳熙綱, 「《淵民之書》序」, 『淵民李家源書展』, 東山房, 1977.

위학일익(爲學日益), 董作賓

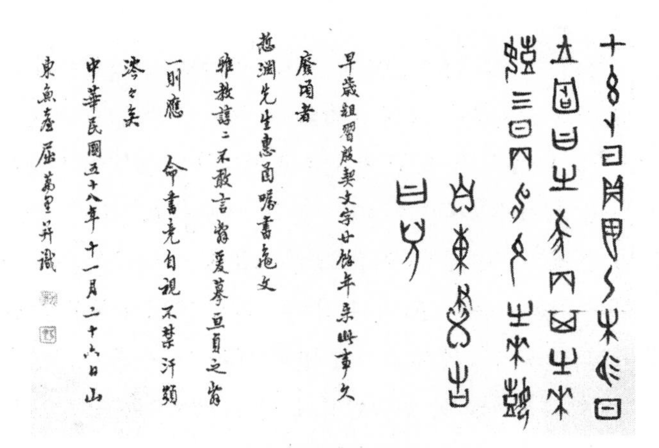

은허문자(殷虛文字), 屈萬里, 1969년

매화서옥(梅華書屋), 孔德成

爲, 1909~1998), 임윤(林尹, 1910~1983), 양가락(楊家駱, 1912~1991), 공덕성(孔德成, 1920~2008, 孔子 제77代손), 강은(康殷, 1926~1999), 몽배원(蒙培元, 1938~, 香港中文大學 客座教授), 왕부순(王復舜, 1939~, 中國美術家協會會員) 등의 글씨가 기증 유물에 포함되었다. 연민 선생이 일찍부터 중화권 저명한 학자들과의 친교(親交)를 통해 증정 받거나 수집한 것들로 추정된다.

2.2. 그림

연민 이가원 선생의 기증 그림은 크게 동양화와 서양화로 구분할 수 있다. 서양화는 캔버스에 그린 유화로 작가는 알 수 없으나 국적은 러시아, 폴란드, 舊유고 등 동구권 지역에 해당하는 몇몇의 작품들이 기증되었다. 동양화는 그 주제에 따라 산수, 영모화조, 인물, 사군자, 그리고 지도 등으로 구분된다. 이들 그림 가운데 가장 주목되는 것은 연민 선생이 수집한 고화(古畵)라고 할 수 있다. 연민 선생은 그림을 소장하게 되면 그 소장경위와 작가에 관한 내용 등 관련된 사항을 꼼꼼히 기록해 놓았다. 이러한 연민선생의 기록은 작가와 진위 여부를 가늠하는데 매우 중요한 자료가 되고 있다.

그림의 작가 가운데 조선시대의 인물로는 이황(李滉, 1501~1570), 이정(李霆, 1541~?), 허난설헌(許蘭雪軒, 1563~1589), 이징(李澄, 1581~?), 정선(鄭敾, 1676~1759), 이광사(李匡師, 1705~1777), 박지원(朴趾源, 1737~1805), 임희지(林熙之, 1765~?), 김정희(金正喜, 1786~1856), 도응유(都應兪), 박영원(朴瑩源) 등이 있다. 그리고 김영기(金永基, 1911~2003), 김응섭(金應燮, 1917~1989), 김호걸(金虎杰, 1934~) 문은희(文銀姬, 1931~), 박노수(朴魯壽, 1927~2013), 박영대(朴永大, 1942~), 배렴(裵濂, 1911~1968), 서희환(徐喜煥, 1934~1998), 성재휴(成在烋, 1915~1996),

고목이금도(古木異禽圖)
李滉, 43×70cm

국죽도(菊竹圖)
朴趾源, 24.7×34cm

안동숙(安東淑, 1922~), 이원록(李源祿, 1904~1944), 이종상(李鐘祥, 1938~) 등의 그림이 함께 기증되었다.

이밖에 중국 작품도 여러 점이 확인되는데, 19세기 이전의 인물로는 왕남(王枏, 1143~1217), 조맹부(趙孟頫, 1254~1322), 예찬(倪瓚, 1301~1374), 왕휘(王翬, 石谷子, 1632~1717), 정섭(鄭燮, 板橋, 1693~1765), 호원(胡遠, 雲山民, 1823~1886), 임훈(任薰, 1835~1893)등이 있으며, 20세기에 활동한 강배중(姜丕中, 1920~2015), 장금생(章金生, 1948~), 장대천(張大千, 1899~1983), 제황(齊璜, 1863~1957) 등의 작품이 기증되었다.

연민 이가원 선생 기증 그림의 주요 현황은 다음과 같다.

치연소상자찬(痴淵小像自贊) 부분
朴魯壽, 1969년, 34×70cm

〈표 2〉 연민 선생 기증 그림의 유형과 주요 그림

유형	주요 그림(작가)
산수화	山水圖扇(王枬), 山水畵(趙孟頫), 倪瓚山水畵(倪瓚), 山水圖(李澄), 謙齋山水畵(鄭敾), 謙齋山水畵畵帖(鄭敾), 太古情(金正喜), 松壑雲泉(未詳)
영모화조	退溪先生古木異禽圖(李滉), 孤鶴圖(許楚姬), 苞花圖(齊璜)
인물화	老人圖(鄭敾), 惜陰軒圖(朴瑩源), 故事人物圖(未詳)
사군자	古梅圖(未詳), 水月蘭花(林熙之), 幽蘭圖(金正喜), 阮翁蘭畵(金正喜), 蘭畵(李源祿), 蘭畵(未詳), 菊花圖(朴趾源), 灘隱竹畵(李霆), 古竹圖(許穆), 牡丹畵(李匡師), 奇石圖(孫庭雋), 翠崖畵帖(都應兪)
기타	方位地圖(李滉), 大淸萬年一統天下全圖(未詳)

2.3. 탁본

탁본은 모두 81점으로 석비, 범종, 마애불, 와당, 벼루 등 대상의 종류가 다양하다. 이 가운데 금석문과 관련된 탁본으로는 널리 알려진

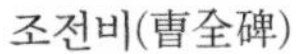

조전비(曺全碑)

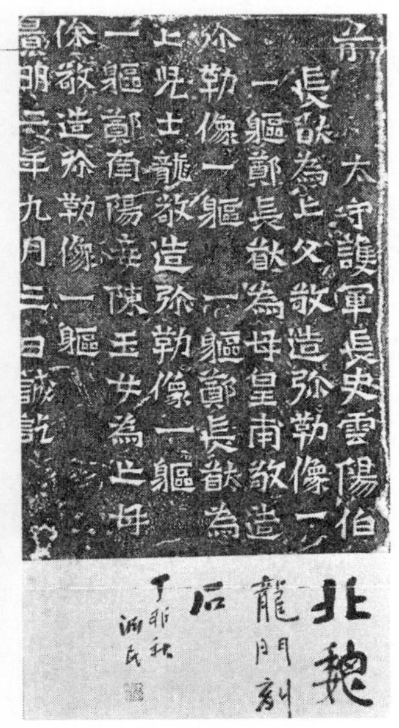

용문각석(龍門刻石)

단양신라적성비(丹陽新羅赤城碑)를 비롯하여, 봉암사지증대사적조탑비(鳳巖寺智證大師寂照塔碑), 시경루(詩境樓), 배경정려비(裵經旌閭碑), 김호장군비(金虎將軍碑) 등이 있으며, 중국에 원본이 남아있는 조전비(曺全碑), 고식묘지명(高植墓誌銘), 현비탑명(玄秘塔銘), 이양빙전(李陽氷篆), 이벽묘지(李璧墓誌), 북평옹방강기(北平翁方綱記), 한소지공비(漢小之公碑), 삼장성교서기(三藏聖教序記) 등이 있다.

다음으로 경기도 화성 용주사 범종 비천상, 울산 반구대 학(鶴)의 탁본과 함께 중국 용문석굴의 용문가응무궁각석(龍門嘉應無窮刻石), 용문우궐각석(龍門牛獗刻石), 용문운양백미륵상기(龍門雲陽伯彌勒像記)를 비롯한 12점의 각석 탁본이 기증되었다. 이밖에 연민 선생이 쓴 월회당(月會堂, 1988년), 기양서당이건기(岐陽書堂移建記, 1989년), 기봉선생구택이건기

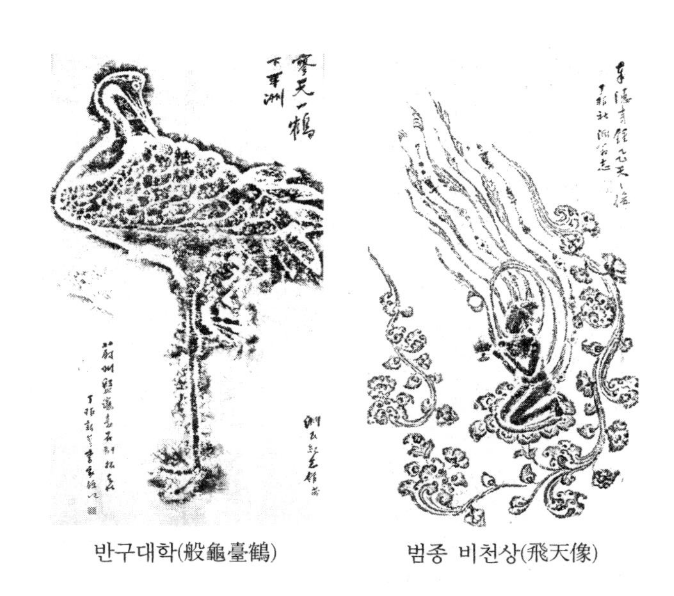

반구대학(般龜臺鶴)　　　　범종 비천상(飛天像)

(岐峯先生舊宅移建記, 1989년) 등의 탁본이 있다. 이들 탁본에도 역시 연민 선생의 필체가 남아있다.

2.4. 판각

판각은 모두 15점이 기증되었다. 글씨를 쓴 사람과 각자를 알 수 있는 것을 살펴보면 글씨는 주로 이가원 선생의 글이고, 각자는 김원배(金元培), 정기호(鄭基鎬), 오옥진(吳玉鎭) 등 현대에 활동한 여러 인물의 이름이 보인다. 한편, 기증 판각 가운데 “지지당(遲遲堂)” 1점은 현재 서울시 중구 명륜동의 매화노옥 2층에 걸려 있다.

〈표 3〉 연민 선생 기증 판각 현황

연번	판각명	서자	각자
1	삼찬각액(三贊刻額)	李家源	–
2	유천희해(遊天戲海)	金正喜	金元培
3	매화서옥기(梅花書屋記)	李家源	–
4	완난(阮蘭)	–	–
5	완당서(阮堂書)	–	–
6	연서지가(硏書之家)	–	–
7	노학암(老鶴菴)	–	鄭基鎬
8	운유서당기(雲溜書堂記)	李家源	安完碩
9	석매(石梅)	李正應	–
10	영산각(寧山閣)	李家源	鄭東樫
11	흥군전년(興君篆年)	李家源	李太植
12	견심당(見心堂)	李家源	李善雄
13	필귀중봉(筆貴中鋒)	–	吳玉鎭
14	명선(茗禪)	–	邊昌憲
15	지지당(遲遲堂)	李家源	–

3. 인장(印章)의 현황

연민 선생은 본래 문인(文人)은 인벽(印癖)이 있기 마련이어서 자신도 100여개의 호(號)를 가졌고 108개의 돌을 가진 부자라고 칭할 정도로 많은 인장을 가지게 되었다고 한다. 이처럼 연민 선생이 많은 호와 인장을 소유하게 된 것은 일제강점기 때 퇴계(退溪)선생의 손때가 묻어있고 그의 글씨와 도장이 찍혀있는 책을 집이 불타면서 대부분 소실하였는데, 이에 대한 커다란 아쉬움을 느끼면서부터였으며, 이후 중국 도장들의 아름다움을 보고 인장에 대한 사랑이 싹텄다고 한다.[5)]

5) 李家源, 「書畵骨董夜話(9) 秋史金正喜의도장」, 『매일경제』(1982년 11월 6일 기사).

연민 선생의 기증 유물 가운데 인장은 모두 373점이다. 이들 인장은 주인이 누구인가에 따라 이가원 선생의 것과 타인의 것으로 나뉘는데 이가원 선생의 인장이 압도적으로 많다. 이는 학자와 명필로서 명성이 높았던 연민 선생과 당시 교유했던 저명한 전각가(篆刻家)로부터 많은 선물을 받았기 때문인 것으로 보인다. 하지만 무엇보다 연민선생 스스로 도장에 대한 관심과 애정이 많았기 때문이라고 할 수 있다.

타인의 인장으로는 추사(秋史) 김정희(金正喜, 1786~7856)의 인장 41과(顆)를 비롯하여 미수(眉叟) 허목(許穆, 1595~1682)의 인장 2과, 연민 선생의 할아버지 노산(老山) 이중인(李中寅)의 인장 3과, "윤시복원(倫始福源)"을 새긴 양전(陽田) 이상호(李祥鎬, 1883~1963)의 인장 1과 등이 있으며, 이밖에 "동치통보(同治通寶)"가 쓰여 있는 중국 청의 인장 등이 있다. 이러한 연민 이가원 선생의 기증 인장은 고인장(古印章)과 이가원 인장으로 구분하여 살펴볼 수 있다.

3.1. 고인장(古印章)

3.1.1. 김정희(金正喜) 인장

김정희는 자는 원춘(元春)으로 유당(酉堂) 김노경(金魯敬, 1766~1840)의 아들로서 금석학과 고증학은 물론 예서에 뛰어났던 인물이다. 추사(秋史), 완당(阮堂) 등 많은 호(號)를 사용한 것으로 알려져 있는데 일찍이 이가원 선생은 「완당김정희명호검인급관지고(阮堂金正喜名號鈐印及款識攷)』와 『완옹호보(阮翁號譜)』를 통해 220과(顆)에 이르는 추사 관련 호를 고증할 만큼[6] 추사의 호와 인장에 많은 관심을 가졌다. 최근의 연구결과에 따르면 김정희는 343개의 호를 사용한 것으로 알려져 있다.[7]

---

6) 李家源, 「阮堂金正喜名號鈐印及款識攷」, 『圖書』, 1965.3.30.
李家源撰, 『阮翁號譜』, 美術文化院, 1998.

연민 선생이 기증한 인장 중에서 추사의 인장은 모두 41과이다. 연민 선생이 추사의 인장을 소장하게 된 것은 한국전쟁 기간 서울 수복 이후부터이다. 인장들은 대개가 다른 사람이 김정희에게 새겨준 것들인데 추사 자신이 새긴 것으로는 「금문지가(今文之家)」라는 문자 인장이 있다. 다른 사람이 새겨준 도장 가운데에는 청나라 학자 완원(阮元, 1764~1849)이 새긴 「한묵연(翰墨緣)」 인장이 있는데, 이는 완원이 옹방강(翁傍綱, 1713~1818)에게 선물한 것으로 후에 다시 추사(秋史)에게 전해진 것으로 추정된다.

금문지가(今文之家), 2.8×5.6×2.4cm

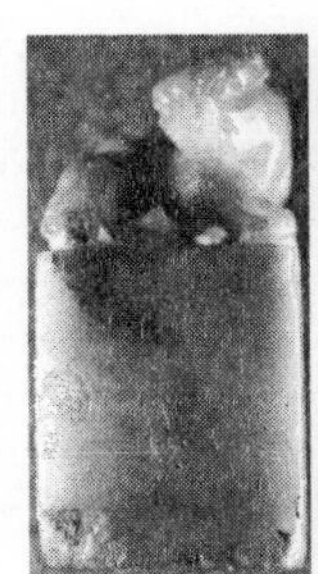

"奉漢印阮藝基篆 秋史仁兄惟~翁方綱 阮先生篆刻一方心呈"
한묵연(翰墨緣), 2.3×2.1×4.8cm

7) 최준호, 『추사, 명호처럼 살다』, 아미재, 2012, 798면.

〈표 4〉 연민 이가원 선생 기증 추사 인장 현황

연번	인장	크기(cm)	비고
1	한묵연(翰墨緣)	2.3×2.1×4.8	阮元作
2	추사(秋史)	0.6×1.5×2.2	
3	김정희인(金正喜印)	2×2×5.7	
4	노완(老阮)	2×2×6	
5	정희(正喜)	1.8×1.8×3.2	
6	완당(阮堂)	1.8×1.8×2.8	
7	김정희인(金正喜印)	2.1×2.1×3.8	
8	추사(秋史)	2.2×2.2×3.8	
9	정희(正喜)	1.4×1.4×3.8	
10	고연재(古硯齋)	1.5×1.5×3.5	
11	길양(吉羊)	1×.1.5×3.6	
12	정희지장(正喜之章)	2.4×2.3×2.9	
13	추사서화(秋史書畵)	2.3×2.4×2.9	
14	추사장수(秋史長壽)	2.5×2.5×6.8	
15	김정희금석서화지인(金正喜金石書畵之印)	2.4×2.5×5.7	
16	처정추사(處定秋史)	1.8×2.1×1.9	
17	정희(正喜)	1.7×1.7×3.5	
18	완당(阮堂)	1.7×1.7×3.4	
19	칠십이구초당(七十二鷗艸堂)	1.8×3.5×.2.6	
20	우랑현선관(又琅嬛僊館)	2.2×2.2×6.3	
21	승연노인(勝蓮老人)	2.4×2.4×7.2	
22	홍두산장(紅豆山莊)	2.6×2.6×3.4	
23	실사구시(實事求是)	1.8×2.5×3.9	
24	구인불여구기(求人不如求己)	2.6×2.7×4.3	
25	금문지가(今文之家)	2.8×5.6×2.4	金正喜作
26	승연노인(勝蓮老人)	2.9×2.9×5.4	
27	소주강처편성회(小舟江處便成灰)	2.6×2.5×5.2	
28	병오소생(丙午所生)	1.8×1.9×2.8	
29	벽초홍련(碧沼紅蓮)	1.8×2.3×3.3	
30	박고통금(博古通今)	2.2×2.5×3.3	
31	법안(灋眼)	1.5×1.8×3.8	
32	악교천하사(樂交天下士)	1.5×2×3.3	
33	솔진(率眞)	1.2×1.9×3.3	
34	홍두(紅豆)	1.2×1.95×3.2	
35	노고선방(老古禪房)	1.8×2.5×3.1	
36	우신백사(又新白事)	1×2.5×4	
37	묵장(墨莊)	2×1.8×3.3	
38	금석문자(金石文字)	0.9×2.3×3	
39	심화(心畵)	0.6×1.9×3.2	
40	양화조학(養花調鶴)	4.8×4.2×4.1	
41	한호불배(漢鐫佛背)	2.1×2.1×3.7	

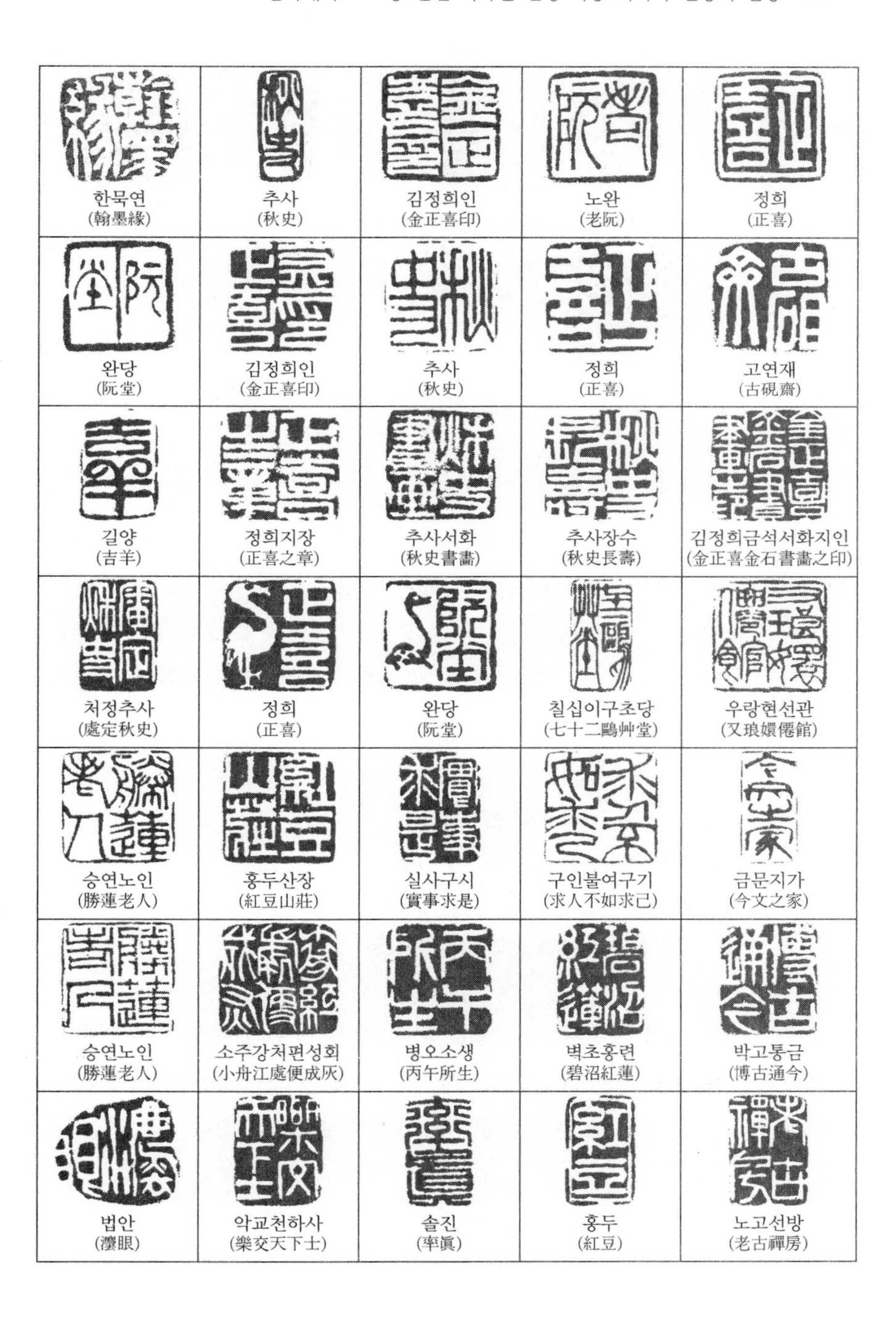

한묵연 (翰墨緣)	추사 (秋史)	김정희인 (金正喜印)	노완 (老阮)	정희 (正喜)
완당 (阮堂)	김정희인 (金正喜印)	추사 (秋史)	정희 (正喜)	고연재 (古硯齋)
길양 (吉羊)	정희지장 (正喜之章)	추사서화 (秋史書畵)	추사장수 (秋史長壽)	김정희금석서화지인 (金正喜金石書畵之印)
처정추사 (處定秋史)	정희 (正喜)	완당 (阮堂)	칠십이구초당 (七十二鷗艸堂)	우랑현선관 (又琅嬛僊館)
승연노인 (勝蓮老人)	홍두산장 (紅豆山莊)	실사구시 (實事求是)	구인불여구기 (求人不如求己)	금문지가 (今文之家)
승연노인 (勝蓮老人)	소주강처편성회 (小舟江處便成灰)	병오소생 (丙午所生)	벽초홍련 (碧沼紅蓮)	박고통금 (博古通今)
법안 (灋眼)	악교천하사 (樂交天下士)	솔진 (率眞)	홍두 (紅豆)	노고선방 (老古禪房)

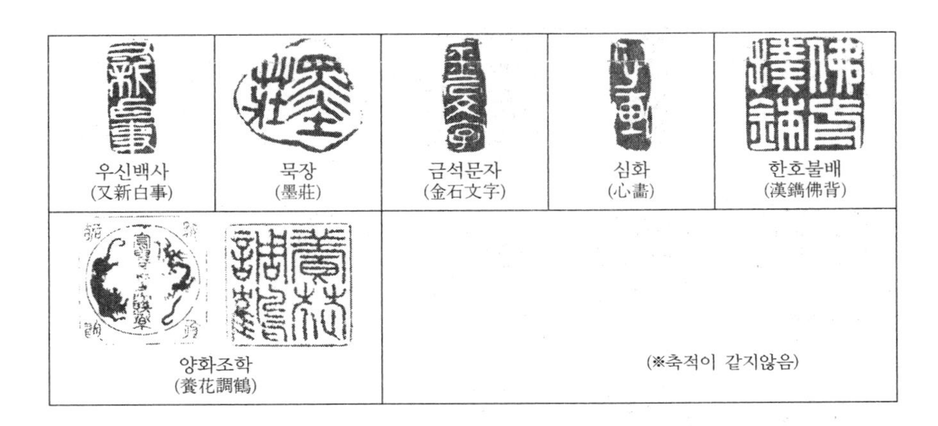

우신백사(又新白事) / 묵장(墨莊) / 금석문자(金石文字) / 심화(心畵) / 한호불배(漢鎬佛背) / 양화조학(養花調鶴)

(※축적이 같지않음)

3.1.2. 허목(許穆) 인장

허목(1595~1682)의 자는 화보(和甫)·문보(文父)이며, 호는 미수(眉叟)이다. 알려진 것처럼 벼슬은 우의정에 이르렀으며, 전서(篆書)를 잘 써서 동방제일로 칭송받았다.[8] 미수 허목의 인장은 화보(和父), 구주노인(九疇老人) 등 모두 2과로 연민 선생은 목함의 뚜껑 안쪽에 소장 경위를 기록해 놓았다.

> 長二方者文曰和父方者則曰九疇老人
> 后孫許業贈爲其友朴淳碩敬于盡惺齋
> 乙巳淸明日李家源
> 後卄一年丙寅秋朴君持而貽李家源又志

즉, 2과의 도장은 후손인 허업(許業)이 벗인 박순석(朴淳碩)에게 준 것으로 이때는 을사년(1965)이었으며, 그 후 21년 뒤인 병인년(1986) 가을에 박순석이 이가원 선생에게 전달하였음을 알 수 있다.

---

8) 오세창 편저, 동양고전학회 국역, 『국역 근역서화징』, 시공사, 1998, 534면.

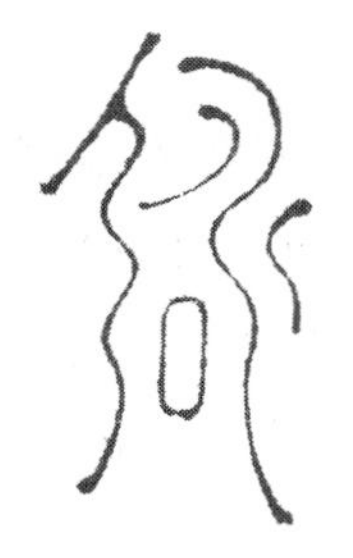
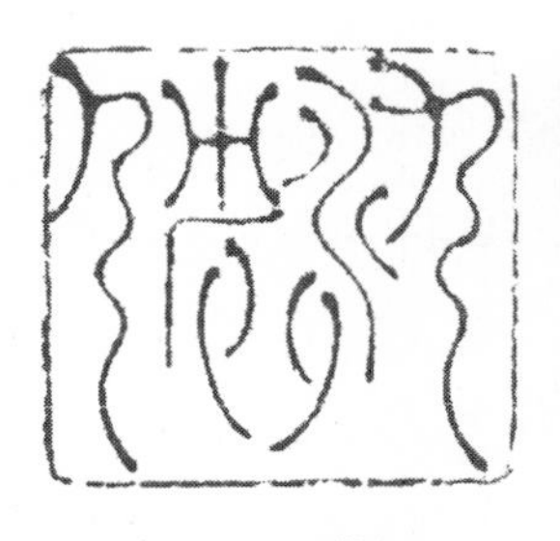

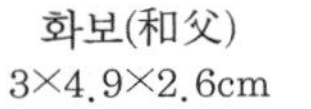

화보(和父) 3×4.9×2.6cm

구주노인(九疇老人) 4×4×2.4cm

허목인장함 뚜껑 내부

3.1.3. 이중인(李中寅) 인장

이중인은 연민 선생의 조부(祖父)이다. 호는 노산(老山)으로 연민 선생이 태어나기 10년전 일본인들이 상계 종가에 불을 질러 서적을 다 태워버리자 전라도로 피난을 갔다가 만년에 부친 이휘령(李彙寧, 古溪,1788~1862)이 세운 고계정(古溪亭)으로 돌아왔다. 노산은 연민 선생에게 가학을 전수하기 위해 학교에 보내지 않고 집안에서 한문을 수학하게 하였다.[9] 항일의식이 강했던 이중인의 나무 인장은 도산후인세보(陶山后人世寶), 금석상전(金石相傳), 이중인인(李中寅印)등 모두 3과가 기증되었다.

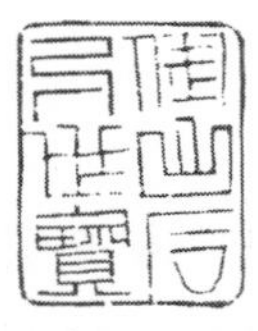

도산후인세보(陶山后人世寶) 3×4.2×2cm

금석상전(金石相傳) 지름 2.8cm, 높이 3cm

이중인인(李中寅印) 2×2.3×2.7cm

9) 허경진, 「연민 이가원 선생의 생애와 학문」, 『연민 이가원 선생의 생애와 학문』, 열상고전연구회, 2005, 20쪽.

3.1.4. 기타 인장(印章)

연민 이가원 선생의 기증 인장 중 타인의 것 가운데 주인을 알 수 있는 것으로는 이상호, 김태석 등의 인장으로 각각 1점씩 기증되었다. 양전(陽田) 이상호는 연민 이가원 선생과 같은 진성이씨 집안의 인물이다. 성재(惺齋) 김태석은 글씨를 두루 잘 썼으며, 전각에도 뛰어났는데 광복 후 서예가들의 단체 대동한묵회(大東翰墨會)를 조직하였다. 김태석의 인장에는 "성재작(性齋作)"이라고 썼다. 이밖에 중국 청대(淸代)에 사용되었던 고인(古印) 1과가 있는데, 상면에 "동치통보(同治通寶)"라 쓰고 측면에는 글씨와 그림을 음각하였다.

윤시복원(倫始福源)
이상호(李祥鎬, 1883~1963)
4.7×4.7×2cm

심진(尋眞)
김태석(金台錫, 1875~1953)
0.6×1.1×2.7cm

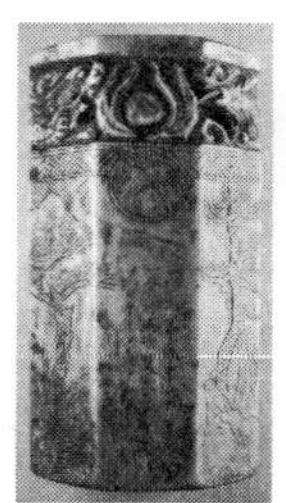

고인(古印)
5×5×9.4cm, 청나라

3.2. 이가원 인장

연민 선생의 인장은 앞서 살펴본 고인(古印) 외에 324점이다. 연민 선생은 아호(雅號)와 당호(堂號) 모두를 『완옹호보(阮堂號譜)』(이가원 찬, 미술문화원, 1998)의 「연옹호보(淵翁號譜)」에 실었는데, 선생은 아호와 당호의 구분에 큰 의미를 두지 않았고 과호(顆號)를 자주 바꾸는 버릇이 있었다는 김철수의 말처럼 과호를 두루 사용하였다. 이는 호가

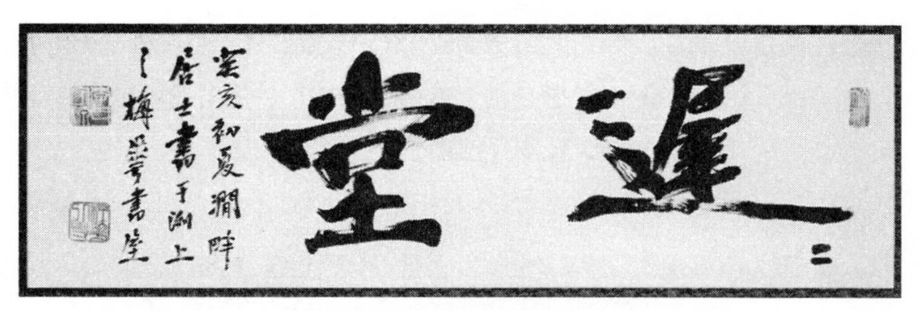

지지당, 이가원, 122×37cm

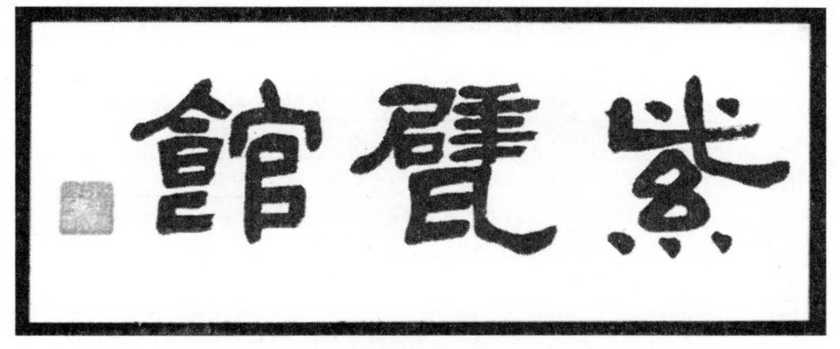

자벽관, 원충희, 43×17cm

조선시대 학문을 숭상함에 있어서 문으로서 갖추어야 하는 선비사회의 일반화된 경향이자 자기 취향이었던 점에 비추어 볼 때, 평생에 걸쳐 선비정신을 숭상하고 실천하고자 하였던 연민 선생에게는 당연한 결과라고 생각된다. 연민 선생의 주요 아호로는 연민(淵民), 연옹(淵翁), 철연(哲淵) 등이 있으며, 당호로는 자벽관(紫甓館), 지지당(遲遲堂), 매화노옥(梅華老屋), 매화서옥(梅華書屋), 연연야사재(淵淵夜思齋), 저서충음지루(著書蟲吟之樓) 등이 있다. 이 가운데 자벽관과 연연야사재에 대해 각별한 애정을 갖고 있었던 것으로 보인다.

연민 선생의 글씨 등 작품이나 소장품에는 주로 사용한 인장이 있으나 현재로서는 기증된 인장 가운데 이를 구분하기는 쉽지 않다. 한편,

연민 선생은 스스로 전각을 익혔음을 알 수 있는데, 전각에 사용하는 전각도와 3과의 인장이 확인된다. 이러한 연민 선생의 인장을 전각가를 중심으로 살펴보면 다음과 같다.

〈표 5〉 연민 이가원 선생 기증 인장 현황

작가	수량	주요인장
고봉주(高鳳柱)	3	이가원인(李家源印), 연민거사(淵民居士)
권창륜(權昌倫)	1	정학(鼎學)
정기호(鄭基浩)	17	가원철연(家源哲淵), 함흔(含欣)
김양동(金洋東)	2	이가원씨(李家源氏), 청량산민(淸凉山民)
김응현(金膺顯)	8	연연야사재(淵淵夜思齋), 청매난주지관(靑梅蘭酒之館)
김재인(金齋仁)	3	가원장수(家源長壽)
김진원(金瑨元)	3	이가원(李家源), 연옹(淵翁), 중화(中和)
김대해(金海大)	4	사무사(思無邪), 설류당자연생(雪溜堂子淵生)
노중석(盧中錫)	1	중통외직(中通外直)
박대성(朴大成)	1	연옹(淵翁)
박태준(朴泰俊)	3	이주가원연민(李走家源犨民), 백린창염지실(白鱗蒼髥之室)
배길기(裵吉基)	3	이가원씨(李家源氏), 자철연(字哲淵)
백영일(白永一)	2	가원연옹(家源淵翁), 음석거사(吟錫居士)
석도륜(昔度輪)	3	금랑현선관(今琅嬛僊館), 이가원술(李家源鉥)
박호영(朴浩榮)	1	가원향절(家源香絶)
신수일(申秀一)	1	귀산노실(貴散老室)
신하균(申河均)	2	이가원장수(李家源長壽), 아사고인(我思古人)
안광석(安光碩)	35	가원(家源), 중봉(中峰)
여원구(呂元九)	5	교교백구(皎皎白駒), 명륜호동거실(明倫衚衕居室)
유희강(柳熙綱)	5	연민(淵民), 이가원인(李家源印)
이가원(李家源)	3	정사(丁巳), 연이가원(淵李家源), 가원(家源)
이기우(李基雨)	11	연이가원(淵李家源), 이가원씨(李家源氏)
이대목(李大木)	3	가원철연(家源哲淵), 가원연민(家源淵民)
이숭호(李崇浩)	16	연옹(淵翁), 매화노선(梅華老仙)
전도진(田道鎭)	7	연민자오십세이후작(淵民子五十歲以後作), 연민이가원인(淵民李家源印)
정기호(鄭基浩)	16	가원철연(家源哲淵), 함흔(含欣)

정도준(鄭道準)	3	경재(經齋), 연경제(擘經齊)
정문향(鄭文卿)	61	연민기념관장도서인(淵民紀念館藏圖書印), 이가원술(李家源鉥)
정범진(丁範鎭)	4	매화서옥(梅華書屋), 용산야로(龍山野老)
정병례(鄭昺例)	3	연박(淵博)
정충락(鄭充洛)	14	연옹팔십세이후작(淵翁八十歲以後作), 리가원인, 열수문장(洌水文章)
조영조(曺寧助)	6	이가원인(李家源印), 연민(淵民)
진태하(陳泰夏)	6	가원사인(家源私印), 가원청복(家源淸福)
최중길(崔重吉)	3	이가원씨(李家源氏), 저서충음지루(著書蟲吟之樓)
도수백(陶壽伯)	3	연재가원(淵哉家源)
대정농(臺靜農)	3	이가원씨(李家源氏)
吉田三朗	12	매화서옥(梅華書屋), 가원지술(家源之鉥), 운지산민(雲芝山民)
기타 무명	47	이가원인(李家源印), 수(壽)
합계	324	

이상 324점의 연민 선생 인장 중에서 주요 인장과 도장 손잡이에 새겨진 각명(刻銘)을 소개하면 다음과 같다.

4. 맺는말

이상과 같이 연민 이가원 선생 기증유물 중 서화류와 인장류의 현황을 간략하게 살펴보았다. 이들 유물의 기증은 15년에 이르는 기간 동안 130여 차례에 걸쳐 기증되었기 때문에 정리에 어려움이 있었는데 서화류는 글씨, 그림, 탑영, 판각 등 459점이며 인장은 373점이다. 이 가운데 서화류는 액자 또는 족자, 병풍, 첩, 낱장 등의 형태로 기증되었으나, 내용상 시, 서, 간찰 등으로 구분하였다. 글쓴이가 확실한 진적(眞蹟) 유물의 경우 주인공에 대한 연구 자료가 될 수 있는 것들인데, 특히 간찰류의 경우 관계 인물에 대한 생생한 기록을 전해주는 1

"淵民大人取燕巖含英咀寶之齋字學其書齊仿周奉古印屬刻匡淸鑒 如初"

함영저보지재(含英咀寶之齋)
김응현, 돌, 1.9×1.9×8.4cm

"癸酉殷春如初爲淵民先生刻"

이가원씨(李家源氏)
김응현, 돌, 1.9×1.9×8.3cm, 1983년

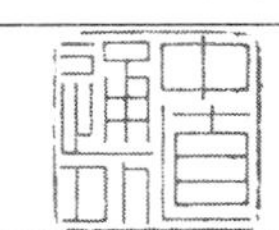

"此語出周茂叔愛蓮說
壬戌立秋心然刊"

중통외직(中通外直)
노중석, 돌, 7.8×7.8×11.7cm

연이가원(淵李家源)
이가원, 돌,
2.2×2.2×6.4cm

가원(家源)
이가원, 돌,
2.7×2.7×7.2cm

"源字無書作灥姓名印宣從俗寅爲是漢印中亦曾息之大木記"

가원연민(家源淵民)
이대목, 돌, 2.5×2.5×8.3cm

"梅華老仙 丁丑歲暮
李崇浩刊作"

매화노선(梅華老仙)
이숭호, 돌, 2.9×3×8cm

가원(家源) 철연(哲淵)
정기호, 죽, 지름1.5cm, 길이4.2cm

"褎衕人印 癸亥冬"

이가원술(李家源鉥)
정문향, 돌, 3×3×7cm, 1983년

"淵民博士法正褎衕人
刊丁卯年立春"

연민기념관장도서인(淵民紀念館藏圖書印)
정문향, 돌, 3.7×3.7×8.1cm, 1987년

"梅華書屋 己巳八月 元正刻"

매화서옥(梅華書屋)
정범진, 돌, 2.4×2.4×7.8cm

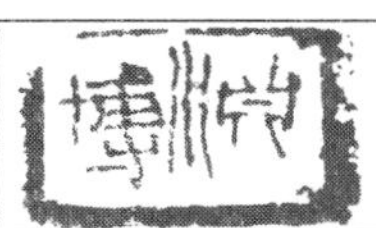

"淵博乙丑秋
古岩作"

연박(淵博)
정병례, 돌, 4.6×2.7×1.2cm, 1985년

"洌水文章 丁丑元月 古甓人
鄭充洛刻"

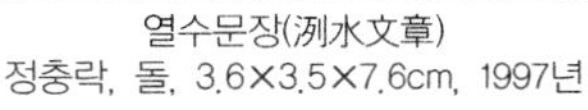

열수문장(洌水文章)
정충락, 돌, 3.6×3.5×7.6cm, 1997년

"乙丑八月念四日
三郎刻"

영지산민(靈芝山民)
吉田三朗, 돌, 2.5×2.4×8cm, 1985년

수(壽)
미상, 돌, 지름2.3cm, 길이 6.9cm

차 사료로서 기존의 학술 연구 성과를 보완해 줄 수 있는 가치가 높은 자료가 될 것으로 생각된다. 그리고 퇴계 이황을 비롯한 박지원의 그림 등의 유물도 유물로서의 중요성뿐만 아니라 관련 인물에 대한 연구와 회화사 연구에 도움이 될 수 있는 자료로 판단된다. 그리고 기증 유물 가운데 이가원 선생이 각 그림에대한 평(評)내지는 작가, 그리고 작품과 관련된 내용을 별도로 적어 놓은 부분은 유물에 대한 평가는 물론 이가원 선생의 안목과 감식안을 가늠할 수 있는 자료가 된다고 하겠다.

이들 서화류와 인장류 유물은 연민 선생이 단국대학교에 기증한 전체 유물에서 수적으로 차지하는 비중은 크지 않지만 내용면에서 볼 때, 매우 비중 있는 유물이다. 뿐만 아니라 이들 유물 대부분이 그동안 학계에 공개되지 않았던 것으로서 앞으로 많은 관계 연구자들의 검토와 연구가 필요할 것으로 생각된다.

연민 선생의 별호(別號)에 대하여

리우창(劉暢) / 중국 천진외국어대(天津外國語大)

[국문초록]

연민 이가원(1917~2000) 선생은 어려서부터 한문 경전을 공부해서 한문에 익숙하기 때문에 한문 연구 방면에 탁월한 성취도 이루고 대량의 한시와 한문 작품도 창작했다. 뿐만 아니라 한문이 이미 연민 선생의 생활에 융합되어서 별호를 만들기 좋아하고, 스스로 별호를 많이 만들었다. 전면적으로 문집을 살펴보면 연민 선생이 13살부터 80살까지 거의 해마다 별호를 하나씩 만들어서 합계 67개를 만들었다.

고대 한국은 한문화의 영향을 많이 받았다. 따라서 한국 고대 문인들이 점차 중국식의 이름, 자(字)를 활용할 뿐만 아니라 서재와 방을 위해 이름도 짓는 풍조가 생겨났다. 별호는 방의 주인 자신의 상황과 취미와 심미관을 보여 주는데, 이 풍조가 당대까지 지속되었다.

구체적으로 말하면 한국 문인 방의 이름을 다음과 같이 분류할 수 있다. 1) 유교 경전이나 노장이나 명편·명언이나 주인의 시에서 방의 이름 글자를 얻는다. 2) 방의 용도나 재질이나 특징대로 방의 이름을 만든다. 3) 위치, 즉 산수나 지명대로 방의 이름을 만든다. 4) 구체적 기물이나 자연 환경이나 식물 이름을 따라 방의 이름을 만든다. 5) 사실을 기록한다. 즉 어떤 사건을 경험해서 방의 이름을 만든다. 6) 주인이 자신의 특징이나 행위 관습대로 방의 이름을 만든다. 7) 주인이 어떤 기분이나 감정 때문에 방의 이름(을) 만든다. 8) 고인을 사모하여 그 사람과 관련된 것으로 방의 이름(을)

만든다. 9) 은거 생활과 관련됨. 10) 사상과 관련됨. 11) 후세 사람들에 의해 와전된 것. 그리고 연민 선생의 별호는 대체로 상술한 제1) 3) 4) 5) 6) 7) 8)의 경우가 포함되었다.

이 논문은 한국 문인 서재와 방의 이름을 종합하여 서술하기 위하여, 연민 선생이 서재와 방의 이름을 만든 방법을 살펴보고 연민선생의 생활 상황과 별호 사이의 관계를 분석하였다.

浅析渊民先生的室名斋号

1. 序論

古代韩半岛是汉字文化圈的重要组成部分，韩国古人自幼学习中国典籍，受中华文化熏染，逐渐形成了起号、相互以号相称的风尚。韩国现存可查最早的别号，大约出现在三国时期。[1] 韩国申用浩教授以高丽507人[2]为对象进行统计，建国初期二十三人中，尽一人有号，十一至十三世纪282人中，亦尽二十人有号。[3]此後，有号者比例渐次增多，至17世纪则达到80%以上。[4]

室名斋号，即居室主人为屋室、书斋等起的名字，是别号的主要组成部分。与中国古人相似，韩国古人的室名斋号，也体现出居室主人自身

1) 《三国史记》卷四十八《列传第八》载，百结先生的别号，就是因他“衣百结若悬鹑”而来。

2) 金春东《韩国汉文学史》收录155名与《高丽史》诸臣列传收录519名人物，查重所馀591人，据新丘文化社1972年版《韩国人名大事典》，有507人可查生卒年。《先贤들의 字와 号》(韩国首尔：传统文化研究会，1997年11月初版第一次印刷。笔者所见为2010年初版第三次发行版。)则以此507人为调查对象，以卒年为序排列。

3) 《先贤들의 字와 号》 81-82页。

4) 《先贤들의 字와 号》 84页。

的生活状况、境遇，乃至兴趣爱好、志趣节操等。

笔者曾在许敬震教授与导师赵季的指导下， 编纂《韩国文人名字号训诂辞典》,[5] 大量收入渊民李家源先生的室名斋号。本文将介绍渊民先生的室名斋号，并依据命名方法归类，企图在此基础上，举例展现渊民先生的生活实境， 揭示出渊民先生室名斋号与中、韩古代汉文学千丝万缕的联系。

2. 淵民先生的室名齋號

渊民先生一生中使用了大量的室名斋号，甚至常为居所重复取名。通观他的《渊渊夜思斋文稿》[6]《渊民之文》[7]《通故堂集》[8]《贞盦文存》[9]《游燕堂集》[10]《万花齐笑集》[11]等六种文集， 可以将他居室命名的时间、原因等总结如下：

干支	公元	先生年歲	室名齋號	命名原因	出處頁碼
				《渊渊夜思斋文稿》	
己巳	1929	13	温水阁	温溪之水经其南	1
庚午	1930	14	灵芝山馆	退溪《陶山记》"灵芝之一支东出而为陶山"	1
壬申	1932	16	清吟石阁	在温溪之下流清吟石之上	7
癸酉	1933	17	净如鸥泛斋	退溪《与林士遂书》"净如鸥泛"	9

5）刘畅、许敬震、赵季：韩国文人名字号训诂辞典. 韩国首尔：以会社，2014年版.
6）李家源：渊渊夜思斋文稿. 韩国首尔：通文馆，1967年版.
7）李家源：渊民之文. 韩国首尔：乙酉文化社，1973年版.
8）李家源：通故堂集. 韩国首尔：国民书馆，1979年版.
9）李家源：贞盦文存. 韩国：友一出版社，1985年版.
10）李家源：游燕堂集. 韩国首尔：檀国大学校出版部，1990年版.
11）李家源：万花齐笑集. 韩国首尔：檀国大学校出版部，1998年版.

甲戌	1934	18	青李来禽读书馆	晋人帖中有"青李来禽"字	10
乙亥	1935	19	落帽山房	落帽峰在古溪山房之北	13
丙子	1936	20	因树屋	朴趾源《许生後识》"因树为屋"	16
丁丑	1937	21	曲桥农栈	渊民先生王父年踰八旬，先君以家贫亲老，率不肖兄弟躬耕於曲桥	19
戊寅	1938	22	海琴堂	有感于俞伯牙海边闻声，援琴而歌	25
己卯	1939	23	青梅煮酒之馆	《三国志演义》"青梅煮酒论天下英雄"	34
庚辰	1940	24	雪溜山馆	连宵大雪後，所寄屋岩得雪较深，岩脐冻泉成溜	69
辛巳	1941	25	憙谭实学之斋	尝喜谭实学，遂为家常语。有人求书，多以此四字应之	80
壬午	1942	26	德衣笔耕处	薝园郑翁寅普尝字呼以"德衣"，　盖取诸《书经》"衣德言"之义	102
癸未	1943	27	六六峰草堂	退溪时调《清凉山歌》有"清凉山六六峰"，渊民先生十三岁汉译此歌"六六清凉奇又奇，　仙期吾与白鸥为"	124
甲申	1944	28	渊生书室	前岁冬，山康卞翁来访古溪先亭，作《渊生书室铭》	147
乙酉	1945	29	小蓬莱仙馆	辛巳秋，梦中行舟海上，得句"蓬莱秋水殷生波"	164
丙戌	1946	30	铁马山庄	任教荣州农业高等学校，铁呑山为邑之镇	181
丁亥	1947	31	黄鹂山房	转任於金泉女子中学校，金泉西北有黄鹤山	189
戊子	1948	32	橘雨仙馆	东莱古号蓬莱，我语蓬莱与居漆同义。居东莱漆山洞，一日雨，风景如辛巳秋梦境，乃因前句足成一绝，有"青镫橘屋通宵雨"句。	196
己丑	1949	33	居漆山庄	僦东莱之漆山洞，漆山即古居漆山国	208
庚寅	1950	34	草梁衚衕书屋	移寓釜山之草梁	222
辛卯	1951	35	东海渔丈之室	因世故南漂海上	228
壬辰	1952	36	山幕草堂	釜山高等学校装设天幕教室於草梁之山幕洞，成均馆大学亦以南迁借之以开讲	232
癸巳	1953	37	明伦衚衕居室	秋，自草梁还都，　止於秘苑之东、成均馆之西，明伦洞第三街	237–238
甲午	1954	38	玉溜山庄	秘苑中有小瀑"玉流川"，其下流驶出墙东岩石丛林间，经明轮衚衕居室之背，入於隐渠	246
乙未	1955	39	玉照山房	退溪《用大成早春见梅韵》"君不见，　范石湖种梅谱梅为天职。又不见，张约斋玉照风流匪索寞"	252–253
丙申	1956	40	李氏佛手研斋	得佛手研(端产紫小石，象佛手，以象牙为宫)	258
丁酉	1957	41	猗兰亭	有兰癖，幽兰在谷不以无人而不芳	270
戊戌	1958	42	为学日益之斋	《道德经》"为学日益"	282

己亥	1959	43	绿天山馆	爱芭蕉	290
庚子	1960	44	抚童婢馆	渊民先生有女弟子童婢	306
辛丑	1961	45	含英咀实之斋	得燕岩朴氏美仲所书“含英之出，咀实其测”	325
壬寅	1962	46	兰思书屋	渊民先生有女弟子兰史，游学外洋，思之深。	337
癸卯	1963	47	玉兔之宫	梦自玉溜之庄，可到木觅之趾，见月宫景象	363
甲辰	1964	48	风树缠怀之室	《孔子家语》“树欲静而风不停”	389
乙巳	1965	49	如如佛研斋	有歙州石研一方，其色翠，斲之古拙，而环其缘饰者，皆如如佛字	417
丙午	1966	50	惺颠燕癖之室	颠於惺叟许筠，癖於燕岩朴趾源	444
				《渊民之文》	
丁未	1967	51	弘宣孔学之斋	生平自以弘宣孔学为己任	1
戊申	1968	52	箸书虫吟楼	《有所思十绝》“海外学人争拍手，世间一只箸书虫”	25–26
己酉	1969	53	樱笠羽扇之堂	赴中国台北，见台人田父市侩所戴樱子笠，甚爱而戴之，手执白羽扇，自号樱笠羽扇居士	72
庚戌	1970	54	花复花室	《思母哀八绝》其一“采采东园花复花”注：母尝曰‘汝之胎梦，竟十朔，无日不采吉贝花’，俗称吉贝为花复花	166
辛亥	1971	55	三秀轩	嵇康《忧愤诗》“煌煌灵芝， 一年三秀。 我独何为？有志未就”	204
壬子	1972	56	柔明清丽之斋	爱兰，今有中国产兰盆五，其最佳者方形紫色。有适然轩主刻“柔明清丽”四字，因别字居室	290
				《通故堂集》	
癸丑	1973	57	卧龙山庄	所居頖西之屋，北与西为卧龙洞，且或自拟於诸葛孔明	25
			绿树不尽声馆	起屋于成均馆之西，门对四五株绿树。当绿阴满地之时， 吟咏上下， 悠然兴想乎先生与人书中“每夏月绿树交阴，未尝不怀仰两先生之高风”之语	53–54
甲寅	1974	58	青蝉堂	尝蓄一奇石，其色青，状若巨蟾	81
乙卯	1975	59	碧梅山馆	尝以梅为家花，尤爱其色之碧者	151
丙辰	1976	60	东海居士之室	(按：东海即海东，此即指韩国)	
丁巳	1977	61	洌上陶工之室	往来利川，亲陶於陶窑	269
				《贞盦文存》	
戊午	1978	62	香学堂	尝譔《春香传小缀》末段有“香学昌明”语，今乃箸刊《春香歌》	33
己未	1979	63	古香罏室	今冬访台湾，得宣德年间制小香罏及古董数品	74

庚申	1980	64	挐惺燕茶斋	尝喜读惺叟许筠、星湖李瀷、燕岩朴趾源、茶山丁若镛之文	152
辛酉	1981	65	梅华书屋	(按，盖亦因爱梅而名)	
壬戌	1982	66	逍摇海山之堂	退任延世大学， 欲逍摇海山， 乃遵海而南至智异，既而渡海，游大阪、天理、奈良等地	243
癸亥	1983	67	美哉欲居之室	赴哈佛大学会议，至波士顿，将离，有“美哉波士顿，老恝此欲居”语	332-333
甲子	1984	68	梦逗娜江之室	是岁秋，始游欧洲诸国，至巴里，泛细娜江，孤吟夷犹，欲僦一屋於江上，以娱残年。不得，归卧山庄，有时入梦。	391
				《游燕堂集》	
乙丑	1985	69	谱石斋	有石癖，吟《青蟾堂石谱诗》诸体四十四首	25
丙寅	1986	70	和陶吟馆	是岁夏日，有《和陶渊明饮酒二十首》	96
戊辰	1988	72	怀村欲居之室	是岁孟夏，得一菟裘之地於湖西永同之怀东村	268
己巳	1989	73	渊翁工作之室	访燕京，得书法名家康殷作“渊翁工作之室”小扁	368
				《万花齐笑集》	
庚午	1990	74	访苏堂	访苏联	29
辛未	1991	75	七研斋	有端砚七方，昨今二载间或画或铭，皆成於辛未仲春	115-116
壬申	1992	76	鸟石像斋	得鸟石，像七分渊翁	187
癸酉	1993	77	煮茶著史之室	是岁始著《朝鲜文学史》	253
甲戌	1994	78	七星剑斋	有明代三尺七星剑	285
乙亥	1995	79	病鹤清泪之室	写《朝鲜文学史》过劳得病，如病鹤秋风清泪	335
丙子	1996	80	洞庭龙吟之室	登中国岳阳楼，作诗有“洞天寥泬老龙啾”句	369

3. 淵民先生室名齋號的命名方法

室名斋号的分类与别号分类大致相同，由於别号本身种类多样，很难有整齐划一的标准，中韩两国学者分类别号，大都有类目相互涵盖、难以区分的情况。

中国学者吉常宏在《号的内容与形式》中，将中国古人常见别号概括为居处、境况、情趣、身分、职业、形貌、纪实、自诩、倾慕、特徵、明志、自勉、自谦、达观等十四类，并每类举两至三例。[12]对於韩国古人的别号，申用浩则分“作号法则”与“号的分类”。作号法则，在依据高丽李奎报(1169~1241)所言[13]，分“所处以号”、“所志以号”、“所蓄以号”三类基础上，增“所遇以号”合为四类[14]，每类举例若干[15]；号的分类，则以韩国国立中央图书馆一山文库所藏《号谱》为基础，在原书“屋庐之属”、“山陵岩谷之属”、“村里田野之属”、“河海泉渊之属”、“天日阴阳之属”、“草木禽兽之属”、“器用之属”、“隐逸之属”、“厌世谐谑之属”、“杂号”等十类的分类基础上进行统计。[16] 姜宪圭教授分类[17]较繁复，故列表表示如下：

上述分类均似不甚严密， 尤其作号法则与号的分类， 实则很难区分，而且“屋庐之属”，分类建林在实物基础上，斋、亭、轩之类一并收入，而“隐逸之属”等则是以思想为基础分类；姜宪圭分类类目建立在单独字义基础上，分类多有交叉，细目多有重合之字，举例亦有雷同者，同样不大可取。

室名斋号是别号的主体，其分类方法很大程度上可以参考别号的分类。笔者试图在参考释义的基础上，以名称为基础，将渊民先生的室名斋号分为以下几类，并结合韩国古人的室名斋号加以说明[18]。为尽量避免兼类，类目先後顺序，即为笔者归类优先顺序。虽有疏漏，仍期望可以方便

---

12) 吉常宏：中国人的名字别号. 中国北京：商务印书馆，172-173页。

13)《东国李相国全集》卷二十《白云居士语录》：“李叟欲晦名，思有以代其名者曰：古之人以号代名者多矣。有就其所居而号之者，有因其所蓄，或以其所得之实而号之者。若王绩之东皋子、杜子美之草堂先生、贺知章之四明狂客、白乐天之香山居士，是则就其所居而号之也；其或陶潜之五柳先生、郑熏之七松处士、欧阳子之六一居士， 皆因其所蓄也；张志和之玄真子、元结之漫浪叟，则所得之实也。”

14)《先贤들의 字와 号》88页。

15)《先贤들의 字와 号》89-103页。

16)《先贤들의 字와 号》108-128页。

17) 姜宪圭教授号文类有音、义分类标准之两大类， 按义分类， 亦有甲午更张前後的区分。由於韩国古人别号甲午更张之前占大多数，故本文即举此而言。

18) 为避免文章注解过於繁琐，下文对於韩国古人室名斋号解释的依据，具体参照《韩国文人名字号辞典》相应条目，不再逐一注释。

自然物	无生命物体	山类	山、岳、坡，石、岩，星、月，郊、沙等
		宝石类	玉
		与水相关	海、溟；泉、川、磻，洲，河，湖、泽、潭，漳、浦、渚，江，瀾，溪
			雾、霞，云，雪
	植物	草、橡、梧桐、茶、松、芦、姜、芝、竹、栗、瓜	
	花	花、莲、梅、兰、菊	
	动物	鸟类	鹭、鹤、燕
		动物	鹿、猊、蛟、龙
季节			春、秋、癸生(冬)
方向			东，西，南，北、癸生
高度			上(高、岐、岑)、下
颜色			白、碧、黑(玄、漆)、青、丹、紫
明暗			明、阳、清，暗、晦
数目			三、四、百、万
居所			斋、堂、轩、庵、亭、谷、室、馆、巷、宇、窝、圃、里、村、所、州、窗、樊、鼎
抽象			如於於堂、万休、桂生、寒暄堂、啸痴等
人称			翁、子、居士、人、仙
韬养			痴、隐
老、庄重			庄重、老
大小			大、太、尨，小
职业类比			士、农、冶、渔
动静			静、动(如雷川、鹤阴、猊山农隐等)
感观		视觉	色彩、明暗、其它观念(如高峰、雪岑等)
		听觉	如默好子、听月轩、静庵等
		触觉	如清寒子、寒暄堂等
		嗅觉	如清香堂
	感观共用		警、太、大、虚、小、佳、尨、长
	其它情感		燕、佚、湛、闲、乐、忍、醉、忧、悔、慕、顺、善、孤
其它一般心态			无、顺、孤、闲、晚、忍、退、静、默
			达观

读者对韩国古人，乃至渊民先生的室名斋号有所了解。

一，名篇经典类，即号取自儒家经典、老庄、名篇名言，以及主人诗语者。

取自经典类，渊民先生如德衣笔耕处。韩国古人，取自《诗》者，如高敬命(1533~1592)不已斋，取自之《周颂·维天之命》“维天之命，於穆不已”；取自《书》者，如丁胤禧(1531~1589)顾庵，取自《太甲上》“先王顾諟天之明命，以承上下神祇”；取自《周易》者，如郑摠(1358~1397)复斋，取自《复卦》；取自《春秋》经传者，如李命俊(1572~1630)退思斋，取自《左传·宣公十二年》“林父之事君也，进思尽忠，退思补过，社稷之卫也”等等。

取自老庄类，渊民先生如为学日益之斋，韩国古人取自《老子》者，如梁诚之(1415~1482)止足堂，取自“知足不辱，知止不殆，可以长久”；取自《庄子》者，如洪贵达(1438~1504)虚白亭，取自《人间世》“虚室生白，吉祥止止”。

诗文中，取自诗句者，渊民先生如玉照山房、三秀轩，韩国古人如徐居正(1420~1488)四佳亭、宋福源(1544~?)晚对亭，分别取自程颢《秋日偶成》、杜甫《白帝城楼》。 取自文章者， 渊民先生如净如鸥泛斋、因树屋、青梅煮酒之馆、风树缠怀之室，韩国古人如申叔舟(1417~1475)希贤堂，取周敦颐《通书·志学第十章》“圣希天，贤希圣，士希贤”。此外，渊民先生的六六峰草堂取自时调。

名篇经典类最後一种，即为以主人诗文取号。渊民先生如谱石斋、和陶吟馆，均取自诗题。取自诗文内容者，渊民先生如小蓬莱仙馆、橘雨仙馆、箸书虫吟楼、花复花室、香学堂、美哉欲居之室、洞庭龙吟之室，韩国古人如李仁老之双明斋。

二，地理位置命名类，即因水、山、地名等取号者。渊民先生室名斋号如温水阁、东海渔丈之室、玉溜山庄、东海居士之室， 灵芝山馆、落帽山房、铁马山庄、黄鹂山房、居漆山庄， 清吟石阁， 草梁衕衕书屋、山幕草堂、明伦衕衕居室、卧龙山庄、怀村欲居之室， 韩国古人如李师准(1454~1523)号枕流堂，即因下临汉江而名。

三，　以具体器物、自然环境、植物等命名，　渊民先生如李氏佛手研斋、如如佛研斋、七研斋、樅笠羽扇之堂、青蝉堂、乌石像斋、古香罏室、七星剑斋，雪溜山馆，猗兰亭、绿天山馆、碧梅山馆、梅华书屋。此类十分繁复，故仅举韩国古人以植物命名者数条，略见一斑：

	類目			號	主人	時期
植物類	瓜果			瓜亭	郑叙	高丽中期
				瓜亭	李耔	1480~1533
	樹木	多种	冬青木十种	十青亭	卢守慎	1515~1590
			松、竹	双清堂	宋愉	1388~1446
		单种	竹	竹堂	申叔胥	朝鲜前期
			松	松斋	李堣	1469~1517
				双翠轩	朴淳	1523~1589
			桑	三桑堂	崔命昌	1466~1536
			梨	香雪轩	金尚容	1561~1637
	花卉	多种	菊、梅	霎香堂	金玏	1521~1607
		单种	菊	菊斋	权溥	1262~1346
			梅	双梅堂	李詹	1345~1405
				梅窗	李诚胤	1570~1620
	樹、花	梅，竹，松		三友堂	李穟	1458~1516
		松、竹、梅、菊、莲		五友堂	金近	1579~1656

四，纪事类，即因某事或遭际而取号。渊民先生如曲桥农栈、渊生书室、含英咀实之斋、玉兔之宫、柔明清丽之斋、绿树不尽声馆、洌上陶工之室、逍摇海山之堂、梦逗娜江之室、渊翁工作之室、访苏堂、煮茶著史之室、病鹤清泪之室。韩国古人如赵璞(1356~1408)雨亭，以尝得有元翰林学士赵子昂《大雨赋》；洪允成(1425~1475)倾海堂，即因他饮酒能多而不为困。

五，主人自身特点及行为习惯类。渊民先生如譩谭实学之斋，韩国古人如赵宗道(1537~1597)大笑轩，即以其善谐谑，言多笑。

六，主人心情、情感类，即因主人当时某种心情、情感取号。渊民先生如抚童婵馆、兰思书屋。韩国古人如洪汝方(?-1438)之恋主亭，寓爱君之诚；申叔舟之保闲斋，即因“将欲栖息於斯以守素志，惟排纷遣怀莫如闲。而闲亦不易得”[19]。

七，有感于古人，渊民先生如弘宣孔学之斋、海琴堂、惺颠燕癖之室、孳惺燕茶斋，韩国古人如朴惺(1549~1606)学颜斋(顔回)，卓光茂(1330~1410)景濂亭(周敦颐)。

通过分析、归纳渊民先生的室名斋号，我们可以知道，首先，渊民先生很喜欢用居住地名称，以及附近的山水名为住处命名，反映出他经常更换住所。不仅是情非得已，也经常有主动游历的情况，他的足迹遍布韩国南北，更及日本、中国两岸、美国、苏联、法国等。其次，渊民先生涉猎非常广泛，经史之外，小说百家都有涉及，不仅阅读，也有研究。而且他曾为了写《朝鲜文学史》而累病，可见他为科研呕心沥血、全身心投入。再次，渊民先生雅好艺术，不仅自己擅长书画篆刻，还尤其喜欢收藏砚台、灵石、古玩字画等，且与国内外名家有往来。

此外，尤值一提的是，在学问中，渊民先生最喜实学，且以弘扬孔学为己任；在古人中，最喜朴趾源、许筠，尤其崇敬先祖退溪先生，多次以退溪先生的诗文乃至时调命名居处；在植物中，最喜梅、兰等。植物在文化传承中有了特殊意味，如梅之守节、兰之操守，以此取号，古人所谓“所贵乎观物者，以其能反己”[20]，喜爱之馀，也映出渊民先生对於凌风傲骨、志趣高洁的向慕。

---

19) 《保闲斋集》卷第十六《在燕京会同馆呈倪学士谦手简》。

20) 《松亭先生文集》卷五《水月轩记》

4. 結論

韩国古代受受文化影响深入，与中国相仿，也有为书斋居室等起名的风尚，且延续至今。一个人可以拥有许多的室名斋号，且随遭际，“或因其所居之室，或因其所处之地，与夫江湖、池泽、溪山、谷洞，凡其心所乐、其身所寓之物”[21]，自行取定，所以室名斋号直接体现出号主人一时一地之遭遇、心情、境遇抑或期望，以及兴趣爱好等等。

作为汉文学研究重镇、创作大家，渊民先生特别喜欢为居处起名，他自十三岁起，不论搬家与否，几乎每年为居处起一个名字。本文在联系韩国古代室名斋号命名传统的基础上，整理、解释、归纳了渊民先生的室名斋号，试图展现出隐藏在室名斋号中的渊民先生的生活际遇、兴趣爱好、审美志趣等。

---

21) 《旅轩先生文集》卷七《旅轩说》

2부

연민선생의 창작 활동

문인으로서의 연민선생

이가원 선생의 시를 통해 본
한국 근체시(近體詩)의 격률

자오지(趙季) / 중국 남개대(南開大)

[국문초록]

이가원(李家源, 1917~2000) 선생은 20세기 한국에서 가장 위대한 한시(漢詩) 작가 가운데 한 사람이다. 한국인으로, 모국어가 아닌 한자(漢字)를 사용하여 한시 작품을 창작하였는데, 수량면에서나 질량면에서 아울러 봉모인각(鳳毛麟角)을 이루었다. 본 논문은 이가원 선생의 한시 작품을 광범위하게 읽고, 격률(格律) 방면에 중점을 두어 분석하였다.

분석 자료는 이가원 선생이 어린 시절부터 평생 창작한 한시를 편집한 6종의 문집을 대상으로 하였다. 『연연야사재문고(淵淵夜思齋文藁)』(1929~1966), 『연민지문(淵民之文)』(1967~1972), 『통고당집(通故堂集)』(1973~1977), 『정암문존(貞盦文存)』(1978~1984), 『유연당집(遊燕堂集)』(1985~1989)은 연세대학의 허경진 교수로부터 받았으며, 『만화제소집(萬花齊笑集)』은 경상대학의 허권수 교수로부터 받았다.

6종의 문집에 실린 이가원 선생의 한시를 어린 시절부터 장년 시절까지 시대별로 선택하여 분석한 결과, 이가원 선생이 창작한 한시의 격률이 정확한 것을 확인하였다. 이가원 선생이 창작한 한시 격률의 정확성이 한국의 다른 시인들에게까지 그대로 통용될 수는 없겠지만, 한자(漢字)를 외국 문자로 받아들인 한국인들이 한시를 창작할 때에 숙련된 솜씨로 격률을 장악했음을 볼 수 있었다.

从李家源先生诗作看韩国汉诗近体格律

笔者承蒙延世大学校许敬震教授赠送李家源先生诗文集五帙：《渊渊夜思斋文藁》(1929~1966)、《渊民之文》(1967~1972)、《通故堂集》(1973~1977)、《贞盦文存》(1978~1984)、《游燕堂集》(1985~1989)。庆尚大学校许卷洙教授赠送李家源先生诗文集第六帙《万花齐笑集》。兹举其目如下：

文集名	所含書名	該書創作 時間(年)		李家源先生時年(歲)
一、《渊渊夜思斋文藁》	《温水阁藁》	已巳	1929	十三
	《灵芝山馆藁》	庚午	1930	十四
	《绿树不尽声馆藁》	辛未	1931	十五
	《清吟石阁藁》	壬申	1932	十六
	《净如鸥泛斋藁》	癸酉	1933	十七
	《青李来禽读书馆藁》	甲戌	1934	十八
	《落帽山房藁》	乙亥	1935	十九
	《因树屋藁》	丙子	1936	二十
	《曲桥农栈藁》	丁丑	1937	二十一
	《海琴堂藁》	戊寅	1938	二十二
	《青梅煮酒之馆藁》	己卯	1939	二十三
	《雪溜山馆藁》	庚辰	1940	二十四
	《憙谭实学之斋藁》	辛巳	1941	二十五
	《德衣笔耕处藁》	壬午	1942	二十六
	《六六峰草堂藁》	癸未	1943	二十七
	《渊生书室藁》	甲申	1944	二十八
	《小蓬莱仙馆藁》	乙酉	1945	二十九
	《铁马山庄藁》	丙戌	1946	三十
	《黄鹂山房藁》	丁亥	1947	三十一
	《橘雨仙馆藁》	戊子	1948	三十二
	《居漆山庄藁》	己丑	1949	三十三
	《草梁衚衕书屋藁》	庚寅	1950	三十四

	《东海渔丈之室藁》	辛卯	1951	三十五
	《山幕草堂藁》	壬辰	1952	三十六
	《明伦衚衕居室藁》	癸巳	1953	三十七
	《玉溜山庄藁》	甲午	1954	三十八
	《玉照山房藁》	乙未	1955	三十九
	《李氏佛手研斋藁》	丙申	1956	四十
	《猗兰亭藁》	丁酉	1957	四十一
	《为学日益之斋藁》	戊戌	1958	四十二
	《绿天山馆藁》	己亥	1959	四十三
	《抚童婵馆藁》	庚子	1960	四十四
	《含英咀实之斋藁》	辛丑	1961	四十五
	《兰思书屋藁》	壬寅	1962	四十六
	《玉兔之宫藁》	癸卯	1963	四十七
	《风树缠怀之室藁》	甲辰	1964	四十八
	《如如佛研斋藁》	乙巳	1965	四十九
	《惺颠燕癖之室藁》	丙午	1966	五十
二、《渊民之文》	《弘宣孔学之斋藁》	丁未	1967	五十一
	《箸书虫吟楼藁》	戊申	1968	五十二
	《襶笠羽扇之堂藁》	已酉	1969	五十三
	《花复花室藁》	庚戌	1970	五十四
	《三秀轩藁》	辛亥	1971	五十五
	《柔明清丽之斋藁》	壬子	1972	五十六
三、《通故堂集》	《卧龙山庄藁》	癸丑	1973	五十七
	《青蝉堂藁》	甲寅	1974	五十八
	《碧梅山馆藁》	乙卯	1975	五十九
	《东海居士之室藁》	丙辰	1976	六十
	《洌上陶工之室藁》	丁巳	1977	六十一
四、《贞盦文存》	《香学堂藁》	戊午	1978	六十二
	《古香罏室藁》	己未	1979	六十三
	《擘惺燕茶斋藁》	庚申	1980	六十四
	《梅华书屋藁》	辛酉	1981	六十五
	《逍摇海山之堂藁》	壬戌	1982	六十六
	《美哉欲居之室藁》	癸亥	1983	六十七
	《梦逗娜江之室藁》	甲子	1984	六十八

五、《游燕堂集》	《谱石斋藁》	乙丑	1985	六十九
	《和陶吟馆藁》	丙寅	1986	七十
	《古稀藁》	丁卯	1987	七十一
	《怀村欲居之室藁》	戊辰	1988	七十二
	《渊翁工作之室藁》	己巳	1989	七十三
六、《万花齐笑集》	《访苏堂集》	庚午	1990	七十四
	《七研斋集》	辛未	1991	七十五
	《乌石像斋藁》	壬申	1992	七十六
	《煮茶著史之室藁》	癸酉	1993	七十七
	《七星剑斋之藁》	甲戌	1994	七十八
	《病鹤清唳之室藁》	乙亥	1995	七十九
	《洞庭龙吟之室藁》	丙子	1996	八十
		丁丑	1997	八十一
		戊寅	1998	八十二
		己卯	1999	八十三
		庚辰	2000	八十四

由此可见，李家源先生自幼即开始以汉字进行诗文创作，留下了极其丰富的作品。为着重探讨其汉诗格律状况，下文即从上述文稿中摘录诗歌若干，按体裁分类加以说明。

體裁				格律定式[1]	李家源先生漢詩舉例	李家源先生漢詩格律[2]	先生時年
五言绝句	仄起	首句不入韵	标准体	仄仄平平仄， 平平仄仄平。 平平平仄仄， 仄仄仄平平。	石古松仍古， 山回水亦回。 溪山风物稳， 清兴更吟来。 【《清吟石阁藁·清吟石与李君教奭谨次松斋先生韵》】	仄仄平平仄， 平平仄仄平。 平平平仄仄， 平仄仄平平。	十六岁
			变化体	*[3]			
		首句入韵	标准体	仄仄仄平平， 平平仄仄平。 平平平仄仄， 仄仄仄平平。	无	无	无

體裁				格律定式1)	李家源先生漢詩擧例	李家源先生漢詩格律2)	先生時年
			变化体	*仄仄平平, 平平仄仄平。 *平平仄仄, *仄仄平平。	无	无	无
	平起	首句不入韵	标准体	平平平仄仄, 仄仄仄平平。 仄仄平平仄, 平平仄仄平。	况时经乱后, 瞻溯可寻常。 一酌蓬瀛水, 来歌铁草傍。 【《东海渔丈之室藁·李厚冈载衡六十一岁寿诗四绝》其四】	仄平平仄仄, 平仄仄平平。 仄仄平平仄, 平平仄仄平。	三十五岁
			变化体	*平平仄仄, *仄仄平平。 *仄平平仄, 平平仄仄平。			
		首句入韵	标准体	平平仄仄平, 仄仄仄平平。 仄仄平平仄, 平平仄仄平。	无	无	无
			变化体	平平仄仄平, *仄仄平平。 *仄平平仄, 平平仄仄平。	无	无	无
五言律诗	仄起	首句不入韵	标准体	仄仄平平仄, 平平仄仄平。 平平平仄仄, 仄仄仄平平。 仄仄平平仄, 平平仄仄平。 平平平仄仄, 仄仄仄平平。	无	无	无
			变化体	*仄平平仄, 平平仄仄平。 *平平仄仄, *仄平平平。 *仄平平仄, 平平仄仄平。 *平平仄仄, *仄平平平。	无	无	无
		首句入韵	标准体	仄仄仄平平, 平平仄仄平。 平平平仄仄, 仄仄仄平平。	白发鬓边侵, 幽愁梦里寻。 秋生多古意, 老去返童心。	仄仄仄平平, 平平仄仄平。 平平平仄仄, 仄仄仄平平。	七十岁

體裁				格律定式1)	李家源先生漢詩擧例	李家源先生漢詩格律2)	先生時年
				仄仄平平仄, 平平仄仄平。 平平平仄仄, 仄仄仄平平。	救国无良术, 伤时独苦吟。 聊将梅翠酒, 竟夕醉沈沈。 【《和陶吟馆藁·自叹》】	仄仄平平仄, 平平仄仄平。 平平平仄仄, 仄仄仄平平。	
			变化体	*仄仄平平, 平平仄仄平。 *平平仄仄, *仄仄平平。 *仄平平仄, 平平仄仄平。 *平平仄仄, *仄仄平平。			
	平起	首句不入韵	标准体	平平平仄仄, 仄仄仄平平。 仄仄平平仄, 平平仄仄平。 平平平仄仄, 仄仄仄平平。 仄仄平平仄, 平平仄仄平。	名山曾自隐, 贤父以为师。 尊酒风悰好, 干戈阅历奇。 人生知有限, 世事日无涯。 爱我非凡槩, 衔哀写挽诗。 《玉兔之宫藁·丁鸟南海凤挽辞》	平平平仄仄, 平仄仄平平。 平仄平平仄, 平平仄仄平。 平平平仄仄, 仄仄仄平平。 仄仄平平仄, 平平仄仄平。	四十七岁
			变化体	*平平仄仄, *仄仄平平。 *仄平平仄, 平平仄仄平。 *平平仄仄, *仄仄平平。 *仄平平仄, 平平仄仄平。			
		首句入韵	标准体	平平仄仄平, 仄仄仄平平。 仄仄平平仄, 平平仄仄平。 平平平仄仄, 仄仄仄平平。 仄仄平平仄, 平平仄仄平。	海山得夜清, 蜡屐穿林行。 佳句联朋觅, 藹思剪烛生。 踈锺凉夜引, 淡霭夕沈城。 无负登来苦, 仙区惬素情。 【《雪溜山馆藁·传灯寺次李牧隐穡韵》】	仄平仄仄平平, 仄仄仄平平。 平仄平平仄, 平平仄仄平。 平平平仄仄, 仄仄仄平平。 平仄平平仄, 平平仄仄平。	二十四岁
			变化体	*平仄仄平, *仄仄平平。 *仄平平仄,			

體裁				格律定式[1]	李家源先生漢詩擧例	李家源先生漢詩格律[2]	先生時年
				平平仄仄平。			
				*平仄仄平, *仄仄平平。 *仄平平仄, 平平仄仄平。			
七言绝句	仄起	首句不入韵	标准体	仄仄平平平仄仄, 平平仄仄仄平平。 平平仄仄平平仄, 仄仄平平仄仄平。	粉饰滔滔当世态, 自无标榜是天真。 风神举举襟期阔, 吾薮吾宗可畏人。 【《海琴堂藁·李愚堂中瀚挽辞三绝》其一】	仄仄平平平仄仄, *平仄仄仄平平。 平平仄仄平平仄, *仄平平仄仄平。	二十二岁
			变化体	*仄*平平仄仄, *平*仄仄平平。 *平*仄平平仄, *仄平平仄仄平。			
		首句入韵	标准体	仄仄平平仄仄平, 平平仄仄仄平平。 平平仄仄平平仄, 仄仄平平仄仄平。	乱代音尘隔素鳞, 白山遥夜梦嶙峋。 街儿问字园丁懒, 淡泊经纶不计春。 【《海琴堂藁·李愚堂中瀚挽辞三绝》其二】	仄仄平平仄仄平, *平*仄仄平平。 平平仄仄平平仄, 仄仄平平仄仄平。	二十二岁
			变化体	*仄平平仄仄平, *平*仄仄平平。 *平*仄平平仄, *仄平平仄仄平。			
	平起	首句不入韵	标准体	平平仄仄平平仄, 仄仄平平仄仄平。 仄仄平平平仄仄, 平平仄仄仄平平。	伤心古渡迷春色, 扑颊狂花撩客情。 忍把业冤看尔态, 洌江今日古隋京。	平平仄仄平平仄, 仄仄平平仄仄平。 仄仄*平平仄仄, *平*仄仄平平。	二十四岁
			变化体	*平*仄平平仄, *仄平平仄仄平。 *仄*平平仄仄, *仄*仄仄平平。			
		首句入韵	标准体	平平仄仄仄平平, 仄仄平平仄仄平。 仄仄平平平仄仄, 平平仄仄仄平平。	披襟一奏伯牙琴, 流水高山子我寻。 尊酒楼台相对夜, 五更明月百年心。 【《灵芝山馆藁·和柳君锡瀯》】	平平仄仄仄平平, *仄平平仄仄平。 *仄平平平仄仄, *平*仄仄平平。	十四岁
			变化体	*平*仄仄平平, *仄平平仄仄平。 *仄*平平仄仄, *平*仄仄平平。			
七言	仄起	首句	标	仄仄平平平仄仄,	我为仲华珍重约,	仄仄仄平平仄仄,	五十

體裁				格律定式[1]	李家源先生漢詩擧例	李家源先生漢詩格律[2]	先生時年
律诗		不入韵	准体	平平仄仄仄平平。 平平仄仄平平仄, 仄仄平平仄仄平。 仄仄平平平仄仄, 平平仄仄仄平平。 平平仄仄平平仄, 仄仄平平仄仄平。	欣欣厅上趁期来。 三唐句律多赓韵, 四海风云一举杯。 白雪希音知恨晚, 红炉大地欲成灰。 临歧牵袂丁宁语, 鹏背吟魂去复回。 《三秀轩藁·昔仲华之觞余于台北之欣欣餐厅也,成惕轩词伯赠余以诗,今追次遥寄》	平平平仄仄平平。 平平仄仄平平仄, 仄仄平平仄仄平。 仄仄平平平仄仄, 平平仄仄仄平平。 平平平仄平平仄, 平仄平平仄仄平。	五岁
			变化体	*仄*平平仄仄, *平*仄仄平平。 *平*仄平平仄, *仄平平仄仄平。 *仄平平平仄仄, *平*仄仄平平。 *平*仄平平仄, *仄平平仄仄平。			
		首句入韵	标准体	仄仄平平仄仄平, 平平仄仄仄平平。 平平仄仄平平仄, 仄仄平平仄仄平。 仄仄平平平仄仄, 平平仄仄仄平平。 平平仄仄平平仄, 仄仄平平仄仄平。	一味溪居俗事无, 清盆墨帐古梅扶。 寒窗几见春消息, 吟梦频探韵绝癯。 氷溜入弦鸣涧涘, 秃驴晴雪过桥途。 苦修晚契成珍重, 兄是胎仙弟是吾。 【《曲桥农栈藁·盆梅二首》其一】	仄仄平平仄仄平, 平平仄仄仄平平。 平平仄仄平平仄, 平仄平平仄仄平。 平仄平平平仄仄, 平平平仄仄平平。 仄平仄仄平平仄, 平仄平平仄仄平。	二十一岁
			变化体	*仄平平仄仄平, *平*仄仄平平。 *平*仄平平仄, *仄平平仄仄平。 *仄*平平仄仄, *平*仄仄平平。 *平*仄平平仄, *仄平平仄仄平。			
	平起	首句不入韵	标准体	平平仄仄平平仄, 仄仄平平仄仄平。 仄仄平平平仄仄, 平平仄仄仄平平。 平平仄仄平平仄, 仄仄平平仄仄平。 仄仄平平平仄仄, 平平仄仄仄平平。	无	无	无
			变化	*平*仄平平仄, *仄平平仄仄平。			

體裁				格律定式[1]	李家源先生漢詩舉例	李家源先生漢詩格律[2]	先生時年
			体	*仄*平平仄仄, *平*仄仄平平。 *平*仄平平仄, *仄平平仄仄平。 *仄*平平仄仄, *平*仄仄平平。			
		首句入韵	标准体	平平仄仄仄平平, 仄仄平平仄仄平。 仄仄平平平仄仄, 平平仄仄仄平平。 平平仄仄平平仄, 仄仄平平仄仄平。 仄仄平平平仄仄, 平平仄仄仄平平。	梅兄凉我淡姿无, 只把尊罍醉借扶。 盎盎蓓思春水动, 团团顫影玉肌癯。 侵宵起汲寒潭月, 古驿凝望白雪途。 可念清懽心一片, 年华抛掷媿深吾。 【《曲桥农栈藁·《盆梅二首》其二】	平平平仄仄平平, 仄仄平平仄仄平。 仄仄仄平平仄仄, 平平平仄仄平平。 平平仄仄平平仄, 仄仄平平仄仄平。 仄仄平平平仄仄, 平平仄仄仄平平。	二十一岁
			变化体	*平*仄仄平平, *仄平平仄仄平。 *仄*平平仄仄, *平*仄仄平平。 *平*仄平平仄, *仄平平仄仄平。 *仄*平平仄仄, *平*仄仄平平。			

仄平平仄,

平平仄仄平。

*平平仄仄,

*仄平平平。

以上所举李家源先生所创作汉诗，各类体裁均符合汉诗格律标准，可见李家源先生於汉诗格律之了然於心。与此同时，李家源先生的汉诗创作中，亦存在与近体诗诗歌格律不相和合之情况，此即可归入古体诗一类。兹亦分类举例如下 ：

1) 此格律定式,主要參照王力《詩詞格律》，中華書局2005年版。

2) 漢詩中字之平仄,主要參照《平水韻》。

3) *表示改字可平可仄。

1. 五言四句诗，如《青李来禽读书馆藁》中所收录《李丈云汇才〈丈云斋诗〉次韵》一篇。此诗创作於甲戌(1934)年，时先生十八岁。

海客谭方丈，遥指天外山。
白白云千丈，吾庐在此间。

本诗若以五言绝句之格律标准衡量，则第二句“指”字当作平声，如此方与首句“客”、本句“外”之仄声相对；而此处之“指”乃仄声，如此则不合五言绝句标准而为“失粘”。故有此看来，此诗应为古体，而非近体格律诗之五言绝句。又如收入於《曲桥农栈藁》之《二月八日夜大雪》，创作於丁丑年(1937)，时先生二十一岁。夜梦琼台月，朝看玉树花。

朗吟倾大白，一阕阳春歌。

此诗若以五言绝句观之，则尾句末“阳春歌”三字均为平声，乃连三平，故此亦为古诗。

2. 五言八句诗，如癸酉年(1933，時先生十七歲)创作之《净如鸥泛斋藁》中所收录《石涧台别权锡桼镐胤》一篇：

几日岩栖宿，今朝又此台。
诗留啼鸟去，云卷翠屏开。
庄诵临溪别，愿教小棹来。
殷勤相赠意，倦步首重回。

该诗中“愿教小棹来”一句，“教”字多音，即该句为“仄仄仄仄平”抑或“仄平仄仄平”，若以律诗角度，结合“诵”、“棹”之仄声，则“教”为平声，然以律诗格律看来, 不论“教”之平仄, 此句均“犯孤平”。故此诗亦实为五言八句之古体。

3. 七言四句诗, 如作於辛未年(1931, 時先生十五歳)之《绿树不尽声馆藁·猫腾枣树》:

猫腾枣树秧针细, 山雨霏微三两家。
记得西邻洪母语, 纷纷笑话一时多。

第二句句末“三两家”三字为“平仄平”之二平夹孤仄, 亦不合近体, 即为古体诗。

4. 七言八句诗, 如《陶山书堂》一篇:

海廓当年斯道东, 宫墙数亩武夷同。
笙簧古壁铿锵韵, 梧竹空庭潇洒风。
秋月襟怀千载上, 绡屏恩渥五云中。
山灵咤护岩泉久, 九曲清流活不穷。

该诗收入作於丁丑年(1937, 時先生二十一歳)之《曲桥农栈藁》, 首句句末“斯道东”三字为“两平夹孤仄”, 不合近体, 故亦为古体诗。又如收入丁巳年(1977, 時先生六十一歳)所作《洌上陶工之室藁》之《为郑隐石镇肃作楹书四联》:

洌江东畔园林好, 郑石高歌杯酒宽。
人贵醇恭言与行, 家传诗礼服兼餐。
世称名贵东莱氏, 我爱良书乙酉刊。

春到云林增俏蒨，夜深星斗正阑干。

第二句句末“杯酒宽”三字为“平仄平”，故此诗亦为不合律诗之古体。

综上，李家源先生一生创作了极其丰富的汉诗作品，在对其格律进行分析考察的过程中，本文采用了最为严格之格律标准。一方面，李家源先生对於此种创作规范早已熟练掌握。 另一方面， 在实际创作过程中，他亦并未一味为之所束缚，而时有因创作而变动。此即为李家源先生汉诗创作格律之特点大要。

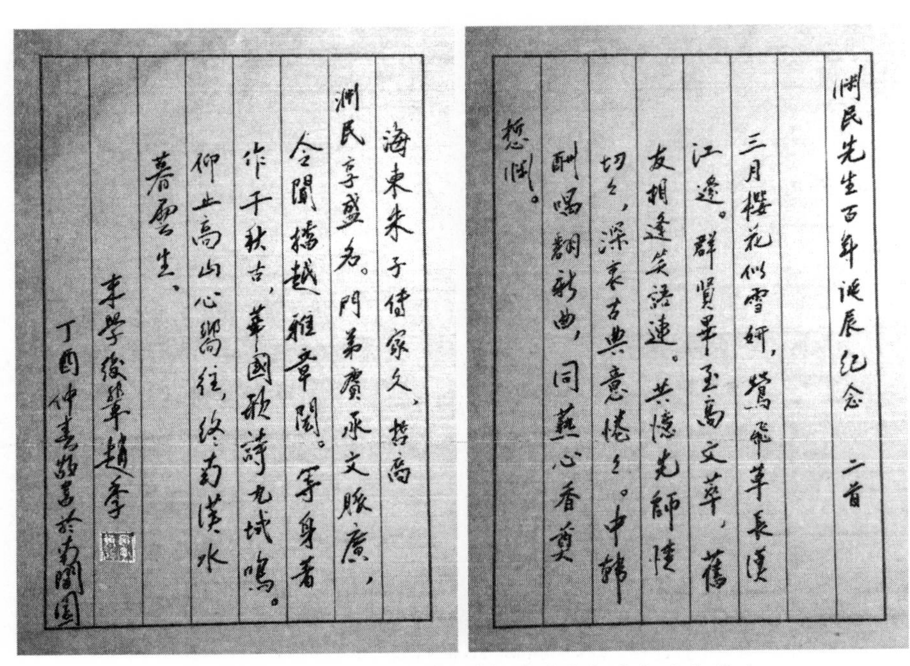
淵民先生百年誕辰紀念 二首

三月櫻花似雪妍，鶯飛草長漢江邊。群賢畢至高文萃，舊友相逢笑語連。共憶先師情切切，深衷古典意惓惓。中韓酬唱翻新曲，同爇心香奠悊賢。

海東朱子傳家久，哲裔淵民享盛名。門弟廣承文脈廣，今聞播越雅章閎。等身著作千秋古，華國歌詩九域鳴。仰止高山心嚮往，終南漢水暮雲生。

東學後輩趙季

丁酉仲春敬書於南開園

자오지 교수가 연민 탄신 백주년을 축하하여 지어 보낸 한시

연민선생의 한시(漢詩)

퀑킨홍(鄺健行) / 홍콩 침회대(浸會大)

1. 서론

오늘 연민학회에 참가하여 발표를 하게 되어 매우 영광스럽고, 한편으로는 부끄럽기도 합니다. 영광스럽게 생각하는 점은 허경진 교수의 초청으로 귀국 학자들을 만날 기회를 얻어서 연민 선생의 한시에 대해 더 깊이 교류할 수 있게 된 것입니다. 부끄럽게 생각되는 점은 이런 것입니다. 연민 선생은 귀국 근세의 유명한 한시 작가이신데, 제가 선생의 인품과 학문에 대하여 깊이 알지 못하고 그분의 저작을 전부 다 숙독하지 못하여서 발표 내용 중에 분명 틀린 점이 있을 것이므로, 전문가들의 비웃음을 살런 지도 모른다는 점입니다.

한시의 범위에는 일반적으로 오언과 칠언 고체 및 근체가 들어가며, 이밖에 삼언부터 구언에 이르는 작품 및 잡언체(雜言體) 작품들도 있습니다. 중국인들은 이같이 보고 있으며, 선생의 문집 중 '시가(詩歌)' 항목에 실린 작품들도 마찬가지로 이러한 범주에 속합니다. 그러므로 오늘 제 발표의 대상 작품들 역시 이 범위 내의 작품들이라고 하겠습니다.

몇 달 전, 허경진 교수께서 한문으로 된 연민 선생의 문집 4종을 내게 보내주셨는데, 아래와 같습니다.

- 『연연야사재문고(淵淵夜思齋文藁)』 : 선생의 13~51세 동안의 각 체의 작품을 수록하였음.
- 『연민지문(淵民之文)』 : 선생의 52~56세 동안의 각 체의 작품을 수록하였음.
- 『통고당집(通故堂集)』 : 선생의 57~61세 동안의 각 체의 작품을 수록하였음.
- 『정암문존(貞盦文存)』 : 선생의 62~69세 동안의 각 체의 작품을 수록하였음.

이하의 발표문은 위 4종의 저작을 바탕으로 하여 작성한 것입니다. 4종의 저작은 선생의 젊은 시절부터 만년에 이르는 시기의 작품을 포괄하고 있으므로, 선생의 한문 작품을 논함에 대표성을 지닌다고 하겠습니다.

4종의 한문 저작은 분량이 적지 않았지만 저는 착실히 일독하였으며, 특별히 시가 부분에 유의하였습니다. 저의 전체적인 소감은 이렇습니다. 선생의 한시는 중국인을 포함하여 숱한 사람들의 칭송을 받았는데, 과연 명실상부하다고 할 수 있다는 것입니다. 덧붙여 말하자면 선생의 한시는 중국 같은 시대 시인들의 수준에 도달했다는 것이 분명합니다. 선생이 중국인이 아닌데 한시를 잘 썼다는 것만으로 매우 대단하다고 하여 높이 평가하는 것이 아니라, 선생의 한시와 같은 시대 중국의 유명한 시인들의 작품이 같은 등급에 놓여 있다는 뜻입니다. 선생의 한시가 훌륭하다는 것은 마땅히 이러한 면에서부터 이해해 가야 할 것입니다.

1969년 기유년 선생이 53세 되던 해, 대만 타이페이에 가서 회의에 참석했는데[1] 이때부터 중국 시인들과 수창(酬唱)을 하셨습니다. 선생

1) 〈簑笠羽扇之堂藁 己酉小序〉, 『연민지문』, 72면.

의 많은 작품들 뒤에는 모두 중국 시인의 원시가 붙어 있습니다. 원시와 수창시[2]를 나란히 살펴보면 중국과 한국의 두 작가가 실력이 비슷하다는 것을 바로 알 수 있습니다. 예컨대 다음 작품은 중국 시인 이쥔쭤(易君左)의 〈증이가원박사(贈李家源博士)〉입니다.

중국과 한국은 순망치한의 나라,	中韓脣齒國
문화는 본래 근원이 같다네.	文化本同源
뛰어난 학문은 진한(秦漢)을 따른 것이요,	絶學追秦漢
남은 풍모는 송원(宋元)으로 거슬러 올라가네.	餘風溯宋元
귀한 분 오심에 자줏빛 기운 일고	姓尊來紫氣
아름다운 글은 중국인의 혼을 깨웠네.	文美起黃魂
오십 년 전의 일,	五十年前事
높은 누대 생각하니 꿈결 같구나.	高樓憶夢痕

(원주 : 내가 청년 시절에 도쿄 와세다대학에 유학을 갔다. 서울을 경유하여 귀국했는데, 한국의 여러 동학들이 나를 위해 명월루에서 연회를 베풀어 주었다.)

다음은 선생이 지은 화답시입니다.

이자(易子)의 청년 시절,	易子青年日
열수의 근원을 찾아 왔다네.	來探洌水源
시문은 육의(六義)를 본받았고	風騷追六義
근심은 백성을 위한 것일세.	憂思在黎元
한 잔 술엔 정담이 남아 있는데	尊酒留情話
구름 낀 산에 이별의 혼 괴롭다네.	雲山惱別魂
암담한 시름 아직 끝나지 않았는데	黯然銷未了
봄꿈은 푸른데 자취 없구나.	春夢碧無痕

2) 두 시는 『연민지문』, 208~209면에 수록되어 있다.

이쥔쥐는 청말(淸末)의 이름난 시인 이슌딩(易順鼎)의 아들이며, 그 자신 또한 유명한 시인입니다. 두 시를 비교해 볼 때, 사의(詞意)는 물론이고 전체 시가 우열을 가릴 수 없다고 해도 과언이 아닙니다. 실제로 당시의 수많은 중국 시인들이 또한 선생의 시가 작품을 높이 평가하였습니다. 이진쥐의 시 속에서 선생을 '문미(文美)'라고 칭송하고 있음을 볼 수 있습니다.

2. 천부적인 자질과 학문적 소양

연민 선생은 한시를 매우 잘 쓰셨는데, 이는 우선 당연히 선생이 천부적인 문학적 자질을 갖추고 있었기 때문입니다. 즉, 옛 사람들이 말한 '시재(詩才)'라는 것이지요.

선생은 "5,6세에 대강 글을 지을 줄 알았으며 9세에는 공령시를 익혔다.[五六歲粗知綴辭, 九歲治功令詩.]"[3]고 했으며, 7,8세 때에는 매천(梅泉) 황현(黃玹)의 〈절명시(絶命詩)〉를 읽고 불현듯 시의 뜻을 이해하고서 한숨 쉬며 탄식했다[4]고 합니다. 분명 조숙하고 재능이 풍부한 시인의 모습입니다. 이러한 모습은 시재 이외에 선생의 깊은 학문적 소양과도 관련이 있습니다. 송나라 엄우(嚴羽)의 『창랑시화(滄浪詩話)』에서는 "시는 별도의 재주가 있는 것이지 학문과 관계된 것이 아니다." [詩有別才, 非關學也.]라고 했으나, 그 말이 절대적인 것이라고 보아서는 안 됩니다. 이는 시를 지을 때에 학문이 완전히 필요 없다는 뜻이 아니라, 학문이 시인이 되는 데 기본 조건이 아니라 학문 이외에 시적 재능이 있어야 한다는 말입니다.

---

3) 〈答李滄東昇圭〉, 『연연야사재문고』, 49면.
4) 〈梅泉集景刊序〉, 『정암문존』, 98면.

사실상 한시는 고전 문어(文語)에 기대는 비중이 크며, 단어의 사용이나 결구의 수법 등이 모두 고전적의 학습과 연마를 요구합니다. 예컨대 위에 인용한 이쥔쥐의 시에 대한 선생의 수창시의 경련 아래 구 "암담한 시름 아직 끝나지 않았는데[黯然銷未了]"는 강엄(江淹)의 〈별부(別賦)〉에서 유래한 구절입니다. 강엄의 부는 이렇게 시작합니다. "암담하게 혼을 녹이는 것, 오직 이별일 따름이라.[黯然銷魂者, 唯別而已矣.]" 독자들이 시구를 한 번 보면 강엄의 부에 출전을 두고 이별을 말하였으며 이에 따라 위 구의 "구름 낀 산에 이별의 혼 괴롭다네.[雲山惱別魂]"와 긴밀하게 합한다는 것을 알 수 있습니다.

또 예를 들자면 고요재인(高要才人)이라 불리었던 중국의 량한차오(梁寒操)에게 화답한 선생의 시 경련에서는 이렇게 읊었습니다. "집안에선 북학을 배워 오직 공자를 받들지만, 서쪽으로 길이 막혀 경수를 못 건너네.[家塼北學惟尊孔, 路梗西游未涉涇.]"[5] 위 구에서 자신이 공자를 존숭함을 말하였고, 아래 구에서는 서쪽으로 중국 대륙에 이를 수 없다고 하였습니다. 아래 구에 선생은 작은 글씨로 주를 달아 놓았는데, "동파(東坡) 소식(蘇軾)의 시에 '서쪽으로 위수와 경수를 건넌다.'[西涉渭與涇]라고 하였다. 내가 일찍이 어지러운 때에 태어나 직접 중국에 갈 수 없음을 안타까워했다."라고 되어 있습니다. (중국과 수교가 되지 않은 상황이라) 자신이 서쪽으로 중국에 갈 수 없다는 뜻을 소식의 시어에 기대어 완곡하게 말한 것입니다. 또 화답한 원시의 '경(涇)'자 운(원시의 이 연에서는 "벗으로써 인을 기르매 수사(洙泗)를 생각하고, 의를 취해 나를 따르매 경위(涇渭)를 분변하네.[輔仁以友懷洙泗, 取義從吾辨渭涇.]"라고 함.)과도 딱 들어맞습니다. 고전을 사용하여 절묘하게 글을 지었으니, 마음속에 서권(書卷)이 들어있지 않았다면 절대로 나

5) 『연민지문』, 207면.

올 수 없는 문장입니다.

연민 선생은 어려서부터 훌륭하고 엄격한 전통 교육을 받았으며 쌓인 학문이 풍부하고 두터웠습니다. 이는 선생의 시 〈육일초도지감(六一初度志感)〉[6]에 자세히 기술되어 있습니다. 이 시를 보면 선생은 5세에 『천자문(千字文)』을 외우고, 이후에 『사략(史略』과 『통감(通鑑)』을 읽고 나아가 오경(五經)을 읽었으며, 『규장전운(奎章全韻)』을 여러 번 읽고 평측(平仄)을 연구했다고 합니다. 자란 후에는 명륜전문학원에 입학하였으며, 또 고문사(古文辭)를 접했습니다. 이후에는 상하를 누비며 여러 전적들을 널리 보았습니다. 이러한 것들을 종합해 보면 선생의 학식이 깊고 두터움을 알 수 있습니다. 학문적 소양이 인품에 긍정적 영향을 미치고, 그럼으로써 다시 시가의 품격에 영향을 끼친다는 점에 관해서는 말할 필요도 없을 것입니다.

3. 연민 한시의 감상

아래에서는 연민 선생의 시 두 수를 예술적 측면에서 감상해 보겠습니다.

여와씨는 너무나 천진난만해,	媧皇太嬌憨
깨진 하늘 수리했단 건 공연한 말.	天破漫云補
작은 파편들 날리고 다시 잠잠해지니	孱鱗蜚復定
별 무더기 비 오듯 떨어졌다네.	磊星落如雨
어린아이들 주워서 가져와 보고	兒童拾歸看
기이한 구슬이라 가지고 노네.	怪瑰恣玩撫

6) 『연민지문』, 270면.

서자(徐子)는 기벽(奇癖)을 간직했기에	徐子存奇癖
발 없는 구슬이 천리 밖에서 이르렀네.	千里無脛取
집안 뜰 가운데 늘어놓고서	列之庭戶間
하나하나 살펴서 석보(石譜)를 만드네.	一一譔爲譜
구름 병풍에 시를 써주노니	題詩在雲屛
호사에 깊이 빠진 연보(淵父)라네.	好事癡淵父

–〈서벽파(상원)의 병풍에 쓰다[書徐碧坡(祥源)屛]〉

이 시는 『통고당집』 83면에 실려 있으며 1974년 경인년 선생이 58세 되던 해에 지은 것입니다. 시에서는 서씨가 어떻게 기석을 얻게 되었는지, 그리고 자신이 이 시를 쓰게 된 연유가 무엇인지를 말하고 있습니다.

시의 앞 10구는 서씨가 돌을 얻게 된 과정을 묘사하였습니다. 하늘이 깨져서 여와씨가 돌을 다루어 하늘을 수리합니다. 돌을 다룬다고 했으니 돌의 파편이 날려서 ('孱鱗'은 돌 파편을 가리키며, 蜚는 飛와 같음.) 인간 세상에 떨어지지 않을 수가 없습니다. 하늘에서 떨어져 내린 돌은 기이하고 아름다워서 아이들이 주워서 갖고 놀았으며, 나중에 서씨의 손에 들어와 뜰 안에 놓이게 됩니다. 이렇게 된 까닭은 서씨에게 기석을 수집하는 취미가 있었기 때문입니다. 아래 2구는 작자 자신에 대해 말한 것입니다. 호사(好事)라고 하지 않을 수 없지만, 자신도 또한 기석을 좋아하는 사람이라서 서씨에게 바로 시를 써주었다는 것입니다. 연민 선생이 확실히 기석에 '깊이 빠진[癡]' 분이라는 점을 고려하고서 선생의 〈새해 아침 감회를 기록하다. 절구 3수[元朝志感三絶]〉 둘째 수의 첫 구를 한 번 보도록 합시다.

뭇 돌들이 궤안 사이에 높이 쌓여있네.	衆石堆陳几案間

(구 아래 작은 글씨의 주 : 나는 기석을 무척 좋아해서 궤안 사이에 무더기로 쌓아놓았다. [余性愛奇石, 磊積於几案之間.])[7]

또, 〈대암기(大巖記)〉라는 글의 첫 몇 구절은 다음과 같습니다.

일찍이 나는 스스로 아홉 가지 벽(癖)이 있다고 여겼는데, 돌은 그 첫 번째이다. 그러므로 모든 바다와 산악의 신령스러움이 깃든 아름답고 기이한 돌들을 궤안 사이에 늘어놓았는데, 그것이 또한 돌무더기를 이루었다. [嘗余自謂有九癖, 石爲其一, 故凡海岳靈髓之奇瑰古怪, 而堆陳乎几案之間者, 蓋亦磊磊焉.][8]

이로써 선생이 시구에서 사용한 '치(癡)'자가 어떤 의미인지 알 수 있습니다.

시의 첫 네 구는 뜻을 운용하고 말을 다듬은 것이 기이하고 독특합니다. 오늘날의 표현으로는 낭만적 정조가 다분하다고 할 수 있겠지요. 여와는 전설 속 상고시대의 제왕으로, 돌을 다듬어 하늘을 기웠다고 것이 『회남자(淮南子)』와 『열자(列子)』 등의 고대 기록에 나옵니다. 당시 하늘에 구멍이 생겨서 '빈틈없이 덮어주는[兼覆]' 하늘의 기능을 잃게 되었다고 합니다. 여와가 하늘을 기운 것은 하늘의 본래의 덕능(德能)을 회복하여 만물의 삶의 질서가 어지러워지지 않게 하고자 한 것으로, 그 목적이 원래 매우 엄숙한 것이었습니다. 그러나 시인은 이렇게 생각하는 대신 여와가 '여성'이라는 점에 착안하여 시상을 일으켰습니다. 후인들은 이 상고시대의 제왕이 여자라고 기록하였는데, 시인은 여와를 여자로 보는 데 그치지 않고 오히려 십오륙 세의 아주 '천진

7) 『정암문존』, 75면.
8) 같은 책, 105면.

난만한[嬌憨]' 소녀로 보았습니다. 이 소녀가 이렇게 하늘을 수리한 것은 무슨 뜻이 있어서가 아니니, 이른바 '수리했단 건 공연한 말[漫云補]'이라는 것이지요.

또 하늘을 기울 때에 돌 파편이 비늘과 같이 무수히 흩날려서 그중 일부가 인간 세상에 떨어졌습니다. '별 무더기 비 오듯 떨어졌다네.[磊星落如雨]'라는 구절은 돌덩이가 유성우처럼 쏟아져 내리는 것을 묘사한 것입니다. 이는 신기질(辛棄疾)의 사(詞) 〈청옥안(青玉案)〉에서 '한밤중 동풍이 수많은 나무에 꽃 피워내니, 바람에 불빛 일렁이고 별은 비처럼 쏟아지네.[東風夜放花千樹, 更吹落, 星如雨.]'라고 한 구절과 이하(李賀)의 〈이빙공후인(李憑箜篌引)〉'의 '여와가 돌 다듬어 하늘 기운 곳, 돌 깨지고 하늘 놀라 가을비도 막혔다네.[女媧鍊石補天處, 石破天驚逗秋雨.]'라고 한 구절을 융합하여 변화시키고 운(韻)을 맞춘 것입니다. 선생은 시를 지을 때 '퇴고는 창신을 귀히 여겨야'[敲推貴刱新][9] 한다고 말씀하셨으니, '磊星'이란 표현이 그 실례임은 의심할 여지가 없습니다. 다시 서씨의 돌에 대해 말하자면, 상고시대 제왕이 단련하여 하늘을 기우는 과정에서 생겨나 하늘에서부터 내려왔다고 하였으니, 그 기이함과 특별함을 일부러 말하지 않아도 따라서 서씨가 얻은 돌의 가치가 더 높아지게 된 것입니다.

한편 시는 돌을 단련하는 것으로 시작하고 이어서 그중 일부 돌 파편이 떨어지고 아이가 돌을 줍고 서씨가 돌을 얻는 순서로 묘사하여, 주체가 옛날에서 지금으로, 먼 곳에서 가까운 곳으로, 많은 것에서 적은 것으로 점차 집중되면서 드러나고 있습니다. 이는 많은 유명한 작품들이 높은 평가를 받도록 만든 창작 방법의 하나로, 유종원(柳宗元)의 〈강설(江雪)〉에서도 사용한 방법입니다. "온 산엔 나는 새 모두 끊

---

9) 〈學農貽詩賞余刊玉溜山莊詩話次韻卻呈〉, 『통고당집』, 30면.

기고, 모든 길엔 사람 발자취 사라졌다네. 외로운 배에 도롱이 입고 삿갓 쓴 노인, 홀로 눈 내리는 겨울 강에서 낚시질하네.[千山鳥飛絶, 萬徑人蹤滅, 孤舟蓑笠翁, 獨釣寒江雪.]" 여기서 시인은 정경과 사물을 마치 영화 속 장면처럼 점차적으로 거리를 좁혀가며 묘사하고 있습니다. 처음에는 '天山'과 '萬徑'이라는 광활한 공간의 화면을 제시하고, 점점 고깃배에 초점을 맞추고, 다시 고깃배 위의 낚시하는 노인에게 집중합니다. 이에 따라 시속의 인물이 점차 또렷하게 드러나게 되는 것입니다. 연민 선생의 이 시에 나타나는 작시법은 이러한 점에서 감상해도 좋을 것입니다.

서울의 가을빛 중양절도 지났는데	京華秋色過重陽
하룻밤 서리에 울타리 가득 꽃 피었네.	開遍籬花一夜霜
정화(精華)를 편히 지켜 세모를 기약하고	穩保精英期歲暮
오절(傲節)이 어여쁘구나, 향기를 간직했네.	堪憐傲節殿春芳
청컨대 맑은 신선 골격 단련하여	請將瀟灑神仙骨
우뚝한 지사의 충심을 빚어 주렴.	鍊作層崚志士腸
멀리 한수(寒水) 가의 고향집 생각나	遙憶吾家寒水畔
아득한 황혼 너머 고개 늘여 바라보네.	黃昏無限似延望

(셋째 구의 '暮'는 원래 '莫'로 되어 있는데, 두 글자는 통한다. 여섯째 구의 '士'는 원래 '土'로 되어 있는데, '토'자는 명백히 오자이므로 시의 뜻에 따라 수정하였다.)

-〈국(菊)〉

『연연야사재문고』 36면에 수록된 시로, 1927년 기묘년 선생이 23세였을 때 지은 작품입니다. 젊은 시절의 작품인데도 공교한 가운데 이미 영묘함이 생동하고 있음을 볼 수 있으니 훌륭하다고 할 만합니다. 젊을 때의 작품이 이러하니 매우 대단한 일입니다. 당시 선배였던 창동(滄東) 이승규(李昇圭) 선생의 평어(評語)가 시 뒤에 붙어 있습니다.

> 대구를 엮은 것이 타당하고 글자를 단련한 것이 고아하여 수미가 혼연히 이루어졌다. 함련은 완곡하여 운치가 있으며, 경련은 기이하고 놀라워 읊을 만하다.[屬對穩, 錘字古, 首尾渾成；而頷聯婉轉有致, 頸聯奇警可詠.]

제가 보기에 이러한 평은 아주 적절합니다. 아래에서는 이 평어의 각 구절을 구체적으로 해석하여 제 개인적 의견을 말해보겠습니다. (이창동 선생의 본뜻이 반드시 이렇다는 것은 아닙니다.)

'수미가 혼연히 이루어졌다[首尾渾成]'고 하는 것은 처음과 끝의 뜻이 연결되어 자연스럽게 완정(完整)해져서 억지로 끌어다 붙인 것이 아님을 알 수 있다는 뜻입니다. 수련(首聯)에서 서울에 국화가 활짝 핀 것을 묘사한 것을 보면, 두 구에서 '菊'자를 아예 쓰지 않고 있습니다. 그러나 국화는 가을에 피고, 또 도연명의 시에 "동쪽 울타리 아래서 국화를 따네.[採菊東籬下]"라는 구절이 있으며, 두 번째 구에 '籬花' 두 글자를 두어 이미 '菊'자를 충분히 암시하고 있습니다. 마지막 연에서는 서울로부터 집을 생각하고, 이에 고향을 그리워한다고 하여, 뜻이 전환된 것이 자연스럽게 이치에 맞게 되었습니다. '延望' 두 자는 또 도연명의 시구 중 "아득히 남산을 바라본다네.[悠然見南山]"에 그 유래가 있는 것 같습니다.

'함련은 완곡하여 운치가 있다.[頷聯婉轉有致]'고 하는 것은 이렇게 이해할 수 있습니다. 시구는 표면적으로 국화의 특성과 정신('精英'과 '傲節')에 대해 쓰고 있지만 자세히 곱씹어보면 또한 단지 국화만을 읊은 것이 아니라, 사람의 특질과 정신을 동시에 은은하게 드러내고 있는 듯합니다. 그러나 또한 직접적으로 말한 것이 아니어서 독자들은 한층 더 깊이 생각하여 직접 느껴야 하는데 이것이 곧 '완곡'하고 '운치가 있다'는 것입니다.

'경련이 기이하고 놀랍다[頸聯奇警]'고 한 것은 다섯 번째와 여섯 번째 구절의 발상이 독특하여 평범하지 않기 때문입니다. 국화는 본래 뼈가 없지만 '傲節'을 지녔으니 맑고 깨끗한 신선의 골격이 있게 된 것 같습니다. 다시 국화의 선골에서 비롯하여 사람의 우뚝한 충심으로 시상을 전환해 갔습니다. 이러한 방식은 독자들로 하여금 예상을 벗어나고 놀라움을 느끼게 하는데, 이 때문에 '기이하고 놀랍다'고 한 것입니다.

이창동 선생이 지적하지 않은 점이 하나 있습니다. 대우(對偶)의 기교라는 면에서 볼 때, 경련(頸聯)은 유수대(流水對)에 속합니다. 이러한 종류의 대구는 위 구와 아래 구가 곧바로 하나로 내려가서 돌아올 수 없어서 흐르는 물과 같이 한 번 가면 돌아올 수 없습니다. 보통의 대구는 만약 성률을 따지지 않는다면 위 구와 아래 구를 뒤집을 수 있습니다. 유수대는 시구의 기세를 왕성하게 하는 효과가 가져옵니다. 예컨대 두보(杜甫)의 시 〈월야(月夜)〉의 함련 "멀리서 어린 딸을 가여워하나니, (어미가) 장안을 그리는 마음 헤아리지 못한다네.[遙憐小兒女, 未解憶長安.]"이 유수대입니다. 『두시경전(杜詩鏡詮)』에서는 "한 호흡으로 이루어져 말하는 듯하다.[一氣如話]"고 한 소자상(邵子湘)의 평어를 인용하고 있습니다. '一氣'라는 것은 대구가 이루어진 기세를 가리킵니다. 이는 이 연의 대구가 글자 10개가 하나의 구를 이루기 때문에 (오언율시를 가리키는 것임. 칠언율시는 14자가 한 구를 이룸.) 보통의 대구가 10자로 두 구를 이루는 것 같지 않다는 뜻입니다. 긴 구는 종종 기세가 왕성해지는 예술적 효과를 만들어 냅니다. 선생의 이 시의 경련으로 다시 돌아가면, 유수대의 구법을 사용하였고, 또 문장에 기세가 생겨나게 되어 기이하고 놀라움의 정도를 더했다고 할 수 있습니다.

4. 연민의 작시 태도

연민 선생의 작시 태도로는 두 가지 사항을 지적할 수 있습니다.

첫 번째는 옛 것에 얽매이지 않고 속된 것으로 흐르지 않는다는 것입니다. 이 두 구의 말은 본래 선생이 자신의 고문사(古文辭)를 논한 것이지만, 시가(詩歌) 창작 방면에 대해 옮겨 사용해도 전적으로 타당합니다. 두보가 〈진조부표(進鵰賦表)〉에서 자신의 부가 '침울돈좌(沈鬱頓挫)'하다고 말하였는데 후세에 이 네 글자로 두보 시를 형용하게 된 것과 마찬가지입니다.

선생의 〈통고당집자서(通故堂集自序)〉[10]의 첫 부분에는 자신이 어떻게 고문을 쓰는지 설명한 단락이 있습니다. 대략 다음과 같은 내용입니다. "지금은 고대가 아니므로 완전히 고대의 말만을 쓸 수는 없고, 또한 지금의 말을 사용해야 하며 지금의 말을 무시해서도 안 된다. 그러나 때때로 지금의 말을 사용하더라도 속된 길로 빠지는 것은 좋지 못하다. 고전을 근본으로 삼고 지금의 말을 사용하되 속된 데로 들어가지 않으면 써내는 글이 따라서 '문채가 빛나고 향기롭게[芊眠菲惻]' 될 것이다." 선생의 한시를 종람(縱覽)해 보면 바로 이러한 태도로 창작했음을 알 수 있습니다. 시어를 운용함에 능히 고(古)를 따르면서도 금(今) 또한 버리지 않았습니다. 지금의 것이지만 속되지 않고, 옛날의 것이지만 막혀있지 않았습니다. 그리고 분명하고 조리가 있어 쉽게 읽히고 참뜻이 드러나면서 시의 품격은 변함없이 아정(雅正)했습니다. 〈이노촌(구영)[11]과 오래 갈라져 있다가 지금 갑자기 다시 만나 기서와

---

10) 『정암문존』, 48면.

11) 이노촌(구영) : 노촌(老村) 이구영(李九榮)은 월사(月沙) 이정귀(李廷龜)의 종손으로 일제 강점기에 항일투쟁에 투신했으며 해방 후에는 월북하여 교사를 지냈다. 60년대 남파되어 체포되어 약 20년간 감옥살이를 하고 80년 가석방되었다. [역자 주]

고지를 선물로 받으니, 이것을 읊어 기쁨을 기록한다.[李老村(九榮)久相睽離今忽重遻貽以奇書古紙吟此以志喜]〉를 한 번 봅시다.

슬프구나, 우리 두 이가(李家).	感慨吾二李
일찍이 천제의 꾸지람 들었지.	蚤逢天帝譴
나면서부터 크게 슬퍼 우나니	落地大悲啼
산하가 기막힌 변고를 만났구나.	山河遘奇變.
뜻을 굳게 다져 적의 굴레 떨치려고	厲志蛻敵羈
실로 선비 구하는 일 함께 했다네.	共作實求彥
해방의 노랫소리 세차게 울릴 때,	解放歌聲烈
열수 가에서 다시 만났지.	重遻洌上面
가느다란 삼팔선이 반벽을 이루고	微線成半壁
밭두둑과 동포가 거듭 화를 입었네.	疇胞罹災荐
크게 대립하기를 삼십 년이니	大睽三十年
자나 깨나 다만 그리워할 뿐.	夢寐祇相戀
문득 전화 속 목소리 듣고서	忽聞電線語
놀라 기뻐 마음 도리어 떨려왔지.	驚喜心還顫
등불 앞에서 묵묵히 바라보노니	鐙前脈脈看
애틋한 마음에 눈물 절로 뿌리네.	相憐淚自濺
백발 창창한 늙은이 됨이 놀랍고	華顚秋怪生
여린 몸이 신고(辛苦) 끝에 철처럼 단련됐네.	軟骨鐵苦鍊
실학을 논하는 이야기 끊이지 않는데	娓娓譚實學
차 마시는 자리에 별 높이 떴네.	喬星暨茶燕
내 읽도록 기서(奇書)를 선물하고	奇書颒余讀
내 쓰도록 고지(古紙)를 주었네.	古紙資余譔
이로부터 세속 일은 던져두고서	從此委塵事
즐거이 담소하며 맑은 잔치 열었다네.	談謔開淸讌
술잔 놓고 시 지으며 근심을 깨뜨리니	文酒破氈毾
솟구쳐 흐르는 물도 제멋대로 돌아드네.	峙流恣回旋

호쾌하고 광활함 천하에 으뜸이니　　豪曠冠千古
뜬구름 같은 영예 어찌 족히 부러우리.　　浮榮奚足羨[12]

이 시는 한국전쟁과 남북분단이라는 오늘날의 제재를 다루고 있습니다. 시 속의 '解放', '電線' 등의 어구는 지금의 말입니다. 그 밖의 구절과 표현방식은 고전의 정취가 농후합니다. 이렇게 고금이 어우러져서 옛것도 있고 지금의 것도 있는, 그러면서 동시에 '(옛것에) 구애받지 않고' '(속된 데로) 흐르지 않는'다는 원칙을 지킨 훌륭한 작품이 되었습니다.

두 번째는 근체시(近體詩)의 성률(聲律)과 운율(韻律)을 중시한다는 점입니다. 근체시의 주요한 시체는 오언율시와 칠언율시입니다. 근체의 오언·칠언절구와 오언·칠언배율은 모두 오언·칠언 율시의 형식에 따라 안배된 것입니다. 당나라 사람들이 사용한 '律'이란 글자는 실제로 성운(聲韻)을 가리켜 말한 것입니다. 그러므로 근체시의 특색이란 성(聲)과 운(韻)에 있는 것이라고 할 수 있으며, 마음대로 바꾸는 것은 좋지 않습니다. 선생은 근체의 성률과 운율을 중시하신 것이 이러한 생각 때문이었는지는 알 수 없습니다. 그러나 선생이 이 두 방면을 중시했던 것은 객관적인 사실입니다. 다음의 예를 한 번 봅시다.

내 시 모두 자질구레하여 내놓기 부끄러우나　　淵藁縱慚叢瑣物
벗에게 숨기는 것 또한 인정이 아닐 테지.　　祕之吾友亦非情
다행히 혜안으로 소리의 병통 보리니　　幸將慧眼看聲病
곱고 추함 절로 나뉘어 십분 분명하리라.　　自是娟媸十分明

—〈노운암(한용)의 절구 세 편에 화답하다. 셋째 수[和盧雲菴(漢容)三絶 其三]〉[13]

12) 같은 책, 160면.

이 시는 "자신의 작품이 비록 그다지 가치가 없다 해도 친구에게 보여주지 않는다면 필경 도리에 맞지 않는 일이다. 지금 그대에게 보여주니 그 가운데 있는 소리의 병통 문제를 처리한 것을 확실히 보기를 바라니, 맞고 틀린 것이 분명할 것이다."라는 내용입니다. 선생의 말뜻은 자신의 작품이 소리의 병통을 피했다는 것입니다. 다시 〈학위기 절구 6수(學位記六絶)〉의 첫 수의 두 번째 구 "성수와 연암에 푹 빠진지 사십 년[惺顚燕癖四十秋]"을 보면, '十' 자 아래 작은 글씨로 '平聲'이라는 주가 달려 있습니다.[14] 또 〈작은 폭포의 돌을 얻고(得小瀑石)〉의 첫 구 "연옹의 석벽 육십 년 째라네.[淵翁石癖六十年]"[15]의 '十' 자 아래에도 작은 글씨로 '平聲'이라는 주가 달려 있습니다. '十' 자가 입성(入聲)의 '緝' 운에 속하지만 당·송 사람의 시구에도 또한 평성으로 읽을 때도 있습니다. 백거이(白居易)의 시구 "동서남북 길에 일렁이는 푸른 물결, 삼백구십 다리엔 붉은 난간.[綠浪東西南北路, 紅欄三百九十橋.]"과 송대 육유(陸游)의 『노학암필기(老學菴筆記)』에서 '十' 자는 평성으로 바꿀 수 있다고 한 것과 같습니다. 연민 선생의 두 시구에서 '十' 자는 평성의 위치에 있는데, 만약 보통 때처럼 입성으로 읽게 되면 성률이 맞지 않게 됩니다. 그러므로 특별히 주를 달아 평성이라고 밝힌 것으로, 이러한 독법은 옛날에 근거를 두고 있는 것입니다. '곱고 추함 십분 밝아지리라.[娟媸十分明]'라는 것을 여기에서 볼 수 있습니다. '十'을 입성으로 읽게 되면 이 때문에 '추함'[媸]이 되고, 평성으로 바꾸어 읽게 되면 곧 '고움'[娟]이 되는 것입니다.

선생은 운을 사용할 때에도 마찬가지로 엄격한 태도를 지니셨습니다. 〈학농[16]께서 다시 시로써 『연민지문』을 칭찬해 주시니 또한 감히

---

13) 『통고당집』, 31면.
14) 『연연야사재문고』, 445면.
15) 『정암문존』, 154면.

화답하지 않을 수 없었다. 절구 5수 [學農復以詩賞『淵民之文』亦不敢不和五絕〉의 두 번째 수를 보겠습니다.

> 학농 어른은 하지 않은 것이지 못하신 것 아니니　　農叟未能非不能
> 거문고 사랑하는 마음과 시 짓는 생각은 버리신 적 없었네.　　琴心詩意祛奚曾
> 구름비단 같은 관리의 재주에 꽃술을 더했으니　　吏才雲錦添花蕊
> 나는 나의 아저씨를 장차 이징으로 여기겠나이다.　　吾叔吾將作李憕

두 번째 구 아래에 작은 글씨로 "받은 시는 '忙' 운을 사용했는데 저는 통압(通押)을 하지 않으므로 대신 '曾'을 썼으니 용서해 주십시오. [來詩用忙韻, 而余未嘗通押, 故代之以曾, 乞恕之.]"17)라고 주가 달려 있습니다. 선생의 화답시를 보면 운자는 '能', '曾', '憕' 세 자로, '蒸' 운에 속합니다. 농수(農叟)의 원시는 시 뒤에 붙어 있지 않습니다. 주의 내용을 통해 짐작하면 첫째와 넷째 구에서는 '能'과 '憕'을 썼으나 다만 둘째 구에서 '陽' 운의 '忙' 자를 써서 한 편의 시에 두 개의 운부로 압운하여 규칙에 맞지 않게 됩니다. 본래 수창시를 지을 때에는 전체 시의 운자를 모두 따라야 합니다. 그러나 선생은 미안함을 표시할지언정 압운의 규칙을 깨려고 하지 않으셨으니, 엄격한 태도를 여기에서 알 수 있습니다. 선생의 저서에서 또 다른 예들을 더 찾을 수도 있습니다. 외국의 존경하는 벗에게도 압운 문제에 대해서는 뜻을 굽히지 않으셨습니다.18) 선생의 작품 중에 대만의 린인(林尹)에게 화답한 칠언율시

---

16) 학농 : 학농(學農)은 이신호(李信鎬)라는 분으로 1955년부터 1958년까지 제5대 달성(達城)군수를 역임하고 72년 전후로 도산서원 원장을 지냈다. 퇴계의 13대손으로 연민 선생에게는 족숙(族叔)이 된다. [역자 주]

17) 『통고당집』, 30면.

18) 『연민지문』, 212면.

가 있는데, '眞' 운으로 압운하였습니다. 그러나 원시의 여섯째 구의 운자는 '先' 운인 '緣' 자를 사용하였습니다. 인쇄 과정에서 착오가 생긴 것인지, 아니면 본래 그랬던 것인지 알 수는 없습니다. 만약 본래 '先' 운을 사용한 것이라면, 선생이 이를 따르지 않고 '眞' 운으로 압운한 것이 되니, 선생께서 '통압을 하지 않는다'고 한 원칙을 확고하게 지킨 것입니다.

/ 장진엽 역

연민선생과 과체시(科體詩) 연구

이상욱 / 연세대

1. 들어가며

과체시(科體詩)는 조선시대 과거시험제도에서 진사시(進士試)에 시험되었던 조선 고유의 시체(詩體)이다. 과체시의 외형(外形)은 기본적으로 칠언 율시나 칠언 배율과 비슷하나, 내용이나 형식 등에서 일반 한시와는 구별되는 특징들을 가지고 있다. 과체시는 한반도 밖에서는 창작되지 않은, 동아시아의 한문학사(漢文學史)상 매우 독특한 시체였다.[1] 또한 조선 사회·문화에서 과거제도가 끼치던 상당한 영향력을 감안했을 때, 문화사적으로도 다양한 연구주제들을 파생시킬 수 있는 가능성을 지니고 있다. 하지만 최근까지 한국 한문학 연구가 다양화되고 미분화되고 있는 가운데에서도 시중에서 손쉽게 구할 수 있는 방대한 과체시 자료들은 주요 자료로서 주목되지 않았다. 이는 조선의 문화를 체험하지 못한 근대화 이후의 학문 세대가 주로 근대적 관점으로 '과거(過去)'의 자료들을 자의적으로 선택해 주 연구 자료로 활용했기 때문일 가능성이 높다.

한편 최근에는 미국의 중국학을 필두로 동아시아에 있어서 과거제

1) 李家源, 『李家源全集』 2책, 正音社, 1986, 395면.

도를 동아시아 문화 동일성의 원천으로 재평가하고자 하는 움직임이 있었고, 중국, 일본 또한 이러한 경향을 따르고 있는 추세이다. 특히 미국 프린스턴 대학 중국학 교수인 벤자민 엘먼(Benjamin A. Elman)의 연구는 과거제라는 일면 단순해 보이는 인재 등용 제도에 어떻게 학술, 교육, 정치, 경제, 문화적 요소들이 복합적으로 교차하며 '중국'이라는 전근대 사회를 유지시키고 있는지 보여주었다.[2] 캐나다의 동아시아학 교수인 알렉산더 우드사이드는 과거제에 대해 역사적으로 드러난 여러 폐해에도 불구하고, 현대 사회에서 여전히 추구해야 할 가치를 지니고 있다고 역설한다. 우드사이드의 의견을 받아들인다면, 과거제에 대한 연구는 이미 지나버린 '과거'(過去)에 대한 것에서 현재, 또는 미래 사회를 향한 연구로 전환될 가능성을 지니게 되었다. 이러한 조류 하에서 중국 과거시험에서 오랫동안 시험되었던 자료들 특히 팔고문(八股文)이 다시금 주요 연구의 대상으로 대두되고 있다.[3] 한국의 경우 과거제도, 과거문화에 대한 전반적인 무관심 속에서 2000년대 들어서야 과체시에 대한 개별 연구들이 하나 둘씩 나오기 시작하였다.[4]

---

2) Benjamin Elman, 『A Cultural History of Civil Examinations in Late Imperial China』, University of California Press, 2001.

3) Alexander Woodside, 『Lost Modernities』, Harvard University Press, 2006.

4) 허경진, 「동시품휘보(東詩品彙補)와 허균의 과체시(科體詩)」, 『洌上古典研究』 제14집, 2001.; 張裕昇, 「朝鮮時代 科體詩 研究」, 『韓國漢詩研究』 11집, 2003.; 졸고, 「조선 과체시의 글쓰기 방식에 대한 연구」, 연세대학교 석사학위논문, 2005.; 김동석, 「조선시대 과체시의 정식 고찰」, 대동한문학회, 2008.; 졸고, 「베트남과 한국의 전근대 과거제(科擧制) 비교 연구 시론」, 『淵民學志』 第14輯, 2010. 과체시에 대한 연구 이외에 과거제도 자체에 대한 역사학계의 연구도 2000년대 이후로 활발하게 진행되고 있다. 이중 과거 시험 내용 등 과거 문화와 관련된 연구로, 김경용, 「朝鮮朝 科擧制度 講書試券 研究」, 『장서각』 15집, 2006.; 김경용, 『장서각 수집 교육 과거관련 고문서 해제』, 민속원, 2008.; 박현순, 「조선후기 試券에 대한 고찰 -시종별 시권의 특징을 중심으로-」, 『고문서연구』, 제41호, 2012.; 차미희, 『조선시대 과거시험과 유생의 삶』, 이화여자대학교 출판부, 2012 등이 있다.

지난 20세기에 연민선생이 줄기차게 해 왔던 '과체시 연구'는 이 지점에서 재평가 받아야 마땅하다. 근대에 들어 과체시를 처음 연구 대상으로 삼은 학자는 연민선생의 스승이었던 천태산인(天台山人) 김태준(金台俊, 1905~1949)이었다. 천태산인은 그의 저서 『朝鮮漢文學史』에서 변계량(卞季良, 1369~1430)을 언급하면서 과체시(行詩)에 대해 간단히 소개하였다. 과체시의 구수(句數) 등을 간단히 언급하면서 신광수(石北 申光洙, 1712~1775)의 대표작 「登岳陽樓歎關山戎馬」 전문을 실었다.[5] 천태산인이 동시대의 연구자들과 달리 과체시에 대해 주목하고 소개한 것은 분명 큰 의의가 있지만, 매우 간단한 언급에 그치고 말았다는 한계가 있었다. 이후 거의 2000년대에 들어서기까지 과체시의 잠재적 연구 가치에 주목하고 지속적인 연구를 해온 것은 역시 연민선생이었다. 연민선생은 지난 반세기 동안 과체시 관련 자료들을 수집·정리하고, 과체시 작가나 작품들에 대한 연구들을 내놓았다. 또한 과체시 작법이나 장르적 특징, 역사적 변천 등에 대한 여러 가지 연구 결과들을 발표해 왔다. 당연히 후속 세대에 이루어진 과체시 연구는 모두 연민선생의 선구적 업적을 각각의 연구에 출발점으로 삼았다. 요컨대 연민선생의 정력적인 연구가 없었더라면, 과체시는 현재 완전히 해독 불가능한 자료가 되었거나, 그 존재 자체가 망각되었을 가능성이 많다.

이에 본고는 향후 더 발전적인 과체시 연구, 더 나아가 한국의 과거 문화 전반에 대한 본격적인 연구를 위해, 연민선생이 유년시절 직접 지으신 과체시들을 분석하여 '근대의 과체시'라는 관점에서 이 작품들이 지닌 적잖은 의의들에 대해 논하고, 그 후 '과체시 작자'로서의 연민선생의 지속적인 과체시 연구가 지금 시점에서 갖는 의미에 대해 생

5) 金台俊, 『朝鮮漢文學史』, 朝鮮語文學會, 1931, 117면.

각해 보고자 한다.

2. 조선 과체시 개관[6)]

조선시대 과거제도는 소과(小科)와 대과(大科)로 이원화 되어 있었다. 소과는 사마시(司馬試)라고도 하고 감시(監試), 또는 생원진사시(生員進士試)라고도 했으며, 대과는 문과(文科)라고도 하였다. 중국의 과거제도는 시험제도가 일원화 되어 있어서 초급단위의 과거시험을 통과해야 고급 단계의 시험을 볼 수 있었던 반면, 조선에서는 소과를 통하지 않아도 대과에 응시할 수 있었다. 즉, 소과와 대과는 어느 정도 분리된 시험으로 존재했다. 대과에 급제하면, 고급 관리가 될 수 있는 기회가 주어졌고, 소과에 급제하면 생원(生員)이나 진사(進士)가 되었다.

소과는 각 지방에서 치는 초시(初試)와 여기서 뽑힌 사람들을 대상으로 서울에서 다시 치는 복시(覆試) 이렇게 두 단계가 있었다. 기본적으로 매 식년(式年, 3년)마다 생원 100명과 진사 100명을 배출하게 되어 있었으나 증광시(增廣試) 등 비정기 시험 등도 있어 실제로는 이 액수보다 많은 수의 생원과 진사가 배출되었다. 이 생원진사시에 합격하면, 지방에서 아주 낮은 벼슬을 하는 경우도 있었고, 성균관에 입학할 수 있는 자격이 주어졌다. 하지만 실제로 주어지는 혜택은 거의 없었다고 해도 과언이 아니었다. 기본적으로 고급관리를 뽑는 대과는 생원이나 진사가 되지 않아도 응시할 수 있었고, 시험 치는 과목도 많이 달랐다. 성균관 또한 소과에 합격하지 않아도 입학이 가능했다. 결국

6) 이 장의 내용은 졸고, 「조선 과체시의 글쓰기 방식에 관한 연구」 2장의 내용을 본고의 요지에 맞게 축약하여 제시한다.

이 생원시나 진사시는 정부 조직에서 필요한 정식 관료에 대한 채용 시험이 아니라, 어느 정도의 학식을 나라에서 공인해 주는 일종의 자격시험일 뿐이었다. 단, 향촌 사회 내에서는 어느 정도의 학식을 인정받고, 구휼(救恤) 등 정부가 주도하는 사업에 임무를 부여받는 등, 지역 사회에서 일정 정도의 권리와 책임이 주어졌다. 이렇게 일종의 명예직이었음에도 불구하고, 조선 시대에 많은 사람들은 생원이나 진사가 되려고 많은 노력을 기울였고, 치열한 경쟁을 하였다.

이 소과에는 두 가지 종류의 시험이 있었다. 생원시는 명경과(明經科)라고도 하며, 주로 경전을 외우고, 그 뜻을 풀이하는 것을 시험하였다. 진사시는 제술과(製述科)라고 하여, 과체시 1편과 역시 과체(科體)의 부(賦) 1편을 시험하였는데, 실질적으로 수험생들은 두 문제 중 하나를 선택할 수 있었다. 조선 초기에는 경학 진흥책으로 인해 제술보다는 명경이 중시되어, 생원만 뽑거나 생원을 좀 더 우대하는 분위기가 있었으나, 후기로 올수록 진사시가 선호되는 경향이 있었다. 특히 조선 후기로 오면서 생원시에는 지방 출신의 응시자들의 급제자가 많았고, 진사시에는 서울 출신의 급제자가 많아졌다. 이는 한정된 텍스트에 대한 암기가 주가 되는 생원시보다는, 진사시가 기본적으로 시제가 무작위로 출제되는 '작문' 시험이라는 점에서 서울 출신의 응시자들에게 유리했기 때문으로 보여진다. 실제로 시험 경향 및 시험 정보에 대한 접근성, 당대 유행하는 시풍에 대한 노출 정도, 각종 참고 서적의 풍부함 등 여러 가지 면에서 서울 거주 응시자들의 진사시 응시 조건은 지방 출신의 그것보다 훨씬 유리한 점이 있었다.

조선 초기에 진사시는 실행되었다가 폐지되기를 반복한다. 시행 찬성의 논리는 주로 시학(詩學)의 장려였고, 시행 반대를 주장하는 측은 응시자들이 글을 꾸미는 것(詞章)에만 열중하여 경학(經學)을 전폐한다는 논리였다. 여하튼 진사시는 단종(端宗) 조부터 다시 시행되어 조선

왕조가 끝나게 되는 19세기 말까지 존속되게 된다. 〈경국대전〉(經國大典)에는 진사시에 부(賦) 1편과 고시(古詩)·명(銘)·잠(箴) 중 1편을 고시한다고 되어 있는데, 실제로 명(銘)이나 잠(箴)은 거의 출제되지 않았고, 응시자들은 통상 '부'나 '고시' 중에 하나를 선택해서 시험을 치렀고,[7] 각 50명씩 뽑았다. 그럼에도 민간에서는 부로 급제하는 것보다는 시로 급제하는 것을 조금 더 높게 여긴 것으로 보인다.[8] 실제로 현재까지 남아있는 과체(科體) 문선집(文選集) 중에는 과체시(科體詩)집이 다른 문체에 비하여 종류와 양에서 압도적으로 많다. 특히 18세기 이후 과체시는 단순한 진사시 시험 과목의 의미를 넘어, 하나의 문예 장르로 광범위하게 향유되고 있는 정황들이 발견된다.

과체시는 또한 정식 식년시 이외에, 승보시(陞補試)와 합제(合製), 공도회(公都會) 등의 시험에서도 고시되었다. 승보시는 서울의 사부학당(四部學堂)에서 1년에 수 회[9]를 성균관 대사성(大司成) 방하(榜下)에서 시험을 보고, 합계의 점수가 일정 정도 이상이 된 유학(幼學)들을 대상으로 초시(初試)를 건너뛰고 바로 복시(覆試)를 치를 수 있는 자격을 주는 시험이었다. 승보시는 개성과 제주, 후에 수원에서도 설행되었다. 비슷한 제도로서 합제, 공도회 등이 있는데, 합제는 사학(四學)의 학관(學官)이 1년에 네 차례 시험을 고시하고, 각 시험마다 일정 수의 인원을 뽑아 연말에 다시 성균관 대사성 방하에서 시험을 고시하여 합격자를 뽑는 제도이고, 공도회는 주로 지방에서 관찰사가 시험을 고시하여 일정 수의 합격자에게 바로 서울에서 보는 복시에 응시할 자격

---

7) 영조(英祖) 조에 마련된 〈續大典〉에는 결국 부 한편과 시 한편으로 동 조목이 수정되어 있다.

8) 李家源, 「石北文學研究」, 『東方學志』 4輯, 1959, 25면.

9) 일년에 보는 승보시의 회수는 원칙적으로는 매월 2회였으나, 잘 지켜지지 않았으며, 한 해에 5~6차를 본 경우도 있었고, 보통 10~12차를 보았다고 한다.

을 주는 제도였다. 이 시험들은 모두 복시를 볼 수 있는 자격을 준다는 점에서 진사 초시의 일종이었으며, 이들 시험에서 모두 과체시가 시험되었다.

현재 과체시라고 부르는 일련의 작품들은 모두 16세기 이후의 것들이다. 16세기 이전에는 진사시 자체가 실행과 폐지를 반복하면서 안정되지 못한 측면이 있었다. 조선왕조실록에 의하면 배율십운시(排律十韻詩)를 진사시에 고시한다고 되어 있으나, 실제 어떤 모습이었는지 현재로서 정확히 알 수 없다. 다만 19세기 말에 편찬된 과체시집인 『科詩分韻』(국립중앙도서관 소장)에는 정사룡(鄭士龍, 1491~1570)의 십운시(十韻詩) 「紅雨」가 이례적으로 한편 수록되어 있는데, 이를 보면 16세기 초반까지 과체시(科體詩)는 이와 유사한 형태였을 것으로 추측된다. 이후 세대의 과체시들은 조선시대 과체시집 등에서 흔히 볼 수 있는 3구(句) 6명(名), 18韻의 과체시의 형태를 하고 있다. 현재 개인 문집이나 과체시집 등에서 확인되는 16세기 과체시는 이이(李珥, 1536~1584), 이산해(李山海, 1539~1609), 조헌(趙憲, 1544~1592), 임제(林悌, 1549~1587), 이항복(李恒福, 1556~1618), 차천로(車天輅, 1556~1615), 허균(許筠, 1569~1618), 권필(權韠, 1569~1612) 등의 작품들로 모두 대략 15구에서 20구 사이의 구수(句數)를 보이고 있으며, 19세기 말까지 이 형태는 계속 유지된다.

16세기 중반 이후 과체시의 기본적인 분량은 7언 18구(句)가 되었다. 통상적으로 한시에서 한 구(句)는 5언이나 7언 한 척(隻)을 뜻하는데, 과체시의 한 구는 두 척, 즉 한 짝(聯)을 뜻한다. 그리고 대략 짝수 연(聯) 단위로 구성되는 율시(律詩)와 달리 3구가 하나의 형식 단위(名)를 이루고, 6개의 명(名)이 하나의 작품을 구성하는 형식을 취한다. 3구 중 가운데 구는 대우(對偶)로 이루어지는 경우가 많다. 그리고 각 구는 파제(破題), 입제(立題), 포두(鋪頭), 회제(回題), 느림, 받침 등의 정문

(程文) 규식에 의해 내용이 한정된다. 이와 같은 경향은 대략 구수(句數)가 확정되는 16세기 중반부터 나타나기 시작했다. 이러한 포치(鋪置) 형식은 팔고문(八股文) 등 중국의 과거 시험 경향에 영향을 받았을 가능성이 많다. 이를 언급하는 문헌에 따라 명칭이나 위치 등이 차이를 보이지만, 가장 일반적으로 알려진 포치는 연민선생이 『朝鮮文學史』에서 제시한 것이다.

〈표 1〉 과체시의 포치 (李家源, 『朝鮮文學史』 中冊, 太學社, 919면)

제1구	첫귀	제2구	첫귀받침	제3구	立題
제4구	鋪頭(鋪敍)	제5구	鋪頭받침	제6구	鋪頭느림
제7구	첫목(初項)	제8구	첫목 받침	제9구	첫목 느림
제10구	두목	제11구	두목 받침	제12구	回題
제13구	回下	제14구	받침	제15구	느림
제16구	回下	제17구	받침	제18구	느림

하지만 이와 같은 포치형식은 고시(考試)하는 편에서 내세운 강제적인 형식규정이 아니라 응시자들 사이에서 시험을 대비하면서 자연스럽게 형성된 형식일 가능성이 많다. 실제 작품들에서 이 포치는 엄격하게 지켜지지 않으며, 작자에 따라 구사하는 방식도 다르다. 다만 응시자들은 이러한 포치형식을 염두에 두면서, 전체적으로 기승전결이 갖추어진 안정된 구성의 작품을 짧은 시간 안에 쓸 수 있었다. 운자(韻字)는 주로 제목 중의 한 글자에서 정해지며, 환운(換韻)하지 않고 일운도저(一韻到底)한다. 평측법은 주로 내구에 이평삼측(二平三仄), 외구에 이측삼평(二仄三平)이 끝까지 계속 반복되는 행시체(行詩體)가 주류를 이루나 강제적인 조항은 아니며, 고시(古詩)의 자유로운 평측법이나 배율(排律)의 평측법도 쓰이기도 한다.

과체시의 제목은 주로 역대 중국의 고전에서 출제되는데, 그 범위는 경전(經典), 사서(史書), 시문(詩文), 필기(筆記), 소설(小說) 등의 내용까지 포함한다. 예외적이지만, 한국의 고전이나 역사에서 취재되는 경우도 더러 있다. 하지만 시가 출제되는 구체적 출전(出典)이 있다는 사실에는 변함이 없다. 제목에는 특정 주인공이 직면한 상황이 제시되는데, 시(詩)는 바로 이 주인공의 입장에서 서술된다. 예를 들어, '登岳陽樓嘆關山戎馬'(악양루에 올라 관산의 융마를 탄식하다)라는 제목이 주어지면, 악양루에 올라 전쟁을 걱정하는 두보의 목소리로 시가 전개된다. 역사 속 인물 혹은 특정 서사 안의 주인공의 목소리에 가탁(假託)하는 것은 과체시의 가장 큰 특징이다. 주어진 주인공의 목소리를 가장 생동감 있게 재현하는 것이 과체시 글쓰기의 가장 큰 목표였다. 이를 위해 응시자들은 시제(試題)가 출제되는 원전(元典)의 내용에 대해 충분히 숙지하고 있어야 했고, 가탁되는 인물의 목소리를 가장 핍진하게 재현할 수 있는 문체와 시어(詩語)들을 구사할 수 있어야 했다.

3. 연민선생의 과체시

연민선생은『李家源全集』중『淵淵夜思齋文藁』(전집 제11권)에 총 8편의 직접 지은 과체시를 남기고 있다. 이 8편의 과체시는 선생 14세 때(辛未, 1931년)의 시고「綠樹不盡聲館藁」와 15세 때(壬申, 1932년)의 시고인「淸吟石閣藁」에 나누어 실려있다.『연연야사재문고』의 첫 시고는「溫水閣藁」로써 1929년(己巳)에 작성된 것이다. 선생 12세 때 작성된「온수각고」에는 시가 2수 실려있고, 이듬해 시고인「靈芝山館藁」에는 가행(歌行) 한 수를 포함한 시가 2수 있다. 이어「녹수부진성관고」에 역시 시가 2수, 사(詞) 1편이 있고, 과체시(科詩) 6수가 실려있다. 그리고 다시「청음석각고」에 시가 두 편이 나오고 다시 과체시 2수가 이어진다. 그리고 이후의 시고에 과체시는 더 이상 수록되지 않고, 창작되는 '정통' 시문(詩文)의 양은 점차 늘어난다. 이에 연민선생의 문집 중 과체시는, 본격적인 시작(詩作)이 이루어지기 이전에 혹은 시작(詩作)이 시작되는 시점에 창작되고 있음을 알 수 있겠다.

연민선생은 13세 때 한 번 23세 때 한 번 원고들을 태웠으나, 연민선생이 서울 유학 등으로 출타해 있다가 1943년 집에 들렀을 때 조부께서 손수 원고들을 모아 놓으셨다가 내어주셨다고 한다. 그리고 이를 모아 『연연야사재문고』로 엮은 것이다.[10] 물론 그러니까, 이 원고들이 연민선생이 어릴 적에 쓴 작품들의 전부는 아니지만, 어쨌든 과체시의 창작은 연민선생의 시작(詩作) 인생에 매우 이른 시기에 이루어졌고, 13, 14세 무렵에는 이미 일정 정도 수준에 오른 작품들을 쓰고 있었음을 알 수 있다.

연민선생의 과체시 작품들과 그 제목의 출전은 다음과 같다.

〈표 2〉『淵淵夜思齋文藁』 소재 연민선생 과체시 일람 (『李家源全集』 제11책)

	제목	출전
「綠樹不盡聲館藁」	〈客簫和蘇歌〉	蘇軾, 〈前赤壁賦〉
	〈北征詩與秋色爭高〉	釋惠洪, 『冷齋夜話』
	〈宜圍碁〉	王禹偁(元之), 〈黃州竹樓記〉
	〈八疊屛風美人出坐〉	歐陽脩, 〈醉翁亭記〉+小說
	〈八龍〉	『後漢書』, 〈荀淑傳〉
	〈以梅聘棠〉	未詳
「淸吟石閣藁」	〈江樹遠含情〉	宋之問, 〈別杜審言〉
	〈君山秋夜讀兵書〉	陸游詩, 〈夜讀兵書〉, 〈夜聞浣花江聲甚壯〉 등

첫 번째 작품 〈客簫和蘇歌〉는 소식(蘇軾, 1037~1101)의 〈前赤壁賦〉

10) 「淵淵夜思齋文藁 序」, 『李家源全集』 11, 정음사, 1986, 一面.

에 나오는 대목을 모티브로 하고 있다. 이 작품은 소식의 입장에서, 자신의 노래에 맞춰 슬픈 곡조의 피리를 부르는 객에게 질문을 던지는 것으로 시작된다.

전쟁소리 잦아들고 글소리 울려 퍼지니　　戰鼓鳴歇文鼓響
이 강산에 항상 대악(大樂)이 있네　　大樂常在此江山

당신 또한 수월(水月)을 아는가?　　子亦知夫水月乎
나는 일찍이 바다와 산에서 늙었다네　　我曾老於海山者

이 작품의 첫 부분에 나오는 이 구절은 과체시의 전형적인 전개를 보여준다. 불변의 격식은 아니지만, 과체시 첫 부분에는 통상 시가 발화되는 시공(時空)을 객관적 시점에서 그려낸다. 이는 이어 이어질 시적 발화의 전경화(前景化, foregrounding)의 역할을 하며, 중국 팔고문에서 주로 쓰였던 포치법이다. 이를 과문 형식 용어로 '파제'(破題)라 한다. 이 파제 부분이 끝나면 통상 작품에서 정해진 시적자아의 목소리로 대언(代言)이 시작되는데, 다시 말해 소식의 입장에서 제목에서 주어진 상황을 가정해 시를 써내려가는 것이다. 이 작품에서 주어진 구체적인 상황은 자신의 노래에 피리로 곡조를 맞추는 '객'에게 소식이 말하는 상황이다. 「전적벽부」의 유명한 구절 '擊空明兮泝流光'의 내용을 '수월'(水月)이라 하고, 이를 아는지 객에게 질문을 던지는 형식으로 시가 전개된다. 단, 전형적인 과체시에서 이러한 화자의 시점의 변화는 제3구 내지는 제4구(鋪頭)에 이루어지는데 이 작품은 제2구에서 이루어졌다.

〈북정시여추색쟁고〉는 두보(杜甫, 712~770)의 시 〈北征〉을 높이 평가한 〈냉재야화〉의 '〈북정시〉는 군신의 대체를 알아 충의의 기세가 가을 색과 드높기를 다투니 귀히 여길 만한 것이다'[11]라는 문구에서 취재한 것이다. 이 과체시의 시적 자아는 '두보'로 설정되어 있고, 시어(詩語)의 대부분이 두보 시의 집구(集句)로 이루어져 있다.

〈의위기〉는 왕원지(王元之), 〈황주죽루기〉의 구절 '宜圍棋 子聲丁丁然'이라는 구절에서 따왔다. 황주의 죽루에서 느낄 수 있는 즐거움들 중 하나로 바둑이 열거된 이유에 대해 '왕원지'의 입으로 서술하고 있다.

〈팔첩병풍미인출좌〉는 구양수(歐陽脩, 1007~1072)의 〈醉翁亭記〉에서 모티브를 따왔는데, 정확히 〈취옹정기〉 내용만을 그 소재로 하고 있지는 않고, 구양수와 관련된 야담이나 소설 등의 내용을 이용하고 있는 듯하다. 시는 대부분 구양수가 1인칭인 시점에서 읊어지며, 여기에 이백(李白), 한유(韓愈)에 관한 언급이나 시구들이 자주 인용되는 것으로 보아 이들 문인들이 병풍에서 나와 서로 대화를 나눈다는 가상적인 상황을 모티브로 하고 있는 듯하다.[12]

〈팔룡〉은 후한(後漢) 때 순숙(荀淑, 83~149)의 여덟명의 아들이 모두 뛰어나 '팔룡'이라 불렸다는 이야기를 모티브로 이들을 칭송하는 내용을 담고 있다. 작품 말미에는, 그런데 순숙의 손자 순욱(荀彧, 163~212)은 왜 하필 조조편에 붙었는가를 질문(嗟呼文若卽其孫 蚤晩攀鱗胡付曹)하고 있다.

〈이매빙당〉의 정확한 전고는 찾을 수 없었으나, 매화가 피었다가 지고 해당화가 피는 봄의 시점을 두 꽃을 통해 노래하고 있다.

〈강수원함정〉은 송지문이 두심언(杜審言, 648~708)과 이별하면서

---

11) 釋惠洪, 『冷齋夜話』, 「老杜劉禹錫白居易詩言妃子死」: 北征詩 識君臣之大體 忠義之氣與秋色爭高 可貴也

12) 대표적인 시구로 手織雲漢分天章 三百年後今<u>韓</u>我(한유), <u>襄陽</u>謫仙醉後倒 <u>麟閣</u>中郎圖末高(이백) 등이 있다.

쓴 시 〈별두심언〉의 '河橋不相送 江樹遠含情'의 시구에서 제목을 따왔으며, 송지문의 심정을 노래한다. 이 시는 조선후기 과체시로 특히 유명했던 노긍(盧兢, 1738~1790)의 『漢源文集』에 동제의 작품이 『漢源文集』에 전한다.

〈군산추야독병서〉는 육유(陸游, 1125~1210)가 주인공인데, 정확히 어떤 작품의 문구인지는 알 수 없다. 다만 육유의 시, 〈夜讀兵書〉, 〈夜聞浣花江聲甚壯〉 등에서 따온 모티브들이 보인다. 가을 밤 군산(君山)에서 병서를 읽으며, 망해가던 송나라의 몰락을 개탄하고 분기충천하던 육유의 감정을 노래하고 있다. 군산은 동정호(洞庭湖)에 있는 산으로 송말(宋末)의 장수 악비(岳飛, 1103~1141)가 반란군을 제압했던 곳이다. 이 작품은 연민선생의 『朝鮮文學史』에도 실려 있다.[13)]

이 제목들은 과체시 제목의 전형적인 모습을 보여준다. 통상 과체시는 하나의 시구나, 유명한 산문 중의 주요 구절, 역사 또는 관련된 이야기의 한 장면이 축약된 형태로 주어진다. 그러면 작자는 그 상황을 직면한 주인공의 '마음'으로 대언한다. 연민선생의 작품들도 역시 이러한 과체시의 제목 형성 방식과 본문 서술 방식을 충실히 따르고 있다. 그리고 조선시대의 과체시와 마찬가지로, 제목의 출전은 단지 정사(正史)나 유명 문인의 시문(詩文)에 머물지 않는다. 조선시대 과체시에도 또한 소설이나 민간에 떠도는 설화, 또는 신이(神異)한 이야기에서 취재(取材)하고 있는 경우가 많다.

이들 연민선생의 과체시는 과체시의 '조선시대적 맥락'과 관련해 몇 가지 중요한 점을 시사한다. 첫째, 과거제도가 완전히 폐지된 이후에도 민간에서는 과체시가 계속 창작되었다는 점이다. 이는 과체시가 단순히 과거시험을 위해서만 존재했다기보다, 그 자체로 어떤 의미가 있

---

13) 李家源, 『朝鮮文學史』 下冊, 太學社, 1997, 1665~1666면 수록.

었다는 점을 시사한다. 둘째는 과체시가 상당히 어린 시절부터 연습되고 있었다는 점이다. 이는 과체시가 '시작 연습'의 '결과'로써 작성되었다기보다는 궁극적으로 '보통'의 '시작'(詩作)을 위한 전(前) 과정으로써 연습되었다는 사실을 보여준다. 종합하면 과체시는, 제도와 어느 정도 분리된 채로, 서당 등의 사설교육기관이나 자녀들을 교육할 수 있는 여건이 되는 집안에서, 하나의 교육과정으로 자리 잡았음을 유추할 수 있다. 또한 이를 통해 조선에서 창작되는 한시(漢詩)의 창작과정에 내용적으로나 방법적으로 상당한 영향을 미쳤으리란 점도 예상할 수 있다.

또한 이들 과체시를 통해 연민선생이 상당히 어린 시절부터 과체시 글쓰기를 상당히 능숙하게 체득하고 있었음을 알 수 있다. 이는 과체시를 하나의 분리된 '연구 대상'으로 접근하는 후학들과는 전혀 다른 연구 여건이다. 연민선생이 몸소 체득하고 있던 과체시 작법(作法)의 '당연한' 사항들은 연민선생의 과체시 연구에서 직접적으로 드러나지 않는다. 너무 당연한 것들이기 때문이겠지만, 사실 이 부분이 과체시의 본질을 이루는 부분인 경우가 많다. 예를 들어 과체시는 제목에서 주어진 인물을 대신하는 서술 방식(代言)을 가지는데,[14] 연민선생을 제외한 현대의 학자들은 이런 과체시의 특성을 모르고, 해당 과체시 작자를 서술의 주체로 상정하고, 보통의 한시를 대하는 방식으로 해석하고 분석해 왔다. 과체시 안에서의 발화자를 과체시 작자로 상정함으로써, 전혀 엉뚱한 번역과 해석을 양산해 온 것이다.

어려서부터 과체시 더 나아가 여러 한문문체를 자유자재로 구사할 수 있도록 체득(體得)한다는 것은 단순히 '외국어'로 '시'를 쓸 수 있다

14) 이러한 서술방식은 과체시 뿐만 아니라, 대책(對策)을 제외한 대부분의 과문(科文)에 일관적으로 적용되는 특질이다.

는, 그런 단순한 문제가 아니다. 외부세계를 인식하는 문자가 '고정'된다는 의미이기 때문이다. 과체시는 이러한 '고정'을 목적적으로 의도한 문체이다.[15] 예컨대, 과체시에서 추(秋)라는 문자는 보통의 가을을 뜻하지 않는다. 두보 시가 취재된 과체시라면 '秋'는 나라를 걱정하는 마음과 연관되어 제시된 두보의 고유한 시어(詩語)이다.

두로(杜老)의 문장 북쪽 향해 정성스러우니 文章杜老向北忱
평생 나라 걱정하는 마음으로 가을을 몇 번이나 지냈을까 憂國生平幾經秋

위의 시구는 연민선생의 〈북정시여추색쟁고〉에 나온다. 여기서 '秋'라는 문자는 두보가 그의 시들을 통해 제시한 우국(憂國)의 사상과 강하게 연관되어 있는 시어이다. 과체시는 역사속 인물에 감정 이입을 하고, 그 목소리를 재현하는 경험을 강제한다는 점에서, 이러한 문자와 고전적 맥락의 '연관관계'를 강화시켜 체득시키는 매우 정교한 형태의 글쓰기이다. 이렇게 한문 글쓰기를 배운 작자에게 '秋' 더 나아가, 이 글자가 환기시키는 실제 계절은 단순히 여름과 겨울 사이의 단순한 시절(時節)만을 의미하지 않으며, 우국(憂國), 연민(憐民), 두보(杜甫) 등의 연쇄되는 연상 작용을 통해 고전적 문맥 안에 놓이게 된다.

주지하다시피, 연민선생은 성균관에 입학하기 전까지는 정규교육을 받지 않고, 이렇게 전통적인 방식으로 글쓰기를 연마했다. 다시 말해, 조선의 선비와 같이 고전적 문맥 하에서 글자를 익혔으며, 이를 통해 세계를 인식했다. 이렇게 과체시를 체득해 자유롭게 구사했던 사람으로서 다시 과체시를 대상으로 연구하고 설명해 낸다는 것은 매우 힘든 과정이었을 것이다. 자신이 체득한 언어체계를 다시 말로 설명해 내기

---

15) 졸고, 「조선 과체시의 글쓰기 방식에 관한 연구」, 92~94면.

위해서는 또 다른 언어체계(메타언어)를 다시 처음부터 습득해야 하기 때문이다. 성균관에 입학한 후, 연민선생이 근대 대학체제의 학자로서 변모하는 과정은 그래서 경이로운 것이라 할 수 있다.

4. 연민선생의 과체시 연구

> 行詩(과체시)가 비록 漢文字로 表記되었으나, 역시 非中國的이요 特殊한 韓國的인 體奥를 풍기는 民族的 自主的인 것임은 또한 이가 지니고 있는 값을 알아야 할 것이며, 律詩의 難澁性과 貴族的임에 비하여서는 오히려 詩의 本色을 지닌 한 개의 形式이라 하겠다.[16]

연민선생은 조선의 과체시에 대해 위와 같이 평가했다. 이에 대해 많은 후대의 연구자들은, 이 과체시에 대한 평가가 정확히 무엇을 의미하는지 이해하지 못했다. 통상적으로 과체시에 대해 '난삽하고', '복잡한 규율을 반드시 지켜야 하고', '귀족적'이라고 이해하고 있었기 때문이었다.[17] 그것은 후학들이 과체시의 '본질'을 모르는 상태에서, 연민선생과 다를 바 없는 조선시대의 문인들이 언급한 단편적인 작법(作法)과 작품의 문면에 드러난 의미만을 보고 해석해야 했기 때문이다. 거의 모든 시어(詩語) 하나하나에 전고가 있고, 정통 한시의 관점에서 율격이 변체(變體)이며, 과거에 급제하고자 하는 이들에 한해서만 창작되었다고 생각했으니, 후학들의 과체시에 대한 위와 같은 생각은 이해할 만도 하다.

연민선생이 직접 창작한 과체시의 경우에서 볼 수 있듯이, 과체시는

16) 李家源, 『李家源全集』 2책, 正音社, 1986, 395면.
17) 張裕昇, 앞의 논문, 448면.

통상 본격적인 시공부가 시작되는 유년기에 창작되기 시작하였고, 이미 과거제도나 귀족이 의미가 없어진 근대에 들어서도 계속해서 교육되었다. 또한 조선 후기에는 상당한 많은 작품들이 인구에 회자되며 널리 읽히기도 하였다. 연민선생은 『朝鮮文學史』에서 하부인(河夫人)이 창작한 과체시 〈入海島〉를 소개하고 있는데,[18] 이는 조선 후기에는 여성도 과체시를 창작했다는 증거가 되는 작품이다. 그만큼 과체시 창작의 저변은 확대되었고, 과거제도와는 별도로 문예적 즐김을 목적으로 창작된 정황을 보여준다. 특히 19세기에 과체시는 김삿갓을 필두로 희작화하는 경향을 보이는데, 이는 과체시가 과거제도와는 완전히 분리되어 '소비'되던 당시의 풍조를 보여준다.

그렇다면 연민선생이 제시한 과체시의 특징 중, (율시에 비해서) 난삽하지 않다는 말은 어떻게 이해할 수 있을까. 물론 현대 연구자 입장에서 과체시를 해독하는데 가장 어려운 난점은 시어에 '전고'가 지나치게 많다는 점이고, 이 때문에 '난삽'하게 느껴지고, 해석에도 어려움을 겪는다는 것이다. 하지만 과체시는 과연 '난삽'한 것인가? 석북(石北) 신광수(申光洙)의 대표작 〈登岳陽樓歎關山戎馬〉에 대해 연민선생은 다음과 같이 평하였다.

> 끝으로 "關山戎馬"의 참된 價値는 그 原題가 唐 杜甫의 故事였고, 또 石北의 이 詩 의 全篇이 거의 "杜詩"의 集句로서 이룩되었으나, 아무런 斧鑿의 痕이 없음은 실로 그가 平素에 杜甫의 愛國·憐民的인 寫實風을 崇拜하였음에 基因되었던 것이다. 그리하여 저 風雨 科場의 悤遽한 가운데에서도 "杜詩" 중의 全句, 또는 半句를 그대로 쓰자 문득 天衣無縫이고 다시금 分離하여 본다면 모두가 杜甫의 그것 뿐이었으니, 이러한 경계에 이르러서는 東·中 千餘年 以來로 杜를 배우는 이가 何限이

18) 李家源, 『朝鮮文學史』 下冊, 太學史, 1997, 1316면.

리오 마는 果然 石北을 陵駕할 者가 몇몇 사람이 있겠는가가 새삼스레 의문이 아닐 수 없다.[19]

후대의 연구자들이 이 작품에 대해 신광수 개인의 '애국연민' 사상을 부각시켰다면,[20] 연민선생은 두보시를 가장 잘 습득하고, 두보의 시어(詩語)들을 절묘하게 조직하는 신광수의 '솜씨'에 그 평가의 초점을 맞추고 있다. 현대의 관점에서 이 작품을 해석하면, 단순히 두보의 시어들을 짜깁기한 것에 지나지 않겠으나, 본래 과체시작의 가장 큰 목표가 이러한 '절묘한 짜깁기'를 통해 시적 화자의 목소리를 충실히 재현하는 것임을 감안하면, 현대의 문학적 평가 기준과는 다른 방법을 적용해야 한다. 그런 이후에야 이 작품이 조선 과체시의 걸작이라 불리는 이유를 알 수 있다.[21]

다시 말해 과체시는 '전고들로 쓰는 시'로 뒤집어 이해할 수 있다. 현대적 감각에서 보통 전고는 작가가 자신이 표현하고자 하는 바를 효과적으로 전달하기 위한 도구로써 사용하는 것이라 생각한다. 하지만 과체시 글쓰기의 경우는 이와 반대로 자신이 알고 있는 전고들을 조직해 하나의 일관된 의미를 생성해 가는 과정으로 이해할 수 있다. 하나의 주제와 관련된 전고들을 얼마나 많이 알고 있고, 이들을 얼마나 적절하게 배치하는가가 주요한 문제가 되는 장르인 것이다. 신광수의 「관산융마」에 대한 연민선생의 평가는 이러한 맥락에서 이해될 수 있다.

율격에 맞는 시작을 위해 두 글자 단위의 평측성의 집구(集句)들을

---

19) 李家源, 「石北文學硏究」, 『東方學志』 4권, 1959, 27면.

20) 尹敬洙, 「石北詩硏究」, 成均館大學校 博士學位論文, 1983.
李起炫, 「石北文學硏究」, 漢陽大學校 博士學位論文, 1996.

21) 최유찬, 「우리 학문의 길」, 『淵民學志』 6집, 1998, 96~98면. 이 논문에서는 필자가 연민선생으로부터 '關山戎馬'를 배운 내력이 소개되어 있으며, 연민선생의 『관산융마』에 대한 생생한 평가를 엿볼 수 있다.

암기하고, 적절하게 배치하는 것을 시작(詩作) 학습의 시작으로 보았을 때, 과체시는 이러한 집구 암기와 그 배치를 연습할 수 있는 매우 효율적인 글쓰기 형식이었을 것으로 생각된다. 일운도저(一韻到底)하며, 이평삼측, 이측삼평의 기본적인 구법이 계속 반복되는 단순한 행시체(行詩體) 또한 이 집구들을 쉽게 활용할 수 있는 음악적 형식이 된다. 이는 복잡한 격률(格律)이나 수백, 수천 년 쌓여 온 한시의 미학적 전통 염두에 두면서, 작자 자신의 사상이나 감정을 '개성있게' 표현해 내어야 하는 '정통' 한시에 비해, 쓰여져야 하는 내용이 이미 제목에 의해 한정되어 있고, 역사 속의 유명 인물에 어조(語調)를 가탁하고, 그와 관련된 집구들을 적절하게 배치해 작성하는 과체시가 훨씬 단순한 형태의 문예물임은 분명하다.

또한 과체시가 지나치게 형식에 얽매인다는 것도, 후대의 오해이다. 율격(律格)에는 행시체가 있었지만, 이는 오히려 율시의 율격을 단순화 한 형태이고, 그나마 의무적인 것도 아니었다. 실제 많은 과체시들이 이 행시체를 지키고 있지 않다.[22] 그리고 위에서 언급하였듯이 과체시의 포치 형식 또한 '맞추어야 하는' 그래서 '맞춰진 정도'로 성적을 평가하는 기준이 아니었다. 연민선생은 『朝鮮文學史』에서 과체시의 포치형식을 제시한 후(표 1) 다음과 같이 말했다.

> (이 포치 형식을 지키면) 이에서 起·承·轉·結이 저절로 이루어진다.[23]

후대의 연구자들이 이 과체시의 포치 형식을 보고, 몇 번째 구에는 포두(鋪頭), 몇 째 구는 회제(回題) 등의 정식(程式)으로 인식하였으나,

---

22) 졸고, 「조선 과체시의 글쓰기 방식에 관한 연구」, 34~40면에서 검증하였다.
23) 李家源, 『朝鮮文學史』 中冊, 太學史, 1997, 919면.

연민선생은 이러한 포치 형식을 제시한 이후에도 이것이 결국에는 전체적인 내용의 결구(結句) 문제라는 것을 지적하였다. 실제로 여러 작품들을 분석해 본 결과, 각종 문헌에서 제시된 포치형식이 일정치 않고, 실제 작품에서도 이러한 규식이 정확하게 지켜지는 것은 아니었다. 그러니까 이러한 포치 형식은 지키지 않으면 틀리는, '꼭 맞추어야 했던' 의무사항이 아니라, 짧은 시간 안에 효율적으로 시구들을 배치하기 위해 민간에서 만든 답안 작성법이었던 셈이다.

결과적으로 과체시는 율시에 비해 조선사람들이 창작하기에 전혀 난삽하지 않고, 오히려 '쉬운' 시체였다. 또한 과체시 창작을 통해 유명한 고사들을 섭렵하고, 관련 집구들을 암기하며, 이 집구들을 시 안에서 배치하는 능력을 배우는 조선식 시학(詩學)의 도구였던 셈이다. 더 나아가 역사 속, 혹은 소설·전설 속의 유명 주인공의 감정에 자신을 이입시키고, 이 주인공의 입으로 시를 읊어 나가는데 모종의 재미를 느꼈을 것으로 생각된다. 특히 벼슬길이 막혔던 불우한 사대부들에게는 자신들의 울분을 가탁할 수 있는 도구가 되었다.[24]

과체시 연구에 있어서 연민선생의 또 다른 중대한 기여는 자료의 보전이다. 연민선생은 『朝鮮文學史』에 각 시대별로 상당한 지면을 할애해 과체시들을 소개하였는데, 주로 이용된 자료는 『科詩』(6책, 단국대 연민문고 소장)이다. 이 자료는 1744(영조 20)년부터 1807년(순조 7년)까지의 각 진사시 시험장에서 장원한 과체시들을 모은 책이다. 장책이 매우 화려하고, 시험종류, 시관의 이름, 시험 분소, 성적까지 빠짐없이 부기되어 있고, 시를 채점하면서 표시한 권주와 비점들이 그대로 남아 있어서 향후 과체시 연구에서도 매우 중요한 자료가 될 것이다. 이 밖

24) 심경호, 「『조선문학사』의 한문학 부문 서술에 관하여」, 『민족문학사연구』18호, 2001, 113면 참조.

에도 단국대학교 연민문고에는 과체시 및 과문 관련 자료들이 다수 소장되어 있다.[25] 아무도 주목하지 않을 때, 연민선생은 과체시 관련 중요 자료들을 모아 보전시켜 놓았던 것이다.

그리고 『朝鮮文學史』에 편선된 과체시 작품들 또한 중요한 의미가 있다. 『朝鮮文學史』에는 다른 여러 문학 장르들과 함께 과체시가 상당한 비중으로 실려 있다. 『朝鮮文學史』에는 특히 각 과장에서 장원하거나 높은 점수를 얻은 작품들, 민간에서 떠도는 유명한 작품들, 여성 작자의 작품, 근대에 들어 작성된 작품 등의 여러 가지 종류의 과체시 작품들을 고루 실어, 조선시대 과체시가 향유되던 전모를 엿볼 수 있게 하였다. 과체시에 대한 '감'이 전혀 없는 후학 입장에서는 남아있는 수 만수의 과체시 중에 그 중요성이나 수준을 판단할 수 있는 근거는 거의 없다고 해도 과언이 아니다. 향후 과체시에 대한 연구가 더 진척되면 『朝鮮文學史』 소재 과체시 이외의 기타 다른 작품들도 보고 분석해야겠지만, 아직 과체시 연구가 초보 단계인 현 상황에서 『朝鮮文學史』에 등재된 과체시 작품들은 매우 귀중한 자료집의 역할도 하고 있다.

5. 나오며

한문학에 대한 전반적인 관심도가 낮았던 시절, 더구나 '문학성'도 전혀 찾을 수 없어 보이는 과체시는 별 주목의 대상이 되지 못했다. 어린 시절부터 손수 과체시를 창작하면서 한문 글쓰기를 익혀온 연민

25) 『科詩』 이외에 이덕형(李德馨), 김창흡(金昌翕), 김일경(金一鏡), 이사명(李師命) 등의 16~17세기 작자의 과체시를 수록한 『東詩抄』, 김삿갓 등 18~19세기 과체시 작자의 과체시를 수록한 『東詩』, 과체시 이외의 여러 과문(科文) 명편을 수록한 『科作』(3책) 등의 자료들이 단국대학교 연민문고에 소장되어 있음을 확인하였다.

선생은 일찍이 과체시의 중요성을 간파하고, 과체시 자료들을 수집하여 정리해 왔고 과체시에 대한 연구와 교육을 계속해 왔다. 아이러니하게도 연민선생이 타계하신 즈음부터 동아시아의 과거제도가 재평가되고, '문학' 연구에서 '문화' 연구로 서서히 전환되면서, 과체시에 대한 관심이 점차 고조되고 있다. 향후에도 과체시는 조선에서 생기고, 폭넓게 향유된 하나의 독립된 문예물로서, 또한 조선의 한문 글쓰기 전반에 영향을 미친 교육적 기제로 연구될 수 있는 가능성을 지닌다. 연민선생이 평생 해오신 과체시 연구는 이러한 상황에서 후대의 연구자들에게 든든한 반석이 되고 있다.

연민 이가원의 온유돈후(溫柔敦厚)의 시학

남상호 / 강원대

1. 들어가는 말

연민 이가원(李家源, 號: 淵民, 1917~2000)의 시학 중 가장 중요한 개념은 온유돈후(溫柔敦厚)이다.[1] 온유돈후는 시교를 통해 천부적인 인성(仁性)을 확충하여 얻어지는 덕으로서 하학상달하여 성인의 경지에 이르는 데 갖추어야 할 주요 덕목 중 하나이다. 그런 시교와 온유돈후는 공자의 주요 교육 방법과 목표가 되었다. 그래서 본 논문에서는 공자시학을 기초로 연민의 온유돈후관을 논한다.

공자시학에서 온유돈후는 시교(詩敎) 즉 시적 인성교육에 기초하고 있다. 그의 시교는 인성(仁性)을 확충하여 감정을 순화시키고, 반복교육을 통해 그것을 길들게 하는 데 있다. 감정을 순화시킨다는 것은 "아(雅)와 송(頌)의 악곡을 연주하면 백성의 정서가 바르게 되고, 높고 우렁찬 격앙된 소리는 사기를 고조시키며, 정(鄭)나라와 위(衛)나라의 노래를 부르면 민심이 음란해진다."[2]는 것과 같은 것이며, 반복교육을

---

1) 연민은 "퇴계의 시는 유가 전통적 시교인 온유돈후를 종지로 삼았다."(이가원, 「퇴계시의 특징-溫柔敦厚에 대하여」, 『퇴계학보』 43집, 퇴계학연구원, 1984. 要旨)고 말하면서, 연민 자신도 그런 전통을 계승하고 있음을 제자 허경진 교수도 증언하고 있다.

2) 『史記』「樂書」: "雅頌之音理而民正, 嘄噭之聲興而士奮, 鄭衛之曲動而心淫."

통해 길들인다는 것은 "다른 사람이 한 번에 할 수 있으면 나는 백번에 하고, 다른 사람이 열 번에 할 수 있으면 나는 천 번에 한다"[3]는 것과 같다.

"배우고 때때로 익히는 것이 기쁘지 아니한가"라고 반문한 공자라고 어찌 항상 그러했겠는가? 공부가 비록 힘들고 어려워도 학문적 수양을 하지 않으면 성현의 경지에 이를 수 없기 때문에,[4] 증자도 임중도원(任重道遠)하니 크고 강인한 의지를 가져야 한다고 말한 것이다.[5] 그래도 그 힘든 과정을 즐겁고 재미있게 해주는 것은 물론 공자 자신과 제자들의 깨달음의 경지를 한층 더 높여준 것은 시와 음악을 곁들인 시교이었을 것이다.[6] 사마천(司馬遷)도 "공자는 305편의 시에 모두 곡조를 붙여 노래를 불렀다."[7]고 말했다.

필자는 연민의 온유돈후의 시학을 시적 인성교육론의 입장에서 접근한다. 방법상 먼저 시교에 관한 역사적 고찰을 하고, 온유돈후에 관한 연민의 이론적인 면과 수양 실천적인 면을 논하며 한시의 최고 경지를 논하고, 끝으로 우리 시학의 현실을 되돌아보고자 한다.

---

3) 『中庸』20: "人一能之, 己百之, 人十能之, 己千之."

4) 『論語』「先進」19: "子張問善人之道, 子曰, 不踐迹, 亦不入於室."

5) 『論語』「泰伯」7: "曾子曰, 士不可以不弘毅, 任重而道遠. 仁以爲己任, 不亦重乎. 死而後已, 不亦遠乎."

6) 禮記』「樂記」: "樂者, 所以象德也." 『禮記』「儒行」: "歌樂者, 仁之和也." 『論語』「八佾」 20: "子曰, 關雎, 樂而不淫, 哀而不傷." 『論語』「泰伯」 15: "師摯之始, 關雎之亂(풍류끝장단 란), 洋洋乎盈耳哉." 『論語』「陽貨」 19: "子曰: 予欲無言. 子貢曰: 子如不言, 則小子何述焉. 子曰: 天何言哉, 四時行焉, 百物生焉, 天何言哉." 『論語』「陽貨」 20: "孺悲欲見孔子, 孔子辭以疾. 將命者出戶, 取瑟而歌, 使之聞之." 공자는 술이부작을 원칙으로 하였지만, 밑줄 친 4구는 공자가 지은 한 수의 시라고 할 수 있다. 형식적으로는 『시경』의 대표적인 4언의 구조를 취하고 결구에서 기구를 반복함으로써 자신의 의지를 강조하였으며, 「陽貨」20장에서는 그것을 孺悲에게 실제 행동으로 보여주었다. 내용적으로는 말로 표현할 수 없는 인의 최고 경지와 至高無上한 天道를 무언으로 말하려 한 것이다.

7) 『史記』「孔子世家」: "三百五篇, 孔子皆弦歌之."

2. 온유돈후의 역사적 배경

온유돈후(溫柔敦厚)라는 개념은 『예기』에 나오는 공자의 말이다. 즉 공자는 “그 나라에 들어가 보면 그 교육을 알 수 있는데, 그 사람됨이 온유(溫柔)하고 돈후(敦厚)한 것은 시교(詩教)의 덕”[8]이라고 말했다. 그것은 역사적으로 『서경』에 “순임금이 기에게 전악(典樂)으로 자제들을 가르치라 명령하였다. 그러면 곧으면서도 온유하고, 관대하면서도 두려워하며, 강하면서도 사납지 않고, 간략하면서도 오만하지 않게 된다.”[9]는 예악적 인성교육과도 관계가 있는 것이다. 특히 주나라 초기에 지어진 시를 모은 『시경』을 가지고 공자가 자식과 제자들에게 시적 인성교육을 시켜온 것은 중국의 문화전통이 되었다.

공자는 대략 51세(BC.501)부터 56세(BC.496)까지 노나라에서 관직생활을 하였고, 56세(BC.496)부터 68세(BC.484)까지 13년간은 위(衛)·조(曹)·송(宋)·정(鄭)·진(陳)·채(蔡) 등의 나라를 오갔다. 그는 그런 여정에서 각국의 정치 환경과 민심의 관계에 대해서도 많이 파악하였을 것이다. 백성들의 삶은 언제나 정치적 환경에 민감하게 반응하므로, 정치적 민심 역시 나라마다 달랐을 것이다. 공자는 백성의 정서를 안정시키고 교양과 품위를 갖추게 하는 방법으로 시교를 중시했다.

시는 기본적으로 의지의 표현[10]이기 때문에, 작시자와 감상자는 시와 관련된 어떤 정서와 사유 등을 얻을 수 있게 된다. 그래서 공자가 『시경』을 편집할 때 감상자에게 도덕교육상 좋지 않은 것은 빼버렸다

---

8) 『禮記』「經解」: “孔子曰, 入其國, 其教可知也. 其爲人也, 溫柔敦厚, 詩教也.”

9) 『書經』「虞書」: “帝曰: 夔, 命汝典樂, 教胄子. 直而溫, 寬而栗, 剛而無虐, 簡而無傲.”

10) 『書經』「舜典」: “詩言志, 歌永言.” Brett, R. L. (EDT), Jones, A. R. (EDT), *Lyrical Ballads,* Routledge, 2005.11. 서문에서 Wordsworth는 “All good poetry is the spontaneous overflow of powerful feelings: it takes its origin from emotion recollected in tranquility.”라고 말하였다. Wordsworth가 ‘고요속에 회상된 정서’가 시의 내용이라고 본 것은 인간의 주체적 의지를 말하는 중국과 다르다.

고 하는 산시설(刪詩說)을 주장하는 사람도 있는 것이다. 물론 감상자가 시의 내용에 따라 어떤 영향을 받을 수는 있으므로 그럴 수 있다고 본다. 진일보해 보면 같은 시라고 하더라도 전혀 다른 감상을 할 수도 있으며, 다르게 감상하려는 노력도 해야 한다. 시의 주요 기능 중 시인은 특정한 정보 전달보다 정서나 사유의 단초를 제공하려 하고, 독자는 그런 것을 활용하려는 점에서는 더욱 그렇다.

공자의 예를 들어보자. 『시경』의 시를 지은 시인이 비록 단순히 상대적 부정법으로 시를 지었다 하더라도, 공자는 역설적 부정법 즉 부법(否法)[11]을 활용하여 시어(詩語)에 무한 상징성이 있는 것으로 시를 이해한 것이 있다. 그 중에서도 공자가 자신의 철학적 단서를 발견하게 된 것은 사무사(思無邪)라는 부정어였다. 그가 사무사로 발견한 것은 무사(無邪)한 무한보편적인 인(仁)의 세계였고, 아울러 그것으로 『시경』의 근본정신을 대표하려 하였다.[12] 그것은 『논어』의 '진실로 인에 뜻을 두면 사악함이 없다'[13]고 말한 것과 통하는 것이다. 진일보하여 보면 공자는

---

11) 남상호, 『공자의 시학』, 춘천, 강원대학교 출판부, 2011. 163~164면: "부법의 의미와 그의 사례는 어떤 것이 있는가? 상대적 부정법은 말 그대로 부정한 것을 제외하는 기능이 있다. 예를 들어 'A가 없다'면 그것은 단지 A가 없다는 의미 이외에는 다른 것이 없다. 그러나 역설적 부정법은 부정한 A는 방법상 잠시 부정하는 것일 뿐, 다시 돌아와 부정한 것을 포함하여 일체를 긍정하고 포월(包越)하는 완전 긍정법이다. 그래서 우리는 그것을 역설적 부정법 즉 부법(否法)으로 활용함으로써 영감을 얻어 새로운 세계관을 개척할 수 있을 것이다. 『주례』에는 '여섯 가지의 시(六詩)를 가르치는데, 풍(風)·부(賦)·비(比)·흥(興)·아(雅)·송(頌)이라 한다'는 말이 있다. 『모시전』에서도 육의(六義)라는 이름으로 『주례』와 같은 내용을 말하고 있다. 육시(六詩)와 육의(六義)는 내용과 순서가 모두 같다. 그 여섯 가지는 일반적으로 시의 체제(體制)인 풍·아·송과 작시법(作詩法)인 부·비·흥으로 나눈다. 그러나 필자는 이 부법(否法)을 하나 더 추가하여 7시(七詩)나 7의(七義)로 해야 한다고 본다."

12) 남상호, 『공자의 시학』, 춘천, 강원대학교 출판부, 2011, 20면. 熊十力, 『讀經示要』 卷1, 臺北, 廣文書局, 1979, 64면.: "詩三百蔽以一言曰, 思無邪. 思無邪者, 仁也." 『論語集註』「爲政」2: 朱子註: "程子曰, 思無邪者, 誠也."

13) 『論語』「里仁」4: "苟志於仁矣, 無惡也."

제자들과의 대화에서 시와 예악을 통한 최고의 예술적 경지에 대해 말하고 있다. 그것은 "말이 끝나도 그 의미는 무궁한"[14] 경지를 넘어서 성덕(聖德)의 경지에 있는 것이다.

> "(자하) 감히 오지가 무엇인지 여쭙겠습니다. 공자가 말했다. 의지(意志)가 이르면 시(詩) 역시 이른다. 시가 이르게 되면 예(禮) 역시 이른다. 예가 이르게 되면 음악(音樂) 역시 이른다. 음악이 이르게 되면 슬픔 역시 이른다. 슬픔과 즐거움은 상생하는 것이다. 이 때문에 눈을 밝게 뜨고 보아도 볼 수 없으며, 귀를 기울이고 들어도 들을 수 없다. 의지의 기운[志氣]이 천지에 가득 찬 것을 오지라고 하는 것이다."[15]
>
> "자하가 물었다. 「관저」가 어떻게 「국풍」의 시작이 되었습니까? 공자가 말했다. 「관저」는 지극한 것이다! 저 「관저」를 지은 사람은 우러러 하늘을 보고 굽어 땅을 살폈으니 지극히 깊고 오묘하여 덕이 들어 있으며, 얽히고 끓는 것처럼 도의 실행이 있으며, 마치 신룡의 변화처럼 문장이 빛난다. 위대하구나, 「관저」의 도여! 만물이 여기에 연계되어 있고, 모든 생물의 생명이 여기에 달려 있구나. 하락에서 도가가 나오고, 기린과 봉황이 교외에서 날아오니, 「관저」의 도를 따르지 않는다면 「관저」의 일이 어떻게 지극히 되겠는가? 무릇 육경의 책략이 모두 귀착될 논리가 급급하지만, 거의 이 「관저」에서 취한 것들이니, 「관저」의 일이 위대하구나! '충실하고 무성하니, 동에서 서로, 남에서 북으로

---

14) 嚴羽, 『滄浪集』「詩辯」: "言有盡而意無窮。"

15) 『禮記』「孔子閒居」: "(子夏)敢問何謂五至. 孔子曰, 志之所至, 詩亦至焉. 詩之所至, 禮亦至焉. 禮之所至, 樂亦至焉. 樂之所至, 哀亦至焉. 哀樂相生. 是故正明目而視之, 不可得而見也. 傾而聽之, 不可得而聞也. 志氣塞乎天地, 此之謂五至." 이에 대한 『禮記』「孔子閒居」朱子注: "在心爲志, 發言爲詩. 志盛則言亦盛. 故曰志之所至, 詩亦至焉. 詩有美刺, 可以興起好善吾惡之心. 興於詩者必能立於禮. 故曰詩之所至, 禮亦至焉. 禮貴於序, 樂貴於和. 有其序則有其和. 無其序則無其和. 故曰禮之所至, 樂亦至焉. 樂至則樂民之生, 而哀民之死. 故曰樂之所至, 哀亦至焉. 君能如此, 故民亦樂君之生, 而哀君之死. 是哀樂相生也. 樂民之樂者, 民亦樂其樂. 憂民之憂者, 民亦憂其憂."

복종하지 않으려는 사람이 없네'라고 하였다. 너는 힘써 이를 행하여 복종을 생각하라. 천지간의 백성과 왕도의 근원이 여기서 벗어날 수 없는 것이다. 자하가 이에 감탄하면서, 위대합니다. 「관저」는 천지의 바탕입니다 라고 말했다. 『시』(「관저」)에 '종과 북을 치면서 즐거워한다.' 고 말했다.'"[16)]

옛날에 시의 목적은 단지 개인의 취미생활이 아니라, 백성의 인성교육에 있었다. 시는 『시경』에서 단지 시일뿐이지만, 음악은 대체적으로 시와 함께 했다.[17)] 그래서 "대저 상고 시대에 현명한 임금이 음악을 작곡하고 연주하게 한 것은 마음을 즐겁게 하거나 뜻을 유쾌하게 하여 욕망을 방자하게 하고자 해서가 아니라 오히려 잘 다스려 보려 한 것."[18)]이라 한 것이다. 시와 음악에 따라 민심 역시 달라지는 것이다. 공자가 외국에서 가장 오래 거주한 곳이 위나라이었기 때문에, 위나라의 음악과 민심에 대해 체험적으로 이해하는 것도 많았을 것이다.

공자는 어떻게 시교를 통해 백성을 온유돈후하게 할 수 있다는 것인가? 우리의 교육을 크게 분류하면 지식교육과 인성교육이 있는데, 인

16) 『韓詩外傳』(卷5): "子夏問曰, 關雎何以爲國風始也? 孔子曰, 關雎至矣乎! 夫關雎之人, 仰則天, 俯則地, 幽幽冥冥, 德之所藏, 紛紛沸沸, 道之所行. 如神龍變化, 斐斐文章, 大哉關雎之道也. 萬物之所繫, 群生之所懸命也. 河洛出圖書, 麟鳳翔乎郊, 不由關雎之道, 則關雎之事, 將奚由至矣哉! 夫六經之策, 皆歸論汲汲, 蓋取之乎關雎. 關雎之事大矣哉! '馮馮翊翊, 自東自西, 自南自北, 無思不服.' 子其勉强之, 思服之. 天地之間, 生民之屬, 王道之原, 不外此矣. 子夏喟然嘆曰, 大哉! 關雎乃天地之基也. 詩曰, '鐘鼓樂之.'"

17) 司馬遷은 『사기』에서: "공자는 305편의 시에 모두 곡조를 붙여 노래를 부름으로써, 순임금의 악곡인 소(韶), 무왕의 무악(舞樂)인 무(武)·아(雅)·송(頌)의 음악에 맞추려 했다."(『史記』「孔子世家」: "三百五篇孔子皆弦歌之, 以求合韶武雅頌之音.") 음악을 비실용적인 것이라고 반대했던 墨子도 시의 활용에 대해: "시 300수를 암송하고, 시 300수를 악기로 연주하며, 시 300수를 노래하고, 시 300수를 춤춘다."(『墨子』「公孟」: "誦詩三百, 弦詩三百, 歌詩三百, 舞詩三百.")

18) 『史記』「樂書」: "夫上古明王擧樂者, 非以娛心自樂, 快意恣欲, 將欲爲治也."

성교육에는 시교의 방법이 있다. 시교의 방법은 이성과 감성을 조화시킨 시어로 인성(仁性)에 따르는 감정을 함양하고, 개인의 행복감이나 국가사회의 안정감을 높이는 것이다. 그래서 최근에는 학부모들이 IQ보다는 EQ(emotional quotient, 感性指數)가 일의 성공에 보다 큰 영향을 미친다고 보고 자녀의 청소년기 인성교육에 힘쓰고 있다. 즉 정서적 안정감이 높으면 자신에 대한 신뢰도 역시 높아지며, 자기 신뢰도가 높게 되면 자신에 대한 미래 예측도가 높아지고, 미래 예측과 행위 결과 간에 일치도가 높아지면 동일한 방법으로 반복하게 될 가능성 역시 높아지며, 반복 가능성이 높아지면 전문적 소양이 많아져 한 층 더 높은 차원의 성공을 할 수 있기 때문이다.

그동안 공자 시학의 정신은 사무사(思無邪)로 대표되어 왔다. 그런데 최근 발견된 『상해박물관장전국초죽서(一)(上海博物館藏戰國楚竹書〈一〉)』에는 한 편의 시론(詩論)이 있다. 작자와 관련하여 그것을 「공자시론(孔子詩論)」 또는 「상박초간시론(上博楚簡詩論)」이라고 하는데, 그렇다면 그것은 아마도 공자와 시를 나누었던 자하(子夏)와 자공(子貢)이 정리한 것이라고 추측해볼 수 있다. 필자는 이 시론에 나오는 평문(平門)이라는 개념에 주목한다. 공자가 『시경』을 평문(平門)과 같다고 말한 것은, 시는 우리의 의사소통의 도구라는 뜻이다.[19] 즉 "[공자가] 말했다. 『시경』은 (만인이 출입하는) 평문(平門)과 같다. 백성과 더불어 즐길 때 마음 쓰는 것은 어떻게 할 것인가? 말하자면 「국풍」이 그것이다. 백성에게 근심 걱정이 있어 상하 불화를 일으킬 때 마음 쓰는 것은 어떻게 할 것인가? 말하자면 「소아」가 그것이다. □□□(4번 죽간) □□□하는 것은 어떻게 할 것인가? 말하자면 「대아」가 그것이다. 성공한 사람을 묘사하는 것은 어떻게 할 것인가? 말하자면 「송」이 그것이

19) 남상호, 『공자의 시학』, 춘천, 강원대학교 출판부, 2011, 94~95면 참조.

다."(5번 죽간)[20]와 같기 때문이다.

이와 같이 공자는 시를 배우면 사회생활에서 원활한 의사소통을 할 수 있으며, 사람들과 흥관군원(興觀群怨)하는 것은 물론 사친사군(事親事君)하고, 많은 지식을 쌓을 수 있다고 말한 것이다. 그래서 그는 자식과 제자에게 시 공부할 것을 권하였다.

> "공자가 백어에게 말했다. 너는 「주남」과 「소남」을 배웠느냐? 사람이 「주남」과 「소남」을 배우지 않으면 벽을 마주보고 서 있는 것과 같으니라."[21]
>
> "시를 배우지 않으면 같이 대화를 할 수 없다."[22]
>
> "아이가 열세 살이 되면, 음악을 배우고 시를 암송하게 했다."[23]
>
> "공자가 말했다. 너희들은 어찌하여 시를 배우지 않는가? 시는 의지를 일으킬 수 있고, 살필 수 있으며, 무리를 지을 수도 있고, 원망할 수도 있으며, 가까이는 부모를 섬길 수 있고, 멀리는 임금을 섬길 수 있으며, 조수와 초목에 관한 이름을 많이 알 수 있게 된다."[24]

시교는 인(仁)한 인성으로 말미암아 감성을 순화시키는 인성교육이고, 각종 사물에 대한 지식을 쌓아가는 지식교육이다. 위와 같이 시를 배움으로써 적절한 언어생활과 품위 있는 의사소통을 할 수 있다는 것

---

20) 「上博楚簡詩論」第2章: "[孔子]曰: 『詩』, 其猶平門. 與賤民而豫之, 其用心也將何如? 曰: 「國風」是已. 民之有慼患也, 上下之不和者, 其用心也將何如?(曰: 「小雅」是已.)□□□(第4簡)□□□(者何如? 曰:「大雅」)是已. 有成功者何如? 曰: 「頌」是已." (第5簡) 季旭昇 主編, 『新書上海博物館藏戰國楚竹書(1)讀本』, 北京大學, 2009을 대본으로 함.

21) 『論語』「陽貨」10: "子謂伯魚曰, 女爲周南召南矣乎? 人而不爲周南召南, 其猶正牆面而立也歟."

22) 『論語』「季氏」13: "不學詩, 無以言."

23) 『禮記』「內則」: "十有三年, 學樂誦詩."

24) 『論語』「陽貨」8: "詩可以興, 可以觀, 可以群, 可以怨, 邇之事父, 遠之事君, 多識於鳥獸草木之名."

은 시교가 온유돈후한 성품을 기르는 데 도움이 된다는 것을 말하는 것이다.

3. 연민의 온유돈후관

시문은 어떤 요소를 갖추어야 할까? 일반적으로 한문을 알아야 지을 수 있다고 생각하는데, 한문을 알아야 한다면 중국인들은 모두 한시를 지을 수 있어야 한다. 평측·압운 등이나 기결·자안·대우법 등도 하나의 테크닉에 지나지 않는 것이다. 그러면 시문이 갖추어야 할 제일 중요한 덕목은 무엇일까?

전통적으로 한시를 분석할 때 사용된 개념으로는 경(景)·정(情)·리(理)[25]와 같은 것이 있다. 경과 정을 노래하되 사리에 맞게 전개되어야 하듯이, 그것은 어떤 시이든지 반드시 갖추어야 하는 요소이다. 그러나 높은 경지에 이른 시인의 시는 그것만으로 분석할 수 없는 특별한 요소가 있다. 그것은 덕(德)과 혼(魂)이다. 특히 시교를 통한 온유돈후(溫柔敦厚)의 정신 경지를 논할 때는 반드시 덕(德)·혼(魂)과 같은 개념이 있어야 한다. 연민도 시에는 작가의 인품이나 학문이 나타나므로 대충 보아서는 안 된다고 말했다.[26] 그러므로 시의 주요 요소는 경(景)·정(情)·리(理)·덕(德)·혼(魂) 등이 될 것이다.

경(景)은 자연 경물이고, 정(情)은 느낀 감정이며, 리(理)는 사물의 이치이고, 덕(德)은 수양으로 얻은 고매한 도덕성이며, 혼(魂)은 자기만의 독창성이기 때문에, 필자는 이 다섯 가지를 오체(五體)라고 부른다. 이 오체가 균형 있게 잘 어울리는 것이 이상적이겠지만, 작시자의

---

25) 김장환, 『중국문학의 갈래』, 서울, 차이나하우스, 2010, 82면 참조.
26) 「퇴계시의 특징-溫柔敦厚에 대하여」, 15면.

의지에 따라 주종의 개념이 바뀔 수 있다. 즉 자연 경물시라면 경(景)·정(情)이 중심이 되겠지만, 철학시라면 리(理)·덕(德)·혼(魂)이 중심이 될 것이다. 그러나 시교를 통한 온유돈후를 추구한다면 덕(德)이 중심이 될 것이다. 이 오체를 바탕으로 연민의 퇴계 시학의 온유돈후에 관한 논문[27]을 살펴본 다음, 연민 시학의 온유돈후관을 살펴보겠다.

3.1. 연민의 이론적 온유돈후관

연민의 온유돈후관을 논하기 위해, 그의 퇴계의 시에 대한 연구를 살펴보겠다. 그는 퇴계 시학의 종지를 온유돈후라고 말하고, 분석 방법으로 도문일치(道文一致)·훈도덕성(薰陶德性)·우국연민(憂國憐民)·부전도두(不專陶杜)라는 네 가지 항목을 제시했다.[28] 이 중 퇴계 시학의 창의성을 논한 부전도두(不專陶杜) 이외의 세 가지는 온유돈후한 인성 함양과 직접 관련이 있는 것이다. 즉 그는 논문에서 "퇴계의 시는 유가의 전통적 시교인 온유돈후를 하나의 종지(宗旨)로 삼았다. 온유(溫柔)는 온난화유(溫潤和柔)를 이름이요, 돈후(敦厚)는 독실(篤實)함을 이름"[29]이라고 말했다.

3.1.1. 도문일치(道文一致)

유가 철학에서 도덕을 수양할 때 그 내용은 본성 자체이지만, 그 형식은 외적인 예악 등에 있는 것이다. 그래서 본성은 배울 필요도 없고

---

27) 이가원, 「퇴계시의 특징-溫柔敦厚에 대하여」, 『퇴계학보』 43집, 퇴계학연구원, 1984.

28) 「퇴계시의 특징-溫柔敦厚에 대하여」, 8~15면. 조기영은 연민의 퇴계시 연구 양상을 온유돈후(溫柔敦厚)·문이재도(文以載道)·산수지락(山水之樂)·수사입성(修辭立誠)·도두구소(陶杜歐蘇)의 다섯 가지 개념으로 정리했다.(조기영, 「연민선생의 퇴계시 연구에 대하여」, 『연민학지』 제15집, 연민학회, 2011.)

29) 「퇴계시의 특징-溫柔敦厚에 대하여」, 7면.

배울 수도 없는 것이지만, 예악은 배우지 않으면 알 수 없는 것이다. 비록 시가 인(仁)한 순수정감을 노래하는 것이지만 예악에도 맞아야 하므로, 도문일치를 최고 이상으로 여기는 것이다. 본성을 따르는 것을 근본으로 삼는 도문일치는 독창적인 예술성을 말하기 어려우므로, 그것은 오체(五體) 중 혼(魂)을 제외한 경(景)・정(情)・리(理)・덕(德)의 일체로 볼 수 있다.

3.1.2. 훈도덕성(薰陶德性)

덕성을 도야한다는 것은 무엇인가? 연민은 "천리의 유행에 인욕의 침우(侵憂)를 잘 활용하였고, 흥비(興比)의 고의(古義)에 알맞고 조구(造句)의 청신(淸新)은 독자로 하여금 정서를 감발(感發)시킴에 부족함이 없었다. 이것이 훈도덕성(薰陶德性)의 묘체(妙諦)이며 뭇사람들에게 묘감명(妙感銘)을 주는 소이였다."[30]고 말했다. 성리학자들이 인격 수양을 제일로 삼았지만 현실의 일상적인 감정을 외면할 수 없는 것이므로 원만한 조화를 추구한 것이다. 이런 것은 오체(五體) 중 정(情)과 덕(德)을 함께 아우르는 정덕원융(情德圓融)을 추구한 것으로 볼 수 있다. 연민은 퇴계의 시를 평하여 훈도덕성적인 편장이 태반이나 될 것으로 추정하였는데, [31] 그것은 연민 자신에게도 마찬가지이다.

3.1.3. 우국연민(憂國憐民)

유가 철학의 주요 덕목 중 하나는 실천인데, 실천 활동 역시 하나의 중요한 시재(詩材)가 된다. 퇴계의 시에 우국연민의 요소가 많은 것처럼 연민의 시 역시 마찬가지이다. 우국연민은 덕을 갖춘 선비가 시대

---

30) 「퇴계시의 특징-溫柔敦厚에 대하여」, 10면.
31) 「퇴계시의 특징-溫柔敦厚에 대하여」, 11면.

상황을 정확히 통찰하고 그에 대한 시비를 풍간(諷諫)하는 것은 오체(五體) 중 덕(德)의 요소와 관계가 있는 것이다.

3.1.4. 부전도두(不專陶杜)

부전도두는 퇴계의 시가 도연명과 두보의 영향을 많이 받았지만, 독창성도 있다는 말이다. 그러므로 이것은 오체(五體) 중 혼(魂)에 해당한다. 형식상 그가 중국 한시와 차별하기 위해 조선 시대에 시조를 지은 것이 하나의 예이다. 그런 독창성이 단지 형식적으로 색다르다는 것만이 아니라 도덕적 진실성과 성실성도 있어야 한다. 시는 그런 정신을 담는 것이므로, 시어 역시 다른 시와 차별화가 되지 않으면 안 될 것이다.

3.2. 연민의 수양 실천적 온유돈후관

공자는 『시경』의 실용성에 대해 "『시경』 300편을 외워 정치를 맡겼을 때 제대로 처결하지 못하고, 외국에 사신으로 가 제대로 처결하지 못한다면, 비록 많이 외운들 어디에 쓰겠는가?"[32]라고 말했다. 연민은 학문 세계에서 뿐만 아니라 평소 일상의 삶에서 작은 일도 지극 정성으로 최선을 다하였다고 한다.[33] 그런 이면에는 아마도 연민이 6세부터 시를 짓고 13세에 『시경』을 두 번이나 읽으면서 좋은 인성교육을 받은 것이 바탕이 되었을 것이다.

연민은 온유돈후를 우리말로 어떻게 풀이했을까? 그는 『시경』의 작품을 평하여 "다사롭고, 보드랍고, 야박하지 않고, 또 함축성이 있고,

---

32) 『論語』「子路」5: "子曰, 誦詩三百, 授之以政, 不達, 使於四方, 不能專對, 雖多, 亦奚以爲?"

33) 문인화 및 전각·서예가 時伯 安淙重 선생의 말.

또 온자하기 짝이 없었다"[34]고 말했다. 그러면 그가 추구한 온유돈후함의 최고 경지는 어떠할까?

"시에는 정(正)과 변(變)이 있으니, 정음(正音)은 치세지음(治世之音)이요, 변(變)은 쇠세지음(衰世之音)이다. 그러므로 유가에서는 온유적(溫柔的)인 음(音)으로서 인류사회를 평화적인 방향으로 이끌어 나가려 하며, 또 돈후(敦厚)는 쇠박(衰薄)한 민풍(民風)을 순박독실(醇樸篤實)한 방향으로 선도(善導)하는 입성적(立誠的)인 사실풍(事實風)을 일으키게 된다. 그런 까닭으로 비분격렬(悲憤激烈)한 쇠세지음(衰世之音)을 숭상하지 않고, 비분이 아닌 완유(婉喩)로, 격렬이 아닌 측달(惻怛)로써 거센 민심을 변화시켜 온유(溫潤), 화유(和柔), 독실(篤實)의 경지로 선도함에 묘체(妙諦)가 있는 것이다."[35]

시가 갖추어야 할 것 중에서 덕과 혼은 무엇으로 어떻게 길러지는 것인가? 연민의 말처럼 정음을 가지고 거센 민심을 온윤(溫潤)·화유(和柔)·독실(篤實)하게 유도하는 것이다. 공자의 시학으로 그것을 재조명해보면, 그런 정신의 본질은 인(仁)한 순수정감이고, 그 방법은 바로 시교이다.

연민의 시는 전제 몇 편이나 될까? 연민의 시가를 연령에 따라 대인시, 대물시, 과시로 분류해보면 다음과 같다.

34) 이가원, 「시경과 우리문학」, 『이가원전집(2)-한문학연구』, 탐구당, 1969, 159면.
35) 「퇴계시의 특징-溫柔敦厚에 대하여」, 7면.

연령대별 문집과 한시의 편수[36)]

年齡	文集名	出版年度	藁名	總篇數	對人詩	對物詩	科詩
13~50歲 (1929 ~1966)	『淵淵夜思齋文藁』 (總 396首)	1967	溫水閣藁	2	0	2	0
			靈芝山館藁	2	1	1	0
			綠樹不盡聲館藁	9	0	3	6
			淸吟石閣藁	4	1	1	2
			淨如鷗泛齋藁	2	1	1	0
			靑李來禽讀書館藁	2	1	1	0
			因樹書屋藁	2	0	2	0
			曲橋農棧藁	10	3	7	0
			海琴堂藁	20	12	8	0
			靑梅煮酒之館藁	39	16	23	0
			雪溜山館藁	25	18	7	0
			憙譚實學之齋藁	44	30	14	0
			德衣筆耕處藁	9	6	3	0
			六六峰草堂藁	27	21	6	0
			淵生書室藁	2	2	0	0
			鐵馬山莊藁	11	8	3	0
			黃鶴山房藁	2	2	0	0
			橘雨仙館藁	31	30	1	0
			居漆山莊藁	28	26	2	0
			草梁衕衕書屋藁	7	7	0	0
			東海漁丈之室藁	7	6	1	0
			山幕草堂藁	1	1	0	0
			明倫衕衕書屋藁	3	3	0	0
			玉溜山莊藁	3	3	0	0
			玉照山房藁	1	1	0	0
			李氏佛手硏齋藁	14	11	3	0
			猗蘭亭藁	4	3	1	0
			爲學日益之齋藁	13	12	1	0
			綠天山館藁	6	6	0	0

36) 이 분석표는 6권의 문집에 나온 詩歌만을 對人詩, 對物詩, 科詩로 구분하였다. 인간 관계를 중심으로 흥관군원과 관련된 것을 대인시로 분류하고, 사물을 대상으로 한 서정시는 대물시로 분류하였다. 5언과 7언 중심의 詩歌 이외에 『이가원전집총목록색인』을 보면, 시조가 25곡, 辭賦가 6편 등이 있다.

			撫童嬋館藁	20	20	0	0
			含英咀實之齋藁	5	4	1	0
			玉兎之宮藁	16	14	2	0
			風樹纒懷之室藁	9	7	2	0
			惺顚燕癖之室藁	16	10	6	0
51~56歲 (1967 ~1972)	『淵民之文』 (總 207首)	1973	弘宣孔學之齋藁	27	24	3	0
			篝書蟲吟樓藁	12	2	10	0
			花復花室藁	12	11	1	0
			三秀軒藁	84	76	8	0
			柔明淸麗之齋藁	56	56	0	0
			龍山蝸屋焚餘藁	16	6	10	0
57~61歲 (1973 ~1977)	『通故堂集』 (總 147首)	1979	臥龍山莊藁	39	39	0	0
			青蟾堂藁	28	20	8	0
			碧梅山館藁	32	25	7	0
			東海居士之室藁	13	13	0	0
			洌上陶工之室藁	35	20	15	0
62~68歲 (1978 ~1984)	『貞盦文存』 (總 516首)	1985	香學堂藁	64	34	30	0
			古香爐室藁	71	57	14	0
			擘惺燕茶齋藁	51	33	18	0
			梅華書屋藁	67	57	10	0
			逍搖海山之堂藁	66	32	34	0
			美哉欲居之室藁	79	40	39	0
			夢逗娜江之室藁	118	41	77	0
69~73歲 (1985 ~1989)	『遊燕堂集』 (總 415首)	1990	譜石齋藁	75	20	55	0
			和陶吟館藁	78	46	32	0
			古稀藁	137	25	112	0
			懷村欲居之室藁	80	57	23	0
			淵翁工作之室藁	45	26	19	0
74~80歲 (1990 ~1996)	『萬花齊笑集』 (總 458首)	1990	訪蘇堂藁	93	46	47	0
			七研齋藁	72	45	27	0
			烏石像齋藁	47	29	18	0
			煮茶著史之室藁	39	38	1	0
			七星劍齋之藁	84	44	40	0
			病鶴淸唳之室藁	46	21	25	0
			洞庭龍吟之室藁	77	19	58	0
合計				2139	1288	843	8

이상 여섯 권의 문집 속에 들어 있는 시가(詩歌)는 총 2139수[37]인데, 대인관계 속에서 지은 축시나 조시가 1288수(전체의 60%)이고, 대물시는 서원·향교·사찰·관광지 등에서 지은 시로서 843수(전체의 40%)가 있다. 이렇게 대인시와 대물시로 분류한 것은 필자의 주관적 판단임을 감안해야 한다. 하지만 대체적으로 대인시가 대물시보다 많다는 것은 사물에 대한 감정을 노래한 것보다는 다른 사람과 어울리면서 흥관군원한 것이 많다는 것이며, 특히 경조시나 증여시가 많다는 것은 일상의 삶을 시적으로 살았다는 증거가 된다. 그렇게 대인시가 60%나 된다는 것은 그만큼 '개인적 자아'를 확충하여 '사회적 자아'를 형성했다는 것을 의미한다. '대물시의 경우도 『유연당집』에 들어 있는 「고희고」의 〈중화대륙기행〉 100수는 한시로 지은 현대판 『열하일기』라고 말할 수 있을 정도[38]로 국내외 여러 명승지를 여행할 때마다 곳곳에서 시를 지었다.

경(景)·정(情)·리(理)·덕(德)·혼(魂) 5체를 가지고 그의 대인시와 대물시를 분석해보면, 경정리보다는 덕과 혼을 크게 의식하고 시를 지

37) 연민의 시는 종전 연구에 따르면 총 2167수로 되어 있다.(『연민 이가원 선생의 생애와 학문』, 보고사, 2005, 74~77면) 필자의 조사 결과와 차이가 나는 28수는 다음 표와 같다.

藁名	필자의 조사	『연민 이가원 선생의 생애와 학문』
黃鶴山房藁	2	22
山幕草堂藁	1	7
花復花室藁	12	16
三秀軒藁	84	83
香學堂藁	64	63
犟惺燕茶齋藁	51	49
梅華書屋藁	67	64
和陶吟館藁	78	79
訪蘇堂藁	93	95
病鶴淸喉之室藁	46	48
합계	498	526

38) 허경진, 「연민 선생의 한시에 대해」, 열상고전연구회 편, 『연민 이가원 선생의 생애와 학문』, 보고사, 2005, 68면.

었다고 볼 수 있다. 왜냐하면 온유돈후를 시의 최고 경지로 보고 흥관군원(興觀群怨)하는 대인시를 60%이상 지었기 때문이다.

앞서 논의한 바와 같이, 공자는 『시경』을 백성들이 서로 교감하는 평문(平門)으로 보고, 백성과 즐길 때는 「국풍」과 같은 방법으로, 근심 걱정과 불화 등으로 마음 쓰는 것은 「소아」와 같은 방법으로, 성공한 사람을 축하할 경우에는 「송」과 같은 방법으로 하면 된다고 말했다. 연민도 마찬가지로 그것이 축하시나 조시이든, 또는 여행지에서의 서정시이든 그 상황에 알맞게 자신의 감정을 표현한 것이다. 그런 것은 매우 고상하고 멋있는 문화생활로서 사람들과 더불어 교감소통하면서 흥관군원할 수 있는 것이다.

연민은 흥관군원을 어떻게 수양 실천적으로 수행했는가? 그는 "시를 하나의 소기(小技)라 이르기는 하였으나, 실에 있어서는 작가의 인품과 학문과 기상이 모두 이에서 나타나는 만큼 결코 헐후(歇後)히 볼 수 없을 것이며, 또 시로서 일가의 위치를 굳게 구축하였다면 그의 천부적인 소질과, 처해 있던 사회환경과, 학문적인 조예(造詣)에 따라 독특한 사상감정(思想感情)과 독특한 형태의 작품이 산생(產生)되는 것이다."[39]이라고 말했다. 즉 '글씨는 곧 그 사람'(書如其人)이라는 말이 있듯이, '시 역시 곧 그 사람'(詩如其人)이라고 할 수 있을 것이다. 물론 언행일치가 안 되는 경우도 있겠지만, 시를 분석해보면 작자의 인간됨됨이를 알 수 있을 것이다. 연민이 추구한 시교의 최고 경지는 언행일치가 되는 고상한 인품과 높은 학문의 세계라고 할 수 있을 것이다.

3.2.1. 시교를 통한 인성교육의 효과

공자는 시경을 사무사와 평문으로 이해했다. 시교의 효과를 중심으

39) 「퇴계시의 특징－溫柔敦厚에 대하여」, 15면.

로 본다면, 사무사의 의미는 시교로 사람의 정서가 순수해지고 바르게 된다는 의미이고, 평문의 의미는 시교로 의사소통을 무난하게 할 수 있다는 의미로 볼 수 있다. 그렇게 시문에 의한 인성교육의 효과가 있다면, 어떻게 온유돈후한 효과를 낼 수 있는 것인지? 예를 들어 말이 늦은 아이는 의사소통이 잘 안 되기 때문에 말보다는 행동으로 의사표현을 한다는 연구 결과가 있다.

> 아이들이 말을 배울 때는 먼저 자기 욕구를 발성화 하고, 엄마의 표정이나 행동을 따라하면서 처음에는 감탄사 명사 동사를 배우고, 만 2세가 되어야 단순 문장을 말할 수 있고, …… 고아원에서 자란 아이가 표현력이 억제되고 언어구사력이 대체로 부족하다.[40]

그러면 언어생활과 감정조절의 관계는 어떠할까? "한 심리실험에서,[41] 화난 사람의 얼굴 사진 밑에 그의 '이름표'와 감정을 표시하는 '화났다'는 말을 각각 붙여놓고 뇌의 반응을 살펴보았다. 그 결과를 기능성자기공명영상(fMRI) 장치로 검사해보니, 사람의 '이름표'를 붙인 쪽보다 '화났다'는 말을 붙인 쪽에 대한 뇌의 편도체 반응이 현저히 줄어들었다고 한다. 즉 그것은 감정을 억누르지 않고 표현하면 감정을 담당하는 편도체의 작용이 약화된다는 말이다. 편도체는 측두엽 내부에 존재하는 뇌 구조물로서 변연계의 일부이며 동기·정서·학습에 중요한 역할을 하는 것이다.[42] 따라서 감성언어로 감정을 표현함으로써

40) 유계준(연세대의대, 정신과 교수), 매일경제 3면, 1987.6.12.

41) Lieberman, M.D., Eisenberger, N.I., Crockett, M.J., Tom, S.M., Pfeifer, J.H., & Way, B.M.(2007). *Putting feelings into words: Affect labeling disrupts amygdala activity to affective stimuli.* Psychological Science, 18, pp.421~428. 참조.

42) 곽호완 등저, 『실험심리학용어사전』, 시그마프레스, 2008.

편도체의 작용을 조절하고 감성을 조절할 수 있다는 결론을 얻을 수 있다."[43]

감성언어와 감정조절의 관계를 감성언어와 의사결정의 관계에 적용하면 어떻게 될까? 우리의 무엇이 의사결정을 하는가? 흄(David Hume)은 이성은 감성(혹은 감정)의 노예라는 말을 한다.[44] 의사결정면에서 감성이 이성보다 우위에 있다는 것이다. 의사결정의 주체가 감성인지 이성(인의예지 등 도덕심 포함)인지는 학자에 따라 다를 수 있다.[45] 그러나 유가의 경우는 성선설을 주장하기 때문에, 공자의 시학에서는 도덕심이 의사결정을 한다고 보아야 한다.

실제로 우리는 감성적 의사결정을 많이 하기 때문에, 감성을 다스리는 방법이 있어야 할 것이다. 그런 방법 중 하나가 시이다. 이성이 찾아낸 이치나 도리 등을 감성적 시어로 코팅함으로써 독자로 하여금 쉽게 받아들일 수 있게 하며, 그것을 그대로 의사결정과 연결시킬 수도 있다. 물론 그렇게 감성적 코팅을 했어도 독자가 싫다고 하면 어쩔 수 없는 것이다. 왜냐하면 우리가 감성적 의사결정을 하는 한 이성적 언어를 받아들이는 것 역시 감성의 동의를 구하지 않을 수 없기 때문이다. 그래도 끝까지 포기하지 않을 사람은 아마도 공자일 것이다.[46]

---

43) 남상호, 『공자의 시학』, 강원대학출판부, 2012, 195~196면.

44) '이성은 감정의 노예'라는 말과 관련된 흄의 말은, David Hume. *A Treatise of Human Nature*. Oxford. 1990. p.415.(P.H.Nidditch 개정판): "Reason is, and ought only to be the slave of the passions, and can never pretend to any other office than to serve and obey them."이다. Paul Thagard 역시 우리는 감성적 도움이 없이 의사결정을 할 수 없다고 말했다.(Paul Thagard(Philosophy Department University of Waterloo), *How to Make Decisions: Coherence, Emotion, and Practical Inference*. http://cogsci.uwaterloo.ca/Articles/Pages/how-to-decide.html)

45) 『四書集註』(世界書局本)에서는 주자의 주 感發志意가 感發志氣로 되어 있으며, 장백잠은 "詩經詩爲文學作品, 感人最易, 可以興感人之情意. 故曰: 可以興."이라 하여 情意로 해석하기도 했다.

46) 『論語』「憲問」38章: "是知其不可而爲之者與?"

한편 리처드 도킨스(Clinton Richard Dawkins, 1941~)는 언어나 사상 등을 정신세계의 '유전자' 즉 밈(meme)으로 본다. 밈의 원형은 사물 자체이겠지만, 그것은 하나의 개념으로 정립된다. 만약 개념화 되지 않으면 밈의 복제는 일대일의 직접 관계에서만 가능하겠지만, 개념을 통하게 되면 초시공간적으로 복제 및 전파가 가능해진다. 이것은 개인적인 자아를 넘어 사회적 자아형성에 매우 중요한 요소이다. 온유돈후한 사회적 자아형성에 감성적 시어를 활용한다면 효과적일 것이다. 단 필자가 말하는 '개인적 자아'는 인성(仁性)을 말하고, '사회적 자아'는 인성을 확충하여 얻은 덕성을 말한다.

> "밈의 예에는 곡조, 사상, 표어, 의복의 유행, 단지 만드는 법, 아치 건조법 등이 있다. 유전자가 유전자 풀 내에서 퍼져나갈 때 정자나 난자를 운반자로 하여 이 몸에서 저 몸으로 뛰어다니는 것과 같이, 밈도 밈 풀 내에서 퍼져나갈 때에는 넓은 의미로 모방이라 할 수 있는 과정을 거쳐 뇌에서 뇌로 건너다닌다. 어떤 과학자가 반짝이는 아이디어에 대해 듣거나 읽거나 하면 그는 이를 동료나 학생에게 전달할 것이다. 그는 논문이나 강연에서도 그것을 언급할 것이다. 이 아이디어가 인기를 얻게 되면 이 뇌에서 저 뇌로 퍼져 가면서 그 수가 늘어난다고 말할 수 있다."[47]

우리는 시교를 통한 학습 과정에서 얻은 개념을 통해 사물을 인식하는 것은 물론 그것을 반복함으로써 하나의 의식 세계를 형성하게 된다. 그것은 하나의 '문화유전자'가 되어 한 시대와 사회를 넘어 보편적으로 공유될 수 있기 때문에, 공자는 백성들의 인성이 온유돈후한 것은 시교의 효과라고 말한 것이다. 시교를 통한 인성교육의 효과를 홍

---

47) 리처드 도킨스 지음, 홍영남·이상임 역, 『이기적 유전자』, 을유문화사, 2010, 323면.

관군원 중심으로 보면 다음과 같다.

3.2.2. 흥관군원(興觀群怨)의 효과

연민은 6세 때부터 시문을 지었다는 것처럼 유년 시절부터 시를 짓고 감상하는 것은 일상의 일이었다. 어릴 때부터 그렇게 자연스럽게 시를 배움으로써 말을 배우고 정서를 온유하게 순화시키는 것은 앞에서 논한 바와 같이 언어생활이 의식 구조에까지 영향을 미쳤을 것이며, 언행의 품위도 돈후하게 할 수 있게 되었을 것이다. 연민 시의 특징은 사물에 대한 감상을 주제로 하는 서정시보다 사람들과 흥관군원하는 대인시가 많다는 것이다. 이런 점은 다른 시인에게서 찾아보기 어려운 것이다.

흥관군원(興觀群怨)의 본뜻은 무엇인가? 주자의 주석을 참고하면, 흥(興)은 순수한 의지를 감발시키는 것이고, 관(觀)은 정치의 득실을 상고하는 것이며, 군(群)은 서로 화합하면서도 방탕한 데로 흘러가지 않는 것이고, 원(怨)은 원망하면서도 화내지 않는 것이다.[48] 그런데 비해 연민은 흥(興)은 먼저 다른 사물을 이끌어서 자기가 말하고자 하는 것을 말하는 인비연류(引譬連類)하고 촉류방통(觸類傍通)법으로서, 인비연류는 시의 원의에 걸림이 없이 천착부회에 가까운 응용법이라고 했다. 관(觀)은 그 시대 풍속의 미오(美惡)를 관찰하는 것으로서 고대의 채시(采詩)의 근본적인 이념이며, 군(群)은 화이불류(和而不流)하는 역할이고, 원(怨)은 원이불노(怨而不怒)의 풍간에 해당하며, 사부사군(事父事君)은 충효의 실천이라고 말했다.[49] 흥관군원은 각각 분리하

48) 『論語』「陽貨」8의 朱子註: "詩可以興: 感發志意. 可以觀: 考見得失. 可以群: 和而不流. 可以怨: 怨而不怒. 邇之事父, 遠之事君: 人倫之道, 詩無不備. 二者擧重而言. 多識於鳥獸草木之名: 其緖餘又足以資多識."

49) 이가원, 「시경과 우리문학」, 『이가원전집(2)－한문학연구』, 탐구당, 1969, 159~179

여 논하기 어려운 것이지만, 편의상 나누어 말하면 다음과 같다.

① 흥(興)

연민은 연회에서는 흥을 돋우는 시를 지어 사람들을 기쁘게 하고, 조문을 할 때는 조시를 지어 슬픔을 위로하였으며, 사회시의 경우는 풍간하는 방법으로 지었다. 그런 것 이외에 여행 중에 지은 기행시 역시 자신의 감흥을 노래함으로써 자기감정을 달래주기도 하였다. 감정과 관련되지 않은 시가 없으므로, 흥과 관련되지 않은 시는 없는 것이다.

② 관(觀)

관의 대상은 단지 정치적인 득실만을 말하는 것은 아니다. 옛날의 경우는 거의 정치 중심이었지만, 지금은 개인의 자아실현이 일상생활의 중심이 되었다. 그러므로 시인의 일상생활도 관의 대상이 될 수 있고, 그의 정신세계 역시 관의 대상이 될 수 있다. 여기서 관은 단지 세상을 관조하는 것만이 아니라 그 무엇을 보고 비판할 수 있는 개념적 인식을 포함한다. 다양한 시어를 알게 되면 만물을 관조하는 능력과 함께 또 다른 개념화를 할 수 있다. 반대로 시를 배우지 않으면 세상사를 개념으로 인식하기 어렵고, 인식한다 해도 표현할 줄 모르게 된다.[50] 연민의 경우 시대 상황이 일제시대와 군사정권의 시대적 상황 때문이기도 했지만 정치적인 문제를 다룬 시가 많이 보인다.

③ 군(群)

군(群)은 무리의 뜻을 모으는 것이다. 그런 때문일까 지금도 우리나

면 참조.

50) 『論語』「季氏」13章: "不學詩, 無以言."

라 경향 각지에서는 많은 시회가 열리고 있다. 대부분이 운자를 먼저 제시하고 그에 따른 차운시를 짓도록 하는 것은 중국도 마찬가지이지만 우리에게도 하나의 전통이 되었다. 그것은 무리의 뜻을 모으는 군(群)의 방법이다. 그렇게 일체적 연대감을 강화하는 의식은 사회적으로나 국가적으로 필요한 것이다. 하지만 차운시 위주가 되면 운자에 구속되는 시를 짓기 때문에 그만큼 창작성은 떨어진다.

시인들은 시채(詩債)라는 말을 쓴다. 그것은 시를 받고 화답시로 화답하지 않았을 때 그것을 일종의 채무라고 생각해서 하는 말이다. 그것은 시인들이 무리를 짓는 아름다운 문화 형식이고 대화 방식이다. 연민의 시문에는 고독한 자신의 정신세계를 노래한 것이 거의 없으므로 다른 사람들과 무리를 짓는 군의 요소가 대부분이라고 보아야 할 것이다.

④ 원(怨)

『시경』「국풍」에서처럼 백성들은 살기 힘들면 통치자를 원망하게 된다. 백성이 기초 생존 문제나 통치자의 정치행위에 대한 반응을 지금은 여론이라 한다. 정치 사회에 대한 비판이나 원망과 관련된 시가를 연구한 것은 허경진의 「연민 선생의 사회시 연구」가 있다. 허경진은 연민이 1986년 지은 아래의 시에 대해 이지와 허균의 입을 빌어 군사독재의 부조리를 비판한 것이라고 말했다. 즉 연민의 꿈속에서 유교의 반도로 몰렸던 이지와 허균이 연민에게 소설 한권을 주었는데, 그는 소설 제목을 '민노'(民怒)라고 해야 할지, '노민'(怒民)이라 해야 할지 논쟁했다는 이야기이다. 그것은 허균은 호민론(豪民論)에서 항민(恒民)·원민(怨民)·호민(豪民)으로 나누었는데, 연민은 '원민'에서 한걸음 더 나아가 '노민'이라는 개념을 사용한 것이다.[51] 홍관군원의 원이 원망하되 화내지 않는 것이라고 볼 때, 연민이 노민을 말한 것은 보다 적극적으로 사회 개혁을 추구한 것으로 볼 수 있다.

도깨비 불인지 사람이 낸 불인지 둘 다 의심스럽고	鬼人之火兩然疑,
민노로 할지 노민으로 할지 의논하는 것도 기이해라	民怒怒民推敲奇.
이지는 요사스런 참선을 하고 허균은 속임수를 쓰는 것	贄也妖禪筠也譎,
말이 모두 기괴하고 일은 탄식스럽네	語皆瑰怪事堪噫.

이 시는 연민이 당시 정치 상황에 대한 비판을 꿈에 빗대어 지은 것이다. 정치적 사회적 개혁은 격한 언어나 행동으로 표현한다고 해결되는 것은 아니다. 언어적 표현이 부족한 일반 백성들은 행동으로 표현하려 하지만, 학자들의 경우는 문장으로 표현한다. 그런 문학이나 예술적 표현은 우리의 감정을 한층 더 높게 승화시킴으로써 모든 사람들이 평화롭고 슬기로운 방법으로 문제를 해결할 수 있는 것이다.

4. 나오는 말

어느 시대이든 새로운 것에 대한 추구는 계속되어 왔다. 창의적인 새로운 아이디어를 얻기는 어렵지만, 할 수 있다면 어떻게 할 수 있는지 그 기본적인 방법을 제시해야 한다. 그러나 개념화하고 설명하기 어려워 신이 준 영감이 있어야 된다고 말하는 학자도 있다. 예를 들어 플라톤이 아름다운 시는 기술(techne 즉 art)에 의한 것이 아니라, 신으로부터 받는 신비한 영감(enthousiasmos 즉 inspiration)에 의한 것이라고 말한 것이 그 예이다.

---

51) 허경진, 「연민 선생의 사회시 연구」, 188~189면 참조.

> "당신(Ion)이 호메로스(Homeros)에 대해 칭찬의 말을 할 수 있게 하는 능력은 방금 내가 말하듯이 하나의 기술(techne)이 아니라 당신 속에서 작용하는 거룩한 힘이요. 그것은 에우리피데스(Euripides)가 자석이라 부르고 일반인들이 헤라클레스(Heracleitos)의 돌이라 부르는 저 이상한 돌 속에 들어 있는 힘과도 같소. …… 그와 마찬가지로 시신도 사람들을 접신시켜 그 접신한 사람으로부터 다른 사람이 줄줄이 매달려 똑같이 접신 상태로 들게 되오. 모든 우수한 서사 시인들은 아름다운 시를 기술에 의해서가 아니라 영감(enthousiasmos)을 받아 접신 상태에서 만드는 것이요. 우수한 서정 시인도 마찬가지요. …… 그래서 신은 시인들의 지각을 앗아가 버리고 그들을 하인처럼 부리는 것과 같소. …… 시인이란 단지 신의 통역관(the interpreters of the gods)으로서 각자 자신의 신에게 접신하여 있다는 말이오. 이 사실을 알려주려고 그의 신은 일부러 가장 못난 시인의 입을 통하여 가장 아름다운 노래를 부른 것이라고요."[52)]

현대에는 신이 내려준 영감으로 시를 짓는다고 보는 사람은 아무도 없을 것이다. 신으로부터 특별한 은총을 받아야 비로소 태어날 것 같은 천재 아인슈타인도 "지식보다 중요한 것은 상상력"이라고 했다. 과학자는 새로운 과학 이론을 공식으로 상상하지 않듯이, 철학자도 새로운 철학 사상을 논리로 상상하지 않는다. 그러면 상상의 폭발력이 비교적 큰 것은 어떤 것이 있을까? 예술적 상상이나 신화적 상상 등 여러 가지 방법이 있겠지만, 시적 상상이 보다 나을 것이다. 왜냐하면 시 속의 그림이 더 아름다운 것처럼, 시적 상상은 예술적 상상보다 아름답고 신비로우며, 시적 표현은 함축성 많은 시어나 부법(否法)을 사용함으로써 무궁한 진리의 세계를 활보할 수 있기 때문이다.

종합해보면, 연민의 시학은 공자와 마찬가지로 인성(仁性)을 '개인

---

52) 이상섭, 『아리스토텔레스의 시학 연구』, 문학과 지성사, 2002, 221~223면.

적 자아'로 삼고, 시교를 통해 그것을 확충함으로써 '사회적 자아'를 형성해가는 인성교육을 지향했다. 그렇게 시를 활용하여 '사회적 자아'를 형성해가면서, 백성의 감성을 순화시켜 온유돈후하게 하든, 사회개혁 운동의 수단으로 쓰든, 새로운 철학의 세계를 열든, 또는 예술정신의 세계를 창조하든, 모두가 동일한 것은 행복한 세계를 추구하는 것이다. 시를 짓고 감상하는 활동 자체가 웰빙(Well-being)이다. 나아가 청소년들의 거친 언어생활을 순화시키고 품격 있는 언어를 익히는 것은 물론, 황량하고 메마른 현대인의 삶을 촉촉이 적셔주는 단비와 영혼을 깨워주는 모닝콜은 시 속에 있지 않을까?

이가원의 절구시(絶句詩)를 논함

순친안(孫琴安) / 중국 상해사회과학원(上海社會科學院)

1. 머리말

이가원 선생은 한국의 저명한 학자이자 작가이다. 선생의《淵淵夜思齋文稿》,《淵民之文》,《通故堂集》,《貞盦文存》등 4종의 저술에서, 그의 연박한 학식과 풍부한 문장, 눈부신 재능을 느낄 수 있었다.

전통시기 중국의 문체는 매우 다양하였으며, 한국을 비롯한 주변 국가들에 영향을 미쳤다. 중국의 5·4 신문화운동은 많은 새로운 장르 - 백화신시(白話新詩), 백화소설, 백화산문 등 - 를 만들어냈으나, 한편으로는 전통 문체를 파괴하였다. 사부(辭賦), 잠명(箴銘), 송찬(頌贊) 등의 문체는 모두 타파의 대상이었으며 시사(詩詞) 등 소수의 문체만이 틈새에서 살아남아 자그마한 목소리를 내고 있을 뿐이다. 시단의 패주 지위는 신시(新詩)에 내어 준지 오래되었고, 전통시대 한시는 부차적인 지위로 밀려났다.

20세기 초 중국의 많은 작가와 학자, 문인들이 신문학을 창도하면서, 전통문학을 배제하고 있을 때, 놀랍게도 한국의 이가원 선생은 변함없이 자신의 글쓰기 방식과 글쓰기 관습을 고수하여, 전통시대의 한자와 문언으로 다량의 시가와 사부, 산문을 창작하셨다. 전통시기 중국의 다양한 문체들 -시가(詩歌), 사부(辭賦), 서독(書牘), 송찬(頌贊),

애제(哀祭), 만련(挽聯), 서발(序跋), 잠명(箴銘), 잡기(雜記), 논설(論說), 비지(碑志)- 이 한국에 전해졌는데, 선생의 문집에 다양한 문체로 된 작품이 다량으로 남아있다. 이와 같은 경우는 한국은 물론이고, 중국 대륙의 동시대의 작가나 학자 중에서도 찾아보기 힘들다.

'5·4 운동' 이후 진인각(陳寅恪)과 같은 개별 작가를 제외한 많은 학자와 작가, 이를테면 호적(胡適), 노인(魯迅), 주작인(周作人), 곽말약(郭沫若), 모순(茅盾), 주자청(朱自淸), 울달부(鬱達夫), 전한(田漢) 등은 신문학 글쓰기를 위주로 하였으며, 아주 특별한 경우에만 전통 문체로 된 작품을 창작하였다. 이를 감안할 때, 이가원의 시문 창작은 중국 고대 전통문학의 다양한 문화적 특질을 전면적으로 계승한 것이라 하겠다. 이는 세계적으로도 유례를 찾아보기 힘들며, 1911년 신해혁명 이후에 출생한 사람들 중에서는 거의 없다.

이가원의 시문 창작은 섭렵한 문체가 다양하고 양적으로도 방대하여 논의할 수 있는 지점과 화제 또한 다양하다. 집중적이면서도 깊이 있는 논의를 위해 본고는 이가원 선생의 절구시를 중심으로 논의를 전개하고자 한다.

2. 이가원의 절구시의 소재

이가원의 《淵淵夜思齋文稿》 등 4종의 문집에 수록된 시가 작품은 수량이 방대하며 형식도 다양하다. 절구시 외에도 율시, 장편가사 등이 있다. 이가원 선생은 오언절구 《漫興》에서 "천 여수의 시를 읊었다(吟詩千有首)"[1]고 하였고, 그 후에도 끊임없이 시를 썼기에 양은 이보

1) 이가원, 『通故堂集』, 269면.

다 훨씬 많다. 섭렵한 문체도 상당히 광범하여, 절구시만 보아도 서회(抒懷), 영물(詠物), 증인(贈人), 기우(寄友), 창화(唱和), 차운(次韻), 회고(懷古), 행려(行旅), 기유(紀遊), 도망(悼亡), 송별(送別), 사경(寫景), 제기(題記), 불상(佛祥), 감시(感時) 등 각종 내용과 소재를 섭렵하고 있으며, 좀 더 세분화하면 송시(頌詩), 하시(賀詩), 곡시(哭詩), 만시(挽詩) 등이 있다.

증인, 기우, 창화, 차운, 송별, 제기, 송하(頌賀), 곡상(哭喪(), 애만(哀挽)의 시들은 이가원 절구의 대다수를 차지한다. 증인 절구에《贈白川博士》, 《席上戲贈春穀》이 있고, 기우(寄友) 절구에 《寄高仲華》, 《次寄呂紫溪三絶》 등이, 창화 절구에《又和學農三絶》, 《和羅誠齋二絶》 등이, 차운 절구에《次申松穀見贈韻》, 《次蔡遠誌四絶》 등이, 송별 절구에《別龍田二絶》, 《別仲華六絶》등이, 題記 絶句詩에《題趙陶南博士是吾莊二絶》, 《金友松索餘書書此以謝之》 등이, 송하(頌賀) 절구시에 《趙象隱七秩頌詩三絶》, 《樸僻村六秩頌詩二絶》 등이, 곡상(哭喪) 절구시에《套李香田三絶》, 《哭奇聞江二絶》 등이, 애만(哀挽) 절구시에《趙維石炳玉挽辭三絶》 등이 있다. 이러한 이유는 주로 세 가지 방면에서 찾아볼 수 있다.

첫째, 이가원은 교우 관계가 매우 광범위하였다. 그는 평생에 시우(詩友), 문우, 서화가, 사생(師生), 친우(親友) 등 각계 인사들과 교유가 있었으며, 대만이나 중국 대륙의 문인들과도 교유하였다. 그는 한시 창수를 통해, 특히 절구시 창수를 통하여, 우애를 증진하였다.

둘째, 이가원의 명성이 커서 시를 청하는 사람이 많았다. 축수(祝壽), 경사(慶事), 장례(葬禮)가 있을 때마다 그에게 시를 청하는 사람들이 많았다.

셋째, 절구는 편폭이 짧아 쉽게 창작할 수 있으며, 즉흥적인 발휘가 가능한 동시에 유연하게 활용할 수 있다. 많게는 5~6수, 적게는 1~2

수로도 예의를 갖출 수 있기에, 당나라 시인들의 구점(口占)이나 구호는 대다수가 절구이다. 이 때문에 절구는 교유에 많이 사용된다.

이 때문에 절구가 이가원의 한시 중에서 가장 많은 비중을 차지하게 되었다. 이가원에게 있어서 한시 창작은 교우, 왕래, 감정교류의 주요 방식과 통로였던 것이다. 그는 시로 화답하고, 시로 사의를 표했으며, 시로 서정을 이끌어내고, 시로 생각을 표현하였으며, 시로 경물을 그려내고, 시로 뜻을 말하였다. 시의 작용이 실로 크고도 넓다고 하겠다.

위에서 나열한 시들이 이가원의 절구시의 상당 비중을 차지한다고 해서, 그의 기타 소재의 절구들을 간과해서는 안 된다. 가령 그는 절구로 많은 기행시를 지었다. 《始遊歐洲》에는 《西伯林三絶》, 《復經東獨》, 《快輪聖堂》, 《望葛莫思故居》, 《凱旋門》, 《壹宿理雍發向伊太利在中吟呈白川》, 《羅馬城七絶》 등 일련의 기행 절구들이 포함되어 있다. 이 밖에도 그는 일본의 오사카와 대만 등지를 여행한 기록과 감상을 절구로 남겼다. 그 중에서 《臺灣雜事七絶》이 대표적이다.

또한 이가원은 절구시로 가족과 고향에 대한 그리움을 표현하였다. 《夢亡妻柳淑曜二絶》, 《思母哀八絶》은 고인이 된 아내와 모친에 대한 그리움을 표현한 시이다. 앞의 것은 도망시(悼亡詩)이고 뒤의 것은 상감시(傷感詩)이다. 간혹 그는 경물을 보고 감상적인 절구를 짓기도 했으나, 이런 작품이 많지는 않다. 그리고 영물시와 정치시도 있지만 역시 많지 않다.

이 밖에 이가원은 절구시를 통해 자신의 '유유자적한 마음'을 표현하였는데, 《自嘲二絶》, 《漫興》은 이 부류에 속한다. 이 부류 작품은 양적으로 많지 않지만, 중요하다. 이런 작품을 통하여 이가원 선생의 내면세계와 성정을 살펴볼 수 있으며, 비교적 높은 예술적 성취를 이루었다. 관련 내용은 다음 장에서 구체적으로 다루고자 한다.

3. 이가원 칠언 절구의 예술적 성취

절구는 중국의 남북조시기에 형성되어 당나라 때 전성기를 이루었다. 짧은 편폭에 집약된 내용을 담고 있으며, 쉽게 기록하고 기억할 수 있어 널리 성행하였다. 절구시는 크게 오언 절구와 칠언 절구로 나뉜다. 6언 절구도 있었는데, 당나라 시인 왕유(王維), 유장경(劉長卿), 유우석(劉禹錫) 등은 모두 6언 절구시를 지었다. 그러나 6언으로 된 절구는 오언이나 칠언처럼 성행하지 못했다. 이가원 선생의 절구는 대체로 오언과 칠언으로 되어있으며, 오언보다 칠언이 훨씬 많다.

필자의 집계에 의하면, 4종의 시문집에 수록되어 있는 이가원 선생의 절구는 도합 727수이다. 그 중에서 칠언 절구가 650 여수에 달한다. 구체적으로는《淵淵夜思齋文稿》에 칠언 절구가 119수,《淵民之文》에 칠언 절구가 128수,《通故堂集》에 칠언 절구가 77수,《貞盦文存》에 칠언 절구가 330수 수록되어 있다. 오언과 칠언 모두 절구에 속하지만, 작시법이나 미학적 특질에서 서로 갈리기 때문에, 본고에서는 오언과 칠언을 나누어서 논의하고자 한다.

이가원의 절구시는 칠언절구가 압도적으로 많기에, 우선 칠언 절구에 대해 살펴보기로 한다. 이가원은 칠언절구를 자유자재로 능수능란하게 지을 수 있었는데, 일상의 풍경, 인물, 정경, 교유 등 소소한 일상 모두가 절구시의 소재였다. 생활 만상과 자연 만물이 그의 붓 밑에 있었다고 하겠다. 그의 칠언절구는 내용이 다채롭고 예술 풍격이 다양하다. 앞서 소재에 대해 논의하였기에 아래에서는 주로 칠언절구의 예술적 특질에 대해 논하겠다.

이가원 칠언절구의 예술 특성의 첫 번째는 감정이 진솔하고 깊이가 있다는 것이다.

이가원의 칠언절구의 풍격은 매우 다양하다. 그러나 필자에게 가장 큰 감동을 준 것은 진솔한 감정이 담긴 칠언절구들이었다. 이러한 시들은 주로 도망(悼亡), 애모(哀母), 곡우(哭友), 억석(憶昔), 회구(懷舊) 등의 형태를 취하고 있다. 이를테면 아내 류숙요(柳淑曜)가 세상을 뜬 후, 이가원은 아내를 그리워했다.[2] 어느 깊은 밤에 잠 못 이루고 뒤척이다가, 세상 뜬 아내를 그리는 마음을 담아 《夢亡妻柳淑曜二絶》을 지었다. 첫 수는 다음과 같다.

牛郎離別碧河遙, 明月明明第二宵。
四十三年嗟壹夢, 夢中成夢倍怊怊。

제2수에서는 끝없는 그리움과 간절한 심정을 담아 "何年片石開雕得, 南望荒原淚自滋"라 하였다. 아내에 대한 깊은 애정과 절절한 그리움이 느껴져 감동을 자아낸다. 《思母哀八絶》은 모친의 은혜를 읊은 것인데, 어머니 생전의 취미를 자세히 회고하였다. 그 절절함에 독자들은 가슴이 먹먹해지고, 눈물을 금할 수가 없다.

이 밖에도 이가원의 작품 중에는 사망한 벗들을 애도하는 칠언 절구가 있다. 이런 시들을 살펴보면, 벗에 대한 애도 속에서 그의 시적 재능이 빛나고 있다. 《哭全反求三絶》, 《哭吳萬穀三絶》, 《哭張一霞二絶》, 《哭李卿輅三絶》, 《哭李蕙田三絶》, 《哭奇聞江二絶》, 《哭柳圃三絶》, 《哭李杏亭四絶》, 《哭趙東圃二絶》 등이 그러하다. 아래 《哭樸香田三絶》의 두 수를 통해 살펴보기로 한다.

秋蘭爲佩滿身馨, 屈宋牢騷元匪病。
被酒哦哦鶴樓過, 斜陽古色衣冠映。

其二

---

2) 輾轉無寐, 忽夢與之綢繆, 宛如平生. 此是四十三年初有之事, 俄然而覺.

大惑終身嗟不悟，淸談玉屑竟寒宵。
可憐蔌蔌知音淚，灑風南雲雪嶺遙。

其三

박향전(樸香田)은 이가원의 시우(詩友)이다. 두 사람은 밤새도록 시문 창수를 할 정도로 막역한 사이였다. 시에서 이가원은 두 사람이 시로 교유하는 정경을 읊고, 서로의 재능을 그려냈다. 지나친 비통에 빠지지 않으면서도, 지음(知音)을 잃은 슬픔을 담담하게 드러냈다. 《哭吳萬穀三絶》 제3수에서는 "逢別幾番喜復悲，謬曾詡我可論詩. 人亡海廓枯桐啞，淚墨寒燈寫苦辭."라고 하여, 서사와 의론을 겸하여, 담담한 슬픔 속에 벗을 잃은 슬픔을 녹여냈다. 2수의 시가 모두 상심의 눈물을 흘리는 모습을 그려냈으나 표현 수법은 서로 다르다. 이가원 선생은 매번 서로 다른 표현 수법으로 망자에 대한 애도의 심정을 드러냈다. 그의 진솔한 정감과 눈부신 재능은 칠언 절구에 잘 스며들어, 중요한 미학적 특질을 이루었다.

둘째로, 구법(句法)의 다변성이다. 칠언 절구는 4구 28자에 불과하며, 평측이나 격률과 압운에 대한 요구도 대체로 비슷하다. 이러한 형식적인 강제성 때문에 칠언 절구가 천편일률적으로 흐를 수도 있고, 혹은 경직되었거나 딱딱함으로 흐르기도 한다. 많은 칠언 절구 작가들이 이러한 경향을 보이나, 이가원은 학식이 연박하고 시서에 능하며 어휘량이 풍부하였기에, 별 어려움 없이 칠언 절구를 지을 수 있었다. 자칫 구속이 될 수도 있는 칠언 절구의 형식적인 특질은 오히려 그가 자유자재로 발휘할 수 있는 공간이 되었다. 《曾了翁率傳統詩人團訪韓邀餘於新羅館以詩迓之》의 제1수가 그러하다.

萬事空忙春去也，今宵剛喜客來之。
雲鴻晚報差爲恨，快上南樓把酒時。

이 시는 벗이 한국을 방문하면서 만남을 청하자, 이가원이 시로써 벗의 방문을 환영하여 지은 것이다. 경쾌한 구절로 즐거움을 표현하였는데, 내공이 보이는 작품이다.

《和曾曉南》 또한 내공이 보이는 작품이다.

吟花嘲雪愧詩名，酒亦螺卮淺淺傾。
猶是廣交天下士，扢揚千古足平生。

이 시는 창수시로, 표현이 적절하면서도 예의 바르다. 활달하면서도 낙천적인 저자의 풍모를 보여주었으며, 기승전결 과정에서 교묘함과 유연함이 돋보인다.

《和了齋》를 계속해서 보기로 하자.

詩財言忘書疾拙，多謝銘仙語不當。
只說鴻冥留片跡，明朝相別海天長。

이 시는 보기에는 쉽게 지어진 것 같고, 딱히 명구(名句)가 없는 것 같지만, 사실 구법의 변화가 많아 초보자들은 흉내 낼 수 없는 경지를 보여주었다. 《思母哀八絶》, 《白川博士以近作二絶寄來吟此酬之》, 《上吟示伯從祖始鶴來》, 《荷庭柳翁承佑挽四首》, 《和李君正弼二絶》, 《白鹿館豪飮七絶》 등 작품을 통해 우리는 칠언 절구의 다양한 변화를 읽어낼 수 있다. 이가원의 칠언 절구들은 평이해 보이더라도 모두 법도를 갖추었다.

세 번째는 기결(起結)의 교묘함과 구격(句格)의 변화이다.

칠언 절구는 편폭이 짧으나, 기승전결과 구조의 포치 문제가 존재한다. 특히 기구(起句)와 결구(結句)를 중요시한다. 이가원은 칠언 절구를 지을 때, 흔히 즉흥적으로 고치고 다듬지는 않았지만, 7언 절구의 기구에 주의를 기울였다. 이가원은 가끔 아주 교묘하게 기구를 두었다. 예를 들면《題趙陶南博士是吾莊二絶》이 그러하다.

是是非非非是是, 吾吾爾爾爾吾吾。

또《自嘲二絶》의 제1수의 발단 역시 그러하다.

我歌誰答愁誰語? 十載漫吟千首詩。

이러한 발단은 시어와 시구의 사용에서 매우 특별하여 보기 드문 경우이다. 그러나 오히려 이 때문에 독자들에게 깊은 인상을 남길 수 있었다.《思母哀八絶》의 제 1수의 발단은 "采采東園花復花"로《金友松索餘書書此以謝之》의 시작은 "君友蒼松我友梅"로 하였는데 구법이 서로 다르다. 가장 특별한 것은《兩頭纖纖七絶》인데 그 중 제1수를 살펴보기로 한다.

兩頭纖纖畫眉硏, 半黑半白太極圈。
膈膈膊膊山竹燃, 磊磊落落壯士拳。

이 시의 기구와 결구는 매우 독특하다. 첩어를 시구 사이에 삽입하였는데, 칠언 절구에서 쉬이 쓰지 않는 방법이다. 칠수의 시들은 모두 이러한 방식으로 지었는데, 유우석(劉禹錫)과 백거이(白居易)의 창화시

《何處春深好》에서 비슷한 사례를 찾아볼 수 있을 뿐이다.

이 밖에도 일부 칠언 절구의 발단은 뛰어난 예술성으로 승부를 보았다. 《河回志感四絶》의 제3수의 발단은 "芙蓉壹朶從天墮, 臺下飄搖著壹亭"인데, 묘사의 생동감과 시의 의미 모두 뛰어나다. 발단 뿐만 아니라 칠언절구의 결구 역시 연구자들의 주목을 요한다. 감정이 절실하고 의미심장하여 독자들의 사랑을 받는 결구들이 그러하다. 아래는 《和柳順君錫滐》의 結句이다.

尊酒樓臺相對夜, 五更明月百年心。

매우 흥미를 자아내는 결구도 있다. 《忽憶此事, 有吟》의 결구가 그러하다.

記得西鄰洪母語, 紛紛笑語壹時多。

그러나 대부분의 칠언 절구는 절제된 표현으로 적절하게 마무리하였다. 《哭李香亭四絶》의 제2수의 결구가 그러하다.

讀到榛苓無限思, 餘音何似怨飄零。

《次內從兄丁愛山愛山石室韻》의 결구도 뛰어나다.

身心恍若評初定, 石空團團淡靄開。

이 밖에도 뛰어난 결구들이 많이 있다. 이를테면 "尊前忽憶許生語, 終古沈冥幾輩多。"[3] "自走慈暉偏照處, 無待青鳥黃玉鉞。" "先人古法

於斯盡, 哀哀莪蓼不成歌。"[4] 이러한 작품의 결구는 맺음이 자연스럽고 노련함을 알 수 있다.

한편 일부 결구는 구격(句格)의 변화로 빼어남을 자랑한다. 《讀李晦齋先生無爲詩有感敬次其韻示對山》의 결구가 그러하다.

> 遙問青山無恙否? 青山無語獨吟詩。

여기서 '청산'은 결말의 두 구에서 중복으로 쓰이는데, 독자들은 비단 지루함을 느끼지 않을 뿐만 아니라 시구의 교묘함에 감탄을 금치 못한다. 시구가 자연스럽게 이루어져, 저자의 노련함을 보여주었다.

물론, 이가원의 칠언절구의 예술적 성취와 풍격의 다양성은 이 밖에도 많은 예시를 찾을 수 있다. 그의 여행, 감회류의 칠언 절구 역시 뛰어난 작품이 있어, 훌륭한 연구대상이라고 할 수 있다. 지금까지 칠언절구의 예술적 성취와 특질을 중심으로 논의를 전개하였는데, 앞으로 더욱 진전된 논의를 진행할 수 있을 것이라 생각한다. 이어지는 부분에서는 이가원의 오언 절구의 예술적 성취에 대해 논의하고자 한다.

4. 이가원 오언 절구의 예술적 성취

칠언 절구에 비해, 오언 절구는 현저하게 적다. 필자의 집계에 의하면, 《淵淵夜思齋文稿》에 오언 절구 48수, 《淵民之文》에 오언 절구 8수, 《通故堂集》에 오언 절구 5수, 《貞盦文存》에 오언 절구 15수, 도합 77수가 수록되어 있다.

---

3) 《南漢山城有感》, 《淵淵夜思泉文稿》 제282면.

4) 《思母哀八絶》 之五、之七、之八, 《淵民之文》 제167면.

이가원의 오언 절구가 양적으로 많지 않지만, 예술적 성취와 미학적 특질은 간과할 수 없다. 명대의 호응린은《詩數 · 內編》권6에서 오언 절구와 칠언 절구의 작시법에 대해 다음과 같이 설명하였다.

"五言絶尙眞切, 質多勝文。七言絶尙高華, 文多勝質。"

뜻인즉, 오언 절구는 감정의 진실함과 애절함을 숭상하기에, 질박함이 중요하다는 의미이다. 따라서 문채와 시어의 화려함을 지나치게 추구해서는 안 된다. 이와 달리 칠언 절구는 높은 격조와 화려함을 숭상한다. 문채의 아름다움이 매우 중요하며, 색채를 풍부하고 아름답게 해야 한다. 이백(李白)이나 왕유(王維)의 오언 절구를 살펴보면 질박하여 문채를 자랑하지 않으나, 이백의 칠언 절구《淸平調詞》3수, 왕창령(王昌齡)의《長信秋詞》, 왕건(王建)의《宮詞》등은 매우 화려하다. 이는 오언 절구와 칠언 절구의 창작에서 강조되는 중요한 지점이다.

이가원도 이 점을 인지하고 있었다. 그래서 오언 절구에서는 예술적 표현의 처리, 예술 풍격의 선택과 추구에서 칠언 절구와 구별되게 하였다. 이가원의 오언 절구의 특징은 다음과 같이 개괄할 수 있다.

첫째, 시어는 짧지만 감정이 풍부하며, 의미심장하다.

명대의 고화옥(顧華玉)은 "五言絶以調古爲上乘, 以情眞爲得體。"[5] 라 하였다. 여기서 "調古"는 주로 5언 절구의 격조를 '옛 것'과 비슷하게 하여, 옛 사람들이 뜻이 남아있게 해야 한다는 것이다. 이백의《靜夜思》, 왕유의《紅豆》, 유종원의《江雪》등 명편은 모두 그러하다. '情眞'은 시어와 정감의 진실성을 강조한다. 쉽게 말해, 오언 절구의 정감은 깊고 시어가 짧되 의미심장해야 한다. 이가원의 오언 절구는

---

5) 호응린,《詩數 · 內編》卷六.

모두 이러한 경지에 이르렀다. 이를테면《馬田晩泊》이 그러하다.

> 雁入三宵夢，人行千裏秋。
> 遙憐錦留月，照我淸光流。

이는 그리움을 표현한 시이다. 전편이 모두 경물 묘사이지만 의미가 심장하다. 시어가 짧으나 내포된 감정이 진실하여, 감정과 경물이 하나가 되는 경지에 이르렀으니, 성당 절구의 교묘함을 얻었다고 하겠다. 이 밖에도《秋日訪漱玉堂》라는 시가 있는데, 경물 묘사에서 운치 있는 의경(意境)을 담아냈다.

> 俄來紅葉始，此日已繽紛。
> 怊悵山容異，相對雲復雲。

두 수는 모두 가을을 그린 시이지만, 제의(題意)가 서로 다르기에 따라서 수법도 서로 다르다. 앞의 시는 그리움을 말하면서 '기러기(雁)'과 '달(月)'을 주요 경물로 하였다. 두 번째 시는 단풍잎의 변화와 '산'의 변화는 서로 다르다. 처음에 방문 했을 때, 단풍잎이 물들기 시작했었는데, 이제 다시 와보니, 낙엽이 되어 나무도 땅위도 온 통 단풍잎으로 물들어 있었다. 두 사람이 서로 얼굴을 마주보는 가운데 구름만 속절없이 흘러간다. 절절함은 앞의 시에 미치지 못하나, 정취와 의미심장함은 앞의 시보다 뛰어나다. 동방의 필묵화와도 같은 의경을 그려냈다. 오언 절구 중《西浦歸》역시 가작이다.

> 我行歸自西，浦名聞已夙。
> 斜陽久踟躕，風光療客目。

이가원 선생의 오언 절구는 압운과 격률에서 크게 두 가지로 나뉜다. 하나는 앞에서 예시로 보여준 두 수와 같은 부류인데, 모두 평성운(平聲韻)에서 압운한다. 또 하나는 《西浦歸》와 같이 측성운(仄聲韻)에서 압운하는데, 고절(古絕) 또는 측운 오절이라고도 하여, 당나라 때에 이미 매우 성행하였다. 왕유, 맹호연, 유종원은 모두 전아한 고절 작품을 남겼다. 《西浦歸》의 앞부분에서 저자는 담담하게 여정과 서포의 명성에 대해 언급하는 데 그치나, 뒷부분에서 빼어난 경물 묘사를 하고 있다. '餘陽久踟躕'에서 '久'자로 긴 시간을 말하고, '踟躕'로 '斜陽'을 의인화하였다. 말구(末句)에서 '療客目'의 시점에서 풍경의 아름다움을 그려냈다. 사법(寫法)을 변화시키니 의경(意境)도 자연스럽게 드러났다. 이가원 오언 절구의 빼어난 지점이 바로 이 점이다.

둘째, 의론(議論)을 오언 절구에 끌어들였다.

흔히 송나라 사람들이 의론으로 시를 짓는다고 생각하지만, 사실 이러한 풍조는 두보로부터 시작되어, 한유를 거쳐 송대 사람들에게 영향을 주었다. 두보의 의론시는 대체로 오언절구가 많지만 칠언절구 중에도 의론시가 보인다. 두보의 《戲爲六絕句》, 《解悶十二首》는 후대 사람들이 흔히 말하는 '議論絕句詩'이다. 원호문(元好問)의 《論詩三十首》등은 모두 이러한 영향의 자장 안에 있었다. 칠언 절구에서 대담하게 의론을 전개하는 것은 비교적 보편적이다. 그러나 오언 절구는 서사를 위주로 하나, 의론은 자제하는 편이다. '議論絕句詩'는 주로 칠언 절구를 가리키며 오언절구에는 의론시가 거의 없다. 당나라의 오언절구에는 뛰어난 작품이 많다. 우리가 흔히 알고 있는 작품들, 이를테면 이백의 《靜夜思》, 왕유의 《紅豆》, 맹호연의 《春曉》, 노륜(盧綸)의 《塞下曲》, 유종원의 《江雪》 등은 모두 뛰어난 서사와 묘사로 천고의 명편이 되었다.

마찬가지로 이가원의 작품 중에서 가장 뛰어난 오언 절구는 대개 훌륭한 서사와 묘사로 성공을 거두었다. 그러나 그는 만족하지 않고, 대담하게 새로운 시도를 하여 오언 절구에 의론을 도입하였다. 칠언 절구에서 서사를 진행하고, 오언 절구에서 논의를 끌어내어 독창적인 풍격을 이루었다. 《春日二絶》, 《漫興》, 《東都客館贈程敎授》 등의 시에는 모두 빼어난 의론을 전개하였는데, 새로운 형태의 의론 절구시라고 할 수 있다. 《東都客館贈程敎授》를 구체적으로 살펴보기로 한다.

> 我手寫我口, 無韻亦可詩。
> 奚須拘聲病, 不得自由爲.

이 시는 전편이 의론으로 되어 있으며 경물 묘사는 없다. 이가원이 作詩에 있어서 대담함과 개방성을 추구한다는 것을 알 수 있다. 이 밖에도 시구 "科學熱思想, 無是骨已蟲"[6]이나 "詩情珍且重, 無畏逐風飄"[7]은 모두 선명한 의론 경향을 보인다.

한편 이가원은 오언절구를 교유시의 형식으로 삼았다. 애도(哀悼), 창화(唱和), 하수(賀壽), 제증(題贈) 등을 넘나들며 매번 자유자재로 작시하고 청산유수로 풀어내었다. 《復贈珠娘》, 《題濡園金君喆洙燕爾貼》, 《李東甫大夫人李氏挽辭三絶》, 《哭丁君祖榮五絶》, 《李大雲彙才大雲齋詩次韻》, 《淸吟石與李君敎奭謹次松寯先生韻》, 《哭陸女士二絶》, 《次松穀雙槿齋韻》, 《和蔡公鋒》, 《金女士饋以餠菓其意可嘉三絶》이 모두 이러한 부류에 속한다.

오언절구는 칠언절구에 비해 짧기에, 시구의 변화 공간이 칠언절구에 비해 협소한 편이다. 특히 시구와 격률의 변화는 칠언에 비해 어렵기에, 자칫하면 시가 고루할 수 있다. 이가원은 이를 하나의 도전으로,

---

6) 《哭丁君祖榮五絶》 之二, 載《淵淵夜思文稿》 第40頁.
7) 《和蔡公鐸》 載《貞盦文存》 第79頁.

또 시재를 발휘할 수 있는 공간으로 보았다.

이가원이 격률에 익숙하고 해박한 학식을 갖추고 있었기에 오언절구로 친우들과 창수함에 있어서, 능숙하게 오언을 운용하면서 오언절구의 새로운 기능을 개발하고 가능성을 제시하였다.

5. 이가원의 절구의 예술적 원천 및 형성 원인

절구는 이가원의 한시 창작의 중요한 부분이다. 양적으로도 방대하며, 예술적인 성취를 이루었다. 본고에서는 절구시의 소재에 대해 분류를 진행하고, 오언 절구와 칠언 절구의 예술적 특질에 대해 논의하였다. 본장에서는 이가원 선생의 절구시의 예술적 원천과 표현 특성에 대해 알아보고자 한다.

우선, 그의 절구는 당시(唐詩)의 영향을 받았다. 이가원의 절구를 읽으면, 그가 당시의 영향을 받았다는 것을 쉽게 알 수 있다. 당시의 영향은 그의 작품 속에서 쉽게 찾아볼 수 있다. 《和施學樵》의 落句에 "猶恬宇內存知己, 一片詩心海月明"이라고 하였는데, 여기서 '宇內存知己'는 당나라 왕발의 《送杜少府之任蜀川》의 '海內存知己'의 변용이다. 후구의 '一片詩心'은 성당 시인 왕창령의 《芙蓉樓送辛漸》의 '一片冰心在玉壺'라는 시구에서 온 것이다. 《白川博士以近作二絕寄來吟此酬之》 또한 그러하다.

清詞高義起餘頹, 每迓新年寄句來。
感古懷今無限意, 書窗春信證寒梅。

이 시에서 '清詞高義'는 두시(杜詩) 《戲爲六絶句》 제5수의 '清詞麗句必爲鄰'에서 '清詞'의 용법과 매우 유사하다. '感古懷今無限意'는

유종원의 작품《酬曹待禦過象縣見寄》의 '春風無限蕭湘意'와 매우 유사하지만, 저자가 새롭게 재탄생시킨 것이다. 이와 같은 시구는 매우 많아서 낱낱이 열거하기 힘들 정도이다. 이가원은 당시에 매우 익숙했으며, 절구시 창작에 있어서 '자연스럽게' 혹은 '저도 모르는 사이에' 영향을 받은 것 같다. 구법에서 당시의 표현을 수용하였으나, 가공을 거쳐 저자만의 독창적인 풍격을 이루어냈기에 중복된 표현이 없다. 이가원 선생은《席上太白吟示一絶卽次其韻》이란 작품에서 "聲色於人元不少, 詩追小杜豈眞狂"이라고 하였는데, 여기서 '小杜'는 만당(晩唐) 시인 두목(杜牧)이다. 두목은 자유로운 성품의 소유자로 청루(青樓)의 음악과 여색에 빠졌는데,《贈別》,《兵部尙書席上作》등의 7언 절구를 썼다. 두목의 7언 절구 중에《遣懷》라는 시가 있는데, 이 시에는 "十年壹覺揚州夢, 贏得青樓薄幸名"이라는 시구가 있다. 이가원 선생은 이 시에 "詩追小杜豈眞狂"이라고 차운하여 두목에 대한 추모를 나타냈다. 이가원이 두목의 시에 매우 익숙했음을 알 수 있다.

이 밖에, 이가원의 일부 오언절구는 왕유의 오언절구의 영향을 받았다.《月城》이 그러하다.

> 蚊川流不息, 山猶月半形。
> 黃昏遊人散, 明月獨守城。

수구(首句)의 '蚊川流不息'는 왕유시의 용법과 매우 유사하다. 이가원의 오언절구《五陵》중에서 "王孫去不歸, 大野歸去黑"라고 하였는데, 이는 왕유 오언절구 "春草年年綠, 王孫歸不歸"와 매우 유사하다.

종합해 보았을 때, 이가원 선생의 오언절구와 칠언절구는 풍격이 상이하다. 이가원은 서사에 서정을 가미하였는데, 서정적이면서도 의미심장한 오언절구는 당나라 오언절구에 매우 근접해 있으며, 당시의 영향을 많이 받은 것으로 보인다.

다음으로, 이가원의 일부 절구시는 송시(宋詩)의 영향을 받았다.

중국의 한시는 송대(宋代)까지 발전하면서 의론을 시화(詩化)하는 경향이 보인다. 소옹(邵雍), 소동파(蘇東坡)의 작품 중에 이러한 시가 많다. 이처럼 의론을 시에 담아내는 현상은 일찍이 두보, 한유의 작품에서 드러나는 경향이며, 이 중에는 절구시도 포함되어 있었다. 두보의 논시절구(論詩絕句) 중에 의론을 시에 녹여낸 작품들이 있다. 이러한 현상은 두보 이전에는 없던 현상이다. 송대의 양만리(楊萬裏), 육유(陸遊), 조번(趙蕃), 유극장(劉克莊) 등 시인도 절구시에 의론을 담아내기도 했다. 의론를 시어에 담아내는 현상은 정운(情韻)과 예술적 경지를 떨어뜨리는 반면, 장점도 있다. 즉 구식(句式)이 자유롭고 시구와 격률의 변화를 다양하게 할 수 있다는 것이다. 이가원의 작품 중에서 유연하면서도 자유롭고, 격조가 노련한 의논절구시(議論絕句詩)들은 대개 이러한 영향을 받았다.

《上巳日詩學硏究所初立三周喜賦三絕》, 《小仙黃翁炳欽挽辭三絕》, 《山康惠以長蘇七律壹冊仍集其句爲壹絕謝呈》, 《王根園貽餘詩其韻以謝二絕》, 《上吟示伯從祖姪鶴來》, 《和李君正弼二絕》이 모두 이 부류에 속한다. 송시에 흔히 보이는 의론의 관습이 이가원의 절구시에도 영향을 미쳤음을 알 수 있다.

이가원의 절구는 시어의 사용과 시구의 연결에 있어서 한국 전통 한시의 영향을 받았다. 이 시구들은 중국의 전통 의미의 한시들과는 구별되며, 중국의 절구시에서는 찾아보기 어려운 시어들이다. 한국어와 한어가 시어의 표현에 있어서 차이가 있기 때문이다. 간혹 한국 학자들의 시어의 의미를 알 수 없는 경우도 있었는데, 이가원의 한시 특히는 절구시를 읽고 이해를 새롭게 할 수 있었다. 의미를 해독하기 어려웠던 것은 한국어를 한시 창작 과정에 운용하였기 때문이었다. 그러므로 한어의 작시 기준을 기계적으로 한국 학자들의 한시 창작에 적용시켜서는 안 된다는 생각을 하게 되었다.

6. 맺음말

이가원 선생의 문학은 문학적 성취가 높을 뿐만 아니라, 섭렵한 문체와 양식이 다양하여 소논문 한 편으로 전모를 파악할 수는 없다. 절구시만 보더라도 향후에도 다양한 연구가 가능하다고 생각한다. 본고에서 필자는 다만 기본적인 논의를 통하여, 향후 진전된 논의를 위한 기초를 마련하고자 하였다. 연구자들이 이가원의 시문에 중시를 돌리고, 주목할 수 있게끔 하기 위해서이다. 이가원은 여러 면에서 뛰어난 학자이자 문인이기에, 그의 한시뿐만 아니라, 사부(辭賦), 서신(書信), 비지(碑誌), 잠명(箴銘), 서법(書法) 등도 연구 가치가 충분하다. 이러한 분야의 연구가 중외(中外) 학자들을 통해 활발하게 이루어지기를 기대한다.

/ 최영화 역

简论李家源的绝句

孙琴安 / 上海社會科學院

1. 緒言

李家源先生是韩国著名的学者与作家。从其所著的《渊渊夜思斋文稿》、《渊民之文》、《通故堂集》、《贞盦文存》四种著作来看，的确可以感受到其渊博的学识，宏富的文章，绚丽的才华。

中国的传统文学体裁众多，曾对韩国等邻国带来一定的影响。中国五四新文化运动虽然建立起了许多新的文学体裁，如白话新诗、白话小说、白话散文等，但也破坏了许多传统的文学体裁，如辞赋、箴铭、颂赞等各种文化，均在痛扫之列，只有诗词等少数品种在夹缝里求生存，仍保留了一点声音。但其在诗坛的霸主地位，已经让位给了新诗。旧诗或为次要的地位。

然而，令人惊讶的是，当二十世纪初，中国的许多作家、学者或文化人热衷于提倡新文学、纷纷放弃传统文学之际，韩国的李家源先生却一以贯之地坚持着他的写作习惯和写作方式，以古代的汉字和文言，写了大量的诗歌、辞赋与散文。中国古代曾影响过韩国的一些传统文体，如诗歌、辞赋、书牍、颂赞、哀祭、挽联、序跋、箴铭、杂记、论说、碑志等，在他的文集中层出不穷，俯拾即是，大量保存，随处可见。这种情况，不要说韩国，即使在中国大陆的同辈作家和学者中，也是极为罕见的。

因为五四以后的大量学者和作家， 除了陈寅恪等个别人， 其他像胡适、鲁迅、周作人、郭沫若、茅盾、朱自清、郁达夫、田汉等， 基本上都以新文学写作为主，只是在少数场合才写一点传统的旧体诗。从这个比较和角度我们可以发现，李家源的诗文写作，实际上是全面継承、保留和延续了中国古代传统文学的众多文化和形式，使之得以存在，这种情况在全世界的范围中也是极为罕见的， 而在1911年中国辛亥革命以后出生的人中更为少见。

由于李家源的诗文写作面广量多相当丰富，可以切入的角度和话题很多。为了比较集中地论述一个问题，我先选择他的绝句诗，来作一个初步的探讨，以期引起各位对其这方面诗歌创作的关注。

2. 李家源绝句诗的题材

以李家源《渊渊夜思斋文稿》等以上四种文集中所收的诗歌作品来看，他的诗歌数量相当可观，诗歌形式也比较多样，除绝句外，尚有律诗、长篇歌行等。他自己在五绝《漫兴》中曾说："吟诗千有首"(見《通故堂集》269頁)。其实在此之后，他仍不断写诗，数量还不止这些。其涉及的题材也相当广泛丰富。其他诗体暂且不论，仅绝句一体，就有抒怀、咏物、赠人、寄友、唱和、次韵、怀古、行旅、纪游、悼亡、送别、写景、题记、佛祥、感时等各类内容题材，如再细化，则有颂赞类的颂诗、贺诗，哀伤类的哭诗、挽诗等。

应该看到并且承认， 赠人、寄友、唱和、次韵、送别、题记、颂贺、哭丧、哀挽等一些题材，在李家源的绝句中占有比较大的比重。赠人绝句如《赠白川博士》、《席上戏赠春谷》等， 寄友绝句如《寄高仲华》、《次寄吕紫溪三绝》等，唱和绝句如《又和学农三绝》、《和罗诚斋二绝》等，次韵绝句如《次申松谷见赠韵》、《次蔡远志四绝》等， 送别绝句如《别龙田二绝》、《别仲华六绝》等，题记绝句如《题赵陶南博士是吾庄二绝》、《金友松索余书书此以谢之》等，颂贺绝句如《赵象隐七秩颂诗三绝》、《朴僻村六秩颂诗二绝》等，哭丧绝句如《套李蕙田三绝》、《哭奇闻江二绝》等，哀挽绝句如《赵维石炳玉挽辞三绝》等。造成这些材比较多的原因主要三。

第一， 李家源的交游比较广、与各界朋友如诗友、文友、书画家、师生、亲友等都有交往，除韩国诸友人以外，其至与台湾、中国大陆等地的诗友也有交往，而他也喜欢以诗，特别是以绝句的方式来进行应酬、唱和，从而加深彼此的友谊与了解。

第二，李家源的名气大，向他求诗、请他题诗的人也比较多，一旦逢有贺寿、喜庆或丧事等，也往往希望能见到他的诗作。

第三、绝句篇制短小、出手较快，容易即兴发挥，同时也比较机动灵活，多则五、六首，少则一、二首，均可成礼，故唐代诗人的口占、口号等，几乎都是绝句，这也是造成其喜以绝句进行交往的原因。

正是由于以上三个原因才形成了其绝句在题材上的一些侧重的特点。我们甚至可以认为，写诗对于李家源来说，已成为其交友、来往、交流思想感情的一种方式和渠道了。在很多场合，他都以诗作答，以诗为谢，以诗抒情，以诗表意，以诗写景，以诗明志，其用可谓大矣、多矣!

然而，尽管赠人、寄友、唱和、题记、颂贺等题材在李家源的绝句诗中占去相当比重，但我们也不能忽视其绝句在其他题材方面的表现。例如，他曾以绝句写过不少行旅方面的诗，在《始游欧洲》的组诗中，就有《西伯林三绝》、《夏经东独》、《快轮圣堂》、《望葛莫思故居》、《凯旋门》、《一宿理雍发向伊太利在中吟呈白川》、《罗马城七绝》等一系列行旅绝句。此外，他也以绝句写过在日本大阪、在台湾等地的游踪和观感。如《台湾杂事七绝》就很有代表性。

李家源还经常以绝句的形式来表达对亲人和家乡的思念。 如《梦亡妻柳淑曜二绝》、《思母哀八绝》等， 便是表达对自己亡妻和母亲的思念和追忆之情的，前者为悼亡诗，后者为伤感诗。有时他也会触景生情，写一些感时伤今的绝句，但数量不多。此外，他的咏物诗和政治诗的数量也不多。不过，他在绝句中却时常抒发自己的闲情逸志，如《自嘲二绝》、《漫兴》等均属此类。这些诗数量虽然不多，但很重要，不仅可以窥见性情和内心世界，而且具有比较高的艺术成就。关于这方面的内容，笔者在后面会有专门论述。

3. 李家源七绝的艺术成就

绝句形成于中国南北朝而兴盛于唐，由于其短小精悍，易记易背，后来成为中国古代非常流行的一种诗体。绝句主要分五言绝句与七言绝句，即五绝与七绝。六言绝句也有，如唐代诗人王维、刘长卿、刘禹锡等都写过六绝，但作者不多，所以不像五绝、七绝那样流行。李家源的绝句基本都是五绝与七绝。其中七绝多于五绝。

根据我对李家源四种诗文集的统计，李家源共有绝句727首，其中七绝有650多首。 分布情况为：《渊渊夜思斋文稿》载其七绝119首，《渊民之文》中载其七绝128首，《通故堂集》中载其七绝77首，《贞盦文存》中载其七绝330首。同为绝句，由于五绝与七绝的作法和创作要求，以及诗学审美原则各不相同，所以本文对李家源所作五绝与七绝划分开来，分别来作专门研讨。

由于李家源的七绝数量比较多，在其绝句创作中占有比较大的比重，我们先来论述他的七绝。

李家源写七绝，几乎达到随心所欲、无施不可的地步。日常生活中的任何风景、人物、情状、交往、细节，均可写入他的七绝。真可谓生活万象、自然万物、尽现笔底。因而使得他的七绝不仅题材内容丰富多彩，而且艺术上的风格特点也多种多样。题材情况前面已有所论述，这里侧重谈一下李家源七绝的艺术特色。

李家源七绝的艺术特点之一：感情真挚、情味深长。

李家源的七绝诗尽管艺术风格多种多样， 令人眼花缭乱， 不知所从，但首先映入我眼帘，并时时打动我，令我感动的，还是那些感情真挚、以情见长、情味深长的七绝。这些多集中在他的悼亡、哀母、哭友、忆昔怀旧的一些七绝中。其妻柳淑曜去世后，李家源经常思念她，一天深夜"辗转无寐，忽梦与之绸缪，宛如平生。此是四十三年初有之事，俄然而觉"，已是凌晨三点，于是写下了《梦亡妻柳淑曜二绝》，其一云：

牛郎离别碧河遥，明月明明第二宵。

四十三年嗟一梦，梦中成梦倍怊怊。

在第二首的末尾，望人更是以无限眷恋和期盼的心情比喻道："何年片石开雕得， 南望荒原泪自滋。" 其对亡妻一往情深、难以忘怀的真挚情感，尽现纸上，读来令人动容。其《思母哀八绝》，写其母对他的养育之恩，以及母亲生前的爱好，一事一咏，夹叙夹议，层层递进，缠绵悱恻，深情无限，读之令人低回不尽，黯然神伤，潸然泪下。

此外，李家源还有一些哀悼友人去世的七绝，也每每以情动人，哀恸之中， 颇见才情， 如《哭全反求三绝》、《哭吴万谷三绝》、《哭张一霞二绝》、《哭李卿辂三绝》、《哭李蕙田三绝》、《哭奇闻江二绝》、《哭柳圃三绝》、《哭李杏亭四绝》、《哭赵东圃二绝》等均属此类。 有些在悲痛之中，更见才情四溢，试举《哭朴香田三绝》后二首为例：

秋兰为佩满身馨，屈宋牢骚元匪病。

被酒哦哦鹤楼过，斜阳古色衣冠映。

——其二

大惑终身嗟不悟，清谈玉屑竟寒宵。

可怜蔌蔌知音泪，洒风南云雪岭遥。

——其三

朴香田是李家源的诗友，两人曾彻夜长谈诗文，十分投机，作者引为知音。在诗中既叙了两人生前的诗交情景，同时也展示了各自的才情。虽未至悲痛欲绝的程度，却自有一种淡淡的古雅之美和深深的知音之哀。其《哭吴万谷三绝》之三云："逢别几番喜夏悲？谬曾诩我可论诗。人亡海廓枯桐哑，泪墨寒灯写苦辞。"夹叙夹议，也有着一种淡淡的古雅之美和深深的知意之哀。诗中都写到伤心之泪，写法却各不相同。李家源对不同的逝者采用不同的写法，表达不同的哀悼之情。但其真挚的情感和绚烂的才华，还是充分地体现在这些以情见长的七绝中，成为其七绝的重要特色之一。

李家源七绝的艺术特色之二，在于其句法的灵活多变。

一首七绝，总共才四句28个字，而且平仄格律和押韵要求基本相同。在这样一种形式限制之下，写七绝就很容易趋向雷同，造成千篇一律的感觉，或者是呆板僵硬。事实上也的确有不少绝句作者存在这一弊端。但这对于李家源来说，却不存在这些问题，也无所谓挑战和考验，因为李家源学识渊博，熟读诗书，满腹经纶，词汇量相当丰富。写起诗来可以随手拈来，毫不费力。用歌德的话来说："限制中才显出能手，只有法则才能我们以自由。"这种七绝形式对有些人来说可能是束缚，但对李家源来说却能自由驰骋，任意发挥。这在他与友人的唱和、次韵、交往、赠答一些诗中尤可见出，如其《曾了翁率传统诗人团访韩邀余于新罗馆以诗迓之》一绝云：

万事空忙春去也，今宵刚喜客来之。

云鸿晚报差为恨，快上南楼把酒时。

此诗写一个诗人团访韩，邀请李家源参加并希望他能赋诗以迎，故李家源作此诗以示欢迎。全以轻盈之句出之，然喜气漾溢，句句作转，似不著力，而功力自见。难怪小说家金庸评云："客至，写得何等灵活？"(《貞盦文存》第198頁)又如《和曾晓南》一绝：

吟花嘲雪愧诗名，酒亦螺卮浅浅倾。

犹是广交天下士，扢扬千古足平生。

此是唱和之诗，不仅所和语气得体有礼，有乐观豁达的风度，而且在起承或收转方面，都显十分轻巧灵活，自然流利。曾了斋评此诗云："席卷南韩，交尽豪雄。"是指其豁达大度而言，其实在句法转折上也颇见风度。再如《和了斋》一绝。

诗财言忘书疾拙，多谢铭仙语不当。

只说鸿冥留片迹，明朝相别海天长。

此诗看似随意轻便，片时可成，又无名句可采，其实句法多变，颇见功力，初涉诗骚者甚难为之。此外，我们以李家源《思母哀八绝》、《白川博士以近作二绝寄来吟此酬之》、《上吟示伯从祖始鹤来》、《荷庭柳翁承佑挽四首》、《和李君正弼二绝》、《白鹿馆豪饮七绝》诸七绝中， 也可见出其七绝句法的灵活多变。他在《哭李卿辂三绝》之一中曾夸赞李卿辂"一语寻常皆有法，满身馨佩自葳蕤。"其实他的七绝也是如此。看似平易，实皆有法。

李家源七绝的艺术特色之三：起结之妙与句格之变。

七绝尽管篇幅短小，也有起承转合的存在和结构布局问题，甚至是起句和结尾的讲究。李家源写七绝虽然有时即兴而为，随意为之，没有太多的时间加以苦心经营和反复推敲，但只要在可能的情况下，他还是很注意一首七绝的开篇的。 如他有时会以一种很奇妙、特殊的语言发端，试举《题赵陶南博士是吾庄二绝》之一为例：

是是非非非是是，吾吾尔尔尔吾吾。

又如《自嘲二绝》之一的发端：

我歌谁答愁谁语？十载漫吟千首诗。

这些诗的发端，在遣词运句和句法结构上都很特别，不很常见，却使人能留下印象，也会使人感到新鲜，他的《思母哀八绝》之一的开篇："采采东园花复花"，《金友松索余书书此以谢之》的开篇："君友苍松我友梅"等，句法也各不相同。最突出的例子要数《两头纤纤七绝》，试引第一首：

两头纤纤画眉妍，半黑半白太极圈。

腷腷膊膊山竹燃，磊磊落落壮士拳。

此诗的起结在句法上都很特别，迭词和复迭词穿插其间，这在七绝中是不太多见的。更为有趣的是，这七首七绝都是用的这种句式，这种情况，只有在刘禹锡和白居易的唱和诗《何处春深好》中才能找到。

此外，李家源有些七绝的发端则以美妙的艺术性取胜，如《河回志感四绝》之三的发端："芙蓉一朵从天堕，台下飘摇著一亭。"无论从描写的生动形象，还是从诗的意味来说，都是值得称赞的。

除了发端，李家源有不少七绝的结句也是应该引起我们关注的。这些结句如有的以情韵悠远、意味深长而令人喜爱，《和柳顺君锡滐》一绝的结句：

尊酒楼台相对夜，五更明月百年心。

有的则以趣味见长，如《忽忆此事，有吟》一绝的结句：

记得西邻洪母语，纷纷笑语一时多。

但他更多的七绝结句，则以兴会为主，兴到意至，戛然而止，恰到好处。如《哭李香亭四绝》之二的结句：

读到榛苓无限思，余音何似怨飘零。

又如《次内从兄丁爱山爱山石室韵》一绝的结句：

身心怳若评初定，石空团团淡霭开。

这一类的结句还可以举出许多，如"尊前忽忆许生语，终古沈冥几辈多。"(《南漢山城有感》，見《渊渊夜思泉文稿》第282頁) "自走慈晖偏照处，无待青鸟黄玉钺。" "先人古法于斯尽， 哀哀莪蓼不成歌。"(《思母哀八絶》之五、之

七、之八，見《渊民之文》第167頁)……凡此，都可见出其结局之自然老成。

还有一些七绝的结句，则以句格的变化而得人青睐，如《读李晦斋先生无为诗有感敬次其韵示对山》一绝的结局：

遥问青山无恙否？青山无语独吟诗。

这里的“青山”在结尾的两句中重出，我们非但不感到累赘和重复之嫌，反而觉得很妙，语句自然而成，颇为老到。

当然，有关李家源七绝的艺术成就和风格上的多样性，我们还可以举出许多，而他的旅游、感怀一类的七绝，艺术风格上也有不少可取之处，值得我们去分析、研究和解读。以上只是就其七绝艺术上的主要成就和特色而加论述的，还可以进行深入的细化和量化。下面我再来探讨一下李家源五绝的艺术成就。

4. 李家源五绝的艺术成就

与李家源的七绝比起来，其五绝数量明显觉少。就我所见并初步统计，《渊渊夜思斋文稿》中载其五绝49首，《渊民之文》中载其五绝8首，《通故堂集》中载其五绝5首，《贞盦文存》中载其五绝15首，共计77首。

不过，李家源的五绝数量虽然不多，但其艺术成就和风格特色却不容忽视。中国明代的诗评家胡应麟在《诗薮·内编》卷六中曾比较过五绝和七绝在创作追求上的区别，他说：

五言绝尚真切，质多胜文；七言绝尚高华，文多胜质。

他的意思是，五言绝崇尚感情的真实深切，可以强调质朴，不必过于追求文采和辞藻色彩的华丽；但七言绝不同，主张崇尚高华；即格调的高峻和华美，可以追求一些文采，使色彩更为丰富漂亮一些。如李白、王维的一些五绝就很古朴，不讲究色彩，但李白的七绝《清平调词》三首、王昌龄的《长信秋词》、王建的一些《宫词》等，就很有色彩。这是五言绝句和七言绝句在创作追求上的一个很重要的区别。

李家源很懂得其中奥妙，故其在五绝的写作过程中，无论在艺术表现的角度和处理上，还是在艺术风格的选择和追求上，都与七绝有着很多的不同。展示着自己的特色，其中最分明的有以下两点：

第一，语短情深，意味隽永。

明人顾华玉说："五言绝以调古为上乘， 以情真为得体。"(見胡應麟《詩藪·內編》卷六)，"调古"有点玄，主要指五绝的格调应近古，有古人之遗意，如李白的《静夜思》、王维的《红豆》、柳宗元的《江雪》均属此类。"情真"则强调词意和情感的真切。说得再简约一些，就是强调五绝的情真意切、语短情深。李家源有好几篇五绝，都达到这一地步，如《马田晚泊》：

雁入三宵梦，人行千里秋。

遥怜锦留月，照我清光流。

此为思念之作，通篇写景物，意味却很浓郁深厚，有语短情遥、情景化一的境界，深得唐绝之妙。李家源另有《秋日访漱玉堂》一绝，在写景中也能达到一定意境：

俄来红叶始，此日已缤纷。

怊怅山容异，相对云夏云。

同样写秋，因题意不同，写法也不同。前首写思念，以"雁"与"月"为主要景物。以枫叶的变化写"山容"的变化与不同。初访时，枫叶还刚开始发红，等今日来时，却已缤纷落地、树上地上尽是红叶。二人晤面相对者，除了云彩还是云彩。此首的情深与真切程度虽不如前首，但情趣和意味的深长，却可肩随其后，犹如一幅东方笔墨画，达到了一定的意境。同类的五绝佳作，还可以举出《西浦归》：

我行归自西，浦名闻已夙。

斜阳久踟蹰，风光疗客目。

李家源的五绝从押韵和格律上来说，可分两类，一类即前面所举的两首，皆押平声韵，另一类就是像此首《西浦归》，押仄声韵。称古绝或仄韵五绝。其实这在唐代就已普遍存在。如王维、孟浩然、柳宗元等都写有经典的古绝。此诗前二句平平，只交待了自己的行程和西浦的名声，后二句的写景便极有特色了，“余阳久踟蹰”，一“久”字，极言时间之长，“踟蹰”二字，又把“斜阳”拟人化了，末句从“疗客目”的角度来写“风光”之美，正所谓风光“养眼”，写法一换，而意境顿出，此正是李家源五绝之高处。

第二：把议论引入五绝。

都说宋人以议论为诗，实际上这一风气由杜甫开首、韩愈继之，影响宋人，延续至今。杜甫以议论为诗不仅在五古中大量存在，而且把这种议论的风气引入七绝。　如他的《戏为六绝句》、《解闷十二首》便是以诗论诗，也就是后人所说的“论诗绝句”。后来元好问的《论诗三十首》等均由此而来。因此，在七绝一体中放肆议论，自有来由和传统，不足为奇。但五绝往往以叙事胜出，不提倡议论。所谓“论诗绝句”，主要甚或基本以七绝论诗，而不以五绝论诗。唐代那些五绝经典，如李白的《静夜思》(“床前明月光”)、王维的《红豆》(“紅豆生南國”)、孟浩然的《春晓》(“春眠不覺曉”)、卢纶的《塞下曲》(“月黑雁飛高”)、柳宗元的《江雪》(“千山鳥飛絶”)等，都以出色的叙事或描写而成为千古流传的名篇。

李家源最好的五绝往往也以出色的叙事或描写获得成功，　如前所述。但他绝不因此而满足，他还大胆创新，把议论引进五绝，不仅在七绝中谈笑风生，而且在五绝中也放言高论，别拘一格。如《春日二绝》、《漫兴》、《东都客馆赠程教授》等诗中，都有着很好的议论，有的简直就是以诗论诗，可视为全新的论诗绝句，如《东都客馆赠程教授》一绝：

我手写我口，无韵亦可诗。

奚须拘声病，不得自由为?

通篇议论，无一写景描物之词，从中我们可以看到李家源的写诗主张之大胆开放。此外，他的“科学热思想，无是骨已虫。”(《哭丁君祖榮五絶》之二，載《淵淵夜思文稿》第40頁)，“诗情珍且重，无畏逐风飘。”(《和蔡公鐸》載《貞盦文存》第79頁)等，也都有着明显的议论倾向。

不仅如此，李家源有时也把五绝作为诗交来往的形式、或哀悼、或唱和、或贺寿、或题赠，也每每应对自如，对答如流。如《夏赠珠娘》、《题濡园金君哲洙燕尔贴》、《李东甫大夫人李氏挽辞三绝》、《哭丁君祖荣五绝》、《李大云汇才大云斋诗次韵》、《清吟石与李君教奭谨次松宁先生韵》、《哭陆女士二绝》、《次松谷双槿斋韵》、《和蔡公锋》、《金女士馈以饼菓其意可嘉三绝》等均属此类。

由于五绝的字数和篇幅比七绝更为短小，在句子的变化空间上要比七绝更为狭窄，特别是句与格的变化和灵活性上，比七绝更有难度，容易流于呆板和僵硬。但这对李家源来说，与其说是一种挑战，还不如说是一种发挥。因为他格律娴熟、学问渊博，驾驭起五绝一体，使之与友人交往酬唱应对，虽不如七绝那样挥洒自如，游刃有余，但基本上也能做到自由运用，随意发挥，左右逢源，为五绝一体开辟了许多新的门径和可能性，也为五绝的发展打开了一些新的领域。

5. 李家源绝句的艺术来源与形成原因

毫无疑问，绝句是李家源诗歌创作的一个重要组成部分，不仅数量多，而且取得了一定的艺术成就。 当我们对他的绝句题材进行了分类归纳，并对其七绝和五绝的艺术风格和表现特色分别进行了论述以后，很自然地会面临一个新的问题， 这就是：李家源绝句的艺术风格来源于何处?其表现特色究竟是如何形成的？也就是李家源绝句在艺术风格和表现特色上的来龙去脉究竟是怎么一回事?这正是本节想要追寻和探讨的。

首先，李家源的绝句曾受到过中国唐诗一些影响。根据我的阅读体会，我感到李家源的绝句创作是受到过中国唐诗的一些影响的。我们可以找到一些相关的痕迹。例如，他的七绝《和施学樵》的末二句云："犹恬宇内存知己，一片诗心海月明。"

这里的前句"宇内存知己"，分明是从初唐诗人王勃《送杜少府之任蜀川》一诗中的"海内存知己"一句化用过来的，仅改了两个字；后句"一片诗心"，则又分明是从盛唐诗人王昌龄的《芙蓉楼送辛渐》一诗中的"一片冰心在玉壶"一句中化用过来的。又如《白川博士以近作二绝寄来吟此酬之》一绝：

清词高义起余颓，每迓新年寄句来。

感古怀今无限意，书窗春信证寒梅。

此诗的"清词高义"，与杜甫《戏为六绝句》之五的"清词丽句必为邻"里的"清词"用法颇有相似之处，而"感古怀今无限意"之句，又与柳宗元《酬曹待御过象县见寄》一绝中"春风无限潇湘意"之句也有相似之处，似脱胎而来。凡此甚多，此不一一例举。只不过为了说明，李家源对唐诗非常熟悉，自己在创作绝句时，往往自然而"然"、不经意间受到了影响，有时在句法上也时有化用，但都另有新意，自出机杼，绝不雷同。他在《席上太白吟示一绝即次其韵》一绝中曾说："声色于人元不少，诗追小杜岂真狂"？其中的"小杜"即晚唐诗人杜牧，性格放纵，曾纵情于青楼声色之中，写有《赠别》、《兵部尚书席上作》等七绝，在《遣怀》七绝中更是写有"十年一觉扬州梦，赢得青楼薄幸名"之句。李家源在这里是次韵唱和："诗追小杜岂真狂"，既有一时对杜牧这些七绝的追慕，也可看出他对杜牧七绝的熟悉程度。

此外，李家源的有些五绝曾受到王维五绝的一些影响，如《月城》：

蚊川流不息，山犹月半形。

黄昏游人散，明月独守城。

像首句的"蚊川流不息"之句，便极似王维用语。又李家源五绝《五陵》中的"王孙去不归，大野归去黑"二句，亦似王维用语，如王维《道别》五绝中就有"春草年年绿，王孙归不归"之句。总之，李家源的五绝，与他的七绝风格很不相同，特别是他那些以叙事来加以抒怀，抒情气息比较浓郁而又意味隽永的五绝，更接近或受到唐代五绝的一些影响。

其次，李家源有些绝句也受到宋诗的一些影响。

中国的诗歌发展到宋代，出现了一种以议论为诗的倾向，邵雍、苏东坡都有不少这类诗歌，这种以议论为诗的现象，其实在杜甫、韩愈的诗中就有不少， 绝句中也存在， 如杜甫的论诗绝句就是把议论引入绝句，这在杜甫以前的绝句所没有的。宋代的杨万里、陆游、赵蕃、刘克庄等也喜在绝句中议论。 这种以议论入诗的风气虽有一定弊端， 如缺少情韵、意境等，但也有一个好处，那就是句式比较灵活，句与格的变化比较多样。李家源那些灵活多变、格调老成的带有议论性的绝句，多从此中来。 试看其《上巳日诗学研究所初立三周喜赋三绝》、《小仙黄翁炳钦挽辞三绝》、《山康惠以长苏七律一册仍集其句为一绝谢呈》、《王艮园贻余诗其韵以谢二绝》、《上吟示伯从祖侄鹤来》、《和李君正弼二绝》等， 无不如此。我们从中正可看到宋诗中的议论风气曾对李家源绝句所带来的影响。

当然，我们也应该看到，李家源有许多绝句的遣词用字，以及一些句子的运作和承接上，也受到了些韩国传统诗歌和语言上的影响。这些诗句往往与中国传统意义上的诗歌有些区别，为中国的绝句中所少见的。这也正可看出韩语与汉语在诗歌表达上的一些差异。以前读到韩国学者的一些诗句，有些困惑和不解，而今读了李家源的诗句，特别是他的绝句，才算有了一些新的理解。其实这是韩语在诗歌创作上的运用，我们不能简单地以汉语写诗的要求与习惯用语来生搬硬套到韩国学者所写的一些绝句上。

6. 结束语

李家源的文学成就很高，涉及的文学体裁和样式也很多，并不是此文所能够完全研究清楚的。即使绝句一体，仍可以有许多地方值得研究，这里仅是初步而简要的探讨，起一个抛砖引玉的作用，从而使大家对李家源的诗文能引起一个广泛的注意。其实，李家源多才多艺，除诗歌和绝句，他的辞赋、书信、碑志、箴铭、书法等，都值得我们研究、相信中外学者迟早会涉及到这些研究领域。

3부

연민선생의 저술 활동

문장가로서의 연민선생

연민 이가원의 문장에 대한
산강재(山康齋) 변영만(卞榮晩)의 비평

윤호진 / 경상대

1. 머리말

연민 이가원(1917~2000) 선생(이하 연민이라고만 부름)은 수많은 글을 남겼다. 방대한 『이가원전집』만 보아도 이를 알 수 있다. 그 가운데 한문으로 지은 글이 있는데, 학술논문 등을 한문으로 쓴 것도 있지만, 시문을 지어서 모은 한문시문집이 있다.

한시문을 지은 것에 대해 이전에는 한문이 사문이 되어버린 지금 시대에 한문으로 글을 짓는 것은 시대착오적이거나 과시적인 것이라고 치부하였지만, 지금에 와서는 다시 번역할 필요없이 중국을 비롯한 외국인들에게 바로 읽혀지므로, 오히려 미래를 내다보는 선견지명이 있었던 것이란 평가도 있다.

연민의 한시문은 그 수준이 높은 것으로 인식되고 있으며, 최근 이에 전반적으로 검토한 몇몇의 논문에서 그의 시문에 대한 논의가 이루어졌다.[1] 그러나 그의 한시문에 대한 평가는 한시문이 지어질 당시 오

---

1) 허권수, 「연민선생 소찬 비지류문자의 특성과 가치」, 『연민 이가원 선생의 생애와 학문』, 보고사, 2005.

래전에 이미 부분적으로나마 이루어진 것을 볼 수 있다. 바로 위당(爲堂) 정인보(鄭寅普), 산강재(山康齋) 변영만(卞榮晩), 임당(臨堂) 하성재(河性在)와 같은 분들의 평가가 그것이다.

이 가운데 산강재 변영만이 연민의 문장에 행한 비평은 연민의 문장을 평가하는 데에 있어 중요한 자료로 주목할 만한 것이다. 그러나 이에 대해서는 허권수(許捲洙) 교수가 최근 『淵民評傳』에서 간략히 소개한 바 있을 뿐 이에 대한 본격적인 연구가 없다.

이 글에서는 연민의 문장에 대해 산강재가 여러 가지 방식으로 비평을 행한 것을 정리하여, 살펴 봄으로써 그 비평의 내용을 소개하고 아울러 연민의 문장에 대한 이해를 심화할 뿐만 아니라, 그 가치를 조명해 보고자 한다.

2. 산강재의 비평이 있는 연민의 문장

연민의 대표적 한문작품집은 『淵淵夜思齋文藁』이다. 연민은 이른 시기에 少泉이란 호를 쓴 것을 비롯하여 수많은 호를 썼는데, 연연야사재도 그의 많은 호 가운데 하나이다. 연연야사재라는 호에 대해서는 갑신년(1944)에 김철희가 쓴 「淵淵夜思齋記」[2]에 소개되어 있어, 호의 유래와 뜻에 대해 자세히 살필 수 있다.

『연연야사재문고』는 저자의 나이가 열세 살이 되었던 1929년으로부터 51살 때인 1966년에 이르기까지 38년 사이에 지어진 것이다. 이 책은 전례 없이 한 해의 작품을 하나의 문고로 엮었는데, 『溫水閣藁』로부터 『惺顚燕癖之室藁』에 이르기까지 서른여덟 문고가 수록되어

2) 『淵淵夜思齋文藁』, 141면.

있다.[3)]

그리고 매 문고마다 문체를 따라 먼저 운문에서 사부(詞賦), 시가(詩歌), 과시(科詩), 잠명(箴銘), 송찬(頌讚), 애제(哀祭) 등의 여서 유형으로 나누고는 뒤를 이어서 비운문에서 논설(論說), 서발(序跋), 잡기(雜記), 서독(書牘), 전장(傳狀), 비지(碑誌) 등의 여섯 유형으로 나누었는데, 다만 과시와 애제 중에 혹시 몇 편의 비운문이 섞여 있기도 하고 비지 중에 더러는 순운문이 들어 있기도 하다.

연민은 이 책에 수록된 글에 대해 스스로 말하기를, "애당초에는 문장에 뜻을 두어 이 누리 사이에 가장 이채로운 글을 낳아 보려고 힘을 썼던 것이므로 가다금 奇變, 峭新의 얼굴을 나타내되 결코 묵은 밭에 끼쳐진 이삭을 줍거나 또는 남의 식탁에 남은 찌꺼기를 맛보려고 하지 않았었다. 그러나 평소에 늘 실학을 얘기하기 좋아하여 문장에서 사실로써 주를 삼았으므로 그 앞서의 기변, 초신을 한 번 변하여 극도로 평이하고도 담박한 글을 쓰기에 노력하였던 것이다."[4)]라고 하였다.

그리고 이 책에 대해 자평하여 말하기를, "이 책은 저자의 몇 십종 저서 중에서 창작적이요, 또 純漢綴이어서 이미 이 시대에 희귀한 저술임이 그의 특색이라 아니할 수 없을 것이다."[5)]라고 하였다.

이 책은 이처럼 연민이 심혈을 기울여 저작한 것이고, 스스로 평한 바와 같이 희귀한 저술이었기 때문에 많은 사람의 관심을 받았던 것

3) 『淵淵夜思齋文藁』, 「漢文槪要」, 531~532면. "이 가운데 『溫水閣藁』로부터 『德衣筆耕處藁』에 이르기까지의 열 네 고는 저자의 왕고 노산옹(1857~1944)께서 친히 수집하신 것으로서 애초 한 해의 작품이 한 고씩으로 되어 있었고, 또 할아버지께서 손자의 문고를 수집하셨다는 일이 고금 천하에 없는 기사이므로 그 편제를 감히 자의로 고치지 못한 채 그대로 두고는 다만 그 열 네 고에다 각기 고의 이름만을 추가하였다. 그러므로 그 다음의 『六六峰草堂藁』로부터 『惺顚燕癖之室藁』에 이르기까지의 스물 네 고도 역시 위의 편제를 그대로 따라서 한 해의 작품을 한 고로 하였다."

4) 『淵淵夜思齋文藁』, 「漢文槪要」, 531~532면.

5) 『淵淵夜思齋文藁』, 「漢文槪要」, 531~532면.

같다. 특히 당대 한학의 대가들로부터 주목을 받아 그들의 평을 받기도 했는데, 연민은 몇몇 선배와 지우들로부터 받았던 비평의 내용을 흘려버리지 않고, 책에 정리하여 두었다.

이 가운데에는 위당 정인보, 산강재 변영만(1889~1954), 임당 하성재 등의 비평이 남아 있는데, 이들은 연민의 문장이 당대 한문대가들에게 어떠한 평가를 받았던가를 보여주는 것이다. 연민의 글에 대해 평한 것은 여러 대가들 가운데에서도 산강재의 것이 가장 많이 남아 있으며, 평에 대해서도 가장 폭넓고 깊은 비평을 행한 것을 볼 수 있다.

연민과 산강재의 교류는 1939년부터 이루어진 것으로 보인다. 그가 23세 때인 1940년에 지어진 그의 글을 모은 『雪溜山館藁』에 산강재와의 교류했던 자취가 보인다. 『雪溜山館藁』에 수록된 것으로 연민이 산강재에게 준 「與山康卞翁榮晩」이란 편지의 내용을 통해 이 때 산강과의 교류가 시작이 되었음을 확인할 수 있다.

> 저는 어렸을 적부터 선생의 성함을 익히 들었고, 선생의 글을 얻어서 읽어보고는 우뚝하게 우리나라 문학계의 一大革新家이심을 알았습니다. 문득 한 번 가서 뵙고자 하였으나 뜻을 이루지 못하다가, 지난 해 비로소 한 번 나아가 탁월한 의론을 들었습니다. 어제 다시 용산의 거처하는 곳에 갔더니, 선생께서는 이미 온 집안이 어디론가 이사를 가셨고, 구름이 비치는 물만 일렁거리고, 신선의 배는 아득히 멀어져서, 온 산을 배회하며 하루 종일 있다가 돌아왔습니다.[6]

이 내용을 보면 연민이 산강재를 높여 '우리나라 문학계의 일대혁신

6) 『淵淵夜思齋文藁』, 「與山康卞翁榮晩」, 71면. "家源爲童子時, 已聞先生之名, 得先生之文, 而讀之, 知其巍然爲吾東方文學界之一大革新家也. 輒思欲一往見之, 而未果, 往歲始乃一造, 承聆妙論, 昨復到龍山高居, 則先生已盡室作仙隱, 水雲蕩漾, 仙舟杳冥, 滿山躕躇, 竟日而返矣."

가'라 한 것을 알 수 있다. 그를 한 번 만나보고 싶어 하다가 1939년에 만나 이야기를 들은 바가 있었다. 연민은 이 편지가 수록된 『설류관산고』를 쓰기 전해인 기묘년인 1939년의 『靑梅煮酒之館藁』에서부터 글의 양이 부쩍 늘어났을 뿐만 아니라, 「東都篇」 16수 같은 득의작이 이 때 지어진 것을 볼 수 있다. 따라서 이 때 당대 한학의 대가들을 만나 교류하고자 하는 욕구가 컸던 것으로 보인다. 1939년 처음 산강재를 만난 이후, 이 편지를 썼던 1940년에도 다시 그를 보고자 하여 용산의 거처로 갔지만, 온 집안이 이사를 가서 만나지 못했던 것을 알 수 있다.

이렇게 시작된 연민과 산강재의 만남은 1945년까지 이어진 것으로 보인다. 1945년에 지은 글을 모은 『小蓬萊仙館藁』에 그에게 보낸 「答山康卞翁」이란 편지가 있는데, 그 이후에는 변영만에 대한 글이 보이지 않는다. 따라서 이들의 교류는 주로 1939년부터 1945년까지 7년간에 이루어진 것으로 보인다.

변영만과의 본격 교제가 이루어지는 1940년의 원고를 모은 것이 『설류관산고』이다. 이 이름은 그가 이 해에 「雪溜書室記」를 지었고, 중국의 서예가인 심여 부유라는 사람이 설류산관 이란 네 자의 편액을 써주어서, 명륜동 옥류산장에 걸었기 때문이다.[7]

『설류관산고』에는 시가 16제 22수, 논설 1편, 서발 2편, 잡기 2편, 서독 16편이 수록되어 있다. 이 가운데 「東征篇」이란 시는 금강산을 유람하고 지은 장편의 5언시이다. 그가 밝힌 바에 의하면, 모두 441운에 588구로 되어 있다. 이 시는 그의 시문집 전체에서 가장 장편의 시가로 그의 문재를 천하에 떨친 것으로 이 시의 뒤에는 이탁(李鐸)이 쓴 「書後」가 부록으로 있는데, 그는 여기에서 소년시절의 예기를 감추고,

---

7) 『雪溜山館藁』 「小序」 "是歲余作雪溜書室記, 而後中國書藝家心畬溥儒君, 爲余作雪溜山館四字扁, 今揭于明倫衚衕之玉溜山莊."(『淵淵夜思齋文藁』, 51면.)

종용예법의 뜻이 있다고 하였다.[8)]

『雪溜山館藁』에는 앞에서 살펴본 산강재에게 주는 편지 「與山康卞翁榮晩」 1편 이외에 두 편의 문장에 산강이 평을 한 것이 있다. 「丁錦人大武六十一歲壽序」와 「설류서실기」에 대한 평이 그것이다. 「정금인대무육십일세수서」에는 비권과 평이 있는데, 모두 산강재가 한 것이다. 「설류서실기」에도 비점과 말미의 평이 있는데, 비점은 산강재가 한 것이고, 말미의 평은 산강재와 임당 하성재가 한 것이다.

신사년(1941)에 지은 글들은 『憙譚實學之齋藁』에 수록되어 있다. 이 문고의 이름이 어떻게 저어졌는가에 대해 연민은 "나는 일찍이 實學에 대해 이야기하기를 좋아하여 마침내 집에서 늘상 쓰는 말이 되었는데, 어떤 사람이 글씨를 써달라고 하면, 이 네 자를 써주는 경우가 많았으므로, 재실의 이름으로 삼았다. 뒤에는 철농(鐵農) 이기우(李基雨)가 나를 위해 희담실학(憙譚實學)이라는 돌 인장을 하나 새겨주었다."[9)]라고 하였다.

이 문고에는 시가 19제 42수, 애제 2편, 서발 2편, 잡기 2편, 서독 18편 등이 수록되어 있다. 이 문고의 「芍藥山居記」에 산강의 평이 수록되어 있는데, 문장 중간에 평을 한 것이 두 군데 있고, 문장 맨 뒤에 총평을 한 것이 있다.

임오년(1942)에 지은 글들은 『德衣筆耕處藁』에 모아져 있다. 이 문고의 이름은 담원(薝園) 정인보(鄭寅普)가 일찍이 연민에게 『書經』의 '衣德言'이란 말에서 '德衣'라는 자를 지어주고 불렀던 일 때문에 독서

8) 『淵淵夜思齋文藁』, 62면. "往年秋, 族君家源甫, 遊金剛, 作四百四十韻. 余聞時以爲, '金剛劍鋒而戈鏑也, 君少年銳氣也. 遇之必淬礪爭奇變爾.'及就見之, 頓似韜斂, 有從容禮法之意焉."

9) 『淵淵夜思齋文藁』, 80면. "余嘗憙譚實學, 遂爲家常語, 有人求書, 多以此四字應之, 因名其齋. 後鐵農李君基雨, 爲之作憙譚實學石印一方."

하는 방을 '德衣筆耕處'라 이름하였던 데에서 유래되었다.[10)]

이 문고에는 시가 7제 9수, 잠명 1편, 서발 1편, 잡기 4편, 서독 18편, 전장 2편, 비지 1편 등이 수록되었다. 이 문고에 산강과 관련이 있는 글들이 가장 많이 수록되어 있다. 시 가운데에는 산강으로부터 소동파의 칠언율시집 한 책을 받고 그 시집의 시들을 집구하여 절구 한 수를 지어 올린 것이 있다.

선생은 예전과 다름없이 廣文처럼 가난하고,	先生依舊廣文貧,
道를 논하며 애초에 몸은 생각하지 않았네.	謀道從來不計身.
술을 마시면 크게 즐거우니 무엇을 근심하리?	得酒强懽愁底事,
다른 때에 귀양온 神仙이라고 괴이하게 여기리.	異時長怪謫仙人.[11)]

산강재가 술을 좋아하고 자신을 돌보지 않고, 세상일을 걱정하던 것을 말하였다. 그리고 산강재의 이러한 모습이 마치 귀양온 신선 곧 이태백과 비슷함을 말한 것이다.

그리고 「弗丁室銘」에 산강재의 평이 있으며, 「寒水亭耆老會帖序」에도 산강재의 평과 임당의 평이 있다. 잡기 가운데 「松广記」에는 비권과 중간 평 그리고 문미의 종합평이 있는데, 제목 아래에 '산강비권'이라 하여 산강이 비권을 하였음을 밝혔다. 문장의 중간과 말미에 있는 평은 모두 산강재가 한 것이다.

바로 이어져 있는 「文正洞新居記」에는 비점만 있는데, 역시 산강재가 비권을 한 것이라 밝혔다. 여기에는 「南谷精舍記」가 이어져 있는데, 여기에는 문미에 산강재의 평이 있다. 바로 이어서 「靜思齋記」가

10) 『淵淵夜思齋文藁』, 102면. "舊園鄭翁寅普, 嘗字呼余以德衣, 蓋取諸書經, 衣德言之義也. 余遂題其讀書之室, 曰, 德衣筆耕處."

11) 『淵淵夜思齋文藁』, 103면.

있는데, 여기에는 비점, 비권, 중간평, 문미평이 모두 있는데, 전부 산강재가 한 것이다.

그리고 이 문고에는 산강재에게 답하고 주는 「답산강변옹」 1편, 「여산강변옹」 2편이 있다. 「여산강변옹」의 첫 번째 편지에는 산강재의 비권이 있다. 그리고 두 번째 「여산강변옹」 뒤에는 부록으로 산강재에게서 온 편지를 수록하였는데, 그 제하에 "내가 산강에게 보낸 편지는 우연히 잃어버려 전하지 않는다.[余與山康書偶逸而不傳]"이라 하였다. 부록으로 부친 편지를 받기 전에 산강에게 보낸 편지를 잃어버려 없다는 것이다. 부록으로 첨부한 이 편지의 내용에는 연민의 작품이 중독성이 있음을 말하였다.[12]

그리고 전장에 「忱婦李柳氏傳」이 실려 있는데, 제하에 담원비권이라 하여 글에 비권을 단 사람이 담원이라 하였지만, 이 글의 끝에는 산강재의 평이 붙어 있다. 바로 이어서 「東樵傳」이 있는데, 이 글에도 비권이 있고, 말미의 평이 있는데, 비권은 담원이 하였다고 밝혔다. 말미의 평은 담원과 산강재의 것이 있다.

바로 이어서 있는 비지에 「謹窩金翁墓碣銘」이 있는데, 여기에는 비점과 중간의 평과 말미의 평이 있는데, 모두 산강재가 한 것이다.

『六六峰草堂藁』는 계미년(1943)에 쓴 것이다. 문고의 이름은 청량산의 六六峰을 본따서 연민이 양계(陽溪)에 초옥을 짓고 육육봉초당(六六峰草堂)이라 한 데에서 유래한 것이다.[13]

이 문고에는 시가 15제 27수, 애제 1편, 서발 3편, 잡기 5편, 서독 24편, 소찬 1편, 애제 2편, 잡기 4편, 서독 16편, 비지 1편 등이 있다.

---

12) 『淵淵夜思齋文藁』, 114면.

13) 『淵淵夜思齋文藁』, 124면. "吾家之淸涼山, 有十二峰, 故先祖退溪先生, 時調淸涼山歌中, 有 '淸涼山六六峰'之句, 余十三歲時, 漢譯此歌, 則 '六六淸涼奇又奇, 仙期吾與白鷗爲'者是也. 後自署陽溪之草屋, 以六六峰草堂."

산강재와 관련이 있는 글이 전년의 문고에 비해 확연하게 적은 것을 볼 수 있다. 산강재와 관련이 있는 것으로 3편의 편지가 있는데, 「답산강변옹」이 2편이고, 「여산강변옹」이 한 편이다. 그런데, 이들 편지 뒤에는 산강재가 연민에게 지어준 「淵生書室銘」이라는 글이 서문과 함께 실려 있다.[14] 연민은 이 글에 대해 "其辭靈妙, 其風悰絶代, 久而愈不能忘也."[15]라고 하였다.

『淵生書室藁』는 갑신년에 쓴 것을 모은 문고이다. 문고의 이름은 전해에 산강이 고계에 있는 선대의 정자를 방문하고, 이별할 즈음에 「淵生書室銘」을 지어주었기 때문에 문고의 이름을 이렇게 지었다.[16]

이 문고에는 시가 2수, 잠명 1편, 송찬 1편, 이제 2편, 잡기 4편, 서독 18편, 비지 1편 등이 있다. 산강재와 관련이 있는 글로 「여산강변옹」 한 편이 있을 뿐이다.

『小蓬萊仙館藁』는 을유년에 쓴 글을 모은 문고이다. 문고의 이름은 신사년 가을에 서울의 여관에서 꿈 속에서 "蓬萊秋水殷生波"라는 구절을 얻고, 뒤에 시골 집에 소봉래선관(小蓬萊仙館)이라고 서실의 이름을 붙인 것에 기인한다.[17]

이 문고에는 시가 한 수도 없으며, 송찬 1편, 애제 2편, 서발 2편, 잡기 1편, 서독 17편, ㄹ전장 2편, 비지 2편이 등이 있다. 산강재와 관련이 있는 글로 「답산강변옹」 한 편이 있을 뿐이다.

---

14) 『淵淵夜思齋文藁』, 139면.

15) 『淵淵夜思齋文藁』, 147면.

16) 『淵淵夜思齋文藁』, 147면. "前歲癸未冬, 山康卞翁, 來訪余溪上之古溪先亭, 將別去, 作淵生書室銘, 以焜耀之, 其辭靈妙, 其風悰絶代, 久而愈不能忘也."

17) 『淵淵夜思齋文藁』, 164면. "往在辛巳秋, 余滯京館, 一夜夢中, 狂到一處, 則海上風景, 愜此幽懷, 吟眺流連, 句占一絶, 覺而猶記其一句云, '蓬萊秋水殷生波' 自不知其何所謂, 題之壁間, 後歸鄕第, 名書室以小蓬萊仙館者, 實昉於是."

3. 산강재 비평의 양상과 그 내용

산강재의 연민문장에 대한 비평은 크게 세 가지 형태로 나뉜다. 첫째는 비점(批點) 혹은 비권(批圈)이 그것이다. 전체의 문장 가운데 두드러지는 부분에 대해 비점이나 비권을 표시하는 것은 비록 소극적이기는 하지만 비평의 한 부분이라 할 수 있다. 둘째는 문장 중간에 좋은 곳은 만나면 평을 넣은 것이다. 문장 전체를 아우르기보다는 문장의 부분에 대한 비평으로 중간평(中間評)이라 할 것이다. 셋째는 문장 전체를 평한 것으로 제평(題評)이나 미평(尾評)이 그것이다. 제평은 문장의 맨 앞에서 전체를 조망한 것이고, 미평은 문장의 맨 뒤에서 전체를 총평한 것이다.

산강재가 연민의 문장에 행한 비평은 시기적으로도 그리 길지 않는 7년동안에 이루어졌으며 특히 7년 동안에도 2년 정도의 짧은 시기에 집중적으로 이루어졌기 때문에, 그 양이 그리 많지 않다. 하지만 산강재가 연민의 문장에 행한 비평은 남긴 사람 가운데 가장 많은 분량을 남기고 있어, 연민의 문장이 동시기 평자에 의해 어떻게 평가되었던가를 살피는데 매우 중요한 자료라 할 것이다.

특히 위에서 살펴본 바와 같이 산강재는 여러 가지 형태로 비평을 남기고 있어, 형태적인 특성과 함께 그 내용을 살핌으로서 산강재의 연민에 대한 생각과 평자의 시점을 통하여 연민의 글의 가치와 위상에 대해 살펴보는 것은 매우 의미가 있을 것이라 생각된다. 이제 연민의 문장에 대한 산강재의 이러한 비평의 양태로 분류하여, 그 내용을 살펴보기로 한다.

3.1. 비권(批圈)에 의한 비평과 그 내용

일반적으로는 글자 옆에 점을 찍은 것은 비점이라 하고, 글자 옆에 동그라미를 한 것을 비권이라 한다. 그런데 연민은 이를 구분하지 않고 모두 비권이라 하였다.[18] 비권이 있는 경우 연민은 책의 제목에 누구의 비권인가를 밝혀놓았다. 산강이 비권을 한 경우 "山康批圈"이라 쌍행으로 표시하였다. 비권만 있고 평이 없는 경우도 있으며, 평만 있고 비권이 없는 경우도 있다. 비권은 다른 사람 예컨대 담원이 하고, 평은 산강재가 한 경우도 있다.

연민의 글 가운데 비점이 가장 먼저 보이는 글은 「丁錦人大武六十一歲壽序」이다. 이 글의 말미인 "然吾以翁百歲在前, 皆可壽之日, 則姑次所嘗目擊者獻焉. 且以古人壽言, 不必限於此數者, 諗文有云."[19] 라는 부분에 동그라미 모양의 비권이 있다.

「松广記」에는 "旣覺而心記之, 以異日將有所遇焉. 雲山十載之間, 頻頻引領勞脰, 而不可得也."[20]라는 문장에 동그라미 모양의 비권이 있다.

산강재에게 올린 「與山康卞翁」이란 편지에도 산강의 비권이 있다. "論今人不如論古文, 不佞到今心耳俱醒, 不意今者人之遽加此於先生也!"[21]에 동그라미 모양의 비점이 있고, "脫有之, 君子之過也."[22]에도 동그라미 모양의 비권이 있다. 이 편지 글에는 산강재의 동그라미 비점이 두 군데 보인다.

이상의 글에는 동그라미 모양의 비권만 보이고 있다. 이에 비해 다음의 글들에는 점모양의 비권이 더해져 있는 것이다. 이처럼 한 편의 글에 단일한 비점이 보이는 경우도 있으나, 아래 글들에는 점모양과

18) 여기서도 연민을 따라 모두 비권이라 하고, 다만 모양에 따라 동그라미 모양의 ㅂ권, 세모 모양의 비권 등으로 구분했다.

19) 『淵淵夜思齋文藁』, 66면.

20) 『淵淵夜思齋文藁』, 107면.

21) 『淵淵夜思齋文藁』, 112면.

22) 『淵淵夜思齋文藁』, 112면.

동그라미 모양이 혼재해 있다.

비지의 「謹窩金翁墓碣銘」의 "皆隱淪, 至是益窮空"에 동그라미 모양의 비권이 있고, 바로 이어 "翁厲聲曰, 汝欲長爲田家兒耶?"라는 구절에 동그라미 모양의 비권이 있다. 그 뒤의 "有志古文辭"에 점 모양의 비권이 있고, "吾幾無他長矣, 因以謹名其窩云" 이란 구절에 동그라미 모양의 비권이 있다.23)

「文正洞新居記」에도 산강재의 비권이 있는데, 문장 말미의 "余曰, '兄固不安於其舊, 今之文正, 亦昔之吉軒耳, 記之奚爲?'"24)에 점 모양의 비권이 있고, "今余尙滯兹城, 困頓日甚, 思念翁不輟, 迺爲叉用寄于翁也."25)에는 동그라미 모양의 비권이 있다.

「靜思齋記」에는 글 중간의 "顧未得其靜, 又惡圖其所謂思者乎? 吾又未究其所思者僞何也!"26)에는 동그라미 모양의 비권이 있고, 이것에 이어진 "至如靜之說, 則古人多言之, 蓋亦思之,"27)에는 점모양의 비권이 있다. 그리고 그 뒤 "靜者物之府, 動者生之牖也. 境靜則神王, 神王則思專, 而心爲感樞, 思爲心箭, 故聆沸音於虛器, 叱咤空山則谷應"28)에 동그라미 모양의 비권이 있다.

이상에서 한 편의 글에서 점모양과 동그라미 모양의 비권을 동시에 사용하여 그 둘의 기능을 구분하였으나, 현재는 그 차이를 알기는 어렵다.

이제까지는 점모양과 동그라미 모양의 비권 두 가지만 보였으나, 다음 글에는 다른 한 가지의 비권이 더 보이며, 이들 세 가지가 한꺼번에

---

23) 『淵淵夜思齋文藁』, 122면.
24) 『淵淵夜思齋文藁』, 108면.
25) 『淵淵夜思齋文藁』, 108면.
26) 『淵淵夜思齋文藁』, 109면.
27) 『淵淵夜思齋文藁』, 109면.
28) 『淵淵夜思齋文藁』, 109면.

들어 있는 글이다.

바로 다름 아닌 「설류서실기」라는 글인데 전체 글에 비점이 있는데다가 여러 가지 모양의 비점이 모두 모여 있다. 동그라미와 겹동그라미, 그리고 세모 모양의 다양한 비권이 있어, 이글은 비권의 종합세트라 할만하다. 다음은 「설류기실문」 가운데 비점이 있는 부분만 제시한 것이다.

> *吾家有淸溪數曲, 每冬時瀧瀑凝成, 非無此奇境 而獨有省于玆, 亦何哉?* 豈不以今日之逆旅困頓, 學殖荒落, 不平已積, 而物機適與之乘, 感其來疾矣者乎? (山康曰, 問得好, 答得好.) 迺掬溜注硏, 奮然題其室曰, “雪溜”. 記其感之卽也, 然而室之寄吾暫也, 未知明年, 復在何處, *則使此室蝸去殼存可乎? 是或有可救者, 夫容吾身卽吾室也. 袁安臥雪, 雪爲室也, 蘇長公畵雪, 室亦雪也, 余亦處山林之淸邃, 或市朝之湫隘, 學夫二子者之爲, 則吾未嘗負雪溜也. 且境或無此, 苟心所寄, 雪溜亦未能棄吾也!*(山康曰, 環廻盡致) 又從而疾書其事, 爲雪溜書室記, 記其心之契也, 而戶外溜聲尙滴, 小者錯落, 大者丁東, 與吾苦吟聲爭淸, 吾意其終夜不已, 則滿地灼鑠, 皆化爲眞明珠也. 庚辰歲除前十夜書.[29]

이상에서 이태릭체로 쓰여진 글씨가 동그라미 모양의 비권이 있는 부분이고, 밑줄이 있는 글씨가 세모모양의 비권이 있는 부분이고, 이태릭체이면서 밑줄이 있는 글씨가 겹동그라미 모양의 비권이 있는 부분이다. 그리고, 괄호 안의 것은 중간 평이다. 산강재가 이렇게 세 가지 모양으로 비권을 구분한 까닭이 있을 것이지만, 지금은 그 차이를 알 수가 없다. 아마도 연민은 그 차이를 알았을 것이지만, 지금 확인할 길이 없어 안타깝다.

---

29) 『淵淵夜思齋文藁』, 69면.

「芍藥山居記」에도 산강이 비권을 하였는데, 비교적 많은 비권이 있다. 여기에는 이제까지 보았던 세 가지 모양과는 다른 점 모양의 비권이 또다시 등장한다. 그리고 동그라미 모양의 비권이 보이지만, 나머지 겹동그라미나 세모 모양의 비권은 보이지 않는다.

> 人方處乎山溪之穹區, **鳥獸與友, 而猶以爲樂, 榮名不至, 而不以爲憂, 父老之所躅, 風土之所安, 棄之謂不祥也.** 逮其置身囂市, 委焉自恣, 嬌娥宕絃, 日滋其心目, *則有不以今之誘, 泥故之樂者幾空焉.* (山康曰, 用字驚奇, 而實穩妥.) 權君重吉, 世家嶺峽, *年未茂劬儒業, 不成, 乃奮而西入冽, 民方病深, 瘡瘤半路*, 大感之, 則專精一意於廣濟之術, 尤憙讀景岳書. 余前冬適寄孟園, 夜風雪張燈而坐, 隣壁誦聲琅然, 訪之, 乃君也. 仍招與酌酒論懷, 閒又逆余入室, 已出示其宗老雲陽沙門退耕氏, 所作芍藥山居之扁, 而求解其義, 余戲曰, "芍藥美人之花, 春日江渚, 解佩判袂, 蓋愛而將離之所贈也.", 君曰"唯唯, 不然! 吾鄕之太白, 亦稱爲芍藥山, 固山林之穹, 而今人所不樂居者, *雖然吾安能一日忘吾故也?* (山康曰 "只如此結高甚")30)

위의 글은 「芍藥山居記」 전문이다. 이 글 가운데 진하게 들어가 있는 글씨는 점 모양의 비권이 있는 곳이며, 이탤릭체로 쓰여진 글씨는 동그라미 모양의 비권이 있는 곳이다.

연민의 글 가운데 비권이 있는 것은 모두 8편이다. 비권에는 점모양, 동그라미모양, 겹동그라미모양, 세모 모양의 모두 네 가지가 있다. 이 가운데 동그라미모양의 비권이 가장 많이 보이는데, 15군데에 보이고 있다. 비권이 있는 8편 모두의 문장에 동그라미 모양의 비권이 있다. 「謹窩金翁墓碣銘」「芍藥山居記」에는 3곳에 동그라미 모양의 비

30) 『淵淵夜思齋文藁』, 92면.

글의 제목	비권이 있는 부분	비권의 모양	중간평	미평
丁錦人大武六十一歲壽序	然吾以翁百歲在前,~염文有云.	동그라미		
松广記	旣覺而心記之,~不可得也.	동그라미	○	
여산강변옹	論今人不如論古文,~不意今者人之遽加此於先生也!	동그라미		○
	脫有之, 君子之過也.	동그라미		
謹窩金翁墓碣銘	皆隱淪, 至是益窮空	동그라미	○	
	翁厲聲曰, 汝欲長爲田家兒耶?	동그라미		
	有志古文辭	점		
	吾幾無他長矣	동그라미		
문정동신거기	余曰,~記之奚爲?	점		
	今余尙滯玆城, ~ 迺爲叉用寄于翁也.	동그라미		
정사재기	顧未得其靜, ~吾又未究其所思者僞何也!	동그라미	○	
	至如靜之說, ~ 蓋亦思之,	점		
	靜者物之府, ~ 叱咤空山則谷應	동그라미		
설류서실기	*吾家有淸溪數曲, ~亦何哉?*	동그라미		
	豈不以今日之逆旅困頓, ~感其來疾矣者乎?	세모		
	則使此室蝸去殼存可乎? *~苟心所寄,*	동그라미		
	雪溜亦未能棄吾也!	겹동그라미		
	記其心之契也	세모		
작약산거기	鳥獸與友, ~棄之謂不祥也.	점	○	
	則有不以今之誘, 泯故之樂者幾空焉.	동그라미		
	年未茂劬儒業, ~瘖瘤半路,	동그라미		
	雖然吾安能一日忘吾故也?	동그라미		

권이 있고, 「與山康卞翁」「石溜書室記」「精思齋記」에는 두 곳에 보이고, 나머지는 모두 한 곳에 보인다. 세모 모양의 비권은 「설류서실기」에만 2곳이 보이며, 여기에 유일하게 또 겹동그라미 모양의 비권이 보인다. 점 모양은 네 편의 문장 네 곳에 보인다.

이들 비권은 비평의 한 형태라 할 수 있으며, 다양한 모양의 비권을 활용하여 그 내용을 구분하였다고 하겠으나, 지금은 그 내용을 확인하기 어렵다.

3.2. 중간평(中間評)에 의한 비평과 그 내용

산강재의 평이 있는 연민의 글 가운데에는 다른 비평의 형태는 보이지 않고 중간평만 있는 것이 있다. 「靜思齋記」가 그런 예이다. 이 글에는 중간에 "顧未得其靜, 又惡圖其所謂思者乎? 吾又未究其所思者爲何也!"라는 부분에 산강이 중간 평을 하였다. 원문에 실린 그대로의 모습은 "산강이 말하기를, '이야기한 것이 차갑고 쌀쌀하면서도 웃음이 나오게 한다.'라고 하였다. "[31]라고 되어 있다. 여기서 눈여겨 볼 것은 연민이 중간평에 대해서는 '山康曰'이라고만 했다는 사실이다.

비지의 「謹窩金翁墓碣銘」의 중간 평에서 "翁厲聲曰, 汝欲長爲田家兒耶?"라는 구절에 대해 "산강이 말하기를, '이 구절의 아름다움은 오로지 야 자에 그칠 뿐 다른 말이 없다는 데에 있다.'라고 하였다."[32]이라 하였다. 또 "吾幾無他長矣 因以謹名其窩云" 이란 구절에 대해 "산강이 말하기를, '일과 말이 모두 기이하고 특이하다.'라고 하였다."[33]이라 하였다.

「松广記」에는 비권과 문장 중간의 비평, 말미의 비평이 있는데, 모두 산강재가 한 것이다. "旣覺而心記之, 以異日將有所遇焉. 雲山十載之間, 頻頻引領勞脰, 而不可得也."라는 문장에 비점이 있는데, 그 아래에 "산강이 말하기를, '서사가 한가하고 깨우침이 있어 사강락(사

31) 『淵淵夜思齋文藁』, 107면. "山康曰, 說得冷悄, 而又可解頤."

32) 『淵淵夜思齋文藁』, 122면. "山康曰, 此句之美, 專在止於耶字, 更無一言."

33) 『淵淵夜思齋文藁』, 122면. "山康曰, 事與辭, 俱奇絶."

령운)의 시의 흥취가 있다.'라고 하였다."[34]라 하였다.

「芍藥山居記」[35]에도 두 군데 중간 평이 보이는데, "人方處乎山溪之穹區, 鳥獸與友, 而猶以爲樂, 榮名不至, 而不以爲憂, 父老之所躅, 風土之所安, 棄之謂不祥也. 逮其置身闤市, 委焉自恣, 嬌娥宕絃, 日滋其心目, 則有不以今之誘, 泯故之樂者幾空焉."라는 부분에 대해서 "산강이 말하기를, '글자를 쓴 것이 놀랍고 기이하지만 실제로는 안온하고 편안하다.'라고 하였다."[36]라고 하였고, "權君重吉, 世家嶺峽, 年未茂劬儒業, 不成, 乃奮而西入洌, 民方病深, 瘡瘤半路, 大感之, 則專精一意於廣濟之術, 尤憙讀景岳書. 余前冬適寄孟園, 夜風雪張燈而坐, 隣壁誦聲琅然, 訪之, 乃君也. 仍招與酌酒論懷, 閒又逆余入室, 已出示其宗老雲陽沙門退耕氏, 所作芍藥山居之扁, 而求解其義, 余戲曰, '芍藥美人之花, 春日江渚, 解佩判袂, 蓋愛而將離之所贈也.', 君曰'唯唯, 不然! 吾鄕之太白, 亦稱爲芍藥山, 固山林之穹, 而今人所不樂居者, 雖然吾安能一日忘吾故也?'"라는 부분에 대해서는 "산강이 말하기를, '다만 이와 같이 맺은 것이 매우 높다.'라고 하였다."[37]라고 하였다.

「忱婦李柳氏傳」에는 문장 끝에서 산강은 말하기를, "산강이 말하기를, '문법이 매우 옛날의 궤철에 합한다.'라고 하였다."[38]라고 되어 있다. 여기의 산강의 평은 「침부이유씨전」 뒤에 있어 미평에 가깝다고 볼 수 있으나, 산강이 평왈 이라 하지 않고 그저 왈이라 한 것으로 보아 중간평으로 넣은 것으로 보인다. 뒤에 연민의 발문을 포함하여 전

---

34) 『淵淵夜思齋文藁』, 107면. "山康曰, 敍事閒覺有康樂詩趣."
35) 『淵淵夜思齋文藁』, 92면.
36) 『淵淵夜思齋文藁』, 92면. "山康曰, 用字驚奇, 而實穩妥."
37) 『淵淵夜思齋文藁』, 92면. "山康曰, 只如此結高甚."
38) 『淵淵夜思齋文藁』, 120면. "山康曰, 文法深合古轍."

체 문장으로 보았던 것으로 이해할 수 있다. 「忱婦李柳氏傳」의 뒤에 있는 연민의 발문 가운데 중간평이 보이는 것을 보면, 이것이 중간평이었음을 다시 확인할 수 있다.

발문 가운데 다음 "且忱婦前後求死者四, 則忱婦一人, 而猶之爲四女子之死, 以四女子死, 而贖一丈夫, 夫誰曰, 不可? 其卒以有濟, 是蓋有天焉云爾. 於李柳氏, 無人不曰, 烈婦, 烈婦! 而若李柳氏, 不徒自爲烈, 實率其忱, 以盡乎夫, 烈猶未足以槪斯人, 故李家源曰, 忱"라는 문장에 대해 산강은 "산강이 말하기를, '기이하고 뻣뻣하지 않은 것은 아니지만, 실로 믿음직함에 해가 되지 않는다.'라고 하였다."[39]라고 평하였다.

글의 제목	중간평의 대상	평의 대상	평의 내용
靜思齋記	顧未得其靜, ~吾又未究其所思者爲何也!	說得	冷悄, 而又可解頤
謹窩金翁墓碣銘	翁厲聲曰, 汝欲長爲田家兒耶?	此句之美	專在止於耶字, 更無一言.
	吾幾無他長矣, 因以謹名其窩云	事與辭	俱奇絶
松广記	旣覺而心記之, ~頻頻引領勞脰, 而不可得也.	敍事	閒覺有康樂詩趣
芍藥山居記	人方處乎山溪之穹區, ~泥故之樂者幾空焉.	用字	驚奇, 而實穩妥
	權君重吉, ~雖然吾安能一日忘吾故也?	只如此結	高甚
忱婦李柳氏傳		文法	深合古轍
	且忱婦前後求死者四, ~故李家源曰, 忱		非不奇矯, 而實不害允

39) 『淵淵夜思齋文藁』, 120면. "山康曰, 非不奇矯, 而實不害允."

중간평이 있는 글은 모두 5편이다. 이 가운데 「정사재기」와 「송엄기」만을 빼놓고는 모두 중간평이 2군데씩 있다. 중간평의 대상으로 두드러진 것은 사(事)와 사(辭), 서사(敍事), 용자(用字), 문법(文法) 등이다.

평의 내용은 어느 부분의 무엇이 어떠하다는 삼단구조로 되어 있다. 예컨대 「謹窩金翁墓碣銘」의 "吾幾無他長矣, 因以謹名其窩云"의 사(事)와 사(辭)가 '俱奇絶'하다는 것이다. 평의 구절 가운데 평할 대상에 대한 느낌이나 감흥을 바로 말한 것이다.

3.3. 미평(尾評)에 의한 비평과 그 내용

산강재의 평 가운데에는 앞서 살펴본 여러 가지 모양의 비권과 중간평 이외에 제평과 미평이 있다. 이들은 우선 비권이나 중간평이 글의 특정한 부분에 행해졌던 것에 비해 이들은 문장 전체에 행해진 점이라는 측면에서 구별된다.

제평은 관원의 근무 성적에 대한 품제(品題)와 평론(評論)을 말하는데, 문장이나 시를 평하는 것을 이르기도 한다.40) 제평은 다른 경우 '산강평왈'이라 되어있는데, 이 경우에는 '산강제왈'이라 되어 있다. 이것은 전체 평 가운데 유일하게 「東樵傳」에 보인다. 「동초전」에는 산강재의 평이 있는데, 담원의 경우와 마찬가지로 평이라 하지 않고, 제라 하였는데 그 내용은 다음과 같다.

---

40) 제평이라는 용어에 대해서는 權鼈의 『海東雜錄』 四 本朝 四 「徐居正」 조에 "이도은 정삼봉의 시는 한 시대에 이름을 나란히 날렸는데, 이의 시는 청신하고 고고하였으나 웅혼함이 부족하였다. 정의 시는 호일하고 분방하였으나 단련됨이 적었다. 서로 막상막하였는데, 목은이 늘 제평을 하게 되면, 이도은의 시를 앞에 놓고 정삼봉의 시를 뒤에 놓았다.[李陶隱鄭三峯之詩, 齊名一時, 李淸新高古, 而乏雄渾, 鄭豪逸奔放, 而少鍛鍊, 互有上下, 牧隱每當題評, 先李而後鄭.]"라는 데에서 보이고, 그 뒤에도 李植, 『澤堂先生集』 제6권 「杆城으로 부임하는 柳洗耳 穎을 전송하며」라는 시의 마지막 구절에 "기막힌 곳 하나하나 품평해 보십시다.[佳處要題評]"라는 구절에 보인다.

> 山康이 題하여 말하기를, "東樵가 과연 그러한가? 나는 동초가 더욱 典籍의 숲에서 樵蘇(나무를 베고 풀을 깎음)하기를 바라니, 그렇게 하다가 東山에 이르러서는 비록 영원히 포기하더라도 좋을 것이다."라고 하였다.[41]

동초(東樵)는 이진영(李鎭泳, 1919~1993)을 말한다. 그는 호가 동초이고, 본관은 청안이다. 언양읍 대곡리 출신으로 그곳에 있는 청안 이씨의 모은정(茅隱亭)[42]을 짓기 시작했던 이용필(李容馝)의 손자요, 육봉(六峰) 이준혁(李晙赫)의 아들이다. 모은정은 바로 동초 이진영의 학문적 연원이 된 곳이라 일컬어진다. 그는 유학자의 집안에서 태어나, 불교에 조예가 깊었던 것으로 알려져 있다. 그는 젊은 시절 만주 등지를 떠돌다가 중년 이후에 민족문화추진회 국역연수원에서 일을 하였고 뒤에는 국역연수원 교수를 지내며 후학을 양성하였다. 유집으로는 급고실유고간행위원회(汲古室遺稿刊行委員會)에서 간행한 『汲古室遺稿』가 있다.

산강재는 연민의 「동초전」을 읽고 동초라는 호와 관련지어 그의 생애를 풀이한 것이라 할 수 있다. 제는 평의 범주에 포함시키지 않을 수도 있겠으나, 문장 전체를 읽고 의견을 말한 것이므로, 비평의 범주에 넣어야 할 것으로 판단된다.

미평은 연민의 글에 대해 산강재가 글의 맨 끝에 붙인 평이다. 여기

---

41) 『淵淵夜思齋文藁』, 121면. "山康題曰, "東樵果爾? 吾益望東樵之益樵蘇於典籍之林, 而至於東山, 雖永抛不復, 可也夫!"

42) 慕隱亭은 언양읍 大谷里 반구대 아래(884-3번지)에 있는 淸安李氏 문중의 정자·宣武原從功臣 退思齋 李應春의 후손 龜隣 李容馝(1849~1906)이 포은 선생의 遺德을 사모하여 정각을 지을 것을 원했으나 뜻을 이루지 못하고 세상을 떠나자 1920년(경신) 그 아들 一峰 李正赫(1871~1952)이 여섯 아우(章赫·鳳赫·能赫·奎赫·晙赫·左赫)와 더불어 肯構(아버지의 사업을 아들이 계승하여 성취함)했다. 바로 앞에 있는 반구서원, 集淸亭 등과 더불어 주변의 경치가 빼어나 가히 絶景이다.

에는 중간평에서는 '山康曰'이라 했던 것과는 달리 '山康評曰'이라 하고, 산강재의 평을 실었다. 아마도 글에 대한 온전한 평이라는 생각이 담겨 있는 것이 아닌가 한다. '山康評曰'이 가장 먼저 보이는 것은 「丁錦人大武六十一歲壽序」이다. 이 글의 끝에는 "맺는말이 특히 예스러우면서도 무성하여 사랑할 만하다."[43]는 산강재의 평이 실려 있는데, 여기서는 "卞山康 榮晩 評曰"이라고 되어 있다. 하지만 그 뒤의 것들은 모두 "山康評曰"이라고 동일하게 정리되었다. 다만 두 번째 평이 보이는 「설류서실기」에 실려 있는 산강재의 평을 보면, "산강이 평하여 말하기를, '少泉의 이 글은 거침없이 옛사람들의 마당을 짓밟았다. 산강은 읽다.'라고 하였다."[44]라고 하였다. 여기에서는 "산강평왈"로 되어 있으나, 평의 맨 뒤에 "山康讀"이란 말이 들어가 있다. 이 글 뒤에는 「南谷精舍記」가 이어져 있는데, 여기에는 문미에 산강재의 평이 있다.

> 산강이 평하여 말하기를, "글의 뜻은 비록 극력 선가의 뜻을 배제하였으나, 글의 기운은 도리어 황홀하고 아련하여 넉넉하게 신선의 흥취가 있으니, 기이하도다. 기이하도다."라고 하였다.[45]

연민은 퇴계의 후손으로 유가의 정통을 이어받기는 했지만, 제자백가의 사상을 폭넓게 섭렵하였는데, 이 글을 지음에 있어서는 선가의 뜻을 극력 배제하였다고 하였다. 정사가 유가의 학문을 익히는 산실이란 점 때문에 선취를 가능하면 감추려 하였다는 말이다. 하지만, 그 글

---

43) 『淵淵夜思齋文藁』, 66면. "卞山康 榮晩 評曰, 結詞特古茂可愛."
44) 『淵淵夜思齋文藁』, 70면. "山康評曰, 少泉此文, 居然躪古人之庭矣. 山康讀."
45) 『淵淵夜思齋文藁』, 109면. "山康評曰, 文旨雖極力排除仙家, 而文氣, 則却恍忽迷離, 饒有仙趣, 奇哉, 奇哉!"

의 기운에는 도리어 신선의 흥취가 흘러 넘쳤던 것으로 보인다. 「芍藥山居記」에서 산강재가 연민의 글에 대해 글의 격이 뛰어난 점에 대해 평한 것을 소개하였다.

> 산강이 평하여 말하기를, "글의 격이 무성하고 빽빽하고, 뜻을 쓴 것이 한적하고 담담하여, 진실로 산에 거처하는 사람의 기문이라 일컬을 만하다."라고 하였다.[46]

작약산에 거처하는 사람의 모습을 그린 「芍藥山居記」에 드러난 글의 격은 무성하고 빽빽하다고 하였고, 그 글에 드러난 뜻이 한적하고 담담하다고 했다. 연민은 마치 작약산 속에서 작약산과 하나가 되어 살아하는 사람의 모습을 담아내었다. 이렇게 산사람의 모습을 잘 그려내니, 산강재는 이에 대해 진실로 산에 거처하는 사람의 기문이라 일컬을 만하다고 극찬을 아끼지 않았던 것이다.

불정산에 살던 사람에 대한 「弗丁室銘」에도 산강의 평이 있는데, 이 글에는 담원(薝園)의 비권(批圈)이 있으며, 다음과 같이 비교적 짤막한 글이다.

> 佛頂之頂, 如佛斯定. 佛頂之足, 有人如玉, 妙哉弗丁, 墨藪彗星, 如來金粟, 滿身符籙, 心專氣昌, 雲雲古香, 勖哉弗丁, 莫以自靈, 奇如翁頑, 未探道鍵. 學其至者, 每出其下, 吾聞甲骨, 殷墟所洩, 文字之祖, 在今莫古, 宋是子裔, 丁亦商帝. 究爾祖史, 爰及厥字, 勖哉弗丁, 爾日斯征.

연민은 이 글의 앞에 본문보다도 긴 서문을 실었는데, 이 서문에서

46) 『淵淵夜思齋文藁』, 92면. "山康評曰, 文格茂密, 而用意蕭澹, 允稱山居之記."

는 연민이 박연과 김완당의 글과 글씨의 연원을 터득하여 안 것을 세상에서 모르는데 송세영은 이를 알아준다고 하며, 그의 높은 식감을 칭양하고, 그가 포천의 불정산 아래에서서 지내는 모습에 대해 설명하였다.[47]

불정실의 주인인 송세영(宋世榮)의 인물과 서법의 연원 등에 대해 쓴 명문이다. 이에 대한 산강재의 평을 보면, "산강재가 평하여 말하기를, '편제가 정밀하고 견고하여 진실로 가작이 된다.'라고 하였다."[48] 라고 하였다. 명문의 특성이 비교적 편폭이 작은 글에 압축하여 짓다 보니 대부분 편제가 정밀하고 견고하다고 할 수 있겠으나, 이 글은 더욱 더 그러한 특성이 드러나서 가작이 되었다고 산강재는 평하였다.

「寒水亭耆老會帖序」에는 비점과 평이 있는데, 비점은 「弗丁室銘」의 제목 아래에 밝힌 것과 같이 담원이 비권을 하였다고 밝혔고, 평은 산강재와 임당의 평이 있는데, 산강재의 평을 소개하자면, "산강이 평하여 말하기를, '착상이 혼후하고 깊으며, 글을 써내려간 것이 친근하고 우아하여, 진실로 아름다운 작품이다.'라고 하였다."[49]라 한 것을 볼 수 있다. 연민의 글이 내용이 깊이가 있고 친근하고 우아하게 글을 써내려 가서 진실로 아름답다고 했으니, 그 수준은 평이하면서도 깊이가 있고, 친근하면서도 품격이 있는 높은 경지에 올랐음을 밝힌 것이라 하겠다.

---

47) 『淵淵夜思齋文藁』, 105면. "余嘗以朴燕巖虎叱, 出於柳於于虎穽文, 而文益奇, 金阮堂書法, 雖自稱慕清人阮芸臺, 翁覃谿之爲, 而實有得乎許眉叟者, 則人皆汗漫不之省, 而宋君世榮獨深然之, 君方學書于其所居抱川之佛頂山下, 以山名之未愜於懷, 落其字之偏傍爲弗丁, 署其室, 問余銘, 冽上將再楓, 而尙不得爲. 今余行且南, 而君又至, 則輒以是爲意, 乃檢其作古隷數幅, 種種如千年老佛, 光頂趺坐, 念君年甚妙藝蚤就, 其進固不可槪, 於余尤戀戀不能舍, 而言之相合者, 抑何多矣? 奇已! 乃爲之銘曰"

48) 『淵淵夜思齋文藁』, 105면. "山康評曰, 篇製精堅, 允爲佳作."

49) 『淵淵夜思齋文藁』, 106면. "山康評曰, 著想渾邈, 落墨爾雅, 誠佳作."

「松广記」에는 비권과 문장 중간의 비평, 말미의 비평이 있는데, 모두 산강재가 한 것이다. 문장 끝에는 "산강재가 평하여 말하기를, '功令의 구태를 완전히 씻어내어, 맑은 모습이 사랑스럽다.'[50]라고 하였다."라는 산강재의 평이 있다. 연민이 이 글을 지을 때에는 이미 과거제도가 폐지된 지 한참 지난 때이므로, 공령문을 준비하기 위해 글을 지은 것은 아니라는 것을 분명히 알았겠지만, 연민의 글이 옛날 공령문을 지었던 사람들의 글의 모습을 완전히 벗어났다는 말이다.

산강재는 「松广記」에 대해 연민의 글이 공령문과는 상관이 없어 더욱 맑은 모습이 사랑스럽다고 높이 평가를 했는데, 「靜思齋記」의 문미에서도 이 글은 그 조격이 매우 뛰어나다고 하였다. 이 글에 대한 산강재의 평을 소개한 것을 보면, "산강이 평하여 말하기를, '정밀하고 아름다우며 뛰어나고 기묘한 작품으로, 요즈음 세상에는 이러한 조격으로 지은 것이 아마도 다시는 없을 것이다.'[51]라고 하였다."라고 하였으니, 연민의 이 글이 정밀하고 아름다우며 뛰어나고 기묘한 작품이라고 산강재는 극찬을 하였다.

「忱婦李柳氏傳」의 말미에서 "산강이 평하여 말하기를, '原本은 인정과 도리가 있고, 推論은 사리에 맞으니, 忱婦가 이 글을 본다면 九原에서 미소를 머금을 것이다.'라고 하였다."[52]라고 산강재의 평을 소개하였다. 비지의 「謹窩金翁墓碣銘」의 말미에는 "산강이 평하여 말하기를, '서술이 간약하고 우아하여, 『古文眞寶』에 새겨넣을 수 있겠다.'[53]라

50) 『淵淵夜思齋文藁』, 107면. "山康評曰, 一洗功令之舊, 澄然可愛."
51) 『淵淵夜思齋文藁』, 110면. "山康評曰, 精綺超妙之作, 今世恐無復爲此調者矣!"
52) 『淵淵夜思齋文藁』, 120면. "山康評曰, 原本情理, 推論中窽, 忱婦得此, 可以含笑九原矣!"
53) 『淵淵夜思齋文藁』, 122면. "山康評曰, 敍述簡雅, 銘于古眞."

연민의 작품	비평대상	비평의 내용	느낌이나 평	다른 형태의 비평	수록
東樵傳		東樵果爾? 吾益望東樵之益樵蘇於典籍之林, 而至於東山, 雖永抛不復, 可也夫!		비권(담원) 제평(담원) 미평(임당)	121면. 덕의필경처고
丁錦人大武六十一歲壽序	結詞	特古茂	可愛	비권	66면. 설류산관고
雪溜書室記	少泉此文	居然躙古人之庭矣.		비권 미평(임당)	69면. 설류산관고
南谷精舍記	文旨	極力排除仙家	奇哉,奇哉!		108면. 덕의필경처고
	文氣,	恍忽迷離, 饒有仙趣,			
芍藥山居記	文格	茂密	允稱山居之記	비권 중간평	92면. 희담실학지재고
	用意	蕭澹			
弗丁室銘	篇製	精堅	允爲佳作	비권(담원)	104면. 덕의필경처고
寒水亭耆老會帖序	著想	渾邈	誠佳作	비권(담원) 미평(임당)	105면. 덕의필경처고
	落墨	爾雅			
松广記		一洗功令之舊	澄然可愛	비권 중간평	107면. 덕의필경처고
靜思齋記		精綺超妙之作, 今世恐無復爲此調者矣!		비권 중간평	109면. 덕의필경처고
忱婦李柳氏傳	原本	情理	忱婦得此, 可以含笑九原矣!	비권(담원) 중간평 미평(담원)	119면. 덕의필경처고
	推論	中窾			
謹窩金翁墓碣銘	敍述	簡雅	銘于古眞	비권 중간평	122면. 덕의필경처고

고 하였다."라는 산강재의 평이 달려 있다.

이들 비평을 다시 도표로 정리하면 다음과 같다.

산강재의 평이 있는 문장 가운데 비권, 중간평, 미평이 모두 있는 경우는 「謹窩金翁墓碣銘」 「靜思齋記」 「松广記」 「芍藥山居記」의 네 편이다. 미평 이외에 아무 것도 없는 것은 「南谷精舍記」가 유일하다. 「東樵傳」에는 유일하게 제평이 있으며, 여기에 임당의 미평이 있다. 따라서 제평과 미평이 산강재, 담원, 임당의 것 셋이 실려 있다.

「靜思齋記」, 「松广記」, 「東樵傳」은 문장의 구체적 요소에 대해 평하지 않고, 문장 전체에 대해 평한 것이다.

산강재는 연민의 문장에 대해 다음과 같이 11개 부분의 다양한 요소에 대해 평을 진행하였다.

敍述, 推論, 原本, 落墨, 著想, 篇製, 用意, 文格, 文氣, 文旨, 結詞

평을 하면서 이상의 평의 대상 가운데 중복되는 경우는 하나도 없다. 각 문장에 대해 평을 하면서 그리고 평을 할 때마다 전혀 새로운 부분, 분야에 대해 평을 했다는 것으로, 다양한 부분에 대해 평을 진행하였음을 알 수 있다.

비평의 구조는 문장, 대상, 내용, 느낌의 네 요소로 되어 있다. 즉 어느 글의 어느 점에 대해 어떠한 평을 하고, 어떤 느낌을 적었다는 것이다. 예컨대 「丁錦人大武六十一歲壽序」의 결사(結詞)가 특고무(特古茂)해서 가애(可愛)하다는 것이다. 이것은 중간평의 것과 차이가 있다. 중간평에 비해 비평의 내용이 더 들어가 있다 즉 '結詞가 可愛'는 것이 중간평의 형태라면, 미평의 형태는 '結詞가 特古茂하여 可愛'하다는 것이다.

4. 맺음말

이상에서 『연연야사재문고』에 실려 있는 연민의 문장에 대한 산강재의 비평의 여러 가지 형태와 그 내용에 대해 살펴 보았다.

산강재는 연민과 1939년부터 1945년까지 대략 7년간에 걸쳐 교류를 한 것으로 『연연야사재』에 드러나 보인다. 이 중에서도 1940년과 42

년까지 대략 3년간에 걸쳐 산강재는 연민의 문장에 대해 평을 한 것이 보인다.

평의 종류는 권점과 중간평과 미평의 세 가지이다. 권점에는 점모양, 동그라미모양, 겹동그라미모양, 세모모양의 네 가지 형태로 나타나 보인다. 이들은 분명 모양에 따라 그것에 담긴 내용이 달랐을 것이지만, 아쉽게도 현재는 그 내용을 알기 어렵다.

중간평은 연민의 문장 중간에 특정한 부분에 대해서 평을 한 것이다. 미평에서는 "산강평왈"이라고 한 것과는 구분하여 중간평의 경우에는 "산강왈"이라고만 하였다. 그리고 평의 구조에서 있어서도 어느 글의 어느 부분에서 무엇이 어떠하다라는 식으로 되어 있다.

미평은 연민의 평 가운데 가장 종합적이고 자세한 것이며, 양도 가장 많은 것이다. 미평은 문장 끝에서 문장 전체에 대해 평한 것인데, 반대로 문장 처음에 문장 전체에 대해 평한 제평이 있는데, 여기에서는 이 둘을 거의 같은 것으로 보고 아울러 검토하였다.

미평의 구조는 중간 평이 어느 글의 어느 부분에서 무엇이 어떠하다라는 식으로 되어 있는 것과는 달리 어느 글의 어느 부분에서 무엇이 어떠해서 어떠하다라는 식으로 내용이 한 단계 더 자세히 언급되어 있음을 볼 수 있다.

따라서 권점과 중간평 모두 연민의 문장에 대한 산강재의 비평의 한 형태이기는 하지만, 미평이 가장 자세하고 다양한 방면에서 비평이 이루어지고 있음을 알 수 있다.

연민 이가원 선생이 지은 잠명류(箴銘類) 작품에 대한 소고

허권수 / 경상대

1. 서론

한문학 국문학 및 중문학 분야의 걸출한 석학이요, 한시문 작품의 불세출의 창작가요, 독창적인 서법가인 연민 이가원 선생이 서세(逝世)하신 지 만6년의 세월이 흘렀다. 그리고 연민이 대학 강단에서 퇴직하신 지는 이미 24년이란 세월이 흘렀다. 연민의 마지막 강의를 들었던 대학생이라도 벌써 40대 중반을 넘긴 연령에 이르렀으니, 국학계의 학자들 가운데서 연민의 위대성을 모르는 사람들이 이미 태반을 넘은 실정이 되었다.

연민이 남긴 지부해함(地負海涵)의 저서들은 이제 문학사 연구의 사료로 전환되었으니, 존경의 대상 인간 연민이 아니라 연구의 대상인 역사 속의 대학자 연민이 되어야겠다. 이제 마침 연민이 20여 년 동안 연구하고 가르치던 연세학원(延世學園)에서 연민의 학문을 연민학(淵民學)으로 명명하여 선포한다 하니, 연민의 학문은 앞으로 많은 신진들의 연구의 손길을 기다리고 있다. 장구한 광음이 흐르고 나면 우리나라 학술사(學術史)에 퇴계학(退溪學), 남명학(南冥學), 율곡학(栗谷學), 성호학(星湖學), 다산학(茶山學)과 함께 연민학도 하나의 장을 확보하게 될 것이다.

필자는 평소에 한시문의 창작에 관심이 적지 않아 연민 생존 시에도 이 분야에 대한 질의를 한 적이 자주 있었고, 연민의 한시문집들을 자주 열독하는 편이다.

연민의 한시문 작품의 독창성과 우수성을 마음으로 느끼기만 하고 글로 발표한 적이 없었는데, 지난 1997년 주변의 권유로 「淵民先生 所撰 碑誌類文字의 特性과 價値」[1]라는 논문을 발표하여, 연민이 지은 한문학 작품의 문학적 분석을 시도하여 보았다. 필자로서는 아주 불만족스러운 글이었으나 그 글을 좋게 보고 관심을 갖는 분들이 많았다. 그 뒤에 다시 다른 문체의 작품도 연구를 시작해 보려는 생각을 갖고 있다가 이번에 마침 연민학 선포의 기회에 맞추어 이 글을 발표하게 되었다.

본고에서는 주로 교훈적인 성격을 담고 있는 잠(箴)과 명(銘)만 연구 대상으로 삼는다. 묘지명(墓誌銘), 묘갈명(墓碣銘) 등에 붙은 명은 성격을 달리하기 때문에 여기서 다루지 않는다. 또 비슷한 형태의 문체인 송(頌)과 찬(贊)이 있으나 그 내용이나 성격이 다르기 때문에 다루지 않는다.

연민이 남긴 잠과 명의 창작 동기와 그 의미와 내용 그리고 문예적 특징 등에 초점을 맞추어 다루고자 한다.

2. 연민이 지은 한문학 작품의 위상

한문학 작품의 수준을 알아보는 안목을 갖추기는 지극히 어려운 일

1) 『淵民八秩頌壽紀念論文集』, 洌上古典硏究會編, 1997.

이다. 그래서 한문학 작품에 대한 평가는 일치되는 경우가 드물다. 조선 중기 우리나라 최고의 고문가(古文家)로 인정받던 간이(簡易) 최립(崔岦)의 문장에 대해서 동시대의 대문장가 월사(月沙) 이정귀(李廷龜) 같은 분은 대단히 높이 쳤으나, 근세의 한학자 산강(山康) 변영만(卞榮晩) 같은 이는 "簡易의 글 같은 것은 버리는 방법 밖에는 없고, 취할 것은 전혀 없다"라고 할 정도로 심한 폄훼를 가하였다.[2)]

연민과 동시대에 한문으로 시문을 창작하는 학자 문인들이 경향각지에서 많이 있었다. 그들을 크게 네 가지 부류로 나눌 수 있는데, 첫째는 옛날 시문을 널리 읽어 자기 것으로 흡수한 바탕에서 내용면에서 문예적인 면에서 옛날의 문장가나 시인에게 전혀 손색이 없이 독창성 있는 한시문을 지어내는 부류이다. 둘째 옛날 시문을 많이 외워 그대로 답습하여 짓는 부류이다. 이런 이들이 지은 시문은, 옛날 시문의 수준에 상당히 접근했으나 독창성이 거의 없다. 대부분의 재야 한학자들이 이 부류에 속한다. 셋째 정통 한시문의 수준높은 문예적인 측면에는 미치지 못하고 그저 뜻만 통하도록 한시문을 짓는 부류이다. 이들은 대부분 어릴 때 엄격한 전통식 창작훈련을 받지 않은 상태에서 학교교육을 마치고 난 뒤 한문책을 많이 보아 자기 나름대로 한시문을 짓는 부류이다. 이른바 '梁啓超式 漢文'이다. 넷째 백화(白話)에 능한 학자들이 특별히 유념하여 고문 형식으로 짓는 것이다.

연민은 첫 번째 경우에 해당된다. 천부적인 준일한 자질과 근면이 바탕이 되었고, 거기에다 퇴계가의 가학과 산강 변영만, 위당 정인보 등 당대 대가들의 지도가 있었기 때문이다. 많은 고전을 흡수하여 자기화하여 자기의 독창적인 시문으로 지어낸 것이다. 어릴 때 서당에서 공부한 한문학자 치고 연민은 한시문을 많이 외우는 편이 아니다. 그

2) 卞榮晩, 「題崔簡易集後」, 『山康齋文鈔』 25장.

래서 연세대학교 부임 초기에 연민과 같은 연구실을 사용하던 무애(无涯) 양주동(梁柱東) 박사는, "淵民 같은 대가가 한문 글을 많이 외우지 못하는 것 같은데 이상한 일이오?"라고 물은 적이 있었는데, 연민은 "선생님이 저를 잘 보았습니다. 저는 20세 이후로 외우기를 안 했습니다. 그 대신 글의 뜻을 깊이 탐구하는 방법을 취했지요"라고 대답한 적이 있었다. 맹목적인 암기에 습관화되어 놓으면 자기 생각이 자랄 수 없고, 그렇게 외운 글은 그대로 모방만 되지 활용이 되지 않는다. 그런 사람의 예를 연민은 이렇게 들었다. "내가 明倫專門學院에 다닐 때 같은 방을 쓰던 평안도에서 온 朱夢龍이라는 학생이 있었는데, 四書三經의 小註까지도 완전히 다 외울 정도로 공부를 독실히 했는데, 무엇을 물어보면 대답을 하는 것이 아무 것도 없었다. 왜냐하면 글은 열심히 읽었으되, 아무런 생각 없이 읽었기 때문에 그런 것이다. 공부는 이렇게 하면 안 된다"[3]. 연민이 필자에게 "내가 20 이후에도 禮安 시골 서당에서 글 읽기만 계속 했다면 시골 선비를 면하지 못했을 것이다"라고 한 적이 있었다. 많을 글을 읽고서 사색을 통해서 자기화한 것이 연민이 한시문 창작가로서도 대성한 근원적인 이유라고 생각한다.

대부분의 사람들은 한문으로 지은 시문의 수준이 다 같은 것인 줄로 알고 있다. 한문 번역과 경서 강의에 종사하는 어떤 한학자 있었는데, 자기 조부의 묘갈명을 받으면서 자신이 연민을 가끔 만나고 잘 아는 처지면서도 "某先生이 淵民보다 글을 더 잘한다"고 하여 연민한테서 글을 받지 않은 경우를 필자는 직접 목도하였다.

그러나 한국이나 중국의 한문고전을 폭넓게 읽고 이름난 시문을 많이 접하여 안목이 높은 분들은 연민이 지은 한시문 작품의 진가를 정

3) 1998년 10월 경상대학교 한문학과 주최 연민선생초청강연회 「한문학유산 전승방안」에서 하신 말씀이다.

확하게 알아보고, 그 위상을 알맞게 설정한다.

연민이 세상을 떠났을 때 벽사(碧史) 이우성(李佑成)선생이 「輓詞」를 지었는데, 거기서 연민의 문장을 매우 높게 평가하였다.

淵翁의 재주와 학문 실로 무리에서 뛰어났나니,	淵翁才學寔超群
말세에서 능히 옥과 돌을 구분해 내겠는가?	季世猶能玉石分
이미 글 잘한다는 이름으로 온 나라에 빛났고,	已把文名耀一國
다시 筆力으로 많은 서예가들 소탕했도다.	更將筆力掃千軍
明倫洞 차가운 골목에 가을 낙엽 흩날리고,	明倫巷冷飛秋葉
溫惠里 적막한 산엔 저녁 구름 뒤덮었네.	溫惠山空掩暮雲
크게 탄식하노라! 麗韓十大家 이후로,	太息麗韓十家後
曺, 河, 卞, 鄭에다 그대를 더해야 하리.[4]	曺河卞鄭更添君

당대의 대가로 연민과 한문학계의 량대산맥을 형성한 벽사가 이미 작고한 연민에게 아첨할 하등의 이유가 없다. 순수하게 그 문장의 수준을 인정하였을 따름이다. 우리나라 역대 문장가 가운데서 창강(滄江) 김택영(金澤榮)이 '麗韓九家'를 선발하였고, 그 제자 왕성순(王性淳)이 창강을 포함시켜 '麗韓十家'라 명명하고 이들의 문장을 가려 뽑은 『麗韓十家文』이라는 책을 출간하였다. 창강 이후 활약한 문장가들 가운데서 대표적인 문장가를 뽑는다면 벽사는 심재(深齋) 조긍섭(曺兢燮), 회봉(晦峯) 하겸진(河謙鎭), 산강 변영만, 위당 정인보에 이어 연민 이가원을 추가하겠다고 천명하였다. 산강, 위당 이후에도 많은 한시문 창작가가 있었지만 연민을 당할 사람이 없다는 증거이다. 상대를 인정하는 벽사의 금도(襟度)를 짐작할 수 있다.

진주에 세거하는 허모씨가 자기 선친의 묘갈명을 연민에게 받아와

---

4) 李佑成, 「哭淵民李家源兄」, 『碧史館文存』 375頁.

진주의 학자들이 모이는 장소에 가서 글을 내놓았더니, 진주의 학자들이 각자 은근히 연민의 글을 폄하하는 말을 한 마디씩 하였다. 그들의 내심에는 "李家源이보다 더 나은 우리가 가까운 晉州에 있는데, 왜 서울까지 가서 대수롭잖은 글을 받아와서 보라고 하나?"라는 불만이 가득 쌓여 있었던 것이다. 그러자 연민의 글을 높이 평가하는 어떤 사람이 회봉 하겸진의 『晦峯集』을 여러 사람들에게 내놓고 읽어 보라고 했다. 거기에는 회봉이 연민의 글을 극도로 칭찬하는 서신이 실려 있다.

> 회답을 주시고 아울러 그대가 지은 위대한 글 雜文 두 편을 보내주셨군요. 그 뜻을 구성함이 그윽하고 멀고, 文彩가 넘쳐 발합니다. 읽어보니 기운차게 사람에게 다가오는 것이 있는 듯하여, 저도 모르게 무릎이 저절로 굽혀지는군요. 정말 이른바 "그 연령으로서는 그 경지에 미칠 수 없다"는 격입니다.[5)]

이 답서가 쓰인 때는 1942년으로 연민은 26세 청년이었고 회봉은 73세의 노사숙유(老師宿儒)였다. 이때 회봉은 연민을 본 적이 없었고 단지 편지와 부쳐 온 글 두 편만 보고서 답한 글이다. 회봉은 창강 김택영이 그 문장을 극구칭송하였고 심재 조긍섭과는 쌍벽을 이루는 위치에 있는 당시 국내의 거벽이었다. 회봉이 아무리 겸손하게 말했다 해도 청년 연민의 문장에 탄복하지 않았다면 이런 찬사를 보낼 수는 없는 것이다.

> 중간에 일백육십여 자는 문장의 내용에 다함이 없으면서 홀로 깊은 경지에 나아갔고 빛깔과 자태는 곳에 따라 넘쳐 발하니, 마치 날랜 말

---

5) 河謙鎭, 「答李淵生」, 『晦峯集』 권19 36장. 辱覆書, 並示大著雜文二篇, 造意幽遠, 辭彩溢發, 讀之, 如亹亹來偪, 令人不覺膝之自屈.

이 자기 그림자를 희롱하며 빨리 달려나감에 방울이 절로 울리는 듯하고, 경지가 높은 스님이 총채를 흔들며 설법을 함에 하늘에서 꽃이 어지러이 떨어져 내리는 것 같습니다.[6)]

이 답서가 쓰인 때는 1945년으로 연민 29세, 회봉 76세로 돌아가기 1년 전이다. 연민의 서신을 두고서 회봉은 그 문장을 극찬해 마지않았다.

이 두 서신을 보자 연민의 문장에 대해서 왈가왈부하던 晉州의 학자들이 입을 다물었다고 한다. 당대 최고의 학자가 이미 40여년 전에 연민의 문장에 대해서 극찬을 한 마당에, 자신들이 더 이야기를 하면 할수록 자신들의 낮은 안목만 노출시키기 때문이었다.

이 이외에 동시대의 순재(醇齋) 김재화(金在華), 산강 변영만, 위당 정인보, 임당 하성재, 우인(于人) 조규철(曺圭喆), 용전(龍田) 김철희(金喆熙), 대만의 고명(高明), 임윤(林尹), 굴만리(屈萬里), 공덕성(孔德成) 교수 등의 평을 종합해 볼 때, 그 한시문의 수준이 얼마나 높은 지를 충분히 가늠할 수 있다.

3. 잠명류의 유래와 퇴계학파의 잠명류 중시경향

잠명(箴銘)은 하나의 문체로서 그 유래가 오래되었는데, 잠은 『逸周書』에 보이는 「夏箴」과 『呂氏春秋』에 보이는 「商箴」의 일부가 최초의 잠 작품이고, 완정하게 남아 있는 작품으로는 『春秋左氏傳』의 「虞箴」이 최초의 것이다. 후한 때부터 학자나 문인들이 많이 짓기 시작했고, 당나라 문장가 한유(韓愈)의 「五箴」이 유명하고, 송나라 성리학자들이

---

6) 「答李淵生」, 『晦峯集』 권 19 39장. 中間百有六十餘言, 其文思不窮, 而色態隨在而溢發, 如快馬弄影疾走, 和鸞自鳴, 高釋揮麈說法, 天花亂落.

권계하는 뜻을 담은 잠을 많이 지었다.

상주(商周)시대 청동기에 공적이나 사실을 새겨 넣는 명이나 비명(碑銘) 등도 크게 보면 명에 속하지만 여기서 말하는 권계성이 있는 명과는 구별된다. 권계성이 있는 명으로는 『禮記』 「大學篇」에 나오는 상나라 탕임금의 「盤銘」이 현재 전해오는 최초의 것이다. 당나라에 와서 백거이의 「盤石銘」, 유우석(劉禹錫)의 「陋室銘」이 유명하다. 송나라 성리학자들이 명을 많이 지었고 주자는 특히 35편의 명을 지었다.

송대 성리학자들의 잠명 작품 가운데서 『性理大全』에 잠 6편, 명 29편이 실림으로 해서 우리나라 성리학자들이 자주 접할 수 있게 되었다.

조선조 성리학자들 가운데서 잠명의 중요성을 알고서 학문과 수행에 잘 활용한 학자가 바로 회재(晦齋) 이언적(李彦迪)이고, 그 전통을 이은 학자가 퇴계(退溪) 이황(李滉)이다. 퇴계 자신은 2편의 잠과 2편의 명밖에 짓지 않았지만, 역대 문인 학자들의 잠명을 모아 『古鏡重磨方』이란 책으로 엮어서 자신의 학문과 수양에 도움을 받았음은 물론 제자나 자질(子姪)들로 하여금 열심히 읽어서 실천하도록 했다. 여기에는 명 53편, 잠 18편, 찬(贊) 4편이 들어 있다.

퇴계는 주자의 시구에서 『古鏡重磨方』이라는 책이름을 따고, 주자의 시에 화답하여 시를 지어 그 책의 가치와 효용을 밝혔다. 그 시는 이러하다.

옛 거울 오래도록 묻혀 있었기에,	古鏡久埋沒
갈고 갈아도 쉽게 빛나지 않는구나.	重磨未易光
본래 가진 밝음은 그래도 어둡지 않나니,	本明尙不昧
지난 날 어진이들 남긴 방법이 있도다.	往哲有遺方
사람은 나이 늙고 젊고 할 것 없이,	人生無老少

이 일에 스스로 힘쓰는 것 귀히 여긴다네.	此事貴自强
衛나라 武公은 구십오세 나이 되어서도,	衛公九十五
아름다운 勸戒하는 시 지어 훌륭한 마음 보존했네.[7]	懿戒存圭璋

사람은 누구나 하늘이 참된 천성을 부여하는데, 세상을 살아가면서 마음이 후천적으로 더러운 것에 물들어진 것이 마치 밝은 거울이 오래도록 닦지 않아 먼지가 많이 끼어 거울로서의 기능을 못하는 것과 같다. 본성을 회복하는 것이 때 낀 거울을 닦는 것과 같다고 해서 책이름을 『古鏡重磨方』이라고 붙인 것이다. 위기지학(爲己之學)을 위한 방법이 옛 사람들의 잠명 속에 있다는 것을 알고 이를 학자들이 접하여 읽기 쉽도록 책으로 편찬한 것이다. 퇴계가 『古鏡重磨方』을 편찬하여 남긴 이래로 이 책은 퇴계학파의 하나의 필독서로서 후세의 학자들의 학문 형성과 인격 수양에 많은 영향을 미쳤다.

퇴계는 또 65세 때 송나라 성리학자들이 지은 잠 12편, 명 25편, 찬 2편을 손수 적어 손자 이안도(李安道)에게 주었다. 그 뒤에 퇴계가 친필로 붙인 소발(小跋)은 이러하다.

> 嘉靖 을축년(1565) 초여름에 손자 安道에게 준다. 학문하는 要訣이 여기에 다 갖추어져 있다. 그러나 깊이 체득하여 힘써 행하지 않는다면, 비록 격언과 지극한 말이 앞에 널려 있다 해도 오히려 유익함이 없을 것이다.[8]

여기서 퇴계가 잠명류의 글을 중시한 이유가 어디에 있으며, 학문연구와 자기성찰에 어떻게 잘 활용하였는지를 알 수 있다.

---

7) 『古鏡重磨方』 卷首.
8) 『退溪先生遺墨(箴銘)』, 퇴계학연구원, 1984.

퇴계가 제자 학봉(鶴峯) 김성일(金誠一)에게 써준 「題金士純屛銘」은 도통의 전수과정과 여러 성인들의 특성과 유학의 핵심을 응축시킨 명으로서 유명하다. 퇴계의 친필로 전해 오고 있고 또 친필을 원형대로 목판에 모각하여 찍어 널리 보급하였고, 대상(大山) 이상정(李象靖) 등이 『屛銘發揮』를 짓는 등 깊은 탐구가 영남의 학자들 사이에서 계속되어 왔다.

퇴계의 이런 인식 때문에 퇴계학파에 속하는 학자들은 여타 학파에 속하는 학자들보다도 잠명류의 글을 중시하는 것이 하나의 전통이 되어 왔고, 연민도 이런 전통에서 받은 영향이 클 것으로 생각된다.

4. 연민이 지은 잠명류 개관

퇴계학파에 속하는 학자들이 잠명류를 중시하고 또 많이 지었지만, 작품 수에 있어서나 그 내용의 광범위함에 있어서 연민만 한 경우는 없었다. 옛날 학자들은 잠명류 글의 범위를 주로 자신의 수양, 제자나 자질들의 권계 등의 내용에만 국한했는데, 연민은 옛날 학자들의 범위는 물론 다 포함하면서 치학방법론(治學方法論), 서예, 미술, 골동품, 문방사우, 생활용품 등에까지 그 범위를 확장시켰다.

연민이 남긴 잠명류의 글은 모두 잠 6편, 명 279편이다. 아직 발간되지 않은 1997년부터 2000년까지의 4년간의 한시문 원고가 단국대학교에 보관되어 있는데, 이 원고 속에도 상당수의 잠명류 작품이 들어 있다.

작품 창작연대순으로 구분해 보면 다음과 같다. 1938년 22세 때 최초로 명 1편을 지었다. 1942년 26세 때 명 1편, 1944년 명 1편, 1948년 31세 때 명 1편, 1950년 명 3편을 지었고, 1951년 최초로 잠 1편을 지었다. 한 동안 공백이 있다가 1959년 42세 때 명 2편, 1966년 50세 때 명 1편, 1969년 명 1편, 1970년 명 4편을 지었는데, 이 해에 병명(屛銘)을 처음으로 지었다. 1971년 명 7편, 1972년 명 13편, 1973년 명 17편, 1974년 명 17편, 1975년 명 13편, 1976년 명 10편, 1977년 61세 때 명 20편을 지었다.

1977년 회갑을 맞이하여 최초로 서울 관훈동 동산방(東山房)에서 서예전을 개최한 바 있는데, 연민의 서예 수준이 널리 알려지자 병명(屛銘)을 요청하는 지구(知舊)들이 많아져 16편의 병명(屛銘)을 지었다. 1978년 명 3편, 1979년 명 9편, 1980년 명 6편, 1981년 명 4편을 지었다. 1982년 66세 때 잠 1편을 짓고, 명 11편을 지었다. 1983년 명 4편, 1984년 명 6편, 1985년 명 6편, 1986년 명 8편, 1987년 71세 때 명 12편을 지었다. 1988년 잠 1편과 명 13편을 지었다. 1989년 명 11편, 1990년 명 16편을 지었다. 이때부터 우리나라 인사들의 중국 대륙 출입이 빈번하다 보니 단계연(端溪硯)을 구입해 와서 연민에게 명을 청하는 경우가 많았으므로 명의 창작이 크게 늘어났는데, 이해에 단계연에 붙인 명만도 8편이나 된다. 1991년 명 23편을 지었는데 단계연에 붙인 명이 10편이다. 또 중국서 지인들이 지팡이 필통 등을 사와 명을 청하므로 지팡이에 붙인 명이 2편, 필통에 붙인 명이 3편이다. 1992년 잠 2편과 명 7편을 지었다. 1993년 명 12편, 1994년 잠 1편, 명 6편, 1995년 명 6편, 1996년 명 3편을 지었다.

병명(屛銘)은 명의 한 종류이지만 중국에는 아예 그 명칭조차 존재하지 않는 것으로, 퇴계가 창시하였고 연민이 가장 널리 보급하였다. 이는 연민이 서예에 능하기 때문에 명을 지을 때 병풍으로 표구하여 늘 진열하여 볼 수 있도록 배려한 것이다. 연민이 지은 명 가운데서 병명(屛銘)은 152편이 되니 전체 명의 반 이상을 차지하고 있다.

5. 연민 잠명류의 내용분석

명(銘)은 문체의 성격상 줄거리가 있기보다는 압축된 표현으로 심령에 호소하는 글이다. 주로 훈계, 권면, 선도, 기원 등의 취지가 대부분이다. 이제 그 내용에 따라서 몇 가지로 분류하여 기술하고자 한다.

5.1. 수성(修省)과 처세(處世)의 도리

연민이 75세 때 지은 「自警箴」은 이러하다.

禹임금은 착한 말 들으면 절하니,	禹拜善言
모든 관료들이 정성을 다했네.	百揆罄忱
周公은 밥 먹다가 뱉어내고 사람 맞이하니,	周公吐哺
천하 사람들 마음이 모여들었네.	四海歸心
임금이건 제후건 상관없이,	維后維公
그렇게 하지 않은 이 없었다네.	莫不爲然
하물며 나 평범한 사내인데,	矧余匹甫
감히 경계하지 않을 수 있으리오?	敢不戒旃
겸허하게 공손하여 선비들에게 몸 낮추고,	謙恭下士
주야로 부지런히 힘써야 하리.	日夕勞勤
신이여 이를 아름답게 여기시어,	神其爾嘉
吉祥 구름같이 풍성하게 해 주길.[9]	吉祥如雲

중국 하나라의 성스러운 임금인 우임금이나 주나라 예악문물의 기틀을 마련한 주공 같은 분이 천하 사람들의 마음을 얻어 위대한 업적을 이룩한 것은 겸허하고 공손하여 다른 사람의 좋은 점을 흡수했기 때문이다. 연민은 자신을 필부로 간주하여 감히 겸허하고 공손하지 않을 수 없다고 생각하여, 자기 주변의 선비들에게 몸을 낮추고 주야로

9) 「自警箴」, 『萬花齊笑集』 128頁.

부지런히 노력하겠다고 스스로 다짐하고 있다. 복을 받는 비결은 따로 무슨 기도를 하거나 조상의 산소를 옮기는 데 있지 않고, 겸허하고 공손하여 부지런히 노력하는 것이라고 했다. 연민다운 절제된 처신과 합리적인 사고를 읽을 수 있다.

연민의 절친한 벗인 동초(東樵) 이진영(李鎭泳) 옹은 연민에게, "자네에게는 三驕가 있네. 즉 첫째 '人驕'니 '내가 잘 났다'는 것이오. 둘째는 '文驕'니 '내가 글을 잘 한다'라는 것이오. 셋째는 '閥驕'니 退溪先生 후손이라 좋은 집안이라는 것이다"라는 충고를 한 적이 있었다. 그러나 필자의 생각에는 처음 대하면 혹 그런 인상을 받을 수 있으나, 연민의 내면을 자세히 들어다 보면 전혀 그렇지 않다. 공부를 좋아하는 열정으로 젊은 학자들과 밤 깊도록 담소하기를 좋아했고, 젊은 사람의 의견이라도 옳으면 곧바로 받아들였다. "나는 '내가 최고다', '내가 권위자다', '내가 아니면 안 된다'라는 생각을 해 본 적이 없다. 하루하루 조금이라도 더 발전하기 위해서 쉬지 않고 노력하는 사람일뿐이다". 연민이 팔십세 때 악양루 가는 길에 필자에게 들려준 말로서, 이 명의 내용과 그 정신이 일치한다고 할 수 있다.

좁디좁은 벽돌 집 한 채,	窄一甓館
겨우 무릎 들일 수 있네.	財容我膝
돌 도장 가득히 쌓여 있고,	石印磊磊
책상에는 책 가지런하네.	牀書秩秩
매화는 우리 집 꽃이요,	梅爲家花
난초 또한 진귀한 바탕.	蘭亦瑰質
蟲吟樓라 편액 걸었고,	廔揭蟲吟
술잔 잡고 虎叱 이야기하네,	巵譚虎叱
즐거워서 원망 없나니,	樂且無怨
학문한 결실이라네.10)	爲學之實

청고한 선비의 서재 정경을 잘 묘사하였고, 그 속에서 살아가는 연민의 학자로서의 생활이 눈에 보이는 듯 선하다. 무릎 겨우 들여놓을 수 있는 좁은 붉은 벽돌집 좁은 방, 한 쪽으로는 각종 석재로 갖가지 조각을 한 인장이 진열되어 있고 책상에는 책이 놓여 있다. 책상이라야 책 한 권 겨우 놓을 수 있는 낡은 경상(經牀)이다. 매화는 퇴계 이후로 연민 집안의 가화(家花)다. 연민은 난도 몹시 사랑하였고 난을 감식하는 능력도 탁월하였다. 둘 다 선비의 지조를 상징하는 꽃이다. 연민은 아호(雅號)와 당호(堂號) 등을 합치면 90여 종이 되는데, 68년도 경에는 '著書吟蟲樓'라고 집 이름을 붙인 적이 있었다. 60년대 중반에는 『熱河日記』를 번역해 내고 『燕巖小說硏究』를 저술하는 등 연암 박지원의 문학과 문장에 경도되어 있었다. 가난하지만 이 모든 것이 즐거운 연민이라 원망할 것이 없다. 이것이 다 학문으로 해서 얻어지는 즐거움이었다. 연민이 굳이 벽돌집을 지은 것도 연암이 중국 사람들이 벽돌을 잘 활용하는 것을 보고 와서 벽돌의 좋은 점을 『열하일기』에서 자세히 소개했다. 자기가 안의현감(安義縣監)으로 나가서는 관아에다 벽돌집을 짓고 생활했었다. 연민은 전각을 좋아하고 그 감상의 수준이 높았으므로, 전각가들이 각인을 하여 선물하였다. 그리하여 연민이 소장하고 있던 고금의 전각작품이 70여 종에 이르자 이를 탑인(搨印)하여 『著書蟲吟樓印譜』라는 책으로 낸 적이 있었다.

공자가 자기 스스로를 소개하여 "그 사람됨은 공부하느라고 분을 내어 먹는 것도 잊어버리고, 공부가 즐거워서 근심을 잊고, 늙음이 바야흐로 닥쳐오고 있는 것도 모른다[其爲人也, 發憤忘食, 樂以忘憂, 不知老之將至.]"는 경지와 같다고 할 수 있다. 명예나 관직이나 이익보다는 공부가 좋아서 평생토록 학문에 종사하는 학자의 자화상이 단 40자의 한

---

10) 「小屛自銘」, 『通故堂集』 212頁.

자에 압축되어 있다.

효도하고 공경하며 농사에 힘쓰는 게,	孝弟力田
儒家에서 만들어진 교훈이라네.	儒家成訓
만사는 실질에 힘써야 하나니,	萬事懋宲
한결 같은 마음으로 분수 지켜야 해.	一心守分
떳떳한 윤리를 독실하게 행하고,	竺行倫彝
학문을 부지런히 연구해야 하리.	勤擘學問
깨끗하여 물욕 없는 길을 가고,	澹白是途
浮華한 것 가까이하지 말아야지.	浮華勿近
그윽한 난초 골짜기에 있으면,	幽蘭在谷
아무리 멀어도 향기 퍼져간다네.	靡遠不聞
좋은 책을 서가에 쌓아두고,	良書儲架
틈이 있으면 봐야 한다네.	有隙則看
집에는 버리는 물건이 없고,	室無棄物
사람은 늘 하는 일 있어야 하네.	人有恒幹
빠르게 흘러가는 세월에,	鼎鼎光陰
아침 저녁으로 부지런히 힘써야지.	孶孶莫旦
너 곁에다 병풍을 펼쳐 놓고,	屛陳爾傍
때때로 외우면서 음미하게나.	時誦以玩
글씨는 비록 보잘것없지만,	字墨雖拙
내 말 되는 대로 하는 것 아니네.[11]	我言非謾

부모에게 효도하고 어른들을 공경하고, 농촌에 산다면 부지런히 농사지으며 살아가야 한다. 모든 일은 실질적인 것에 힘쓰고 늘 분수를 지키며 처신해야 한다. 윤리를 독실히 실천하며 학문하는 사람이라면 학문을 부지런히 연구해야 한다. 담백한 것을 추구하고 부화(浮華)한

11) 「仲從祖姪東柏屛銘」, 『通故堂集』 212頁.

것을 따르지 않는 것이 참 선비의 바른 길이다. 바르게 살아가면 언젠가는 이름이 나게 되어 있다. 마치 난초가 사람 없는 깊은 산골짝에 있어도 향기는 저절로 퍼져나가는 것과 같다. 근검절약하여 집에는 버리는 물건이 없어야 하고, 가족은 누구도 노는 사람이 있어서는 안 되고 각자 자기 맡은 일을 해나가는 집안이라야 정상적으로 꾸려나갈 수 있는 법이다. 흐르는 세월은 사람을 기다리지 않는 법이니 늘 부지런히 힘써야 한다.

사람으로서 살아갈 참된 도리를 80자의 명 속에 충분히 다 이야기했다. 분수를 넘쳐 허욕을 부리면 우선은 당장 목적을 달성하는 것 같지마는 언젠가는 일패도지(一敗塗地)하는 일을 당하게 되어 있다. 세상을 살아가는 데는 별다른 이치가 있는 것이 아니다. 분수를 지키며 근검절약(勤儉節約)하면서 남이 알아주기를 바라지 않고 꾸준히 자기 할 일을 잘하는 것이다. "아래로 사람의 일상사를 배워, 위로 천리에 통달한다[下學人事, 上達天理]"란 말이 있듯이 평범하게 사람답게 사는 것이 바로 중요한 공부다. 그런 속에 다 천리가 깃들어 있으니, 열심히 자기의 본분을 다하면 학문의 이치도 깨우칠 수 있는 법이다. 이 명은 마치 『小學』에 실려 있는 송나라 범질(范質)이 승진을 청탁한 조카를 훈계하여 준 시의 분위기와 흡사하다고 할 수 있다.

(前略)

효도와 우애로 행동을 단속하고,	孝友制行
근면과 검소로 삶의 비결 삼게나.	勤儉爲符
따라서 집이 윤택해 질 것이고,	屋隨而潤
대비함이 있으면 걱정 없게 된다네.	有備無虞
땅 이름 따라 서재 이름 걸었나니,	因地署齋
길하여 이롭지 않음이 없으리라.	吉无不利
길하게 되는 단 한가지 비결은,	維吉單詮

윤리와 도의 지켜나가는 것이라. 倫理道義
人心은 위태로운 것인지라, 人心惟危
잠시만 해이해도 방자해지나니. 暫弛則恣
힘쓸지어다! 源甫여, 勗哉源甫
경계하여 떨어뜨리지 말기를.12) 戒之勿墮

삼종제 이원보(李源甫)에게 지어준 병명(屛銘)이다. 세상 살아가는 데 비결이 있나니, 그 것은 곧 '근면'과 '검소'다. 길하게 되는 단방(單方)은 '倫理道德'이라 했다. 연민다운 발상이다. 그러나 사람은 잠시만 방심해도 마음이 제 마음대로 출입을 하여 간사하고 방자하게 될 수 있으므로 잠시도 멈추지 않고 마음을 잘 붙들어야 한다. 자신을 돌아보고 사람답게 살아갈 바른 길을 추구하여야만 아무런 흠 없는 생애를 살 수 있다는 것을 밝혔다.

결혼하는 넷째 아들 이동형(李東衡)에게 주는 병명(屛銘)은 다음과 같다.

(前略)
네가 공부에 전념하지 않으면, 爾不學竱
이것을 고칠 수가 없다네. 是無可訂
천진하게 놀기만 하는데, 天眞游嬉
아직 꿈 깨지 않은 듯하구나. 若夢未醒
지금 혼례 올리는 때 맞이하여, 今當行醮
너의 말과 행동 삼갈 지어다. 愼爾言行
마음 가짐은 맑고 밝게 하고, 秉心淸明
일에 임해서는 정성스럽게 경건하게. 臨事誠敬
너의 먹고 사는 일 부지런히 하고, 勤爾産業

12) 「吉齋銘」, 『萬花齊笑集』 298頁.

너의 지혜로운 본성 회복할지어다.[13]	復爾慧性
(後略)	

결혼하는 때로부터 마음을 가다듬어 언행을 삼가고, 마음 가짐을 맑고 밝게 하고 일에 대처함에 있어서 정성스럽고 경건하게 하고, 생업에 부지런히 힘쓰고, 지혜로운 본성을 회복하라고 당부하고 있다. 배필을 맞이하여 새롭게 출발하는 아들의 앞날을 축복하는 부친으로서의 애정과 염려가 깊이 배어 있다. 실학을 연구한 학자답게 먹고 사는 생업을 중시하는 것을 잊지 않았다.

선비가 세상을 살아가는 것은 다 자기 하기에 달려 있다. 공 · 맹 같은 성인의 경지에도 갈 수 있고 아주 타락한 인간으로 침몰할 수도 있다. 그래서 뜻을 세우고 마음을 단속하는 것이 중요하다. 환재(渙齋) 하유즙(河有楫)에게 지어 준 「濟用書室銘」은 이러하다.

가는 시내의 콩깍지 같은 배나,	細流荳殼
큰 바다의 기선이 있듯이,	鉅海輪舶
기구에는 큰 것 작은 것이 있고,	器有大小
쓰임에는 맞는 것 맞지 않는 게 있네.	用有違適
河君 有楫은,	河君有楫
자를 濟用이라 하네.	字曰濟用
그 의미 거슬러올라가 보니,	溯究厥義
기대한 바가 무거웠도다.	期儗之重
黃河에 노가 있다 한들,	維河有楫
쓰지 않으면 무엇 하리?	不用奚爲
강물 넓고 다리 없어도,	廣無梁矣
거룻배 하나로도 건널 수 있어.	一葦杭之

13) 「東衡屛銘」, 『貞盦文存』 91頁.

힘쓸지어다! 濟用이여,	勗哉濟用
능히 그 재주를 다하길.	能竭其才
나 같이 쓸모없는 사람이,	如余瓠落
다시 무슨 말 하겠는가?[14]	何復言哉

환재 하유즙의 이름 자의 뜻은 "黃河에 노가 있다"는 것이요, '濟用'이라는 자(字)의 뜻은 "건너는 데 써라"는 뜻인데, 그 이름과 자를 절묘하게 융합하여 한 편의 독특한 명을 지어내었다. 콩깍지만한 배가 되느냐? 큰 바다의 기선이 되느냐는 모두 자기 하기에 달려 있다. 아무리 넓은 黃河라도 노가 있으면 다리가 없어도 어려움이 없다. 마찬가지로 아무리 어려운 일도 능력을 갖고 잘 활용하는 사람은 얼마든지 극복해 나갈 수 있다. 사물마다 다 용도가 있는데, 노는 물 건너는 데 유용하게 쓸 수 있다. 사람으로서 자기의 능력과 소질을 개발하여 자기를 필요로 하는 데서 자기의 능력을 발휘하는 것이 사람이 이 세상에 태어난 보람이다.

연민의 문장에 대해서 늘 "정상적인 것이 아니다"라고 내심 불만을 품고 있던 동시대의 대가 우인(于人) 조규철(曺圭喆)선생이 이 「渙齋書室銘」을 읽어 보고는, "내가 지금까지 연민을 몰라봤다. 어떻게 이런 표현을 해낼 수 있단 말인가?"라고 탄복하며 연민의 글을 보는 시각을 바꾸었다고 한다.

5.2. 학문관

연민의 명은 공부하는 동료·후배·제자·자질들에게 준 것이 많아 공부하는 선각자로서의 깨달음과 원리를 밝힌 것이 많다.

---

14) 「濟用書室銘」, 『貞盦文存』 162頁.

(前略)
마음으로 백성과 사직 걱정하고,　　心殷民社
학문은 하늘과 인간에 통하기를.　　學通天人
말없이 가만히 나아가면,　　闇嘿征邁
드디어 처음 뜻 이룬다네.　　遂我初志
신이 너를 가상히 여겨,　　神其汝嘉
吉祥이 절로 이르리라.[15]　　吉羊自至

“말없이 가만히 나아간다[闇嘿征邁]”는 말은 연민이 좋아하여 즐겨 쓰는 말로 학문하는 사람의 가장 기본 되는 자세라고 할 수 있다. 이런 자세를 유지하면 결국 자기가 목표로 세운 바를 달성할 수 있다. 이 말은 본래 산강 변영만이 1943년도에 연민에게 지어준「淵生書室銘」에 나오는 말이다[16]. 학자는 학문연구를 할 때 자기가 즐거워서 해야지 남이 알아주기를 바라고 해서는 안 된다. 남이 알아주기를 바라고 학문하는 사람은 자기가 바라는 명예를 얻고 나면 곧 학문에 대한 열정이 사라져 버린다. 연민이 80 고령에도 방대한『朝鮮文學史』를 저작해 내는 것은 바로 이런 정신이 바탕이 되었다고 생각된다.

제자 강동엽(姜東燁) 교수에게 준 병명(屛銘)에서 한문학의 기초는 유교경전에 있음을 강조하였고, 경전을 숙달되게 외우는 것의 중요성도 역설하였다.

姜君 山碧이,　　姜君山碧
나를 따라 논 지 오래 되었네.　　從余日久
조금이라도 깨끗한 틈 있으면,　　少有淸隙
와서 구름 속의 빗장 두드렸지.　　雲扃來叩

---

15)「吉羊自至屛銘」,『遊燕堂集』281頁.

16) 이미 출간된 卞榮晩의 문집『山康齋文鈔』에는 이 부분이 삭제되어 있다. 淵民이 편찬한『大學漢文新選』및『漢文新講』에 실린「淵生書室銘」에는 이 부분이 들어 있다.

먼저 성현의 말씀을 익히느라, 先習聖言
머리 숙이고 경전 파고들었지. 擘經垂首
널리 諸家의 학문에 미쳐서, 淹及諸家
하찮은 것도 버리지 않았네. 不舍涓塿
燕巖의 『熱河日記』며, 燕巖熱河
惺所의 『覆瓿藁』 등을, 惺所覆瓿
자기 말 외듯이 하여, 如誦己言
입으로 외운 것 손으로 쓰네.[17] 手寫其口

(後略)

어린 손자 이창남(李昌南)에게 독서를 권장한 「讀書箴」은 이러하다.

사람으로서 배우지 않으면, 人而無學
살아서 세상에 도움 됨 없어. 生無益兮
책이 있어도 읽지 않는다면, 有書不讀
책만 아까울 뿐이라네. 書可惜兮
봄에 부지런히 일하지 않으면, 春而不勤
가을에 수확하는 것 없다네. 秋無獲兮
텅 빈 벌판 방황하게 되어, 曠野回皇
마침내 삭막하게 된다네. 竟索莫兮
너 어릴 때 처음을 잘 관리해, 善爾幼初
지혜의 구멍이 뚫리게 하기를. 慧竇闢兮
정성이 이르는 곳이면, 精忱所到
쇠나 돌도 뚫을 수 있다네. 透金石兮
사물 열어 주고 일 성취시키는 건, 開物成務
어질고 뛰어난 사람의 책임이라네. 賢豪責兮
나라 빛내고 세상에 모범 되어, 華國范世
영원토록 혜택을 흘러 보내야지.[18] 永流澤兮

17) 『貞盦文存』, 207頁, 「姜山碧東燁屛銘」.

사람으로 태어났으면 이 나라를 빛내는 일을 하거나 세상에 모범이 될 만한 일을 하는 등 세상에 태어난 보람이 있어야 하는데, 그렇게 하기 위해서는 독서가 필요하다. 독서는 어릴 때부터 시작해야만 지혜가 열리는 법이다. 어린 시절을 허송하는 것은 마치 농부가 봄에 밭을 갈아 씨를 뿌리지 않는 것과 같다. 가을이 되면 수확할 것이 없다. 그때 가서 후회해 봐야 소용이 없다. 사람의 일생도 마찬가지다. 손자에게 기대를 걸고 자상하게 타이르는 할아버지의 모습이 눈 앞에 나타나는 경계의 글이다. 『古文眞寶』 첫머리에 실려 있는 권학하는 여러 시문들에 못지않게 뜻이 간절하고 지시하는 바가 크다.

「新意屛銘」은 한 편의 훌륭한 창작 이론인데, 문학의 중요성과 자신의 글 짓는 방법을 제시하였다.

공자는 네 가지 과목을 창설했는데,	孔刱科四
문학이 그 가운데 하나 차지했네.	文居其一
말을 다듬어 정성을 나타낼 때는,	修辭立誠
힘써 그 실질을 남겨야 한다네.	懋存其實
말을 글로 나타내지 않는다면,	言或不文
멀리까지 전해갈 방법이 없네.	行遠無術
운문이건 산문이건 할 것 없이	無論韻散
經書를 으뜸으로 하여 나오는 법.	宗經而出
마치 물이 빙빙 소용돌이치듯 하고,	若水廻盪
璞玉이 푸르고 푸른 듯 해야 하리.	如璞瑟瑟
부드러운 것 딱딱한 것 정취 달리하고,	軟硬異趣

18) 「勸讀箴貽昌南」, 『貞盦文存』 256-257頁. 그 뒤 1994년에 다시 「勸讀箴」을 지었는데, 자구가 약간 다르다. 人而不學, 是誰責兮. 有書不讀, 書可惜兮. 所以往愆, 靡不繹兮. 天下事爲, 載方冊兮. 嘗其眞腴, 詎不懌兮. 嘗不知味, 竟無懌兮. 春而不耕, 秋無獲兮. 幼而不勤, 老無泊兮. 茫茫窮宙, 竟安適兮? 嗟嗟小子, 我言匪僻兮(『萬花齊笑集』 297頁).

홀수 짝수도 아울러 기술하네.	奇偶幷述
옛 법도에서 어긋나지 않아야만,	古法勿叛
이에 새로운 뜻이 잘 자라나리.	新意乃茁
揚子江 쏟아져 흘러 내리듯,	一瀉長江
손에 잡은 붓 멈추지 말아야지.	手不停筆
옛날 상고해 봐도 있지 않았고,	稽古未有
지금 세상에도 대적할 이 없나니.	在今無匹
이런 경지에 도달해야만이,	到此境地
能事를 다했다 할 수 있으리.[19]	能事可畢

조선시대 유학자들은 대부분 도학만 숭상하고 문학의 가치와 효용은 폄하한 경우가 많았지만 연민은 문학도 같이 중시하였다. 공자가 이미 교육과정 네 과목 가운데 문학을 열거하였음을 들어 증명했다. 그리고 말을 시간적으로 공간적으로 멀리 전달하려고 하면 글이 아니면 안 된다. 그러나 모든 문학의 원천은 경서이다. 연민은 문학전공자이지만 경서의 중요성을 곳곳에서 강조하였다. 인간의 지혜가 담긴 경서를 깊이 읽지 않으면 문학 발전에 한계가 있기 때문이다. 새 것을 창조해도 옛날 법도에서 어긋남이 없어야 한다.

"揚子江 쏟아져 흘러 내리듯, 손에 잡은 붓 멈추지 말아야지[一瀉長江, 手不停筆.]"라는 구절은 연민 자신의 창작하는 모습을 그대로 그림으로 그려 낸 것 같다. 그리고 연민의 창작의 목표는 전무후무한 걸출한 작품을 지어내는 것이었다. 이것이야말로 옛 사람들이 삼불후(三不朽)의 하나로 치던 '立言'인 것이다.

학문을 이루는 것은 산을 쌓는 것과 같다. 산을 이루려면 적은 양의 흙도 받아들여야 하듯이, 학문을 이루는 것도 미세한 하나 하나를 다

---

19) 「新意屛銘」, 『萬花齊笑集』 130頁.

탐구하여 유기적으로 자기 것으로 만드는 작업이 필요하다. 그렇게 하기를 오래 하면 마침내 큰 것을 성취해 낼 수 있는 것이다. 그것이 참된 경지로서 어떤 것보다도 더 즐겁다.

(前略)

그것을 하기를 쉬지 않으면,	爲之不已
아홉 길 높은 산이 앞에 있게 되네.	九仞在前
조그만 흙덩이도 사양하지 않아야,	不辭土壤
큰 것을 능히 이루어낼 수 있다네.	能成其大
참된 경지에 잘 이르게 되면,	克到眞境
그 즐거움 가장 크리라.[20]	其樂爲最

연민 자신이 진지하게 학문 탐구를 해 왔기 때문에 그 경지에 이르렀을 때의 즐거움을 알 수 있는 것이다.

그대 端甫를 좋아하나니,	子憙端甫
어찌 성씨만 같을 뿐이겠는가?	豈第姓同
文辭는 찬란하고,	文辭璀璨
재주와 지혜 신령스레 뚫렸네.	才慧靈通
道術은 南宮斗에 거슬러 올라가고,	道溯南斗
俠氣는 洪吉童을 전하였네.	俠傳洪童
내 생각에 許筠은,	余謂筠也
신기루와 채색 무지개라.	蜃樓彩虹
王世貞·李攀龍은 復古를 주도했고,	王李復古
徐渭와 袁枚는 性靈說 주장했지.	徐袁聖靈
이에 李卓吾에게 미쳐서는,	爰暨卓吾
혼혈종이라 모양을 달리했네.	混血殊型

20) 「一山書室銘」, 『萬花齊笑集』 196頁.

진실로 큰 道가 아니기에,　　諒非大道
그를 두고 괴이하다 하는 것.　　故謂之怪
괴이한 것 힘에 관한 것, 어지러운 것, 귀신은　　怪力亂神
성인 孔子가 禁戒했나니.　　聖悊所戒
이에 그대는 이를 멀리 하여,　　期君斯遠
옮기는 것을 아끼지 말지어다.　　勿靳於遷
학문은 경전 으뜸으로 여기나니,　　學貴宗經
별과 달이 하늘에 있도다.[21]　　星月在天

교산(蛟山) 허균(許筠)은 연민이 매력을 느끼는 문학가로서 교산의 폭넓은 독서와 자유로운 문학사상, 뛰어난 문장을 자신의 모델로 삼았다. 제자 허경진(許敬震) 교수에게도 교산의 문사와 재주와 지혜는 닮되, 그의 괴이함은 배우지 말도록 당부하고 있다. 연민의 글에 자주 등장하는 '善變'이라는 단어, 배우되 교조적으로 배우지 말고 융통성 있게 배워 그 장점은 흡수하고, 그 단점은 반면교사로 삼을 것을 권하였다.

그리고 이 잠은 한 편의 「許筠論」으로서도 문학적 가치가 높아 한문학사의 자료가 될 수 있겠다.

나의 벗 厦卿은,　　吾友厦卿
기이한 뜻 일찍 품었네.　　夙褱奇志
大韓帝國의 말년에,　　韓之季年
안팎으로 일 많았네.　　外內多事
고찰하고 연구하기를,　　攷之硏之
주야로 부지런히 진지하게 했네.　　蚤夜勤摯
그 저서를 펴냄에 미쳐서는,　　繄其成書

21) 「許文泉敬震屛銘」, 『萬花齊笑集』 261頁.

전혀 자질구레하지 않았네.	判不瑣僿
實事求是하는 선비 되기에,	實求之彦
그대는 부끄러울 것 없도다.	君其無媿
그대 같은 재주와 학문은,	如君才學
얻기가 쉽지 않다네.	得之不易
어찌 같은 고향 출신이라고,	豈以鄕産
괜히 과장하는 말 늘어놓겠는가?	誇辭空費
묵은 이삭은 줍지 않기에,	不拾陳穗
절로 새로운 뜻이 있도다.	自有新意
힘쓸지어다! 厦卿이여,	勗哉厦卿
하늘이 준 능력 모름지기 간직해야지.	須將天畀
스스로 힘써 쉬지 않으면,	自强不息
길하여 이롭지 않음이 없으리.[22]	吉无不利

조선말기의 역사를 전공하는 제자 권오영(權五榮) 교수에게 지어 준 병명(屛銘)이다. 학문을 하는 데는 일찍 뜻을 세우는 것이 중요하고, 저서는 체계와 논리가 뚜렷이 서야지 지리멸렬해서는 좋은 저서가 될 수 없다. 권교수의 몇 종의 저서를 보고, 실사구시(實事求是)의 정신으로 학문하는 학자로 인정하였다. 농작물을 수확할 때 맨 먼저 앞장서서 베어가야지, 다른 사람 다 베어가고 난 뒤에 이삭이나 주우려하면 힘만 들지 소득이 없다. 학문에는 특별한 비결이 있는 것이 아니다. 자기의 타고난 소질을 잘 살려 자강불식하는 것이 최고다. 그렇게 꾸준히 업적을 내어가면 그 것이 곳 길상(吉祥)이고 이익이다.

서울 숭문동에 살았던 석북(石北) 신광수(申光洙), 기록(騎鹿) 신광연(申光淵), 진택(震澤) 신광하(申光河) 삼형제와 매씨(妹氏) 부용당(芙蓉

---

22) 權五榮所藏, 「厦卿屛銘」. 이 銘은 1999년 음력 6월 상순에 짓고 쓴 작품으로 아직 출판된 문집에 실리지 않은 것인데, 淵民이 지은 銘 가운데 최후의 작품으로 짐작된다.

堂)의 문학에 대한 학술발표회를 1975년에 개최하고, 그 뒤 이들 4인의 문집을 모아 『崇文聯芳集』이란 이름으로 출판한 뒤, 그 석북의 7대손 신하식(申夏植)씨의 요청에 의하여 지은 「崇文屛銘」 신씨 일가의 문학의 연원과 특징을 축약한 한 편의 문학사라 할 수 있다.

옛날 崇文洞에 살던,	崇文古洞
이 집안 식구들은,	一家眷屬
시에 능하지 않은 이 없었고,	莫不能詩
천륜을 독실히 지켜왔다네.	天倫是竺
아름다운 네 명의 형제자매,	懿四兄妹
꽃다운 자취 아련히 그리워라.	緬懷芳躅
石北은 큰 형님이었는데,	石北大哥
사실주의 사조의 으뜸이었소.	寫實宗風
「關西樂府」와 「關山戎馬」 두 작품,	西關二吟
세상에 드문 沈鬱·雄渾한 시였네.	曠世沈雄
騎鹿의 시집 『山謠』[23]는,	騎鹿山謠
老健하면서 蒼鬱하였다오.	老健蒼鬱
震澤은 신통하면서 날랬으니,	震澤神駿
아주 보통 인물이 아니었소.	大不凡物
아름다운 芙蓉堂 있었나니,	有美芙蓉
蘭雪軒에 짝할 수 있으리라.[24]	追配蘭雪
(後略)	

신씨 형제 자매 4인의 문학 특색을 잡아 간결하게 요약해 내었다. 영정조시대의 사실주의 대표시인 신광수는 「關山戎馬」와 「關西樂府」로 시단에 이름이 높았다. 그의 형제자매 4인은 조선중기 허균 집안의

---

23) 『山謠』: 『騎鹿樵吟』의 異稱.

24) 「崇文屛銘」, 『通故堂集』 159頁.

악록(岳麓) 허성(許筬), 하곡(荷谷) 허봉(許篈), 교산 허균과 난설헌(蘭雪軒) 허초희(許楚姬)에 겨눌 만하다고 할 정도로 높이 칭도하였다.

5.3. 구세정신(救世精神)

선비가 본래 공부하는 목적은 수기(修己)·치인(治人)에 있다. 치인의 최종단계는 곧 치국(治國), 평천하(平天下)이다. 그래서 본래 선비는 벼슬에 나아가건 안 나아가건 국가와 민생을 잊지 않는다. 선비는 바른 말로써 나라를 바로잡는 존재다. 재야의 선비 남명(南冥)이 「丹城疏」를 올리자 조야가 진동하였으니 참된 선비의 역할은 이런 것이다. 그러나 대부분의 조선시대 선비들은 수기에 너무 치중하여 치인의 영역에 힘이 미치지 못하고 말았다.

일반적으로 세상 사람들은 흔히 한문학을 전공하면 고리타분하여 세상을 등지고 시대에 뒤떨어져 사는 것으로 간주한다. 그런 학자들이 없는 것은 아니다. 연민은 학문 연구도 왕성하게 하면서 사회활동도 적극적으로 하였다. 해방 이후 이념대립의 상황에서 구속된 학생을 구제하는 데 앞장섰고, 성균관 재건 때는 참신한 개혁방안[25]을 심산(心山)에게 건의하였고, 한국전쟁 때는 독특한 통일방안을 실현하려다가 구속되기도 했고, 사일구학생의거 때 학생들이 경찰의 총탄에 사상자가 발생하자 교수들의 대처방안을 맨 먼저 제시하였다. 성균관이 다시 친일유림들에 의해서 점거 당하고 당시 성균관장이자 성균관대학교

---

25) 참신한 개혁방안 : 필자는 연민에게 다음과 같은 이야기를 직접들었다. 연민은 1945년 8월 17일 안동 甕泉驛에서 기차를 타고 서울로 와서 成均館으로 心山을 방문하여 세 가지 건의를 내놓았으나 하나도 채택되지 않았다. 세 가지 건의는 다음과 같다. 첫째 성균관 주변의 땅을 다 매입하여 성균관과 성균관대학교의 부지를 넓혀야 한다. 둘째 성균관에서 서울 시내 중심부의 큰 극장을 하나 구입하여 평소에는 임대하여 영화를 상영하여 세를 받고, 유림의 모임이 있을 때는 이 극장을 이용하여 대규모집회를 하여 세를 과시하자. 셋째 신문사를 하나 만들어 유교를 선양하자.

총장인 심산(心山) 김창숙(金昌淑) 선생이 축출 당할 때 교수직을 내던지고 저항하였다. 1967년도엔 심산이 축출된 이후 해체되었던 유도회 총본부를 재건하여 위원장으로 활동하였다. 그리고 평생 수집한 고적, 고서화, 문화재 등을 아무런 반대급부 없이 단국대학교에 기증하여 민족의 문화재로 만들었다. 이 여러 가지 일에서 연민의 국가민족에 대한 열정을 읽을 수 있다.

1990년 노태우 당시 대통령이 청와대 본관을 새로 짓고서 20폭 병풍을 비치하기로 결정하였다. 우리나라에서 누가 글을 제일 잘 짓는지를 수소문한 결과, 연민에게 「青瓦臺屛銘」의 창작을 의뢰해 왔다. 연민은 이 기회를 십분 활용하여 강직한 옛 선비들의 직간정신(直諫精神)을 발휘하여 대통령을 바른 길로 인도하여 백성들에게 혜택이 돌아가도록 노력하였다.

(前略)

나라가 흥하느냐 망하느냐는,	國之興替
정치하는 데 매어 있다오.	係於爲政
‘정치’란 ‘바르게 하는 것’이라는,	政者正也
옛 성현 孔子 말씀 삼가 따르길.	恪遵前聖
나라의 우두머리가 현명하면,	元首旣明
팔 다리 같은 신하들 어질다오.	股肱克良
문화 있는 백성 만들려는 뜻 있으면,	志在文民
여러 백성들 건강하게 만들어야 하오.	庶億其康
사악한 자 물리치고 능한 이에게 양보하고,	出邪讓能
신의를 강구하고 화목하도록 노력해야지.	講信脩睦
풀 위에 바람이 불 듯이 하면,	草上之風
누가 감히 복종하지 않으리오?	疇敢不服
조국 강토 통일시키는 일에는,	祖疆統一
너도 나도 함께 참여해야지.	爾我同參

북쪽과 화합하려고 한다면,	欲和其北
먼저 남한부터 단결해야 하리.	先締其南
위대한 통일과업 이루게 되면,	成就偉業
세운 공적 풍성할 것이오.	菀有所樹
사람과 귀신 모두 다 통쾌해 하고,	人神胥快
새나 짐승들도 너울너울 춤추리라.	鳥獸翩舞
멀리 보는 것이 현명함이고,	視遠維明
말을 듣는 것이 총명함이라.	聽言維聰
만약 덕을 닦지 않는다면,	若不修德
하늘의 福祿 영원히 끝나리.	天祿永終
곁에다 병풍 펼쳐 두소서.	屛陳于傍
道는 일상적인 것에 존재한다오.	道存于常
정치를 함에 仁을 좋아한다면,	爲政好仁
하늘이 잊지 않을 것이오.[26]	天其不忘

오늘날 대부분의 백성들은 정치에 관심이 없고 정치가라 하면 좋지 않은 시선으로 본다. 그러나 국가에 있어서 정치는 중요하다. 더구나 대통령은 더욱 중요하다. 대한민국의 운명이나 대한민국 백성들의 삶의 질이 대통령 한 사람의 마음먹기에 따라 달라진다. 대통령은 늘 판단을 하며 살아야 하는데 바른 판단은 바른 생각에서 나온다. 그러나 대통령 곁에는 바른 말을 하는 사람은 드물고 대통령의 비위만 맞추려는 사람이 많다.

연민은 이 점을 정확하게 파악하고서 대통령의 역할이 나라의 흥망을 좌우한다는 점을 먼저 인식시켰다. 그리고는 "정치는 바르게 하는 것"이라는 공자의 말을 인용하여, 정치에 비결이 따로 있는 것이 아니고 바르게 하는 것이 제일가는 비결이라는 점을 부각시켰다. 대통령이

26) 「靑瓦臺屛銘」, 『萬花齊笑集』 46頁.

현명하면 아래 사람들도 다 능력 있는 사람으로 채워진다는 것을 인식시켰다. 조국통일의 중요성을 인식하고서 통일의 위업을 달성할 것을 권면하고 있다. 대통령은 국가의 장래를 멀리 보고 간언을 잘 들어야만 현명하게 될 수 있다.

덕을 닦는 것의 중요함을 강조하였고, 대통령이 덕을 닦지 않으면 하늘이 우리 대한민국을 돌보지 않는다고 경계를 하였다. "제도나 법령이 중요하지, 迂闊하게 무슨 德을 들먹이냐?"라고 누가 반대의사를 표시할지 모르겠으나, 법령으로 하는 정치는 가장 저급한 정치다. 대통령이 덕을 닦아 순리대로 정치를 하면 나라는 저절로 질서가 잡히고 신의가 회복되어 사람들이 살 만한 수준 높은 나라 즉 '仁邦'이 될 것이다. "자기 자신이 안으로 성인의 경지에 이르러야 밖으로 나와서 임금 노릇할 수 있다[內聖外王]"는 장자의 말처럼 대통령이 성인의 경지에 이른 사람이 나오면 그런 나라 백성은 복 받은 백성이 되는 것이다.

160자의 한자 속에 치국의 원리가 다 함축되어 있다. 그리고 『論語』, 『孟子』, 『書經』, 『荀子』 등의 고전이 다 인용되었으면서도 아주 자연스럽게 잘 조화되어 있다. 연민이 학문과 사상이 가장 완숙한 시기에 혼신의 힘을 기울여 지은 작품으로 필자의 생각으로는 가장 우수한 작품의 하나가 아닌가 사료된다. 이른바 '爐火純靑'의 경지에 이른 작품이다.

일반 사람들이 갖고 있는 또 한 가지 오해는 한문학을 전공하는 사람들은 모화주의자(慕華主義者)로 생각하는 것이다. 한문학을 전공하는 대부분 학자들은 우리 민족의 전통문화를 매우 사랑하는 사람들이다. 연민은 특별히 민족의식이 강했고 통일에 대한 염원이 간절하였다. 그의 이런 사상이 잘 나타난 글이 다음에 소개하는 「民族統一屛銘」이다.

인간세상을 크게 이롭게 하신,　　弘益人間
檀君할아버지는 신성하였네.　　檀祖聖神
朴赫居世는 지혜롭고 밝았고,　　居世睿悊
溫祚임금은 맑고 순박하였네.　　溫祚淸醇
東明王은 영웅답고 강렬한데,　　東明雄烈
아울러 모두가 우뚝하십니다.　　幷峙嶙峋
앞으로도 聖神이 계속해서 나와서,　　聖神繼起
나라 다스리고 백성 편안하게 한다면,　　理國安民
무릇 우리 동포 된 사람들로서,　　凡我嚋胞
감히 서로 친하지 않겠는가?[27]　　敢不相親

역대 네 나라 시조왕들의 특징을 뽑아내어 이야기하고, 앞으로 이러한 임금들처럼 훌륭한 지도자가 나와 나라를 다스려 백성들을 편안하게 한다면 우리나라의 백성들이 그런 지도자 아래서 서로 화목하게 잘 살아 갈 것이라는 희망을 밝히고 있다.

우리 조상들 가운데 뛰어난 네 명을 골라 그 특징을 나타낸 「四聖屛銘」은 이러하다.

크게 인간세상을 이롭게 하는 건,　　弘益人間
檀君 할아버지의 정신이고,　　檀祖精神
바른 소리를 창조하신,　　刱製正音
세종대왕 백성 가르쳤네.　　世宗訓民
退溪선생의 철학은,　　退陶悊學
유학을 집대성하였네.　　集儒大成
충무공은 영웅다운 전략으로,　　忠武雄略
나라 위해 그 마음 다했도다.　　爲國罄情
아! 천년 억년 동안,　　於千億載
그 명성 영원히 흘러가리.[28]　　永流厥聲

27) 「民族統一屛銘」, 『遊燕堂集』 40頁.

홍익인간의 이념을 펼쳐 나라를 세운 단군, 훈민정음을 창제하여 우리 말을 표기할 수 있도록 한 세종대왕, 유학을 집대성하여 철학의 체계를 세운 퇴계, 나라 위해 영웅다운 작전 펼친 충무공 이순신, 역사에 빛나는 인물 가운데서도 가장 걸출한 네 분이다. 우리나라를 있게 한 인물, 우리 글자를 있게 한 인물, 우리의 철학이 있게 하여 문화민족이 되게 한 퇴계, 왜적의 침략에서 나라를 구출한 이순신 장군, 오늘날의 문화와 번영을 있게 해 준 인물들, 곧 우리 민족의 자존심이다. 그 공적은 영원히 전해갈 것이라고 연민은 그 위대성을 부각시켰다.

5.4. 서법론

연민은 어려서부터 붓으로 많은 책을 베껴서 보았으므로 서예는 생활의 한 부분이 되었다. 옛날의 선비들은 다 서예를 겸하여 하고 있었다. 현대적 의미의 직업적인 서예가는 본래 존재하지 않았다. 연민은 집이 가난하여 문방사우를 갖출 수 없어 감나무 잎에 글씨를 연마하기도 하고 소나무 그을음을 모아 먹을 만들고, 갈대를 꺾어 모래에 쓰기도 하고 칡을 두들겨 돌에 긋기도 하는 등 글씨를 익혔다.[29)]

특별히 임서(臨書)에 시간을 들이지는 않았지만 고금의 좋은 법첩(法帖)과 많은 금석문을 접함에 따라 서법의 기법과 안목이 동시에 높아졌다. 특히 한문 독해 능력의 부족으로 서예 이론서를 볼 수 없는 대부분의 직업적인 서예가들은 근본적으로 서예 이론을 습득하기가 쉽지 않고, 서예의 심오한 발전에도 한계가 없을 수 없다. 연민은 자신이 터득한 기법과 이론과 여러 서예 관계 서적에서 얻은 이론 등을 종합하여 독자적인 서법론을 내놓게 되었다.

---

28) 「四聖屛銘」, 『遊燕堂集』 40頁.

29) 「斬蘆耕沙屛銘」, 『萬花齊笑集』 196頁.

자신의 손으로 전각을 하지는 않았지만 전각을 특별히 좋아하였고, 전각을 감상하는 수준도 높았다.

먼저 서법을 연마하는 정신과 방법을 제시한 「題人屛銘」이 있다.

글씨는 하나의 예술이니,	書爲一藝
창제한 의의가 높고 깊다네.	刱義崇深
殷나라 옛터에서 출발하여,	肇自殷虛
우리 한국에까지 미쳤다네.	爰曁韓林
사물을 보고서 모양 형상하고,	覽物象形
도를 싣고 마음을 전한다네.	載道傳心
만 권의 책을 독파해야 하고,	萬卷讀破
천 개의 비석 더듬어야 해.	千碑搜探
조화에 참여하고 신과 통하면,	參化通神
다가오는 세상에서 흠앙하리라.[30]	來世是欽

서예의 비결은 사물을 잘 관찰하여 그 모양을 본떠야 한다. 그리고 글씨에는 마음을 실어야 한다. 그러나 단순히 붓만 들고 기법만 익히려고 해서는 안 되고 많은 책을 읽어서 식견을 넓혀야 하고 많은 비석을 직접 탐사해서 실제 크기의 글씨를 봐야 한다. 천지의 조화와 어울리는 정신이 담긴 글을 남겨야 후세의 존경을 받을 수 있다고 보았다. 秋史가 강조한 "書卷氣, 文字香"이란 말과 일맥상통한다.

22년 지난 1992년에 이르러 서예의 기법을 더 구체적으로 제시한 「偶然欲書屛銘」이 있다.

우연히 글씨가 쓰고 싶나니,	偶然欲書
붓 꼿꼿이 세우고 팔꿈치 들어야 하리.	中鋒懸臂

30) 「題人屛銘」, 『淵民之文』 168頁.

힘을 너무 딱딱하게 넣지 말고,	用力勿硬
그 뜻을 조화롭게 해야 하나니.	沖穆其志
낙수물이 돌을 움푹하게 만들고,	溜穿石窪
쇠 절구공이도 갈면 바늘처럼 날카로워져.	鐵磨鍼利
옛 것을 본받되 얽매이지 말아야 하고,	法古勿泥
새 것 창조하되 거짓됨 없어야 한다네.	刱新無僞
참되게 실력 쌓기 오래오래 하면,	眞積日久
머금었던 精華 사방으로 나오는 법.	涵華四出
용이 가듯 꿈틀꿈틀하게 되고,	蜿若龍行
너울너울 나비가 취하여 춤추는 듯.	翩疑蝶醉
여러 가지 書體는 비록 달라도,	諸體雖殊
隷書의 맛을 간직해야 한다네.	頗存隷意
누에 머리 모양, 말 발굽 모양 등등은,	蠶頭馬蹄
속된 선비가 좋아하는 것이라네.	俗士所媚
예서는 前漢의 것 귀하게 여기나니,	隷貴西漢
끊어진 등나무가 외로이 떨어지는 듯.	斷藤孤墜
바야흐로 깨달은 경지에 이르러야,	方臻悟境
해야할 일 다한 것이라 할 수 있네.[31]	財畢能事

연민 82세 때 젊은 서예가들이 연민에게 서예의 기법에 대해서 묻자, 연민은 “붓을 꼿꼿이 세우고 팔꿈치를 들고 쓰는 것[中鋒懸臂] 밖에 없다”라고 했다. 연민의 서예 작품의 특징이자 매력인 것이다. 마음을 느긋하게 가지고 어깨에 힘을 빼고 꾸준히 노력하면 그 효과가 언젠가는 나타난다는 것이다. 옛 것을 본받되 얽매이지 말고, 새로운 것을 창조하되 진실성이 있어야 한다는 것이다. 흔히 대부분의 서예가들이 서예를 가르칠 때, ‘一’자 획을 그을 때 시작하는 부분은 ‘누에 머리처럼’, 마치는 부분은 ‘말 발굽처럼’하라고 철칙처럼 가르친다. 그러나

31) 「偶然欲書室銘」, 『萬花齊笑集』 196頁.

연민은 이를 저속한 논의라고 치부해 버렸다. 자유스럽게 운필(運筆)해야 하는데 그런 제약조건이 많으면 글씨의 운치가 살아날 수 없는 죽은 글씨가 되고 만다. "용이 가듯 꿈틀꿈틀하게 되고, 너울너울 나비가 취하여 춤추는 듯[蜿若龍行, 翩疑蝶醉]"은 절묘한 표현으로 서예를 직접 해 본 사람만이 그런 표현을 할 수 있을 것이다.

연민은 글씨의 전범을 이렇게 제시했다. 세상 사람들이 좋아하는 글씨의 겉모양을 매끈하게 할 것이 아니고, 내면에 충실한 힘이 있는 정상적인 글씨를 지향하도록 방향을 제시했다.

굳게 쓰되 마르게 쓰지 마소서.	勁而勿枯
아담하게 쓰되 잔약하게 쓰지 마소서.	雅而勿孱
호방하게 쓰되 거칠게 쓰지 마소서.	豪而勿荒
건장하게 쓰되 미련하게 쓰지 마소서.	健而勿頑
차라리 야위게 쓰되 살찌게 쓰지는 마소서.	寧瘦勿肥
차라리 추하게 쓰되 곱게 쓰지는 마소서.	寧醜勿姸
차라리 졸하게 쓰되 흐물흐물 쓰지는 마소서.	寧拙勿爛
차라리 괴이하게 쓰되 치우치게 쓰지는 마소서.[32]	寧怪勿偏

연민과 동시대에 직업적인 서예가로 지내면서 대가로 대접받는 사람들이 많았다. 그러나 그들 가운데는 대부분이 서예의 원리를 모르고 속된 글씨를 써내는 사람이 많았다. 연민은 그 문제점을 이렇게 지적하였다.

고금의 서예가들,	古今書家
손가락 이루 다 꼽을 수 없네.	指不勝僂
실기와 이론에 관한 것들로,	實作理論

32) 「臨地八勿箴」, 『遊燕堂集』 280頁.

찬란하게 책 이루었다네.　璨然成譜
모두가 터득한 것 있다 하나,　咸有自得
모양이라도 닮은 것 하나 없어.　一無貌肖
歐陽詢, 褚遂良, 虞世南, 顔眞卿 등은,　歐褚虞顔
모두가 다 王羲之에서 나왔다네.　皆出逸少
법도 밖에서 승리를 구해야지,　法外取勝
묵은 이삭 주워서는 안 되는 법.　不拾陳穗
오직 王獻之가 있어,　唯有獻之
아버지 따라 하다 퇴보했다네.　襲父而頹
학문도 또한 그런 것이니,　爲學亦然
어찌 서예뿐이겠는가?　不第書也
오로지 한 스승만 섬기면,　嫥師而師
수준이 아래에 있게 된다네.　風斯在下
무릇 지금의 스승들은,　凡今之師
자기를 닮기를 바란다네.　祝之猶我
잘 변하는 것 귀하게 여기나니　貴在善變
내 말은 잔소리가 아니라네.[33]　余言匪瑣

현재 활약하고 있는 서예가들의 공통된 문제점들을 정확하게 잘 지적해 내었다. 실제로는 서법을 모르면서도 자기가 터득한 비결이 있는 줄로 착각하는 것이 가장 큰 문제다. 법도를 따라 배우다가 자기만의 독창적인 세계를 개척해야 할 것인데, 법도에까지도 가지 못하면서 자기 세계를 개척하여 자기를 따라 배울 것을 강요하니 결과적으로 서예를 망친다. 그런 사이비선생 한 사람만을 스승으로 삼아 서예를 배운 사람은 평생 노력한다 해도, 그 결과가 어떻게 될지는 보지 않아도 알 수 있다. 답습은 안 되지만 법도를 익히지도 않으면서 자기 멋대로 가는 것도 안 된다.

33)「書忌蹈襲箴」,『萬花齊笑集』196頁.

「偉哉屛銘」에서는 우리나라와 중국의 서예사를 압축해 담았고 할 수 있다.

위대하도다! 蒼頡과 史籒氏여,	偉哉蒼籒
멀어 따라잡을 수 없구나.	逖矣難攀
殷나라 옛 터의 甲骨文은,	殷虛甲骨
아직 그 전모 엿볼 수 없네.	未窺全斑
周나라 石鼓文과 漢나라 隷書는,	周鼓漢隷
하늘이 끝내 아끼지는 않았네.	天不終慳
王羲之 嫡傳의 系統으로는,	逸少傳嫡
歐陽詢, 褚遂良, 虞世南, 顔眞卿.	歐褚虞顔
新羅時代의 金生은,	羅代金生
安閒한 경지까지 나아갔네.	境造安閒
고려에서 조선초기까지는,	麗及韓初
원기가 깎이지는 않았다네.	元氣未刪
문제는 가짜 王羲之 글씨로,	病在僞王
맑고 잔약한 데로 흘러갔네.	流於淸孱
阮堂은 어찌 기이하고 험했던가?	阮何奇險
무너진 것 만회하기 힘들었네.	挽頹則艱
지금 세상은 말할 것도 없나니,	俗今無謂
발라놓은 담장에 낙서하는 것 같아.	畫墁一般
그래도 오히려 스스로 잘난 채하는데,	猶自爲大
누가 그 미련함 고쳐주려나?[34]	孰訂其頑

연민이 볼 적에 추사(秋史) 이전의 우리나라 글씨는 다 망했는데, 그 원인은 조선 중기에 중국에서 흘러들어 온 여러 차례 번각한 왕희지의 법첩을 따라 임서하다 보니 생명력이 없는 죽은 글씨를 익힌 것이다.

34) 「偉哉屛銘」, 『通故堂集』 158頁.

왕희지의 진적(眞蹟)은 지구상에 존재하는 것이 하나도 없고 모두가 다 모각본이다. 우리나라에 전래된 것은 모각본의 모각본이니 많이 변모되어 원래의 모습과는 거리가 멀다. 그런 법첩을 가지고 글씨 공부를 한 대표적인 인물이 한호(韓濩)이다. 그러고서도 모두가 자만심에 젖어 있었다. 이런 분위기를 추사가 바로잡으려 했지만 쉽게 만회될 수 있는 것이 아니었다.

연민의 시대까지도 가짜 왕희지체를 배운 글씨가 주를 이루었는데, 이를 누가 바로잡을 것인가 하여 연민은 개탄하고 있다.

서예가로서 전각에 조예가 깊은 여원구(呂元九)에게 준 「丘堂銘」은 전각 작품에 대한 연민의 감식 안목을 보여주고 있다.

수많은 전각 작품들,	有萬衆琱
그 처음에 있어서는,	在其初也
기교 모으지 않은 게 없으니,	莫不湊巧
아름답게 세련되게 하기에 힘썼네.	嫥精豔冶
이는 물려받은 법도 없는 것이니,	此無嬗焉
참된 것 같으면서도 가짜라네.	似眞而假
아름답도다! 丘堂이여.	猗歟丘堂
이런 전철 밟지 않았네.	不途是者
손이 마음먹은 대로 되어,	手如其心
질박하여 촌스러웠네.	璞而近野
돌아보지 않고 나아가,	不顧而往
차라리 추해도 예쁘게는 안 해.	寧醜勿姹
내 안목으로 보아서는,	以余瞳孔
대적할 이가 드물 것 같네.	見之蓋寡
날마다 힘써 나가면,	唯日斯邁
大雅의 경지에 이르리라.[35]	克臻大雅

세상에는 전각으로 자부하는 사람들이 많다. 기교만 부려 아름답게 하려고만 하는데, 본래 전각에는 상주(商周)시대 청동기 문자의 맛이 남아 있어야 한다. 그런데 전통적인 전각의 맛을 모르고 저속한 수준의 사람이 전각의 대가로 자처하여 많은 제자들을 양성한다. 그런 사람들은 오로지 아름답게 하려고 기교를 부리니 전각의 본래 모습을 많이 잃었고, 우리나라에서는 이런 원리를 아는 사람이 드물다.

구당(丘堂) 여원구(呂元九)만은 전각의 전통 법도를 알아 고졸하며 질박한 길을 추구하는 데, 세상에 비난하는 사람이 많아도 개의치 말라고 격려하고 있다.

서예학 교수이면서 전각에 능한 근원(近園) 김양동(金洋東)에게 주는 「近園書屋銘」은 이러하다.

(前略)

도장 새기는 건 글 짓는 것과 같아,	治印若文
번잡하게도 너무 깎지도 말아야 해.	勿冗勿髡
맑기는 차와 같이 해야 하고,	淸之若茶
專一하기는 밥 먹는 일처럼 해야지.	嫥之若餐
법도에 의거하여 창조적으로 하되,	倚法而刱
저속한 사람들의 지껄임 개의치 말아야.	勿介俗喧
세월이 더욱 오래 지나고 나면,	歷歲滋久
자연스런 정취가 절로 존재하리.[36]	天趣自存

너무 번잡하게도 하지 말고 그렇다고 너무 함부로 칼질을 하지도 말아야 한다. 차를 마셔 정신을 맑게 하듯 정신을 맑게 한 상태에서 전각 작품을 새겨야 하고, 또 밥 먹는 일처럼 생활화 자동화가 되어야 한다.

---

35) 「丘堂銘」, 『通故堂集』 214頁.

36) 「近園書室銘」, 『遊燕堂集』 195頁.

법도에 의거하되 더 나아가 독창적인 경지를 개척해야 하여 꾸준히 지속해 나가면 자연스런 높은 경지가 전개되는 것이다. 역시 저속한 사람들의 비난에 개의해서는 안 된다는 점을 강조했다.

연민은 비록 전문 서예가나 전각가는 아니지만 서예史나 서예이론 방면에 깊은 지식을 갖고 있었고, 서예작품이나 전각작품을 감상하는 안목이 높았으므로 서예가들이 문하에 많이 출입하였다. 그러다 보니 서예와 관계되는 병명(屛銘)을 많이 짓게 되었는데, 당대의 서예의 문제점을 정확하게 진단하여 나아갈 방향을 제시한 공이 있다.

5.5. 고동(古董)·기완(器玩)에 대한 감상

연민은 서화는 물론이고 문방사우를 포함한 골동 등에도 감식안이 높아 그 가치와 감상방법 등을 잠명으로 나타낸 것이 많이 있다. 서예작품은 물론이고 그림, 도자기, 문방사우, 수석(水石) 등 그 범위는 광범위하다.

서예는 앞에서 따로 다루었고 그림에 관한 그의 이해를 알아보도록 한다. 화가인 소원(少園) 문은희(文銀姬)에게 지어 준 병명(屛銘)은 이러하다.

아리땁도다! 少園이여,	孅哉少園
타고난 자질 두텁구나.	天賦之厚
예술은 그 사람과 같나니,	藝如其人
야위지 않고 풍성하도다.	不瘠而阜
옛 것 본받아 신비롭고 힘찬데,	望古神昌
높은 것은 吾叟를 흠모하였다네.	高景吾叟
한 사람만 오로지 배우지 않았고,	不媷一家
지금 사람한테 배우기에 구차하지 않았네.	學今無苟
꺾은 가지는 하늘의 구름 스치고,	折枝戞雲

기이한 꽃술에 위로 본 술동이, 奇蕊仰卣
먹이 닿으면 종이는 사라지고, 著墨處滅
渲染法이 잘 베어들었구나. 渲采善受
이에 화랑에 진열했더니, 乃陳于肆
찬탄하기를 한참 한다네. 贊歎者久
그대 위해 병풍에 써 주니, 爲之題屛
자리 오른쪽에다 두기를.[37] 寘諸其右

수준 낮은 예술은 손끝에서 나오지만, 수준 높은 예술은 그 사람의 사상에서 나온다. 그래서 "예술은 그 사람과 같다[藝如其人]"라는 말을 한 것이다. 그 사람됨처럼 그림에서 중후한 느낌이 풍겨 나왔던 것 같다. 그리고 한 사람의 스승만 따르지 말고 여러 스승의 좋은 점을 아우르고, 옛날 화법만 고집하지 말고 지금 사람들 가운데서도 좋은 점이 있으면 따르라고 가르치고 있다.

꽃가지와 청동기를 한 폭에 그리는 문인화 소품의 배치구도라든지 먹 쓰는 법, 선염하는 법 등에 대해서도 구체적으로 그 특징을 잡아서 부각시키고 있다. 그림을 모르는 범안(凡眼)으로서는 지어낼 수 없는 병명(屛銘)이다.

「朴英喜永姬屛銘」은 난(蘭) 그림을 보고 그 자태를 생동감 있게 묘사해 내었다.

저 향기 나는 난 보소서. 瞻彼芳蘭
바람 맞기를 꺼려하는 듯. 迎風若憚
연약한 듯해도 오히려 굳세고, 脆而猶勁
뒤엉킨 듯해도 어지럽지 않아. 縈而不亂
맑은 향기 멀리 퍼져 나가고, 淸香遠聞

37) 「文少園銀姬屛銘」, 『通故堂集』 160頁.

퍼져 나가서 흩어지지 않네.	播而不散
사람 또한 그러함이 있나니,	人亦有然
英喜를 보소서.[38]	英喜是看
(後略)	

난의 특징을 잘 포착하여 글로 형상화하는 데 성공하였다. 그 섬세하면서도 정확한 묘사는 난을 두고 지은 작품 가운데 그 짝을 찾기 힘들 것 같다. 화가는 단순히 그림으로 나타내는 데 그쳐서는 안 되고, 난의 특장을 배워 난과 같은 인품을 갖추기를 화가에게 당부하고 있다. 연민의 실사구시 정신이 여기서도 나타난다. 그림은 그림대로 화가는 화가대로 따로 논다면 아무리 많은 그림을 그려도 자신의 인격도야에는 아무런 도움이 안 되기 때문이다.

연민은 한문학자이면서 서예가이므로 문방사우는 그의 일상에서 필수품이자 그의 오랜 친구이다. 그래서 자신이 가진 문방사우에 붙인 명(銘)이 많고, 또 지구(知舊)나 문생들의 요청에 의해서 지은 명도 많다. 그 가운데서 벼루에 붙인 명이 제일 많다. 벼루는 문방사우 가운데서도 그 형상에 명을 새길 면적이 있기 때문에 옛날부터 벼루에 새긴 명이 제일 많았다.

연민 자신이 소장한 매화가 조각된 단계연(端溪硯)에 새긴 명은 이러하다.

아름다운 꽃에 달 돋으니,	瓊華月生
날개 달린 신선 춤추는 듯.	翠羽翩仙
나는 벼루 좋아하는 병 있고,	余癖於硏
매화에도 미쳐 있다오.	亦梅其顚

38) 「朴英喜永姬屛銘」, 『通故堂集』 283頁.

두 가지 아름다움 같이 했으니,	二物駢美
볼 때마다 사랑하는 마음 일어.	觸目生憐
날마다 곁에다 두고 있으니,	日寘諸側
붓과 먹과 깊은 인연이라.	翰墨深緣
나는 이제 늙었나니,	余今老矣
글 지을 생각 고요히 가다듬는데,	文思靜媆
누구와 더불어 벗할 것인가?	疇與爲友
맑은 매화와 굳은 벼루라네.[39]	梅淸石堅

연민은 벼루를 매우 좋아하여 좋은 벼루를 많이 소장하였고 벼루를 구입하여 주변 사람들에게 선물도 하였다. 그리고 매화를 퇴계 이후로 가화(家花)로 삼아 매우 사랑하였다. 스스로 "나는 벼루 좋아하는 병 있고, 매화에도 미쳐 있다오[余癖於硏, 亦梅其顚.]"라고 할 정도였다. 사랑하는 벼루와 매화를 둔 서재에서 시문을 지으니, 청복(淸福)을 마음껏 누린 것이다.

그러나 매우 즐기기만 하고 만다면 정이천(程伊川)이 경계한 '玩物喪志'로 빠지고 말 것이다. 연민답게 매화와 벼루에게서 그 좋은 점을 배운다. 매화의 맑은 점, 벼루의 굳은 점. 사람 아닌 자연물도 연민에게는 다 스승이다.

연민 자신이 20여 년 이상 늘 두고 써 왔던 한 쌍의 벼루에 붙인 두 수의 「端谿圓硏銘」은 이러하다.

나에게 벗이 있나니,	余有友
성씨는 端이고 이름은 圓.	氏端名圓
이십여 년 동안 서로 갈았으니,	相磨卄餘載
翰墨의 인연 크게 고질처럼 맺었소.	大痼結翰墨緣

39) 「端谿梅華硏銘」, 『萬花齊笑集』 47頁.

그 바탕은 부드럽고, 其質女耎
그 빛깔은 고르다네. 其色嫥
옥은 아니어도 윤택하고, 非玉而潤
둥글기는 달과 같다네. 如月之圓
이 늙은 悊淵 도와 글 나오게 하여, 助發老悊文
종이 가득히 구름과 안개 얽혔구나.[40] 滿紙纈雲煙

첫째 명은 고려말기 성행한 가전(假傳)처럼 의인화의 기법을 도입하여 벼루에게 인격을 부여하여 더욱 생동감 있게 지었다. “이십여 년 동안 서로 갈았다[相磨卄餘載]”라는 표현이 더욱 돋보인다. 연민을 벼루에 먹을 갈았고 벼루에 먹을 갈므로 해서 연민은 인격이 연마되었던 것이다. ‘相’자에 묘미가 있다.

제2수에서는 좋은 벼루 고르는 방법을 다 열거하였다. 바탕은 부드럽고, 빛깔은 골라야 하고 돌은 윤택해야 한다는 것이다. 이 벼루를 친구처럼 가까이 하니 좋은 글, 좋은 글씨도 나오는 것이다.

중당(中堂) 정범진(丁範鎭) 교수에게 지어 준 「端溪硯銘」은 이러하다.

내 半丁을 사랑하노니, 我憐半丁
뜻 반듯하고 행동 원만하기에. 知方行圓
이제 이 벼루를 보고서는, 今觀此硏
그렇다는 것 더욱 믿어야겠네.[41] 尤信其然

벼루를 완상의 대상으로만 보면 하나의 무생물에 불과하다. 그러나 그 주인과 연관을 시킬 때 생명이 부여되는 것이다. 벼루의 모양은 많고 거기에 한 조각도 다양하다. 중당이 윤곽이 둥글면서 가운데 연구

---

40) 『萬花齊笑集』 48頁, 「端谿圓硏銘」.
41) 『萬花齊笑集』 46頁, 「端溪硯銘」.

(硯臼)가 모나게 파여 있는 벼루를 사 온 모양이다. 그러자 연민은 그 벼루와 중당의 인품과 행신(行身)을 결부시켜 이런 명을 지었고, 또 그렇게 자신을 관리해 가기를 기대하는 뜻도 붙였다.

자신이 선물 받은 대만 천상(天祥)에서 나온 서진(書鎭)에 붙인 명은 이러하다.

내 친구 종이는,	吾友楮生
글은 잘 하지만 너무 날려.	能文輕颺
이것 차고 좀 진중하게나.	佩而爲瑱
臺灣 天祥에서 온 거라네.[42]	來天祥兮

종이의 드날리는 속성을 먼저 언급함으로써 그 것을 진압하는 데 필요한 서진의 효용을 대비적으로 부각시켰다. 의인화 기법으로 지어 경박한 인물과 진중한 인물이 서로 보완적으로 살아가야 한다는 교훈을 주는 작품이다.

연민은 어릴 때 바둑을 몹시 즐겼고 실력도 상당히 높았는데, 한국전쟁 이후 서울로 옮겨 온 이후 30년 동안 끊었다가 1982년부터 다시 두기 시작하였다. 그래서 자주 접하는 바둑판에다 이런 명을 붙였다.

옥 바둑판에 손으로 이야기하면서,	手談玉局
눈길은 날아가는 기러기에게 보내네.	目送飛鴻
정신 맑게 하고 근심 녹이고,	淸神銷愁
즐거움도 또한 끝이 없구나.[43]	樂且無窮

말없이 두 사람이 바둑판을 사이에 두고 마주 앉아 손으로 바둑을

42) 『淵民之文』 72頁, 「天祥書鎭銘」.
43) 『萬花齊笑集』 298頁, 「棋局銘」.

둔다. 마음속으로 세운 작전이 손을 통해서 전달되므로 바둑을 '手談' 이라고 일컫는다. 바둑을 두면서 상대방의 작전에 전혀 동요되지 않는 듯한 표정이 필요하다. 그래서 자기 속마음과 상관없이 때때로 날아가는 기러기에게도 눈길을 두는 것이다. "바둑 같은 하찮은 기예를 배울 때는 거기에 전심치지(專心致志)해야지 '기러기가 날아오면 어떻게 잡을까?'라는 엉뚱한 생각을 해서는 안 된다"는 『孟子』의 말을 반면적으로 활용하여 재미있게 표현하였다.

바둑을 두면 정신을 맑게 하고 근심을 녹인다는 바둑의 효용을 잘 활용하여 긴장된 학문생활 속에서도 여유를 즐기는 연민의 풍도(風度)가 느껴지는 작품이다.

이 밖에도 도자기, 책상, 필통, 지팡이, 수석(水石) 등에 붙인 명이 있는데 독특한 우의(寓意)를 하고 있는 것이 많다.

6. 결론

연민은 걸출한 한시문 창작능력으로 6편의 명(箴)과 279편의 잠(銘)을 지었다. 이는 우리나라나 중국을 통틀어서도 가장 많은 편수의 명을 지은 작가가 될 것이다.[44)]

잠명류의 글은 주로 권계의 뜻을 담는 것이 전통적인 법도였는데 연민은 이의 활용범위를 확대하여 수기치인(修己治人)의 도리, 치학방법론(治學方法論), 구세정신(救世精神), 서예, 미술, 골동품, 문방사우, 생활용품 등까지 두루 포괄하였다.

44) 참고로 비교해 보면 우리나라 역사상 문집 분량이 가장 많다는 重齋 金榥(1896~1979)은 평생 잠 19편, 銘 70편을 남기고 있고, 秋淵 權龍鉉(1899~1987)은 6편의 箴과 40편의 銘을 남기고 있다.

22세 때부터 짓기 시작했으나 학문이 경지에 오른 50대 후반부터 많이 짓기 시작했다. 주로 일구(一句)를 사언(四言)으로 한 정형(定型)으로 격구운(隔句韻)을 쓴 작품이 대부분이고 간혹 비정형(非定型)의 작품도 있다. 연민은 다양하고 압축된 언어를 사용하여 전달하려는 의미를 함축적으로 표현하였다. 이전의 잠명 작품이 천편일률적인 면이 없지 않았는데, 이를 일소하여 독창적인 면모를 개척해서 작품의 내용과 형식이 다양하다.

내용면에서 보면 자신을 수양하는 방법, 세상을 살아가는 방법, 학문하는 방법, 서예론, 회화론, 고동감상론(古董鑑賞論), 취미생활 등 다양하여 교훈서로서의 역할도 충분히 하고 있다.

연민선생 학술연구 추의(芻議)

왕춘홍(汪春泓) / 홍콩 영남대(嶺南大)

1. 서론

東方에 높은 누각 있나니,
위로 뜬 구름과 가지런하구나.
위대하도다! 큰 선비여,
李公의 호는 淵民이라네.

연민선생은 오늘날의 큰 선비였다. 20세기말인 1999년 가을 허권수 선생 등 여러 선생들이 연민선생을 모시고 중국을 방문하여 연경 등지를 방문하였을 때, 아주 다행하게도 후학인 필자는 대유(大儒)의 풍모를 우러러 볼 인연이 있었다. 연민선생은 노숙한 큰 학자로, 그 학문은 하늘과 사람을 다 통달하였다고 필자는 생각했다.

중국 대륙은 1949년 이후로 분서갱유에 비교할 수 있는 여러 가지 일로 매우 소란하여, 전통을 배반되고 문화를 파멸시켜 유학을 쇠락하게 만들어 왔다. 연민선생처럼 학문적 소양이 깊은 분은, 중국의 북경이나 상해 등지에서도 거의 대적할 사람이 드물 정도다.

놀라고 두려울 정도로 세월이 빨라, 지금 연민선생은 학을 타고 서쪽나라로 날아간 지 이미 10년이 되었다. 연민선생이 인간 세상에 남긴 문자는 동방의 보배일 뿐만 아니라, 매우 풍부한 문화유산이라고 할 수 있다. 후학인 필자가 연민선생의 문자를 읽으면, 마치 큰 바다를 만난 듯, 높은 산을 우러러 보는 듯하여, 한국이나 중국의 학자들이 공동적으로 배우고 연구해야 할 것이라고 깊이 생각되었다.

그러나 연민선생이 남긴 문화유산을 어떻게 다룰 것이냐 하는 일은 큰 과제로서, 개인의 능력으로는 마치 표주박으로 바다 물을 헤아리 듯, 능력이 미치지 못하는 바가 있다. 『莊子』「天下篇」에서 "후세의 학자들은 불행하여 천지의 精華를 보지 못하고, 옛 사람의 全貌를 보지 못하여, 천지의 도를 반영한 학술이 세상 사람들에 의하여 갈라져 찢어졌다"라고 했다. 연민선생을 연구하면서 만약 경솔하게 붓을 놀린다면, '천지의 精華를 보지 못한 것' 및 '옛 사람의 全貌를 보지 못한 것'같은 걱정이 마음에 남아 있다. 이 때문에 연민선생의 전모를 어떻게 고찰할 것이냐 하는 방향과 방법을 두고, 혼자서 많은 생각을 하였다.

2. 시문의 대가 연민선생

연민선생의 저서는 사람의 키 높이만큼 많다. 옛날 당송시대의 명문장가들에 견주어도, 연민선생은 창작한 작품은 수량에 있어 양보할 것이 없다. 오히려 능가할 수 있지, 미치지 못할 정도가 아니다.

여러 가지 한문 문체에 두루 미쳤는데, 조비(曹丕)가 『典論』「論文」에서 말한 바 "오직 통달한 재주가 있는 사람만이 文體를 두루 구비할 수 있다"라고 한 것과 같다. 연민선생은 정말 여러 문체에 아울러 뛰어난 통유(通儒)이다. 연민선생은 여러 가지 문체의 창작을 용감하게 실현하였다. 운자가 달린 시나 운자가 없는 산문 등이 헤아릴 수 없을 정도로 많아, 눈으로 다 접할 수가 없다.

대시인으로서, 그의 시가의 창작은 시가의 여러 가지 체를 두루 포괄하였다. 비유하자면, 가행(歌行), 고시(古詩), 오언근체시(五言近體詩), 칠언근체시(七言近體詩)와 시화(詩話) 등에까지 미쳤다. 이는 시가 분야의 재정(才情)이 탁월하고 머릿속에 들어 있는 원고가 가득하다는 것을 나타내 준다.

한 시대 한국의 대유로서 이퇴계(李退溪) 이후, 학술계나 사회에서 숭고한 위치에 있는 것이다. 이 때문에 서발, 묘지명, 비지, 애제, 전장을 지어달라고 요청하는 사람들로 응대하기에 겨를이 없었다. 척독, 서신 등은 만 섬의 샘물이 솟아나오듯, 손 가는 대로 문구를 가져다 썼다. 그 밖에 송찬, 잠명, 기적(記蹟), 논설, 잡기 등도 내용이 넓고 깊고 고상하다. 단숨에 여러 편을 쉬지 않고 지어내어 옛사람들이 지은 뛰어난 문체를 섭렵하여 고문의 대가로서 연민선생의 변치 않을 위상을 확정하였다. 옛날 명문장가의 반열에 올라가, 한 자리를 차지했다고 할 수 있다.

유협(劉勰)이 『文心雕龍』「序志篇」에서 이렇게 말했다.

> 만약 韻字가 있는 詩를 논하거나 韻字가 없는 문장을 서술한다면, 시나 문장을 종류별로 구분해야 한다. 분류해서 논술할 때는, 먼저 그 起源을 고찰해서 그 발전 변화를 서술해야 하고, 그 명칭을 해석해서 그 의의를 밝혀야 한다. 대표성이 있는 작품을 선택해서 논술할 篇章을 확정해야 한다. 그 道理를 펼쳐서 그런 작품을 짓는 系統을 개괄해야 한다. 이렇게 하면 『문심조룡』 상편의 각 편의 문장의 綱領이 명확해진다. 문장의 情理를 해석하고 文彩를 분석함에 있어, 전면적으로 또 조리 있게 창작의 문제를 토론해야 한다. 그렇게 하면 문장의 神思와 體性을 논한 「神思篇」과 「體性篇」이 있고, 風骨과 定勢를 그린 「風骨篇」과 「定勢篇」이 있고, 附會와 通變을 포괄한 「附會篇」과 「通變篇」이 있

> 고, 聲律과 字句를 검토한 「聲律篇」, 「練字篇」 및 「章句篇」이 있다. 그 밖에도 「時序篇」에서 각 시대 문학의 興衰를 연구하여 토론하였고, 「才略篇」에서는 앞 시대 文人들의 才智와 識略에 대해서 稱頌과 貶抑을 하였다. 「知音篇」에서는 구슬픈 情感을 서술하였고, 「程器篇」에서는 울분과 불평의 감정을 표현하였다. 최후에 情懷를 길게 서술하여 「序志篇」을 써서 여러 편을 통괄하였다. 『文心雕龍』의 下篇에 속하는 모든 篇章의 자세한 목록이 나타나 있다. 이론 계통에 근거하여 매편 문장의 위치를 배정하여 그 명칭을 확정하여 『周易』 50개 大衍의 숫자에 분명하게 부합되도록 했다. 다만 문장 분야의 글을 논술할 때는 49편이 있을 따름이다.

위의 인용문은 연민선생의 문화유산, 문학유산을 연구하는 데 있어, 운용하여 파고들 수 있는 방법과 중요한 참고가치를 제공하고 있다. 유협이 '聖人과 시대적인 거리가 오래고 멀어졌다'라고 경고한 말은, 문체가 잘못되고 내용이 없게 되었다는 의미이다. 그래서 『文心雕龍』에서 문체에 관한 논술을 강령에 해당되는 위치에 두었던 것이다. 여기에서 문체의 변석(辨析)이 고문(古文)에서 아주 중요하다는 것을 알 수 있다.

『文心雕龍』 「風骨篇」에서 이렇게 말했다.

> 經典을 녹여 規範을 만드는 것과 諸子百家와 史書를 널리 열람하여 자료를 수집하는 방법은, 문장 내용의 변화를 꿰뚫고 문장의 각종 風格을 상세히 밝히는 것이다. 그런 뒤에 능히 초목이나 온갖 과일나무가 싹이 터 새로 자라나는 것과 같이 새로운 글의 뜻을 만들어 내고 기묘한 文辭를 새겨낼 수 있는 것이다.

문장의 학문은 반드시 경전을 으뜸으로 삼아야 하고, 또 사부(四部)

의 전적을 널리 종합하여 문체의 규범에 투철하게 밝아야 한다. 이런 기초 위에서 바야흐로 새로운 것을 창조하고 기이한 것을 구하는 것에 대해서 논할 수 있다.

연민선생은 일생 동안 경전을 귀의처로 삼았다. 그래서 천박한 사람들이 지은 고문은 '모양만 그럴 듯한 고문[貌似古文]'이지만, 연민선생이 지은 고문은, 뿌리가 없는 고문이 결코 아니고, 엄근하게 문체의 규범을 준수한 고문이다. 이런 정도의 경지에 이를 수 있는 사람은, 확실히 아주 드문 존재이다.

연민이 지은 「有所思十絶」 가운데 한 수는 이러하다.

옛 성균관의 서쪽에 두어 칸 집에,	古頖之西屋數間,
밤 깊어 맑은 낙숫물 너무나 맑고 연약하구나.	夜深玉溜太淸潺.
漢學과 宋學을 아울러 연구해야만 지극하나니,	兼治漢宋方爲至,
검붉은 벽돌집이라고 되는대로 높게 扁額 걸었네.	紫甓漫將高揭顏.

한국의 풍부한 성리학적 토양 위에서 퇴계학을 계승했으니, 연민선생은 응당 송학 쪽으로 기울어야 했을 것이다. 그러나 그는 「南岡書屋記」에서 이렇게 말했다.

> 옛사람이 이르기를, "황금 만 상자를 남겨도 자식에게 經書 한 권 가르치는 것만 못하다"라고 했다. 내가 일찍이 이 말을 깊이 음미해 보고 오랫동안 그 맛을 되새겨 마지않았다. 요즈음 보니, 우리나라 사람들이 漢學을 완전히 버리고, 전통 있는 집안의 자제들도 으레 다 六經을 쓸모없는 것으로 여긴다. 유독 우리 南岡先生은 능히 옛 법도를 지켜, 세상의 일을 두루 겪었고 늙음이 바야흐로 이르는데도 끝내 변치 않는다.

이 글은 연민선생의 학문하는 방법을 반영했다. 곧 물결을 따라가 근원을 찾아 한대의 경학으로 거슬러 올라가 위로 공자 학문의 근원을 추구하는 것을 자신의 임무로 삼았다. 한학과 송학을 아울러 통하고 차례를 뛰어넘지 말고, 단절됨이 없이 한결같이 한유(韓愈) 「進學解」에서 제시한 치학노선(治學路線)을 따라가서, 능히 변통하여 스스로 위대한 말을 만들어내는 데 이른 것은 깊고 두터운 학문적 온축(蘊蓄)에 근원을 두었기 때문이다.

정미(1967)년 그의 「弘宣孔學之齋稿說」에서, "나는 평생 孔子의 학문을 크게 宣揚하는 것을 자신의 임무로 삼았다"라고 말했다. 그의 학문은 철저한 학문이었다. 연민선생은 「荀子思想及性惡說批判說」에서, "荀卿의 性惡說에는 '上等 가는 지혜로운 사람이 없다'라고 생각한 것이고, 孟子의 性善說에는 '下等 가는 어리석은 사람이 없다'라고 생각한 것이다"라고 한 말은, 한 마디 말로써 정곡을 꿰뚫은 것으로, 견해가 비범하다. 이 말은 그가 유가의 도통을 깊이 알고 있고, 배우기를 좋아하고 깊이 생각을 잘 한다는 것을 증명해 준다.

명나라와 청나라가 교체될 시기에 전겸익(錢謙益)이 「答徐巨源書」에서 이렇게 말했다.

> 이제 風氣를 만회하고 등급을 구분하여 외롭게 지탱하여 홀로 서서 千秋에 不朽할 업적을 확정하고자 한다면, 오직 '經典으로 돌아가는 것'이 있을 따름이다. 무엇을 일러 경전으로 돌아간다 하는가? 스스로 돌이켜 살필 따름이다. 나는 經學에 있어서 과연 능히 이치를 궁구하고 내용을 분석하여 뜻을 통하고 증명하기를 鄭玄, 孔穎達처럼 할 수 있는가? 나는 史學에 있어서 과연 능히 일반적인 원칙과 體例를 만들고 文章은 곧고 사실은 확실하기가 司馬遷, 班固처럼 할 수 있는가? 내가 문장을 지음에 있어서 과연 능히 글이 순조로워 韓愈, 柳宗元을 본받아 법도에 어긋나지 않고 남의 것을 훔치는 데로 흘러가지 않을 수 있는가? 내가 詩를 짓는 것이 과연 능히 情感의 아름다움에 바탕해서 國風

이나 小雅, 大雅의 경지에 노닐면서 浮華한 소리를 따르지 않고 귀신의 소굴로 빠지지 않을 수 있는가?라는 등등이다.[1]

연민선생은 「偶然書之」라는 시에서 이렇게 읊었다.

六經의 참된 내용을,	六經之眞腴,
공손하게 묵묵히 그 맛 본 적 있다네.	恭嘿嘗其胾.
우리 儒學은 經典을 으뜸으로 하는 것 귀하게 여기나니,	吾學貴宗經,
이에 오묘한 것을 더듬을 수 있다네.	乃可搜玄邃.
집을 지을 때 기초를 튼튼히 해야,	如屋鞏築基,
오랜 세월 지나도 쓰러지지 않는 것과 같아.	歷久勿顚躓.
詩와 문장으로 지어내면,	出而爲文辭,
깊고 아름다워 범상한 부류 아니게 되리.	淵懿非凡類.

이 시에 의하면, 연민선생의 호가 '淵民'인 것은, '經典을 으뜸으로 하는 것'과 연관이 있다. 경전을 으뜸으로 해야만, 문사가 깊이가 있고 아름답게 되는 것이다.

「文心雕龍」「宗經篇」에서 이렇게 말했다.

만약 五經의 體裁에 근거해서 각종 체재의 문장을 짓거나, 五經의 雅正한 문구를 참작해서 창작하는 문구를 풍부하게 한다면, 그렇게 지은 문장은 광산에 접근해서 붉은 구리를 제련해 내는 것과 같고, 바닷가에 접근해서 바닷물을 끓여 소금을 만들어내는 것과 한 가지다. 그래서 문장을 지으면서 능히 五經을 으뜸으로 쳐서 배운다면, 여섯 가지 큰 의의가 있게 된다. 첫째, 사상과 감정이 깊고 진지해져 간교하게 되지 않

---

1) 錢謙益『牧齋有學集』제38권, 上海古籍出版社, 1996.

는다. 둘째, 문장의 氣風이 맑고 淳朴하여 혼잡해지지 않는다. 셋째, 사실을 서술하는 것이 진실하여 믿을 만하고 虛誕하게 되지 않는다. 넷째, 義理가 발라서 邪慝해지지 않는다. 다섯째, 文體가 정밀하고 요약되어 번잡하지 않게 된다. 여섯째, 文辭가 화려해도 도를 넘지 않는다. 揚雄은, 聖人이 지은 五經을 玉石을 쪼아서 옥그릇을 만든 것에 비유하였는데, 오경이 문채를 머금고 있다는 것을 이른 것이다. 대저 文辭는 德行이 있어야 성립될 수 있고, 덕행은 문사가 있음으로 해서 전파가 될 수 있는 것이다. 그래서 孔子가 文行忠信 가운데서 文辭를 맨 먼저 두었던 것이다. 文辭와 德行, 忠誠, 信義 세 가지의 관계는, 마치 玉石의 문채와 그 바탕과의 관계와 한 가지로 서로 도와 이루어주고 서로 결합하는 것과 같다. 후세의 사람들이 德行을 면려하고 名聲을 이루는 데 있어서 聖人을 스승으로 삼지 않는 사람이 없다. 그런데 문장을 짓고 다듬으면서 도리어 五經을 祖宗으로 삼아서 학습하는 사람이 적다. 이런 까닭으로 楚辭는 艶麗하고 漢나라 賦는 사치스럽고 화려하다. 그것의 弊害가 전해져 내려오는데, 갈수록 더욱 심해져 그 형세를 돌이킬 수 없다. 말단적인 것을 바로잡아 五經의 바른 길로 돌이킨다면, 어찌 아름답지 않겠는가?

1969년에 공자의 종손인 공덕성(孔德成) 선생이 연민선생이 지은『淵淵夜思齋文稿』를 읽고서, 서신을 보내어 연민선생의 시문에 대해서, "班固와 司馬遷의 風骨에, 樂府의 情調와 맛, 杜甫의 기운과 風格이 작품 속에 함축되어 들어 있다. 외울 때 살며시 사람으로 하여금 매우 감흥이 일어나게 한다"라고 칭찬했다. 이 글을 통해서 연민선생이 반고와 사마천의 풍골(風骨)을 계승하여, 고시와 고문의 바른 길에 올랐음을 알 수 있다.

무엇을 일러 '風骨'이라고 하는가? 근세의 북경대학 교수 황간(黃侃)이 지은『文心雕龍札記』에, "風은 글의 내용이고, 骨은 문장이다"라는 설이 있다. 만약 정말 순리로운 문장을 지으려고 한다면, 반드시 경전에 바탕을 두어야 한다. 이는 유일무이한 방법이다.

연민선생의 아우 이국원(李國源)이 『淵淵夜思齋文稿』의 발문 가운데서, "그 초년의 작품은 험준하고 새롭고 기이하고 화려했고, 요사이 와서는 점점 평이하고 명백한 데로 나아가고 있으니, 실로 우뚝한 大家였다" 연민선생이 자기 형으로 아첨할 것은 없다. 이 평은 아주 진정하고 간절한 시각일 것이다. 이는 연민선생이 경전을 공부하여 쉬지 않고 정진하였으므로, 그 후기의 작품이 전기에 비교해서 다시 경전의 바른 길로 회귀했으므로 감히 우뚝한 대가라고 말했던 것이다.

그래서 경학의 각도에서 연민선생의 문장학을 연구하면, 연민선생은 생전에 창작의 시간순서에 따라 자신의 문집을 편집하였다. 후세의 독자나 연구자들이 만약 문체별로 분류하여 연민선생을 위해서 하나의 전집을 다시 편찬한다면, 문체를 따라서 분석해 들어가는 기점으로 삼아, 연민선생의 각 체의 시문을 연구하여 잎을 헤쳐 뿌리를 찾고 물결을 보고 근원지를 찾듯이 하여, '文章學'이라는 총목록 아래 문체를 하위 목록으로 삼아 명확한 문체사 의식을 가지고 연민선생의 작품을 탐구하여, 그 고심하여 외롭게 정진한 것을 체험적으로 살핀다면, 비교적 좋은 연구방법이 될 것이다. 그렇게 되면 대충 연구하는 방식의 잘못을 피할 수 있을 것이고, 요점에 들어맞는 논의를 많이 창조해 낼 수 있을 것이다.

3. 연민 문장의 형식미

문장의 내용과 형식의 관계에 대해서, 공자 이래로 논의가 아주 많다. 이른바 고대의 문장 가운데서, 예술적 기교와 형식을 떠난 문장은 아예 존재하지 않았다. 이는 말하지 않아도 다 아는 논의다. 연민선생은 현대 한국에서 고문의 형식미에 정통한 제일인자이다.

공덕성 선생이 서신을 보내와 연민선생을 칭찬하기를, "선생의 한문 조예가 정밀하고 깊이 있는 것은, 비록 우리 중국 고금의 명가 반열에 넣어도 조금도 손색이 없습니다"라고 했다. 그 말은 공정하면서도 진실하다.

연민선생의 친구 김철희(金喆熙)는 『淵淵夜思齋叢書』에 이렇게 발문을 썼다.

> 속에서 쌓여서 밖으로 나타나는 아름다움은, 스스로 가릴 수 없는 것이 있음이 본디 이러하도다. 저 세속의 글을 짓는 사람들은 아침에 한 편 외우고 저녁에 한 구절 읊어 형식만 비슷하게 되도록 본떠서 말하기를, "이것은 韓愈나 蘇軾을 본받은 것이니, 같은 반열에 오를 수 있을 것이다. 이는 歸有光이나 曾國藩을 본받았으니 가히 어깨를 맞대고 갈 수 있을 것이다"라고 한다. 아아! 가령 韓愈나 蘇軾이 형태만 본뜨기를 일삼았다면, 어찌 한유나 소식이 되었겠는가? 가령 歸有光이나 曾國藩이 형태만 본뜨기를 일삼았다면, 어찌 귀유광이나 증국번이 되었겠는가? 대개 그 정신과 이치와 취지를 마음속에서 스스로 터득한 것이 깊어 그 英華와 文彩가 밖으로 밝은 것이 멀리 갔다. 그래서 우뚝한 名家가 될 수 있었던 것이다. 淵民도 이러한 것인저![2]

이 논의는 딱 들어맞는 말로서, 연민선생의 고문의 정수를 깊이 이해한 것이다. 모양만 비슷한 형식적인 모의는 범속한 사람도 어느 정도까지는 배워서 이를 수 있다. 그러나 "그 정신과 이치와 취지를 마음속에서 스스로 터득하여" 꽃과 열매를 다 포함한 글을 짓는 것은, 매우 어렵다.

---

2) 이 글은 『文心雕龍』 「情采篇」과 서로 참작해서 볼 만하다.

연민선생은 「東田精舍記」에서 이렇게 말했다.

> 내가 일찍이 『東田潛士稿』를 읽다가 「勸兒讀書帖」에 이르니, 이런 구절이 있었다. "내가 집에 있으면서 근심과 병으로 곤란하여 글 읽는 데 마음을 다 쓸 수가 없었다. 매년 겨울과 봄 사이에 산골자기 궁벽한 곳을 지나다 보니, 띠집 두어 칸에 종이 창이 밝고 깨끗하고 빈 터에 장작을 쌓아두어 쇠죽을 끓일 아궁이에 불 땔 준비를 해 두었고, 울타리에는 복사꽃이 서로 비추고 있어 흐뭇하게 마음에 들었다. 양식을 싸고 책상자를 지고 이곳에 머물러 글을 읽고 싶었다. 또 짧은 산기슭이 물가에 닿아 있는데, 땅이 조금 평평하고 툭 트였다. 옆에는 서너 개의 기이한 돌이 널려 있었다. 그 위에 정자를 한 채 지어 몇 권의 책을 가지고서 느긋하게 늙은 여생을 마칠까 하고 생각한 지 30여 년이 되었다. 여러 가지 일에 붙들리고 힘이 약해 결국 이루지 못했다. 이것이 나의 큰 한이다." 내가 책을 덮고서 탄식하지 않은 적이 없었다.

연민선생의 마음이 달려간 곳은, 옛날 날이 개면 농사일 하고 비가 오면 글 읽는 생활이었으니, 그 심성이, 옛날 마음 옛날 모양에 속하는 사람이었다. 이로 인해서 옛 사람의 문체를 배우는 학문의 깊은 경지에 들어간 것이니, 물이 흘러오면 도랑이 되듯, 자연히 그렇게 된 것이다. 그렇지 않고 억지로 짓는다면, 끝내는 옛 사람과 거리가 있게 되는 것이다.

연민선생의 작품 가운데서 그 숫자가 아주 많은 묘지명 같은 종류의 글을 보니, 그 인생의 태도를 알 수가 있다. 그는 권세와 이익을 자랑으로 삼지 않았고, 권세 있는 자리를 공적으로 치지 않았다. 세속의 이욕으로 마음을 태우는 사람이나 일확천금을 목적으로 삼는 사람들이나 사람 죽이는 것을 통쾌하게 여기는 사람들은, 연민선생과 도가 같지 않으므로 서로 일을 함께 도모하지 않는 사람이라고 말할 수 있겠다.

퇴계 제자 김성일(金誠一)이 겸허하게 스승을 위해서 「實紀」를 지으면서 퇴계의 가풍을 두고, "벼슬하는 것은 道를 행하기 위한 것이지, 녹을 구하려는 것은 아니었다"라고 말했다. 이 말은 퇴계의 후손들에게 영향을 준 것이 깊고도 멀었다. 연민선생은 느긋하고 담박하고 평화롭고 어질고 자애롭고 지혜로와 성현의 마루나 안방에 올랐다고 할 수 있다. 그래서 그는 '情感을 위해서 글을 만드는 것'이었지, '글을 위해서 情感을 만드는 것'은 아니었다. 시문이 마음의 밑바닥에서 절로 흘러나오는 것이지, 마음과 손이 한 가지가 아니면서 지어낸 것은 아니었다. 의도하지 않는 사이에 진정하고 고문의 참된 이치를 이해하였으므로, 형식과 내용이 아주 밀접하게 서로 융합하여 서로 어울려서 더욱 돋보이는 면모를 이루었다. 연민선생의 문장을 읽어 보면, 웅장하고 깊이가 있고 고아하고 건장하여, 마치 태사공(太史公) 사마천(司馬遷)의 문장을 대하는 듯하다.

『文心雕龍』「知音篇」에서 이렇게 말했다.

> 대저 천 개의 곡조를 연주해 본 그런 뒤에라야 능히 음악을 이해할 수 있고, 천 자루의 보배로운 칼을 본 그런 뒤에 칼 등 무기를 알아볼 수 있다. 그래서 원만하고 투철하게 사물의 형상을 보려면 반드시 먼저 널리 보아야 한다. 높은 산의 형태를 본 뒤에라야 나지막한 산이 작다는 것을 분명히 알 수 있고, 바닷물을 떠 본 사람이라야 도랑이 얕다는 것을 분명히 안다. 문장의 輕重에 대한 평론은 사심이 없어야 하고, 작품의 愛憎에 대해서는 偏見이 없어야 한다. 그런 뒤에라야 문장 작품을 평론하는 것이, 저울로 물건을 달듯 공평하고 합리적으로 될 것이고, 문장 작품을 분석하는 것이 거울처럼 사물을 분명하게 비추는 것처럼 될 것이다. 이런 까닭으로 문장 작품을 검토하여 평론을 할 때는, 먼저 '여섯 가지 보는 방법[六觀]'을 표방하여야 한다. 첫째, 글 지은 사람이 표현하는 데 필요한 思想 내용에 근거하여 확정한 文體가 적합하냐 아

니냐를 보아야 한다. 둘째, 운용하는 言語를 안배한 정황이 어떠한지를 보아야 한다. 셋째, 문학의 계승 발전 방면에 있어서 어떻게 지었느냐를 보아야 한다. 넷째, 표현하는 데 있어 기이한 방법과 정상적인 방법을 운용하는 것이 합당한지를 보아야 한다. 다섯째, 典故를 써서 옛날 것을 끌어와 지금 것을 증명하는 것이 적합한지를 보아야 한다. 여섯째, 작품의 音樂性이 어떠한지를 보아야 한다. 이러한 평론의 방법이 운용되면, 문장 작품의 우열은 곧 나타난다.

이 여섯 가지 보는 방법에는, 거시적인 관찰과 미시적인 관찰의 구분이 있다. 모름지기 이것에 의거해서 연구하는 시각으로 삼으면, 연민선생의 고문의 위대한 업적을 볼 수 있을 것이다.

여기서는 단지 두 번째 '운용하는 언어를 안배한 정황이 어떠한지' 하는 것을 가지고 논의를 전개하고자 한다. 연민선생의 문장을 여러 번 읽어보면, 연민선생이 '문자를 精鍊하고, 章句를 나누는 공부'가 정밀하고 깊이가 있다는 것을 깊이 알 수 있을 것이다. 두보(杜甫)가 이른바 "책 만권을 독파하면, 붓을 대어 글을 짓는 데 신의 도움이 있는 것 같다[讀書破萬卷, 下筆如有神.]"라는 말처럼, 연민선생은 이미 '붓을 대어 글을 짓는 데 있어 신의 도움이 있는' 경지에 올라섰다.

다섯째 보는 법인 전고를 끌어와 쓰는 데 이르러서는, 연민선생은 옛날 사실과 전고에 익숙하여 시문에서 인용하는 것이 풍부하면서도 적절하여, 거의 글자마다 모두 출처와 내력이 있는 것 같다. 그런데도 수달이 물고기 늘어놓고 제사 지내듯 쓸데없이 중첩되게 늘어놓는 것을 피하고, 학자의 시나 학자의 문장 같은 고아한 정회와 학문적 소양을 나타내고 있다. 이는 지금 세상에서 고문을 공부하는 사람에게는 숭고한 전범이 된다.

연민선생이 젊은 나이에 지은 「東征篇」이란 시는 441운, 588구로서 절군(絶群)의 재주를 발휘하여, 수많은 사람을 압도할 웅장한 기개를 보였다.

시가 가운데서 한 가지 예를 들면, 「七月望又泛舟於纛島」에서는 이렇게 읊었다.

> 가을이 성큼 다가오니 뜻이 먼저 높은데, 秋將多至意先高,
> 뚝섬의 풍경이 먼 언덕 위에 생기누나. 纛島煙風生遠皐.
> 티끌세상 버리기 어려워 스스로 부끄럽고, 塵壒難遺堪自媿,
> 강호에 와 자유롭게 되니 호걸이 되는구나. 江湖財放也爲豪.
> 물가 난초 바람이 불어 시인의 원한을 걷어주고, 汀蘭吹捲搔人怨,
> 강 언덕의 나무 빽빽하여 대지의 터럭 되는구나. 岸樹森成大地毛.
> 텅 빈 강물 거슬러 오르는 것 아무렇게나 되는 건 아니니, 一溯空明非汗漫,
> 오래도록 나를 일러 수고로움 사양하지 않는다 하네. 長年謂我不辭勞.

이 시는 정신적 기운에 있어서 사람으로 하여금 두보의 「登高」나 「秋興八首」와 어떤 연관이 있다는 것을 느끼게 한다. 그러나 절대 모방은 아니고, 연민선생이 『詩經』과 「離騷」를 융합시키고, 두보시를 깊이 안 그런 뒤에 완전히 스스로 구도를 만든 재창조이다.

연민선생이 「湖巖稿序」에서 이렇게 말했다.

> 재주 없는 나는 일찍이 시골의 선비들이 늘 "文章은 반드시 秦나라 漢나라의 것이어야 하고, 詩는 반드시 李白 杜甫여야 한다"라고 말해오는 것을 보아 왔다. 그러나 나는 생각하기를, "다 그런 것은 아니다. 왜냐하면 지금 세상은 그 시대가 아니고, 지금 사람은 그 시대 사람이 아니다. 어찌 진나라 것을 지으며 한나라 것을 지을 수 있겠는가? 이백 시를 지으며 두보 시를 지을 수 있겠는가?" 라고 했다. …… 또 "문장은

꼭 진나라 한나라의 것이어야 하는 것은 아니고, 시는 꼭 이백 두보의 것이라야 하는 것은 아니다. 오히려 스스로 우주 사이의 의리를 유지해야 한다"라고 생각했다. 이 원고를 읽을 江湖의 분들에게 한 번 물어봐야겠다.

연민선생은, 모양에 따라 그대로 그리기만 하는 세속의 업장(業障)을 잘 돌파하여, 자신의 손은 자신의 마음을 그리는 것이니, 시문에 능한 聖스러운 솜씨인 것 같다.

문예이론에 있어서는 연민선생은 체계적으로 논술했으니, 탁월한 名家다. 그는 「玄同畫樓記」에서 이렇게 말했다.

老子의 『道德經』에, "아는 사람은 말을 하지 않고, 말을 하는 사람은 알지 못한다. 감각기관의 구멍을 막고 마음의 문을 막아야 한다. 그 날카로움을 꺾고 그 어지러움을 해결해야 한다. 그 빛에 화합하고 그 먼지 속에 어울려야 한다. 이런 것을 일러 '玄同'이라고 한다"라고 했다. 내가 일찍이 이 글을 읽고 감동이 있었다. 대저 아는 사람이 말하지 않는 것은 자연에 의지하는 것이다. 말하는 사람은 알지 못 한다는 것은 일의 실마리를 재단하는 것이다. 감각기관의 구멍을 막고, 마음의 문을 막는 것은, 암컷의 도리를 지키는 것이다. 이것이 玄의 도리이다. 날카로운 것을 꺾고 어지러운 것을 해결하는 것은, 분쟁의 근원을 없애는 것이다. 그 빛에 화합하고 그 먼지 속에 어울리는 것은 귀천을 없애는 것이다. 이것은 同의 가르침이다. 내 친구 藍丁 朴魯壽 화백은, 그가 예술을 익히는 곳을 일러 玄同畫樓라 했다. 지난 해 여름 남정이 나를 위해서 「綠水繁陰之圖」를 그려주어 雪館에서 더위를 녹이는 데 도움을 주었다. 나는 藍晶佛嚴, 月小佛音之室이라는 두 개의 작은 편액으로써 갚았다. 이제 다시 藍丁이 나를 위해서 한복 입은 작은 초상화 및 玉溜山莊의 그림을 그려주면서 畫樓의 記文을 지어줄 것을 요청해 왔다. 내가 藍丁을 보니, 어떤 때는 法度가 謹嚴하여 실제적인 情趣를 그리는

데, 가을 달이 물에 잠겨 달은 둥글고 밝았다. 또 붓의 정신이 부드럽고 완곡하여 운치 있는 경지를 물들이고, 엷은 구름이 흔들거리면 온갖 모습이 아련하다. 그 技藝는 南宗畫와 北宗畫를 꿰뚫어 한 流派만 오로지하지 않았다. 傳統을 따르면서도 陳腐하지 않고, 創造를 하면서도 輕妄하지 않다. 비록 그러하나 나의 어리석음으로써 藍丁이 하는 바를 가만히 보니, 앞에서 이른바 둥글고 밝은 것 30에 아련한 것이 70쯤 된다. 어째서 이렇게 말하는가? 이제 이 '玄同'이라는 두 글자에 나아가 辨證을 기다리지 않고서도 충분히 상징할 수 있다. 대개 老莊의 예술론은 비록 자연스럽고 質朴한 것을 근본으로 삼지만, 속되고 鄙陋한 것에 빠지지 않았을 뿐만 아니라 능히 神話의 경지에 이르러 여유 있게 기술을 발휘하는 여지가 있다. 그래서 莊子에 이런 이야기가 있다. 宋나라 元公이 장차 그림을 그리려 하니, 여러 화가들이 모두 다 모여들었다. 예를 행하고 나서 모두 元公이 배정해 준 화실로 물러나 붓을 적셔 먹을 조절하고 있었는데, 아직도 문 밖에 와 있는 사람이 반쯤 되었다. 어떤 화가가 맨 나중에 이르러 태연하게 천천히 걸어 들어가서는 예를 행하고는 화실로 가지 않고 자신의 거처로 바로 갔다. 元公이 사람을 보내어 살펴봤더니, 그 화가는 이미 옷을 벗고 맨 몸으로 퍼져 앉아 있었다. 元公이 말하기를, "됐구나! 이 사람이야말로 진정한 화가다"라고 했다. 아아! '옷을 벗고 퍼져 앉았다[解衣般礴]'라는 이 네 글자가 절묘한 비결이다. '옷을 벗었다'는 것은, 해방이 되어 속박을 받지 않는다는 뜻이다. '퍼져 앉았다'라는 것은, 곁에 사람이 없는 듯이 하여 意氣가 솟아오르는 것을 개괄적으로 말한 것이다. 진정한 예술가는 능히 이런 경지에 이르러야 그 意趣가 자연히 나타나 말단적인 기교에 얽매이지 않을 수 있는 것이다. 최대의 속박은 곧 名利다. 능히 이 틀에서 벗어나면, 더 없이 고상하게 된다. 나는 남정에게 있어서 바라는 바가 많다. 이에 이 畫樓에 記文을 써서 玄同의 뜻을 이야기하였는데, 이보다 더 낫게 할 수는 없다.

여기서 노장(老莊)을 이야기하여 그림을 논하였다. 예술정신의 체험적 깨달음에 있어서 소식과 대등하게 겨룰 수 있을 것 같다.

우리들이 연민선생의 산이나 바다 같은 문화유산을 대하여, 『文心雕龍』에서 이야기한 여섯 가지 보는 법[六觀]을 가지고 철저하게 연구하는 것이 이제 막 시작됐다고 생각하는데, 같은 길을 가는 한국과 중국의 학자들이 손을 잡고 함께 연구하여야 할 것이다. 먼저 생각나는 것은, 믿을 만한 학자들을 선발하여 과제의 형식으로 연민선생 시문선집의 주석본을 편찬하는 것이다. 이런 기초 위에서 다시 연민선생 전집의 주석본을 편찬하여 연민선생의 학술적 영향력을 충분히 확대해 나가, 한자문화권 안에서 더욱 많은 사람들이 연민선생의 도덕과 문장을 이해하도록 해야 하고, 또 연민선생의 예술형식과 기교상의 매우 높은 조예를 더욱 깊이 인식하도록 해야 한다.

4. 연민선생의 성정과 인격의 연구

사람을 알고 그 시대상황을 논하려고 하면, 글 읽는 사람 자신의 마음으로 글 쓴 사람의 의도를 미루어 알아야 한다. 그래서 연민선생 그 사람 자체를 반드시 연구해야 한다. 성인의 가슴 속을, 속세 이치의 구속에서 벗어나지 못한 우리 같은 사람들로서는 만에 하나도 알기를 바라기는 아주 어렵다. 그런데 연민선생은 어떤 사람인가? 이웃 나라 중국의 한 사람의 후학으로서 감히 섣불리 입에서 나오는 대로 평가할 수는 없다.

연민선생은 감정은 깊고 뜻은 절실했다. 「答單娘晴麟」이라는 글을 보면, 연민선생이 대만에 잠시 머물면서 우연히 산동(山東) 처녀를 만나게 되어 사랑의 강 속으로 빠져들게 되었는데, 그 정감의 자유스러움은 천둥이 치듯 번개가 번뜩이듯 억제할 수가 없었다. 이 때 퇴계

후손인 연민선생의 마음속에는 감정이 전부였다.

「祭鄭友蓮友鉉文」을 보면, 문인의 성정이 종이 위에 쓴 글에 뚜렷이 나타나 있다. 그도 성정을 가진 사람이라는 한 가지 사실을 증명할 수 있다. 그래서 연민선생의 성정은 문학적이지 철학적인 것은 아니고, 문장적이지 도학적인 것은 아니고, 낭만적이지 현실적인 것은 아니라는 것을 알 수 있다. 문화로 가득한 이 천지 사이에서 옛날부터 많은 사람들이 철학과 문학 사이를 배회하였다. 인재를 만드는 데 있어, 이런 것은 결코 부정적인 일은 아니다. 이는 성정이 그렇게 만드는 것이다. 당사자는 거기서 벗어나지 못하지만, 문학과 철학의 사이에서 가끔 그런 사람을 만들어내어 독특한 정신적인 생산품을 형성하는 것이니, 인문세계의 장엄하고 위대한 경관이다.

중국 북송 이래로 이학과 도학은 염계(濂溪), 낙학(洛學), 관학(關學), 민학(閩學)의 네 학파를 형성하였는데, 정자(程子), 주자(朱子), 육상산(陸象山), 왕양명(王陽明) 등은 모두 의리(義理)를 변석(辨析)하고 격물치지(格物致知)하기를 좋아하였다.

한국의 성리학은 조목조목 자세하게 분석하는 방면에 있어서는, 미세한 것도 반드시 따져 비교하여, 중국 밖에서 한국 성리학으로서 아주 뚜렷한 민족문화의 특색을 형성하였다. 『李家源全集』 제10책 『上溪家祿』을 살펴보면, 연민선생은 가학인 퇴계학에 대해서 늘 염두에 두고서 스스로 자긍심을 갖고 경앙하고 있다는 것을 말해 준다. 그는 이런 가학 연원의 적전(嫡傳)으로서 도통을 계승해서 전해야 한다는 큰 책임을 어깨에 지고 있었다.

그러나 살펴본 결과, 연민선생은 성리학의 깊은 탐구에 뜻을 두지 않은 것 같다. 그의 「答權誠齋」에서 이렇게 말했다.

학식이 얕은 제가 이른바, "오직 主理說에 의거하는 것이 진부하지도

> 않고 독창적이지도 않으나 理學의 正統이 될 수 있습니다"라고 한 것은, 貴鄉의 선배인 畏齋[丁泰鎭], 西洲[金思鎭] 등 여러 어른들입니다. 바라건대, 그 분들이 남긴 문집을 가져다 읽어보신 뒤에 다시 말씀해 주십시오. '理를 밝혀서 그 마음을 바로잡고, 氣를 인도하여 그 일을 행한다'라고 한 것은 제가 스스로 한 말입니다. 寒洲[李震相]나 俛宇[郭鍾錫]가 남긴 이론을 감히 절취한 것은 아닙니다. 이것이 어르신께서 이른바 '오늘날 새로 만든 말'입니다. 비록 뒷날 헐뜯어 논의하는 사람이 있을지라도 감히 후회하지는 않습니다.

간결하게 전한 동중서(董仲舒)의 "그 의리를 바로하고 그 이익은 도모하지 않고, 그 道를 밝히지 그 功은 따지지 않는다[正其誼, 不謀其利, 明其道, 不計其功]"라는 말을 귀결로 삼아 이리저리 얽힌 복잡한 데서 벗어났다. 전한의 양웅(揚雄)이 『法言』「吾子篇」에서 "孔子의 道는 분명하면서도 쉽다[孔子之道, 其較且易也]"라고 했다. 연민선생의 문집을 보면, 심성에 관한 학문에 대해서 길게 논의하기를 좋아하지 않았다. 그래서 연민선생은 마땅히 '분명하고 쉬운' 노선에 속했다.

「尙州鄉校重修見落志感」에서, "孔子의 학문은 전에부터 날로 새로워지는 것 귀하게 여기고, 크게 선양하는 일은 이 사람들에게 힘입었네[孔學由來貴日新, 弘宣一事賴之人.]"라고 읊었다. 「李杏亭商憲六秩頌詩六絶」에서, "國學을 크게 선양하라는 지혜로운 명령 있었나니, 하나의 등불은 다시 橘翁[李善求]의 손자에게 속해 있네[國學弘宣慧命存, 一鐙更屬橘翁孫.]"라고 읊었다. 사람이 도를 크게 넓히는 것이지, 도가 사람을 넓히는 것은 아니다. 공자의 학문을 크게 선양하는 데 연민선생은 자못 사명감이 있어, 공자의 학문을 거의 생명으로 여겨, 지난날의 성인을 위해 끊어진 학문을 잇는 데 있어 '나를 두고 그 누가 담당하겠는가'라는 생각이 있었다.

그러나 20세기 하반기 한국 경제가 비약적으로 발전하자, 한국의 지식인들은 맹목적으로 서양을 숭상하는 관념이 생겨나 자기 나라 고유한 역사와 문명에 대해서는 매우 탐탁찮게 여겼다.

연민선생은 굳세어 뽑히지 않는 확고한 힘으로, 유럽 바람 미국 비 속에서도 우뚝이 서서 기울어지지 않았다.

그는 「反乞巧文」에서 이렇게 읊었다.

나는 태어나면서부터 졸렬하여,	吾生也拙,
온갖 일이 졸렬하네.	百事皆拙.
행동은 졸렬하며 어리석고,	行拙而癡,
말은 졸렬하여 더듬는 것에 가깝네.	言拙近訥.
사람들이 나를 두고 졸렬하다고 말하건만,	人謂我拙,
나는 오히려 혀를 차지 않는다네.	我尙無咄.
세상은 바야흐로 교묘한 것으로 달려가,	世方巧趨,
화려한 건물 백 자나 높도다.	錦樓百尺.
채색 비단 금 실에다,	采縷金鍼,
맑은 노래에 아름다운 술 따르네.	淸歌美酌.
나 홀로 무엇 때문에,	我獨何爲,
차가운 하늘 아래 내쳐졌나?	涼天放跡.
다니면서 졸렬한 문장 노래하고,	行控拙章,
좋은 향 한 가지 피운다네.	心炷一瓣.
졸렬함이 실로 내가 비는 바이고,	拙寔我乞,
정교함은 내가 얻고자 하는 바 아니라네.	巧不我穿.
대단한 맛은 양념을 하지 않는 것이고,	大味不和,
참된 옥덩이는 조각하지 않는다네.	眞璞不琢.
교묘함은 仁이 적나니,	巧鮮矣仁,
졸렬하게 그 德을 지킨다네.	拙守其德.
졸렬함에 처하여 졸렬함을 행하니,	處拙行拙,
졸렬함이 정말 졸렬함이 아니라네.	拙不眞拙.

연민선생은 정말 노자(老子)가 이른바 "크게 정교한 것은 졸렬한 듯하다[大巧若拙]"라는 격이다. 세속을 따라 오르락내리락하지 않았다. 이는 그 기풍과 절의를 체현한 것이니, 귀하기도 하고 탄복할 만하기도 하다. 연민선생은 확실히 문화적 보수주의자라고 할 수 있겠다.

그러나 공자의 학문에 대해서는 비록 맹세한 뜻이 변하지는 않았지만, 도리어 개방적인 정신자세를 유지하여 이지러진 것을 수호하려고 하지 않고, 발전적인 시각으로 유학을 공부하였다.

「李碧溪寅基博士之六十一歲晬朝」에서, "내외를 훨훨 날아다니다가 완전히 돌아왔는데, 유럽 미국 다 탐구하였으니 장한 뜻 새롭도다[中外翩翩逈盡致, 窮探歐美壯懷新.]"라고 읊었다. 유학과 서양학문의 관계는, 19세기 말, 20세기 초에 일찍이 한국사회의 격렬한 토론을 유발시켰다. 연민선생은 가슴을 활짝 열고 동서양 학술사상의 융합을 배척하지 않았고, 장점을 취하여 단점을 보완할 것을 제창하여, 동방문명의 유신을 쟁취하였다. 구학(舊學)에 널리 통한 그 시대의 인물 가운데서는 실로 연민선생은 개명하여 통달한 사람에 속한다.

당나라 한유는 불교와 도교를 배척했는데, 그 지론이 준절했다. 그러나 연민선생은 바다가 모든 냇물을 받아들이듯 큰 도량으로 포용하였다. 「與洌上諸詞伯會飮宗廟林」에서, "보잘것없는 文辭는 본래의 뜻 아니고, 풍류로운 고상한 해학이 지금의 마음이라네[溲勃文辭非素志, 風流雅謔是今心.]"라고 읊었다. 연민선생은, 사람됨이 화평하고 수월하여 접근하기 쉽고, 해학을 좋아했다.

그는 「成均進士竹亭張先生潛遺墟碑銘」에서 장잠(張潛)에 대해서 서술하기를, "선비가 이 세상에 태어나서 현달하여 그 道를 펼치지 못하게 되면, 옛 책을 읽고 옛날 마음을 구하여 자기 분수를 편안히 여겨 天命을 즐겨 주어진 수명을 마친다. 이렇게 살면 또한 되지 않겠는가?"라고 했다. 연민선생은 '곤궁하면 홀로 그 몸을 착하게 하는' 부류의 인물에 가까운 것 같다.

「洪卷宇贊裕吳夏丁養來訪葉韻」에서, “좀 같은 생애 선대의 家業 전하나니, 구름 낀 수풀에서 천진하게 자유롭게 지내는 우리들. …… 책상 위의 천권의 책에서 공자를 배웠고, 집 가 다섯 그루 버드나무는 陶淵明 같도다[蟫蠹生涯傳世業, 雲林天放是吾曹. …… 丌上千編曾學孔, 宅邊五柳也如陶.]”라고 읊었다. 「離京六日狃返至家」에서, “눈 닿는 것은 절로 가련한 생각이 들고, 느낌을 얻음에 곧 시구가 있도다. 인생을 스스로 즐기는 것 귀하게 여기나니, 사랑과 미움 통 크게 다 없애리. 우습다! 도연명은, 「士不遇」란 시를 되는 대로 읊었으니[觸目自生憐, 得感輒有句. 人生貴自適, 浩然泯愛惡. 笑殺陶淵明, 漫賦「士不遇」.]”라고 읊었다. 연민선생의 인생에서 東晋의 隱逸詩人 陶淵明은 흥미를 느껴 언급하기 좋아한 사람이었다. 도연명이 특별히 마음에 들었던 것은 아닌지?

「答李中齋好大」에서 이렇게 말했다.

> 우리나라의 학술을 논하는 것에 매우 흥미가 있으신 듯한데, 저도 감히 생각하는 바를 아뢰지 않을 수 없습니다. 朝鮮時代 전체를 통틀어서, 전기에는 退溪, 高峰, 栗谷, 牛溪의 性理學이 있었고, 후기에는 磻溪, 星湖, 燕巖, 茶山 등의 實學이 있었을 따름입니다. 세상에서 혹 性理學과 實學은 對峙的인 것으로 생각하는데, 잘못된 것입니다. 시대정신은 다름이 없을 수 없을 따름입니다. 저가 비록 민첩하지는 못해도, 어찌 감히 家學의 유구한 전통을 무시할 수 있겠습니까? 다만 만난 시대가, 마침 性理學의 말기적 폐단이 알맹이 없는 공허한 學說로 흘러가는 지경과 서로 만난 때였습니다. 또 나라는 비록 우리 것이 되었지만, 아직도 진정한 자주적 자세는 결핍되어 있고, 利用厚生의 道는 펼쳐지지 못하고 아울러 倫理道德의 일은 땅에 다 떨어졌습니다. 그래서 燕巖 등의 탄식하고 비웃고 욕하는 것을 이야기하기 좋아합니다. 이는 비록

孔子 朱子 退溪, 星湖의 바른 궤도는 아니지만, 오히려 혹 사람들의 마음과 세상 도덕이 퇴폐한 것을 바로잡을 수 있습니다. 이것이 사실 민첩하지 못한 저의 지금 이 시각 꾸밈없는 생각입니다.

이 글은, 유학 발전에 대한 관점을 나타내고 있다. 성리학과 실학은, 결코 대치적인 관계는 아니고, 그 시대에는 그 시대에 맞는 사조가 있다. 시대적 수요에 호응하여 그 견식은, 오활한 부자가 그 목과 등을 바라보는 것은 아니다.

「癡淵小像二幀自贊」에서 이렇게 읊었다.

내가 처음으로 그대에게 묻노니, 我初問爾,
그대는 누구인가? 子爲誰也?
가까이 가서 보니, 逼而視之,
곧 아는 사람이네. 乃相識者.
물어도 대답 없고, 問而無答,
알면서도 모른 척하네. 識若不知.
네가 갖가지 소리 다 물리치고 크게 사색하는 때인가?
是爾方屛黜萬音大有思索之時也歟?
그렇지 않다면, 어째서 문필의 일 볼 수 없고,
不然則奚爲不見其翰墨之事?
해학하며 웃는 자연스러움을 듣지 못하는가? 不聞其謔笑之姿?
깊은 연못의 장구벌레가 공손히 묵묵히 있는 듯, 淵蜎恭默,
향기롭고 구슬프도다. 芳馨菲惻.
우리 성스러운 스승이 이른바, 一似我聖師所謂,
사람들이 알아주지 않아도 성내지 않는 군자인가?
人不知而不慍之君子者也?
아아! 기이할지어다. 烏乎奇已!

연민선생 자신이 자신을 인식한 것이니, 한 폭의 절묘하면서도 자신을 닮은 자화상이다.

당연히 聖人에 가까운 인물은, 바라보면 앞에 있는 듯 하다가 문득 뒤에 있어, 진정하게 연민선생의 성정, 인격 등을 알 수가 없다. 연민선생에 대해서 논한다는 것이 어찌 쉬운 일이겠는가?

/ 허권수 역

渊民先生学术研究刍议

汪春泓 / 香港 嶺南大

1. 序言

东方有高楼，上与浮云齐。
伟哉一大儒，李公号渊民。

李公渊民先生，当今鸿儒，时值世纪之末，1999年秋，由卷洙诸先生陪侍，渊民先生来访中国，曾游览燕京等地，後学何幸，有缘一瞻大儒风采，深以为渊民先生宿学钜子，学际天人。由於中国自1949年之後，焚坑事业，甚嚣尘上，反传统，灭文化，导致儒学凋零，学养深湛如渊民先生者，吾国之京、沪等地，亦几乎罕有其匹。

如今，渊民先生驾鹤西去，光阴惊悚，已有十年，渊公所留存人间之文字，不啻如东方瑰宝，堪称一笔极为丰厚的文化遗产。後学阅读渊公文字，如面临大海，如仰视高山，亦深以为须韩、中学者共同学习、研究者也。而如何董理渊公文化遗产，兹事体大，以个人之力，犹如以蠡测海，力有所不逮。《庄子·天下》篇曰："後世之学者，不幸不见天地之纯，古人之大体，道术将为天下裂。" 研究渊公，若轻易挥翰，亦心存"不见天地之纯"及"古人之大体"之虞，因此，对於如何体察渊公之大体，在门径和方法上，窃以为颇费思量。

2. 作为文體大家的淵民先生

渊公著作等身，若置於唐宋名家之间，在作品产量上，不遑多让於古人，甚至有过之而无不及；至於文涉众体，若曹丕《典论·论文》所谓“唯通才能备其体”，渊公洵为众体兼擅之通儒。渊公勇於实践各种文体的写作，有韵之文，无韵之笔，林林总总，目不暇接。作为大诗人，其诗歌创作囊括诗歌众体，譬如歌行、古诗、五、七言近体诗，以至诗话，等等，足以展现渊公在诗歌领域的才情卓著和腹笥饱满；而作为韩国一代大儒，又是李退溪之後，在学术界、社会中居於崇高地位，因此，求作序跋，请代撰墓志铭、碑志、哀祭、传记及传状者，当亦应接不暇；尺牍书信，更是万斛泉出，信手拈来；其他诸如颂赞、箴铭、纪迹、论说、杂记，等等，亦浩瀚淹雅，连篇累牍，涉猎古人撰文文体之荦荦大端，也奠定了渊公作为古文文体大家的不拔地位，可以跻身古代名家之列，并夺一席之地。刘勰《文心雕龙·序志》篇曰：“若乃论文叙笔，则囿别区分：原始以表末，释名以章义，选文以定篇，敷理以举统。上篇以上，纲领明矣。至於剖情析采，笼圈条贯：摛神、性，图风、势，苞会、通，阅声、字；崇替於《时序》，褒贬於《才略》，怊怅於《知音》，耿介於《程器》，长怀《序志》，以驭群篇。下篇以下，毛目显矣。位理定名，彰乎‘大衍’之数；其为文用，四十九篇而已。”此为研究渊公文化、文学遗产，提供了具有可操作性的切入之途径和重要之参照，刘彦和警惕“去圣久远”，导致文体讹滥，所以将文体论述，置於全书“纲领”位置，尤见文体辨析在古文中至关紧要。《文心雕龙·风骨》篇曰：“若夫熔铸经典之范，翔集子史之术；洞晓情变，曲昭文体；然後能孚甲新意，雕画奇辞。”文章之学，必须宗经，且博综四部，透彻明了文体之规范，在此基础上，方可谈论创新求奇。渊公一生，以经典为依归，因而，肤浅者所写古文属貌似古文，渊公所撰，则绝非无根柢之文，而是严谨遵循文体之规范，若能臻乎此境界，确属凤毛麟角者也。其《有所思十绝》之一曰："古頻之西屋数间，夜深玉溜太清潺。兼治汉宋方为至，紫甓漫将高揭颜。"在韩国富饶的性理之学土壤上，并且继承退溪家学，他本应偏於宋学一派，可是，其《南冈书屋记》曰："古人云：'黄金满籯，不如教子一经。'余尝深味斯言，久而吟嚼不已……余见挽近以来，邦人嫥废汉学，古家子弟，类皆弁髦六经，而独我南冈子，能守旧谟，备上丙下支世故，老将至而竟不自嬗。"此反映渊公之为学，沿波讨源，回溯汉代经学，以上追孔学之本源为己任，贯通汉、宋，不躐等，也不截断，一遵乎韩愈《进学解》的治学路径，做到能通能变，自铸伟辞，却又根基於深厚之学殖。丁未年，其《弘宣孔学之斋》稿说："李余生平，自以弘宣孔学为己任。"其儒学是元元本本之学；渊公《荀子思想及性恶说批判》说："荀卿之性恶，谓无上知，而孟氏之性善，谓无下愚。"一语破的，见解不凡，反映渊公深悉儒家道统，而且善於好学深思；明清之际，钱谦益《答徐巨源书》说："今诚欲回挽风气，甄别流品，孤撑独树，定千秋不朽之业，则惟有反经而已矣。何谓反经?自反而已矣。吾之於经学，果能穷理析义、疏通证明，如郑、孔否?吾之於史学，果能发凡起例、文直事核如迁、固否?吾之为文，果能文从字顺、规摹韩、柳，不偭规矩，不流剽贼否?吾之为诗，果能缘情绮靡、轩翥风雅、不沿浮声、不堕鬼窟否?"提及"反经"的问题，此是学术和文章之正道，舍此，均会流於浮薄，甚或野狐禅；渊公《偶然书之》说："……六经之真腴，恭嘿尝其胾。吾学贵宗经，乃可搜玄邃。如屋巩筑基，历久勿颠踬。出而为文辞，渊懿非凡类。"从此诗，亦可见渊公雅号渊民，内中与宗经存在著联系，只有宗经，才能文辞渊懿，亦一如《文心雕龙·宗经》篇说："若禀经以制式，酌雅以富言，是即山而铸铜，煮海而为盐也。故文能宗经，体有六义：一则情深而不诡，二则风清而不杂，三则事信而不诞，四则义贞而不回，五则体约而不芜，六则文丽而不淫。扬子比雕玉以作器，谓五经之含文也。夫文以行立，行以文传，四教所先，符采相济。励德树声，莫不师圣，而建言修辞，鲜克宗经。是以楚艳汉侈，流弊不迁，正末归本，不其懿欤!”

1969年孔德成来书谈及读渊公著《渊渊夜思斋文稿》说：“盖班、马之风骨，乐府之况味，与夫杜陵之气格，涵茹篇中，讽诵之际，拂拂然令人感兴之至也。”也看到了渊公继承班、马之风骨，立身於古诗、文之正道，而何谓风骨？近人黄侃《文心雕龙札记》有：“风即文意，骨即文辞。”之说，若真要做到文从字顺，必须通经，这是不二之法门，渊民胞弟国源跋《渊渊夜思斋丛书》之一曰：“其初年之作，一依乎峭新奇丽，而挽近以来，渐臻乎平易明白，盖沨沨然大家也。”自家兄弟不阿不谀，这是十分真切的看法，说明渊公治经，不断精进，其後期作品，较之於前期，更加回归经典之正途，所以才堪称“沨沨然大家也”。

故而，须从经学角度研究渊公文章之学，渊公生前，依照时间顺序编辑自家文集，而後世读者、研究者若能按照文体分类，为渊公重编一种全集，并从文体为切入点，研究渊公各体文章，振叶以寻根，观澜而索源，在文章学总目下，以分体为子目，以清晰的文体史意识，来探究渊公写作，体察其苦心孤诣，当属较好的研究方法，可以避免笼统之失，多创获击中肯綮之论也。

3. 渊公文章之形式美

关於文章内容和形式之关系，孔子以来，就论述夥矣!而所谓古代文章，绝对没有离开艺术技巧、形式之文，此属不言而喻之论也。渊公当属现代韩国精於古文形式之美的第一人!孔德成来书赞誉渊公“先生汉文造诣之精湛，虽置之我国古今名家之林，亦毫不逊色”!其言公允!其友人金哲熙跋《渊渊夜思斋丛书》曰：“其积中形外之美，自有掩不得者，固如是矣。彼世俗之所以为文，不过是朝诵一篇，莫吟一句，形摸迹拟於疑似之间而曰：‘此则仿於韩、苏而可同堂也，此则拟之归、曾而可随肩也。’ 呜呼！使韩、苏而但形摸是事，岂得成韩、苏，使归、曾而但迹拟是事，岂得成归、曾哉？盖以其精神理趣之自得於中也深，而英华采色之章明於外也远，故得成其卓然名一家也。渊民子，亦如是而已矣。”此乃剀切之言也，深得渊公古文之精髓！貌似形式之摹拟，凡俗之人也可学到几分，而要“以其精神理趣之自得於中”，衔华佩实，则极其不易！

渊公《东田精舍记》说：“家源尝读《东田潜士稿》，至《劝儿读书帖》，有曰：‘余在家，困於忧病，不能极意读书，每冬春间，经过山村僻处，见茅舍数间，纸窗明净，积薪木隙地，以备饲牛之堘，篱落桃花交映，辄欣然意适，思得赢粮负笈，留止读书。又遇短麓临流，占地稍平旷，傍列四三奇石。思置亭其上，拥几卷书，优游以终老者，馀三十年，肘掣力绵，迄未之遂，此吾大恨也！’未尝不掩卷而叹也。”其所向往者，乃古代晴耕雨读之生涯，其心性属古心古貌之人，因此，深入古人文体之学，亦属水到渠成、自然而然之事，否则，勉强为之，终究与古人相隔膜。观渊公数量极大之墓志铭一类文章，可以见其人生态度，他不以势利为炫耀，更不以权位为勋绩，相对於世俗之利欲熏心者，以攫取为目的，以杀戮为快意，可谓道不同不相为谋者也，退溪门人金诚一谦为老师撰写《实记》说退溪家风：“尝谓仕所以行道，非所以干禄。”这对於李氏後人影响深远，渊公恬淡平和、仁爱睿智，可上跻圣贤之堂奥；所以，其“为情而造文”，而非“为文而造情”，翰墨犹如心底自然流出，而非心手不一之制作，不意间，真正把握了古文之真谛，形式与内容水乳交融，达成相得益彰之面貌，读渊公之文章，“雄深雅健，如对文章太史公。

《文心雕龙·知音》篇说：“凡操千曲而後晓声，观千剑而後识器；故圆照之象，务先博观。阅乔岳以形培嵝，酌沧波以喻畎浍，无私於轻重，不偏於憎爱，然後能平理若衡，照辞如镜矣。是以将阅文情，先标六观：一观位体，二观置辞，三观通变，四观奇正，五观事义，六观宫商，斯术既行，则优劣见矣。”此六观有宏观和微观之分，须依此作为研究视角，则庶几可一窥渊公古文之伟大业绩。此仅就“置辞”而论，熟读渊公文章者，深知渊公“练字”、“章句”修养之精湛，杜工部所谓“读书破万卷，下笔如有神”，渊公已经跃身於下笔有神之品位；而至於事义，渊公烂熟事类、典故，所以诗文徵引，繁富贴切，几乎字字均有出处和来历，却又避免獭祭鱼之累赘，体现学者之文、学者之诗的高雅情怀和学养，是今世学习古文者之崇高典范!渊公早年之作，《东征篇》凡四百四十一韵五百八十八句，崭露头角，已见其才雄万夫之气概。在其诗歌之中，仅举一例，如渊公《七月望又泛舟於纛岛》说：“秋将多至意先高，纛岛烟风生远皋。尘壒难遗堪自媿，江湖财放也为豪。汀兰吹卷搔人怨，岸树森成大地毛。一溯空明非汗漫，长年谓我不辞劳。”此诗在精神气度上，令人感到与杜甫《登高》或《秋兴八首》有某种联系，但是，这绝对不是承袭，而是渊公结合《诗》《骚》，深谙杜诗之馀，完全自出机杼的再创造。渊公《湖岩稿序》说：“不佞余，尝见乡曲之士，其有恒言曰：‘文必秦汉，诗必李杜。’余则以为：‘未尽然。’何者?世非其世，人非其人，何以为秦为汉，为李为杜乎哉?……乃以为文不必秦汉，诗不必李杜，而犹自可存乎宇宙之间之义，谂於江湖之读兹稿者云。”渊公善於突破世俗依样画葫芦之业障，我手写我心，是善於诗文者之圣手!

而关於文艺理论，渊公亦有系统论述，卓然名家!其《玄同画楼记》说：“老氏《道德经》，有曰：‘知者不言，言者不知，塞其兑，闭其门。挫其锐，解其纷。和其光，同其尘。是谓玄同。’余尝读之，有感焉。夫知者不言，倚自然也。言者不知，裁事端也。塞兑闭门，守其雌也。是玄之道也。挫锐解纷，除诤原也。和光同尘，蔑贵贱也。是同之指也。吾友朴君蓝丁鲁寿画伯，肄䕺之所，曰：‘玄同画楼。’往岁夏，蓝丁为余作《绿树繁荫之图》，以资雪馆销暑。余以蓝晶佛严月小佛音之室，二小扁酬之。今复将为余作韩装小像，及玉溜山庄之图，而请为楼记。余见蓝丁，有时步法谨严，涂写实致，秋月涵水，一轮圆明。又能豪神柔婉，渲染韵境，微云摇曳，万象朦胧。盖其秇贯北南，不媷一派，因而勿陈，刱而不佻。虽然以余之愚，窃窥蓝丁之为，曩所谓圆明者三分，则朦胧者可七分矣。何以言之?今兹就诸玄同之二字者，不竢辨证，而足以徵象之也。盖老庄之秇术论，虽以自然质朴为本，然不唯不堕於俗陋，自能到神话之境，恢恢然有游刃之馀地矣。故庄叟之言曰：'宋元君将画图，众史皆至，受揖而立，舐笔和墨，在外者半。有一史後至，儃儃然不趋，受揖不立，因之舍。公使人视之，则解衣般礴，臝。君曰："可矣，是真画者也!"'呜呼!此解衣般礴四字，足为妙谛。解衣者，自有解放，不受羁束之义也。般礴者，旁若无人，意气轩昂之概也。盖真正之秇术家，能到此境，其意趣自然流露，不拘於技巧之末矣。且其最大之束缚，则名利也，而能脱此窠臼，高莫尚矣。余於蓝丁，蔚然有望焉。兹记兹楼，而说玄同之义，抑亦无踰是焉者。"此番阐述，谈《老》《庄》，以论画，对於艺术精神的体悟，似可与苏轼分庭抗礼矣!

当我们面对渊公如山似海的文化遗产，此种"六观"的透彻研究，相信尚方兴未艾，需要韩中同道携起手来，共同切磋，首先可以想到的是，遴选可信赖的学者，以课题的形式，编撰一部渊公诗文选集之《注释》本，在此基础上，更编撰渊公全集之《注释》，以充分扩大渊公的学术影响力，在汉字文化圈内，令更多人了解渊公的道德文章，也更加深刻地认识渊公在艺术形式和技巧上的极高成就!

4. 淵公性情、人格之研究

若要知人论世，以意逆志，必须研究渊公其人，而圣贤胸次，如我辈未脱俗谛之桎梏者，绝难望见其万一者也，而渊公何许人也?此於邻国中国之一後学，确实不敢造次，以信口雌黄。然而，渊公情深意切，观其《答单娘晴麟》，客居台湾，渊公邂逅一位山东姑娘，他坠入爱河，其情感之奔放，如雷鸣电闪，不可抑制，此时退溪後人心中，感情就是一切!览其《祭郑友莲友铉墓文》，文人性情，跃然纸上。可证其作为性情中人之一端。所以，可以认为，渊公之性情，乃文学的也，非哲学的也；文章的也，非道学的也；浪漫的也，非现实的也!在人文天地，古来就有许多人徘徊於哲学和文学之间，此对於造就人材，并非负面之事，此盖性情使然，当事者不能自拔，在文学和哲学之间，往往会铸就其人，形成独特的精神产品，亦是人文世界的庄伟景观。

中国北宋以来的理学或道学，形成濂、洛、关、闽四派，程、朱、陆、王，均好辨析义理，格物致知，而韩国性理之学，在条分缕析方面，亦锱铢必较，构成中土之外，韩国理学十分显著的民族文化特色。按渊公《全集》第十册《上溪家录》，反映渊公对於家学念兹在兹，万分自豪和景仰，他是此种家学渊源之嫡传，肩负承传道统的伟大责任。但相形之下，渊公似乎意不在性理概念的探赜索隐，其《答权诚斋》说："浅人之所谓：'惟倚主理者，不陈不挒，可为理学之正统。'者，实指贵乡先辈，如畏斋、西洲诸老也。幸取其遗集，而读之，然後更有所教之也。如：'明理以正其心，导气以行其事。'者，此家源之所自为言，非敢窃取於寒、俛之绪馀也。是即长者所谓：'乃今日立言。'者。纵有疵议於来後，不敢有悔也。"简洁地以西汉董仲舒"正其谊不谋其利，明其道不计其功"为指归，避免夹缠迂曲，前汉扬雄《法言·吾子》曰：" 孔子之道，其较且易也。"在渊公文集内，不好长篇大论谈心性之学，故渊公当属"较且易也"一路。

其《尚州乡校重修见落志感》曰："孔学由来贵日新，弘宣一事赖之人。"《李杏亭商宪六秩颂诗六绝》之一："国学弘宣慧命存，一镫更属橘翁孙。"人能弘道，非道弘人，而弘宣孔学，渊公颇有使命感，几乎视孔学为生命，而一己为往圣继绝学，亦有舍我其谁之担当。

然而，在二十世纪下半叶，韩国经济起飞，其知识分子产生了盲目崇洋观念，对於本国固有历史、文明深致不屑。渊公却以坚毅不拔的定力，在欧风美雨当中，屹立而不倾侧，其《反乞巧文》说："吾生也拙，百事皆拙，行拙而痴，言拙近讷。人谓我拙，我尚无咄。世方巧趋，锦楼百尺，采缕金针，清歌美酌。我独何为，凉天放迹。行控拙章，心炷一瓣。拙寔我乞，巧不我穿。大味不和，真璞不琢。巧鲜矣仁，拙守其德。处拙行拙，拙不真拙。"渊公真所谓"大巧若拙"，不随世俗俯仰，此体现其风操、节义，可贵可叹!一定程度上，可目之为文化保守主义者。

然而，对於孔学，虽矢志不渝，却持开放心态，不抱残守缺，以发展的眼光对待儒学；《李碧溪寅基博士之六十一岁晬朝……》曰："中外翩翩回尽致，穷探欧美壮怀新。"儒学与西学的关系，在十九世纪末、二十世纪初，曾引发韩国社会的激烈讨论，渊公胸襟开阔，他不排斥东西方学术思想的结合，提倡取长补短，争取东方文明"其命维新"，这在博通旧学的一辈人物中，实属开明通达者也。

韩愈辟佛老，持论峻切，而渊公则大肚包容，海纳百川，《与冽上诸词伯会饮宗庙林》说："溲勃文辞非素志，风流雅谑是今心。"渊公平易近人，好戏谑；其《成均进士竹亭张先生潜遗墟碑铭》记载张潜曰："士生斯世，不得达施其道，读古书求古心，安分乐天，以终其年，不亦可乎?"似偏於穷则独善其身一流人物乎?

《洪卷宇赞裕吴夏丁养来访叶韵》曰："蟫蠹生涯传世业，云林天放是吾曹……丌上千编曾学孔，宅边五柳也如陶。"《离京六日犹返至家》说："……触目自生怜，得感辄有句。人生贵自适，浩然泯爱恶，笑杀陶渊明，漫赋《士不遇》。"所以在其人生当中，东晋隐逸人物陶渊明是其津津乐道者，莫非对於陶潜他特具会心?《答李中斋好大》曰："至於吾邦学术，论之甚有风韵，则鄙亦不敢不陈所怀。盖竟有韩一代，其前期有退、高、栗、牛之性理学，後期则有磻、星、燕、茶之实学而已。世或以为：'性理学与实学，为对峙物。'非也，盖时代精神之不能无异者耳。家源虽不敏，岂敢歇後於家学之悠久传绪也哉?第所值之时， 适与性理学末弊之流於空谈无实之境相会，且国虽为吾，尚乏真正自主之态势，利用厚生之道未敷，而兼之伦理道义之事堕尽，故憙谭燕岩辈之嘻笑唾骂，此虽非孔、朱、退、星之正轨， 而犹或可以为矫正人心世道颓废之财者欤?此实不敏此刻无饰之怀也。”此节文字颇能呈现其儒学发展观，认为性理学与实学绝非对峙物，一时有一时的思潮，因应著时势的需要，其所见识，非迂夫子可以望其项背者也!

《痴渊小像二帧自赞》曰:“我初问尔，子为谁也?逼而视之，乃相识者。问而无答，识若不知。是尔方屏黜万音，大有思索之时也欤?不然，则奚为不见其翰墨之事，不闻其谑笑之姿。渊蜎恭默，芳馨菲恻。一似我圣师所谓:‘人不知，而不愠之君子。’者也?乌乎奇已!”渊公自己认识自己，此堪谓一幅惟妙惟肖的自画像。当然，近圣之人物，瞻彼在前，忽焉在後，要真正体认渊公之性情、人格，亦谈何容易之事也!

연민선생의 『옥류산장시화(玉溜山莊詩話)』

박순 / 연세대

1. 여는 말

연민(淵民) 이가원(李家源, 1917~2000)의 『옥류산장시화(玉溜山莊詩話)』는 1969년에 발표된 한국의 마지막 시화이다.[1] 이미 한글이 공용문자가 된 시대에 한문으로 쓰여졌으며, 787칙의 방대한 분량을 지니고 있다.

주지하다시피 연민 이가원은 한국 한문학계의 태두(泰斗)이자 한시 작가로서도 뛰어난 면모를 보여주었다. 이러한 연민이 22세 때부터 쓰기 시작한 5종의 시화[2] 가운데서 잘 된 것만을 선별하고 내용을 대폭 확장하여 56세 때에 완성한 시화가 『옥류산장시화』이다. 연민이 오랜 시간을 축적해온 학문적 성과의 결실인 것이다. 또한, 뛰어난 한시 작가의 시화서라는 점도 큰 의미를 갖는다. 책의 마지막 장에 보이는 채무송(蔡茂松)[3]의 '발(跋)'에는 다음과 같은 내용이 있다.

---

1) 조종업 편, 『韓國詩話叢編』(1996)과 鄺健行·陳永明·吳淑鈿 選編, 『韓國詩話中論中國詩資料選粹』(2002)에 마지막으로 실린 시화가 『옥류산장시화』이다. 劉暢·許敬震·趙季, 『韓國詩話人物批評集』(2012)에서도 127종의 인용서목 가운데 『옥류산장시화』가 마지막 대상 자료이다.

2) 『여한시화(麗韓詩話)』·『귤우선관시화(橘雨仙館詩話)』·『육육초당시화(六六草堂詩話)』·『옥류시화(玉溜詩話)』·『청동시화(青銅詩話)』.

시를 짓는 것은 쉽지 않지만 시를 평하는 것은 더욱 어렵다. 시를 잘 짓는 사람이라 해서 반드시 평에 능한 것은 아니며 평에 능한 사람일지라도 반드시 시를 잘 짓는 것도 아니다. 시를 잘 지으며 평에 능한 사람은 예부터 지금에 이르기까지 얼마 안 된다.[4]

한국시화사뿐만이 아니라 중국시화사를 보아도 시와 평에 동시에 능한 경우는 많지 않았다. 그러나, 『옥류산장시화』에서는 연민의 뛰어난 시적 역량이 시를 평하는 객관적인 안목과 잘 부합되었다고 여겨진다.[5] 후술하는 내용을 통해 잘 드러날 것이다.

다만, 『옥류산장시화』가 시평(詩評)으로만 이루어진 저서는 아니다. '시화(詩話)'라는 명칭에서 보듯 시화는 기본적으로 시에 관한 이야기이며, 『옥류산장시화』 역시 일화가 중심에 놓인 시화서이다.[6] 이는 초기 시화집의 전통과도 맥이 닿는 부분인데, 『옥류산장시화』는 시에 관한 이야기를 펼치면서 자연스럽게 그에 관한 평가도 하고 있는 저서라는 점을 짚어두고자 한다.

『옥류산장시화』 첫 장에는 연민이 쓴 '서(序)'가 있다. 이는 선대(先代) 시화집에서도 보이는 '서'와 같은 구실을 하고 있어서 저자의 생각을 파악하는 데 중요한 자료가 된다. 중간부터 보겠다.[7]

---

3) 前 대만 國立成功大學 교수. 『玉溜山莊詩話』가 발표될 당시 20대 청년으로서 성균관대학교에 유학중이었다.

4) 『玉溜山莊詩話』, 跋. "作詩不易, 評詩更難。工詩者未必善評, 善評者未必工詩。工於詩而善評者, 古今無幾。"

5) 채무송도 인용한 내용 뒤에서 이와 같이 평하였다.

6) 시화는 크게 '일화 중심 시화'와 '시론 중심 시화'로 대별되는데, 한국의 시화들은 일화 중심 시화가 대부분을 이룬다. 특히 고려 말에 나온 초기 시화집은 모두 일화 중심 시화이다.

7) 이하 '서(序)'를 분석하는 내용은 박순, 앞의 논문, 1~3면에서 가져온 것이다.

> 이 책이 자못 부스러기 같아서 사람들의 마음에 안 들지도 모르며, 또한 너무 광범위하여 망연할 뿐 끝이 안 보일지도 모른다. 그러나 자세히 살펴보면 그 가운데에도 서언(緖言)·본론(本論)·결어(結語)의 구분이 있다. 우리나라 한시화(漢詩話)의 한 논고로서도 해로운 일이 아니며, 이는 또한 새로 창안해낸 것이다. 나는 우리나라와 중국의 여러 사람들이 지은 것을 무조건 따르지 않고, 나의 생각대로 유유히 지어 나갔다.[8)]

여기에서 중요한 언급이 나오는데, 『옥류산장시화』가 "서언-본론-결어"의 체계적인 구성을 취했다는 점이다. 이것은 전통 시화집에서는 전혀 볼 수 없는 방식으로 근대적 논문의 형태를 빌어온 것이다. 위에서도 보이듯이 이는 연민이 새로 창안해낸 방법이며, 그만큼 새 시대에 부합하는 새로운 시화를 기획했다고 할 수 있다. 다시 말해 전통적인 시화의 내용적 틀은 그대로 따르면서도 그 형식은 근대적 논문 형태를 갖춤으로서 신구(新舊)의 조화를 꾀한 것이다.[9)]

한편, 우리나라와 중국의 시화를 무조건 따르지 않고, 자신의 생각대로 유유히 지어 나갔다고 하였다. 이러한 발언은 두 가지 의미를 갖는다. 첫째, 전통 시화를 짜깁기하여 종합하거나 비슷한 서술을 하는데 그치는 것이 아니라 독자적인 가치를 갖는 시화집을 의도했다는 것이다. 실제로 『옥류산장시화』는 여러 선대 시화집의 내용을 인용하고 있고, 연민의 서술이 아예 없는 항목도 적지 않아서 단순한 총편(叢篇)에 불과한 것이 아니냐는 오해를 살 수 있다. 그러나 자세히 들여다보

---

8) 『玉溜山莊詩話』, 序。"此殊瑣雜, 不滿人意, 且泛就之, 茫然無涘, 然迫而審之, 則自有緖言, 本論, 結語之可辨, 不害爲吾邦漢詩話之一論攷, 此其微有刱案, 不戞戞盲追於東中古今諸子, 悠悠之所爲者也。"

9) 심경호는 "연민 이가원 선생은 바로 전통 한학의 방법을 근대적 연구에 접목시켜 주신 분이시다."라고 지적한 바 있다. 심경호, 「조선문학사의 한문학 부문 서술에 관하여」, 『민족문학사연구』 18집, 민족문학사학회, 2001, 94면.

면 모든 시화집의 인용은 연민의 의도에 맞게 가져온 것이며, 필요할 때마다 연민의 관점을 제시하고 있음을 확인할 수 있다. 인용한 시화에 대해 부연 설명을 하거나 반론을 펴기도 하였고, 아예 연민 자신의 서술로 한 칙을 구성한 예도 적지 않다. 그리고, 근대기 부분은 거의 대부분 연민의 창작 기사로 이루어져 있다. 이처럼『옥류산장시화』는 전통 시화를 무조건 답습한 것이 아니라 연민의 주관이 뚜렷이 반영된 새로운 시화서임을 알아둘 필요가 있다.

둘째, 자신의 생각대로 유유히 지어나갔다고 한 말을 주목해 보아야 한다.『옥류산장시화』를 보면 서술자의 감상을 그대로 드러내거나 개인적인 경험담을 기술해 놓는 등 다분히 사적인 글쓰기의 면모를 보여주고 있다. 다시 말해 엄정한 논문이라기보다는 개인적 평론에 더 가깝다고 할 수 있다. 연민은 이처럼 편안하게 시화집을 써내려간 듯 하며, 요즈음의 논문과 같은 객관적 엄밀함은 개의치 않았던 것으로 보인다. 이는 사실 전통 시화집과도 일맥상통하는 점인데,『옥류산장시화』는 근대적 논문의 체계를 갖춘 것은 맞지만 그 문체적 특성만은 전통 시화적인 방식을 취했다고 볼 수 있겠다.

마지막으로 연민이 왜『옥류산장시화』를 한문으로 썼는지에 대해 의문을 가져볼 수 있을 것이다. 다음을 보면 그 해답의 실마리를 얻을 수 있다.

> 하루는 스스로 국수선생(國粹先生)이라 일컫는 사람이 나에게 물었다. "그대가 엮은 이 책은 우리 글로 되어 있지 않으니, 세상에서 이 책을 읽을 독자들이 과연 얼마나 되겠는가?" 내가 대답하였다. "그렇기는 하지만 그것만은 아닐세. 과연 그대의 말과 같다면 과일봉지나 책 배접으로 헛되이 쓰더라도 아까울 것이 없지. 그렇지 않으면 남겨 두었다가 후세의 이연민(李淵民)을 기다리는 것도 좋지 않겠는가? 비록 그러하

> 나 지금 해외에서 문학하는 선비들이 우리의 학문을 연구하려고 할 때에 한문을 통해서 접근하는 사람은 많지만, 우리말을 통해서 하는 사람은 매우 적다네. 이 책이 만약 우리나라 군자들에게 눈흘김을 당하거나 버림받는다면 해외에 즐비한 서점으로 보낼 걸세. 그대는 염려하지 말게나! 나 역시 무엇을 걱정하리오?"[10]

확실히 당시에도 한문으로 책을 쓴 것에 대한 거부 반응이 있었다는 것을 알 수 있다. 연민은 이에 대해 해외 연구자들이 우리 학문을 연구하고자 할 때 한글보다는 한문이 훨씬 용이하다는 입장을 취하고 있는데, 상당히 수긍이 가는 견해라 할 수 있다.

실제로 중국이나 일본의 한문학 학자들은 한문을 읽을 수 있지만, 한글을 읽고 이해할 수 있는 사람은 매우 드물다. 한문은 지난 몇 천 년 간 동아시아 지식인들의 소통 도구였으며, 오늘날의 동아시아 학술 교류에서도 유용한 도구가 되고 있음을 볼 때 연민의 판단이 틀리지 않았음을 확인할 수 있다.[11]

본고는 이러한 『옥류산장시화』에 대하여 그 주된 핵심을 살펴보고자 한다. 세 가지 차원에서 접근할 것이다. 첫째, 『옥류산장시화』의 기사 서술에 관해 논할 것이다. 시화는 여러 기사들의 집적이며, 『옥류산장시화』 역시 787칙의 기사로 이루어져 있다. 이 기사들을 전부 살펴볼 수는 없겠지만, 보다 특징적이고 유의미한 기사를 위주로 연민이

---

10) 『玉溜山莊詩話』, 序。"日有自署國粹先生者, 訊於走曰: "子之玆編, 綴之非韓, 世間讀者, 果有幾甫?" 走曰: "唯唯, 否否! 果如子言, 菓袋冊褙, 空費無惜。不然, 則留竢後世之李淵民, 不亦可乎? 雖然, 當今海外文學之士, 欲究擘吾學, 多由漢而尠由於韓。此若爲邦人君子之睨棄, 則將瓻送于海外列肆矣。子无虞焉! 走又何愁哉?""

11) 2011년 3월에 열린 국제 시화 학술대회(홍콩대학교 개최)에서 『옥류산장시화』에 대해 발표하였는데(허경진·박순, 「玉溜山莊詩話 硏究 – 韓國의 近代期 漢詩를 中心으로 –」), 한·중·일을 비롯한 여러 나라 학자들이 높은 관심을 보여 가장 많은 질문과 토론의 대상이 되었다.

어떻게 시화 기사를 작성하였는지를 살펴볼 것이다.

둘째, 『옥류산장시화』의 비평에 대해 짚어보고자 한다. 비평 역시 시화 기사의 한 부분이지만, 여기에서는 비평에 집중하여 어떠한 비평들이 전개되었는지를 논하고자 하는 것이다. 이를 통해 연민이 각각의 한시에 관해 어떤 평가를 내렸고, 그렇게 평가를 내린 까닭은 무엇인지 살펴볼 수 있을 것이다.

셋째, 근대기 한시에 관한 기사에 주목하고자 한다. 『옥류산장시화』의 가장 큰 특성으로 꼽을 수 있는 것 중의 하나가 근대기[12]의 한시를 다루었다는 것이다. 이는 연민이 근대기의 한시 시단에서 중심적인 위치에 있었기에 가능한 것이었는데, 연민이 기록해두지 않았으면 그대로 사라지고 말았을 내용들이 대부분이라는 점에서 독보적인 가치가 있다. 단지 시뿐만이 아니라 여러 관련된 사실까지 언급함으로써 연민이 직접 체험한 한시 향유의 현장을 증언한 것이다.[13]

『옥류산장시화』는 지금까지 연구자들의 주목을 받지 못한 것이 사실이다.[14] 이 시화서가 1969년에 발표되었기 때문에 한문학 연구의 대상이 아니라고 본 것이다. 『옥류산장시화』가 1969년에 나온 저작이긴 하지만, 연민이 스물두 살 때부터 써왔던 여러 시화집들[15]의 완결

---

12) 근대의 기점에 관해서는 논란의 여지가 있는데, 여기에서는 우리 한문학사가 끝났다고 보는 구한말 이후도 다루었다는 점이 중요하므로 명확한 시점을 제시할 필요는 없다고 본다. 일제 강점기부터라고 이해하면 족할 것이다.

13) 졸고, 앞의 논문, 26면.

14) 『옥류산장시화』에 관한 선행 연구는 현재 2편뿐이다. 하나는 〈구지현, 「"玉溜山莊詩話"의 특성에 대하여」, 『열상고전연구』 26집, 열상고전연구회, 2007〉인데, 전체적인 관점에서 그 특성을 개관한 논문이다. 다른 하나는 〈졸고, 「옥류산장시화 연구」, 연세대학교 석사학위논문, 2011〉인데, 『옥류산장시화』에 관한 본격 연구로는 처음 시도된 것이다.

15) 『옥류산장시화』 서언(緖言)에 다음과 같은 기록이 보인다. "나는 젊었을 때부터 시화 이야기하는 것을 좋아하였다. 『여한시화(麗韓詩話)』를 편찬한 것은 무인년(1938)이었는데, 그때 나이가 겨우 22살이었다(余自少憙譚詩話, 其編麗韓詩話者, 粤在戊寅

판이 『옥류산장시화』임을 생각할 때 전통의 맥을 이어온 것이라 할 수 있으며, 그 기사 서술 및 비평 방식을 보더라도 선대 시화집들의 전통을 계승한 것임을 확인할 수 있다. 따라서, 『옥류산장시화』를 한국 시화사의 범주 안에 있는 한 권의 시화집으로 인정하지 않을 이유가 없는 것이다.[16] 더욱이 저자가 한국 한문학계에 큰 업적을 남긴 연민 이가원이라는 점에서 이 저서를 간과하는 것은 바람직하지 않다고 생각된다.

이러한 문제의식 하에 『옥류산장시화』가 지니고 있는 특성과 가치를 살펴보도록 하겠다.

2. 『옥류산장시화』의 기사 서술

『옥류산장시화』는 맨 처음과 끝에 '서(序)'와 '발(拔)'이 있으며, 본문은 "서언(緒言)-본론(本論)-결어(結語)"의 3단 구성을 취하고 있다. 본문 모두를 합하면 787칙으로 상당히 방대한 분량이며,[17] 대부분 역대 시화의 기사를 인용하는 내용으로 되어 있다. 그러나, 단순히 인용하는 데 그치지 않고 자신의 견해를 덧붙이거나 반론을 제기하는 부분도 있어 서술자 본인의 시각을 놓치지 않았다. 물론 인용된 모든 기사는 연민이 선별한 것이기에 그 자체만으로도 연민의 관점을 보여주는 것이며, 근대기를 다룬 부분은 거의 대부분 연민의 창작 기사이다.

歲, 年財二十二。)" 1938년이면 『동시화』가 나온 연대와 8년 밖에 차이가 나지 않는다(하겸진의 『동시화』는 한문학 연구의 대상이 되어 여러 편의 논문이 나와 있다). 이후 나이가 들어가면서 4종의 시화를 더 편찬하였고, 이들을 근간으로 『옥류산장시화』를 편찬하였음은 이미 언급하였다.

16) 졸고, 앞의 논문, 71면.

17) 『옥류산장시화』의 787칙을 전체적으로 정리해 놓은 표는 〈졸고, 「옥류산장시화 연구」〉의 뒤편에 부록으로 실려 있다.

『옥류산장시화』는 시대순으로 대상 작가를 배열한 시사(詩史)적 구성을 보여주고 있다. 이에 따라 각 대상 작가에 관련된 역대 시화들을 인용하였다. 연민만의 서술로 채운 부분도 있지만 대부분 기존 시화들을 인용하였고, 한 작가당 다수의 시화집에서 내용을 가져온 경우도 많다. 대체로 그 출전을 밝혀 놓았기 때문에 독자들은 누구의 서술인지를 바로 알 수 있으며, 서술자간의 시각을 비교할 수도 있다.

가장 많이 인용된 문헌은 이수광의 『지봉유설(芝峯類說)』이다. 허균의 『학산초담(鶴山樵談)』이 그 다음을 차지하며, 박지원(朴趾源)의 『열하일기(熱河日記)』· 김만중(金萬重)의 『서포만필(西浦漫筆)』· 허균의 『성수시화(惺叟詩話)』· 홍만종(洪萬宗)의 『소화시평(小華詩評)』 등에서도 많은 기사를 가져왔다.[18] 한편, 정만조(鄭萬朝)의 『용등시화(榕燈詩話)』· 이건창(李建昌)의 『영재시화(寧齋詩話)』 등 다른 시화집에서는 인용된 바 없는 문헌에서도 여러 기사를 가져온 점이 주목할 만하다.[19]

대상 인물을 보자면 대략 430명 정도의 인물을 다루었다. 대부분 1~2칙에 걸쳐 서술하였고, 5칙 이상 다룬 인물은 모두 18명이다.[20] 이 가운데 이달(李達)이 14칙을 차지하고 있어 가장 큰 비중으로 실려 있는데, 허난설헌(許蘭雪軒; 13칙)도 많이 다룬 것을 보면 연민이 허균

---

18) 인용건수를 헤아려본 결과는 다음과 같다. 『지봉유설』 99번, 『학산초담』 49번, 『열하일기』 28번, 『서포만필』 23번, 『성수시화』 21번, 『소화시평』 21번, 申緯의 『警修堂全藁』중 「東人論詩」 13번, 李奎報의 『白雲小說』 12번, 李齊賢의 『櫟翁稗說』 9번. 또, 『용등시화』는 29번, 『영재시화』는 8번 인용되었는데 주로 조선 후기 이후의 기사에 인용되었다.

19) 이혜순은 연민의 『조선문학사』를 평가하면서 기존 문학사가 간과했던 자료를 수록한 점이 돋보인다고 하였다. 『옥류산장시화』에도 동일한 평가를 내릴 수 있을 것이다. 이혜순, 「이가원 교수 저 『조선문학사』」, 『연민학지』 6집, 연민학회, 1998, 238면 참조.

20) 18명의 비중을 『옥류산장시화』에 나온 순서(시대순)대로 밝히자면 다음과 같다. 최치원 5칙, 이규보 12칙, 이제현 6칙, 이색 7칙, 박은 6칙, 정사룡 8칙, 이황 8칙, 정철 5칙, 최경창 9칙, 이달 14칙, 백광훈 6칙, 임제 9칙, 허봉 6칙, 유몽인 6칙, 허초희 13칙, 이수광 6칙, 박지원 6칙, 정약용 6칙.

의 시화에서 많은 영향을 받았음을 확인케 된다.[21]

5칙 이상 다룬 작가를 보면 우리 시화사에서 중시하는 작가들을 대체로 『옥류산장시화』에서도 중시했다고 볼 수 있다. 다만, 이달과 허난설헌에 대한 기사가 가장 많은 것은 특징적이며, 주로 유학적 업적으로 평가받는 이황(李滉; 8칙)을 작가로서 많이 다룬 점도 특기할만한 점이다.[22]

물론, 빈도수만을 놓고 모든 것을 판단할 수는 없겠지만 적어도 해당 작가에 대한 언급을 많이 했다는 것은 그만큼 그 작가에 관하여 제시하고 싶은 자료가 많았다는 뜻이므로 참고할 만한 가치가 있을 것이다.

한편, 『옥류산장시화』에서는 유명 사대부 작가 말고도 각양 각층의 무명작가들을 많이 소개하고 있는데, 특히 구한말 이후 부분은 상당수가 잘 알려지지 않은 작가들(주로 연민과 직접 교유 관계를 맺었던 이들)이어서 대상 작가의 폭을 한층 넓혀 준 점이 돋보인다.[23]

각 부분별로 보자면 서언(緖言)에서는 시화의 일반적 성격, 『옥류산장시화』가 쓰여지게 된 배경, 기존의 시화집에 대한 평가를 언급한 뒤에 연민이 지향하는 시화서의 면모를 드러냈다. 이는 그대로 『옥류산

---

21) 이달은 허균과 허난설헌의 시 스승이다. 이달과 허난설헌에 관한 기사는 대부분 허균의 『학산초담』에서 가져온 것이다. 또한, 『옥류산장시화』 서언(緖言)에 다음과 같은 언급이 보인다. "나는 우리나라의 역대 시화 중에 교산 허균의 『학산초담』과 『성수시화』를 가장 사랑한다. 그는 세상을 넓게 보는 혜안을 가졌으니, 참으로 다른 사람들이 미칠 수 있는 경지가 아니었다(余於我國歷代詩話, 最愛喬山許筠, 鶴山樵談及惺叟詩話。蓋以其曠世之慧眼, 大非人人所可蘄及焉。)"

22) 여기에는 물론 연민이 퇴계(退溪) 이황(李滉)의 후손이라는 점이 작용했을 것이다. 연민은 퇴계의 14대손으로, 조부 이중인(李中寅)은 퇴계의 12대 종손 이중경(李中慶)의 아우이다. 허권수, 「淵民 李家源先生의 漢文學 成就過程에 대한 고찰」, 『열상고전연구』 28집, 열상고전연구회, 2008, 268면 참조.

23) 이혜순은 연민의 『조선문학사』를 평가하면서 본 저서가 국문학사에서뿐만 아니라 학계에서 별로 논의되지 않은 새로운 작가들을 상당수 제시하고 있다고 하였다. 특히 조선조 후기 부분에 열거된 작가들이 그러하다고 하였는데, 이러한 평가는 『옥류산장시화』에도 똑같이 적용할 수 있을 것이다. 이혜순, 앞의 논문, 238~239면 참조.

장시화』를 집필할 때의 원칙이 되었다고 하겠는데, 주된 사항은 인용한 시화의 출전을 명확히 밝히고, 시의 취사선택을 잘해야 한다는 것이다.

본론은 '본론 〈기일(其一)〉'과 '본론 〈기이(其二)〉'로 구성돼 있으며, 고조선부터 연민 당대에 이르기까지 각 시인들의 시와 그에 관련된 일화들이 인물별·시대순으로 배치되어 있다. 이로 인해 자연히 시사(詩史)적 기능을 할 수 있게 되었다. 본론은 『옥류산장시화』의 핵심부이며 대부분의 분량을 차지하고 있는데, 주로 역대 시화집의 내용을 다양하게 인용하였다. 이러한 방식은 기존의 시화들을 단순히 모아놓은 것이 아니라, 연민의 관점으로 취사선택의 과정을 거쳐 역대 한국 시화에 대한 집대성을 꾀한 것이라 할 수 있다. 물론, 연민의 서술이 곳곳에 개입되어 있으며, 창작 기사도 적지 않다.

결어는 일반적인 시론이나 시사(詩史) 전반에 걸친 내용이 주를 이루는데, 본론의 내용이 개별적인 시화들을 열거한 것이라면 결어의 내용은 이러한 개별적인 시화들을 바탕으로 한시에 관한 일반론을 전개한 것이라 할 수 있다.[24] 여기에는 한시에 대한 연민의 관점이 여러모로 언급돼 있으며, 마지막에는 우리 한시사의 중요한 작가들에 대한 총평을 함으로써 시화 전체를 마무리하고 있다.[25]

이제 『옥류산장시화』의 기사들을 구체적으로 살펴보고자 한다. 방대한 분량을 모두 살펴볼 수는 없기 때문에 우선 선대 시화를 그대로 인용한 기사는 제외하도록 하겠다. 이 기사들 또한 연민이 나름대로의 기준을 가지고 선별한 것이기에 중요하기는 하지만, 그 내용 자체는 선대 시화에 이미 나와 있는 것이기 때문에 여기에서는 다루지 않겠다

24) 구지현, 앞의 논문, 201면 참조.
25) 이상의 내용은 졸고, 앞의 논문, 9~14면에서 가져온 것이다.

는 것이다. 이렇게 보면 근대기 한시 부분은 연민의 창작 기사가 가장 많이 포함되어 있으나, 이는 4장에서 별도로 살펴볼 것이므로 이번 장에서는 생략한다.

따라서, 연민의 서술이 개입되어 있거나, 연민이 새로 쓴 창작 기사 가운데서 몇 가지 특징적인 기사들을 들어보도록 하겠다.

> 나는 송강(松江) 정철(鄭澈)이 손으로 직접 쓴 오언율시 한편을 가지고 있는데, 그 시는 이러하다.

삼년이 지난 후에 그대를 만나니,	偶爾三秋後
우리 만났던 많은 사람들이 죽었다네.	相逢萬死餘
인사말이 입 밖에 나오기도 전에,	寒暄未出口
눈물 콧물이 이미 옷자락을 적시네.	涕泗已沾裾
재상의 지위는 지난 해의 일이요,	鼎席前年事
지금 사는 곳은 오막살이 띠집이라네.	蓬茅此日居
어느 때에 더러운 놈들 쓸어버리고,	何時掃腥穢
소매 맞대고 푸른 하늘에 올라 다시 만날까?	聯袂上蒼虛

『송강집(松江集)』 속에서 이것을 찾아보니, 제목이 〈난리가 있은 뒤에 심상공을 만나(亂後逢沈相公)〉였다. 심(沈)은 곧 청천(聽天) 심수경(沈守慶)이다. 난리 중에 흩어지고 이별하는 느낌을 그린 것인데, 그 글의 향기가 말할 수 없을 만큼 슬프고, 글씨의 획 또한 새로운 것 같아 참으로 보물이라 할만하다. 또 송강이 직접 쓴 칠언절구도 한 편 있으니, 그 시는 이러하다.

이별하는 마음을 누가 술잔의 깊이와 같다고 했는가?	離情誰似酒杯深
다시 숲 속 정자를 향하여 조금씩 술잔을 기울이네.	更向林亭淺淺斟

내일이면 서울 가는 그대를 전송하리니,	明日送君天上路
북풍이 불어오는 곳으로 다시금 옷깃을 펼치리.	北風來處重開襟

이 시가 『송강집』가운데는 보이지 않지만, 시의 뜻이 크고 뛰어나며 필치 또한 분방(奔放)하다.[26]

송강 정철이 직접 쓴 원본을 보유하고 있다면서 시 두 편을 소개하였고, 비평도 가하고 있다. 비평은 시에 대해서 뿐 아니라 서체(書體)에 대해서도 행하였다. 이는 연민이 서예에 관해서도 일가를 이룬 인물이기에 권위를 갖는다.

또한, 두 번째로 보인 칠언절구 시는 『송강집』에 보이지 않는다고 하였고, 여타의 시화서에서도 찾아볼 수 없다.[27] 따라서, 『옥류산장시화』를 통해 처음 공개된 작품이라고 할 수 있다. 저자가 정철이라는 점을 생각하면 자료적 가치가 적지 않다. 이처럼 『옥류산장시화』는 새로운 자료의 소개라는 점에서도 시화사적인 의의를 갖는다. (근대기 한시에 관한 기사는 거의 전부가 새로우면서도 유일무이한 자료이다. 4장에서 살핀다.)

다음은 연민의 문학관을 볼 수 있는 기사이다.[28]

26) 『玉溜山莊詩話』, 本論 〈其一〉。"余有松江手筆五言一律, 詩云: "偶爾三秋後, 相逢萬死餘. 寒暄未出口, 涕泗已沾裾. 鼎席前年事, 蓬茅此日居. 何時掃腥穢, 聯袂上蒼虛?" 攷諸松江集中, 題以, '亂後逢沈相公.' 沈卽聽天也. 其抒亂中流離之槩, 芳響悱惻, 字畫又如新, 洵可寶也. 又有松江手筆七言一絶, 其詩曰: "離情誰似酒杯深? 更向林亭淺淺斟。明日送君天上路, 北風來處重開襟。" 見逸於松江集中, 然詩意豪逸, 筆勢又奔放。"

27) 〈劉暢·許敬震·趙季, 『韓國詩話人物批評集』, 보고사, 2012〉를 모두 검색해 보았으나, 위에서 든 『옥류산장시화』의 기사만 찾을 수 있었다.

28) 이하의 내용은 졸고, 앞의 논문, 20~63면에서 가져온 것이다.

> 나는 늘 사람들과 시학을 논할 때마다 부지런히 경학에 힘쓸 것을 주장하지 않은 적이 없었는데, 많은 사람들이 진부한 이론이라고 속으로 비웃었다. 그래서 나는 다산의 〈기이아서(寄二兒書)〉 가운데 한 칙을 들어 완곡하게 깨우쳐 주었다. 그 글은 이렇다. "요즘 몇몇 젊은이들은 원·명 시대의 경망스런 사람들이 지은 궁상맞고 자질구레한 글을 가져다가 모방하여 절구나 단율(短律)을 짓고는, 혼자 당세에 뛰어난 문장이라고 자부하면서 (남의 글을) 거만하게 흘겨보고 폄하하며 고금의 문장을 쓸어버리려 하니, 내 일찍부터 이들을 딱하게 여겨 왔다. (시를 쓰려면) 반드시 먼저 경학으로 기반을 확고히 세운 후에 이전의 역사를 섭렵하여 그 득실과 치란의 근원을 알아야 한다. 또 모름지기 실용적인 학문에 마음을 두고 옛사람들의 경제에 관한 서적을 즐겨 읽어, 마음속에 항상 만백성을 윤택하게 하고 만물을 기르려는 생각을 지닌 뒤에야 비로소 독서하는 군자가 될 수 있다. 이와 같이 한 뒤에 혹 안개 낀 아침과 달 밝은 밤, 짙은 녹음과 가랑비를 만나면 홀연히 뜻이 촉발되고 표연히 시상이 떠올라 자연스럽게 시가 읊어질 것이니, 이것이 바로 시가(詩家)의 생동하는 경지이다. 나의 말이 실제와 너무 멀다고 생각지 말거라."[29]

다산의 말을 빌어 자신의 주장을 펼쳐 보였다. 경학적 기반이 있은 뒤에야 제대로 된 시도 쓸 수 있다는 관점인데, '사람들과 시학을 논할 때마다 부지런히 경학에 힘쓸 것을 주장하지 않은 적이 없었다'는 연민의 생각을 대변해주고 있다.

---

29)『玉溜山莊詩話』, 本論 〈其二〉。"余尋常與人論詩學, 未嘗不拳拳於經學, 人多以陳腐之論, 竊竊然笑之。余乃取茶山, 寄二兒書中一則, 以婉諭之。其辭曰: "近一二少年, 取元明間, 輕佻妄客, 寒酸尖碎之詞, 摹擬爲絶句短律, 竊竊然自負其爲超世文章, 傲睨貶薄, 欲掃蕩今古, 吾嘗愍之。必先以經學立著基址, 然後涉獵前史, 知其得失理亂之源。又須留心實用之學, 樂觀古人經濟文字, 此心常存澤萬民育萬物底意思, 然後方做讀書君子。如是, 然後或遇煙朝月夕, 濃陰小雨, 勃然意觸, 飄然思至, 自然而詠, 天籟瀏然, 此是詩家, 活潑門地, 勿以我迂也。"

조선 시대 시인들은 경학부터 배우고 나서 시를 배웠고 연민 또한 그러하였으므로 이는 충분히 이해가 되는 관점이다. 그런데 좀 더 생각해보자면 한시 작가들이 경학부터 배우고 나서 시를 배웠기에 그들의 시에는 경학적 기반이 내재되어 있을 것이다. 따라서 한시를 짓는 것뿐만 아니라 그들의 시를 제대로 이해하기 위해서도 경학적 기반은 필수적으로 요구되는 것이다. 즉, 시인뿐만 아니라 한문학 연구자를 위한 제언이라고도 볼 수 있다.

이와 관련하여 연민이 직접 서술한 내용은 다음과 같다.

> 재능이 있으면서 학문도 있으면 시를 지을 수 있다. 재능은 있지만 학문이 없으면 위태로워서 구렁에 떨어지기 쉽고, 학문은 있지만 재능이 없으면 평이할 뿐 특색이 없다. 만약 재능도 없고 학문도 없는 사람이 시를 짓는다면 어찌할 도리가 없다.[30]

학문과 재능을 함께 거론하였다. 여기서 재능이란 '시적 재능', '문학적 감수성' 정도로 보면 좋을 것이다. 구체적으로 검토해 보자면, 재능은 있지만 학문이 없으면 위태롭다고 했다. 경학적 기반이 있어야 함을 강조한 것이다. 그러나 학문은 있지만 재능이 없으면 평이할 뿐 특색이 없다고 했다. 경학적 기반도 중요하지만 문학만의 독자적인 가치를 인정한 것이다.

한편, 『옥류산장시화』에는 연민의 가내(家內) 작가에 관한 기사가 여러 편 보인다. 앞에서도 언급하였듯이 연민은 퇴계의 후손으로서 가문에 대한 자부심이 상당하였을 것이다. 또한 어린 시절부터 집안 어른에 관한 이야기를 많이 들어왔을 것이므로 자연히 집안 어른이 지은

30) 『玉溜山莊詩話』, 結語。"有才有學, 方可爲詩。有才無學, 則危而欲墮, 有學無才, 則平而無色。若果無才無學, 末如之何矣。"

시나 그 저작 배경에 관한 지식도 풍부했을 것이다. 연민은 이러한 점들을 굳이 배제하지 않고 『옥류산장시화』에 게재해 놓았다. 물론 이를 혈연에 치우친 공정하지 못한 태도라고 비판할 수도 있을 것이다. 그러나 『옥류산장시화』라는 시화집 자체가 엄정한 논문이 아니라 개인적인 평론에 가까운 저작이라는 점에서 서술자 본인이 잘 알고 있고 수준 또한 낮지 않은 작품들을 굳이 배제할 필요는 없었다고 보여진다. 『옥류산장시화』에는 연민의 먼 조상에서부터 할아버지·아버지·본인·일가친척·동생에 이르기까지 많은 가내 작가가 등장하는데, 다음은 퇴계보다 앞선 인물에 관한 기사이다.

우리 집안의 시학(詩學)은 스스로의 유서(由緖)가 있다. 나의 선조인 진사공(進士公)은 휘(諱)가 계양(繼陽)이신데, 용수사(龍壽寺)에서 책을 읽고 있는 두 아들에게 보내준 시가 있으니 이러하다.

계절의 순환이 세밑의 하늘로 성큼 지나가고, 節序駸駸歲暮天
눈 덮힌 산은 절 문 앞을 깊이 에워쌌네. 雪山深擁寺門前
차가운 창 밑에서 힘겹게 공부할 것을 생각하니, 念渠苦業寒窓下
맑은 꿈이 때마다 침상 곁에 이르는구나. 淸夢時時到榻邊

무척 깊으면서도 옛스러운 시인데, 이 분은 퇴도(退陶)의 할아버지뻘이 되신다. 송재(松齋) 어른은 휘가 우(堣)이신데, 〈애련정시(愛蓮亭詩)〉를 지으셨다.

가야금 소리 영롱하게 빗소리에 섞여 들리고, 琴韻泠泠襍雨聲
시든 연꽃은 뿌리가 없는데도 청초하기만 하네. 敗荷無藕尙含淸
아욱을 뽑아 없애고 서쪽 담 밑 대나무를 솎아내니, 移葵間竹西牆下
붉고 푸름이 분명하여 제각기 구분되네. 紅綠分明各自旌

따스하고 아름다우며 맑고도 높으니 퇴도의 숙부가 되신다. 삼가 망령되이 내 뜻으로 모든 물에 비하자면, 진사 어른의 시는 황하와 낙수가 흘러넘쳐 콸콸대는 큰 폭포를 이뤘음에도 그 물이 어디에서 나왔는지 모르는 것 같고, 송재 어른이 지으신 것은 큰 시내에 바람이 불어 스스로 물결무늬를 이루는 듯하며, 퇴도는 곧 바다여서 말로 하기 어렵다.[31]

연민의 가내 작가에 관해서라면 단연 퇴계가 그 중심에 자리한다. 『옥류산장시화』에서도 역시 퇴계에 관한 기사가 적지 않은 비중으로 실려 있으며, 그 안에 연민의 경험담이 포함돼 있기도 하다. 그런데 위의 기사는 퇴계보다 어른인 이계양과 이우의 시에 관해 언급하였다. 연민이 말한 그대로 '우리 집안의 시학(詩學)은 스스로의 유서(由緖)'가 있음을 증명해 보인 것이다.

또한 단지 시만을 소개하는 데 그치지 않고 비평을 덧붙였는데, 이계양의 시에 대해서는 '무척 깊으면서도 예스럽다[沈沈邃古]'고 하였고, 이우의 시에 대해서는 '따스하고 아름다우며 맑고도 높다[溫麗淸塏]'고 하였다. 각 시의 개성에 맞게 호평을 한 것이다.

다음은 연민의 직접 경험을 기록해 둔 예이다.

나의 할아버지 노산(老山)옹의 휘는 중인(中寅)이었는데, 일찍이 나에게 이런 말씀을 하셨다. "내가 신묘(辛卯)년에 서울 구경을 갔었는데, 조정의 기강이 날로 무너지는 것을 보고는 벼슬에 나아갈 뜻이 없어 다시 돌아오다가 양근(楊根)에 이르렀다. 우헌(愚軒) 이현섭(李鉉燮)과

31) 『玉溜山莊詩話』, 本論 〈其一〉。"吾家詩學, 自有由緖。我先祖進士公諱繼陽, 寄二子讀書龍壽寺云: "節序駸駸歲暮天, 雪山深擁寺門前。念渠苦業寒窓下, 淸夢時時到榻邊。" 沈沈邃古, 於退陶爲大父。松齋諱堣, 愛蓮亭詩云: "琴韻泠泠褋雨聲, 敗荷無藕尙含淸。移葵間竹西牆下, 紅綠分明各自旌。" 溫麗淸塏, 於退陶爲叔父。竊嘗妄以己意, 譬諸水也, 進士之詩, 如潢洛涌發, 渢渢大瀑, 不自知其所自出, 而松齋之爲, 則如大川風至, 自成文漪, 而退陶, 則海而難爲之言也。"

조카 충호(忠鎬)와 함께 여관에 묵었는데, 비분강개함을 누를 수 없어 시를 지었다.

십년의 부푼 계획 서울에서 한 번 노니는 것이었지만, 十年浮計一西遊
고향 땅 그리는 나그네 꿈은 도리어 시름겹도다. 旅夢鄕懷反被愁
이제부터는 세상의 크고 작은 일들 말하지 않을 것이니, 從此休言多少事
갈매기·해오라기를 따르며 양주로 내려왔다네. 相隨鷗鷺下楊州

또 한 편은 이렇다.

동쪽으로 흥인문(興仁門) 나오니 내 준마(駿馬)도 머뭇거리는데, 東出興仁上馬遲
종남산이 어찌 이 사람 돌아감을 달가워하리? 終南豈愛此人歸
광영당(光影塘) 가장자리 한수정(寒水亭) 가에 앉으니, 光影塘邊寒水畔
애처로운 구기자·국화만이 온 산에 질편하네. 最憐杞菊滿山肥

이어 계속 읊었다.

인간 세상 만사가 잘못되었음을 통곡하노니 痛哭人間萬事非

이때 우헌(愚軒)이 손을 흔들며 말렸다. '그만 두소, 그만 둬. 앞의 두 수로도 충분하니 더 지어서 무엇하겠소!' 나도 더 잇지를 못했다."[32]

---

32) 『玉溜山莊詩話』, 本論 〈其二〉。"我王考老山翁諱中寅, 嘗謂不肖曰: "吾以辛卯歲觀光入京, 見朝綱日圮, 無意進取, 歸至楊根。與李愚軒鉉燮, 姪子忠鎬, 同宿逆旅, 不勝慷慨, 爲詩曰: '十年浮計一西遊, 旅夢鄕懷反被愁。從此休言多少事, 相隨鷗鷺下楊州。' 又曰: '東出興仁上馬遲, 終南豈愛此人歸? 光影塘邊寒水畔, 最憐杞菊滿山肥!' 又繼之曰: '痛哭人間萬事非。' 愚軒搖手止之曰: '已之, 已之。前二絶足矣, 復何

이 기사는 먼 선조가 아니라 연민과 동시대를 살았던 할아버지 이중인(李中寅)에 관한 것이다. 연민이 직접 전해들은 내용을 기록해 놓았으므로 본 기사는 『옥류산장시화』에서만 볼 수 있다. 인용한 시는 문학적 수준보다는 당대의 현실을 잘 보여주었기 때문에 게재한 것으로 보이는데, 그 배경 일화까지 제시하여 시화를 통해 세상을 볼 수 있게 해준다. 이는 연민이 천명하였던 '가이관(可以觀)'에 충실했던 것이다.[33)]

다음은 시의 음운(音韻)에 관하여 전문적으로 변론한 기사이다.

> 우리나라 사람들은 대개 음운(音韻)을 배우는데 소홀하였다. 두목(杜牧)의 시를 읽다가,
>
> 남조(南朝) 사백 팔십 개 절의, 南朝四百八十寺
> 몇몇 누대가 안개비 속에 보이네. 多少樓臺煙雨中
>
> 라는 구절에 이르면, "번천(樊川)도 평측을 어기는구나!"라고 한다. 이는 십(十)자가 평성으로 바뀔 수 있음을 알지 못했기 때문이다. 육유(陸游)의 『노학암필기(老學菴筆記)』에 이르기를, "평성으로 바뀌어 '심(諶)'으로 읽을 수 있다."라고 하였으니 맞는 말이다. 백거이(白居易)의 시,
>
> 동서남북 길에 푸른 물결 흐르고, 綠浪東西南北路
> 삼백 구십 개 다리에 붉은 난간 놓였네. 紅欄三百九十橋

爲哉!' 吾不復續矣。""

33) 이가원, 「시화에 대하여 –특히 『玉溜山莊詩話』를 엮으면서–」, 『국어국문학』 46권, 국어국문학회, 1969, 90면에 다음과 같은 발언이 보인다. "詩는 "可以觀"이 가장 重要한 것이다. 이에서 世態의 明抽暗換을 보는 동시에 그 寫實的이나 浪漫的인 思想의 흐름을 잘 살펴볼 수 있는 것이다."

조이도(鼂以道)의 시,

하루종일 은근한 뜻으로 그대를 괴롭혔는데,	煩君一日殷勤意
십년만에 만난 감회를 시로써 내게 보여주는구나.	示我十年感遇詩

는 모두 평성을 쓴 것이다.[34)]

첫머리에 '우리나라 사람들은 대개 음운(音韻)을 배우는데 소홀하였다.'라고 하였다. 사실 중국인과는 달리 한국인으로서 한시의 음운에 정통하기란 매우 어려운 일이었을 것이다. 그러나 한시를 제대로 알고자 한다면 음운의 중요성을 간과해서는 안 되므로 이와 같은 지적을 한 것일 텐데, 이어지는 서술을 보면 현대 연구자들이 알아보기 어려운 점을 잘 짚어주고 있다.

처음에 예로 든 두목의 시는 평측이 다음과 같다.

평–평–측–측–측–측–측
평–측–평–평–평–측–평

사람들은 이를 두고 '번천(樊川)도 평측을 어기는구나!'라고 했다는데, 첫 번째 구의 평측은 한 눈에 봐도 부자연스럽다. 하지만, 여섯 번째 글자인 '십(十)'자가 평성으로 바뀔 수 있음을 안다면 '평–평–측–측–측–평–측'이 되어 '2–4–6 부동(不同)'의 원칙을 지키게 되므로 성률

34) 『玉溜山莊詩話』, 結語。"吾邦之人, 類多踈於音韻之學, 讀杜牧詩, 至: "南朝四百八十寺, 多少樓臺煙雨中。" 輒曰: "樊川亦違簾!" 此未審十字之能轉爲平聲也。陸游老學菴筆記云: "轉平聲, 可讀爲諶。"者, 是也。白居易詩: "綠浪東西南北路, 紅欄三百九十橋。" 鼂以道詩: "煩君一日殷勤意, 示我十年感遇詩。" 皆用平聲也。"

이 보다 자연스러워진다.[35)]

이어서 예로 든 백거이의 시도 평측을 확인해 보면,

> 측-측-평-평-평-측-측
> 평-평-평-측-측-측-평

으로 두 번째 구의 2-4-6번째 글자가 '평-측-측'으로 '2-4-6 부동'의 원칙을 어기게 된다. 하지만, 6번째 글자인 '십(十)'이 평성이 되면 '평-측-평'이 되어 자연스러운 운율을 갖는다.[36)]

'십(十)'은 입성자로서 측성이다. 일반적으로 쓰이는 사전[37)]을 보면 입성으로만 나오기 때문에 '십'을 측성으로만 알기가 쉽다. 그러나, 음운에 관한 전문 사전인 『한어운전(漢語韻典)』을 보면 '입성이 평성이 되는 것(入聲作平聲)' 항목에 '십'이 있음을 볼 수 있으며,[38)] 십부(十部)를 찾아보아도 '십'이 평성으로 쓰일 수 있음을 확인할 수 있다.[39)] 또, 『한한대사전(漢韓大辭典)』(단국대학교)을 보자면 '십'에 대하여 "당송(唐宋)의 시·사(詩詞)에서 '심'의 평성으로 읽기도 한다."라고 분명히 밝히고 있다.[40)]

---

35) 다만 마지막 세 글자의 가운데 글자가 단독으로 평성이 되어 율격을 완전히 따른 것은 아니다. 그러나, '2-4-6 부동'이 가장 기본이 되는 원칙이므로 최소 조건은 만족시켰다고 할 수 있다.

36) 조이도의 시에서는 '십(十)'이 세 번째 글자이므로 '1-3-5 불론'의 원칙에 따라 측성이어도 좋고 평성이어도 좋다. 따라서 굳이 확인하진 않는다.

37) 『教學 大漢韓辭典』, 교학사, 1998 참조.

38) 李文輝 編, 『漢語韻典』, 河南省; 大象出版社, 1997, 929면.

39) 앞의 책, 1178면.

40) 『漢韓大辭典』 2권, 단국대학교 동양학연구소, 1999, 807면. 인용구 뒤에 붙여놓은 근거 자료 제시는 다음과 같다. "《正字通, 十部》 十, 又侵韻, 音諶. / 宋, 陸遊《老學庵筆記 5》故都里巷閒人, 言利之小者, 曰八文十二, 謂十謂諶, 蓋語急, 故以平聲呼之. (……)"

이러한 예는 또 있다.

> 내가 일찍이 공산(恭山) 송준필(宋浚弼) 옹을 위하여 〈만시(輓詩)〉를 지었으니 다음과 같다.
>
> 담담한 황학루의 노인께서 醰醰黃鶴老
> 일거에 가을날 흰 구름이 되셨네. 一擧白雲秋
>
> 우리 집안의 근포(槿圃) 재교(在敎) 어른께서 보시고는 이렇게 말씀하셨다. "자네도 평측을 어기는가?" 그러면서 '담(醰)'자가 상성에 속함을 지적하셨다. 나는 그것이 평성으로 바뀔 수 있음을 밝히면서 『패문시운(佩文詩韻)』을 꺼내 증명하니 비로소 고개를 끄덕이며 수긍하셨다. 대개 사람들은 『규장전운(奎章全韻)』만을 독실히 믿을 뿐이지 중국에는 이와 같은 좋은 책이 있다는 것을 알지 못한다.[41]

실제로 『패문시운(佩文詩韻)』을 보면 하평성(下平聲) 담부(覃部)에 '담(醰)'자가 속해 있음을 확인할 수 있다.[42] 또, 『한한대사전』(단국대학교)을 보면 '담'자가 상성·거성으로도 쓰이지만, 평성으로도 쓰일 수 있음을 알 수 있다.[43] 이처럼 『옥류산장시화』내의 성률 비평은 매우 세부적인 사항까지 포괄하고 있으며, 현대 연구자들이 미처 생각하기 어려운 점을 지적해주었다는 점에서 그 가치를 주목하게 된다.

지금까지 보았듯이 『옥류산장시화』에서는 연민의 넓고 깊은 시각을

---

41) 『玉溜山莊詩話』, 結語。"余嘗爲恭山宋浚弼翁, 作輓詩, 有云: "醰醰黃鶴老, 一擧白雲秋。" 吾宗老槿圃在敎, 見之曰: "子亦違簾耶?" 因指醰字之屬上聲。余辨其能轉爲平聲, 抽佩文詩韻, 而證之, 始乃頷可。蓋其竺信奎章全韻, 殊不知中國, 外此而復有此佳書也。"

42) 林重 輯, 『佩文詩韻釋要』, 臺北; 新文豊出版公司, 1982, 91면.

43) 『漢韓大辭典』 14권, 단국대학교 동양학연구소, 1999, 77면.

확인할 수 있다. 이외로도 많은 기사에서 연민의 독창적인 서술을 볼 수 있는데, 더 많이 소개하지 못해 유감스럽다. 다음 장에서는 연민의 비평에 관해 좀 더 구체적으로 살펴보고, 그 다음 장에서 근대기 한시 기사에 관해 보도록 하겠다.

3. 『옥류산장시화』의 비평

『옥류산장시화』에서는 선대 시화집의 비평을 상당수 인용하긴 하였지만, 연민 자신의 비평이 훨씬 많으며[44] 그만큼 독자적인 비평집으로서의 역할을 충분히 해내고 있다. 따라서, 『옥류산장시화』 내에 보이는 연민의 비평에 관해 살펴볼 필요가 있겠는데, 본고에서는 작품을 직접 제시하고 그에 대해 품평하거나 변증한 기사에 집중하여 논의를 전개하고자 한다.[45]

우리나라에서 시도(詩道)가 창성한 것은 실로 고려의 삼이(三李; 이규보·이제현·이색)에서 비롯되었다. 그러나 백운 이규보의 시,

대나무 뿌리가 땅에서 솟으니 용의 허리가 굽은 듯, 竹根迸地龍腰曲
파초 잎이 창 앞에 드리웠으니 봉황의 꼬리가 자란 듯. 蕉葉當窓鳳尾長
호수는 잔잔하여 한 가운데 달그림자 드리우고, 湖平巧印當心月
포구는 넓게 입 벌려 밀물을 마음껏 삼킨다네. 浦濶貪呑入口潮

44) 연민이 직접 비평한 대목을 헤아려보면 77칙에 이른다. 두 번째가 허균의 비평을 인용한 것으로 28칙을 차지하며, 세 번째는 이수광의 비평을 17칙에 걸쳐 인용한 것이다. 저자 스스로의 비평이 압도적으로 많음을 알 수 있다.

45) 이하는 졸고, 앞의 논문, 36~67면에서 가져온 것이며, 새로 추가한 내용도 있다.

와 같은 것들은 비록 사물을 형상화하고, 대구의 공교로움이 지극하긴 하지만, 대아(大雅)의 규범이 없으니 이따금 시골 서당의 글귀 같은 것이 있다.

익재 이제현은 북경 만권당에서 우집·조맹부의 무리들과 교유하였는데, 모두 당시의 뛰어난 선비들이었다. 또 오(吳) 땅과 촉(蜀) 땅을 두루 다니면서 왕에 대한 충정이 지극하였는데, 강산과 문물이 번성하여서 그의 기백을 발휘하기에 넉넉하였으므로, 그의 시는 탁월하였다. 옛날에 뛰어났던 사람들과 거의 비슷하게 격이 높아서, 당나라 현인들보다도 떨어지지 않았다. 그러나 여전히 모든 체제에 뛰어나 이를 잘 배합해 쓰지 못하였는데, 두보의 시를 배워서 높고 든든해졌다는 데에는 스스로 의심이 없었다.

목은 이색에 이르러서는 천분(天分)이 이미 높은데다가 사람의 재주도 매우 지극하였으니, 당시부터 송시까지를 두루 익혀 종횡으로 내달렸다. 또한, 기백(氣魄)의 웅대함과 성향(聲響)의 깊음은 따를 사람이 거의 없었다. 그러나 그 격조의 순수하고 단아함은 익재에게 미치지 못한다.

나는 시에 관하여 비록 이 세 사람의 울타리를 엿보기에도 부족한 사람이지만, 참으로 내가 바라는 것은 익재의 시를 배우는 것이다.[46]

고려 중후기의 중요한 세 시인에 관해 종합적으로 비평하였다. 이처럼 관련성이 있는 작가를 한데 묶어 비교 비평을 하는 사례는 선대 시화서에서도 드물지 않게 확인되는데, 『옥류산장시화』에서도 여러 차

46) 『玉溜山莊詩話』, 本論 〈其一〉。“東方詩道之昌, 實繫於麗朝三李。然白雲詩, 如: “竹根迸地龍腰曲, 蕉葉當窓鳳尾長。” “湖平巧印當心月, 浦濶貪呑入口潮。” 雖極狀物屬對之工, 而殊非大雅規範, 往往有村學堂句語。益齋北游萬卷堂中, 與虞集, 趙孟頫輩游, 極一時之善。又間關吳蜀, 忠懇備至, 江山雲物之盛, 足以助發其氣, 故其詩卓然, 殆近於古之所謂化者, 高處不減唐賢。然猶未能修衆體, 兼錯綜矣, 而自無疑乎巋然學杜者也。至於牧隱, 天分旣高, 人工尤至, 入唐出宋, 縱橫馳騖, 氣魄之雄, 聲響之深, 殆罕其倫, 然其格調之醇雅, 不及於益齋。余於斯道, 雖未足以窺三家之藩籬, 而乃所願, 則學益齋者也。”

례 보인다. 그 가운데에서도 위 기사는 연민의 관점이 분명히 드러나 있다는 점에서 주목하게 된다.

세 작가에 대해서 각각 뚜렷한 어조로 품평하였고, 익재 이제현을 가장 높였음을 금방 알 수 있다. 특히, 기사의 끝에서 익재를 배우고 싶다고 밝힌 대목이 흥미롭다. 이는 연민이 선호하는 시풍이 무엇인지를 단적으로 보여주며, 나아가 연민의 시를 연구할 때에도 긴요한 기준점이 될 수 있을 것이다.

다음은 변증 기사의 한 예이다.

> 김택영(金澤榮)의 시에,
>
> 사방에 별이 떠 닭이 들판 돌아다니는 밤, 四面星辰鷄動野
> 온 강 눈보라 속에 말이 배에 오른다. 一江風雪馬登舟
>
> 라는 구절을 청나라 사람이 매우 좋아하여 그를 '계동야선생(鷄動野先生)'이라고 불렀다. 그러나 정만조(鄭萬朝) 홀로 "눈보라와 별을 가지고 같은 때의 풍경으로 본다면 온당치 못하다."라고 하였다. 사람들은 "가혹한 비평이다."라고 하였으나 가혹한 것이 아니라 실로 혜안이다.[47]

김택영의 시를 한 편 들었고, 그것이 청나라 사람들의 큰 애호를 받았음을 밝혔다. 그러나 정만조는 사실 관계를 들어 변증을 하였는데, 눈보라와 별이 같은 때의 풍경일 수 없다는 것이다. 별은 맑은 날 밤에 보이는 것이므로 눈보라가 치는 때에 별이 보일 리 없다. 사실 관계로 보자면 정만조의 변증에 이견이 있을 수 없는 것이다. 하지만 사람들

---

47) 『玉溜山莊詩話』, 結語。"金澤榮詩, 有: "四面星辰鷄動野, 一江風雪馬登舟。" 淸人甚喜之, 呼爲鷄動野先生, 而鄭萬朝, 獨以爲: "以風雪星辰, 審作一時之景, 爲不穩。" 人以爲: "苛評。" 然非苛也, 實慧眼也。"

은 이를 두고 가혹한 비평이라고 하였다. 이러한 반론에는 사실 관계보다 시적 상상력을 더 중시하는 판단이 전제되어 있다. 시가 그려내는 정경이 빼어나기 때문에 굳이 사실 관계로 재단할 일이 아니라고 본 것이다. 하지만 연민은 정만조의 편에 섰다. 사실 관계를 더 중시한 것으로서 아무리 시적 상상력이 좋다 하더라도 사실에 맞지 않으면 잘못이라는 입장을 취하였다. 이는 이수광의 다음과 같은 변증과 다르지 않다.

이백(李白)의 시에 이르기를,

오월에 서시가 연(蓮)을 따니,	五月西施採
사람들이 구경하느라 약야계(若耶溪)가 비좁다네.	人看隘若耶

라고 하였다. 대개 오월은 연을 따는 때이다. 그런데 백광훈의 시는 이러하다.

강남의 연 따는 처녀,	江南採蓮女
강물은 산을 치며 흐르네.	江水拍山流
연이 짧아 물 위로 나오지 않으니,	蓮短不出水
뱃노래에 봄날이 수심겹구나.	櫂歌春正愁

연이 물 위로 나오지 않았다면 연을 따는 때가 아니다. 이는 잘못이라 할 만하다.[48)]

연을 따는 시기를 들어 시를 변증하였다. 사실 관계를 따진 것이다.

---

48) 『芝峯類說』 卷十, 「文章部三」。“李白詩曰: “五月西施採, 人看隘若耶。” 蓋五月是採蓮之時也。白光勳詞云: “江南採蓮女, 江水拍山流。蓮短不出水, 櫂歌春正愁。” 蓋蓮未出水則非採蓮之時。可謂謬矣。”

이수광의 변증과 연민의 변증이 같은 차원에 있음을 확인할 수 있다.

한편, 연민은 오랜 시간 한시를 창작한 기반 위에서 성률에 대한 비평을 보여주고 있는데, 이는 『옥류산장시화』의 큰 장점이라 생각된다.[49] 다음은 정지상의 〈송인(送人)〉을 성률의 관점에서 비평한 예이다.

> 익재(益齋)는 『역옹패설(櫟翁稗說)』에서 이렇게 말했다. "사간(司諫) 정지상의 시에 다음과 같은 것이 있다.
>
> | | |
> |---|---|
> | 비 개인 긴 둑에 풀빛 더욱 진한데, | 雨歇長堤草色多 |
> | 남포(南浦)에서 님 보내며 슬픈 노래 부르네. | 送君南浦動悲歌 |
> | 대동강 물은 어느 때에야 마르려나? | 大同江水何時盡 |
> | 이별 눈물 해마다 강물에 더해지나니. | 別淚年年添作波 |
>
> 연남(燕南) 양재(梁載)가 일찍이 이 시를 옮겨 쓰면서 '이별 눈물 해마다 푸른 물결에 불어나니(別淚年年漲綠波)'라고 고쳤다. 내가 말하길, '작(作)과 창(漲) 두 자는 모두 원만하지 못하다. 마땅히 이는 첨록파(添綠波)라고 해야 한다.'라고 하였다." 고려와 조선 천 년동안 다른 말이 없어 시에 화답하는 사람은 매우 많으면서도 성조(聲調)가 뛰어나서 이 시가 아름답다는 것은 알지 못했다. 이 시의 아름다운 점은 첨(添)자라는 평성을 쓴 바로 거기에 있으니, 이를 아는 사람들이 매우 드물었다.[50]

---

49) 심경호는 2011년 11월 4일에 있었던 제6회 연민학 학술대회에서 이가원의 『한국한문학사』를 평하면서 "한시문을 창작할 수 있는 대가가 아니면 알 수 없는 시문 분석의 방법을 제시해두었다."고 하였다. 이러한 평가는 『옥류산장시화』에도 동일하게 적용될 수 있을 것이다.

50) 『玉溜山莊詩話』, 本論 〈其一〉。"益齋櫟翁稗說云: "鄭司諫知常詩云 : '雨歇長堤草色多, 送君南浦動悲歌。大同江水何時盡? 別淚年年添作波。' 燕南梁載, 嘗寫此詩, 作 : '別淚年年漲綠波。' 予謂: '作漲二字, 皆未圓, 當是添綠波耳。'" 上下千載, 遂無異辭, 擬和者甚多, 殊不知此詩, 墫以聲調勝。且其佳處, 正在一添字用平聲, 而知者尤鮮矣。"

한국 한시사에서 가장 유명하다고 할 수 있는 정지상의 〈송인〉에 대해 언급하고서 이 시의 아름다움이 4구의 '첨(添)'자에 있다고 하였다. 논의의 편의를 위해 위 시의 평측을 제시해 보자면 다음과 같다.

측-측-평-평-측-측-평
측-평-평-측-측-평-평
측-평-평-측-평-평-측
측-측-평-평-**평**-측-평

4구에 굵은 글씨로 표시한 것이 바로 연민이 말한 '첨(添)'자인데, 마지막 세 글자가 '평-측-평'으로 가운데 글자만 측성이다.[51] 근체시 율격에서는 오언이건 칠언이건 마지막 세 글자가 나란히 평성이거나 측성이어서는 안 되며, 세 글자의 가운데 글자가 단독으로 평성이거나 측성이어서도 안 된다. 이는 모두 소리의 아름다움을 위한 규칙으로 나란히 평성이거나 측성이면 소리가 밋밋해서 좋지 않으며, 가운데 글자만 평성이거나 측성이면 소리의 지나친 굴곡이 생겨서 좋지 않다고 본 것이다.[52] 그러나, 정지상은 4구의 5번째 글자로 평성자인 '첨(添)'을 썼다. 이렇게 하면 마지막 세 글자의 가운데 글자만 측성으로 소리의 지나친 굴곡이 생기게 되는데도 연민은 이 점을 높이 평가한 것이다.

근체시의 율격은 그렇게 해야 소리가 가장 자연스럽고 아름답기 때문에 그렇게 굳어진 것이다. 하지만, 〈송인〉에서의 '첨'자는 일반적으로 지켜지는 율격을 따르지 않았고, 연민은 이것이야말로 이 시의 아

51) 6번째 글자가 '作'이 아니라 '綠'이더라도 똑같이 측성으로 율격 면에서는 변함이 없다.

52) 심경호, 『한시의 이해』, 문학동네, 2005, 24~26면 참고.

름다움을 있게 한 이유라고 평하였다. 사실 한시의 역사에서 모든 근체시가 율격을 정확하게 준수하고 있는 것은 아니다. 두보의 시를 보아도 평측이 어긋나는 것이 있다. 그러나, 이는 율격을 대강 지켜도 된다는 의미가 아니며, 오히려 대가만이 할 수 있는 정격(政格)을 넘어선 경지라고 보아야 할 것이다. 북송(北宋) 말기의 시인이자 학자였던 여본중(呂本中)은 다음과 같이 말한 바 있다.

> 시를 배우려면 마땅히 활법(活法)을 알아야 한다. 이 활법이란 것은 규칙을 갖추고서도 능히 규칙을 벗어나며, 변화무쌍하면서도 또한 규칙에 위배되지 않는다.[53]

여본중이 말한 규칙은 지금 논의하고 있는 율격도 포함하고 있는 개념이다. 즉, 율격을 갖추고서도 능히 율격을 벗어나며, 변화무쌍하면서도 또한 율격에 위배되지 않는 것이 활법(活法)이라 할 수 있다. 〈송인〉은 율격을 갖추고 있지만 완전히 지키진 않았다. 율격을 약간 어기고 있는데, 정해진 율격을 넘어서서 〈송인〉만의 독특한 율격을 형성하고 있는 것이다.[54] 이러한 점에서 연민이 격식에서 약간 벗어난 〈송인〉의 율격을 높이 산 점 역시 활법으로 설명할 수 있을 것이다.

다음은 을지문덕의 〈유우중문시(遺于仲文詩)〉에 관한 기사인데, 연민은 여기에서 선대 비평에 대한 반론을 제기하고 있다.

> 문덕이 중문에게 시를 지어 보냈다.

---

53) 呂本中, 『呂本中詩話』. “學詩當識活法。所謂活法者, 規矩備具, 而能出於規矩之外, 變化不測, 而亦不背於規矩也。”

54) 4구의 ‘첨’이 놓인 자리가 측성이 되면 1구와 4구의 측성 구조가 똑같게 되어 시의 율격이 단조로워진다. 따라서 그 자리를 평성으로 한 것이 정해진 율격에는 위배되지만, 전체적인 시의 율격을 더 살려주었다고 볼 수 있다.

신비로운 계책은 천문(天文)을 꿰뚫었고,	神策究天文
기묘한 수법은 지리(地理)를 통달하였네.	妙算窮地理
싸움에 이긴 공이 이미 높으니,	戰勝功旣高
만족함을 알았거든 그만 그치기를 바라노라.	知足願云止

백운(白雲) 이규보(李奎報)는 『백운소설(白雲小說)』에서 이렇게 말했다. "구법(句法)이 기고(奇古)하여, 화려하게 꾸민 흔적이 없다. 어찌 후세의 시시한 시인들이 따를 수 있겠는가?" 내가 이 시를 보건데 화려하게 꾸민 흔적이 없는 것을 칭찬한다면 맞는 말이지만, 구법이 기고하다는 것은 잘못 본 것이다. 아마도 수나라에 대항하여 굳세게 항거한 정신에서 나온 것이므로 칭찬하는 말이 지나쳤던 것 같다.[55)]

을지문덕의 〈유우중문시〉에 대하여 이규보는 이 시를 "구법(句法)이 기고(奇古)하여, 화려하게 꾸민 흔적이 없다"라고 평하였다. 그러나, 연민은 화려하게 꾸민 흔적이 없다는 데에는 동의하지만, 구법이 기고하다는 평은 잘못이라고 보았다. 우선 화려하게 꾸민 흔적이 없다는 데에는 이견이 없을 듯하다. 침착한 어투로 필요한 말만을 하였을 뿐 별다른 비유도 없으며 어려운 전고(前古)를 끌어들이지도 않았다. 오언절구 20자 중 화려한 수식을 위해 동원된 글자는 한 글자도 없다. 1구와 2구의 '신(神)'과 '묘(妙)'가 수식어이긴 하지만 우중문을 짐짓 높여주고자 하는 외교적 헌사(獻辭)일 뿐 화려함[綺麗雕飾]과는 거리가 멀다. 이러한 까닭에 연민도 이규보의 평에 동의한 것으로 보인다.

그렇다면 위 시의 구법은 과연 기고한가? '구법(句法)'이란 '시문(詩文)의 구절(句節)을 만들거나 글귀(-句)를 배열하여 놓는 법(法)'을 말하

55) 『玉溜山莊詩話』, 本論 〈其一〉。"文德遺仲文詩: '神策究天文, 妙算窮地理。戰勝功旣高, 知足願云止。'" 白雲李奎報小說云: "句法奇古, 無綺麗雕飾之習。豈後世委靡者之所可企及哉?" 余觀此詩, 若褒其無綺麗雕飾之習, 則可矣, 至於句法之奇古, 則未也。蓋以其爲出於沈鷙之抗隋精神, 而不惜過費其贊辭也。"

며, '기고(奇古)'하다는 것은 '기이(奇異)하고 고풍(古風)스러움'[56]을 뜻한다. 기이하다는 것은 평범한 시와는 달리 기발하며 독창적이라는 것이다. 고풍스럽다는 것은 예스러운 품격이 있다는 말로 이해할 수 있겠다. 위 시의 구법이 이러한 자질을 갖추고 있는지 따져보도록 하자.

1구와 2구는 대구를 이루며 동일한 구조로 되어 있다. '신책(神策)'·'묘산(妙算)'이 주어이며 '구(究)'·'궁(窮)'이 동사, '천문(天文)'·'지리(地理)'가 목적어이다. 시어의 쓰임도 평범하지만 시어를 배열한 방법과 양구(兩句)의 대구를 보아도 기발하거나 독창적이라고는 볼 수 없다. 평이하고 건조한 어투여서 예스러운 품격이 느껴지지도 않는다. 3구 '전승공기고(戰勝功旣高)'와 4구 '지족원운지(知足願云止)'를 보아도 하고 싶은 말을 산문적으로 진술하였을 뿐 시어들의 조어(措語) 방식도 평이하며 그 배열도 평이하게 되어 있다. 전체적으로 시적 예술성을 높이고자 구법을 세심하게 다듬은 흔적은 어디에도 보이지 않는다. 따라서, 화려하게 꾸민 흔적이 없다는 평은 적절하다고 할 수 있지만, 구법이 기고(기발하며 독창적이고 고풍스러움)하다는 평가는 무리가 있어 보인다.

연민은 "아마도 수나라에 대항하여 굳세게 항거한 정신에서 나온 것이므로 칭찬하는 말이 지나쳤던 것 같다"라고 추정하였는데, 시에 깃든 정신이 훌륭하면 시도 훌륭해 보이는 것은 인지상정이라 할 수 있다. 그러나, 이규보의 '구법이 기고하다'라고 하는 평은 '구법'이라는 구체적인 사항을 지목한 것이기에 분명한 근거를 가지고 있어야 한다. 연민은 그 점에 대해서 반론을 제기했던 것이다.

이와 같은 반론의 예를 하나 더 보겠다.

56) 『教學 大漢韓辭典』, 교학사, 1998 참조.

남이(南怡)는 태종왕(太宗王)의 외증손으로 스물여덟 살에 병조판서가 되었다. 유자광(柳子光)의 무고(誣告)로 인해 세상을 등졌는데, 일찍이 다음과 같은 시를 지었다.

백두산 바윗돌은 칼을 갈아 닳아 없애고,	白頭山石磨刀盡
두만강 물줄기는 말을 먹여 말려 없애리라.	豆滿江波飮馬無
사나이 스무 살에 나라를 평정하지 못한다면,	男兒二十未平國
후세의 누가 대장부라 불러주리?	後世誰稱大丈夫

지봉이 이렇게 말하였다. "이 시의 말과 뜻은 제멋대로 날뛸 뿐 평온한 기상이 없으니 화를 면하기 어려웠다." 그러나 이는 무인(武人)의 입기운이니 반드시 평온함만이 귀한 것은 아니다.[57]

남이의 시를 두고 지봉 이수광은 '말과 뜻이 제멋대로 날뛸 뿐 평온한 기상이 없다'라고 하여 낮은 평가를 내렸지만, 연민은 이에 동의하지 않았다. 무인(武人)의 시는 무인 시 나름의 기상이 있는 것이고, 반드시 평온함만이 귀한 것은 아니라 본 것이다.

남이의 시를 보면 표현이 무척 과장돼 있고, 감정이 절제돼 있지도 않으며, 언외지의(言外之意)가 없는 직설로만 일관하고 있어서 수작(秀作)이라 일컬어지는 작품들과는 거리가 있는 것이 사실이다. 이수광의 평도 그러한 점을 지적하고 있는 셈인데, 연민은 이를 다른 시각으로 보았다. 이 시에 드러나 있는 무인의 강건한 기상에 주목한 것이다. 이는 그 상황이나 작가에 따라 비평의 기준을 달리하는 융통적인 태도라

57) 『玉溜山莊詩話』, 本論 〈其一〉。"南怡, 太宗王外曾孫。年二十八, 爲兵曹判書。因柳子光誣告, 就死。嘗有詩云: "白頭山石磨刀盡, 豆滿江波飮馬無。男兒二十未平國, 後世誰稱大丈夫?" 芝峯曰: "其語意跋扈, 欠平穩氣象, 難乎免矣!" 然此是武人口氣, 未必平穩爲貴。"

할 수 있다.

지금까지 보았듯이 『옥류산장시화』 내에 보이는 연민의 비평은 상당히 날카로우며 독창적이다. 선대 시화서의 어떤 비평에 견주어보아도 손색이 없다고 여겨지는데, 시화사적으로 그만큼의 가치가 있다고 할 수 있다.

4. 근대기 한시에 관한 기사

앞에서도 언급하였듯이 근대기 한시에 관한 기사가 있다는 것은 『옥류산장시화』의 독보적인 가치라 할 수 있다.[58] 사람들은 전통이 깊은 것을 숭상하고 당대에 나온 것들은 폄하하는 경향이 있다. 조선의 멸망 이후 옛 영화를 잃어버린 한시에 관해서는 더욱 그러했을 것이다. 그러나 한시는 여전히 창작되고 있었고, 그 주된 작가들은 당대의 최고 지식인들이었으며, 적지 않은 독자들이 존재하였다. 이러함에도 근대기의 한시에 대해 아무도 주목하지 않았으니 연민은 이 점을 안타깝게 여겼다고 할 수 있다. 이처럼 '기록'에 관한 의지는 근대 편의 중요한 전제가 되었다고 하겠다.

퇴계가 매화를 매우 사랑하여 따로 손수 매화시를 써서 엮은 책을 만들기에 이르러 세상에 간행하였다. 이때부터 문인 학자들이 화분에 심고 뜰에 벌여놓기를 대체로 매화로써 하였다. 나에게 경학을 가르쳐준 스승 외재 정태진 옹은 또한 서포라고도 불렸는데, 석산 권종원과 막역한 사이여서 일찍이 소백산의 남쪽에 산을 나누어 기거하셨다. 지난 정축년(1937) 간에 내가 포상에서 외재를 뵈었는데, 옹께서 서포가 매화

58) 이하의 내용은 졸고, 앞의 논문, 26~35면에서 가져온 것이다.

> 를 읊은 것과 석산이 매화를 읊은 것을 주고받은 시편을 보여주셨다. 거의 몇 십 편에 이르렀는데 매화의 일을 읊은 것이 이렇게 풍성하였으니 **지금 각각 한 편씩 기록해둔다.** (이하 시 인용)[59]

"지금 각각 한 편씩 기록해둔다(今各錄其一篇)"라고 분명히 명시하였다. 이러한 시들은 문집에 실리는 것도 아니어서 연민의 기록이 아니었더라면 그대로 묻혔을 것이다. 이와 같이 연민은 당대의 시들 가운데 가치 있다고 판단되는 것들을 『옥류산장시화』 근대 편에 기록해 두었고, 그로 인해 이러한 시들을 지금에도 볼 수 있게 된 것이다.

1917년에 나온 김원근(金瑗根)의 『시사(詩史)』는 조선의 단종조 까지 만을 다루었고,[60] 1930년에 발간된 하겸진(河謙鎭)의 『동시화(東詩話)』는 한말 4대가(강위·이건창·김택영·황현)까지 만을 다루었다.[61] 이처

---

59) 『玉溜山莊詩話』, 本論 〈其二〉。"退溪最愛梅, 至別有手書梅花詩一編, 行于世。自是文人學究之家, 盆栽庭實, 類以梅爲。吾經師畏齋丁泰鎭翁, 又號西浦, 與石山權鍾遠, 爲莫逆, 嘗於小白之南, 分山而居。往在丁丑年間, 余拜畏翁於浦上, 翁出示西浦梅與石山梅贈和之什, 幾至屢十篇, 吟梅之事, 于斯爲盛, 今各錄其一篇。(이하 시 인용)"

60) 연세대학교 국학연구원 편, 『연세대학교 중앙도서관 소장 고서해제』 Ⅵ, 평민사, 2006, 75~77면 참고. 김원근의 『詩史』는 연세대 유일 소장본이다. 이 책에 1917년에 쓴 서문이 있으므로 1917년에 나온 시화집이라 보았다. 『시사』는 연대 순서에 상관없이 고려와 조선조 인물 80여 명에 대한 92칙의 내용을 담고 있는 저서이다. 모든 내용은 여러 문헌에 전하는 것을 선록한 것으로 김원근만의 창작 기사는 없다(앞의 책, 78~81면 참고) 이러하기 때문에 자기 당대의 시를 다루지 않은 것은 당연해 보인다.

61) 하겸진, 기태완·진영미 역, 『국역 동시화』, 아세아문화사, 1995, '해제' 참고. 하겸진이 한말 4대가 이후의 시인들은 왜 다루지 않았는지는 생각해볼만한 문제이다. 『동시화』가 1930년에 나온 저작이기 때문에 한말 4대가 이후로도 다뤄볼만한 시인이나 시작품들이 있을 것이라 여겨지기 때문이다. 이에 대해서는 하겸진 자신이 『동시화』의 말미에 붙인 발문을 참고해볼 수 있을 것이다. 처음부터 몇 문장만 보자면 다음과 같다.

"예전에 서사가(徐四佳 ; 서거정)에게 『해동시화(海東詩話)』(『동인시화』) 한 권이 있다는 말을 들었다. 사가 이후에도 계속해서 지은 자가 한 사람만이 아니겠지만 서점에서 구하려 해도 얻지 못하였다. 근자에 여름 동안 홀로 무료하게 지내면서 평소에

럼 근대기에 나온 시화집도 자기 당대의 시 작품들은 간과했던 것이다. 이런 점에서 『옥류산장시화』의 독보적인 가치를 더욱 주목하게 된다.

일제시대를 비롯하여 해방 이후에도 한시는 계속 창작되고 향유되었으나 이를 시화집의 형태로 기술한 자료는 『옥류산장시화』가 유일하다. 여기에는 신채호(申采浩) · 이승만(李承晚)과 같은 유명한 인물을 비롯해 김창숙(金昌淑) · 변영만(卞榮晩) · 정인보(鄭寅普) · 양주동(梁柱東)과 같은 당대의 석학들, 그리고 연민의 친족이나 교유했던 벗들의 시가 실려 있으며, 시가 창작된 배경도 언급돼 있는데 대부분 연민이 직접 체험했던 것들이어서 당대의 풍경을 생생하게 접해볼 수 있다. 이러하듯 한국 한시사(漢詩史)의 확장뿐만이 아니라 시화사(詩話史)의 확장을 위해서도 『옥류산장시화』 근대 편은 중요한 가치를 갖는다고 할 수 있다.

수록된 인물을 보자면 연민 본인에 관한 기사가 가장 큰 비중을 차지한다.[62] 이는 근대 편 자체가 연민의 직접 체험을 기술한 것이므로

보고 들었던 것을 베껴 이 책을 만들었으나 힘을 다 쏟지는 못하였다. 수집한 것이 넓지 못하고 잃어버린 것도 많았다(余舊聞徐四佳有海東詩話一卷, 四佳之後, 繼而作者亦非一家, 而求書肆, 並未得焉。頃年夏中, 獨居無聊, 抄輯平日所聞見者爲此書, 以其非專力也。故所搜不廣而多遺忘。)" 정인보 또한 앞에 붙인 서(序)에서 이와 같이 말하였다. "선생은 자신의 거처가 궁벽하고 먼 곳이어서 취하고 거론함에 두루 미치지 못하였음을 스스로 한스러워하였다." (이상의 번역은 앞의 책에서 빌어왔음.)

하겸진은 경남 진양에서 일생을 보냈기 때문에 만나는 사람과 자료의 수집 면에서 큰 한계가 있을 수밖에 없었다. 서울에서 활동하면서 당대 최고 지식인들과 교유하고 수집할 수 있는 자료의 폭도 넓었던 연민과는 대조되는 측면이다. 물론, 하겸진이 "구한말 황현에서 끝을 맺은 것은 한국 한문학의 생명이 구한말의 사가(四家)에게서 사실상 끝났음을 인정한 것"(앞의 책, '해제')이라고 볼 수도 있을 것이다. 그러나, 앞에서 본 것처럼 지역적 한계도 작용했으리라 생각된다.

62) 근대 편에서 연민 본인에 관한 기사는 모두 14칙이다. 두 번째로 많은 비중을 차지하는 변영만에 관한 기사가 6칙이며, 다른 인물들에 관한 기사는 대부분 1~2칙으로 이루어져 있음을 생각해볼 때 많은 비중을 차지하고 있다.

당연하다 하겠는데, 실제로 다른 부분에서는 자신과 해당 인물 사이에 있었던 일들을 주로 기재하였고, 본인에 관한 기사 부분에서는 본격적으로 자신의 이야기를 하고 있음을 볼 수 있다.

또한 같은 이유로 거의 대부분 연민과 친분이 있는 사람들(혹은 가족)을 대상으로 하고 있는데, 연민이 당대의 일급 지식인들과 교유할 만한 위치에 있었기에 단지 사적인 기록으로 떨어지지 않는 가치를 갖는다. 실제로 변영만·정인보·양주동 같은 당대의 석학들이 거론되어 있어 흥미를 더해주며, 이외에도 잘 알려지진 않았지만 수준 높은 한시를 지었던 인물들을 적극적으로 소개하고 있다. 이처럼 『옥류산장시화』 근대 편은 당대의 가장 높은 수준을 반영했다고 할 수 있다.

독립운동가가 많은 점도 특기할 사항이다.[63] 연민이 독립운동가 집안에서 성장했기에[64] 교유했던 인물들도 그러한 사람들이 많았을 것이다. 또한, 사회주의자도 적지 않은데[65] 시를 인용하지는 않았지만 북한에서 부수상을 지낸 벽초 홍명희에 대해서도 우호적으로 언급하였다. 실제로 연민은 스승 김태준의 영향으로 사회주의를 접하게 되었는데,[66] 일제시대에 사회주의 운동은 독립운동과 같은 차원이었음을 생각해본다면 연민의 교유 범위를 이해할 수 있다. 아울러 『옥류산장시화』가 처음 지면에 발표된 것이 1969년이라는 점을 간과하지 말아야 한다. 이때는 박정희 정권의 매카시즘이 기승을 부리던 때로 사회주의자들을 실명으로 기술한 것은 쉽지 않은 일이었다.[67]

---

63) 신채호(申采浩), 유인식(柳寅植), 정태진(丁泰鎭), 김창숙(金昌淑), 안중근(安重根), 이승규(李昇圭), 이령호(李齡鎬), 권명섭(權命燮), 최익한(崔益翰), 김문옥(金文鈺) 등이 있다.

64) 허경진, 「연민 이가원 선생의 생애와 학문」, 『연민 이가원 선생의 생애와 학문』, 보고사, 2005, 19면 참고.

65) 유인식(柳寅植), 최익한(崔益翰), 김문옥(金文鈺), 정준섭(丁駿燮) 등이 있다.

66) 허경진, 앞의 논문, 25~27면 참고.

이색적인 인물은 이승만이다. 연민이 강도 높게 비판한 인물[68]이기에 의외의 선택으로 보이는 것이다. 본문에서 "사람 때문에 시를 버리게 하지는 않는다(殆不可以人廢詩也)"라고 하여 이승만의 독재 행적과는 별개로 작품 자체를 보겠다는 태도를 보이기도 했지만, 더욱 중요한 이유는 초대 대통령인 이승만을 끌어들임으로써 한국 근대 한시의 위상을 높이고자 했던 것이라 짐작된다. 국내에서도 그렇겠지만 해외에서는 더욱더 대통령을 지낸 이승만이 주목될 수 밖에 없고, 많은 한시를 남겼던 마오쩌뚱이나 호치민과 같이 한국에도 한학 전통을 이어받은 국가지도자가 있었음을 내세울 수 있는 것이다.[69]

이제 구체적인 면모를 살펴보도록 하자.

> 기축년(1949) 음력 유월 이십삼일은 산강의 환갑날이었다. 나는 그가 평생을 꼿꼿하게 살면서 벗이 없음을 저으기 슬퍼하여 학인 변유와 함께 동래에서 출발하여 서울까지 바삐 달려갔다. 역경원에서 산강을 방문하였고, 차를 타고 남쪽으로 내려왔다. 문경의 선유동과 봉암사를 두루 유람하고 동래의 온천에 이르렀다. 아홉 사람이 칠일 동안이나 연속으로 술을 마셨더니 그가 〈진양을 떠나면서 시 한 편을 지어 하군 만기에게 주다(將離晉陽爲草一篇付河君萬驥)〉를 지었다. 그 내용은 다음과 같다.

67) 이는 『옥류산장시화』가 한문으로 쓰여졌기에 가능했다고 할 수 있다. 하지만 약간의 혐의만 보여도 잡아 가두고 고문을 일삼았던 당시의 정국을 생각해본다면 분명 쉬운 선택은 아니었을 것이다.

68) 이승만에 관한 기사의 바로 다음 편이 김창숙에 관한 기사인데, 여기에서 이승만에 대한 비판 시를 비중 있게 언급하였고, 뒤에서도 4·19혁명을 칭송하는 시를 인용하는 등 이승만에 대한 비판 정신을 뚜렷이 드러내고 있다.

69) 실제로 국가지도자였던 이승만, 마오쩌뚱, 호치민 3인의 한시에 주목한 논문이 나와 있다. 구사회, 「근대 동아시아 건국지도자의 한시문학 -모택동, 이승만, 호지명을 중심으로-」, 『한민족문화연구』 25집, 한민족문화학회, 2008.

생각도 안했던 두 젊은이 문 밀치고 들어와,	不圖兩少來排闥
나를 끼고 나는 듯 영남으로 내려왔네.	挾我翩然下嶺南
문경에서 꺾어져 선유동으로 들어서,	聞慶折入仙游洞
유리같은 백 길 연못에 발을 씻었네.	洗足琉璃百丈潭
환사마의 옛일 족히 연연할 것 없고,	桓司馬蹟無足戀
물러가 칠우정에서 달게 잠이나 자리.	退眠七愚亭中甘
봉암의 기이한 곳 찾아 도탄에 닿으니,	搜鳳巖奇抵塗炭
이 굴에선 석탄을 궤함이라 부른다네.	炭於是窟名詭含
탄광 관리들 자리를 비운 채 맞아 주고,	炭吏諸員空府迎
낮 잔치를 베풀었으니 화려하고도 향기로워라.	爲設午宴盡華醃
곧이어 동래 온천에 도착하여,	乃次東萊溫泉地
아홉 사람이 모여서 밤낮으로 술 마시며 즐겼네.[70]	集有九人長飮耽

모두 실제의 기록이다. 학인은 이미 경인년 난리(6·25전쟁)에 죽었고 산강도 도산으로 돌아갔다. 남은 사람들은 모두 강이나 바다 사이에 묻혀서 쓸쓸하게 지냈다. 때때로 지난 일을 생각하면 눈물이 줄줄 흘러내리는 것도 깨닫지 못하였다.[71]

위는 연민의 직접 경험을 기록한 것이다. 〈진양을 떠나면서……〉는 긴 분량의 칠언고시(『옥류산장시화』에는 일부만 인용되었다)인데, 산강 변영만의 문집인 『산강재문초(山康齋文鈔)』[72]에는 시만 실려 있고 이

---

70) 시 번역은 實事求是 고전문학연구회 역주, 『변영만 전집 (상), 山康齋文鈔 譯文』, 성균관대 대동문화연구원, 2006, 81~82면 참조.

71) 『玉溜山莊詩話』, 本論 〈其二〉。“歲己丑夏曆六月二十三日, 山康六一初度也。余竊悲其生平骯髒無偶, 乃與鶴人卞游, 起自東萊, 馳入洌, 訪山康於譯經院, 買車南下, 歷覽聞慶之仙游洞, 及鳳巖寺, 至東萊之溫泉, 乃有九人七日流連之飮, 故其將離晉陽爲草一篇付河君萬驥, 有云: “不圖兩少來排闥, 挾我翩然下嶺南。聞慶折入仙游洞, 洗足琉璃百丈潭。桓司馬蹟無足戀, 退眠七愚亭中甘。搜鳳巖奇抵塗炭, 炭於是窟名詭含。炭吏諸員空府迎, 爲設午宴盡華醃。乃次東萊溫泉地, 集有九人長飮耽。” 蓋紀實也。鶴人旣鳳折於庚寅之難, 山康又歸道山, 餘子皆棲棲於江海間, 有時追惟往事, 自不覺淚蔌蔌以下也。”

시가 어떠한 배경에서 창작되었는지에 관해서는 언급되어 있지 않다. 이런 점에서 볼 때 위와 같은 연민의 기록은 변영만의 시작(詩作)에 대한 값진 증언이 되어준다. 실제로 연민이 기록해둔 체험이 시의 내용에 그대로 반영되어 있음을 볼 수 있는데, 이처럼 1949년에도 마치 조선 시대처럼 인상 깊었던 일을 한시로 지어주는 풍모가 살아 있었음을 확인케 된다.

다음의 예도 연민 자신의 경험을 기술한 것이다.

> 나는 아버님의 상을 치른 이래, 시 짓는 일을 모두 폐하고 하지 않았다. 어떤 사람은 나의 그 고루한 점을 넌지시 충고하였지만, 사실은 내가 일부러 짓지 않으려고 한 것이 아니라 스스로 시를 읊을만한 흥이 일어나지 않은 것이다. 나도 때때로 옷을 차려입고 거리를 거닐기도 했으며 번화한 곳에 가보기도 하였는데, 어찌 오직 시만을 짓지 않겠는가? 사람들의 충고가 참으로 맞는 말이다. 지난해 을사년(1965) 섣달 십구일 밤 꿈속에서 칠언절구 두 편을 얻었다. 꿈을 깨고 나니 기억이 흐릿하고 맑게 생각나지 않아서 겨우 두 구절만을 기록해 두었으니 다음과 같다.
>
> 시 지은 것 적지 않은데 태워버려 남은 것 적고, 生詩非少焚而少
> 새로운 뜻 자못 많은데 나쁜 버릇 또한 많네. 剏意頗多癖又多
>
> 나의 불초함이 서글프니 상중에도 시가 있게 된 것이다. 어찌 꿈속의 일이라고 해서 버릴 수 있겠는가? 이 사실을 감추면 허물이 더욱 크겠기에 여기에 밝혀 적는다.[73]

---

72) 實事求是 고전문학연구회 역주, 앞의 책, 81~82면 참조.

73) 『玉溜山莊詩話』, 本論 〈其二〉。“余自草土以來, 凡屬韻語, 皆廢而不爲。人或微諷其固哉, 然余實非有意於不爲, 自乏吟興可到也。余且時裝, 走街登肆, 奚獨不作韻語哉? 人之諷之, 固是也。去歲乙巳, 臘月十有九日夜, 夢得七言二絶。及覺, 而蕩不

시 자체보다는 그 배경 이야기가 더 중요한 경우이다. 부친상을 당했을 때 시를 짓지 않는 것은 조선시대의 전통을 그대로 따른 것인데, "일부러 짓지 않으려고 한 것이 아니라 스스로 시를 읊을만한 흥이 일어나지 않은 것이다"라는 언급은 주목해볼만 하다. 흥이 나지 않아 시를 짓지 않았다는 것은 시를 짓는 것 자체가 '흥이 나야 하는 행위'라는 것을 말해준다. 이러한 시작(詩作) 태도의 근본적인 면을 본인의 경험을 통하여 일깨워준 것이다.

한편, 전통 시화집을 보면 시회(詩會)의 현장이 빠지지 않고 나오며, 함께 시를 주고받는 일이 문인 사대부들의 비중 있는 일상이었음을 분명히 인지할 수 있다. 그런데, 『옥류산장시화』 근대 편은 일제시기를 비롯하여 1960년대에 이르기까지 문사들이 함께 모여 한시를 짓는 풍속이 살아있었음을 생생히 증언하고 있다.

> 정우현은 스스로 우련이라고 썼다. 일찍이 유수와 함께 회봉의 문하에서 배웠다. 시 읊기를 즐겼는데, 한 번은 나를 마산의 유록장으로 불렀다. 바닷가의 이름난 이들이 일시에 모두 모였다. 산해진미를 차려놓고서 낮과 밤을 거듭하였으니, 내가 희롱삼아 말하였다. "예전에는 책에 미쳤는데, 지금은 시에 빠졌구나!" 다시 동래 온천의 송수관에서 큰 잔치를 열었다. 산강 변영만·도산 성순영·만성 권영운·일청 하성재·우전 조규철·굴천 이일해와 나까지 모두 모였다. 이레 동안이나 머물렀는데 문장과 술이 가득하였으니 몇 날 며칠 밤을 즐긴 뒤에야 헤어졌다. 그 뒤 나와 정우현이 전에 송수관이라 했던 곳으로 다시 찾아 갔는데 가을비 내리는 연못가 집에 시든 연꽃이 아무 말도 없었으니 다시는 옛날의 빛나던 광경을 볼 수 없었다. 내가 시를 읊었다.

憶淸, 但記二句云: "生詩非少焚而少, 瓶意頗多癖又多。" 哀我不肖, 遂喪中有詩矣。烏可諉之夢事已耶? 諱之, 則重有過焉, 故玆記之。"

연못가 집에 다시 찾아오니 옛 생각 떠올라,	池館重來古意生
붉은 등불 가을비 보며 느지막히 시를 읊조린다.	紅燈秋雨晚吟輕
호탕하게 노닐던 일 역력히 추억이 되었으니,	豪遊歷歷成追憶
푸르게 두 눈동자 마주하며 감회를 금치 못하겠구나!	青對雙眸不禁情

서로 슬퍼하면서 밤을 보냈다.[74]

전반부에는 큰 잔치를 열고서 마음껏 시를 읊었던 추억을 되새기고 있다. 한시를 짓는 사람들에게는 가장 이상적인 시회의 모습이라 할 것이다. 하지만 후반부에는 더 이상 그러할 수 없는 쓸쓸함을 토로하고 있다. 한국의 근대기는 나라가 망하고 일제의 식민지하에 놓이는 암울한 시대였다. 해방 이후에도 나라는 혼란스러웠으며, 한학은 더 이상 주류가 아니었다. 평생 한학을 연마해온 선비들은 쓸모없는 존재가 되어버린 것에 울분을 갖지 않을 수 없었고, 시대적 정황은 그들의 울분을 더욱 깊게 하였을 것이다. 『옥류산장시화』 근대 편은 주로 이러한 시기를 대상으로 하고 있기에 시대적 불우(不遇)가 토로되는 장면이 여러 차례 보인다. 한시의 시대가 기울어가는 것에 대해 몸소 겪은 바를 증언한 것이다.

다음의 예는 무척 흥미로운 정경을 보여준다.

도남 조윤제(1904~1976) 박사는 젊었을 때에,

---

74) 『玉溜山莊詩話』, 本論 〈其二〉。“鄭君友鉉, 自署以友蓮。曾與柳君壽, 遊晦峯門下。憙吟詩, 嘗邀余於馬山之柳綠莊。海上名類, 一時皆到。山珍海錯, 屢窮晷夜乃已。余戱之曰: “昔有書淫, 今見詩顚!” 復大張一筵於東萊溫泉之松壽館, 山康卞榮晚, 濤山成純永, 晚惺權寧運, 一淸河性在, 于田曹圭喆, 屈川李一海, 及余皆會。七日留連, 渢渢文酒, 淋漓盡致而散。後余與鄭再訪其昔所謂松壽館, 則秋雨池館, 敗藕無語, 非復舊日光景矣。余有吟云: “池館重來古意生, 紅燈秋雨晚吟輕。豪遊歷歷成追憶, 靑對雙眸不禁情!” 相與凄然竟夕。”

풀과 나무는 대지의 터럭이네 草木大地毛

라는 시구를 지었다. 그가 환갑을 맞은 날 아침에 초대를 받았다. 월탄 박종화는 〈풍죽(風竹)〉 한 편을 지어 축수하였으니, 이는 신시이다. 노산 이은상은 〈풍죽음(風竹吟)〉을 지어 화답하였으니, 이는 시조이다. 무애 양주동은 송나라 시인의 시구를 빌어 시축에 썼다. 이어 내게도 시 한 편을 지으라고 재촉하여서 붓을 날려 시를 지었으니, 이는 한시이다. 그 내용은 이러하다.

우리 학문이 어려웠던 적 예전 그 어느 때였나? 顚連吾學昔何時
이 분의 힘입어 다시 세워졌네. 賴有斯翁再樹之
깊은 생각과 뛰어난 문채에 무한한 뜻이 있으니, 菲惻千眠無限意
풍류를 남겼음을 후인들에게 알리리라.[75] 風流留與後人知

여기 등장하는 인물들은 모두 저명한 인사들이다. 이들이 한 자리에 모여 시를 지었다는 것 자체가 기록할만한 사건인데, 박종화는 신시를, 이은상은 시조를, 양주동과 연민은 한시를 지었다는 것이 주목할 만하다. 조윤제의 환갑은 1964년으로 산업화·도시화가 가속화되고, 이미 현대문학이 정착되어 있던 시점이었다. 그러나 또 한편으로 우리 문학의 전통이 완전히 자취를 감춘 것도 아니었다. 그러한 혼재의 양상을 위 일화가 단적으로 보여주고 있다. 전에도 없었겠지만, 앞으로도 없을 독특한 풍경으로서 우리 국문학사의 한 단면을 증언해주는 귀중한 기록이라 하겠다.

75) 『玉溜山莊詩話』, 本論 〈其二〉。“陶南趙潤濟博士, 少時有: “草木大地毛。”之句。其六十一歲晬朝, 見招。月灘朴鍾和, 以風竹一篇頌之, 新詩也。鷺山李殷相, 爲風竹吟, 以和之, 時調也。无涯梁柱東, 借宋人句, 題其軸。仍促余爲一詩, 乃走筆爲此, 漢詩也。其辭云: “顚連吾學昔何時? 賴有斯翁再樹之。菲惻千眠無限意, 風流留與後人知。””

앞서 보았듯 『옥류산장시화』 근대 편은 한시의 시대가 다하였음을 증언해주고 있다. 그러나, 또 한편으로 보자면 이미 산업화·도시화가 가속화되던 시기에도 여전히 한시가 활발하게 창작되고 향유되었음을 보여주기도 한다. 구한말 이후 한시의 시대가 저물어간 것도 사실이고, 60년대에 이르기까지 한시가 생명력을 가지고 있었음도 사실이다. 언뜻 모순처럼 들리지만 국문학사를 보더라도 어느 한 문학 양식이 세력을 잃는다고 하여 갑자기 사라지는 것은 아니다. 실제로 20세기 이후의 상황을 보면 한시가 출세의 도구가 되고 한 시대를 풍미할 수는 없었지만, 당대의 엘리트들은 여전히 한시를 창작하였고, 이는 적지 않은 독자들에게 영향력을 끼쳤음을 확인케 된다. 그 좋은 예로 60년대에도 신문에 한시를 게재하였음을 확인케 되는데, 중앙일간지에도 한시가 실렸다는 것은 전국적으로 한시에 대한 수요가 적지 않았음을 의미한다.

경자년(1960) 6월26일은 백범 김구가 저격된 지 11주년 되는 날이다. 조선일보사에서 나에게 시 한편을 부탁하였다. 이에 심산 김창숙이 같은 달 20일 이 신문에 실었던 〈이승만 해외로 도주하다(李承晩逃海外)〉의 운에 차운하여 네 절을 지었는데, 모두 시사(時事)에 관한 것이다. 그 첫 번째 절구는 이러하다.

슬프고 슬프구나 임시정부 시절 나라를 버리고 달아났던 해에, 哀哀臨政棄國年
강직한 세 늙은이 이미 주먹을 두드렸었네. 觥觥三老已彈拳
또다시 12년간 대통령 노릇 하였지만, 更爲十二年間事
남 몰래 학살하여 묻은 일 다투어 떠벌리네. 陰虐椎埋競哄傳

세 늙은이는 백암 박은식, 단재 신채호 및 심옹(心翁)을 가리킨다.

두 번째 절구는 이러하다.

이화장(梨花莊)으로 물러나오니 하루 넘기기 한 해와 같아, 梨花院落日如年
암캐와 숫여우 늙은 주먹이 졸아들었네. 雌犬雄狐縮老拳
만 번 죽는다 하여 한 발이라도 한국을 떠날 수 있으랴? 萬死可離韓一步
오호(五湖)에 숨어 살던 범려처럼 전하기는 어려우리라. 五湖難與范同傳

세 번째 절구는 이러하다.

영웅이 시세를 만드니 바로 올해이고, 英雄造勢是今年
천추에 벽력이 떨어지니 주열(朱烈)의 주먹일세. 霹落千秋朱烈拳
허정(許政)은 가련하게도 기이하게 생겨난 소모품이니, 許政可憐奇産物
도망을 도운 명분을 어떻게 전할는지? 幫逃名分若爲傳

네 번째 절구는 이러하다.

김구 선생 가신지 올해로 10년인데, 金九先生今十年
안두희(安斗熙)는 거리를 활보하고 김병로(金炳魯)는 법을 굽혔다네. 濶安雛步曲金拳
세간에 나를 알아주는 벗 심옹이 있으니, 世間知己心翁在
시어가 쟁쟁하여 만사람 입에 전해지겠네.[76] 詩語錚錚萬口傳

---

76) 『玉溜山莊詩話』, 本論 〈其二〉。“庚子公元六月二十六日, 是白凡金九, 遭凶十一周年。朝鮮日報社, 求余爲一詩。仍次心山金昌淑, 同月二十日本紙所載李承晩逃海外韻, 爲四絶以應之, 蓋泛及時事也。其一云: “哀哀臨政棄國年, 魷魷三老已彈拳。更爲十二年間事, 陰虐椎埋競哄傳。” 三老, 指白巖朴殷植, 丹齋申采浩, 及心翁也。其二云: “梨花院落日如年, 雌犬雄狐縮老拳。萬死可離韓一步? 五湖難與范同傳。” 其三

연민은 젊은 시절부터 한시로 이름을 떨쳤으므로 한시 청탁을 많이 받았던 것으로 보인다. 위의 시들은 연민이 중앙일간지의 청탁을 받아 김창숙의 시에 차운한 것으로 이승만 정권에 대한 비판의식이 얼마나 신랄한지를 느낄 수 있다. 또한, 단순히 교양 차원으로 한시를 청탁받은 것이 아니라 '김구선생 타계 11주년'과 같은 주요한 사건에 대해 청탁받은 것을 보면 한시가 당대의 문제를 발언할만한 영향력이 있었음을 짐작할 수 있다.

다음은 한 편의 짧은 일화이지만, 다른 시화집에서는 볼 수 없는 값진 기록이다.

> 정지용이 신시(新詩)를 지었는데, 그 맑고 새로운 기교는 온 세상을 통틀어 견줄 사람이 없었다. 광복 이후 모 대학에 초빙되어 신시 강의를 맡게 되었다. 여러 학생들은, "정선생님은 반드시 묘한 진리를 터득하여서 우리에게 내보여 줄 것이다."라고 생각하고는, 삼가 마음을 가다듬고서 기다렸다. 정지용이 교단에 올라서 품속으로부터 묵은 책 한 권을 꺼내었는데, 바로『詩經』한 권이었다. 여러 학생들이 깜짝 놀라며 말했다. "선생님께서 이런 옛 책을 가지고 우리에게 신시를 강의하시리라고는 미처 생각하지 못했습니다." 정지용이 웃으며 말했다. "자네들이 잘못 생각한 것일세. 옛것을 알지 못하고 어찌 새것을 얻을 수 있겠는가?"[77]

한시 시화집에 현대시 작가를 등장시킨 것도 이채롭지만, 당대 현대

云: "英雄造勢是今年, 霹落千秋朱烈拳。許政可憐奇產物, 幫逃名分若爲傳?" 其四云: "金九先生今十年, 淵安雛步曲金拳。世間知己心翁在, 詩語錚錚萬口傳。"

77) 『玉溜山莊詩話』, 本論 〈其二〉。"鄭芝溶, 爲新詩, 其淸新技巧, 並世無倫。光復後, 爲某大學所聘, 當講新詩。諸生以爲: "鄭講師, 必有妙諦, 以提示我矣。" 方修謹以竢。及鄭登壇, 自懷中出一陳本, 乃詩經一卷也。諸生愕然曰: "不圖先生, 操此古本, 以當我新詩講也。" 鄭笑曰: "諸君誤矣。不知其舊, 焉得其新。""

시의 최고봉이었던 정지용[78]이 학생들 앞에서『시경』을 꺼내들었다는 일화가 의미심장하다. 연민이 이러한 일화를 굳이 삽입해 넣은 의도는 분명해 보인다. "옛것을 알지 못하고 어찌 새것을 얻겠는가(不知其舊, 焉得其新)?"라는 정지용의 말 그대로 시대는 이미 현대화되었지만, 우리의 한시 전통을 간과하지 말아야 한다는 것이다. 실제로 정지용은 시작(詩作) 초기에는 대단히 서구적인 모더니즘 시를 추구하였지만, 완숙기로 접어들면서 한시 전통에서 영향을 받은 산수시(山水詩)들을 발표하였고, 이것이 정지용의 새로운 시 세계를 열어주었음을 확인케 된다.[79] 정지용뿐만이 아니라 김소월·조지훈 등에게서 한시의 직접적인 영향을 발견하게 되는데, 이처럼 한시는 구시대의 유물이 아니라 현대 문학에도 기여할 수 있는 우리의 값진 재산이라는 점을 강조하고 있는 것이다.

지금까지 보았듯이『옥류산장시화』에는 근대기 한시에 관한 풍부한 기록이 담겨 있다. 근대기 한시 현장의 주역들이 대부분 유명을 달리하였고, 연민 또한 생존해 있지 않은 지금의 현실을 생각해 볼 때 이러한 기록들은 그 가치가 매우 높다고 할 수 있다. 앞으로 근대기의 한시가 얼마나 연구자들의 주목을 받을 수 있을는지는 알 수 없으나 이렇듯 기록으로 남겨졌기에 근대기 한시의 풍경이 생생하게 전해지게 된 것이다.

---

78) 정지용은 월북 작가로서 당시에는 그에 대해 언급하는 것이 일체 금지되었었다. 정지용에 관한 연구는 생각할 수도 없었고, 이름만 말하고 지나갈 경우에도 '鄭○溶'과 같이 표기하는 것이 일반적이었다. 그런데 여기에서는 '鄭芝溶'이라고 표기하여 이름을 분명히 밝힌 점을 주목하게 된다.

79) 이상오,「정지용의 山水詩 考察」,『한국시학연구』제6집, 한국시학회, 2002, 153~154면 참조.

5. 맺음말

지금까지 『옥류산장시화』는 시화집으로써 전혀 인정받지 못했다고 해도 과언이 아니다.[80] 아예 하겸진의 『동시화』(1930)를 한국한문학사의 마지막 시화집으로 단정 짓는 것이 일반적인 견해인 듯한데,[81] 무엇이 마지막인가를 따지는 것이 중요하다기보다는 『옥류산장시화』의 존재 자체를 염두에 두지 않았다는 점[82]에서 문제의식을 느끼게 된다.

『옥류산장시화』가 1969년에 나온 저작이긴 하지만, 연민이 스물두 살 때부터 써왔던 여러 시화집들[83]의 완결판이 『옥류산장시화』임을 생각할 때 전통의 맥을 이어온 것이라 할 수 있으며, 그 기사 서술 및 비평 방식을 보더라도 선대 시화집들의 전통을 계승한 것임을 본고에서 확인한 바 있다. 따라서, 『옥류산장시화』를 한국 시화사의 범주 안에 있는 한 권의 시화집으로 인정하지 않을 이유가 없는 것이다.

더욱이 『옥류산장시화』가 가지고 있는 여러 장점들을 생각한다면 본 저서를 간과하는 것이 결코 바람직하지 않다고 생각된다. 하정승은 『동시화』가 최치원부터 시작하여 구한말의 매천 황현까지를 다루어 독자들이 『동시화』를 통해 우리한시사의 주요 작가와 작품을 사적으

---

80) 이하의 내용은 졸고, 앞의 논문, 71~72면에서 가져온 것이다.

81) 기태완은 『동시화』'해제'에서 "『동시화』는 한국의 마지막 시화이다."(앞의 책, 해제 v)라고 하였고, 하정승도 본인의 논문에서 "『동시화』는 한국한문학사에서 한문으로 지어진 마지막 시화집이다."(앞의 논문, 239면)라고 하였다.

82) 이는 『옥류산장시화』의 존재를 정말 몰랐기 때문일 수도 있고, 알았더라도 현대(1969년)에 나온 저서이므로 한문학의 연구 대상이 아니라고 생각한 때문일 수도 있다.

83) 『옥류산장시화』 서언에 다음과 같은 기록이 보인다. "나는 젊었을 때부터 시화 이야기하는 것을 좋아하였다. 『여한시화(麗韓詩話)』를 편찬한 것은 무인년(1938)이었는데, 그때 나이가 겨우 22살이었다(余自少憙譚詩話, 其編麗韓詩話者, 粤在戊寅歲, 年財二十二。)" 1938년이면 『동시화』가 나온 연대와 8년 밖에 차이가 나지 않는다. 이후 나이가 들어가면서 4종의 시화를 더 편찬하였고, 이들을 근간으로 『옥류산장시화』를 편찬하였음은 머리말에서 이미 언급하였다.

로 일별해볼 수 있는 장점이 있다고 하였다.[84] 하지만 『옥류산장시화』는 고조선의 〈공후인(箜篌引)〉부터 시작하여 해방 이후의 김창숙·양주동 뿐만 아니라 1960년대의 중앙 일간지에 게재된 시까지도 대상으로 하고 있다. 그 사이에 놓인 고려·조선 작가에 관한 기사도 훨씬 방대하고 다양하다.

역대 시화집을 인용해 놓은 것을 보더라도 시대순으로 주요한 기사들은 거의 다 망라하고 있어 한국 시화의 정화(精華)만을 엄선해 놓았다 해도 지나치지 않을 것이다.[85] 만약 어떤 연구자가 역대 한국 시화의 핵심만을 간추려놓은 책 한 권을 보고 싶다면 『옥류산장시화』는 매우 유용한 자료가 될 것이라 확신한다. 이에 더해 연민의 부연 설명과 해석 및 비평까지 곳곳에 배치돼 있어 연민의 시각으로 한국 한시사를 꿰어 볼 수 있으며, 특히 일제 강점기부터 1960년대에 이르기까지 한시가 활발히 창작되었던 면모도 볼 수 있으므로 더욱 흥미로울 것이다.[86]

이처럼 『옥류산장시화』는 그 가치가 충분하며, 시사(詩史)적 흐름에 맞춘 기사 서술의 짜임새라든가 연민의 주관이 뚜렷이 드러나 있는 비평 기사 등을 볼 때 한국 시화사의 한 장을 차지하더라도 손색이 없으리라 생각된다.

『옥류산장시화』는 한국 한시사와 한국 시화사를 넓혀줄 수 있는 귀

---

84) 하정승, 앞의 논문, 239면.

85) 『동시화』도 역대 시화들을 많이 인용해놓긴 하였지만 『옥류산장시화』에 비해 그 양과 다양한 자료의 취합 면에서 비교가 되지 않는다. 게다가 『동시화』에서는 출전을 제대로 밝히지 않아 어떤 기사가 누구의 서술인지를 알기 어려운 단점이 있다. 물론, 『옥류산장시화』도 출전 표기가 완전하진 않지만, 최대한 밝혀 놓고 있어서(70% 이상은 되어 있다) 사정이 훨씬 나은 편이다.

86) 외국 연구자의 경우 한국 한시에 관심을 갖는 이들은 대체로 중국·대만·일본 학자들인데 『옥류산장시화』가 한문으로 쓰여 있으므로 읽는 데 큰 어려움이 없다. 연민의 의도가 바로 이러한 데 있었다. 한국 연구자들은 『옥류산장시화』 한국어 번역본이 나와 있으므로 읽기가 더욱 수월할 것이다.

중한 자료이며, 앞으로 많은 연구가 이루어지기를 기대한다. 본고는 그 발판의 기능을 하고자 했으며, 본격적인 연구로서는 처음이기 때문에 『옥류산장시화』에 집중할 수밖에 없었다. 이후로는 한국 시화사의 큰 흐름 속에서 『옥류산장시화』가 어떻게 자리매김할 수 있는지, 상호 영향 관계라든가 공통점·차이점은 어떠한 것들이 있는지 등을 보다 면밀히 검토해야 할 것이다. 아울러 중국·일본을 비롯한 외국 시화집과의 비교 연구도 생각해볼 수 있을 것이며, 한·중·일·베트남의 근대기 한시를 비교 연구하면서 『옥류산장시화』를 긴요한 자료로 활용할 수도 있을 것이다.

『조선 호랑이 이야기』의 연구사적 위상과 연민 선생의 사유

김기호 / 영남대

1. 머리말

매학기 소개서 쓰기 연습의 한 일환으로 자기 서사(personal narrative)를 쓰도록 했다. 학생들은 의외로 서사를 써본 적이 없기 때문에 자기의 경험(experience)을 어떻게 이야기(story)로 만드는지 몰라 어려움을 겪는 것처럼 보였다. 발표자는 학생들이 경험과 이야기의 차이를 이해하고 이야기를 만드는 능력을 키우도록 '호랑이 이야기 만들기(making)'를 해 왔다. 이를 위해서 1단계로 자기 마음속의 호랑이 그림을 그리게 하고, 2단계로 호랑이에게 이름을 부여하게 하고, 3단계로 호랑이가 사는 시간과 장소를 부여하게 하고, 4단계로 호랑이가 길을 가는 중에 누구를 만나서 그로부터 어떤 정보를 듣는지를 말하게 하고, 5단계로 호랑이가 어떠한 갈등을 겪는지 말하게 하고, 6단계로 그 갈등을 어떻게 극복하는지 말하게 하고, 7단계로 이야기에 대해 논평을 하게 하였다.

호랑이 이야기 만들기 효과는 크게 두 가지의 면에서 놀라웠다. 하나는 그 효과가 자기 서사 만들기에 크게 반영된다는 점이다. 호랑이 이야기 만들기 전에 보여준 학생들의 이야기 만들기 수준과 그 후에 보여준 이야기 만들기 수준에서 차이가 현격히 나타났기 때문이다. 다른 한 가지는 일회적 호랑이 이야기 만들기였음에도 불구하고 학생들이 만든 호랑이 이야기의 주제적 완성도나 형식적 완성도가 대단히 높다는 점이다. 그런가 하면 장르적으로도 일관되게 민담적인 이야기를 만드는 학생이 있는가하면 전설적인 이야기를 만드는 학생들도 있었다. 또한 이야기의 길이에서도 아주 짧지만 완성도를 갖춘 이야기를 만드는가 하면 상당한 길이의 이야기를 만드는 학생도 보였다. 이러한 활동으로 느낀 인상은 오늘날에도 우리에게는 호랑이 이야기 만들기와 관련한 특별한 유전자가 있다는 점이다.

청동기 시대로 추정되는 울산 반구대 암각화나 경주 석장동 암각화, 고구려 고분, 신라 왕릉에 나타난 12지상에 보이는 호랑이 이미지, 동이전에 보이는 호랑이에 대한 기록 등을 보아도 우리 민족에게 있어서 호랑이 표상의 연원은 아주 오래다.[1] 그런가 하면 삼국유사 이후 기록된 구비문학을 보아도 신화, 전설, 민담 등의 형식으로 전승되는 무수한 호랑이 이야기를 볼 수 있다. 그 수에 있어서 호랑이 이야기는 다른 동물 이야기 가령 토끼, 여우, 메추리 등 수많은 다른 동물 이야기들과 경합을 해서도 타의 추종을 불허한다. 이처럼 호랑이 이야기를 좋아하는 민족이니 그래 조선은 '호담국(虎談國)'이라 할 만큼 범 이야기의 특수한 인연을 가진 곳이 되었다.[2] 일찍이 노신도 우리나라 사람을 만나면 반드시 한국의 호랑이 이야기를 들려 달라고 하였다 한다.[3] 이처럼

1) 중국이나 시베리아에서의 호랑이 기록도 우리 못지않다. 특히 중국의 경우는 호랑이 토템까지 기록상에서 확인이 되니 호랑이에 대한 혈연적 친연성은 어찌 보면 중국이 더 강한 듯하다. 하지만 호랑이를 종교적으로 숭상할 뿐만 아니라 신화적, 전설적, 민담적, 혹은 혼재된 형식의 호랑이 이야기를 만들고 즐기는 성향과 재능을 보면 우리를 따를 민족이 없는 듯하다.

2) 동아일보(1926.1~2월 중)

3) 이가원, 『조선 호랑이 이야기』, 학민사, 1994. 4면.

기록된 구비전승 이야기를 통해 볼 때 혹은 국외자들의 시각을 통해서 볼 때 한국 사람들이 특별히 호랑이 이야기를 만드는 것뿐만 아니라 듣기를 좋아하는 기질을 타고난 민족이라는 것을 거듭 확인한다.

2. 자료집으로서 『조선 호랑이 이야기』

호랑이 이야기에 대한 최초의 연구는 1966년 유증선의 연구 "호랑문학과 민속"이다.[4] 이후 호랑이 설화에 대한 연구의 수는 꾸준히 증가했다. 현재 학위 논문을 기준으로 볼 때 석사학위 논문이 12편 박사학위 논문이 3편으로 그 양적 성과가 적지 않다. 아울러 일반 학술지에 게재된 논문의 수는 정확히는 알 수는 없으나 대략 100여 편 내외인 것으로 추측이 된다.[5] 이러한 양적 성과를 이루는 과정에서 연민선생의 『조선 호랑이 이야기』(1994)는 무엇보다 자료의 면에서 후학들의 연구에 많은 도움을 주었다. 연구자들에 따라 어떤 연구자는 1977년 판 『한국 호랑이 이야기』를 활용하기도 하고 어떤 연구자는 1986년 판 『리가원전집(李家源全集)』 제9집을 활용하기도 하였다. 발표자는 한국트릭스터담 연구를 하면서 1994년 판 『조선 호랑이 이야기』를 자료로 활용하였다. 앞으로의 논의에서는 이들 세 종류의 자료를 『조선 호랑이 이야기』로 통칭하여 사용한다.

지금까지 호랑이 설화를 주제로 삼은 석사학위 논문과 박사학위 논문을 연구자, 연도, 학위구분, 논문 명 등을 중심으로 살피고 이들 논문들 중 어떠한 글에서 연민 선생의 자료집을 활용하였는지를 확인해

---

4) 유증선, "호랑문학과 민속 - 한국을 중심으로 하여", 『어문학』 14, 한국어문학회, 1966, 59~83면.

5) 한국학술정보원의 자료 검색 결과를 기준으로 할 때 짐작 된 수이다.

보았다. 이를 나타내면 표1과 같다.

표1. 『조선 호랑이 이야기』 의 자료 활용 양상

	연구자	연도	구분	논문명	활용
1	이호주	1982	석사	호랑이 설화에 나타난 한국인의 의식 고찰	
2	이원용	1987	석사	설화에 나타난 호랑이상의 연구: 강원도 설화를 중심	
3	김윤태	1984	석사	호랑이 설화에 나타난 한국인의 의식구조	
4	황정화	1990	석사	한국의 호랑이 민담 연구	활용
5	김필래	1996	석사	구비문학 속에 나타난 호랑이의 원형	활용
6	배도식	1999	박사	한국 호설화 연구	활용
7	김기호	2001	박사	한국 트릭스터담 연구: 호랑이 이야기를 중심으로	활용
8	조혜란	2002	석사	호랑이와 곶감 설화의 구조와 의미 및 교육적 활용	활용
9	김조환	2003	석사	호랑이 전래동화의 도덕과 수업에의 활용방안	
10	김혜진	2003	석사	호랑이 설화에 나타난 민중의식	
11	한기호	2005	박사	〈해와 달이 된 오누이 설화〉의 신화적 성격 연구	
12	신종원	2011	석사	한국 호랑이 설화의 서민적 상상력 연구	활용
13	양단단	2014	석사	한-중 호랑이 설화 비교 연구	
14	임정	2015	석사	한-중 호랑이 설화에 나타난 토테미즘 연구	
15	박송이	2015	석사	호랑이 보은 설화 연구	

표1에 나타난 바와 같이 연민 선생의 『조선 호랑이 이야기』는 2편의 박사학위 논문과 4편의 석사학위논문에서 자료로 활용되었다. 자료로 활용되었다는 것은 기록된 혹은 채록된 구비전승 이야기로서 그 신뢰성이 연구자들로부터 인정받았다는 것을 의미한다. 자료로 인정되고 활용되었다는 것은 무엇보다 한국 호랑이 설화의 유형 설정과 그 의미의 해석에 적지 않은 영향을 미쳤다는 것을 의미하기도 한다.

표1의 연번4인 황정화(1990)의 연구에서는 '산신-원조형'이라는 유형 설정의 예시 이야기로 『조선 호랑이 이야기』 셋째 마당 '호랑이와 효도'에 귀속 된 이야기 〈딸기〉(86면)를 인용하여 들었다. 김필래(1996)

는 논문에서 이가원의 『조선 호랑이 이야기』를 "호랑이에 관한 기록만으로 엮어진 책"으로 그 가치를 인정하여 소개하고 있다. 조혜란(2002)은 북한지역까지의 구전설화를 채록한 자료집으로 연민 선생의 『조선 호랑이 이야기』를 들고 연구의 대상으로 삼았다. 신종원(2011)은 등장인물이 비범한 능력을 갖춘 영웅일 경우에 이들은 호랑이의 정체를 간파하고 이들을 힘으로 굴복시킨다고 하고, 그 대표적인 인물로 강감찬, 이징옥, 곽재우를 들면서 연민 선생의 『조선 호랑이 이야기』에 수록된 자료를 이용하였다.

배도식(1999)은 그의 박사논문에 귀속 되는 자료집을 소개하면서 연민 선생의 『조선 호랑이 이야기』에 대해 다음과 같이 설명하였다.

> 이가원 《조선호랑이 이야기》, 학민사, 1993에 80편이 실려 있다. 저자가 호랑이 이야기를 수집하게 된 동기는 연암소설 〈호질〉을 연구하기 위해서 수집한 것이라고 이 책 서문에서 밝히고 있다. 이 책에 실린 이야기는 같은 유형의 여러 이야기 중에 1편씩만 싣고 나머지는 버렸다 하니 설화의 각편을 비교 연구하는 입장에서는 애석한 일이 아닐 수 없다. 이 책에 실린 이야기도 없는 유형이 있으니, 위험에 빠진 귀인의 생명을 구출해 주는 이야기, 효자 호랑이 이야기 두 유형이 없다.

라고 하여 80편의 자료적 가치에 대해서는 일고의 의심이 없다. 다만 대표 이야기만 취하고 나머지는 버린 점을 안타깝게 생각하였는데 그 이유는 각편의 비교를 연구할 수 없게 되었기 때문이라고 했다. 또한 대표적인 유형인 두 가지 이야기가 빠진 것도 아쉬움으로 지적하였다. 이러한 것은 자료집에 대한 아쉬운 부분이며 『조선 호랑이 이야기』의 자료적 가치를 손상하거나 신뢰성을 깨는 것은 아니다. 이와 같이 『조선 호랑이 이야기』에 수록된 80편의 호랑이 이야기는 그 자료적 가치가 상당수의 연구자들로부터 인정되고 연구에 활용되어 왔다.

2003년 이후 『조선 호랑이 이야기』가 연구자들로부터 활용되지 않는 모습도 보인다. 이러한 현상은 우선 이 자료집에 수록된 이야기들을 통해 구비전승 현장을 복원하는 것이 어렵기 때문이 아닌가 한다. 이를 확인하기 위해 자료집에 수록된 〈백일기도〉[6]라는 작품을 인용한다.

강원도 평창군 평창면 진부리에서 실제로 있었던 일이라 한다. 모자 둘이 단출한 생활을 하다가 어느 날 어머니가 산중으로 약초를 캐러 들어가서 돌아오지 않았다. 아들은 이것은 호랑이의 짓이 틀림없으리라고 생각하고 산중으로 들어가 어머니의 뼈라도 찾으려 하였다. 며칠을 돌아다니다 한 곳 바위에 이르니 어머니의 팔과 다리, 머리가 얹혀 있었다.

그는 그것을 모아 양지바른 곳에 묻고 원수인 호랑이를 찾아 다시 산속을 헤매기 시작했다. 한데 이 아들은 꾀가 없고 그저 한곬으로 쏠리면 그 것밖에 모르는 사람이었다. 그가 원수인 범의 얼굴을 기억할 수도 없는 일인데, 무슨 수로 호랑이를 찾는단 말인가?

그는 결국 열흘 동안을 허비하고 집으로 돌아왔다. 그러나 도저히 참기는 어려운 일이어서 다시 삽과 곡괭이를 가지고 산으로 들어가서 웅덩이를 깊게 파놓았다. 그리곤 아침 일찍이 웅덩이 앞에 앉아서 무릎을 끓고 어머니 원수를 깊게 하여 달라고 소리 내서 빌었다.

"신령님, 신령님, 저의 소원을 들어 주십시오. 제 어머니를 돌아가시게 한 염치없는 호랑이를 이 웅덩이에 빠지게 해주시옵소서. 이렇게 백날을 빠지지 않고 기도하겠나이다."

그렇게 기도하던 아흔 아홉 번째 날 웅덩이 앞에 앉아서 중얼거리고 있을 때 등 뒤에서 누가 흙을 뿌리고 있었다. 그러나 그는 기도가 끝난 후에야 뒤를 돌아다보았다. 거기에는 커다란 호랑이 한 마리가 나타나

6) 이가원, 『조선 호랑이 이야기』, 학민사, 1994, 70~71면.

> 그에게 흙을 뿌리고 있었고, 그가 돌아보자 큰 소리로 울어댔다. 그리곤 슬며시 꼬리를 사리고는 뒷걸음질을 쳐서 도망쳤다.
>
> 그는 다음날도 기도를 그치지 않았다. 그러자 그 웅덩이 속에서 이상한 소리가 났다. 들여다보니 어제의 호랑이였다.
>
> 그는 동리 사람들을 불러다 호랑이를 잡았다. 사람들은 신이 나서 그걸 팔아 한잔씩 마시자고 하였으나 그는 굳이 거절하면서 그것을 끌고 어머니의 무덤으로 올라갔다. 그 앞에 호랑이의 시체를 놓고 칼로 배를 갈라 창자를 꺼내어 씹으며, 어머니의 원수를 갚았으니 이제 한을 풀고 좋은 데로 가시라고 말했다고 한다.
>
> 〈김영민〉

〈백일기도〉 자료를 보면 먼저 제보자의 정보가 불충분하다. 가령 제보자 김영민은 남성인지 여성인지 구술 당시 그의 나이는 얼마인지 정도는 제시되는 것이 좋을 듯한데 그렇지 않다. 그리고 이 자료가 생성된 시간과 장소에 대한 정보가 없다. 언제 어디서 제보자인 김영민 씨가 구술하였는지 밝히지 않아 이 자료의 시대와 장소를 추론하기가 어렵다. 무엇보다 기록된 언어들이 현장성을 담아내지 못하는 듯하다. 언어들이 현장에서 발화된 언어의 지역성이 전혀 보이지 않는다. 마치 한 개인의 작가가 표준어로 창작을 한 것처럼 문장들이 구술성을 떠나 문자로 기호화 되어 있다. 이처럼 구술 현장의 복원성이 대단히 약하다는 점이 자료집으로서 가치를 떨어뜨린다. 이러한 점에서 『조선 호랑이 이야기』를 연구의 자료로 선택하기를 주저하는 것이 아닌가 한다. 무엇보다 1980년 이래 『한국구비문학대계』를 포함한 수많은 채록 자료집들이 출판되면서 연구자의 수중에 호랑이 이야기 자료들이 풍부해진 것이 가장 큰 원인이 아닌가 한다. 그러나 그럼에도 불구하고 『조선 호랑이 이야기』에 수록된 80편의 이야기는 설화적 구조를 온전히 유지하고 있다는 점에서 많은 연구자들도 그러하였듯이 자료적 가치가 충분히 인정된다고 하겠다.

3. 『조선 호랑이 이야기』에서 시도된 유형화 작업

한국의 호랑이 연구의 서장을 연 연구자는 앞서도 밝혔듯이 유증선이다. 배도식(1999)의 연구에 따르면 류증선 이후 황패강(1972), 김선풍(1974), 이관일(1976), 성기열(1976), 최래옥(1977), 차용주(1978), 장덕순(1978), 최래옥(1981), 이호주(1982), 송효섭(1986), 이호주(1989), 이태문(1990, 1991), 김영만(1992a, 1992b), 조경수(1992), 최인학(1994), 이부영(1995) 등의 연구자들이 호랑이 연구에 속속 참여하였다. 이들의 연구에 이어서 학술저널을 통해 발표된 연구의 수는 급격히 늘어났으며 연구자들의 관점 또한 실로 다양화되었다. 초기에는 국문학자들이 문학적 관점에서 호랑이 설화를 연구하였지만 점차 초중등 국어교육의 관점, 다문화교육의 관점, 한국어교육의 관점, 문화콘텐츠의 관점, 작문의 관점, 창의성 함양의 관점 등을 통해 호랑이 설화를 연구하는 등 연구자들의 관점이 실로 다양해졌다.

대상의 속성과 본질을 체계적으로 이해하고 또 대상을 체계적으로 설명하기 위해서는 무엇보다 먼저 자료를 유형화하는 작업이 선행되어야 한다. 특히 설화와 같이 하나의 유형에 수많은 각편들이 존재하는 자료인 경우 연구의 초기 단계에서 유형화가 이루어져야 한다. 유형화 작업은 결코 쉬운 일이 아니다. 모든 대상을 예외 없이 포섭해야 하며, 일관된 기준에 따라 자료들이 분류되어야 하며, 그 결과 대상의 본질과 체계가 드러나야 하기 때문이다. 한국 호랑이 설화 연구사에서도 유형화 작업이 초기에 시도되었고 또 후속 논문들에서 지속적으로 관심을 두었다. 그만큼 호랑이 설화 연구에서 유형화 작업은 주요한 과제가 되어왔다.

호랑이 설화 연구에서 최초로 유형화를 시도한 것으로 평가되는 작업은 장덕순(1970)의 『한국설화문학연구』에서이다. 이와 관련하여 배도식(1999)은 다음과 같이 밝히고 있다.

> 장덕순은 《한국설화문학연구》라는 저서를 출간하였다. 이 책은 주로 문헌설화 쪽을 다룬 책이긴 하지만 우리나라 설화를 문학의 차원에서 다룬 최초의 본격 연구서라 할 것이다. 1970년대에 초판이 나왔고, 1978년에 3판이 나왔다. 모두 569쪽의 이책에 최초로 호설화에 대한 장이 마련되었다. '생물지리학상의 호'에서 호랑이의 지리적 분포를 언급했고, '호의 전설'에서는 호설화를 ①효열전설(호환전설, 효감전설) ②보은전설(호보은전설, 의마·의우전설) ③신이전설(호원전설, 동물육아전설) ④예언설화 등으로 분류하고 예화를 들었다. '호와 민담'에서는 구전설화의 제목을 몇 편 소개했다.
>
> 이 논문은 호설화를 저서에 처음 다루었다는 것과 최초로 호설화의 유형을 분류했다는 데에 의미가 있다.(밑줄은 발표자가 친 것임)

위의 인용에서와 같이 한국 호랑이 설화에 대한 최초의 유형화 작업은 1970년 장덕순에서 시작되었다고 할 수 있다. 그러나 장덕순의 유형화 작업은 문헌설화를 중심으로 하였고 일부 구비설화를 포함하는 정도였다. 장덕순의 유형화 작업이 문헌설화 중심이라는 점에서 대상을 모두 구비전승 자료로 하여 호랑이 설화를 유형화한 작업의 최초는 다른 곳에서 찾아야 할 것 같다. 1977년 민조사에서 발간된 『한국 호랑이 이야기』의 서(序)를 보면 연민 선생이 자료집을 낼 때 구비전승되는 호랑이 설화들만을 대상으로 하여 유형화하였다는 것을 확인할 수 있다.

□ 서(序)

이 『한국 호랑이 이야기』는 내가 일찌기 연암 박지원(燕巖 朴趾源, 1737~1805)의 소설 중의 걸작인 「호질(虎叱)」을 연구하기 위하여 우리나라 호랑이에 대한 이야기들을 수집한 것이다.

이는 솔직하게 말하여 애당초부터 하나의 민속의 자료로서, 모아서 전저(專著)를 내려는 의도가 없었거니와, 또는 그다지 중요시하지도 않았던 것이다.

급기야 『호질연구(虎叱硏究)』가 끝난 뒤에 그 어지러운 원고 나부랭이들을 한 묶음의 휴지 뭉치로 폐기하려는 직전이다. 그 몇 천 장의 어느 한 조각이 핏땀 어리지 않은 것이 없음을 생각할 때에 차마 함부로 버리기엔 어려웠던 것이다.

그렇다 해서 그 몇 천 장의 조각조각이 모두 전세(傳世)의 가치를 지닌 것이었다고 생각할 수는 없었다. 곧 정리에 착수하였다.

거듭된 것이나, 또는 비슷한 것들을 깎아버림에 조금도 아끼지 않았다. 이는 한 계통, 한 줄거리의 이야기언마는, 지방에 따라, 또는 채집하는 사람에 따라 조금씩 다르지 않을 수 없기 때문이다.

총정리를 본 결과에 985장의 압축된 원고를 갖고 다음과 같이 10류 80편으로 나누어 보았다. (밑줄은 연구자가 친 것임)

인용의 내용에서 연민 선생은 『조선의 호랑이 이야기』에 수록된 이야기들의 유형화와 관련하여 두 가지 사실을 밝히고 있다. 첫째는 대상이 되는 자료가 모두 "우리나라 호랑이에 대한 이야기들을 수집한 것이다."는 점이다. 즉 남북한에서 구비전승 되는 자료들을 채록한 것들이라는 점이다. 둘째는 대상이 되는 자료를 10류 80편으로 나누어 보았다는 점이다. 여기서 "10류"라는 표현은 수많은 호랑이 설화 중 각편들은 버리고 남은 80편의 대표 이야기들을 10가지 유형으로 나누었다는 것을 의미한다. 여기서 "10류"의 "類"는 "類型"의 "類"이므로 연민 선생이 이 저서를 통해 호랑이 설화를 유형화했다는 것은 의심의 여지가 없다.

이렇게 보면 1977에 출판된 연민 선생의 『한국 호랑이 이야기』에서 시도 된 한국 호랑이 설화의 유형화 작업은 대상을 순수 구비전승 설화라는 것을 전제로 할 때 최초의 시도가 된다.

4. 유형 분류의 원형이 되는 연민 선생의 작업

연민 선생은 수많은 이본들을 비교 및 대조하여 이본들 중 가장 완성도가 높은 작품들을 선별하여 대표 작품 80편을 뽑고 이들을 10가지로 유형 분류하였다. 『조선 호랑이 이야기』에 제시된 10가지 유형과 각 유형에 귀속된 작품들 모두를 제시하면 다음과 같다.

① 호랑이 성격의 가지가지
〈호랑이의 여러 가지 성격〉
〈가운데 사람을 먹는 버릇〉
〈마늘과 토란〉
〈호랑이의 모성애〉
〈호부의 정절〉
〈호랑이의 사랑〉
〈영구바위의 암호랑이〉

② 신령으로 모셔지는 호랑이
〈의(義)를 아는 호랑이〉
〈범의 눈썹〉
〈큰 손님〉
〈게으른 여인〉
〈호랑이 굿〉
〈백일기도〉

③ 호랑이와 효도
〈호랑이 잡은 산색시〉
〈호랑이와 여우〉
〈며느리의 효심〉
〈정(鄭) 호랑이〉
〈딸기〉
〈효마(孝馬)〉
〈아기와 시아버지〉
〈박 효자(朴 孝子)〉
〈의형제〉

④ 은혜 갚은 호랑이
〈세 처녀〉
〈금비녀를 삼킨 호랑이〉
〈딸기장수 아주머니〉
〈가시 박힌 호랑이〉
〈삼형제〉
〈오뉘탑〉
〈호계리(虎溪里) 전설〉
〈유씨(柳氏)와 호랑이〉
〈동선령(洞仙嶺) 고개〉
〈구렁이와 호랑이〉
〈턱이 걸린 호랑이〉
〈나무꾼 박서방〉
〈우체부와 호랑이〉
〈호랑이 아들〉
〈범턱〉

⑤ 호랑이와 혼인 중매
〈산신령의 중매〉
〈일산봉(日傘峯) 전설〉
〈호랑이 뼈다귀〉
〈힘장사 지서방〉
〈숯굽는 노총각〉
〈목이 낀 호랑이〉

⑥ 호랑이와 역사 인물들
〈강감찬과 호랑이〉
〈군수와 순찰사〉
〈서화담(徐花潭)과 호랑이〉
〈곽재우(郭再祐)와 호랑이〉
〈호난(虎難)의 이원조(李源祚)〉
〈김응서(金應瑞)와 호랑이〉

⑦ 호랑이 우화
〈호랑이 수염〉
〈곶감과 호랑이〉
〈할머니의 호난(虎難)〉
〈수수깡이 붉은 이유〉
〈배은망덕한 호랑이〉

⑧ 호랑이 똥 이야기
〈조막손이〉
〈아들과 바꾼 얼굴〉
〈범첨지의 사냥〉
〈대머리 장사〉
〈굿 구경〉

〈대머리의 유래〉
〈부끄러운 아버지〉

⑨ 호난
〈여자와 호랑이〉
〈동부인의 유래〉
〈나팔수가 된 호랑이〉
〈정직한 포수〉
〈제말하면 오는 호랑이〉
〈부도(婦道)〉

⑩ 호랑이 잡이
〈뒤만 보는 장사〉
〈세살짜리 사냥꾼〉
〈온 식구의 호난〉
〈불로 잡은 호랑이〉
〈할머니와 호랑이〉
〈술취한 좌수〉
〈쉬네미 고개〉
〈아기와 주주〉
〈호랑이 미끼〉
〈기름 강아지〉
〈소금장수와 중〉
〈바보 이야기〉

이들 10가지 유형들을 보면, 연민 선생이 호랑이 설화 모두를 포괄하기 위해 기준을 다소 느슨하게 적용하였다는 것을 확인할 수 있다. 왜냐하면 인물의 역할을 유형화 기준으로 삼은 다른 유형들(②-⑩)과는 달리 ①의 경우는 인물의 성격을 유형화의 기준으로 삼았기 때문이다. 따라서 호랑이 잡학에 관한 ①을 제외하고 보면 호랑이의 역할을 기준으로 하여 유형화의 기준을 일관되게 적용하였다는 것을 알 수 있다. 연민 선생의 10개의 유형을 인물의 역할을 기준으로 하여 다시 재조정하여 묶어보면 다음과 같다.

성격 기준 - ①
역할 기준 - ②③(신적 심판자 혹은 신의 사자로서 (이중)주인공인 호랑이)
④⑤(시혜에 대한 은혜를 갚는 원조자인 호랑이)
⑦⑩(바보 적대자인 호랑이)
⑥⑧⑨(위협적 적대자인 호랑이)

위의 ①을 제외하고 보면, 연민 선생의 9개 유형은 모두 인물의 역할을 기준으로 분류된 것임을 알 수 있다. 이들 9개의 유형들을 역할에 따라 묶어보면 다음과 같다.

A형: 신격으로서 착함을 드러내는 주인공 혹은 이중 주인공(②③)
B형: 인간의 시혜에 대해 은혜를 갚은 원조자(④⑤)
C형: 낮은 인식 수준의 바보 적대자(⑦⑩)
D형: 위협적이고 강력한 힘을 소유한 적대자(⑥⑧⑨)

이들 유형 각각에 대해 이름을 붙이는 것은 유형의 본질을 드러내고 설명의 용이성을 얻기 위해서 필요하다. 위의 각 유형에 대해 호랑이의 역할을 드러내는 명칭을 붙이면 다음과 같다.

A형: 감응 원조자형(②③)
B형: 각성 원조자형(④⑤)

C형: 바보 적대자형(⑦⑩)
D형: 영웅 적대자형(⑥⑧⑨)

연민 선생의 호랑이 설화 유형 9개는 이와 같이 네 가지로 재조정이 된다. 첫째는 감응 원조자형, 둘째는 각성 원조자형, 셋째는 바보 적대자형, 그리고 넷째는 영웅 적대자형이다. 이어지는 장에서는 네 가지 유형이 다른 연구자들의 유형화 작업에 직간접적으로 어떻게 반영되었는지 알아보고자 한다. 연대순별로 연구자들의 호랑이 설화 유형을 알아보고 이들 유형과 연민 선생의 유형 사이에 어느 정도의 상동성이 있는지 비교해 보고자 한다.

표2. 호랑이 설화 유형들 사이의 상관 관계

연구자	유형	연민 유형
장덕순(1970)	효열전설(호환전설, 효감전설)	
	보은전설(호보은전설, 의마·의우전설)	
	신이전설(호원전설, 동물육아전설)	
	예언설화	
이호주(1982)	산신음조설화	감응 원조자형
	효행설화	감응 원조자형
	보은설화	각성 원조자형
	일월설화	바보 적재자형
	복수설화	영웅 적대자형
	지략설화	바보 적대자형
김윤태(1984)	의리형	감응 원조자형
	보은형	각성 원조자형
	효행형	감응 원조자형
	애정형	
	치우형	바보 적대자형
	포식형	영웅 적대자형

황정화(1990)	신격형	감응 원조자형
	보은형	각성 원조자형
	호환형	영웅 적대자형
	우둔형	바보 적대자형
김필래(1996)	신화 속 호랑이	
	전설 속 호랑이	
	민담 속 호랑이	
배도식(1999)	선호형	감응 원조자형
	악호형	영웅 적대자형
	우호형	바보 적대자형
	혼합형	각성 원조자형
김기호(2011)	과욕형	바보 적대자형
	각성형	각성 원조자형
	창선형	감응 원조자형
김혜진(2003)	신격형	감응 원조자형
	보은형	각성 원조자형
	호환형	영웅 적대자형
	우둔형	바보 적대자형

표2는 연민 선생의 유형 분류와 후속 연구자들의 유형 분류 사이의 상호관계를 보여준다. 비교의 결과 다음과 같은 특징을 발견할 수 있다. 첫째, 후속 연구자들이 분류한 호랑이 설화 유형이 표현의 차이만 있을 뿐 연민 선생의 유형 분류와 정확히 일치하는 것들이 있다는 것이 확인 된다. 이호주(1982), 황정화(1990), 배도식(1999), 그리고 김혜진(2003)의 유형화가 여기에 해당한다. 둘째, 김기호(2011)의 경우는 연민 선생의 유형 중 하나가 없는데 이것은 연구의 목적이 호랑이 설화를 통한 트릭스터 연구였기 때문이다. 그런가 하면 김윤태의 경우는 연민 선생의 유형이 다 포괄하지 못하는 애정형이 있다. 이것은 연구자가 특정한 작품군을 강조하고자 했기 때문에 생긴 것 같다. 셋째, 김

필래(1996)와 같이 유형의 범주를 장르로 설정함으로써 연민 선생의 유형화와 일치하지 않는 경우도 있다.

이러한 사실로 비추어 볼 때 호랑이 설화 연구사에서 연민 선생의 유형 분류의 의미는 특별하다. 첫째 후속 연구자들의 유형과 완전한 일치 혹은 상당한 일치는 연민 선생이 작업한 유형이 그 자체로서 보편성을 갖추었다는 것을 의미한다. 둘째 높은 상관성과 일치성은 적어도 후속 연구자들의 유형 설정 작업에 원형으로서 직간접적으로 많은 영향을 미쳤을 것이라는 것을 짐작케 한다. 셋째 향후 한국 호랑이 설화의 합의 된 유형화 작업을 하게 된다면 연민 선생의 유형화 작업 결과는 표준적 참조의 틀로서 역할을 할 수 있을 것이다.

5. 유형의 체계를 통섭하는 발달심리학적 사유

본 장에서는 연민 선생이 호랑이 설화를 10개의 유형 혹은 그 속에 잠재 된 4개의 유형으로 갈래를 지어서 80편의 설화를 제시하고자 결정했을 때, 그러한 결정이 가능하도록 한 연민 선생의 내적 사유 체계가 있었다면 그것이 무엇인지를 밝히고자 한다. 각편들 중 가장 완벽한 작품들을 선별하여 80편으로 추리고 이들 80편을 10류 혹은 이 속에 잠재된 네 가지 유형으로 묶어세울 수 있었던 것은 호랑이 설화 전체에 대한 어떠한 체계를 마음속에 그렸기 때문에 가능했을 것이다. 연구자의 마음속에 그렸을 법한 사유의 지도는 한국 호랑이 설화 전체를 조망하는 전승 집단의 의식이기 때문에 이것을 밝히는 것은 호랑이 설화를 이해하는 데 도움이 될 것이다.

유형에 잠재 된 연민 선생의 사유가 무엇일까 추단해 본 결과 몇 가지가 예상된다. 무엇보다 연민 선생은 장르분화의 관점에서 호랑이 설화의 생성 변화를 염두에 두었을 것같다. 10가지 유형을 명명하는 용어들 중에는 이와 관련된 것들이 있다. 둘째 유형의 명명인 "신령으로 모셔지는 호랑이", 여섯째 유형의 명명인 "호랑이와 역사인물들", 일곱째 유형의 명명인 "호랑이와 우화" 등에 는 '신령' '역사인물들' '우화' 등등이 포함되어 있다. 인류의 역사를 석기시대, 청동기시대, 철기시대로 구분할 때, 설화 또한 이러한 역사적 흐름과 함께 변화해온 것은 분명한 사실이다. 이들 영어 사용에 비추어 볼 때 역사의 과정에 대응한 장르분화 체계를 염두에 두고 유형화의 체계를 설정한 것이 아닌가 추단해 본다.

연민 선생이 역사적 장르분화 체계를 염두고 호랑이 설화를 유형화하였을 것이라는 점은 개연성이 높다. 그러나 그렇다고는 하더라도 다른 가능성을 찾아보는 것이 좋을 듯하다. 왜냐하면 장르분화 체계로 연민 선생의 유형들 사이의 관계를 바라볼 때, 분화의 과정이 그러하듯이 명료하게 구분되지 않는 작품들이 많다는 것이다. 가령 신화, 전설, 민담은 유용한 갈래 구분의 도구이나 역사적 실제는 이론과 잘 부합하지 않는다. 왜냐하면 변화라는 것이 단절적으로 이루어질 수도 있지만 상당수는 지속적 흐름 혹은 비약을 통해 이루어지기 때문이다. 설화의 경우도 신화가 있다고 한다면, 신화적 전설도 있을 수 있고 신화적 민담도 있을 수 있기 때문이다. 신화, 전설, 민담의 순서와 병존의 다양한 가능성을 배제할 수 없다. 다른 가능성을 찾아보아야 할 더 중요한 이유는 역사적 장르분화 체계로 유형의 체계를 설명할 수는 있지만 그 이상의 풍성한 논의를 이끌어내기에는 한계가 보이기 때문이다.

9개의 유형을 부분과 전체로 구조화하는 연민 선생의 심층의 사유를 발달심리학적 관점에서 해명하는 것도 또 다른 한 방법이 된다. 따라서 본 장에서는 9개의 유형을 내재된 4개의 유형으로 전환하여 유형 전체의 구조성을 발달심리학적 관점에서 해명하고자 한다. 이를 위해

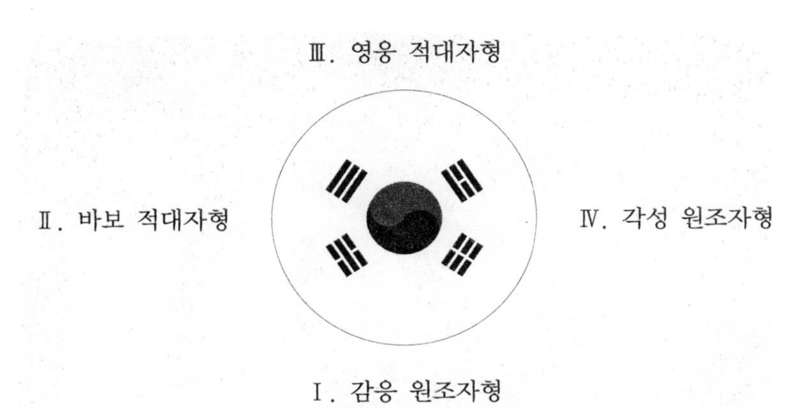

〈그림 1〉 호랑이 설화 유형의 관계도

먼저 네 개의 유형 사이의 관계를 그림1을 통해 보이기로 한다.

발달 심리학의 관점에서 보면 위의 그림1은 세 가지를 의미한다. 첫째는 네 개의 유형이 순환적 원형을 이루고 있다는 점이다. 둘째는 네 개의 유형이 순환적으로 무한 운동을 하는 데 그 순서는 Ⅰ. 감응 원조자형 → Ⅱ. 바보 적대자형 → Ⅲ. 영웅 적대자형 → Ⅳ. 각성 원조자형 →Ⅰ. 감응 원조자형이라는 점이다. 셋째 네 유형의 주체가 되는 호랑이는 그 정체가 각 유형에 따라 그리고 각 유형 내에서도 실로 다양하게 나타나지만 공통적으로는 중앙의 태극으로 상징되는 강력한 힘 곧 에너지의 상징이라는 점이다.

발달론적 관점에서 보면 운동의 첫 출발은 감응 원조자형의 호랑이로부터 시작된다. 여기에 해당하는 호랑이는 신 혹은 신의 사자이다. 신 혹은 신의 사자로 표상 되는 회화를 제시하면 그림2와 같다.

이 호랑이는 회화상에는 단독보다는 다른 신격과 함께 등장하는 경우가 더 많다. 가령 여신과 함께 등장하거나 아니면 남신과 함께 등장하기도 한다. 남신과 함께 등장할 때 그 남신은 또 도사이거나 스님,

〈그림 2〉 감응 원조자 호랑이
(경주 치술령 은을암 벽화 2016.10월 촬영)

혹은 유건을 쓴 유가적 인물이기도 하다. 단독으로 등장을 하든 다른 인물과 함께 등장을 하든 Ⅰ단계의 유형에 속하는 호랑이는 신격 혹은 신격의 사자이다. 여기에 해당하는 설화로 대표적인 이야기가 『조선 호랑이 이야기』(1994)의 〈범의 눈썹〉이다.

1. 호랑이가 늘 가난하게 살아가는 어떤 사람을 돕고자 한다.
2. 호랑이가 마법의 눈썹을 통하여 사람을 물어 죽이기 위한 합리화를 시도한다.
3. 호랑이가 마법의 눈썹을 사용하여 사람으로 변신한 짐승을 죽인다.
4. 호랑이가 그를 위해 사람인 여자를 부인으로 얻어 준다.

발달심리학적 관점에서 감응 호랑이의 인격적 현현을 대응하면 Ⅰ의 단계는 완전한 개성화 혹은 자아성취를 이룬 단계라 할 수 있다. 이 단계에 도달한 사람은 그 자체로 전지전능하고 자유자재한 존재이다. 그 자체로서 완전성을 획득한 존재이다. 이 단계에 이른 인격성은 영적 진리로 끌어가는 지혜로운 안내자라고 할 수 있다. 최고의 발단 단계인 아니무스의 상으로 본다면 이 호랑이는 종교적 체험의 중개자이며, 그에 따라 삶은 새로운 의미를 갖게 된다. 이 단계의 아니무스는 여성에게 그녀의 외적 부드러움을 보상하는 것으로 눈에 보이지 않는 내적 지주, 영적인 확고함을 부여한다. 그리고 여성으로 하여금 새로운 창조적 관념들을 남성보다 더 잘 받아들이도록 한다. 이 때 호랑이 상은 탱화에 등장하는 도사, 고승, 선비 등과 겹친다. 융에 따르면 이 단계의 호랑이는 영적 진리로 끌어가는 지혜로운 안내자 흔히 간디의 모습과 겹친다. 아니마로서 가장 발달된 단계라면 이것은 가장 성스럽고 순수한 것조차도 초월하는 지혜의 호랑이라 할 수 있다. 이 때 호랑이 상은 경주 서술 성모 혹은 선도산 성모, 지리산 성왕모, 가야산 정견모주, 치술령 신모, 영일현 운제산의 운제성모와 겹친다. 융에 따르면 이 단계의 호랑이는 그리스의 지혜의 여신 아테나와 모나리자의 상과 겹친다. 호랑이는 아니마일수도 있고 아니무스 일수도 있지만 통시적으로 보면 아니마의 상이 먼저이고 그 후 아니무스 상으로 대체되었다고 볼 수 있다.

발달론적 관점에서 보면 발달의 다음 단계는 바보 적대자형의 호랑이다. 여기에 해당하는 호랑이는 인지적·정의적·도덕적 수순에서 가장 낮은 수준이다. 이들 호랑이를 장난꾸러기 혹은 트릭스터(trickster)라 명명할 수 있다. 여기에 해당하는 호랑이의 회화를 나타내면 그림2와 같다.

이 장면 자체로는 호랑이의 정체를 파악하기 어렵다. 그러나 설화에서 호랑이와 토끼의 관계를 알고 있다면 지금 이 호랑이가 얼마나 바보스런 인물인가를 알아차린다. 호랑이와 토끼의 관계에서 호랑이는 늘 힘의 우위와 지혜의 낮음 관계 속에서 토끼에게 당하고 만다. 호랑이는 식욕에 늘 굶주려 있기 때문에 힘을 활용하여 약자인 토끼를 잡

〈그림 3〉 바보 적대자 호랑이
(담배 피우는 호랑이-김혜경 작)

아먹으려 하지만 지혜의 낮음 때문에 그는 또한 죽을 지경에 처한다. 그림으로 보면 호랑이가 주인이고 토끼가 머슴이지만 이러한 관계를 알고 보면 호랑이가 얼마나 조마조만한 위기 상황에 놓여 있는가를 알 수 있다.

여기에 해당하는 설화로 대표적인 이야기가 『조선 호랑이 이야기』(1994)의 〈수수깡이 붉은 이유〉(210~214)이다.

1. 호랑이가 고갯마루를 지나가는 부인을 잡아먹기 위해 기다린다.
2. 호랑이가 떡을 주면 잡아먹지 않겠다고 부인에게 반복해서 거짓말을 한다.
3. 호랑이가 부인이 입고 있는 옷을 주면 잡아먹지 않겠다고 거짓말을 한다.

4. 호랑이가 부인과의 약속을 어기고 부인을 잡아먹는다.
5. 호랑이가 부인의 옷으로 변장하고 아이들에게 어머니라고 거짓말을 한다.
6. 호랑이가 젖을 주는 척하면서 어린 아기를 잡아먹는다.
7. 호랑이가 부엌에서 일하는 모습에서 정체가 아이들에게 탄로 난다
8. 호랑이가 화장실에 가겠다는 아이들의 말에 속는다.
9. 호랑이가 우물 안 그림자를 보고 아이들이 우물 속에 들어간 줄 안다.
10. 호랑이가 나무 위로 올라가 아이들을 잡아먹기 위해 그들을 설득한다.
11. 호랑이가 아이들이 간 하늘로 올라가기 위해 하느님에게 거짓말을 한다.
12. 호랑이가 썩은 줄을 새 줄인 줄 알고 줄을 타고 하늘로 올라간다.
13. 호랑이가 올라가다가 수수밭에 떨어져 죽는다.

(지금도 수숫대가 붉어진 이유와 달과 해의 유래를 이야기한다.)

이 이야기의 인물을 장난꾸러기 혹은 트릭스터라고 말할 수 있는 것은 ① 호랑이가 온갖 술책(트릭)의 달인이라는 점, ② 변장이나 자기변신에 의한 모습 바꾸기를 한다는 점, ③ 행위의 뜻밖의 반전에 의해 상황의 반전이 초래된다는 점, ④ 식탐을 중심으로 한 육욕에 탐착한다는 점, ⑤ 흉내 내기를 한다는 점, ⑥ 해와 달의 생성과 같은 극적인 우주적 변화를 초래한다는 점 때문이다. 호랑이는 단순한 바보가 아니다. 그의 낮은 인식 수준이나 상황 판단 능력만을 두고 볼 때는 그렇게 볼 수 있다. 그러나 호랑이는 하인스가 제시한 트릭스터 속성 여섯 가지인 ①근본적으로 애매한 그리고 비정상적인 심리, ②기만자 및 술책을 부리는 자, ③모습을 바꾸는 자, ④상황을 역전시키는 자, ⑤신의 사자이자 모방자, ⑥ 신성하면서도 외설적인 땜장이 중 ①②③④에 해당하는 인물이다. 장난꾸러기로서 그리고 트릭스터(trickster)로서 호랑이는 머리 아홉 달린 뱀과 싸워 인간을 이롭게 하지만 그 이전에 누

이와 장난을 치는 일본의 트릭스터 스사노 모습과 겹친다. 혹은 재기발랄하고 자기 재미를 위해 못할 것이 없었던 존재이지만 삼장법사의 삼지창에는 꼼짝 못하는 중국의 트릭스터 손오공의 모습과도 호랑이의 이미지는 겹친다.

융은 이러한 트릭스터 곧 장난꾸러기에 대해 미숙한 인생의 초기단계에 해당한다고 보았다.[7] 그에 따르면 장난꾸러기의 행동을 지배하는 것은 정신이 아니라 육체이다. 그의 지능은 유아적이다. 그래서 자기의 기본적인 욕구를 만족시키는 것 이외에는 어떤 목적도 없고 잔인하고 냉소적이며 냉혹하다고 한다. 이 장난꾸러기 트릭스터는 그러나 호랑이처럼 나쁜 짓을 하나씩 하나씩 해나간다. 그러나 그렇게 하고 있는 도중 그에게 변화가 온다. 그러니까 이 나쁜 장난이 진화하면서 결국 성숙한 인간과 비슷한 모습으로 접근해 나가는 것이다. 트릭스터 호랑이 혹은 장난꾸러기 호랑이 단계는 인간의 발달에서 뛰어넘을 수 없는 단계이다. 누구나 반드시 겪어야 하며 잘 극복하여 사회화 되어야 하는 단계이다. 만약 이 단계를 대면하여 극복하지 못하고 회피하거나 모범생의 가면을 쓰고 억압하였다면 성인이 된 후에도 홍역처럼 찾아와 장난꾸러기의 연극을 본능적으로 수행해야 한다. 이때는 철이 덜든 애 어른이 되고만다. 따라서 건강한 사람이라면 트릭스터 혹은 장난꾸러기 호랑이를 받아들이고 인생의 한 과정으로서 창조적으로 겪어나가야 한다. 만약 어른들이 이러한 발달 단계의 모습을 보이는 자기 아이를 억압하고나 정신적 모범생 박스 안에 집어넣어 버리면 아이는 결코 창조적 성인으로 혹은 건강하게 사회화 된 성인으로 성장하기 어렵다.

발달론적 관점에서 보면 발달의 셋째 단계는 영웅 적대자형의 호랑

7) 칼 G. 융, 이윤기 역, 『인간과 상징』, 열린책들, 1996, 112~113면.

〈그림 4〉 영웅 적대자 호랑이
(쌍호흉배(부분) 25×28cm 신복덕 소장)

이다. 여기에 해당하는 호랑이는 정신적인 면이나 육체적인 면에서 장난꾸러기 트릭스터 호랑이와는 구별된다. 이 단계의 이야기에 등장하는 호랑이는 강력한 힘을 보이며 다른 존재에 대해서 대단히 위협적이다. 강력한 에너지를 바탕으로 위협적으로 그려지는 호랑이는 대체로 전설의 이야기 형식으로 역사적 인물과 결부하여 사실적으로 이야기된다. 여기에 해당하는 호랑이의 회화를 나타내면 그림3과 같다.

그림4는 무관의 표지로, 네모진 비단에 당상관(堂上官)은 쌍호(雙虎), 당하관은 단호(單虎)를 수놓은 것을 옷 앞자락에 붙였다고 한다. 따라서 무반을 호반(虎班)이라 호칭했다. 이에 대해 문관은 학 흉배를 했다고 한다. 신랑의 결혼 예식복에도 호랑이 무늬를 수놓은 흉배를 붙였다.[8] 그런데 그림4를 가만히 보면 두 호랑이 중간에 태극이 그려져 있다. 이 태극은 말 그대로 천지창조의 기운이라 할 수 있다. 그런

8) 김호근·윤열수 엮음, 『한국 호랑이』, 열화당, 1995, 103면.

데 일반 호랑이 민화를 가만히 보면 정확히 형상으로는 아니지만 선의 곡선이 태극의 곡선을 따른다는 것을 볼 수 있다. 얼굴에 그려진 골상을 표현하는 곡선, 등을 타고 흐르는 곡선, 앞다리와 뒷다리를 드러내는 곡선, 꼬리의 곡선 등 호랑이의 형상을 드러내는 모든 곡선은 태극의 곡선을 따르고 있다. 이처럼 영웅적 호랑이는 천지의 운동을 낳는 강력한 에너지를 함유한 존재를 상징한다.

여기에 해당하는 설화로 대표적인 이야기가 『조선 호랑이 이야기』(1994)의 〈강감찬과 호랑이〉(168~177)이다.

1. 고려 현종 때 서울의 호랑이들이 살면서 사람을 해치지는 않았다.
2. 호랑이들이 점차 시간이 지나면서 사람들을 잡아먹기 시작했다.
3. 호랑이들은 강감찬이 서울에 오자 위세에 눌려 사람을 해치지 않았다.
4. 호랑이들은 시간이 지나면서 점차 동네로 내려와 어린애를 물어갔다.
5. 호랑이들이 장에 갔다가 오는 삼봉이를 물어갔다.
6. 호랑이들은 강감찬의 배려를 무시하고 사람들을 해쳤다.
7. 호랑이들의 우두머리가 강감찬에게 불려갔다.
8. 호랑이들의 우두머리가 강감찬으로부터 떠나라는 명령을 들었다.
9. 호랑이들이 임신한 암호랑이를 빼고는 모두 압록강을 건너갔다.

이 이야기에서 호랑이들은 한 나라의 서울 중심지로 내려와 사람을 잡아갈 정도로 대담하다. 말하자면 산중의 영웅이라는 호칭을 듣는 호랑이들은 그들의 강력한 힘만을 믿고 인간세계와 자연세계의 질서에 문제를 일으키기 시작했다. 또한 그들의 힘을 제압할 수 있는 강감찬이 무너진 질서를 회복하기 위해 등장하였으나 경황을 지켜보다가 다시 질서에 혼란을 초래하기도 했다. 이것은 그들의 〈오만함〉이 낳은 결과이다. 말하자면 그들의 힘만을 믿고 방자하고 오만하게 군 결과이다.

"이 놈, 너 들어 보아라. 네가 아무리 짐승이라고는 하지만 그래도 산중 영웅이란 말을 듣는 터이다. 또 다른 짐승과 달라서 그만한 짐작은 있을 터인데 만물의 영장인 사람을 함부로 잡아먹다니, 그런 무법한 행동을 하면 천벌이 있을 줄을 어찌 모르는고. 내가 하늘을 대신해서 너희 족속을 모조리 멸해 버릴 것이로되, 하느님의 넓으신 뜻은 그렇지 않으시니 너희 전부를 없애는 일은 차마 못하실 것이라. 나 역시 하늘의 뜻을 본받아 너희 족속을 멸하지는 않겠다. 그 대신 너는 너희 호랑이 족속들을 모두 데리고 땅을 떠나거라. 만일 내 말을 거역해서 이 땅을 떠나지 않고 여전히 못된 행동을 계속하면 너희들을 그대로 살려 두지 않을 것은 물론 영영 이 땅위에서 너희 씨를 뿌리지 못하게 할 것이로다. 장차 어찌할 터인고?"[9](밑줄은 발표자가 그은 것임)

인용의 내용을 보면 호랑이는 만물의 영장인 인간을 잡아먹을 정도로 힘에 있어서는 가히 거칠 것이 없다. 그러나 자신들의 힘만 믿고 오만을 떤 결과 그들의 정든 삶을 떠나야 하는 벌을 받는다. 인간마저도 그들의 먹잇감으로 삼는 호랑이들은 강감찬의 말처럼 만물의 영장인 인간보다 우위에 선 것이다. 그러나 그들이 그들의 힘만을 믿고 결국 인간을 잡아먹는 〈오만함〉을 보인 순간 그들은 파멸을 맞는다. 강감찬이 하늘의 뜻을 빌어 공간 이동 정도로 하여 그들의 오만에 대한 희생 수준을 낮추었지만, 많은 이야기에서는 〈오만함〉의 대속으로 호랑이가 죽음을 맞이한다. 영웅적 호랑이의 죽음은 〈오만함〉의 단계에서 보다 성숙한 단계로 넘어가기 위한 희생 입문의례 혹은 대속(代贖)의 의례라 할 수 있다.

발달론적 관점에서 보면 발달의 넷째 단계는 각성 원조자형 호랑이다. 여기에 해당하는 호랑이는 사건의 전개에 따라 뚜렷한 양면성을

9) 이가원, 『조선 호랑이 이야기』, 학민사, 1994, 174~175면.

띤다. 이야기의 시작 단계에서 호랑이는 영웅적 적대자처럼 혹은 오만한 호랑이처럼 감히 만물의 영장인 사람을 잡아먹는다. 잡아먹은 결과 치명적인 문제가 발생하는데 그것은 삼킨 음식의 뼈가 목에 걸리는 것이다. 이러한 문제는 스스로 해결할 수 없고 결국 어떤 사람의 도움을 받아야 해결할 수 있다. 호랑이가 누군가의 도움을 받아 목구멍의 뼈를 해결한 순간부터는 자신의 생명의 은인에 대해 감사의 마음으로 은혜를 갚고자 한다. 즉 각성을 통하여 시혜를 베푼 사람에 대해 현실적인 도움을 준다. 각성 전의 호랑이는 영웅적 적대자였다면 각성 후의 호랑이는 감응 원조자에 가깝다. 여기에 해당하는 호랑이의 회화를 나타내면 그림4와 같다.

그림5는 호랑이가 효자로 이름을 떨친 유쾌하고 아름다운 이야기다. 나무꾼이 홀어머니를 모시고 참으로 착하게 살아가던 어느 날 산에서 덩치도 산만한 호랑이를 만난다. 죽을 위기에 처한 그리고 호랑이 입장에서는 굴러온 떡을 먹을 순간에 나무꾼이 기지를 발휘한다. 호랑이는 일찍이 홀어머니를 남겨두고 집을 나간 동생이라는 천기를 나무꾼이 호랑이에게 알려준다. 호랑이는 그 말을 듣는 즉시 그 말을 믿는 맑고 깨끗한 마음의 소유자이다. 그리하여 그는 어머니를 그리워하며 방금 생긴 형님에 대해 깍듯이 예의를 다하며 그날 이후 그가 죽는 날까지 어머니 봉양을 극진히 한다. 특히 이 이야기의 압권은 어머니가 돌아가시자 호랑이가 그의 자식들까지 꼬리에 흰천을 묶도록 하여 손자들로서 상주의 예를 다하도록 했다는 것이다. 오만한 영웅이 마침내 정신과 육체가 통합된 성숙한 영웅으로 거듭나는 이야기다. 이 각성 원조자 호랑이 이미지는 장난꾸러기 트릭스터 호랑이에서 발달된 상이고, 또 오만한 영웅 적대자 호랑이에서 발달한 상이다. 각성한 호랑이는 장난꾸러기 트릭스터의 본능적·유아적 욕구를 극복하고 사회화된 존재에 대한 이미지이다. 각성한 호랑이는 또한 오만한 영웅

〈그림 5〉 각성 원조자 호랑이
(〈호랑이와 나무꾼〉 동화책 속 그림)

호랑이의 방자함을 극복하고 청정한 마음을 가진 호랑이로 거듭난 존재에 대한 상이다.

여기에 해당하는 설화로 대표적인 이야기가 『조선 호랑이 이야기』(1994)의 〈금비녀를 삼킨 호랑이〉(168~177면)이다.

1. 옛날 어느 마을에 호랑이가 나타나 사람을 잡아갔다.
2. 호랑이는 사람을 잡아먹다가 목에 비녀가 걸리게 되었다.
3. 호랑이는 자신을 잡으러 온 사람으로부터 목의 비녀를 뽑게 하였다.
4. 호랑이는 그 사람을 집으로 태워주었다.
5. 호랑이는 그 사람이 사냥을 할 때마다 나타나 태워주었다.
6. 호랑이는 그 마을 사람들을 해치지 않았다.
7. 호랑이는 그 사람이 죽자 명당터를 잡아주었다.
(그 마을은 평화로왔고 그 아들도 잘 살았다.)

호랑이는 포수가 〈금비녀〉를 빼준 전후로 완전히 바뀐 존재가 된다. 前은 오만한 영웅 호랑이며, 後로는 은혜를 갚는 착한 호랑이다. 포수가 금비녀를 빼주는 것에 대한 은혜 갚음으로 원조자가 된다. 이러한 호랑이를 아니무스의 상이라 본다면, 각성의 호랑이는 단순한 육체적 힘을 자랑하는 오만한 존재에서 주도권과 계획된 행동을 할 수 있는 능력을 갖춘 존재로 거듭나는 것을 상징한다. 만약 이러한 호랑이를 아니마의 상에 비유한다면, 순전히 본능적이고 생물학적인 존재에서 낭만적이고 미적인 수준의 인격화로 볼 수 있다. 혹은 에로스가 정신적 헌신의 극치까지 이른 상으로 볼 수도 있다. 발달론적으로 호랑이를 아니마로 볼 것인지 아니무스로 볼 것인지 딱히 어느 하나로 정할 필요는 없다. 다만 청자가 남성이라면 호랑이를 내면의 여성상인 아니마로 청자가 여성이라면 호랑이를 내면의 남성상인 아니무스로 수용하면 될 것이다.

지금까지 연민 선생의 네 유형을 발달 심리학적 관점에서 그 의미를 각각 살펴보았다. 지금까지의 논의를 통해 확인할 수 있었던 것은 연민 선생이 유형화를 시도할 때 염두에 둔 유형을 통섭하는 체계는 발달론적 체계일 수 있다는 점이다. 네 개의 유형을 발달심리학적 관점에서 살필 때 각각의 유형이 순차적·계기적 관계를 형성하면서 인간의 발달 단계와 일치하는 모습을 보이기 때문이다. 따라서 호랑이 설화의 유형을 체계로 묶는 연민 선생의 사유는 인간의 개성화를 염두에 둔 발달론적 사유라 할 수 있다. 물론 이러한 결론이 연민 선생의 생각과 일치하느냐 그렇지 않느냐를 따지는 것은 의미가 없다. 중요한 것은 연민 선생의 생각을 빌려서 한국 호랑이 설화 전체를 통섭하는 체계 혹은 구조를 얼마나 논리적으로 설명하느냐가 보다 중요하기 때문이다.

6. 맺음말

네 개의 호랑이 설화 유형이 순차적으로 인간의 발달 단계와 상응한다는 것을 확인할 수 있었다. 그러나 유형 사이의 계기성을 명료하게 밝히는 작업은 아직 과제로 남았다. 본 장에서는 먼저 유형 사이의 계기성에 대해 말해보고자 한다. Ⅰ단계로 제시된 감응 원조자형의 호랑이가 Ⅱ단계로 제시된 바보 원조자형 호랑이로 이행한다고 하면서 그것의 계기성은 설명하지 않았다. 감응하는 신격 존재로서 호랑이가 어떻게 가장 낮은 수준의 장난꾸러기 호랑이로 전락할 수 있느냐 하는 것은 설명하기 어렵다. 이 부분은 산속의 호랑이와 세속의 호랑이로 구분하고 산속의 호랑이가 세속의 호랑이로 진입할 때 어떤 일이 있었는가 하는 점을 밝히면 될 듯하다. 추측해보면 호랑이가 신의 세계에 머물지 않고 그가 신의 세계를 떠나 인간의 세계에 진입한 데는 그만한 이유가 있기 때문이다. 그의 본향은 신의 세계이지만 그가 인간의 세계에 온 것은 신으로부터 어떤 소명을 받았기 때문이다. 인간 세계에 진입한 후 그가 장난꾸러기로 행동하는 것으로 보아서는 그가 신의 세계에서 받은 소명을 인간 세계에서는 〈망각〉해 버린 것임에 틀림없다.

폴 라딘이 소개한 아메리카 인디언의 트릭스터 왁준카가의 이야기를 보면 그는 인간 세상에서 모든 악행과 바보스런 행동을 한다. 그런데 이야기의 후반부에 가면 그가 마침내 그의 소명을 각성하고 새로운 존재로 거듭난다. 호랑이 이야기에서 Ⅱ단계의 호랑이가 바보가 된 것에 대해 아메리카 인디언 트릭스터 왁준카가의 사례에 비추어서 설명할 수 있다. 왁준카가가 장난꾸러기로서 행동한 것은 그가 처음부터 장난꾸러기가 아니었고 사실은 신으로부터 어떤 소명을 받고 인간세계에 진입했으나 진입하는 순간 소명을 망각하는 순간부터 시작된다.

그 결과 그는 그의 욕망이 명령하는 대로 행동한다. 따라서 Ⅰ단계의 신격이 Ⅱ단계에서 바보가 되는 계기는 소명에 대한 호랑이의 〈망각〉이 낳은 결과이다.

Ⅱ단계에서 Ⅲ단계로 진입을 한 것은 호랑이가 힘의 면에서 영웅성을 획득했기 때문이다. 말하자면 Ⅲ단계에서 호랑이는 인지적 수준에서도 장난꾸러기 단계인 Ⅰ단계를 극복하였으며 힘의 면에서도 보다 더 강력해진 발달을 획득했다. 그러나 Ⅲ단계의 호랑이는 치명적인 문제를 안고 있는데 그것은 〈오만함〉이다. 그가 그의 정신적·육체적 힘만을 과독하게 믿고 금기를 위반함으로써 오만함에 빠지고 말았다. 그래서 만물의 영장인 인간을 서슴지 않고 잡아먹는다. 그 결과 그는 죽음이나 떠남이라는 대속 행위를 해야 한다. 〈오만함〉은 어떤 경우든 발달에서 치명적이다. 죽음과 본향의 떠남은 〈오만함〉에 대한 대속행위이다. 호랑이는 장난꾸러기를 극복하고 힘센 영웅으로 거듭났으나 그의 〈오만함〉이라는 치명적 약점 때문에 죽음이나 떠남으로 생을 정리해야 한다. 말하자면 영웅의 오만함은 절대로 인정되지 않으면 오만함에 빠지는 경우 반드시 대속의 행위를 통해 그 죄가 완화되어야 한다.

Ⅲ단계에서 Ⅳ단계로의 진입은 Ⅲ단계의 오만함을 대속하고 정신적으로 성숙한다는 것을 의미한다. 그리고 Ⅱ단계의 장난꾸러기가 사회화 되었다는 것을 또한 의미한다. 이와 같이 Ⅲ단계에서 Ⅳ단계로 진입하게 된 계기는 〈각성〉이다. 각성은 말 그대로 '깨어 정신을 차림'이다. 각성이라는 말은 정신이 깨기 전인 혼몽 상태와 깨고 난 후의 정신 차림을 구분한다. 정신의 혼몽에 대한 정신의 차림이 계기가 되어 호랑이는 Ⅲ단계의 오만한 영웅에서 은혜 갚음이라는 정신적 성숙으로 진입한다. 〈각성〉은 크게 존재의 거듭남을 이끈 것으로 Ⅲ단계에서 Ⅳ단계로 이행하는 동인이다.

Ⅳ단계에서 Ⅰ단계로의 진입은 Ⅳ단계에서 각성한 호랑이가 〈소명〉

을 완성했다는 것을 의미한다. 따라서 Ⅳ단계에서 Ⅰ단계로의 진입하는 계기는 〈소명〉의 완성이다. 원래 호랑이가 신의 세계인 숲이나 산속에 있을 때는 신격이거나 신의 사자로서 신성을 유지한 존재였다. 그러나 그가 인간 세계에 진입할 일이 있어 속세로 진입하지만 속세로 진입하는 순간 그의 소명을 망각한다. 또한 장난꾸러기 트릭스터의 단계를 거치고 영웅이 되지만 그의 성격적 결함이라 할 수 있는 오만함이 그를 죽음으로 몰고 간다. 그 이후 호랑이는 〈각성〉을 통해 정신적 성숙과 사회화를 동시에 획득한다. 또한 그는 〈각성〉을 통해 인간을 위해 무엇인가 유익한 일을 해준다. 여기 Ⅳ단계에서 호랑이가 인간에게 유익한 일을 해주었다는 것은 그가 Ⅰ단계인 신의 세계로 돌아가야 할 시간이 되었다는 것을 의미한다. 이와 같이 〈소명〉의 완성을 계기로 하여 호랑이는 Ⅳ단계에서 Ⅰ단계로 진입을 한다. 이것은 호랑이가 본향으로 귀속하게 되었다는 것을 의미한다.

〈Ⅰ단계 → Ⅱ단계 → Ⅲ단계 → Ⅳ단계 → Ⅰ단계〉로의 단계 이동은 인간의 발달 단계 이동과 상응한다. 이러한 발달 단계의 점진적 이동은 개성화(individuation)이자 자아실현(self-realization)이다. 우리민족이 호랑이 이야기를 만들고 호랑이 이야기를 한다는 것에는 참으로 다양한 의미가 포함된다. 그 중 발달론적 관점에서 보면 우리가 호랑이 이야기를 만들고 듣고 기록된 것을 읽는다는 것은 그 자체로 개성화나 자아실현의 과정에 참여하는 것이 된다. 따라서 네 개의 유형이 발달심리학적으로 단계화되고 체계화된 연민 선생의 『조선 호랑이 이야기』(1994)는 이 책을 읽는 독자들에게 개성화 혹은 자아실현을 자극하는 교육적 혹은 치유적 매체로서 역할을 주요하게 할 것이라 본다.

• 발문 •

2권 편집을 마치면서

2005년도에 『연민 이가원 선생의 생애와 학문』 1권을 간행한 뒤로, 11년 만에 동일한 제목이나 새로운 필자들과 내용 또한 다채로워진 권2와 권3을 새로 펴내게 되었습니다.

권1의 서문(序文)을 보면 연민 선생님의 제자들을 대표하여, 책임 편집을 맡으셨던 허경진 선생님께서 "(연민) 선생님을 모르는 후속 세대들에게, 이 책이 선생님의 생애와 학문을 아는데 조금이라도 도움이 되었으면 좋겠습니다. 선생님의 학문이 이 책을 통해서 오래오래 후학들에게 전해지기를 염원합니다."라고 하셨는데, 이러한 연민 선생님을 기리는 마음이 오늘 권2와 권3을 간행하게 된 원동력이 될 수 있었습니다.

『연민 이가원 선생의 생애와 학문』 권2는 제1부 연민선생의 생애, 제2부 연민선생의 창작 활동 둘로 구성되어 있습니다. 제1부에서는 한 학자로서의 연민선생님을 재조명하면서 앞서 간행된 권1의 내용에서 언급하지 못했던 "연민의 만년의 담소의 의미와 저작활동", "연민문고 소장 고서의 학술적 가치", "단국대학교 소장 연민 이가원 선생 기증 서화와 인장의 현황", "연민 선생의 별호(別號)에 대하여" 등을 새로 다루어 보았습니다.

제2부에서는 문인으로서의 연민선생의 모습을 다양한 각도로 살펴보았습니다. "이가원 선생의 시를 통해 본 한국 근체시(近體詩)의 격률",

“연민선생의 한시(漢詩)”, “연민선생과 과체시(科體詩) 연구”, “연민 이가원의 온유돈후(溫柔敦厚)의 시학”, “이가원의 절구시(絶句詩)를 논함” 등이 바로 문인(文人)으로서의 선생님의 위상을 조명해 본 글입니다.

『연민 이가원 선생의 생애와 학문』 1권이 간행될 때, 대부분의 필진은 선생님께 직접 가르침을 받으셨던 분들입니다. 이제 그 선배님들은 정년을 맞아 한두 분씩 현직에서 은퇴하고 있습니다. 이제 그 자리를 젊은 연구자들과 해외 신진 학자들이 대신하고 있습니다. 앞으로도 “연민선생님의 생애와 학문”을 새로운 시각에서 살펴보는 연구서와 단행본이 지속적으로 나올 수 있게 〈연민학지〉의 새로운 편집위원장으로 최선을 다하겠습니다.

좋은 글의 게재를 흔쾌히 허락해주신 필자 선생님들, 연민학회가 열릴 때마다 항상 나의 일처럼 달려와 참석해 주시는 많은 연민학회의 회원분들, 이 학회를 지속적으로 이끌어 오신 허권수, 허경진 두 분 선생님께 감사드립니다.

2017년 3월

연민학지 편집위원장 유춘동 올립니다

참고문헌

연민 이가원 선생의 생애와 학문세계 | 허경진 9

姜東燁 編, 『淵民先生의 學問과 生涯』, 亞細亞文化社, 1987.

洌上古典研究會, 「淵民先生 年譜 및 論著目錄」, 『洌上古典研究』 제14집, 2001.

李家源, 『東海散藁』, 友一出版社, 1983.

______, 『李家源全集』 22책, 正音社, 1986.

______, 『褉同散異集』, 檀大出版部, 1987.

______, 『遊燕堂集』, 檀國大學校出版部, 1990.

______, 「淵翁號譜」, 『阮堂號譜』, 美術文化院, 1998.

______, 「〈陶山全書解題〉 후기(附)」, 『退溪學及其系譜學的研究』, 退溪學研究院, 1989.

______, 『萬花齊笑集』, 檀國大學校出版部, 1998.

______, 『瓶花集』, 太學社, 1994.

______, 『碧梅漫藁』, 太學社, 1991.

______, 「總結-退溪學의 系譜的 研究」, 『退溪學及其系譜學的研究』, 退溪學研究院, 1989.

______, 『朝鮮文學史』 上中下, 太學社, 1995~1997.

李中寅, 『老山遺藁』, 太學社, 1993.

許敬震, 「淵民선생의 漢詩에 대하여」, 『淵民 李家源先生 八秩頌壽紀念論文集』, 洌上古典研究會, 1997.

______, 「연민 이가원 선생의 생애와 학문」, 『연민 이가원 선생의 생애와 학문』, 열상고전연구회 편, 2005.

許捲洙, 『연민 이가원 평전』, 술이, 2016.

______, 「淵民先生 所撰 碑誌類文字의 特性과 價値」, 『연민 이가원 평전』, 술이, 2016.

______, 「淵民 李家源선생이 지은 箴銘類 작품에 대한 小考」, 『연민 이가원 평전』, 술이, 2016.

何良俊, 『何翰林集』, 劉俊文 總纂, 中國基本古籍庫.

연민의 만년의 담소의 의미와 저작활동 | 권오영 30

姜東燁 編, 『淵民先生의 學問과 生涯』, 亞細亞文化社, 1987.
冽上古典研究會, 「淵民先生 年譜 및 論著目錄」, 『冽上古典研究』 제14집, 2001.
李家源, 『東海散藁』, 友一出版社, 1983.
______, 『李家源全集』 22책, 正音社, 1986.
______, 『褋同散異集』, 檀大出版部, 1987.
______, 『遊燕堂集』, 檀國大學校出版部, 1990.
______, 「淵翁號譜」, 『阮堂號譜』, 美術文化院, 1998.
______, 「〈陶山全書解題〉 후기(附)」, 『退溪學及其系譜學的研究』, 退溪學研究院, 1989.
______, 『萬花齊笑集』, 檀國大學校出版部, 1998.
______, 『瓶花集』, 太學社, 1994.
______, 『碧梅漫藁』, 太學社, 1991.
______, 「總結-退溪學의 系譜的 研究」, 『退溪學及其系譜學的研究』, 退溪學研究院, 1989.
______, 『朝鮮文學史』 上中下, 太學社, 1995~1997.
李中寅, 『老山遺藁』, 太學社, 1993.
許敬震, 「淵民선생의 漢詩에 대하여」, 『淵民 李家源先生 八秩頌壽紀念論文集』, 冽上古典研究會, 1997.
______, 「연민 이가원 선생의 생애와 학문」, 『연민 이가원 선생의 생애와 학문』, 열상고전연구회 편, 2005.
許捲洙, 『연민 이가원 평전』, 술이, 2016.
______, 「淵民先生 所撰 碑誌類文字의 特性과 價値」, 『연민 이가원 평전』, 술이, 2016.
______, 「淵民 李家源선생이 지은 箴銘類 작품에 대한 小考」, 『연민 이가원 평전』, 술이, 2016.
何良俊, 『何翰林集』, 劉俊文 總纂, 中國基本古籍庫.

연민문고 소장 고서의 학술적 가치 | 정재철 67

朴趾源, 『燕巖集』(박영철본), 경인문화사, 1982.
김명호, 『열하일기 연구』, 창작과 비평사, 1990.
______, 「『열하일기』 이본(異本)의 재검토」, 『동양학』 제48집, 단국대 동양학연구소, 2010.

김영진, 「朴趾源의 필사본 小集들과 自編稿 『烟湘閣集』 및 그 계열본에 대하여」, 『동양학』 제48집, 단국대학교 동양학연구소, 2010.
김윤조, 「朴榮喆本 燕巖集의 錯誤・脫落에 대한 검토-'文' 부분을 대상으로 '勝溪文庫本 燕巖集'과 비교하여」, 『漢文學論集』 제10집, 단국한문학회, 1992.
단국대 소장 연민문고 〈동장귀중본〉 해제단, 『단국대 소장 연민문고 〈동장귀중본〉 해제집』, 문예원, 2012.
단국대 동양학연구원, 『연민문고 소장 연암 박지원 작품 필사본 총서』, 문예원, 2012.
정재철, 「박영철본 『연암집』 미수록 연암시에 대하여 - 연민문고 소장 『연암집초고보유 9』 소재 작품을 중심으로-」, 『대동한문학』 제37집, 대동한문학회, 2012.

단국대학교 소장 연민 이가원 선생 기증 서화와 인장의 현황 | 오호석 100

단국대 소장 연민문고 〈동장귀중본〉 해제사업단, 『단국대 소장 연민문고 〈동장귀중본〉 해제집』, 문예원, 2012.
단국대학교 동양학연구원, 『연민문고 소장 연암박지원작품필사본총서』 1~20, 문예원, 2012.
단국대학교 석주선기념박물관, 『연민 이가원 선생이 만난 선비들』, 2013.
예술의전당, 『一中金忠顯』, 1998.
오세창 편, 동양고전학회 역, 『국역 근역서화징』 상, 1998.
柳熙綱, 「《淵民之書》序」, 『淵民李家源書展』, 東山房, 1977.
李家源 撰, 『阮翁號譜』, 美術文化院, 1998.
이기우, 『鐵濃印譜 上』, 寶晉齋, 1972.
정문향, 『鄭文鄉印集』, 韓國篆刻學硏究會, 1981.
정충락, 『古璺齋印存』, 1993.
최준호, 『추사, 명호처럼 살다』, 아미재, 2012.

단국대학교 퇴계기념도서관, 「연민이가원 박사 기증품 목록」, 2000.
李家源, 「阮堂金正喜名號鈐印及款識攷」, 『圖書』, 1965. 3. 30.
정충락, 「淵民 李家源 博士의 書藝術에 관한 小考」, 『연민 이가원 선생의 생애와 학문』, 열상고전연구회, 2005.
허경진, 「연민 이가원 선생의 생애와 학문」, 『연민 이가원 선생의 생애와 학문』, 열상고전연구회, 2005.

李家源, 「書畵骨董夜話(9) 秋史金正喜의도장」, 『매일경제』(1982년 11월 6일 기사).

연민 선생의 별호(別號)에 대하여 | 리우창(劉暢) 126

《東國李相國全集》
《保閑齋集》
《三國史記》
《松亭先生文集》
《旅軒先生文集》
《先賢들의 字와 號》, 韓國首爾 : 傳統文化研究會, 1997.
吉常宏, 中國人的名字別號, 中國北京 : 商務印書館.
劉暢 · 許敬震, 趙季 : 韓國文人名字號訓詁辭典, 韓國首爾 : 以會社, 2014.
李家源, 淵淵夜思齋文稿. 韓國首爾 : 通文館, 1967.
______, 淵民之文, 韓國首爾 : 乙酉文化社, 1973.
______, 通故堂集. 韓國首爾 : 國民書館, 1979.
______, 貞盦文存. 韓國 : 友一出版社, 1985.
______, 遊燕堂集. 韓國首爾 : 檀國大學校出版部, 1990.
______, 萬花齊笑集. 韓國首爾 : 檀國大學校出版部, 1998.

이가원 선생의 시를 통해 본 한국 근체시(近體詩)의 격률 | 자오지(趙季) 141

『平水韻』
王力, 『詩詞格律』, 中華書局2005年版.

연민선생의 한시(漢詩) | 퀑킨훙(鄺健行) 154

『淵民之文』
『淵淵夜思齋文藁』
『貞盦文存』
『通故堂集』

연민선생과 과체시(科體詩) 연구 | 이상욱 172

李家源, 『韓國漢文學史 : 韓國 漢文學思潮 研究』, 民衆書館, 1961.

李家源, 『李家源全集』, 正音社, 1986.
______, 『朝鮮文學史』, 太學史, 1997.
______, 「石北文學研究」, 『東方學志』, 1959.

金台俊, 『朝鮮漢文學史』, 朝鮮語文學會, 1931.
김경용, 「朝鮮朝 科擧制度 講書試券 研究」, 『장서각』 15집, 2006.
______, 『장서각 수집 교육 과거관련 고문서 해제』, 민속원, 2008.
김동석, 「조선시대 과체시의 정식 고찰」, 대동한문학회, 2008.
박현순, 「조선후기 試券에 대한 고찰 -시종별 시권의 특징을 중심으로-」, 『고문서연구』 제41호, 2012.
尹敬洙, 「石北詩研究」, 成均館大學校 博士學位論文, 1983.
李起炫, 「石北文學研究」, 漢陽大學校 博士學位論文, 1996.
이상욱, 「조선 과체시의 글쓰기 방식에 대한 연구」, 연세대학교 석사학위논문, 2005.
張裕昇, 「朝鮮時代 科體詩 研究」, 『韓國漢詩研究』 11집, 2003.
최유찬, 「우리 학문의 길」, 『淵民學志』 6집, 1998.
허경진, 「동시품휘보(東詩品彙補)와 허균의 과체시(科體詩)」, 『洌上古典研究』 제14집, 2001.
Alexander Woodside, 『Lost Modernities』, Harvard University Press, 2006.
Benjamin Elman, 『A Cultural History of Civil Examinations in Late Imperial China』, University of California Press, 2001.
차미희, 『조선시대 과거시험과 유생의 삶』, 이화여자대학교 출판부, 2012.

연민 이가원의 온유돈후(溫柔敦厚)의 시학 | 남상호 **194**

『서경』, 『예기』, 『논어』, 『사기』, 『한시외전』 등 고전
李家源, 『淵民夜思齋文藁』, 통문관, 1967.
______, 『淵民之文』, 을유문화사, 1973.
______, 『通故堂集』, 국민서관, 1979.
______, 『貞盦文存』, 우일출판사, 1985.
______, 『遊燕堂集』, 1990.
______, 『萬花齊笑集』, 1990.
______, 『李家源全集(2)-韓文學研究』「詩經과 우리문학」, 탐구당, 1969.
열상고전연구회 편, 『연민 이가원 선생의 생애와 학문』, 보고사, 2005.
劉若愚 저, 이장우 역, 『中國詩學』, 서울, 범학도서, 1994.
김장환, 『중국문학의 갈래』, 차이나하우스, 2010.

이상섭, 『아리스토텔레스의 시학연구』, 문학과 지성사, 2002.
남상호, 『육경과 공자인학』, 예문서원, 2003.
______, 『공자의 시학』, 강원대학교 출판부, 2011.
馬承源 主編, 『上海博物館藏戰國楚竹書(1)』, 上海古籍出版社, 2001.
季旭昇 主編, 『新書上海博物館藏戰國楚竹書(1)讀本』, 北京大學, 2009.

이가원, 「퇴계시의 특징－溫柔敦厚에 대하여」, 『퇴계학보』 43집, 퇴계학연구원, 1984.
______, 「독시천지」, 『인문과학』 Vol.14-15, 연세대 인문학연구원, 1966.
______, 「퇴계선생의 문학」, 『한국문학연구소고』, 연세대학교출판부, 1980.
허경진, 「연민선생의 사회시에 대하여」, 『연민학지』 12집, 연민학회, 2009.
조기영, 「연민선생의 퇴계시 연구에 대하여」, 『연민학지』 제15집, 연민학회, 2011.
鄺健行, 「淵民先生的漢詩」, 『연민학지』 19집, 연민학회, 2013.

이가원의 절구시(絕句詩)를 논함 | 순친안(孙琴安) 220

李家源, 『渊渊夜思齋文稿』, 韓國通文館版, 1967.
______, 『渊民之文』, 韓國乙酉文化社版, 1973.
______, 『通故堂集』, 韓國國民書館版, 1979.
______, 『貞龕文存』, 韓國友一出版社版, 1985.
胡應麟, 『詩藪』, 中華書局上海編輯所版, 1958.

연민 이가원의 문장에 대한
산강재(山康齋) 변영만(卞榮晚)의 비평 | 윤호진 257

李植, 『澤堂先生集』 제6권.
卞榮晩, 『山康齋集』.
河性在, 『臨堂集』.
鄭寅普, 『爲堂集』.
李家源, 『淵淵夜思齋文藁』, 통문관, 1967, 51~532면.
열상고전연구회 편, 『연민 이가원 선생의 생애와 학문』, 보고사, 2005.
許捲洙, 『淵民評傳』, 도서출판 술이, 2015.

연민 이가원 선생이 지은 잠명류(箴銘類) 작품에 대한 소고 | 허권수 284

『古鏡重磨方』
『萬花齊笑集』
『遊燕堂集』
『淵民之文』
『貞盦文存』
『通故堂集』
卞榮晚, 『山康齋文鈔』.
洌上古典硏究會編, 『淵民八秩頌壽紀念論文集』, 1997.
李佑成, 『碧史館文存』.
河謙鎭, 『晦峯集』.
『退溪先生遺墨(箴銘)』, 퇴계학연구원, 1984.

渊民先生学术研究刍议 | 汪春泓 332

《牧齋有學集》卷三十八, 錢謙益撰, 上海古籍出版社 1996年版。
此論可與《文心雕龍·情采》篇相參看。

연민선생의 『옥류산장시화(玉溜山莊詩話)』 | 박순 366

박수천, 『韓國漢詩批評의 硏究』, 태학사, 2003.
實事求是 고전문학연구회 역주, 『변영만 전집 (상), 山康齋文鈔 譯文』, 성균관대 대동문화연구원, 2006.
심경호, 『한시의 이해』, 문학동네, 2005.
안대회, 『조선후기시화사』, 소명출판, 2000.
연세대학교 국학연구원 편, 『연세대학교 중앙도서관 소장 고서해제』 Ⅵ, 평민사, 2006.
劉暢·許敬震·趙季, 『韓國詩話人物批評集』, 보고사, 2012.
이가원, 『조선문학사』, 태학사, 1995.
이가원·허경진 역, 『玉溜山莊詩話』, 연세대학교출판부, 1980.
李文輝 編, 『漢語韻典』, 河南省; 大象出版社, 1997.
林重 輯, 『佩文詩韻釋要』, 臺北; 新文豊出版公司, 1982.
조종업 편, 『韓國詩話叢編』(총 17권), 태학사, 1996.

하겸진·기태완·진영미 역, 『국역 동시화』, 아세아문화사, 1995.
『教學 大漢韓辭典』, 교학사, 1998.
『漢韓大辭典』, 단국대학교 동양학연구소, 1999.

구지현, 「"玉溜山莊詩話"의 특성에 대하여」, 『열상고전연구』 26집, 열상고전연구, 2007.
심경호, 「조선문학사의 한문학 부문 서술에 관하여」, 『민족문학사연구』 18집, 민족문학사학회, 2001.
이가원, 「시화에 대하여 -특히 『玉溜山莊詩話』를 엮으면서-」, 『국어국문학』 46권, 국어국문학회, 1969.
이상오, 「정지용의 山水詩 考察」, 『한국시학연구』 제6집, 한국시학회, 2002.
이혜순, 「이가원 교수 저 『조선문학사』」, 『연민학지』 6집, 연민학회, 1998.
하정승, 「하겸진의 『동시화』에 나타난 비평의식」, 『漢文學論集』 32집, 근역한문학회, 2011.
허경진, 「연민 이가원 선생의 생애와 학문」, 『연민 이가원 선생의 생애와 학문』, 보고사, 2005.
허권수, 「淵民 李家源先生의 漢文學 成就過程에 대한 고찰」, 『열상고전연구』 28집, 열상고전연구회, 2008.

『조선 호랑이 이야기』의 연구사적 위상과 연민 선생의 사유 | 김기호 414

『과정록』 권4, 446면, 열상고전연구회, 1995.
盧以漸, 『隨槎錄』, 경북대학교소장본.
박제가, 『북학의』, 「존주론」.
『三國史記』 卷33, 「雜志·色服條」.
『庄子』, 「讓王」.
林基中, 『연행록전집』 권54, 『열하일기』.
金允植, 『雲養集』, 「燕巖集序」.

김동석, 「열하일기의 상기에 수용된 화이지분의 비유」, 『漢文學報』, 우리한문학회, 제3집, 2000.
______, 『한국실학학회』 제9호, 2005, 109~110면.
김명호, 『熱河日記 硏究』, 창작과비평사, 1990, 196면.
______, 『연암집』 1, 민족문화추진회, 2005, 52면.
김윤조 역, 『과정록』, 태학사, 1997, 221~224면 참조.
남재철, 「白塔詩社 一考」, 『우리한문학회』 2012.2., 발표문 참조.

李家源, 『연암소설연구』, 을유문화사, 1965, 711면.

______ 譯, 『熱河日記』, 「한국명저대전집, 熱河日記」, 대양서적, 1975.

______ 譯, 『熱河日記』 Ⅱ, 민족문화추진회.

정 민, 「19世紀 동아시아의 '慕蘇' 熱風」, 『동아시아 삼국, 새로운 미래의 가능성』, 단국대학교 동양학연구소, 2012.3.17.

Helen H. Robbins, 『Our First Ambassor To China』, 1908·2010, General Books, Mempis, Tennessee, USA, printed.

▌집필진 소개

허경진(연세대학교)
권오영(한국학중앙연구원)
정재철(단국대학교)
오호석(단국대학교 석주선기념박물관)
리우창劉暢(중국 천진외국어대학교)
자오지趙季(중국 남개대학교)
쿵킨홍鄺健行(홍콩 침회대학교)
이상욱(연세대학교)
남상호(강원대학교)
순친안孫琴安(중국 상해사회과학원)
윤호진(경상대학교)
허권수(경상대학교)
왕춘홍汪春泓(홍콩 영남대학교)
박순(연세대학교)
김기호(영남대학교)

연민 이가원 선생의 생애와 학문 2

2017년 4월 7일 초판 1쇄 펴냄

편저자 연민학회
발행인 김흥국
발행처 보고사

책임편집 이경민
표지디자인 손정자

등록 1990년 12월 13일 제6-0429호
주소 경기도 파주시 회동길 337-15 보고사 2층
전화 031-955-9797(대표)
02-922-5120~1(편집), 02-922-2246(영업)
팩스 02-922-6990
메일 kanapub3@naver.com / bogosabooks@naver.com
http://www.bogosabooks.co.kr

ISBN 979-11-5516-661-1
979-11-5516-660-4 94810 (세트)

정가 26,000원